HEYNE BÜCHER

Tip des Monats

In derselben Reihe erschienen
außerdem als Heyne-Taschenbücher

Alistair MacLean · Band 23/1
Johannes Mario Simmel · Band 23/2
Sandra Paretti · Band 23/3
Willi Heinrich · Band 23/4
Desmond Bagley · Band 23/5
Victoria Holt · Band 23/6
Michael Burk · Band 23/7
Marie Louise Fischer · Band 23/8

3 Romane in einem Band

Will Berthold

Die Nacht der Schakale
Krisenkommando
Hölle am Himmel

WILHELM HEYNE VERLAG
MÜNCHEN

HEYNE TIP DES MONATS
Nr. 23/9

Printed in Germany 1986
Umschlagfoto: Photodesign Mall, Stuttgart
Umschlaggestaltung: Atelier Ingrid Schütz, München
Gesamtherstellung: Ebner Ulm

ISBN 3-453-54252-5

Inhalt

Die Nacht der Schakale

1

Er war groß und extrem hager, meistens ging er leicht gebeugt, mühselig, als müßte er sich anschieben. Er wirkte weit älter als er war, ein harter, strenger Mann mit schleppender Sprechweise. Mitunter glich seine Diktion einer Schnecke, die nie ans Ziel kommen wird. In der Presse wurde Thomas E. Gregory fast nie erwähnt; hinter Washingtons Kulisse jedoch als einer der einflußreichsten Männer Amerikas gehandelt. Der ›große Gregory‹ war ein Mann, der im Weißen Haus jederzeit Zutritt zu Mr. President hatte.

Er galt als rücksichtslos, zäh und durchtrieben, ein scharfer Analytiker mit dem Gesicht einer Mumie, Vicedirector des weitläufigen Hauptquartiers im Wald von Langley, US-Staat Virginia. Tarnung und Bluff waren Gregory so zur Gewohnheit geworden, daß er sich vermutlich vor dem Spiegel bereits selbst austrickste. Heute gab er sich wie ein in den Sielen verbrauchter Manager, dessen Pensionierung überfällig war, aber mich legte er mit dieser Masche nicht mehr herein.

»Nett von Ihnen, daß Sie so rasch hergekommen sind«, begrüßte er mich, als wäre ich freiwillig angereist. »Guten Flug gehabt, Lefty?«

»Einen langen Flug, Sir«, erwiderte ich, »achtzehn Stunden, vier Zwischenlandungen und dreimal umsteigen.«

Ich schaffte es nicht ganz, meinen Groll auf den Mann zu unterdrücken, der aus Vanessa und mir Romeo und Julia gemacht hatte – wenn auch nicht in Verona, sondern auf der Paradiesinsel Bali. Als ich bei seinem nächtlichen Anruf Gregorys Stimme erkannt hatte, verwünschte ich den Umstand, daß ich selbst im Urlaub im entlegensten Winkel der Welt jederzeit erreichbar bleiben mußte. Schon nach den ersten Worten war mir klargeworden, daß meine Stunden mit der bezaubernden Engländerin von der Kanalinsel Jersey gezählt waren – und das genau in jenem Moment, da der Mond den Strand versilberte, die Nacht Mitternachtsblau trug und meine Hände dabei waren, auf Vanessas Haut ein Zuhause zu finden.

Es war mein erster richtiger Urlaub seit elf Jahren gewesen: Hongkong, Manila, Singapur, indonesische Inselwelt und Bangkok. Und Vanessa war mir so unerwartet zugefallen wie der Haupttreffer im Lotto, den man auch nicht gleich am Sonntagabend kassiert. Ich sagte ihr, ich müßte dringender Dienstgeschäfte wegen eine Stippvisite in die USA unternehmen, und bat sie, im *Hyatt* meine Rückkehr abzuwarten, womit sie nach einigem Zögern auch einverstanden war.

Auf der langen Reise – über Manila, Tokio, San Francisco – hatte ich in einer Zeitung gelesen, daß nach einer Untersuchung der bekannten US-Psychologin Dr. Joyce Brother sich der amerikanische Durchschnittsmann zwischen 25 und 40 sechsmal pro Stunde erotische Vorstellungen macht, und Männer über 40 immerhin noch alle 30 Minuten. Aber ich brach unterwegs wohl die Rekorde aller Altersklassen: Während des ganzen Flugs spürte ich Vanessas imitierte Gegenwart, und das war für einen Mann in meinem Metier eigentlich absurd, ungewöhnlich und indiskutabel, aber es schien mir, als wäre ich bereits in eine neue und schönere Zukunft umgestiegen.

Vanessa hatte mich zum Airport begleitet, und natürlich waren mir die richtigen Worte erst eingefallen, als ich bereits im Jet saß. Ich nahm mir vor, zu halten, was ich noch gar nicht versprochen hatte. Ich war wohl von Vanessa genauso überrumpelt worden wie sie von mir. Wenn ich künftig in Bonn lebte, wäre es am Wochenende nur ein Luftsprung von eineinhalb Stunden nach London, und von London zum Bonner Regierungsflughafen Köln-Wahn wäre es auch nicht weiter. Halb im Scherz, doch mit ernstem Unterton hatten wir davon gesprochen, daß an den geraden Wochenenden ich sie und an den ungeraden sie mich besuchen würde. Ich war Vanessa gegenüber – nur ein wenig der Wahrheit vorauseilend – als US-Diplomat aufgetreten.

»Mir wäre selbstverständlich die Insel des Lichts auch lieber als unser düsteres Headquarter«, wiegelte der große Gregory ab. »Aber schließlich kann ich Ihnen geheime Unterlagen nicht nach Bali nachschicken – und überhaupt...« Er zitierte Hemingway ohne Quellenangabe: »Life is not a cocktail-party.«

Auch er war keine Cocktail-Party, ein Puritaner in jeder Hinsicht, Nichttrinker, Nichtraucher, Vegetarier bei Tisch und wohl auch im Bett, aber bei ihm dachte man an andere Dinge als ans Bett. Der Vice hatte einst als Donovans junger Mann begonnen; und Donovan war der erste und vermutlich bislang beste Chef des US-Geheimdienstes gewesen. Seitdem hatte die Nachfolgeorganisation *Central Intelligence Agency* (CIA) in bunter Reihe Hochs und

Tiefs, Hits und Flops erlebt, aber Gregory war unangefochten durch die Skandale Kuba, Vietnam, Chile und sogar Watergate gekommen, und genauso würde er wohl auch den Falkland-Konflikt, den israelischen Einfall im Libanon und den irakisch-iranischen Grenzkrieg überleben, zumal er nichts damit zu tun hatte.

»Nun beenden Sie schon Ihren balinesischen Abschiedsschmerz, Lefty«, spottete der Vice. »Ich hab' Sie ja nicht wegen einer Laune oder Lappalie in unser Headquarter gebeten.« Einen Moment lang betrachtete er mich wie ein Waidmann das durch Blattschuß erlegte Wild. »Ich spüre, daß ein Fall auf uns zukommt, der jede Dimension sprengt, und ich denke, daß wir bei der Klärung Sie hinzuziehen müssen, auch wenn Sie sich Ihre Laufschuhe bei uns bereits aufgeschnürt haben sollten. Wir bieten Ihnen eine Chance, Ihre tadelsfreie Karriere durch einen einmaligen Coup zu krönen«, lockte Gregory, griff mit welken Händen nach einem Dossier und zeigte mir den Köder vor wie einem Hund die Wurst: »Erinnern Sie sich noch an den Fall Guillaume?« fragte er überflüssig.

»Und ob«, erwiderte ich. »Der Spion, der einen deutschen Regierungschef stürzte. Ein Maulwurf im Bonner Bundeskanzleramt.«

»Es sieht so aus, als erlebten wir gerade eine Neuauflage.« Über sein von den Jahren angefressenes Gesicht lief ein Lächeln wie Salzsäure. »Diesmal allerdings mit umgekehrten Vorzeichen. Darauf habe ich jahrelang gewartet.«

»Ein Maulwurf auf der anderen Seite?« fragte ich überrascht. »In Ost-Berlin?«

»Sieht so aus.«

»Wo? In der Regierung? Im SED-Zentralsekretariat?«

»Jedenfalls ganz oben.« Mit diesen Worten umschrieb Gregory offensichtlich, daß er es selbst noch nicht wußte.

Klappern gehört zum Handwerk, freilich klapperte ein Mann wie er sonst viel verhaltener. Er schlug das Dossier auf und las die Unterlagen, als kenne er sie nicht schon längst auswendig. Er schnitt dabei ein Gesicht wie ein Voresser, der einem widerspenstigen kleinen Jungen den Lebertran schmackhaft machen möchte. Aber mit 43 war ich den Kinderschuhen längst entwachsen und zudem entschlossen – koste es, was es wolle –, auf die Insel der Götter und Dämonen zurückzufliegen und meinen Urlaub fortzusetzen.

Gregory würde es mir nicht leichtmachen, aber selbst er müßte einsehen, daß ich mich drei Wochen vor dem Ausscheiden aus seinen Diensten nicht noch verschleißen lassen wollte. Von privaten Gründen einmal ganz abgesehen, müßte eine Panne – kurz vor Torschluß – auch meine neue Tätigkeit als Diplomat bei der Bonner US-Botschaft in Mehlem gefährden.

Ich machte mich auf einen harten Schlagabtausch gefaßt und war doch schon zu diesem Zeitpunkt in die *Operation ohne Namen* verstrickt, später sollte sie die Presse als *Die Nacht der Schakale* bezeichnen, während sie bei uns hausintern weiterhin die *Operation No Name* blieb und auf der anderen Seite der *Fall Sperber* hieß.

Der Mann, der mir – damit ich ja keine Zeit versäumte – bei seinem nächtlichen Anruf bereits die Abflugzeit der nächsten Maschine vom Airport Ngurah Rai, südlich der Bali-Hauptstadt Denpasar, genannt hatte, benahm sich jetzt, als sei ich nur gerufen worden, ihm in seinem Büro im siebenten Stock eines 65-Millionen-Dollar-Komplexes zuzusehen, wie er – entsprechend seiner Gewohnheit – Sägeböcke und Fragezeichen in das Dossier malte.

Daß ich ihm hier gegenübersaß, war die Folge eines ziemlich ungewöhnlichen Lebenslaufs. Als Siebenjähriger nach dem Zweiten Weltkrieg (natürlich ungefragt) mit meinen Eltern in die USA ausgewandert, hatte ich nur noch wenige Erinnerungen an meine frühe Kindheit in Ostpreußen und dann später auf der Ostseeinsel Peenemünde. Königsberg, die Stadt Immanuel Kants, des vielleicht größten deutschen Philosophen, der einst den kategorischen Imperativ formuliert hatte, Ostpreußens Kleinod mit der berühmten Albertus-Universität, heißt heute Kaliningrad und gehört zur Sowjetunion. Revanchegelüste liegen mir ebenso fern wie Kreuzzugsgedanken, aber ich empfand es als den kategorischen Imperativ unserer Zeit, zu verhindern, daß ganz Europa eines Tages das Schicksal meiner Heimatstadt teilen müßte.

Mein Vater hatte während des Krieges zur Crew des Raketenforschers Wernher von Braun gehört und war bei Kriegsende nebst Familie in die Staaten geschanghait und später dort eingebürgert worden. Er hätte sich sicher auch freiwillig zur Auswanderung gemeldet, wenn auf seiner Weste nicht einige braune Flecken gewesen wären – das V-Waffen-Team hatte schließlich geschlossen der Hitler-Partei angehört.

Den USA waren die Raketenforscher des Dritten Reiches genauso willkommen wie der Sowjetunion, die sich jene Wissenschaftler schnappte, die die Amerikaner nicht rechtzeitig genug aufgestöbert hatten. Die 11015 V-Waffen-Einschläge in der englischen Hauptstadt waren vergessen und vergeben. Jetzt ging es um Raketenziele in der Sowjetunion oder in den Vereinigten Staaten, je nachdem, von welcher Abschußrampe aus man es betrachtete. Und die neuen Nuklearraketen trugen Mehrfachsprengköpfe und würden – so man sie losließe – den 65000 England-Toten der ›konventionellen‹ Kriegführung ein paar massenmörderische Nullen hinzufügen, und zwar auf beiden Seiten.

Die Übersiedlung in die Staaten war meine erste Begegnung mit der Machtpolitik gewesen, aber damals war ich noch zu jung, um den ihr innewohnenden Zynismus zu erfassen.

Später begriff ich, daß es eine weit schlimmere Zweckpolitik gibt, als Washington sie sich leistete, in diesem wie auch in anderen Fällen.

Ich wuchs in Cap Canaveral in Florida zweisprachig auf, ein als geborener Deutscher in die Neue Welt hineinwachsender Yankee: Baseball stand mir näher als Fußball, ich betrieb wie alle Halbwüchsigen Amerikas Petting als Lieblingssport, Hamburgers zog ich einem Schweinebraten mit der typischen deutschen Beilage vor, deretwegen mich meine Mitschüler als ›Kraut‹ hänselten. Aber ähnlich erging es wohl einem berühmten US-Außenminister, der aus Fürth in Bayern stammte.

Als US-Präsident Kennedy in das Vietnam-Debakel hineinschlitterte, war ich Absolvent der Rechtswissenschaft an der Harvard University gewesen, und als seine Nachfolger den Dschungelkrieg zur Katastrophe ausufern ließen, holte man mich als Soldat und später Offizier auf die Reisfelder Südostasiens. Als Pilot eines Kampfhubschraubers wurde ich abgeschossen und hatte eine kurze, aber brutale Zeit in der Gefangenschaft der Vietkong zu überstehen, bevor ich zusammen mit ein paar Dutzend anderen Amerikanern durch ein Kommandounternehmen aus der Bambushölle herausgeholt wurde, krank, halbverhungert, angeekelt von der Zeit mit ihrer kriminellen Politik.

Die Gehirnwäsche der Roten hatte ich heil überstanden, und selbst der meiner Befreier konnte ich mich verhältnismäßig lange widersetzen. Ich teilte die typische Aversion des Amerikaners gegen Argwohn, Arglist und Lüge. Die Dreckarbeit an der unsichtbaren Front hatte mich schon angewidert, bevor ich sie kannte. Gewiß, die Intelligence-Branche muß sein, wie die Müllabfuhr oder die Arbeit einer Abdeckerei – aber dafür würde ich mich ja auch nicht freiwillig melden. Es gibt eben Berufe, die nötig, aber unbeliebt sind, und ich wollte so wenig Akteur des Untergrunds werden wie Leichenwäscher, Gerichtsvollzieher, Toilettenmann, Steuerfahnder oder Lohnschlächter. Alles notwendige und sicher achtbare Beschäftigungen, aber ich war für die freie Berufswahl.

Da kramten die CIA-Werber Trick 17 aus der Mottenkiste und überzeugten mich, daß die ganze Vietnam-Katastrophe vermeidbar gewesen wäre, wenn die US-Regierung nicht auf eine Fehleinschätzung ihres von zweitrangigen Leuten betriebenen Geheimdienstes hätte hereinfallen müssen. Was die Viets nicht geschafft hatten, gelang nach ein paar Monaten den Männern der Central Intelligence Agency: Ich quittierte schließlich die Direktive NSC 10/2, die auf den einen Satz hinauslief:

»Sie tun es, und deshalb müssen wir es auch tun.«

Ich bin immer in kritischer Distanz zu meiner Tätigkeit geblieben, und ich weiß, daß sie einen miserablen Ruf hat. Ich habe auch nicht die Absicht, als ihr Pflichtverteidiger aufzutreten. Trotzdem komme ich um die ketzerische Feststellung nicht herum, es sei in erster Linie der Spionage zu verdanken, daß trotz ständiger Explosionen rund um den Globus der Dritte Weltkrieg noch nicht ausgebrochen ist. Westen wie Osten stützen sich ausschließlich auf das ausgekundschaftete Wissen um die Stärke des Gegners.

Es ist traurig, daß nicht Einsicht, Menschlichkeit, Erfahrung, Gesittung, Religion oder Moral eine dritte und letzte Katastrophe in diesem Jahrhundert verhindert haben – wenigstens bislang –, sondern die Angst – oder besser: das atomare Patt. Trotz SS-II-Raketen, Marschflugkörper, Neutronenbombe, chemischer und biologischer Massenvernichtungsmittel blieb der Menschheit – verdammt nahe am Abgrund – bisher der Untergang erspart. Und das heißt für mich: Gegenspionage muß sein, ein notwendiges Übel, bei dem die Regierung dafür Sorge tragen sollte, daß es nicht übler als notwendig eskaliert.

Ich wurde für den Untergrund abgerichtet wie ein Hund für die Jagd – es war ein Überlebenstraining ohne Garantie. Man verschliß mich nicht im Routinedienst auf einer entlegenen Außenstelle unseres Geheimdienstes, und man verheizte mich auch nicht bei Wahnsinnseinsätzen. Ich erhielt Spezialaufträge, vorwiegend in Europa, dem Erdteil, für den ich prädisponiert war, denn hier konnte ich ebenso glaubhaft als Amerikaner wie als Deutscher auftreten. Ich fiel oder flog nie auf, wurde nie entlarvt, ja nicht einmal verdächtigt, als einer von Washingtons geheimen Außenposten zu arbeiten.

Nach jedem Einsatz kam mein Paß in den Reißwolf, ich mußte dann bald wieder in eine neue Identität steigen und die Legende – die Lebensgeschichte meines Namensgebers – auswendig lernen wie ein Schauspieler seine Rolle. Allerdings gab es keinen Souffleurkasten in meinem Fach; ein Versprecher oder Aussetzer konnte den Tod bedeuten.

Das Rollenstudium brachte mir meinen Spitznamen ein, der innerhalb unseres Clubs nur wenigen ganz oben an der Spitze Angesiedelten bekannt war: ›Lefty‹. Das heißt Linkshänder und bezog sich auf eine Zeit, als ich mich mit großen Schwierigkeiten herumquälen mußte, um bei einem Einsatz hinter dem Eisernen Vorhang meiner Legende wegen als solcher aufzutreten. Ich hatte einige Wochen trainiert und es dabei nicht weitergebracht als ein Rechtshänder, der ohne Schrecksekunde bewußt die linke Hand verwendet. Der Name war mir geblieben; sollte mein Spitzname durchsickern – was bisher nicht der Fall gewesen war –, würde er mich, zumindest beim ersten Verdacht, sogar schützen.

Meinen Widerwillen gegen die Untergrundtätigkeit bewertete Gregory sogar als Pluspunkt, da Skeptiker vorsichtig und intelligenter seien als Fanatiker. Ich war dem Mann, dem ich jetzt gegenübersaß, bald aufgefallen und von ihm gefördert worden. Seine Patronage reichte sogar so weit, daß er mir als Geheimnisträger das Ausscheiden aus dem CIA erlaubte und die Übersiedelung in die Dienste des US-Außenministeriums befürwortete. Hätte er mich jetzt nicht aus dem Urlaub zurückgeholt, wäre der Stellungswechsel problemlos und ohne Zeitverlust über die Bühne gegangen.

Er war mit dem Aktenstudium fertig.

»Sorry, Lefty«, sagte er. »Ich hab' schließlich mehr Dinge im Kopf und mußte den Fall noch einmal rekapitulieren.« Es hörte sich seltsam an; zwei Eigenschaften des Vice waren in Langley hinreichend bekannt: sein phänomenales Gedächtnis und seine intuitive Art, die Gedanken seiner Gesprächspartner zu erraten.

Seine Hände lagen auf dem Dossier, so als müßten sie es noch zusätzlich hüten, bevor er es mir endgültig übergäbe, nicht ohne seinen Bleistift-Marginalien noch ergänzende Empfehlungen hinzugefügt zu haben. »Wie gesagt, eine Chance wie vielleicht noch nie zuvor. Die Sache ist schon seit einiger Zeit am Dampfen«, erklärte er. »Sie hat eigentlich ganz undramatisch begonnen: Sindelfingen kann ich bei Ihnen als bekannt voraussetzen?« fragte er.

Bei der deutschen Tochtergesellschaft eines US-Riesen der elektronischen Branche waren drei Mitarbeiter als Ostagenten entlarvt worden. So etwas geschieht immer wieder, und häufig genug kommen Wirtschaftsspione aus dem Westen und wirken für die Konkurrenz. Deshalb haben sich Firmen, die Wert auf ihre Produktionsgeheimnisse legen, einen wachsamen Werkschutz zugelegt.

»Aber Sindelfingen war doch wohl eine reine Routinesache?« vergewisserte ich mich.

»Es sah so aus – und das sollte es auch«, erwiderte der große Gregory. »Aber der Tip, der zur Entlarvung der Ostagenten geführt hat, stammte aus dem Osten.«

»Und zwar von dem großen Unbekannten persönlich«, spottete ich, »für wie sicher halten Sie eigentlich Ihr Material, Sir?«

»Für so unsicher wie nur möglich«, antwortete der Vice. »Ich habe Sie ja hergebeten, um den Fall zu analysieren. Sagen Sie mir mit einer gewissen Sicherheit, wieviel an der Sache stimmt, und der Fall ist für Sie erledigt. Wir scheiden mit Händedruck, und ich wünsche Ihnen alles Gute.«

Es klang vernünftig und bieder und war vielleicht doch nur schierer Hohn.

»Das Dossier wurde von unseren Leuten erarbeitet?« fragte ich.

»Zusammengestellt«, erwiderte der Vice. »Erarbeitet wurde es vorwiegend in Pullach.«

»Der Bundesnachrichtendienst hat uns die Informationen überlassen?«

»Kommen Sie endlich runter von Ihrer Trauminsel, Lefty«, erwiderte Gregory ungehalten und lächelte hämisch. »Ein Verbindungsmann zur BND-Zentrale hat Wind von der Sache bekommen und uns einen Wink gegeben. Daraufhin sind wir über den offiziellen CIA-Kontaktmann in Pullach vorstellig geworden und haben von den BND-Leuten eine – sagen wir mal – zurückhaltende Bestätigung erhalten.« An seinen ausgedörrten Lippen hing der Spott wie winzige Speicheltröpfchen. »Wir sind übereingekommen, daß wir, wenn es spruchreif sein wird, mit Pullach eng zusammenarbeiten. Das ist sozusagen die offizielle Seite.«

»Und spruchreif wird es nie sein oder vielleicht zu spät«, warf ich ein.

Das Telefon unterbrach unser Gespräch; wenn es durchgestellt wurde, mußte es ein wichtiger Vorgang sein. Ich erhob mich, um den Raum zu verlassen, aber Gregory gab mir einen Wink zu bleiben. Er war Profi genug, um nur mit *Ja* oder *Nein* zu antworten, so daß ich zuhören konnte, ohne zu erfassen, worum sich der Anruf drehte.

Das Telefongespräch zog sich in die Länge, und meine Gedanken streunten umher. Auf einmal saß ich wieder auf der *Kawasaki*, jagte über die Insel der Götter und Dämonen, und sie blieben uns gnädig gesonnen, obwohl wir ihnen das Lächeln gestohlen hatten: Vanessa saß auf dem Sozius im Damensitz. Sonst machten wir uns beide nichts aus dem heißen Stuhl, aber jetzt lüfteten wir unsere Persönlichkeit im Fahrtwind aus; er löste ihre Frisur auf. Sobald ich mich umdrehte, berührten mich ihre Haarspitzen, und ich sah kleine Funken und spürte elektrische Schläge auf der Haut. Wir jagten auf der 5500 Quadratkilometer großen Insel von einem Ende zum anderen, vom Indischen Ozean bis zur Bali-See auf der anderen Seite, überholten zahlreiche Colts, wie man die Minibusse nennt und freuten uns auf den Abend an Samurs Strand oder in einem Dancing im Gammelviertel von Kuta.

Vanessa war mittelgroß, eher zierlich und maßvoll kapriziös. Sie hatte einen beschwingten Gang, dunkle, kurzgeschnittene Haare und leuchtende, kobaltblaue Augen, die jedenfalls mehr Interesse für die Tempel und Kunststätten Ostasiens als für die Teilnehmer der Reisegesellschaft, inklusive der männlichen, aufbrachten, zu der sie gehörte.

Ich kannte Vanessa erst fünf Tage, aber es kam mir vor, als wären es bereits Monate, wenn nicht Jahre. Sie war mir in der Hotelhalle sofort aufgefallen, ohne daß sie es provoziert hätte. Sie stand ein wenig abseits von ihrer Gruppe, wirkte distanziert, ohne arrogant zu sein. Sie war nicht zimperlich oder prüde, legte aber ihre weiblichen Reize auch nicht für jedermann ins Schaufenster.

Ich machte mich an die Engländerin heran. Sie ließ es zu und wehrte mich doch gleichzeitig ab, ohne verletzend zu wirken. Man konnte sich ohne weiteres bei Vanessa einen Korb holen und sich dafür auch noch herzlich bedanken. Sie war intelligent, ohne blaustrümpfig zu wirken, und erzählte, daß sie nach der Reise als Juniorpartner in eine Londoner Anwaltskanzlei eintreten würde.

Selbst im Urlaub galten für mich noch die Usancen eines oft verwünschten Berufs, und so mußte ich – wie bei allen Menschen, die mir näher begegnen – meine Firma anläuten und bitten, Vanessas Identität zu klären. Unser Mann in Djakarta ließ die Daten, soweit ich sie ihm geben konnte, sowie Vanessas Personenbeschreibung durch den Computer laufen. Die elektronische Clearing-Operation endete, wie ich es nicht anders erwartet hatte, und das hieß, daß mein Verein keine Einwände gegen die Engländerin vorzubringen hätte; sie war, geheimdienstlich gesehen, ein unbeschriebenes Blatt.

Der Weg zu ihr schien frei zu sein, aber ich näherte mich behutsam dem Ziel. Von vornherein stand für mich fest, daß Vanessa mehr sein würde als der übliche Ferienbonus. Ich mag Frauen, aber schon von Berufs wegen bin ich ihnen gegenüber auf der Hut, und so ist mein Umgang mit dem schönen Geschlecht ziemlich defizitär.

Es blieb mir nur wenig Gelegenheit, geschlechtsspezifische Fähigkeiten zu entfalten. Ich eroberte, was man auf der Durchreise in ein paar Stunden eben so aufreißen kann, und das war, gemessen an Vanessa, dritte oder vierte Besetzung an Frau, Talmi, Plunder, Imitat. ›Weder Fräulein, weder schön‹ – und schon gar kein Gretchen (aber ich war schließlich auch kein Faust).

Bei Frauen bin ich eher Skeptiker. Die Sicherheitsbestimmungen machen CIA-Angehörige und ihre Familienmitglieder zu einem geschlossenen Verein. Hier bedurfte es keiner elektronischen Recherche, in dieser Art Ghetto kannte man jedes Gesicht. Flirt, Verlobung, Ehebruch, Scheidung, Wiederverheiratung spielten sich immer im gleichen Kreis ab. In dieser Plantage der Monotonie wußte man alles voneinander, kannte sich letztlich selbst im Intimbereich wie nach einer Gruppensexparty.

Selbstverständlich sind die Menschen in Quarantäne nicht leichtfertiger oder unmoralischer als alle anderen, nur ihre Langeweile ist größer. Viele bleiben trotzdem resistent und führen selbst noch in der Isolation ein normales, bürgerliches Leben. Bei anderen freilich kommt es in puncto Freizeitgestaltung zu einer Art unzüchtigem Inzest, was sicher dazu beitrug, daß ich noch immer Junggeselle bin.

Gregory hatte sein Telefonat beendet, er sah einen Moment lang ins Leere und legte dann auf. »Sorry, Lefty«, entschuldigte er sich, »aber wir sind bereits wieder einen Schritt weiter: Ein neuerlicher Hinweis aus Ost-Berlin. Die gleiche Quelle. Wiederum stichhaltig. Freilich kann es auch raffiniertes Spielmaterial sein – trotzdem sehe ich erstmals seit langem eine Chance, den DDR-Staatssicherheitsdienst auszunehmen wie einen Thanksgiving-Truthahn.« Die Falten in seinem Gesicht probten ein seltsames Fixierspiel; es sollte wohl ein Lächeln sein. »Natürlich ist es noch zu früh, um über eine Stasi-Schlappe zu jubilieren, aber wenn die Affäre hält, was sie verspricht, ist der Fall Guillaume ein vergleichsweise kleiner Fisch.«

Es waren erst Mutmaßungen, aber der Vice war ein ausgekochter Profi mit einer somnambulen Witterung für Zusammenhänge.

»Wenn ich Sie recht verstehe, Sir«, erwiderte ich, »befindet sich *No Name Case* im Anfangsstadium?«

»Unsere Chance, Lefty«, entgegnete Gregory. »Da ist wenigstens noch nichts verpfuscht worden. Lesen Sie die Unterlagen, durchdenken Sie die Fakten und teilen Sie mir so rasch wie möglich Ihre Bewertung mit.« Gregory erhob sich. »Ich hoffe, der Appetit kommt mit dem Lesen«, setzte er hinzu und geleitete mich sogar in den Nebenraum, der nur von seinem Office aus zu erreichen war.

Ich sah schon beim ersten Blick in die Akten, was auf mich zukam.

Mit einer Art Trotz setzte ich noch immer auf den Rückflug nach Bali, wiewohl ich wußte, daß man mit geplatzten Hoffnungen die Wände des riesigen CIA-Komplexes tapezieren könnte.

Einen Moment kämpfte ich gegen den Impuls, Vanessa im *Hyatt* anzurufen. Aber Bali, der ›Morgen der Welt‹, war der US-Ortszeit weit über einen halben Tag voraus, und drei Stunden nach Mitternacht wollte ich meine Feriengefährtin nicht aus dem Schlaf reißen – eine Rücksicht, die ich Stunden später bereuen sollte.

Nur mühselig gelang es mir, mich von Fernost loszureißen und auf Ost-Berlin zu konzentrieren, auf die Geheimbesprechung des Untergrund-Generals Lupus in der Spionagefabrik an der Normannenstraße; sie hatte vor zehn Tagen stattgefunden, und der große Gregory verfügte über unbestätigte Teilunterlagen.

Ich hätte gerne gewußt, wie zutreffend sie waren, wieweit man sie als vollständig betrachten konnte und woher wir sie bekommen hatten. Aber solcherlei Fragen werden weder gestellt noch beantwortet.

In der Normannenstraße war ich seit Jahren gewissermaßen zu Hause, trotzdem blieb für mich die Stasi-Festung ein Labyrinth mit vielen Fallen und Stolperdrähten. Wir kannten unsere Gegner, aber vieles, was wir über sie wußten, war eher unsicher als bewiesen, und von der Differenz zwischen Annahme und Tatsache leben alle Nachrichtendienste der Welt.

2

Gegen Mittag riß der Wind den niedrigen Himmel über Berlin auf. Aus der Wolkenwand rieselte das Licht wie Sägemehl aus einer überfahrenen Stoffpuppe. Die *Iljuschin* aus Moskau landete pünktlich auf die Minute und spuckte ihre Passagiere aus. Einige trugen trotz des Frühlings warme Pelzmützen, aber der Lenz stand an diesem Tag nur auf dem Kalenderpapier. Eine angeheiterte Betriebsgruppe des VEB Leuna schwenkte lärmend Papierfähnchen mit Hammer und Sichel. Der Wodka sorgte für sozialistische Fröhlichkeit.

Aus dem Rudel, das von einer Bodenstewardeß zu dem Omnibus neben der Landetreppe geleitet wurde, scherte ein schlanker Zivilist aus, ein Mann Ende Fünfzig, der wesentlich jünger aussah; er ging an den stramm grüßenden Vopos vorbei und auf die dunkle Limousine zu, die – entgegen der Vorschrift – auf dem Flugfeld zwischen den Versorgungsfahrzeugen stand.

Der Vorzugspassagier mit der getönten Brille wirkte wie ein sportiver Bankdirektor oder auch wie ein Grundstücksmakler, dem man vertrauen konnte, aber sein Handelsgut waren Menschen, ihre Schicksale, ihre Verhaftung, ihr Freikauf. Im Ministerium für Staatssicherheit (MfS) war er zuständig für Subversion, Diversion und Desinformation. Hinter diesen Fachausdrücken des Untergrunds verbargen sich die Einschleusung von DDR-Agenten in die Bundesrepublik, die Unterwanderung der dortigen Parteien und Gewerkschaften, die Ausspähung militärischer Einrichtungen der Bundeswehr, der Blick hinter die Bonner Regierungsmaschine, der Schacher mit Menschen, die – unverschuldet oder schuldig – in den Gewahrsam der sogenannten Arbeiter-und-Bauern-Republik geraten waren, und die systematische Verbreitung von Falschinformationen, mit deren Hilfe die Gegenspieler im Westen düpiert werden sollten.

Keiner der Passagiere hatte den Untergrund-General Alexander Lupus erkannt, auch der schwankende Funktionär nicht, der ihn während des Flugs in seiner Schnapslaune wiederholt und zwecklos zum Mittrinken genötigt hatte. Vom Chef des russischen Geheimdienstes (KGB) in Moskau war dem Besucher der Rückflug zum Ostberliner Regierungsflughafen Schönefeld in einer sowjetischen Militärmaschine angeboten worden, aber es entsprach der Auffassung von Sparsamkeit dieses Großverbrauchers an Steuergeldern, unnötige Repräsentationskosten zu vermeiden.

Für den Aufwand gab er nur Geld aus, wenn er ihn aus der eigenen Tasche bezahlte, für englische Zigaretten der Marke Navy cut zum Beispiel, für Antiquitäten, Orientteppiche, Seidenhemden und Anzüge aus englischem Tuch. Er ließ sie in Londons Saville Row anfertigen; in der der begüterte britische Gentleman schneidern läßt; dabei erschien er freilich nie zur Anprobe. Bis auf seine Rumpfpuppe war den westlichen Geheimdiensten bis vor kurzem keinerlei Identitätshinweis auf den General Lupus in die Hände gefallen.

Sabotka holte seinen Vorgesetzten ab, aus dessen Gang der Vertraute des Generals sofort schloß, daß der neue Chef des sowjetischen Geheimdienstes – und Lubjanka-Hausherr am Dschersinskiplatz – dem brisanten Vorschlag zugestimmt und damit den *Fall Sperber* abgesegnet hatte.

»Verdammt kalt in Berlin«, sagte Alexander Lupus, den seine Freunde ›Sascha‹ nannten. »Und in Moskau herrscht schon Frühsommerwetter.« Er reichte seinem persönlichen Referenten im Majorsrang, der auch die Limousine fuhr, die Hand. »Nach Lichtenberg«, setzte er hinzu.

Er hatte eine angenehme Stimme, die nicht lauter wurde, wenn sie Befehle gab, schon weil sie auch so gehört und peinlich genau befolgt wurde. Lupus war als Chef der Hauptverwaltung Aufklärung (HVA) der zweitwichtigste Mann im Staatssicherheitsministerium an der Normannenstraße, das die DDR-Bürger die Firma ›Horch und Guck‹ nannten.

»Bis auf Oberst Grewe, der noch in Bulgarien Ferien macht, werden die Genossen um vierzehn Uhr zur Stelle sein«, meldete Sabotka. »Wir hätten noch Zeit, in Niederschönweide vorbeizufahren.«

»Nein, danke, Sabotka«, erwiderte Lupus. »Ich werde meine Frau vom Büro aus anrufen.«

Der in Moskau aufgewachsene Sohn eines deutschen Emigranten, in den Kommunismus so natürlich hineingewachsen wie Nackenhaare in den Hemdkragen, führte ein mustergültiges Familienleben. Seine Passionen waren bescheiden: Er spielte Tennis, ging gern auf die Jagd und schätzte klassische Musik ebenso wie das Fußballspiel. Da er wenig Zeit hatte, war einer seiner Leute beauftragt worden, Video-Aufzeichnungen über die Höhepunkte der gerade in Spanien stattfindenden Fußball-Weltmeisterschaft zu machen.

Der Mann mit den dunkelblonden, leicht angegrauten Haaren

beschäftigte 17000 feste Mitarbeiter sowie weitere 100000 ehrenamtliche Spitzel – und nach Schätzung seiner westlichen Gegenspieler 10000 bis 20000 Agenten in der Bundesrepublik.

Die schwere, fast lautlos fahrende Limousine hatte den Ostberliner Stadtteil Lichtenberg erreicht und bog in die Normannenstraße ein; sie wurde von einem riesigen Gebäudekomplex beherrscht. Aus dem früheren und erweiterten Finanzamtsgebäude, einem Haus von seniler Stabilität, war ein Untergrund-Silo geworden, eine Agentenzentrale, die innerhalb der DDR über 16 Bezirks- und 220 Kreisverwaltungen verfügte und vier Fünftel aller je festgestellten Spionage-Aktivitäten in der Bundesrepublik betrieb. Auf deutschem Boden hatten die subversiven Zauberlehrlinge ihre sowjetischen Auftraggeber auf der schrägen Fahrbahn längst überholt, waren dabei aber getreue Erfüllungsgehilfen geblieben.

Der Generaloberst, von seinen Männern nur im landesüblichen Abkürzungsfimmel ›BvJ‹ (›Boß vons Janze‹) genannt, eilte über den Gang, durchschritt hastig eine Flucht von Vorzimmern, nahm sich aber die Zeit, mit seiner Sekretärin ein paar Worte zu wechseln. Während er dann in sein Büro ging, blieb Major Sabotka bei ihr im Vorzimmer zurück; er wußte, daß der Chef jetzt mit seiner Frau und seinen Söhnen sprechen wollte.

Sobald er aufgelegt hatte, entnahm der Major einem Tresor eine Auswahl von Meldungen, die während der Blitzreise des Untergrund-Generals angefallen waren, und legte sie vor. Während Lupus sie überflog, bat er die Vorzimmergenossin, aus der Kantine ›irgend etwas Eßbares‹ kommen zu lassen, eine für ihn ungewöhnliche Aufforderung, denn ›Bevaujot‹ war ein Feinschmecker, wenn er auch dafür sorgte, daß sich die Leckerbissen nicht an seiner Figur vergingen.

»Sie haben auch das SED-Zentralkomitee verständigt, Sabotka«, fragte der General. »Und unsere Leute in den Ministerien?«

»Selbstverständlich, Genosse Lupus«, erwiderte der Major. »Und wie ich höre, ist der Genosse Lemmers bereits im Haus.«

Der ›Gruftspion‹, so nannte man ihn hinter seinem Rücken – war fast jeden Tag in der Spionage-Zwingburg, in wörtlicher Auslegung des alten marxistischen Spruchs: ›Vertrauen ist gut, Kontrolle ist besser‹. Obwohl der Minister, dessen Stellvertreter Lupus war, dem Zentralkomitee selbst angehörte, hatte das Politbüro zusätzlich noch einen internen Sicherheitsrat etabliert. Vom Standpunkt eines totalitären Staates aus gesehen war das üblich, aus der Optik eines Untergrundstrategen jedoch bedenklich: Sicher dachte niemand daran, daß ausgerechnet im Spitzengremium der Sozialistischen Einheitspartei Deutschlands (SED) ein Maulwurf sitzen könnte, der für den Westen arbeitete – aber je mehr Mitwisser es gab, desto durchsichtiger und pannengefährdeter wurde die subversive Schlagkraft.

Als erster, schon fünf Minuten vor der angesetzten Konferenzzeit, war Gelbrich zur Stelle, der bullige, hemdsärmlige Chef von HVA VIII, ein Kommunist alter Schule, der in Spanien und dann in deutschen Gefängnissen seinen Kopf so oft hingehalten hatte, daß er nach Meinung seiner feineren Stasi-Kollegen davon eine weiche Birne bekommen hatte. Gelbrich war ebenso unentbehrlich wie unbeliebt, einer, der dazu neigte, ständig auf ungehobelte Art Stunk zu machen. Der Proletarier vom Dienst stammte noch aus der ersten Führungsgarnitur nach dem Zweiten Weltkrieg. Er war Leiter der Abteilung, die Sabotageaktionen in Westdeutschland vorbereitete. In seinem Fach war er tüchtig und somit unersetzlich.

Ohnedies duldete der über den Dingen stehende General Lupus höchst unterschiedliche Männer in seiner Umgebung, die nur die eine Gemeinsamkeit aufwiesen, daß sie lupenreine, hochkarätige Kommunisten waren, ob sie es nun stets betonten wie der Genosse Gelbrich oder nie davon sprachen wie Laqueur, ein alter Hugenottensproß, als Ressortleiter von HVA VI für die Einschleusung von Ostagenten in den Westen verantwortlich; er sah aus wie ein gealterter Herrenreiter, der noch gut bei Fuß ist.

Herbert Brosam war der Verbindungsmann zum Ministerium für Auswärtige Angelegenheiten und im grauen DDR-Einerlei ein ebenso buntschillernder Paradiesvogel wie der 45jährige Max Konopka, der als Spitzenmann im DDR-Ministerium für Außenwirtschaft heimlich die Wirtschaftsspionage im Westen dirigierte. Er genoß die besondere Gunst des Generals, und die brauchte er auch, denn sein wildes Privatleben hatte ihm das Etikett ›volkseigener Casanova‹ eingebracht. Irgendwie lebte der Agent ständig zwischen den Ehen, den eigenen wie den fremden.

Sowohl Brosam wie Konopka hatten ihre Laufbahn unter General Lupus begonnen und waren nur Leihgaben an die Ministerien, Funktionäre mit Diplomatenpässen, und das schloß automatisch die Westgenehmigung ein. Brosam, der ›Genosse Kammgarn‹, nach den dunklen Anzügen benannt, die er fast immer trug, richtete in aller Welt DDR-Botschaften ein. Sein Pedant Konopka verhandelte mit westdeutschen Wirtschaftsführern und

Vertretern der Bundesbehörden zum Beispiel auch über den zinslosen Warenkredit, ›Swing‹ genannt.

Auf der Tagesordnung der Geheimbesprechung stand nur ein Punkt: die Klärung plötzlicher Einbrüche, die Pullach in einige Außenstellen der ostdeutschen Spionagefabrik gelungen war. Schlagartig und unerwartet. Referent war Ludwig Lipsky von HVA I (Politspionage in Westdeutschland), der, gestützt auf außergewöhnliche Vollmachten, im Auftrag des Generals drei peinliche Pannen untersucht hatte. Der Referent war bei der Aufklärung der denkbar geeignetste Mann, weil er zugleich in Personalunion die Abteilung X (Dokumentation) leitete.

»Ich glaube, ich kann euch eine Wiederholung dieser unerfreulichen Vorgänge ersparen, Genossen«, begann er. »Ihr wißt, daß in Sindelfingen bei Stuttgart drei unserer besten, für einen Elektro-Konzern arbeitenden Männer aufgeflogen sind und fast gleichzeitig in Bonn eine unserer erfolgreichsten Quellen, eine Sekretärin im Auswärtigen Ausschuß, enttarnt wurde. Kurz danach ist bei einem Flugzeugkonzern in München einer unserer Perspektiv-Agenten überraschend hochgegangen.«

Ludwig Lipsky, der Berichterstatter, stammte aus Leipzig. Er versuchte fast gewaltsam, seinen heimatlichen Dialekt zu verbergen, die Konsonanten härter und die Vokale weniger breit auszusprechen; es mißlang gründlich, und so sächselte ›Phimoses‹ – wie man ihn hinter seinem Rücken nannte – erst recht drauflos. Im Dienst war er wie eine Maschine; privat hatte Lipsky Hemmungen, da er an einer Vorhautverengung litt, die von Fall zu Fall operativ behandelt werden mußte. Um die Eingriffe hinauszuschieben, wurde der Spezialist der unsichtbaren Front medikamentös behandelt, und zwar mit einer roten Salbe, deren Penetranz mit der Zeit jedes Textilgewebe durchdrang: es hatte dem Leipziger den verhaßten Spitznamen eingebracht.

Man brauchte, so man ihn aus der Fassung bringen wollte, nur auf den roten Punkt an einer pikanten Stelle zu starren; andererseits brachte ihn die bemühte Art, in der seine Kampfgefährten daran vorbeisahen, auch wieder durcheinander. Phimoses flüchtete wegen seiner persönlichen Unbill so ausschließlich in die Dienstgeschäfte, daß er nur noch die BRD-Spionage kannte – und die rote Salbe! »Das Ziel meiner Untersuchungen, zu der mir alle Möglichkeiten zur Verfügung standen, war, die Fehlerquellen festzustellen«, fuhr Lipsky fort; »und vor allem zu klären, ob es zwischen ihnen einen Zusammenhang gibt. Ich habe«, zählte der

Berichterstatter umständlich auf, »insgesamt siebzehn Zeugen vernommen und mit Hilfe unserer Abteilungen neun und zehn Meldungseingänge und Befehlsausgänge überprüft.« Er warf einen Blick auf General Lupus und dann auf die Männer am runden Tisch. Er stellte mechanisch fest, daß Brosam, der hektische Nichtraucher, wild an seiner Zigarettenattrappe zog und Lungenzüge imitierte. »Ich konnte keinerlei Unregelmäßigkeiten feststellen. Die Nachrichtenübermittlung ging nach dem gleichen System vor sich, das sich in unzähligen anderen Fällen bewährt hat. Es ist auch seit diesen – sagen wir mal –, diesen Unglücksfällen nicht geändert worden und funktioniert reibungslos. In allen drei Fällen waren verschiedene Führungsoffiziere im Einsatz, sie hatten untereinander keinen Kontakt, kannten sich nicht einmal. Auch die Betroffenen wußten nichts voneinander. Im Fall Sindelfingen ist einer unserer Leute durch seinen Übereifer dem Werkschutz aufgefallen. In Bonn dürfte ein Kurier beobachtet worden sein, als er einen toten Briefkasten leerte. Von ihm aus verfolgte der Verfassungsschutz dann die Spur zum Büro, in dem unsere Kundschafterin arbeitete; sie wurde von uns gewarnt und konnte sich im letzten Moment in die DDR absetzen.« Lipsky sprach, als hätte er die Pfeife zwischen den Lippen, deren steter Gebrauch ihm einen schiefen Mund eingebracht hatte. »In München scheint einer der Beteiligten im Suff geschwatzt zu haben, und das ausgerechnet gegenüber einem BND-Mann.«

Brosam fummelte an seiner mustergültig sitzenden Krawatte herum. Lemmers vom Zentralkomitee schien ausschließlich darauf bedacht zu sein, keine Regung auf seinem Gesicht erkennen zu lassen. Konopka, der Vielbeschäftigte, kämpfte gegen seine Schläfrigkeit, und Laqueur blieb auch noch beim Zuhören ein Gentleman, der Aufmerksamkeit zeigte, ob es ihn nun anödete oder nicht.

»Selbstverständlich haben wir die Vorkommnisse auch vom Computer analysieren lassen«, fuhr Lipsky fort. »Die elektronische Datenauswertung hat nur bestätigt, daß jeder der Fälle anders gelagert ist und als Panne für sich bewertet werden muß. Keinerlei Hinweis auf eine undichte Stelle. Nicht einmal Fahrlässigkeit konnte festgestellt werden. Und ein Vergleich aller Fakten läßt sogar den Schluß zu, daß selbst menschliches Versagen auszuschließen ist. Ihr kennt ja das Problem, Genossen: Ihr könnt mustergültige Autofahrer sein und am Steuer eines Wagens in tadellosem Zustand, ohne eigene Schuld verunglücken.«

Er sah wieder Lupus an; der General nickte ihm zu.

»Ich möchte noch sagen, daß der Genosse Lipsky einen minutiösen Bericht von fast zweihundert Seiten angefertig hat, den ich unter Verschluß halte«, erklärte er dann. »Jeder von Ihnen kann ihn in meinem Büro jederzeit einsehen.«

»Habt ihr noch Fragen, Genossen?« übernahm Lipsky wieder seinen Part.

»Dreimal also dasselbe, und das innerhalb von vierzehn Tagen«, entgegnete Konopka, der seine Schläfrigkeit abgeschüttelt hatte. »Das ist ja wohl ziemlich häufig höhere Gewalt, oder?«

»Stimmt«, antwortete Phimoses, »aber an den Tatsachen ist nun nicht zu rütteln.«

»Lauter Zufälle«, stellte Lemmers, der Apparatschick, fest und erlaubte sich eine Art Witz: »Ich nehme an, daß wir selbst am besten wissen, wie man Zufälle herstellt.«

»Bleiben wir bei der Sache«, erwiderte Lipsky leicht ungehalten. »Ich habe von Generaloberst Lupus die Order erhalten, die Tatsachen zu untersuchen, nicht jedoch Folgerungen aus ihnen zu ziehen.« Da er saß, konnte niemand auf den roten Punkt starren, und so wirkte Phimoses sicherer als sonst. »Um solche zu erörtern, sind wir ja schließlich hier zusammengekommen.«

»Ich verstehe nicht, was dieser ganze Quatsch soll, Genossen!« polterte Gelbrich los. »Der Fall ist doch wohl klar wie eine Regenpfütze und läßt nur zwei Auslegungen zu: Entweder hat der Genosse Lipsky einen Bock geschossen – reg dich nicht auf, Ludwig, jeder von uns hier weiß doch, wie gründlich du arbeitest«, besänftigte er Phimoses, bevor der Referent hochschießen konnte. »Oder wir müssen den Mann suchen, und zwar hier im Haus, der den Zusammenhang zwischen den drei Pleiten im Westen ...«

»Hier im Haus?« unterbrach ihn Brosam gereizt. »Das ist doch wohl gewaltig weit hergeholt, Gelbrich.«

»Ich geh' sogar weiter«, stieß Gelbrich noch brutaler zu. »Jeder von uns hier im Raum könnte, zumindest theoretisch, die undichte Stelle sein.« Es sah ihm ähnlich, als einziger auszusprechen, was jeder von ihnen sich längst gedacht hatte, aber daß Gelbrich die Verdächtigungen bis ins Dienstzimmer von General Lupus vortrieb und die alten Genossen und Kampfgefährten des Verrats bezichtigte, machte sie selbst gegenüber einem Berufsproleten zornig. Sogar der höfliche Laqueur schüttelte den Kopf, Konopka grinste bissig, der Blutdruck steigerte sich sichtbar in Brosams Gesicht; es sah aus, als müßte der anschwellende Kopf des Genossen Kammgarn gleich platzen. Auch der farblose Lemmers, der Gruftspion, wirkte einen Moment entsetzt, über die kommunistische Majestätsbeleidigung. Wellershoff, der Besonnene, schlug mit der Faust auf den Tisch und erhob sich: »Das geht mir nun wirklich zu weit, Genosse Gelbrich«, konterte er. »Ich kann mir nicht vorstellen, wie diese ungeheure Pauschalverdächtigung uns irgendwie weiterbringen...«

»Ich bitte um Ruhe«, beendete General Lupus die ortsunübliche Turbulenz. »Ich danke Ihnen, Genosse Lipsky, für Ihre vorzügliche Arbeit. Ich sehe keinen Grund, an Ihrer peniblen Exaktheit zu zweifeln.« Er sah zu dem Mann von gestern auf dem Stuhl von heute hin, dem Scharfmacher im Haus, dem alles viel zu langsam vorankam und der die bourgeoisen Sitten haßte, die selbst hier im Ministerium bereits eingerissen waren. »Und Ihnen, Genosse Gelbrich, danke ich für Ihre sozialistische Wachsamkeit«, fuhr er ohne Spott oder Vorwurf fort. »Ich weiß zum Glück, daß Ihr Verdacht unbegründet ist; trotzdem trafen Ihre Worte ins Schwarze. Sie haben nur ausgesprochen, was unsere Gegenspieler in Pullach zur Zeit annehmen: ein Verräter in der Normannenstraße! Und wenn diese Schlafmützen aus dem Camp im Isartal schon aufgewacht sind, dann sollten wir ihre Munterkeit nützen und ihnen mit beiden Händen servieren, was sie haben möchten.« Um seinen knappen Mund spielte ein böses, schmallippiges Lächeln und war schon weggewischt, bevor es deutlich wurde. »Was ich Ihnen jetzt sage, Genossen, ist keine Vermutung: Seit den mißlichen Ereignissen der letzten Wochen träumt man im Pullacher Camp von einer späten Rache für Guillaume. Das verräterische Phantom, das bei uns herumgeistern soll, trägt in der unmittelbaren Umgebung des BND-Präsidenten bereits den Codenamen *der Sperber.*« Lupus griff sich eine ›Navy cut‹; der neben ihm sitzende Konopka gab ihm Feuer. »Wenn wir konsequent und schlüssig nachstoßen, können wir diesen Sperber als unseren Jagdfalken dressieren.«

Offensichtlich begriff Laqueur, der Schnelldenker, als erster, daß der General daran dachte, aus drei Einzelpannen eine Elefantenfalle zu errichten, und er lächelte geringschätzig, weil er diese Dickhäuter auf der anderen Seite nur zu gut kannte. Da ihm aber auch die Methoden des HVA-Chefs vertraut waren, begann sich Laqueur zu fragen, ob die Schlappen von Sindelfingen, Bonn und München nicht bereits zur Inszenierung des Generals Lupus gehört und ob nicht womöglich – als Start eines bedachten, wenn auch bedenkenlosen Vabanquespiels – Verrat auf Geheiß vorlag.

»Wenn ich Sie recht verstehe, wollen Sie also für die Gegenseite einen falschen Maulwurf in kolossaler Größe aufbauen, Genosse Lupus«, gab Konopka dem Untergrund-General ein Stichwort.

»Erraten, Konopka«, erwiderte er. »Zunächst einmal: Das Politbüro der SED ist bereits verständigt. Unsere sowjetischen Freunde in Moskau sind – wie ich bei meinem Besuch soeben feststellen konnte – mit einer solchen Operation nicht nur einverstanden, sie drängen mich gerade, sie voranzutreiben. Außer den schon Informierten und den hier Anwesenden wird niemand von dem Plan erfahren. Ich möchte noch einmal betonen: Der Fall Sperber hat sich von selbst entwickelt. Ohne unser Zutun. Inzwischen erhielten die Amerikaner bereits Wind von der Sache, sie setzen Pullach unter Druck, um beteiligt zu werden. Wie ich die Yankees einschätze, bleibt es nicht dabei; sie werden die ganze Affäre an sich ziehen. Damit steigt der Fall Sperber aus dem nationalen Bereich zu internationaler Dimension auf. Wenn wir den richtigen Köderfisch an den Haken hängen«, konstatierte der subversive General, in seiner Freizeit auch ein leidenschaftlicher Angler, »werden sie daran ersticken – wir können Pullach und den CIA gleichzeitig in einer noch gar nicht übersehbaren Größenordnung fertigmachen. Nun möchte ich mit Ihnen im einzelnen durchsprechen, welche Szenen wir unseren Gegnern in das Drehbuch schreiben.«

Major Sabotka, der jederzeit Zutritt auch zu Geheimgesprächen hatte – als Nachahmer des Generals von den anderen mit dem Spottnamen Lupusculus bedacht –, saß im Nebenraum und stellte fest, daß die Signallampe aufleuchtete, die mit den Tonbandgeräten gleichgeschaltet war. Diese direkte Nachrichtenverbindung über eine Magnetaufzeichnung gab es nur für Informationen aus dem DDR-Raum; falls sie mitgehört würden, wäre der Adressat in der Normannenstraße zugleich Lauscher. Der Referent des Generals wartete, bis das Kontrollämpchen erlosch, dann spulte er das Band zurück und tippte den Text mit zwei Fingern selbst in die Schreibmaschine: KLABAUTERMANN.

So nannte der Anrufer sein Codewort. Seine Stimme lief über Verzerrer, der jede Möglichkeit ausschloß, sie zu identifizieren. Es war nicht einmal der Rückschluß möglich, ob der Informant alt oder jung, männlich oder weiblich war; eine Kunststimme ohne Charakter.

Martin Keil hat soeben aus Bonn eine strengvertrauliche Mitteilung über den Rahmen der bevorstehenden Swing-Verhandlungen erhalten. Demnach ist die BRD-Regierung entschlossen, trotz Protestes der Opposition – selbst bei bisheriger Höhe des Pflichtumtausches bei der Einreise von BRD-Bürgern – den zinslosen Warenkredit der DDR weiterhin zu gewähren. Aus kosmetischen Gründen soll der Betrag, künftig jährlich kündbar, vorübergehend von 850 auf 600 Millionen verringert werden. Bonns Unterhändler haben Anweisung erhalten, den DDR-Behörden gegenüber äußerst unnachgiebig und energisch aufzutreten. Sollten sie dabei keinen Erfolg haben, ist mit dem Abschluß eines neuerlichen Swing-Abkommens auf der neuen Basis in etwa 14 Tagen zu rechnen.

Sabotka nahm das Blatt aus der Schreibmaschine, überlegte kurz. Die Nachricht erschien ihm wichtig genug, sie General Lupus in die Geheimbesprechung hineinzureichen, zumal Brosam und Konopka daran teilnahmen, deren Dienstbereich die Information betraf.

Er öffnete die Tür, blieb stehen. Lupus sah zu ihm hin, nickte ihm zu. »Was gibt's?« fragte er seinen persönlichen Referenten.

Der Major reichte ihm die Meldung. Lupus las sie aufmerksam durch und beugte sich zu dem neben ihm sitzenden Konopka: »Ich brauche Sie anschließend noch.« Dann drehte er sich zu Brosam um: »Sie bitte auch.«

Er schob die Meldung in die Tasche. »Wir werden also den Sperber hier im Haus genau nach den Vorstellungen, Wünschen und Träumen unserer Gegenspieler aufbauen«, erklärte er dann. »So wie die Pullacher und Amerikaner ihn sich wünschen, sollen sie ihn auch haben, und ...«

»Und wer soll das sein, Genosse Lupus?« fiel ihm Gelbrich ins Wort.

»Einer von uns«, erwiderte der General. »Ich sehe keine andere Lösung, wenn wir Nägel mit Köpfen machen wollen.«

»Einer der hier Anwesenden?« fragte der empfindliche Gelbrich betroffen.

»Warum nicht – wenn es uns weiterhilft.«

»Und an wen denken Sie dabei, Genosse Lupus?« fragte Gelbrich weiter.

»Wir haben noch Zeit, uns auf einen geeigneten Pappkameraden zu einigen«, besänftigte Lupus den Proleten vom Dienst. »Sie jedenfalls nicht, Gelbrich. Aber einer der anderen Genossen hier im Raum muß in den sauren Apfel beißen und vorübergehend diese Dreckarbeit übernehmen.« Er lächelte schief. »Es ist eine Laiendarstellung mit einer Stargage.«

»Es wird nicht so einfach sein«, erinnerte Laqueur. »Ein solcher Mann wirkt im Westen erst dann glaubhaft, wenn er einen glaubhaften Beweggrund vorzeigen kann, und wir hier sind ja wohl alle bewährte und überzeugte Genossen.«

Beweggründe, die DDR zu verlassen, gab es viele, und 3,1 Millionen Menschen hatten sie genutzt, als es noch möglich war, um in den Westen zu entschlüpfen. Aber die Vorstellung, einer der führenden Männer der Spionagefabrik, die sich seit Jahren an der Frontlinie des Untergrunds mit ihren Gegenspielern herumschlugen, könnte sich an einer ›Volksabstimmung mit den Füßen‹ beteiligen, schien absurd und abwegig.

»Ganz recht, Genosse Laqueur«, erwiderte der General. »Wir müssen ihnen ein überzeugendes Motiv bieten, und das haben wir auch.« Einen Moment lang war sein intelligentes Gesicht in Spott getaucht. »Wir nehmen ihren Höchstwert: Geld. Geld schlechthin. Vom Geld verstehen diese Kapitalisten etwas«, sagte er mit spitzen Lippen. »Um Geld dreht sich doch alles bei ihnen, und je gieriger, desto glaubhafter wird ein Judas mit dem SED-Abzeichen sein. Fangen wir an mit einer halben Million Dollar. Sicher wollen die Pullacher und die Amerikaner einige Vorleistungen haben. Dafür wird der Sperber sorgen und den Preis erhöhen und erhöhen und die Übergabe immer gewichtigeren Materials in Aussicht stellen.«

»Und das nehmen die uns ohne weiteres ab?« fragte Gelbrich weiter.

»Nicht ohne weiteres, aber wenn wir die Mischung richtig dosieren, bleibt ihnen gar nichts anderes übrig. Gewöhnliches Spielmaterial tut's in diesem Fall natürlich nicht. Hier brauchen wir Ungewöhnliches, und das heißt, daß wir schon mal ans Eingemachte heran müssen. Bei der Zusammenstellung bin ich auf Ihre Mithilfe angewiesen, Genossen.«

Laqueur hatte erkannt, daß der General den neuralgischen Punkt seines Plans erreicht hatte: Mit Speck fängt man Mäuse, aber die Mäuse hatten viel dazugelernt. Sie waren ziemlich resistent geworden und unterschieden längst zwischen Delikatesse und Gift. Man mußte ihnen schon eine besondere Nahrung zuführen, wenn sie sich zu Tode fressen sollten, und das hieß: mehr oder weniger eigene Leute ans Messer zu liefern, Agenten im Einsatz, die bisher unergiebig gewesen waren und die man deshalb abdrehen konnte. Die übliche Tour: dem Gegner Geheimnisse enthüllen, die er bereits kannte oder ahnte, würde versagen. Hier hieß es opfern, nicht spenden.

Laqueur überlegte bereits, welche seiner Leute verzichtbar wären, und die anderen würden es wohl ebenfalls tun. Befehl ist Befehl, und der Zweck heiligt die Mittel, auch bei den kommunistischen Jesuiten. Die Hexenjagd nach der Laus im eigenen Pelz, die BND und CIA mit Sicherheit bald vorgespielt werden würde, hätte noch den Nebeneffekt, die größte Spionagefabrik Mitteleuropas, die Resultate wie vom Fließband lieferte, auf Pannenquellen und säumige Mitarbeiter abzutasten und noch sicherer zu machen, als sie es bereits war.

Sie erwärmten sich langsam, dann aber bis zum Siedepunkt. Brosam machte an seiner Zigarettenattrappe gesundheitsneutrale Lungenzüge. Der besonnene Konopka pflückte bereits Vorschußlorbeeren. Der Optimismus Laqueurs, des Herrenreiters, ritt Galopp. Gelbrich nörgelte nicht mehr herum, sondern wirkte wie der Bauer, der sein Huhn im Topf hat. Nur Phimoses, der Berichterstatter, war traurig wie der Mann, der ein letztes Mal seinen Hund spazierenführt, bevor er ihn zum Einschläfern bringen muß.

Nach einer Stunde endete die Geheimbesprechung in Sachen Sperber. Die Teilnehmer hatten sich auf den Mann geeinigt, der die Rolle des Maulwurfs übernehmen sollte. Alle waren zufrieden, und Gelbrich, der Prolet vom Dienst, klopfte den roten Gentlemen Brosam und Konopka auf die Schulter, obwohl er sonst ihre feine Art nicht ausstehen konnte. Selbst Phimoses hatte in der Aufregung vorübergehend den verräterischen Rotpunkt vergessen. Lemmers, der Gruftspion, trug schwer an seiner Wichtigkeit, er hatte es eilig.

Lupus hatte für jeden ein Lächeln und einen Händedruck. Er mußte müde sein, aber der Fall Sperber hielt ihn auf Trab.

»Sehen Sie sich das an«, sagte er zu Konopka und reichte ihm die Tonbandabschrift. »Was halten Sie davon?«

»So ähnlich habe ich es mir vorgestellt«, erwiderte der rote Gigolo. »Manchmal wundere ich mich wirklich, was unsere Gegner für Einfaltspinsel sind.«

»Häufig«, schränkte der subversive Militär ein.

»Und die Nachricht ist zuverlässig, Sascha?« fragte Konopka.

»Wie immer«, bestätigte der General.

Bevaujots Günstling fragte nicht nach der Herkunft der Mitteilung. Sie war nicht die erste und würde nicht die letzte sein, die aus der gleichen Quelle stammte.

Einem Fachmann wie ihm war von vornherein klar, daß sie nur

vom Bonner Außenministerium oder aus der inoffiziellen Botschaft der Bundesrepublik in Ost-Berlin kommen konnte.

Konopka setzte auf die Hannoversche Straße – nicht erst seit heute.

3

Auf der Insel des Lichts war es schon Freitag, 7 Uhr 55 Ortszeit, als ich am Donnerstagnachmittag aus dem Headquarter von Langley – wo ich ein Gäste-Apartment bewohnte – im *Bali Hyatt* am Strand von Samur an der südlichen Westküste anrief, um Vanessa einen guten Morgen zu wünschen und sie zu bitten, meine Rückkehr abzuwarten, selbst wenn sie sich um ein, zwei Tage verzögern sollte.

Die Verbindung kam nicht so glatt zustande, wie ich es mir wünschte. Ständig war die Vorwahlnummer belegt. Endlich kam ich durch, hörte aber zunächst nur Balis ewige Gamelan-Musik. Das *Hyatt*, ein internationales Ferienhotel, war in der Saison fast immer voll ausgebucht, aber der Mann, der sich schließlich meldete, vermutlich ein Hausboy bei der Reinigungsarbeit, sprach nur dürftiges Pidgin-Englisch.

Als er endlich begriff, was ich wollte, war die Leitung wieder zusammengebrochen.

Ich begann von neuem mit meinem Geduldsspiel, geriet dabei in Zeitnot, denn in 20 Minuten wollte mich der große Gregory sprechen, und der CIA-Vice haßte Unpünktlichkeit – ich übrigens auch. Schließlich kam ich durch; jetzt war am anderen Ende der Leitung auch der zuständige Rezeptionist auf dem anderen Kontinent: »Good morning, Sir«, sagte er, als ich mich gemeldet und um Verbindung mit Miß Vanessa Miles gebeten hatte. »Just a moment, Sir.«

Ich freute mich schon auf Vanessas Stimme und auf ihre Verblüffung. Ich sah sie ein paar Sekunden lang vor mir, in einem Nichts von weißem Nighty auf ihrer gebräunten Haut, die so appetitlich duftete, daß sie mich verwirrte und überwältigte. Ich spürte wieder ihre Haarspitzen wie kleine, elektrische Schläge an meiner Gesichtshaut. Einen Moment lang wurde ich von einer Art Glücksgefühl überflutet, das mich beinahe eifersüchtig auf mich selbst machte.

Es war, als wollte ich alles, was ich an Gefühlsregungen bei anderen Frauen eingespart hatte, in die Ferien-Gefährtin der Trauminsel ›Morgen der Welt‹ verschwenden.

»I am sorry, Sir«, meldete sich der Hotelbedienstete wieder. »Ich kann Sie nicht verbinden, Miß Miles ist leider schon abgereist.«

»Abgereist?« rief ich mit einer Stimme, über die ich selbst erschrak. »Aber ihre Gruppe fliegt doch erst morgen nach Bangkok weiter.«

»Sorry, Sir«, wiederholte er. »Miß Miles ist vor einer Stunde zum Airport gefahren. Wie war Ihr Name, Sir?«

Ich wiederholte ihn.

»There is a message for you«, entgegnete der Portier.

Ich wußte sofort, daß die Notiz, die Vanessa für mich hinterlassen hatte, eine Hiobsbotschaft war.

»Hören Sie«, fuhr der Mann am Telefon fort, »Miß Miles mußte plötzlich in einer dringenden Familienangelegenheit nach Großbritannien zurückfliegen. Vielleicht können Sie Miß Miles noch am Airport erreichen.«

Ich ließ mir die Telefonnummer vom Flughafen Ngurah Rai geben und Vanessa dort ausrufen. Vergeblich. Ich grübelte erfolglos darüber nach, was vorgefallen sein mochte. Schmerzlich und in Raten begriff ich, daß es für mich, ganz gleich, wie mein Gespräch mit Thomas E. Gregory ausgehen würde, keinen Rückflug auf die Paradiesinsel gäbe. Es war ein Absturz in Raten.

Es gelang mir nicht einmal festzustellen, mit welcher Fluglinie Vanessa abgereist war. Es gab mehrere Möglichkeiten mit verschiedenen Zielorten. Es war wenig sinnvoll zu hadern, daß sie in der Aufregung offensichtlich vergessen hatte, einen Hinweis für mich zu hinterlassen. Irgendwann müßte es ihr einfallen, und dann würde sich Vanessa mit Sicherheit bei mir melden, unter der Deckadresse, die ich ihr für alle Fälle übergeben hatte; die Frage war nur, wo ich mich dann wirklich aufhielt.

Ich witterte förmlich, wie mich der große Gregory bereits zwischen seinen Klauen festhielt. Ich wehrte mich dagegen, aber ich spürte eine Unruhe – auch was Vanessa betraf – und stemmte mich dagegen. Es war schwer, mich auf den Fall *No Name* zu konzentrieren, obwohl er es in sich hatte.

Quer durch Deutschland verlief die Ost-West-Teilung und machte mein Geburtsland zu einem Schlachtfeld des Untergrunds. Niemand konnte sagen, wie viele Stasi-Agenten sich im Westen eingeschlichen hatten, mit Sicherheit Tausende, und die meisten von ihnen waren Überzeugungstäter, die mit üblichen Mitteln nicht zur Strecke gebracht werden konnten.

Wenn einer Geld nimmt und auf großem Fuß lebt oder einer auf ihn angesetzten Frauen verfällt, durch Spiel- oder Wettschulden in Bedrängnis gerät, so hinterläßt er für die Fahnder deutliche Spuren. Keinen Hinweis auf seine subversive Absicht gibt jedoch ein überzeugter Kommunist, der sich verstellt und womöglich noch auf den Osten schimpft, dem er gestohlene Geheimnisse ausliefert.

So war es bei einem gewissen Maier, einem tüchtigen Mitarbeiter der Forschungsabteilung eines Elektrokonzerns in Sindelfingen. Jeder, der ihn kannte, war der Meinung, er würde innerhalb der Firma sehr rasch Karriere machen. Dann kam ein anonymer Anruf an den Werkschutz: Der Mann heiße gar nicht Maier, sondern Kettenstroh und sammle zugunsten des Ostens Produktionsgeheimnisse. Der Konzern verständigte den Verfassungsschutz, der Maier alias Kettenstroh beschattete und auf zwei weitere Komplizen stieß. Alle drei wurden festgenommen und durch Indizien hinreichend überführt. Von dem Anrufer freilich, der den Wink gegeben hatte, fehlte jede Spur. Vermutlich hatte er durch eine Plastikfolie über der Sprechmuschel seine Stimme unkenntlich gemacht.

Szenenwechsel: Wieder ein Anruf in Bonn. Im Bundeskanzleramt. Wieder eine unkenntliche Stimme, aber diesmal nannte der Anonymus sich Sperber und behauptete, entscheidend zur Aufklärung des Falls Sindelfingen beigetragen zu haben. Es konnte ein Spinner sein oder ein Wichtigtuer, aber tatsächlich führte sein Anruf zur Entlarvung einer Ostagentin in einer Schlüsselstellung, die freilich im letzten Moment entkommen konnte.

Und dann hatte sich wieder ein Anrufer gemeldet: in München. Die Flügelschläge des Sperbers verwandelten Pullach in ein Hornissennest.

Es kam freilich immer wieder vor, daß auf der anderen Seite ein Spion absprang, um sich dadurch eine goldene Nase zu verdienen. Aber in allen diesen Fällen waren zuerst Geldforderungen gestellt und dann die Informationen geliefert worden. Wer sich hinter dem Decknamen Sperber auch verbergen mochte, hatte ein neues Verfahren erfunden: die nachträgliche Honorierung.

Im Camp waren inzwischen die drei Fälle verglichen und vom Computer ausgewertet worden. Falls das Ergebnis stimmte, handelte es sich um drei voneinander unabhängig operierende Agentenringe. Untergeordnete Chargen im Staatssicherheitsdienst konnten Kenntnis von einer Organisation haben; wer alle drei kannte, mußte Zugang zu sämtlichen Vorgängen der obersten Geheimhaltungsstufe haben und damit in unmittelbarer Umgebung von General Lupus sitzen.

Das war ein elektrisierender Schluß, sofern er stimmte. Aber die vielen Fragezeichen, die blieben, konnten einem Mann wie Thomas E. Gregory nicht entgangen sein. Wenn er sich trotzdem bereits in diesem Stadium mit Verve auf die Affäre stürzte, mußte er noch Material in der Hinterhand haben, das im Dossier nicht enthalten war.

Es fiel mir schwer, die Operation *No Name* sachlich zu werten und mich auf Pullach zu konzentrieren, denn Bali stand mir im Moment näher. Ich sah auf die Uhr; es war Zeit, dem CIA-Vice gegenüberzutreten. Ich betrachtete mich im Spiegel und versuchte, mein Gesicht zu ordnen.

Der große Gregory saß an seinem Schreibtisch und löffelte einen Natur-Joghurt mit dem Behagen, das ein normaler Mensch beim Verzehr eines saftigen Steaks empfindet. »Sit down, Lefty«, forderte er mich gutgelaunt auf.

Ich ließ mich nieder und schob ihm in einem verschlossenen Umschlag das Dossier des Falls *No Name* zu.

»An appetizier, is'nt it?« fragte der große Gregory, für seine Verhältnisse fast vergnügt.

»Sure, Sir«, erwiderte ich.

Ich wollte ihm nicht gleich sagen, daß mir seine Delikatessen auf den Magen geschlagen waren. Er sah es mir vermutlich an. Wiederum hatte ich – wie schon bei der Lektüre der Materialsammlung – das unbestimmte Gefühl, in eine Art Verschwörung geraten zu sein. Bevor ich mich mit der Qualität der Unterlagen befaßte, hatte ich bereits festgestellt, daß das Kuckucksei im Pullacher Nest schon vor meinem Abflug in die Ferien ausgebrütet worden sein mußte.

»Schießen Sie schon los, Lefty«, forderte mich mein zweifelhafter Gönner auf und sah mich an wie ein Chirurg den Patienten, den er gleich unter das Messer nehmen wird. »Sie haben natürlich anhand der Eingangsstempel sofort gesehen, daß uns die ersten Hinweise bereits vor Wochen erreicht haben«, versuchte er meinen Grimm zu entmannen.

»Richtig, Sir«, bestätigte ich. »Und ich frage mich, warum Sie mich jetzt partout an diesen Fall setzen wollen, nachdem Sie mich damals nicht hinzugezogen hatten.«

»Aus zwei Gründen«, antwortete der Vice, ungewöhnlich geduldig. »Erstens erreichte uns der wichtigste Teil der Informationen erst, als Sie bereits in Ihr schlitzäugiges Abenteuer aufgebrochen waren, und dann wurden Sie inzwischen von einem unserer besten Männer angefordert – Sie persönlich, Lefty!«

»Ich werde mir die Blume ins Knopfloch stecken«, spottete ich.

»Cassidy«, nannte Gregory den Namen in der Manier des großen Magiers, der die nackte Jungfrau aus dem Kasten zaubert. »Sind Sie nicht sein Freund?«

»Hoffentlich bleibe ich es auch«, entgegnete ich. »Was hat Steve eigentlich mit dem Camp im Isartal zu tun?«

»Eine ganze Menge«, erwiderte Gregory. »Wir haben ihn vorübergehend als unseren Sonderbevollmächtigten in die Zentrale des Bundesnachrichtendienstes entsandt.« Er sah mich mit seinen kleinen starren Augen an, die wie hineingedrückt in tiefen Höhlen steckten. »Ich garantiere Ihnen, daß ich nichts damit zu tun habe, wenn Ihr Freund zu der Auffassung gelangt ist, daß er Sie unbedingt braucht, Lefty.«

Er konnte sagen, was er wollte. Gregory wußte ziemlich genau, daß ich kaum eine Möglichkeit hatte, eine Anforderung Steves auszuschlagen. Es gab eine stattliche Reihe von CIA-Leuten, mit denen ich recht gut auskam – und mindestens genauso viele, die ich nicht ausstehen konnte. Aber Steve war mein einziger Freund, und das nicht grundlos. Er hatte mich bereits zweimal aus der Klemme geholt und mir dabei einmal mit Sicherheit das Leben gerettet. Cassidy würde sich eher die Zunge abbeißen, als mich daran zu erinnern, daß noch eine Dankesschuld bestand. Er brauchte es auch nicht, denn das besorgte schließlich der Vice-Director von Langley.

»Kommen wir endlich zur Sache«, forderte mich der große Gregory zu einer Analyse auf, die ebensogut er wie jeder andere Deutschland-Spezialist im Hause erstellen konnte. »Was halten Sie von diesen Vorgängen?«

»Es ist noch zu früh, um etwas davon zu halten«, erwiderte ich. »In diesem Stadium stehen noch viele Möglichkeiten offen. Zunächst einmal sieht es aus wie die ein wenig unübliche Eröffnung eines gewöhnlichen Geheimdienstspiels, in einer allerdings beträchtlichen Größenordnung. Es ist unübersehbar, daß Pullach in der Tat in rascher Folge drei ungewöhnliche Einbrüche in SSD-Agentenringe gelungen sind, vermutlich durch Hinweise von der anderen Seite, womöglich in allen drei Fällen dieselbe Quelle. Sie liegt im dunkeln. Wer der Informant auch sein mag, er hat keinen Namen, kein Gesicht, keine Dienststelle – und was noch weit mehr zählt, vorderhand auch kein Motiv.«

»Stimmt«, erwiderte mein Gegenüber, »aber wenn er das Spiel fortsetzen will – wenn er es nicht wollte, hätte er es mit Sicherheit nicht eingeleitet –, muß er umgehend und irgendwie aus dem Dunkel heraustreten und uns eine Gegenleistung abverlangen, und dann erfahren wir auch das Motiv und können uns mit ihm beschäftigen.«

Gregory hatte natürlich recht, und ich mußte ihm zustimmen. »Es gibt gewisse Hinweise, die eine Mußmaßung rechtfertigen, der große Unbekannte säße in unmittelbarer Nähe des Stasi-Generals Lupus«, sagte ich, »und damit beginnt bereits die Schweinerei: Die Hinweise können konstruiert sein, Leimruten, auf die wir kriechen sollen.« Ich suchte die Augen des großen Gregory. »Entweder haben Sie mir in dem Dossier Material vorenthalten, Sir, oder Sie setzen neuerdings in einer Art Wunschdenken auf gewaltige Spekulationen.«

»Bleiben Sie nur kritisch, Lefty«, fing er meine Spitze ab. »Sie wissen ja, wie sehr mir voreiliger Überschwang zuwider ist.«

»Gut«, erwiderte ich. »These Nummer eins: Es kann sich bei den Entlarvungen um ein zufälliges Zusammentreffen von Abwehrerfolgen handeln.«

»Möglich, doch unglaubhaft.«

»Das ist es eben, Sir. Wir sind so sehr in unsere Kabalen verstrickt, daß uns die Banalitäten und Eventualitäten des täglichen Lebens entgehen. Sie wissen, was ich meine, Sir?«

»Nein«, entgegnete Gregory. »Das sollten Sie mir schon genauer erklären.«

»Ein Arzt wittert überall Bazillen, ein Pfarrer Sünden, ein Bankdirektor Pleiten, eine Nutte Freier, und wir – wir sehen in jeder Zufälligkeit einen Fallstrick der Gegenseite.«

»Und Ihre These Nummer zwei?« überging der CIA-Gewaltige meine saloppe Ausdrucksweise.

»Ich will nur noch sagen: Wenn es wirklich Zufälle waren – das Gegenteil ist noch nicht bewiesen und vielleicht auch nie beweisbar –, droht die Gefahr, daß wir mit Kanonen auf Spatzen schießen. Vielleicht wäre es das beste, die Akten zu schließen, Sir, und auf weitere Glücksfälle zu warten.«

»Und bis sie eintreten, soll ich Sie wieder auf Ihre Paradies-Insel zurückschicken.«

»Ich hätte nichts dagegen, Sir«, antwortete ich. »These Nummer zwei: General Lupus hat meines Erachtens sofort eine Untersuchung der Pannen angeordnet. Selbstverständlich muß er annehmen, daß Verrat im Spiel ist. Der Ausgang seiner Fahndung ist klar: Entweder gibt es keinen Maulwurf in seinem Lager, oder er läuft schleunigst über, oder wird – oder ist bereits – liquidiert.«

»Nicht von der Hand zu weisen«, erwiderte Gregory. »Aber vielleicht dreht es sich gar nicht um einen Untergeordneten, sondern es handelt sich um General Lupus persönlich. Sie wissen doch, Lefty, daß er uns seit einiger Zeit besondere Rätsel aufgibt.«

Drahtzieher der unsichtbaren Front sind im allgemeinen auch bei ihren eigenen Leuten mehr gehaßt als beliebt. Der Chef der Hauptverwaltung Aufklärung war eine Ausnahme. Er wurde von seinen Mitarbeitern vergöttert; selbst Überläufer, die dem verlassenen Arbeitgeber selten etwas Gutes nachsagen, bezeichneten ihn als hochintelligent und faszinierend im persönlichen Umgang. Sie rühmten seine Schlagfertigkeit und Führungsqualität ebenso wie sein Eintreten für die sozialen Belange seiner Mitarbeiter, die er selbst bei Versäumnissen nicht ohne weiteres fallen ließ. Solcherlei Berichte stimmten überein, was aber noch kein Beweis war, daß sie auch zutrafen.

Lupus war im Schwäbischen geboren und als Sohn eines deutschen Arztes und Bühnenschriftstellers in Moskau aufgewachsen. Das bekannteste Drama seines Vaters trug den Titel *Zyankali*, und genauso giftig wie HCN waren auch die subversiven Ränke, die der Sohn für den zweiten deutschen Staat betrieb. Immer wieder gelang es ihm, Bonner Regierungsstellen zu unterwandern und schließlich einen Agenten sogar im Vorzimmer des Bundeskanzlers zu plazieren. Ein Jahrzehnt lang saß er in der BND-Zentrale mit am Tisch: Der Regierungsrat Heinz Felfe und zwei weitere frühere SS-Männer hatten über 300 Minox-Filme mit 15661 Aufnahmen sowie 20 Tonbänder und zahllose Funkmeldungen an den Osten geliefert. Ein Jahrzehnt war das Camp durchsichtig gewesen wie ein Glashaus. Dieser Zustand war zwar beendet, aber eine Wiederholungsgefahr ist immer gegeben.

General Alexander Lupus, der Westdeutschland zu einem Tummelplatz seiner Agenten gemacht hatte, war in Untergrundkreisen legendär. In Ostdeutschland selbst kannte ihn keiner. Sein Name wurde nie erwähnt, sein Foto nie gezeigt. Man wußte nur, daß er eine Nickelbrille trug, Geheimratsecken mit angegrauten Haaren hatte und dem Minister für Staatssicherheit, der es vom Polizistenmörder des Jahres 31 zum allmächtigen DDR-Polizeichef gebracht hatte, loyal ergeben war.

Im März 1982 war sein Bild plötzlich im *Neuen Deutschland* zu sehen gewesen. Sein Bruder Konrad Lupus, der Präsident der Ostberliner Akademie der Künste, war gestorben, und der Untergrundstratege stand mit seinen Angehörigen am offenen Grab und ließ sich auch von zahlreichen westlichen Fotografen ablichten. Bei aller Trauer – man wußte, daß er seinem an Krebs verstorbenen Bruder sehr zugetan war – hätte er die Veröffentlichung verhindern können, in der DDR-Presse ohnedies und im Westen durch Aussperrung der ausländischen Fotografen von der Bestattung.

Seitdem rätselten alle westlichen Geheimdienste darüber, was diese bewußte Zurschaustellung bedeutete: Sollte Lupus der Nachfolger seines 75 Jahre alten Ministers Mielke werden oder – wie nicht selten und vielleicht auch nicht unbegründet behauptet wurde – beim SED-Zetka in Ungnade gefallen sein und bald abgelöst werden?

»Wenn an diesen Gerüchten etwas ist, Sir«, sagte ich zum großen Gregory, »dann bestünde die Möglichkeit, daß Lupus versucht, durch einen halsbrecherischen Alleingang seinen alten Glanz wieder aufzupolieren.«

Der Vice zeigte sein mumifiziertes Lächeln.

»Ich halte es jedoch für viel wahrscheinlicher, daß er der Nachfolger seines Ministers wird. Dann kommt sein Bild ohnedies in alle Zeitungen; er bleibt in seinem Fach, ist aber weitgehend der Schußlinie entzogen. Vielleicht möchte er vor seiner Beförderung noch ein besonderes Kabinettstückchen liefern.«

»Zum Beispiel?«

»Den Fall Sperber«, entgegnete ich, »abgesprochen mit Zetka und KGB, eine selbst arrangierte Durchstecherei, Agenten, die den Gegenspielern geopfert werden wie bei einem Schachspiel Bauern zugunsten der Offiziere. Ich traue Lupus trotz seiner menschenfreundlichen Fassade alles zu. Wir haben ja schließlich unsere Erfahrungen mit ihm. Wir wissen, daß er alle Möglichkeiten der Dreckslinie rücksichtslos ausnutzt und dabei gegebenenfalls seine Leute nicht schont.« Ich sah ihn an, bevor ich zuschlug: »Jeder Geheimdienst schlachtet gelegentlich seine Opfertiere.«

»Kümmerliche Kaninchen«, schnaubte der Vice, »kein preisgekröntes Zuchtvieh. Bedenken Sie doch, Lefty: Die drei Agenten von Sindelfingen sind als Wirtschaftsspione für den Osten unersetzlich.«

»Ein Spieler riskiert mitunter den Höchsteinsatz, um den Spitzengewinn zu erraffen«, erwiderte ich.

»Die Sekretärin des Auswärtigen Ausschusses ermöglichte der SED-Regierung Einblicke bereits in die Konzepte der Bonner Ostpolitik – und das nun schon seit vielen Jahren.«

»Die Agentin wurde gewarnt und ist in die DDR entkommen«, konstatierte ich.

»Das stimmt zwar«, entgegnete der Mann auf der anderen Seite des Schreibtisches, »aber eine ungemein wertvolle Nachrichtenquelle ist dadurch für immer versiegt.«

»Vielleicht gibt es längst eine zweite, die die erste entbehrlich macht«, versetzte ich.

»Als Kassandra sind Sie große Klasse«, erwiderte Gregory gereizt und lenkte sofort wieder ein. »Ein Jammer, daß so ein gewitzter Mann wie Sie uns verlassen will«, sagte er elegisch und setzte dann penetrant hinzu: »Zum Glück erst in drei Wochen. Keine Angst, Lefty, unser Abkommen über Ihren Wechsel in den Auswärtigen Dienst gilt noch immer, aber es wäre mir lieb, wenn Sie uns bis dahin helfen würden, das Dunkel um diese verdammt undurchsichtige Affäre zu lichten.«

»Das würde ich gern tun«, antwortete ich betont freundlich, »aber ich darf Sie daran erinnern, daß ich bis zu meinem Ausscheiden Ende des Monats noch Urlaub habe und ab ersten Juli meinen Dienst bei der US-Botschaft in Mehlen bei Bonn antreten muß.«

Der große Gregory stieg aus seiner guten Laune wie Frau Potiphar aus ihrem geblümten Morgenmantel, aber er wurde nicht attraktiver dabei. »Nun hören Sie mir einmal gut zu, Sie Möchtegern-Aussteiger«, wies er mich zurecht. »Ich habe Ihrer Versetzung keinen Stein in den Weg gelegt, weil Sie Verdienste um unsere Organisation haben und weil ich der Meinung bin, daß Sie uns auch weiterhin von Nutzen sein können. Es ist Ihnen doch wohl klar, daß wir einen Mann wie Sie nicht einfach ziehen lassen. Ich setze als selbstverständlich voraus, daß Sie uns insoweit noch erhalten bleiben, als man Sie bei den US-Auslandsmissionen als Abwehrmann verwenden wird.«

In seinem Gesicht mit der pergamentfarbenen Haut konturierte sich ein mageres Lächeln. »Es ist nur ein halbes Good-bye, das wir Ihnen gewähren.« Er stieß zu wie ein Turmfalke: »Und das auch erst in drei Wochen. Mit dem Außenminister werde ich eine spezielle Urlaubslösung für Sie persönlich besprechen.« Er stand auf, nahm das Dossier und verschloß es sorgfältig in seinem

Office-Tresor. »Ich gebe zu, daß ich Sie ein bißchen plötzlich aus Ihren Träumen gerissen habe; die Zeitverschiebung, der Klimawechsel und nunmehr Deutschland-West, statt Fernost. Was sein muß, muß sein. Ich will Sie nicht drangsalieren, Lefty!« Er sprach ohne Bedauern und ohne Wärme. »Auch wenn es Sie momentan hart trifft, wird es Sie bald trösten.« Über sein von den Jahren angefressenes Gesicht lief ein Lächeln wie Salzsäure. »Ich kann Ihnen bestätigen, daß Sie bei Ihrem Ferienabenteuer in Indonesien nicht viel versäumt haben – trotz der bemerkenswert zarten Pfirsichhaut von Miß Miles.«

Es war ein Knockout, und mir wurde schwindlig.

Vanessa mußte mich genauso hereingelegt haben wie dieser abgefeimte Puppenspieler. Meine Gefühle machten bankrott, und ich konnte momentan nicht mehr tun, als zu verbergen, wie heftig der Schock war: diese dunkelblauen Augen, klar und rein wie ein Bergsee, diese scheue, zurückhaltende Art, dieser grazile Körper, für den man die Empfindungen aufsparte, bevor man ihn berührte – ich wehrte mich gegen den Gedanken, daß die Frauen aus uns Esel machten – sofern wir uns nicht wie Schweine benahmen.

Jedenfalls steckte hinter Vanessas plötzlicher Familienangelegenheit nichts anderes als meine zweifelhafte Firma – Romeo und Julia nach CIA-Art.

»Sie haben also Vanessa auf mich angesetzt?« fragte ich mit einer Stimme, die auf Sandkörner biß.

»Seien Sie nicht kindisch«, wies mich Gregory zurecht. »Glauben Sie, ich lasse einen Mann wie Sie völlig unbeaufsichtigt durch Fernost globetrotten?«

»Sie halten es für nötig, Sir, mich noch drei Wochen vor meinem Ausscheiden bespitzeln zu lassen?«

»Was ist das für eine Ausdrucksweise?« stauchte er mich zurecht. »Ich habe Sie nicht bespitzeln, sondern abschirmen lassen. Außerdem: Tests sind immer nötig. Ein Auto muß ja auch immer wieder zur Inspektion.«

»Nur bin ich ein Mensch und kein Fahrzeug«, erwiderte ich.

»Richtig«, sagte er, »und ein tüchtiger Experte dazu. Ich bin mir darüber im klaren, daß Sie die Gegenseite nicht hereingelegt hätte, denn Sie haben sich an unsere Residentur in Djakarta sogar noch vor der von uns als normal angesetzten Verzögerungszeit mit der Bitte um Auskunft über Miß Miles gewandt.«

»Wie schön, daß ich nicht aufgefallen bin«, ironisierte ich. »Gelernt ist gelernt, nach elf Jahren, isn't it, Sir?«

Der Vice reagierte nicht.

»Aber es ist kein Fair play. Ihr Mann in Djakarta hat mich nach allen Regeln seiner schäbigen Kunst durch eine Falschaussage getäuscht.«

»Werden Sie nicht albern, Lefty«, wies mich die Mumie zurecht. »Der Mann hat in meinem Auftrag gehandelt. Auf Befehl, Lefty.« Er fixierte mich. »Und Sie würden doch auch meinen Befehl ausführen, ob es Ihnen paßt oder nicht.«

»Noch drei Wochen lang, Sir«, entgegnete ich.

Selbst meine Stimme zeigte Genugtuung.

»Außerdem war es ein Doppeltest«, fuhr der große Gregory schamlos fort. »Auch Ihre Bewacherin hatte sich in den folgenden Tagen einer Probe zu stellen.« Er nickte mir zu. »Die Dame hat ebenfalls bestanden, mit Auszeichnung. Das war für mich nicht unwichtig, denn sie ist eine Debütantin.«

Sollte er sagen, was er wollte, wer ihm glaubte, war selbst daran schuld.

Ich sah auf die Uhr und dachte an den Kalender.

Drei Wochen würde ich noch durchstehen, dann wären solcherlei Mätzchen vorbei, erledigt, ausgestanden, und das bedeutete, daß künftig und erstmals eine Frau für mich eine Frau sein würde und kein Objekt, das zuerst mich testen sollte, bevor ich ahnungslos zur Gegenprobe schritt und dadurch zur Unterhaltung des alten Gregory beitrug.

Menschen, ihre Träume, Hoffnungen und Gefühle zählen einen Dreck im Untergrund, es sei denn als Waffe oder Daumenschraube. Und das war noch die humanste Art, einen Mann auf den Marschstraßen des Hinterhalts in der vorgeschriebenen Bahn zu halten, kontrolliert und manipuliert, herumzuschieben. Und darum wünschte ich ja diesen Satansjob zur Hölle.

Ich dachte an Vanessa, und mir wurde übel. Eine Debütantin? Vielleicht. Womöglich aber auch ein besserer Profi als ich. Hereingefallen waren wir wohl beide, aber mich traf es wahrscheinlich härter, denn ich hatte Gefühl gezeigt und wehrte mich noch immer dagegen, nur den Irrtum einzugestehen.

Im Untergrund trägt man kein Herz.

Es zählt nur beim Gegner – als Zielansprache.

»Sie müssen müde sein, Lefty«, erinnerte sich Gregory endlich. »Der Schock und die Strapazen. Schlafen Sie sich gründlich aus. Wir sehen uns morgen früh um neun Uhr wieder, hier in meinem Office.« Er setzte hinzu »Und es wird interessant für Sie werden.«

Ich wußte, daß ich am nächsten Tag Nachträge zu diesem Fall zu sehen bekäme, die er mir bislang unterschlagen hatte.

4

Der Frühsommer spielte Spätherbst. Windstöße und Regenschauer fegten an diesem Samstag die Berliner Straßen von Passanten leer. Auf beiden Seiten der Stadt waren fast nur noch Liebespaare unterwegs, eng aneinandergedrängt, als wollten sie beweisen, daß der Liebe im Lauf der Jahrtausende auch nicht viel Neues mehr eingefallen war. Wenigstens Wetter und Liebesspiel waren noch einheitlich in der zweigeteilten Weltstadt.

Es war nicht die einzige Gemeinsamkeit. Im Osten wie im Westen saß man vor dem Bildschirm und sah meistens das gleiche Programm, aber hier begann bereits wieder der Unterschied: Bei den Werbeeinblendungen wurden die Westberliner vom Überfluß angeödet, während sie den Zuschauern auf der anderen Seite ein Schlaraffenland vorgaukelten. Freilich lag kein Kuchen dazwischen, durch den man sich beißen konnte, sondern die Mauer.

Viel zu schnell jagte eine schwere dunkle Limousine durch die Heinrich-Heine-Straße, die zu einem der Grenzübergänge in der Mauer führte und deshalb mit Sicherheit Tag und Nacht scharf kontrolliert wurde. Ein paar Kilometer Geschwindigkeit zuviel oder auch nur ein Tropfen Alkohol konnten den Führerschein kosten. In diesen Dingen zeigte die Volkspolizei keinerlei Toleranz. Toleranz war ohnedies nicht ihre Stärke. Und – im Verhältnis zur Bevölkerungszahl –, es gab im deutschen Osten doppelt so viele Polizisten wie im Westen.

Der eilige Fahrer zwängte sich rücksichtslos an der Schlange Westberliner Fahrzeuge vorbei, die umständlich abgefertigt wurde. Ein Leutnant stellte sich ihm wütend in den Weg. Einen Moment lang sah es aus, als wollte ihn der Wagen mit der Diplomatennummer des Ostberliner Handelsministeriums rammen.

Dann erkannte der Vopo-Offizier den Mann am Steuer. Mitten aus der Bewegung heraus stand er stramm: Der Passierschein dieses Grenzgängers mußte nicht kontrolliert werden. Der Insasse der Nobelkutsche – sowjetisches Fabrikat – stellte selbst Passierscheine aus.

Der Leutnant signalisierte freie Fahrt.

Der Bevorzugte rollte seinen Wagen auf einen reservierten Parkplatz, stellte ihn ab, verschloß ihn sorgfältig, ging um ihn herum und kontrollierte pedantisch noch einmal die rechte Seite.

Fast gleichzeitig, wie zufällig, trat der Spitzenfunktionär vom Staatssicherheitsministerium aus der Wachstube. »Dann wünsch ich einen schönen Abend, Genosse Konopka«, grüßte Gelbrich jovial.

Der späte Grenzgänger war auf die übliche Ost-Anrede wenig erpicht. Genosse kommt von Genuß – und viele der so Titulierten waren wirklich ungenießbar.

»Was ist denn eigentlich heute los?« fragte der Prolet vom Dienst im Oberstenrang: »Veranstaltet ihr im Scheiß-Westen ein Rudelbumsen?«

»Wieso?« fragte Konopka. »Wie kommen Sie darauf?«

»Vor genau zwanzig Minuten ist schon Brosam hier durchgefahren.«

»Was weiß ich«, erwiderte der subversive Diplomat. »Vielleicht hat der Genosse Kammgarn auch noch auf der anderen Seite zu tun.«

»So spät seid ihr noch im Dienst?«

»Sie doch auch, Genosse Gelbrich«, entgegnete Konopka.

»Ich kontrolliere gerade die fortschrittliche Grenze«, stellte der Stasi-Mann fest. »Sondereinsatz außerhalb der üblichen Routine.«

»Und ich passiere sie«, versetzte Konopka. »So ungerecht ist die Welt.« Er lächelte den Oberst an. Was der Mann dachte, lag wie eine abwischbare Schicht auf seinem Gesicht: *Spritztour in den Goldenen Westen, was? Einkaufsbummel mit unseren raren Devisen, wie? Und dann raffinierte Kapitalisten-Weiber bumsen, nicht? Mal was anderes als unsere östliche Rohkost, ha?*

»Kann ich Ihnen von drüben was mitbringen, Gelbrich?« fragte Konopka.

»Nein, danke«, antwortete der Kollege aus dem Kreis um General Lupus und grinste. »Ich bin Selbstversorger.« Er warf seine halbgerauchte Zigarette im hohen Bogen weg, verfolgte gelassen, wie ein junger Volkspolizist herbeiflitzte, sie ausdrückte und in den Abfalleimer legte.

»Oder vielleicht doch, Genosse Konopka.« Obwohl ihnen keiner zuhören konnte – außer, sie belauschten sich gegenseitig selbst mit Wanzen –, setzte er leise hinzu: »Den Sperber, tot oder lebendig. Gefesselt und verschnürt. Anruf genügt, und ich schicke Ihnen einen entsprechenden Kofferraum.«

»Nichts leichter als das«, spottete Konopka. »Haben Sie schon mal einen Geist gefangen, Gelbrich?«

»Bisher nur Weingeist«, versetzte der Oberst. »Alsdann: viel Vergnügen, Genosse!« schloß der Stasi-Funktionär das Gespräch und schaute Konopka mit Wolfsaugen nach.

Der Sperber war seit der Geheimbesprechung bei General Lupus ein beliebtes Gesprächsthema im roten Untergrund. Vielleicht handelte es sich nur um ein Gerücht. Womöglich war er aber auch ein Phantom, dem jeder Vorfall untergeschoben wurde, der sich nicht erklären ließ, ähnlich dem ominösen Legationsrat Erster Klasse in Bonn, der, durch die AA-Akten geisternd, sogar befördert worden war, wiewohl es ihn gar nicht gab. Keiner, der das Sperber-Gerücht kolportierte, wußte, daß er General Lupus in die Hände arbeitete, von Gelbrich und Konopka natürlich abgesehen.

Der Wanderer zwischen beiden Welten passierte eine Art Laufgraben. Er trug einen eleganten Maßanzug aus englischem Tuch, garantiert nicht in einem volkseigenen Betrieb gefertigt. Auch der Schnitt war Made in Western Germany. Meistens sah der rote Diplomat älter aus als 45; er konnte aber auch jünger wirken, wenn er lächelte. Er hatte ein Plissee-Face mit vielen Falten, die anzeigten, daß er gewohnt war, schnell zu leben: Vier Ehescheidungen, in sieben Jahren ein halbes Dutzend ungewöhnlicher Affären hatten sich wie Keilschrift in sein Gesicht eingetragen. Manche Frauen mochten es, andere taten es als verlebte Fassade ab.

Jedermann kennt seine Liebesabenteuer selbst am besten, aber Konopka gehörte – ebenso wie zum Beispiel Brosam, Gelbrich, Wellershoff, Lemmers, Laqueur, Sabotka, Grewe und Lipsky – zu den wenigen DDR-Bürgern, die ihre im Ministerium für Staatssicherheit geführten Personalakten selbst einsehen konnten.

Irgendwie arbeiten alle Geheimdienste der Welt nach dem gleichen Schema, testen ihre Geheimnisträger auf Sicherheitsrisiken ab:

Eine Tante in Köln oder eine Verflossene in Frankfurt, gelegentlich ein Glas Bier zuviel oder ein zu großer persönlicher Aufwand waren Minuspunkte, aber für die Männer um General Lupus gab es auch einen Malus für Gegebenheiten, die im Westen unerheblich waren: Laqueur zum Beispiel hatte sich anstrengen müssen, seine Hugenotten-Abstammung vergessen zu lassen; auch Brosam entstammte einer großbürgerlichen Familie. Er hatte in West-Berlin eine Freundin, bei der er gelegentlich – wie zum Beispiel heute – nächtigte. Daß er in Bettlaune keine Staatsgeheimnisse ausplauderte, wußte man im Osten wie im Westen, denn die Geheimdienste hatten das Schlafzimmer mit Wanzen bestückt und horchten pedantisch mit, wiewohl sie Liebesgestöhne und Orgasmusgekeuche längst langweilten. Es war dem Genossen Kammgarn gleichgültig, denn er galt als unersetzlich; er fürchtete die privaten Nachforschungen seiner gealterten, eifersüchtigen Ehefrau mehr als die Wanzen sämtlicher Geheimdienste zusammen.

Lipsky war erst in sowjetischer Kriegsgefangenschaft über das Nationalkomitee Freies Deutschland – mehr hungrig als freiwillig – zum Kommunisten herangereift, seitdem aber voll in das sozialistische Lager integriert. Gelbrich hatte den Spitzbart ein paarmal verbal angerempelt, aber Ulbricht war schon vor seinem Ableben tot gewesen, und so verwandelte sich die Rüpelei später für Gelbrich sogar noch in einen Bonus.

Konopka erreichte das Ende des Niemandslandes, und der Volkspolizist auf dem Wachturm ließ ihn aus Blick und Visier. Der späte Besucher schritt zügig auf die Willkommensschilder des Freien Berlin zu. Da er öfter durch die Mauer kam und seinen Gegenspielern das Rätsel aufgab, ob er sich nur die Haare schneiden ließ oder seinen V-Leuten Befehle geben wollte (es war ziemlich eindeutig, daß die Ost-Diplomaten mehr oder weniger für ihre Nachrichtendienste arbeiteten), bot für ihn der Westen noch mehr Attraktion als Sensation.

Auf der Neonseite der Stadt hieß der Übergang Prinzenstraße. Der Kontrollbeamte hatte den späten Besucher bereits erkannt, bevor dieser seinen Paß mit der vorschriftsmäßig aufgeschlagenen Lichtbildseite präsentierte.

Achtung, sagte sich der Uniformierte: Konopka steht auf der Liste der 97, bei denen Maßnahme A (Anruf) auszulösen ist.

Verlegenheit im Ost-West-Verkehr überspielt man am besten mit Höflichkeit: »Guten Abend, Herr Konopka«, begrüßte ihn der Polizist und reichte den Ausweis zurück. »Sie kommen zu Fuß?«

»Wie Sie sehen«, erwiderte der Mann von drüben und setzte dann humorig hinzu: »Bei euch im Westen wird man ja immer zum Trinken genötigt.«

»Dann Prost, Herr Konopka!« ging der Polizeibeamte auf den Ton ein. »Brauchen Sie ein Taxi?«

»Vielen Dank«, versetzte der Besucher. »Ich kenn mich hier aus.«

Der Polizist sah ihm nach, bis die Dunkelheit seine Konturen geschluckt hatte, ging ans Telefon, wählte sechs Ziffern hintereinander. Eine Geheimnummer. Vermutlich eine Außenstelle des Bundesnachrichtendienstes, genau wußte er es selbst nicht. Es war weder üblich, solcherlei Fragen zu stellen, noch sie zu beantworten. Der Anrufer nannte Standort und Namen und setzte dann hinzu: »Max Konopka, er hat um 21 Uhr 58 den Kontrollpunkt passiert.«

»Mit dem Wagen?«

»Nein, zu Fuß«, antwortete der Grenzbeamte.

»Vielen Dank«, schloß die Stimme am anderen Ende und klang nicht mehr schläfrig.

Obwohl Konopka gewohnt war, sich anzupassen, sah er nicht aus wie einer, der nach Kreuzberg gehört. Er ging gemächlich, ein Herr über Zeit und Geld, der offensichtlich im falschen Stadtteil sein Abenteuer pflücken wollte. Er ließ den Taxistand links liegen und schlenderte weiter. Er sicherte vorsichtig nach allen Seiten, aber es würde wohl noch eine Weile dauern, bis sie ihm Schatten anhängten. Sicher hatte der Grenzbeamte inzwischen einen der vielen westlichen Geheimdienste angerufen, die mehr oder weniger nach dem Schema arbeiteten: getrennt marschieren, gemeinsam schlafen.

Er hörte den Omnibus heranrollen, drehte sich nicht nach ihm um, ging langsam weiter und ließ durch nichts erkennen, daß er im letzten Moment noch aufspringen würde. Das zweistöckige Ungetüm war schon im Anfahren. Der Fahrer öffnete noch einmal die Tür, und der garantiert letzte Fahrgast mogelte sich hinein. Die erste Station war geschafft – die primitivsten Methoden sind in diesem Metier häufig die besten.

Er fuhr vier Haltestellen weit in die Gegenrichtung seines Ziels. Scheinbar zerstreut, wie er eingestiegen war, verließ er wieder den Bus. So konnte er sicher sein, daß nach ihm auch kein Fahrgast ausgestiegen war.

Es war ein erstaunlicher Aufwand für einen Mann, der ernsthaft weder westliche noch östliche Verfolger zu fürchten hatte. Konopka, Nutznießer eines Diplomatenpasses, war einfach gewohnt, seine Wege zu verschlüsseln. Erstens haßte er Pfusch, und verschlungene Pfade reizten ihn ohnedies; er empfand dabei die diebische Freude des Ehemanns, der Frau und Freundin zugleich hintergeht.

Wenn ihn trotz aller Vorsicht volksdemokratische oder kapitalistische Schnüffler bis zum Blauen Haus verfolgen sollten, gäbe es keine plausiblere Erklärung für einen Besuch in West-Berlin als diese Grunewaldvilla. Für wenige Eingeweihte war es ein Klub, der an Diskretion, Exklusivität und Frivolität nicht zu schlagen war. Hier gab es keine Erotik als Eintagsmenü, sondern Sex à la carte. Keinen Hausfrauenstrich und keine Schülerinnenkuppelei. Man zahlte mit Verschwiegenheit und brachte gewissermaßen sich selbst als Eintrittsgeld mit. Die Erotik wurde im Blauen Haus wieder auf ihren Ursprung zurückgebracht und verfeinert. Für alle Teilnehmer der gewagten Spiele war sie wieder Selbstzweck und nicht Geschäftsbasis – eine Nostalgie der Sinnlichkeit.

Im Osten wie im Westen galt Konopka als Ausnahmeerscheinung. Seine Manieren machten seinen BRD-Gegenspielern den Umgang mit ihm leicht, noch dazu, da der Spitzenmann des DDR-Ministeriums für Außenwirtschaft und ›volkseigene Casanova‹ eine Schlüsselfigur war, die bei Laune gehalten werden sollte. Mit Sicherheit kam bei den Verhandlungen um den Freikauf kein Häftling in DDR-Gewahrsam auf die Transferliste, wenn es der stets im Hintergrund agierende Konopka nicht wollte.

Der Osten ließ seinem Paradiesvogel ziemliche Ungewöhnlichkeiten durchgehen, da er schließlich die Ost-Mark durch westliche Devisen aufwertete und einer der wenigen war, die hinter die Kulissen der BRD-Industrie sehen konnten. Man wußte, daß er sich unter vier Augen mit General Lupus duzte. Es war aber auch bekanntgeworden – und ungerügt geblieben –, daß der Spionage- und Handelsspezialist im Gespräch mit einem Hamburger Journalisten über den Unterschied zwischen Kapitalismus und Sozialismus gewitzelt hatte: »Im Kapitalismus beutet der Mensch den Menschen aus – im Sozialismus ist es genau umgekehrt.«

Konopka hatte lachend, der Reporter verblüfft reagiert. Und dann war der rote Diplomat zur nächsten Klassifizierung gekommen: »Der Kapitalismus macht soziale Fehler und der Sozialismus kapitale.«

»Und warum kommen Sie dann nicht zu uns in den Westen, Herr Konopka?« hatte der Journalist erwidert und die Antwort erhalten: »Weil ich diese Fehler abstellen möchte.«

In Raten, auf Umwegen erreichte Konopka den Ku'damm, gegen 22 Uhr 37. Auf Höhe des Hotels Kempinski stand ein grauer VW-Käfer, dessen rechte Tür unverschlossen war. Der Mann aus Ost-Berlin stieg ein, rutschte nach links, schaltete Zündung und Scheinwerfer ein, löste die Handbremse. Er fädelte sich in den Verkehrsstrom, reihte sich kurz vor der nächsten Ampel links ein und wählte mit Richtung Gedächtniskirche den denkbar längsten Weg zum Grunewald.

Er fuhr langsam, hatte das Autoradio eingeschaltet. Die in den Fond brodelnde Musik konnte das Richtmikrofon nicht stören, aber unerwünschte Zuhörer ausschließen, während der Mann aus dem Osten die Minispule besprach:

»ACHTUNG!« begann er. »GEHEIMHALTESTUFE I. ANWEISUNG AUSSER DER REIHE.« Während Konopka sprach, fuhr er langsam. Das Mikrofon war nicht zu sehen. Er hatte beide Hände am Steuer, den Blick auf der Straße. Falls er wirklich von außen beobachtet würde, wirkte er wie ein Mann, der vor sich hinfluchte oder Selbstgespräche führte. Nach knapp zwei Minuten hatte er das Miniband mit Befehlen munitioniert. Während der Fahrt schob er die Kassette in die Jackentasche. Tote Briefkästen gab es in Berlin wie Sand am Meer, aber in diesem Sonderfall zog Konopka ausnahmsweise einen lebenden vor.

Das Band würde sich automatisch löschen, wenn es Unbefugten in die Hände fiel. Der Aufwand war nicht übertrieben. Es stand einiges auf dem Spiel, und zwar für den Osten wie für den Westen. Nur aus diesem Grund hatte Konopka heute Europas längste Mauer hinter sich gelassen. Er mußte die Geheimanweisungen im Kopf über den Kontrollpunkt schmuggeln, um sie nicht den Zufälligkeiten des Grenzübertritts auszusetzen.

Konopka ließ den VW-Käfer stehen. Er war sicher, daß ihn sein Eigentümer bald finden würde. Bis zum Blauen Haus mußte er nur noch zweimal um die Ecke. Die letzte Strecke gingen die meisten Besucher des Privatklubs zu Fuß. Es war verpönt, in seiner Nähe den Wagen abzustellen.

Sein Ziel lag im verträumten Ende eines leicht verwahrlosten Parks. Das Gebäude war mit wildem Wein bewachsen; man konnte nicht feststellen, ob es ursprünglich blau gewesen war. Konopka drückte die Klingel und nannte einen Namen.

Das Schloß sprang elektrisch auf; er trat in einen Vorraum. Erst als er die Türe geschlossen hatte, wurde er hell ausgeleuchtet. Vermutlich erschien er jetzt, von einer automatischen Kamera erfaßt, auf einem Bildschirm irgendwo im Haus, wo der Klubmanager prüfte, ob Name und Gesicht übereinstimmten.

Erst in diesem Fall sprang die nächste Türe auf – wie in diesem Moment.

Als Spitzenmann des Ostens mußte Konopka an diesem Ort exotischer wirken als die farbigen Diplomatentöchter nebst ihren

Freundinnen, nur wußte es niemand. Das bedeutete, daß seine Bürgschaft ein ganz hoher Pate übernommen hatte.

Die Musik war angenehm gedämpft, das Licht weich moduliert. Die Halle wirkte groß, sparsam, doch nicht spärlich möbliert. Offensichtlich hatte hier Geld dem Geschmack geholfen, statt ihn zu bestimmen. Nebenan gab es kleinere Gesellschaftsräume, im Souterrain ein Hallenschwimmbad.

Konopka trat an die kleine Bar in der Ecke, sagte »Guten Abend« und wurde dadurch teilnahmeberechtigt an den Zufälligkeiten des Abends. Das weite Oval war zur Hälfte besetzt, Herren in knapper Überzahl. Die Damen sahen ungewöhnlich gut aus, nicht nur weil das Licht ihnen schmeichelte. Auch die Herren konnten sich sehen lassen. Der Mann aus dem Osten kannte niemanden, weder persönlich noch von dem Foto in seinem Dossier.

Der Blickfang nannte sich Bianca, offensichtlich eine Südamerikanerin. Sie trug ein gehäkeltes Wollkleid auf der bloßen Haut; es heizte den Umsitzenden beiderlei Geschlechts offensichtlich ein, daß man nicht sah, was man doch sehen müßte.

Es gab keinen Keeper an der Bar, entweder es übernahm einer der Gäste dieses Amt freiwillig, oder man bediente sich selbst. Da in diesem Haus – so wenig Bordell wie Kloster – laute Töne verpönt waren, benutzte man Alkohol ohnedies nur, um seine Sinnlichkeit leicht anzufeuchten. Erlaubt war, was gefiel, und es gefiel das Unerlaubte.

Man kam hierher, um etwas zu erleben oder um sich zu versagen. Der Klub lebte davon, daß sich Fantasie und Wirklichkeit überschnitten. Die Konversation an der Bar war dreisprachig. Man unterhielt sich mit der bekannten Star-Architektin über den neuesten Golfschläger, ganz fachlich, und malte sich dabei aus, daß die Dame mit dem präzisen Französisch in wenigen Minuten schon irgendwo nebenan zu einer fleischfressenden Pflanze werden könnte, die noch dazu Zoten ausspuckte, um eine Stunde später den Sündenpfuhl ladylike wieder zu verlassen.

Gelegenheit macht Liebe. Der Privatklub bot sie reichlich. Es war wie eine Diplomatenjagd in einem Wildpark. Männliche und weibliche Teilnehmer waren gleichberechtigt; jeder hatte sein Gewehr – keiner die Gewähr –, und jede Kugel trifft ja nicht, auch wenn man mit Schrot schießt.

Kurz vor 23 Uhr stieß Konopka auf das Wild, das vielleicht ihn jagen würde:

An der Bar, schräg gegenüber, saß eine Dreißigerin mit grüngrauen Augen und weichen Lippen, die männliche Aufmerksamkeit provozierte und mißachtete, Männer durchblickend, als wären sie aus Glas. Eingeweihte wußten, daß sie längst nicht so unnahbar war, wie sie sich gab, was nichts daran änderte, daß ihnen etwas einfallen mußte, wenn sie sich ihr nähern wollten.

Konopka sah aus wie ein Mann, der sich gerade das Angriffskonzept zurechtlegte.

»Verehrtester«, raunte ihm ein geschniegelter Bursche belustigt zu, der neben ihm saß und von allen Emil genannt wurde. »Bei dieser Dame werden auch Sie sich eine Abfuhr holen.«

»Möglich«, erwiderte der urbane Spitzenfunktionär und nahm mit den Augen Maß.

Dann wechselte er den Platz, setzte sich neben die Dreißigerin und nahm das alte Spiel auf: Adams Begehren – Evas Verwehren.

»Sie gefallen mir«, sagte Konopka.

»Danke«, erwiderte sie mit einem leichten französischen Akzent. »Zum Glück gefalle ich nicht nur Ihnen.«

Die Umsitzenden lachten.

»Sind Sie Französin?« versuchte er das Gespräch in Gang zu halten.

»Keine Fragen«, entgegnete sie. »Nicht an diesem Ort.«

»Ich würde Ihnen gerne Berlin zeigen«, sagte Konopka. »Ich bin nur leider sehr in Zeitdruck.«

»Ich heiße Madeleine«, erwiderte sie, »und ich hasse Männer, die es eilig haben. Hast ist mir überhaupt zuwider. Aber falls Ihnen etwas Neues einfällt«, sie lächelte spöttisch, »bon, ich gebe Ihnen fünf Minuten Zeit, Monsieur.«

Konopka stand auf.

Madeleine zögerte, nahm dann vorsichtig ihre übereinandergeschlagenen Beine vom Hocker, hängte sich bei ihm ein. Unter beifälligen und eifersüchtigen Blicken gingen beide die freitragende Treppe hinauf, die zu den intimeren Räumen führte.

Eine Tür stand offen; der Mann aus dem Osten bewertete es offensichtlich als Einladung. Er schaltete das Radio ein, wiewohl es sicher in diesem Haus so wenig Zuhörer gab wie Zuschauer. Auch in verfänglicher Situation blieb er der blendende Vertreter eines miesen Gewerbes. Er spielte die Szene durch wie vor vollem Haus, stand einen Moment verlegen vor der frivol-schönen Madeleine, betrachtete die Couch.

Sie war breit und weich, nah und einladend.

»Sie gefallen mir«, sagte Konopka.

»Erste Wiederholung«, spottete sie. »Geht alles ab von Ihrer Zeit. Bin nur gespannt, wie Sie das in vier Minuten schaffen wollen.«

Seine Hände schossen vor; er riß sie an sich.

»Nicht mit Brutalität«, girrte sie.

Er streichelte Madeleines Schläfen, seine Lippen suchten ihren Mund.

»Und nicht auf die Pennälertour«, fuhr sie fort, als er sie wieder losließ.

Konopka wurde wütend und schlitzte das geschlitzte Kleid noch weiter auf.

»Und nackt ist's ein Proleten-Sport«, konterte Madeleine. »Sie haben noch zwei Minuten, Bester.«

»Verzichte«, erwiderte Konopka in der typischen Reaktion des Mannes, dem der Abend verdorben worden war.

Aber der lebende Briefkasten hatte das Tonband und würde es genauso perfekt weiterbefördern, wie er es übernommen hatte.

Konopka nahm die Blamage auf sich, allein die Treppe herunterzukommen, und übersah die grinsenden Gesichter. Er ging auf den Ausgang zu, und Allerwelts-Emil, ein Mann vom Bundesnachrichtendienst, registrierte, daß der Diplomat von drüben nur sechs Minuten mit der pikanten Dame allein gewesen war.

Bevor er noch ausgetrunken hatte, kam auch Madeleine zurück, offensichtlich nicht darauf erpicht, den Abend hier zu verlängern. Sie zeigte schnippische Lippen und zornige Augen, wohl verärgert, einem Tölpel aufgesessen zu sein. Wenn man genau hinsah, konnte man selbst im Dämmerlicht erkennen, daß sich ein Banause an ihrem schicken Kleid vergriffen haben mußte.

Madeleine ging nach draußen und wartete, bis sich ihre Augen an die Dunkelheit gewöhnt hatten. Sie kletterte in einen VW-Golf und fuhr nach Charlottenburg. Sie sah sich um, ohne zu bemerken, daß Everybody's Darling, der Mann, den alle Emil nannten, ihr in einem Opel folgte.

Die Frau mit dem französischen Akzent ließ den Wagen am Ku'damm stehen und ging zum *Kempinski* weiter. Emil wartete, bis sie das Hotel betreten hatte. Dann ging er zum Portier, blinzelte ihm zu, nahm ihn zur Seite und schob ihm einen Zwanzigmarkschein zu: »Schicke Gäste wohnen in Ihrem Haus«, bemerkte er. »Die Dame, zum Beispiel, die gerade ...«

»Eine Schweizerin«, erwiderte der Mann mit den gekreuzten Schlüsseln am Kragenspiegel. »Madeleine Dressler, Zimmer 37. Sie ist zum erstenmal bei uns abgestiegen.«

»Allein?« fragte Emil reichlich plump.

»Solche Fragen stellt man nicht, mein Herr«, entgegnete der Portier und wirkte wie ein Mann, den weiteres Trinkgeld nicht ansprechbar machen würde.

34 Minuten später wählte ein Grenzpolizist am Checkpoint Charly eine sechsstellige Nummer und meldete, daß Max Konopka um null Uhr 59 zu Fuß nach Ost-Berlin, in den Arbeiter- und Bauernstaat, zurückgekehrt sei, in dem es – wie die Bewohner spötteln – die höchsten Bäume der Welt gibt, da sie alle in den Himmel wachsen.

5

Gregory behielt natürlich wieder einmal recht: Nach meinem Sturz aus den Wolken waren ein paar Stunden Schlaf für mich vorderhand das wichtigste. Ich war darauf trainiert, Gedanken abzuschalten und sofort hinüberzudämmern und mit möglichst wenig Zeitaufwand rasche Erholung zu finden. Ich hatte die Kopfuhr so eingestellt, daß ich spätestens um fünf Uhr erwachen würde. Es war dann in Pullach eine Stunde vor Mitternacht, genau die richtige Zeit, um mit Steve ein privat-dienstliches Gespräch ohne Zuhörer zu führen.

Es ging reibungslos, ich kam sofort durch.

»Ich habe auf deinen Anruf gewartet, Lefty«, sagte Steve, seine Stimme klang frisch und so nahe, als käme sie aus dem Nachbarhaus. »Ich hätte dich gerne hier – bei der Lösung einer ganz speziellen Denksportaufgabe.« Er zögerte kurz. »Aber ich weiß auch, daß du deine Koffer bei uns eigentlich schon gepackt hast«, schränkte er ein.

»Mach dir keine Sorgen«, erwiderte ich. »In diesen Dingen habe ich ja schließlich Übung.« Nach kurzer Pause fragte ich: »Die Operation, die du leitest, geht also weiter?«

»Ich leite sie noch nicht«, erwiderte er lachend. »Aber die zweite Runde hat schon begonnen.«

Die Innendienstler des Headquarters in Langley sahen in Steve Cassidy bereits übereinstimmend den Nachfolger des großen Gregory, aber wie ich den CIA-Vice kannte, würde er wohl noch mit achtzig an seinem Schreibtisch sitzen und seine Leute mit der abgedroschenen Spionageweisheit traktieren, daß die Achillesferse bei einem Mann an einer ganz anderen Stelle sitzt. »Ich halte die neueste Entwicklung noch unter Verschluß«, sagte Steve. »Es läuft alles gut, aber es wächst mir über den Kopf.«

Wir konnten offen miteinander sprechen; der Anruf lief über Verzerrer. Wer das Telefongespräch abhörte, vernahm nur einen ungenießbaren Silbensalat.

»Bali ist sicher schöner«, fuhr Steve fort, »aber hier ist es interessanter und inzwischen genauso heiß, wenn nicht noch heißer. Was immer du über diesen Fall gehört hast, ist eine Untertreibung, Lefty«, stellte Steve fest, sonst ein Mann des Understatements.

»Gut«, entgegnete ich. »Ich komme so rasch wie möglich.« Wahrscheinlich war es gar kein freier Entschluß, den ich wiedergab. Ich hatte kaum eine andere Wahl und konnte Steve natürlich nicht büßen lassen, was Gregory an mir verbrochen hatte.

Ich stellte mich unter die Brause. Das kalte Wasser schnitt in meine Haut, die vor ein paar Stunden noch Vanessa hörig gewesen war, so sehr, daß ich bei jeder Erinnerung an sie ihre Hände auf meinem Körper gespürt hatte – schöne, langgliedrige, zärtliche Hände. Aber ich war auch darauf gedrillt, hinderliche Impressionen abzuschütteln, um mit klarem Kopf in die Wirklichkeit einzusteigen, und so hieß es, die tumbe Haut wieder taub zu machen.

Vanessa war eine Illusion gewesen, eine Seifenblase, ein Security-check, bei dem ich verdammt schlecht abgeschnitten hatte, mehr männlich als dienstlich betrachtet. Ich konnte der Engländerin nicht einmal gram sein, daß sie mich im Auftrag unserer honetten Liga genauso ausgehorcht hatte, wie ich zuvor schon viele andere, auf die ich angesetzt worden war.

Vanessa hatte mich noch nie gesehen, kein Wort mit mir gesprochen, bevor sie in wirklich gekonnter Weise auftragsgemäß meine Bekanntschaft machte, unauffällig, nur ein klein wenig exponiert. Der Tor, der aus der Deckung trat, war ich gewesen, nicht sie.

Es fehlte noch, daß ich begänne, eine Frau zu verteidigen, die sich an meinen Gefühlen vergriffen hatte. Was heißt schon Gefühle, wies ich mich zurecht: Sommer, Sonne, Exotik. Der sanfte Schlag der Wellen. Der Strand im Silberlicht und die mitternachtsblaue Erwartung von Bali – wer hier nicht zum Romantiker wird, mußte wohl blind, taub, gefühllos, unmusikalisch sein und dazu noch ein Eunuch.

In einem Akt der Selbsterforschung ging ich die Tage und Stunden, Worte und Liebkosungen noch einmal durch und landete immer wieder bei ihrem Zögern auf meine Bitte, in Bali meine Rückkehr abzuwarten. Diese wenigen Sekunden sprachen für sie und zeigten mir zumindest, daß es Vanessa nicht leichtgefallen sein konnte, mich zu belügen. Mir fiel es offensichtlich auch nicht leicht, eine Niederlage einzugestehen. Vanessa war nicht Romeos Julia, sondern eher eine Judith, die dem feindlichen Kriegsherrn auf dem Liebeslager den Kopf abgeschlagen hatte.

Ich war nicht Holofernes, mein Kopf saß noch fest, aber meine Gedanken flatterten durcheinander wie geköpfte Hühner. Mit einer Art grimmiger Befriedigung stellte ich fest, daß mein jahrelanges Berufstraining, Empfindungen auszuknipsen wie elektrisches Licht, bei Vanessa offensichtlich versagte.

Es war jetzt sechs Uhr. Ich bin ein Morgenmensch und um diese Stunde besonders ansprechbar. Endlich müßte der Spuk enden, aber da irrte ich, denn ich ertappte mich wieder bei der Frage, ob Vanessa eine so gute Laiendarstellerin sein konnte. Ich kochte mir einen starken Kaffee und kämpfte gegen die Versuchung, noch vor Dienstantritt PYTHIA aufzusuchen, wie wir im Wald von Langley die vielbegehrte Dame nannten.

Sie war nicht aus Fleisch und Blut, sondern bestand aus Drähten und Sicherungen, Transistoren und Mikroprozessoren. Sie hatte auch nichts mit dem Orakel von Delphi zu tun; sie war beinahe eine Alleswisserin. Ein kleines Heer von Programmierern stand in ihren Diensten und war gehalten, noch am gleichen Tag die im Headquarter aus aller Welt eingehenden Informationen auf Magnetband zu speichern und nachzutragen. Die Programme, im Fach-Chinesisch *Software* genannt, stellten geballtes Wissen rund um den Globus dar und konnten in Sekundenschnelle ebenso feststellen, wieviel Mega-Tote eine sowjetische SS-II-Rakete bei einem Einschlag auf Bonn, Paris oder London produzieren würde, welche Politiker in einer harmonischen Ehe lebten und welche heimlich ins Bordell gingen, welche Positionen sie beim Liebesspiel bevorzugten und ob sie mehr für blonde, rote oder schwarzhaarige Partnerinnen waren; ob sie Tiere liebten, an Bluthochdruck litten und ob sie in ihrer Jugend die Röteln gehabt hatten, die politischen. Das Wesentliche stand neben dem Unwesentlichen; Nebensächlichkeiten gebärdeten sich größenwahnsinnig, und wenn man es wissen wollte, konnte man auch in wenigen Sekunden feststellen, mit wem und wie lange sich die streunende Gattin des kanadischen Premierministers zuletzt verlustiert hatte.

Der Computer war dabei, den Menschen zu seinem Spielzeug zu

machen; der Zauberlehrling hatte sich längst über seinen Schöpfer erhoben und begonnen, ihn zu manipulieren. Es war kein Zufall, daß in fast allen Ländern der Erde die Geheimdienste die ersten gewesen waren, die eine elektronische Datenbank angelegt hatten. Der Mensch, das Ebenbild Gottes, bestand nicht mehr aus Leib und Seele, sondern aus Chips und Bits, der Recheneinheit seelenloser Roboter.

Natürlich war PYTHIA streng bewacht und nicht jedem zugänglich. Selbst wer Zutritt zu ihr hatte, konnte nicht alles von ihr erfahren, was sie wußte. Wer sie konsultieren durfte, hatte ein persönliches Code-Wort zu nennen; es enthielt automatisch die Sicherheits-Kategorie, in die Abfrager eingeteilt waren.

Es gab fünf, deren erste nur dem obersten CIA-Gewaltigen zugänglich war.

Steve Cassidy hatte mit der Category II die höchste Spitze erreicht, solange er nicht tatsächlich auf dem Stuhl Gregorys sitzen würde. Ich, zur Gruppe III gehörend, konnte mich über mangelndes Vertrauen nicht beschweren.

Die Männer, die PYTHIA bewachten, speisten und betreuten, wunderten sich nicht, daß ich schon um sieben Uhr morgens im Demonstrationsraum erschien. Ich war schon öfter zu dieser Stunde hier aufgetaucht, freilich nie einer eigentlich mehr persönlichen Nachforschung wegen.

Man ließ mich allein. Niemand brauchte meine Legitimation zu überprüfen. PYTHIA kontrollierte sich gewissermaßen selbst, und ein Geheimnisträger der Category III konnte Fakten bis zur Geheimhaltungsstufe III abrufen.

Ich nannte mein Code-Wort und rief dann VANESSA MILES ab.

Fehlanzeige.

Vermutlich wurde die Engländerin unter einem anderen Namen gespeichert.

Ich gab ihre Beschreibung ein.

Fehlanzeige.

Entweder war die subversive Ferienfreundin noch nicht im Programm enthalten oder in der Geheimhaltung so hoch eingestuft, daß meine Code-Vollmacht nicht ausreichte. Vielleicht aber hatte ich auch ihre Beschreibung nicht ganz exakt durchgegeben.

Ich präzisierte sie noch einmal.

Es war ja zu erwarten gewesen, daß der große Gregory seine Security-Lady nicht von mir entblättern lassen würde. Vermutlich erführe er jetzt gleich beim Betreten der siebten Etage, daß ich

PYTHIA aufgesucht hatte, und genösse meinen Reinfall: Die Identität einer CIA-Mitarbeiterin, die mich zu kontrollieren hatte, war ein Tabu und mußte es aus dienstlichen Gründen auch bleiben – aber schließlich gab es ja auch noch persönliche Gründe.

Ich gab mich nicht so leicht geschlagen.

Nach einigem Nachdenken hatte ich eine brauchbare Idee.

Ich rief mich selbst ab.

Verblüffend schnell tauchte auch schon ein Konterfei auf dem Bildschirm auf: Längliches Gesicht, dichte Haare, schräg zueinander abgesetzte Augen, massive Nase, ausgeprägtes Kinn. Das Foto war nicht übertrieben schmeichelhaft, aber es ließ sich auch nicht übersehen, daß es mich darstellte.

Ich rief weitere Daten ab; der Bildschirm behauptete, ich sei verläßlich und zäh, entscheidungsschnell und intelligent, meine Kostenabrechnungen seien korrekt, meine Verdauung sei in Ordnung und mein Auftreten im Privatleben maßvoll distanziert. Dann wurden einige Fälle aufgezählt, an die ich gesetzt worden war und die ich angeblich so diskret gelöst hätte, daß meine Versetzung in den diplomatischen Dienst von der Agency befürwortet würde. Meine deutsche Abstammung wurde ebenso vermerkt wie die Tatsache, daß ich keine näheren lebenden Verwandten mehr hätte. Das Spieglein an der Wand sagte mir dann auch, daß gegen mein späteres Aufrücken in die Category II vorderhand keine Bedenken bestünden. Man hatte mich wirklich fair eingeschätzt, und alles in allem war mein Persönlichkeitsbild eher schmeichelhaft.

Aber das alles interessierte mich weit weniger als die letzte Ergänzung, in der es hieß, daß ich nach Beobachtungen der Kontaktperson F XIX-199 zwar sexuell beherrscht, gefühlsmäßig jedoch verhältnismäßig leicht ansprechbar sei und romantische Neigungen zeigte, sofern die Partnerin den richtigen Ton träfe.

Ich zündete mir eine Zigarette an, um den Tiefschlag zu verdauen. Ich hatte vergessen, daß ich seit Wochen nur kalt rauchte. Und dann rief ich die F-Kontakt-Person ab – F stand für femal, weiblich. Ich zog noch heftiger an meiner Zigarette, denn jetzt erschien Vanessa auf dem Bildschirm.

Sie hieß nicht Vanessa, sondern Madge, und nicht Miles, sondern Fiddler; sie war nicht 29, sondern 32, keine Junggesellin, sondern eine junge Witwe, seit dem plötzlichen Unfalltod ihres Mannes vor drei Jahren in Nicaragua. Sie war keine Engländerin, sondern stammte aus Boston/Massachusetts, und Bali war ihr erster Einsatz gewesen.

Viel mehr gab ihr Karteiblatt nicht her.

Vorderhand genügte mir das, und ich spürte einen wilden Triumph, daß es mir gelungen war, mit PYTHIAs Hilfe den großen Gregory zu übertölpeln.

Entweder wußte er es nicht, oder er ließ es sich nicht anmerken, als ich ihm Punkt neun Uhr in seinem Office gegenübertrat. Diesmal löffelte er keinen Joghurt, sondern Corn-flakes, und zwar so genüßlich, als wäre es Kaviar.

»Guten Morgen, Sir, und guten Appetit«, begrüßte ich ihn. »Sie tun wirklich viel für Ihre Gesundheit.«

»Thanks a lot«, entgegnete er. »Ausgeruht, Lefty?«

»Ziemlich.«

»Sie haben mit Steve Cassidy gesprochen?«

»Ja«, antwortete ich. »Er ist Ihrer Meinung, Sir.«

»Wann fliegen Sie?« fragte er, viel zu selbstherrlich, um sich zu vergewissern, ob ich überhaupt nach Deutschland abreisen würde.

»Sowie Sie es für angebracht halten, Sir.«

»Thanks, Lefty«, entgegnete der Vice. »Ich werde Ihren Eifer bei der abschließenden Beurteilung nicht vergessen.« Er schob seinen Teller beiseite. »Nunmehr sehe ich mich auch in der Lage, einige Ergänzungen nachzutragen«, schönte er die Tatsache, daß er mir gestern ein unvollständiges Dossier zur Analyse übergeben hatte. »Der Verrat Nummer drei in den Flugzeugwerken bei München hat eine natürliche Erklärung gefunden. Ihrem Freund Steve war aufgefallen, daß der anonyme Anrufer nicht – wie bei den vorhergehenden Hinweisen – mit einer neutralen Kunststimme gesprochen hatte, sondern mit seiner natürlichen. In Zusammenarbeit mit den BND-Leuten ließ Cassidy in der Kantine verbreiten, der Informant könne mit einer hohen Belohnung rechnen, wenn er zum Vorschein käme. Schon einen Tag später meldete sich ein Mann aus dem Ingenieurbüro und gab an, der Anrufer zu sein. Er habe nicht als Denunziant seiner Arbeitskollegen dastehen wollen, umgekehrt aber auch nicht zusehen können, wie seine Firma Schaden erleide.«

»Und die Stimme war identisch?« fragte ich.

»Kein Zweifel.«

Ich wunderte mich, daß Gregory trotz dieser eigentlich negativen Sachlage so optimistisch war.

»Aber die Kunststimme hat sich inzwischen wieder gemeldet«, klärte er das Rätsel. »Auf einer Tonbandkassette, die Pullach zugesandt wurde«, berichtete der große Gregory. »Ein Unbekannter hat sich als der Sperber und als ein Stasi-Spitzenmann vorgestellt, der, unzufrieden mit den DDR-Verhältnissen, sich unter Umständen in den Westen absetzen wolle.«

»Welche Umstände?« fragte ich. »Geld?«

»Sie Hellseher«, entgegnete er. »Fünfhunderttausend Dollar.«

»Wo und wie sollen die Übergabeverhandlungen stattfinden?«

»Soweit sind wir noch lange nicht. Es gibt gewisse Hinweise, daß in Bonns Auswärtigem Amt eine undichte Stelle sein muß. Wir werden als Vorleistung die Nennung eines potentiellen Verräters verlangen. Erst nach diesem Test sollen BND und CIA in einer Gemeinschaftsaktion dem Angebot nähertreten.«

»Und wenn es keinen AA-Maulwurf gibt?« fragte ich. »Schließlich sind das ja bis jetzt erst unbewiesene Gerüchte.«

»Dann werden wir einen anderen Test veranstalten. Leider gibt es reichlich Nüsse, die zu knacken sind.«

»Sie wollen also bezahlen, Sir?«

»Unter Umständen«, entgegnete der Vice. »Aber ich will nicht die Katze im Sack kaufen. Ich bin mit Steve Cassidy der Meinung, daß vielleicht Sie, Lefty ...«

»Ich übernehme ungern die Verantwortung für eine halbe Million Dollar, die der US-Steuerzahler wahrscheinlich zum Fenster hinauswirft.«

»Das wäre noch das wenigste«, erwiderte Gregory. »Vielleicht geht es um eine ganz andere Größenordnung. Wenn der Sperber im Auftrag von General Lupus handelt, dann wollen diese Hundesöhne noch weit mehr von uns als eine halbe Million Dollar.«

Er sprach nur aus, was ich längst dachte. Es war wirklich eine vertrackte Lage. Lehnte man das Sperber-Angebot von vornherein ab, drohte Gefahr, daß eine einmalige Chance versiebt würde; stieg man ein, mußte man damit rechnen, in eine Falle zu stolpern, deren Ausmaß man nur ahnen konnte. Ich war lange genug in der Branche, um das Dilemma zu erfassen, und das bedeutete fast automatisch, daß es mich natürlich auch reizte.

»Haben Sie schon gehört, Lefty«, wechselte Gregory sprunghaft das Thema, »Barry Wallner ist tot.«

»Ich habe es noch nicht gehört, Sir«, erwiderte ich.

»Wie gut haben Sie ihn gekannt?«

»Gut genug, um nicht gleich in Tränen auszubrechen«, antwortete ich.

Barry Wallner war ein vielgelesener Enthüllungsjournalist, der für zahlreiche US-Blätter schrieb und in aller Welt nachgedruckt wurde. Er war ungemein einflußreich, und häufig wurden ihm besondere Beziehungen zum State Department, zur Agency und auch zum FBI nachgesagt. Manchmal sah es tatsächlich so aus, ganz bin ich nie dahintergekommen, aber der smarte Barry war uns auch schon ein paarmal in die Quere gekommen, und es hatte Ärger gegeben. Unser Verein hatte so viele Feinde, daß es nur gut sein konnte, wenn es einen weniger gäbe.

»Schlimme Sache«, fuhr Gregory fort. »Abgestürzt mit einer Privatmaschine.« Seine Redseligkeit machte mich hellhörig. »Vor drei Tagen schon. Ursache ungeklärt. Sein Körper so gut wie unkenntlich. Der Mann war überhaupt nur durch seine Fingerabdrücke zu identifizieren.«

»Bedauerlich«, entgegnete ich gefühlsarm. »Und woher haben wir seine Fingerabdrücke gehabt?«

»Er war mal wegen Trunkenheit am Steuer in eine polizeiliche Untersuchung geraten«, erläuterte der CIA-Vice.

»Da sieht man, für was Alkohol gut sein kann«, erwiderte ich.

Entgegen seiner Art ließ mir dieser Puritaner die Bemerkung durchgehen. Er sah mich an mit seinen Augen, die wie kleine Krater in einem erloschenen Vulkan wirkten. Ich nahm nicht an, daß er von mir einen Nachruf auf Barry Wallner erwartete, aber wenn er den berühmten Berüchtigten ins Gespräch gebracht hatte, mußte er seine Gründe haben.

»Noch weiß niemand etwas von dem Unfall«, blieb Gregory hartnäckig bei dem abgestürzten Top-Journalisten Barry Wallner. »Wir haben inzwischen die Untersuchung abgeschirmt. Für mich ergaben sich dabei einige interessante Einzelheiten: Der Mann ist Junggeselle. Er hat keine Kinder, keine Eltern mehr, keine Freunde, die ihm besonders nahestanden, und überhaupt...«

»Und vor allem keine Freundin«, warf ich mit einem gewissen Lächeln ein, denn die homophilen Neigungen des Publizisten waren schließlich jedermann bekannt. Es begann mir zu dämmern, worauf der Vice womöglich hinauswollte. Ich wehrte mich dagegen, mir jetzt, kurz vor Torschluß, bei einem letzten Einsatz auch noch eine pinkfarbene Identität verpassen zu lassen. Für die Operation selbst spielte es keine Rolle, denn für die Zeit des Einsatzes sind Frauen und Alkohol tabu und, wie ich annehme, für Angehörige des dritten Geschlechts auch Gays, wie man in den Staaten die Freunde der Gleichgeschlechtlichkeit nennt.

»Hat eigentlich der Flugzeugabsturz Barry Wallners etwas mit dem Fall Sperber zu tun?« fragte ich.

»Es ist nicht auszuschließen«, antwortete der große Gregory. »Ein Mann wie dieser Enthüllungsjournalist hat seine Finger in vielen heißen Geschichten gehabt.«

»Dann wäre es also kein Absturz, sondern ein Attentat?«

»Nicht so abwegig, wir überprüfen das gerade.«

»Dann ergibt sich die nächste Frage: Wer hat Barry Wallner aus dem Weg räumen wollen?«

»Da gäbe es diverse Möglichkeiten«, erwiderte der Vice. »Sie reichen vom eifersüchtigen Strichjungen bis zum sowjetischen KGB – falls der Mann tatsächlich aus dem Weg geräumt worden ist«, stellte die springlebendige Mumie klar.

»Warum ist eigentlich die Meldung über Barrys Tod noch nicht bekanntgegeben worden?«

»Weil der Fall noch nicht abgeschlossen ist«, erwiderte der CIA-Gewaltige. »Er liegt genauso auf Eis wie der Tote. Sein Agent und Verlag kommen uns insofern entgegen, als sie den Absturz verschweigen wollen, bis Barrys fast abgeschlossenes Manuskript fertiggestellt ist.« Erst jetzt kam er richtig zur Sache. »In der Tat hatte er zuletzt und seit langem an einer brisanten Geschichte gearbeitet. Er wollte ein Buch über Fluchthelfer-Organisationen schreiben. Dabei ist er mit einigen Firmen, wie zum Beispiel der Zürcher TRASCO AG, ins Geschäft gekommen. Deren Inhaber, Mauro Dressler, ist ein schillernder Abenteurer, ein bedenkenloser Geschäftemacher und erfolgreicher Hasardeur. Ich nehme an, der Name ist Ihnen schon einmal untergekommen, Lefty.«

»Wiederholt«, entgegnete ich.

Die TRASCO AG (Trans-Commerce-Aktiengesellschaft) war eine Großhandelsfirma im Fluchtgeschäft und machte im Handel keinen Unterschied zwischen Mensch und Geld. Sie schmuggelte Flüchtlinge aus der DDR und importierte illegale Devisen aus Frankreich und Italien in die Schweiz. Der Menschenexport brachte ihr mindestens 30000 pro Kopf; der Geldimport drei Prozent der geschmuggelten Geldsumme. In beiden Fällen hatte der Auftraggeber das Risiko zu tragen, und das hieß gegebenenfalls ein Kopfschuß an der Mauer oder eine mehrjährige Haftstrafe wegen Devisenschiebung.

Mauro Dressler übernahm fast jeden Auftrag; bei ihm ging alles, jedoch nie etwas ohne Geld. Er war nicht der einzige in diesem Metier, doch der erfolgreichste, geduldet im Westen, verhaßt im

Osten. Bonn erwog gerade wieder einmal, ein Gesetz gegen seine den Transitweg von und nach Berlin gefährdete Aktivität zu erlassen. Aber das Verbot kommerzieller Fluchthilfe käme sicher aus vielerlei Gründen nicht zustande, und die Zahl der mehr als 700 Flüchtlinge, die die TRASCO aus dem sogenannten Arbeiter-und-Bauern-Paradies im deutschen Osten herausgeholt hatte – nicht selten auch im Auftrag westlicher Geheimdienste –, würde sich weiter erhöhen.

Im Machtbereich der DDR galten Leute wie Dressler als Kopfjäger und Menschenhändler. Dem immer wieder von Fluchthelfern übertölpelten Zwangsstaat stand weder moralisch noch juristisch das Recht zu, sich über die gutbezahlten Desperados zu ereifern, die Republikflüchtlingen über die Mauer halfen oder sie durch Minenfelder und Todesstreifen schleusten. Die DDR selbst nutzte im ganz großen Stil die Ware Mensch als Devisenbringer. Es war zu einer Art Waren-Termin-Geschäft geworden, zum Beispiel Häftlinge aus Bautzen gegen harte Währung zum Freikauf feilzubieten.

»Und der Zusammenhang zu unserem *No Name Case* oder dem Fall Sperber?« erwiderte ich.

»Wird zunächst einmal durch einen Mann namens Forbach hergestellt, der im Auftrag Dresslers Flüchtlinge aus der DDR herausholt, gleichzeitig aber auch für Pullach arbeitet.«

Von ihm hatte der erste, noch sehr vage Hinweis auf einen ganz hochstehenden Überläufer aus dem Osten gestammt.

»Gestern abend aber«, fuhr Gregory fort, »hat Dresslers geschiedene Frau Madeleine einem Spitzenfunktionär des Ostens in einem recht seltsamen Etablissement vermutlich subversives Material übergeben.« Er erhob sich. »Und Max Konopka gehört als potentieller Sperber mit zu unserer ersten Wahl«, stellte er fest.

»Und das Material haben wir?« fragte ich.

»Wir haben es nicht«, entgegnete der große Gregory und erhob sich.

»Sie sehen, Lefty, es gibt viel zu tun, bevor Sie in Ihren neuen Dienst überwechseln und mit dem Whiskyglas in der Hand für Bett und Sternenbanner streiten.« Er reichte mir die Hand. »Den Rest Ihres Lebens können Sie dann ungehindert unter Ihrem richtigen Namen verbringen.«

»Falls er mir wieder einfällt, Sir«, erwiderte ich.

»Sie haben wirklich Einfälle, Lefty«, versetzte Gregory. »Ich freue mich, daß Sie so in Form sind. Irgendwie habe ich Sie doch unterschätzt und nicht damit gerechnet, daß Sie PYTHIA für private Nachfragen mißbrauchen könnten.«

Er hatte es also doch erfahren.

»Ich müßte Ihnen jetzt einen Verweis erteilen«, fuhr er fort. »Aber ich werde Sie nicht für einen Fehler verantwortlich machen, der mir unterlaufen ist.«

Es war das seltsamste Eingeständnis, das ich je von Gregory gehört hatte. Ich traute ihm nicht, und doch – wie sich hinterher herausstellen sollte – noch immer zu viel.

»Nachdem das Kind schon in den Brunnen gefallen ist, sehe ich mich gezwungen, Ihnen – entgegen unseren Spielregeln – doch einige Auskünfte persönlicher Art zu erteilen.« Der Vice machte eine Kunstpause, als müßte er einen Anfang suchen und hätte sich seine gezuckerten oder gesalzenen Worte nicht längst zurechtgelegt. »Also, Madge Fiddler ist keine CIA-Bedienstete im üblichen Sinn. Sie wissen ja, Lefty, daß es bei mir keine persönliche Protektion gibt, aber in gewisser Hinsicht ist die Dame mit mir sogar verwandt.«

»Verwandt, Sir?«

»Ja«, bestätigte er. »Madge ist – das heißt natürlich, sie war – die Frau meines einzigen Neffen, eines sehr tüchtigen Rechtsanwalts. Er ist in Managua bei einer Schießerei, mit der er nicht das geringste zu tun gehabt hatte, ums Leben gekommen. Niemand kann sagen, ob Rebellen oder Somoza-Leute ihn getötet haben. Die junge Witwe hatte es schwer, darüber hinwegzukommen. Es war ja auch eine fürchterliche Geschichte. Ich habe mir lange überlegt, wie ich Madge ein wenig ablenken könnte und ob ich es dürfte. Ich habe dann – ihr zuliebe – alle Bedenken zurückgestellt und sie in diese Reisegruppe gesteckt, mit dem Auftrag, den Sie ja nun kennen, Lefty. Auf diese Weise also ist Madge an Sie geraten. Sicher wollte ich weder mit den Gefühlen meiner angeheirateten Nichte noch mit Ihrer Intimsphäre Schindluder treiben«, behauptete Gregory. »Sollten Sie mehr füreinander sein als eine flüchtige Reisebekanntschaft, kann ich es leider nicht mehr ändern. Höhere Gewalt gibt es immer mal, und meistens zur unrechten Zeit.«

Die Vorstellung, daß der Vice Verwandte kennen könnte, war an sich schon absurd, daß er ihnen beistehen würde, geradezu grotesk. Mit diesen Erfahrungen verwirrte er mich jedenfalls momentan mehr als mit dem Sperber-Material.

»Aber etwas müssen Sie mir jetzt versprechen, Lefty«, fuhr er fort. »Keinen Kontakt vor Abschluß dieses Falls. Keinerlei Nachforschungen. Ich verlasse mich darauf.«

»Gut, Sir«, erwiderte ich.

»Hinterher können wir über alles sprechen«, beteuerte die Mumie.

Es war nichts gegen eine solche Vereinbarung einzuwenden; Gregory hatte recht, aber es wäre für mich nur ein Ansporn mehr, so rasch wie möglich mit der Klärung voranzukommen.

Noch in der gleichen Nacht wollte ich nach München abfliegen, falls der CIA-Gewaltige nicht noch einmal in seine Wundertüte griff.

6

Ein kurzes Zwischenhoch lockte sonnenhungrige Großstädter in das Naherholungsgebiet. Seit dem frühen Morgen wurde das malerische Isartal von Ausflüglern aus München überschwemmt. In Rudeln durchzogen sie die sattgrüne Landschaft, in der einst die ›alten Rittersleut‹ zu ihren Raubzügen aufgebrochen sein sollen; sie waren blicklos für das abgesperrte, streng bewachte 60000 Quadratmeter große Areal hinter einer eineinhalb Kilometer langen Mauer, zehn Kilometer südlich von München. Hier, im hausintern so benannten ›Camp Nikolaus‹, hatte sich die Zentrale des Bundesnachrichtendienstes eingenistet, und so blühten, mitten im Grünen, die Geheimnisse im Verborgenen.

Dem Hoheitsadler, der den Eingang bewachte, war von der ersten Nachkriegsbesatzung – amerikanische Postzensoren – das Hakenkreuz aus den Klauen geschlagen worden, und er gemahnte so noch lange als Pleitegeier an Tatsachen, die mancher Insasse des Camps – inzwischen zum Erfüllungsgehilfen der amerikanischen Botschaftsmacht aufgerückt – nur zu gern verdrängt hätte. Daß es nicht ganz geschähe, dafür hatte zu Zeiten der Organisation Gehlen (ORG) eine Crew von etwa 50 US-Kontrolloffizieren gesorgt, die täglich ins Camp eingerückt war, um ihren umgefärbten ›Camel‹- und ›Candy‹-Spionen auf die Finger zu sehen.

Nunmehr hielten sich nur noch einige CIA-Leute in der BND-Zentrale auf, als Gäste, nicht als Fronvögte, aber nach wie vor bestand zwischen Pullach und dem Wald von Langley eine direkte Nachrichtenbrücke, die dafür sorgen sollte, daß Verbündete auch Informierte blieben, selbst wenn das Bestreben – zumindest in einem gewissen Stadium –, Geheimnisse voreinander zu bewahren, legitim und beiderseitig ist.

Ein Fallstrick, in dem sich Nachrichtendienste immer wieder verfangen. Um den Kreis der Mitwisser klein zu halten, erhält man wichtige und nötige Informationen selbst als Partner normalerweise meistens nur dann, wenn das Kind im Brunnen liegt oder wenn die Geheimaktion bereits ruchbar geworden ist.

Innerhalb des Nachrichtenkrieges stehen nicht nur Westen kontra Osten, sondern tragen die Nato-Länder gelegentlich auch unter sich einen Grabenkampf auf sozusagen nationaler Ebene aus. Aber noch nicht einmal da endet das Fiasko: Selbst im eigenen Land konkurrieren subversive Organisationen, und das heißt, daß sie oft mehr gegeneinander als miteinander arbeiten, zumal die Kompetenzen meistens nur ungenau geregelt sind. Zum Beispiel der Verfassungsschutz gegen den Bundesnachrichtendienst in Deutschland oder in den Staaten das FBI gegen den CIA, von den militärischen Abschirmdiensten, die es hüben wie drüben gibt, gar nicht zu reden.

Steve E. Cassidy, eine in Pullach zunächst freundlich beargwöhnte CIA-Leihgabe für die Dauer des Falls Sperber, erwies sich sehr bald als eine mehr angenehme Überraschung. Der mittelgroße untersetzte Mann mit dem breiten Gesicht, den schütteren Haaren und der Hakennase konnte zuhören, ohne zu unterbrechen. Er äußerte keine Befehle, sondern Bitten, gab keine unerwünschten Ratschläge, stellte keine überflüssigen Fragen und bewies durch Randbemerkungen, daß er im subversiven Fach eine Koryphäe war.

Er saß bei den Besprechungen einfach mit am Tisch, in der Art eines Ehrenpräsidenten, der still und aufmerksam die Tätigkeit des amtierenden Clubvorstandes verfolgt. Der Verein war staatlich geschützt, immens groß und so kostspielig, daß die Gelder, die er fraß, im Bonner Etat nur verschleiert ausgewiesen wurden, etwa eine halbe Milliarde Mark pro Jahr, vielleicht auch noch viel mehr.

Außer dem Amerikaner, dem ständig hier stationierten CIA-Beauftragten und dem BND-Präsidenten waren nur noch drei hochrangige Experten des Hauses mit allen Einzelheiten des im großen Stil sich anbahnenden Ost-West-Duells im Untergrund vertraut: die Ressortchefs der Auswertung, der Gegenspionage und der Zentralkontrolle, der die Abriegelung nach außen und die Verschlüsselung nach innen oblag. Daneben gab es noch eine

Reihe von Zulieferanten, die jedoch nur Detailkenntnisse haben konnten, selbst die auf DDR-Gebiet Operierenden.

Pullach hatte natürlich auch hinter der 1345 km langen Grenzlinie zum anderen Deutschland seine Leute, als V-Männer, Tipper und Forscher, eingeteilt in Penetrierungsquellen, Überprüfungsquellen, Reisequellen und Transitquellen. Hinter diesem Untergrundvokabular verbarg sich die simple Tatsache, daß der Gegner genauso unterwandert war wie man selbst. Spionage und Gegenspionage sind eineiige Zwillinge. Selbst extreme Wachsamkeit half da wenig.

Auch der gepflegteste Rassehund wird immer wieder von Flöhen befallen.

»Sie können sich nicht vorstellen, Steve, was sich zur Zeit auf der anderen Seite abspielt«, sagte Ritter, der Chef der Auswertungsabteilung bei der zwanglosen Morgenbesprechung: »Es sieht so aus, als würden wegen Sindelfingen die Köpfe rollen. Man spricht im DDR-Sicherheitsministerium von Strafversetzungen, Degradierungen und Untersuchungsverfahren. General Lupus soll von seinem Minister zusammengestaucht worden sein. Selbst bewährte Spitzengenossen müssen sich demütigende Kontrollen gefallen lassen.«

Cassidy, der Dauergast, zeigte wenig Schadenfreude.

»Skeptisch, Steve?«

»Sagen wir mal mißtrauisch«, erwiderte der Amerikaner. »Die ganze Hexenjagd kann eine Theateraufführung sein, um uns an der Nase herumzuführen.«

Ritter nickte.

»Oder die hektische Verfolgung ist echt, dann könnte sie einem wirklichen Sperber an den Kragen gehen, bevor er uns noch richtig von Nutzen wäre.«

Der CIA-Spezialist lenkte das Gespräch auf das Intermezzo im Blauen Haus.

»Wir hätten natürlich ohne große Schwierigkeiten das Material an uns bringen können, das ihr vermutlich von Konopka übergeben worden ist«, sagte der Ressortchef ›Auswertung‹. »Aber erstens bestand die Gefahr, daß es sich selbst zerstört, und dann erschien es uns wichtiger, nichts zu überstürzen und von nun ab Madeleine Dressler zu beobachten.«

»Die geschiedene Frau des TRASCO-Chefs?«

»Ja«, erwiderte Ritter, der Eierkopf, der auch pragmatisch handeln konnte und sich mitunter Zynismus erlaubte. »Da bestehen keine Zweifel; die Identität dieser Westschweizerin – sie stammt aus der Gegend von Lausanne – ist geklärt und bestätigt.«

»Wie sind Sie auf die muntere Dame gekommen?«

»Wir halten das Blaue Haus unter Kontrolle, seitdem wir wissen, daß gelegentlich der Genosse Konopka dort auftaucht.«

»Und woher wissen Sie das, Peter?«

Ritter zögerte, so lange nur, daß es Cassidy gerade noch bemerken konnte. »Well«, entgegnete er. »Ich will Ihnen eines unserer bestgehüteten Geheimnisse anvertrauen, Steve: Wir haben für Konopka die Bürgschaft in dem freien Etablissement gestellt. Über einen Strohmann.« Er schnurrte wie die Katze, die die Maus gefressen hat. »Haben Sie uns unterschätzt?«

»Ich möchte mal sagen: überrascht, Peter«, versetzte der Amerikaner. »Und was halten Sie von der TRASCO?«

»Manchmal ist sie nützlich, manchmal auch schädlich«, erwiderte der Ressortleiter. »Es gibt da einige Leute, die ich ganz gern bei uns sähe.«

»Aber der eine oder andere arbeitet doch ohnedies für Sie, oder?«

Ritter betrachtete seinen Dauergast nachdenklich. »Diesmal haben Sie mich überrascht«, antwortete er. »Sie meinen diesen Forbach?«

»Erraten, Peter.«

»Ein verwegener Bursche, so eine Art Landsknechttyp, als verläßlich eingestuft. Sein Bruder wurde bei einem Versuch, über die Mauer zu kommen, erschossen. Seitdem haßt er die Vopos und die DDR.«

»Und der Bruder?«

»Ist echt«, entgegnete Ritter. »Keine Frage, glasklares Motiv.«

»Aber Forbach nimmt auch Geld.«

»Und nicht zu wenig«, bestätigte Ritter. »Der TRASCO-Chef spart weder beim Einnehmen noch beim Ausgeben; er verdient Geld wie Heu – vielleicht arbeiten deswegen einige recht brauchbare Leute auf den Transitwegen für Dressler statt für uns.«

»So minderbemittelt?« spöttelte Cassidy.

»Wir sind keine Verschwender«, entgegnete Ritter. »Und auch keine Hasardeure. Und wir möchten auch älter werden, als es dieser Mauro Dressler vermutlich werden wird.«

»Und was hat seine Frau mit Konopka zu tun?«

»Zunächst einmal«, erwiderte Ritter, »ist es nur eine Vermutung. Es läßt sich nicht mit Sicherheit ausschließen, daß eine

Liebesattacke des volkseigenen Casanovas einen unerwarteten Verlauf genommen hat. In diesem Haus ist diesbezüglich alles möglich.«

»Und wie ist Madeleine Dressler überhaupt in das reizvolle Etablissement gekommen?«

»Als frühere Ehefrau von Mauro Dressler.«

»Er ist also auch Mitglied?«

»Und ein sehr rühriges«, entgegnete der BND-Ressortchef anzüglich. »Allerdings mehr als Voyeur denn als Akteur.«

»Wir gehen also von einer unbewiesenen Voraussetzung aus«, sagte der Amerikaner.

»Von einer unbewiesenen, aber wahrscheinlichen«, versetzte der Pullacher Spitzenmann. »Allein die Tatsache, daß Konopka und Dressler, zwei Männer in völlig konträren Positionen, im gleichen Privatklub verkehren, ist schon höchst ungewöhnlich. Und das Ungewöhnliche reizt, selbst wenn wir es durch unsere Bürgschaft für Konopka eigentlich erst ermöglicht haben.«

»Und wie kommt Madeleine Dressler ins Spiel?« fragte Cassidy interessiert.

»Jedenfalls ziemlich plötzlich«, antwortete Ritter. »Wenn ihr Konopka tatsächlich Material übergeben hat, dann war dieser Transfer jedenfalls fachmännischer und raffinierter als die Weiterreichung der Sperber-Kassette. Es sieht übrigens so aus, als hätten wir ihre Herkunft inzwischen einigermaßen geklärt«, stellte Ressortchef Ritter fest. »Sie wurde vorgestern morgen auf dem Postamt in Berlin-Charlottenburg aufgegeben. Keine Fingerabdrücke. Das Fabrikat läßt auch keinerlei Rückschlüsse auf die Kaufquelle zu, es ist handelsüblich, in jedem Laden zu haben. Aber ein Schalterbeamter glaubt sich zu erinnern, daß die Sendung von einer eleganten Dreißigerin abgegeben wurde, die Berliner Dialekt sprach. Der Mann kann sich irren oder ein Wichtigtuer sein. Im übrigen ist er nicht in der Lage, die Absenderin näher zu beschreiben. Elegant ist ja auch so ein Begriff, und mit dem Alter irrt man sich bei Damen bekanntlich immer wieder.«

»Trotzdem ist diese Versandart ziemlich ungewöhnlich«, erwiderte Cassidy, der beinahe akzentfrei deutsch sprach, so wie auch seine Pullacher Gesprächspartner Englisch weitgehend beherrschten.

»Vielleicht ist es ein Trick, daß es so laienhaft aussieht«, versetzte der Chef der Auswertung.

»Könnte ich das Band noch einmal abhören?« fragte der Amerikaner.

»Natürlich«, entgegnete Ritter. »Wir wollen ohnedies in den Vorführraum.«

Er lag gleich nebenan, war schalldicht, hatte keine Fenster. Die Geisterstimme dröhnte aus vielen Lautsprechern, unwirklich und doch real, blechern, eine Stimme ohne Herkunft oder Charakter:

›Hier meldet sich der Sperber‹, spulte die explosive Nachricht vom Band.

Ich habe Ihnen Sindelfingen und Bonn als Antrittsgeschenke überbracht als Beweis, von welchem Wert ich für Pullach und Langley sein kann, falls wir miteinander ins Geschäft kommen. Ich stehe in einer Position, die mir Einblick in viele DDR- und SU-Vorgänge ermöglicht, die unter Geheimverschluß stehen. Ich bin über die Tätigkeit von DDR-Agenten in der Bundesrepublik informiert und in der Lage, ihre Namen aufzudecken, ihre Identität zu enthüllen und zu beweisen, in welche Spitzenstellungen in der Politik, der Wirtschaft, beim Verfassungsschutz, beim Bundesnachrichtendienst und in der Bundeswehr sie gelangt sind.

Ich kann Ihnen auch mitteilen, welcher Abteilungsleiter bei der BRD-Vertretung in Ost-Berlin, Hannoversche Straße, direkt mit der Stasi-Zentrale zusammenarbeitet.

Ich bin dazu bereit, weil ich mit dem SED-Staat brechen will.

Ich kann es aber nur wagen, wenn meine Zukunft gesichert wird. Ich benötige einen anderen Namen, eine neue Identität und ein Asyl, am besten in den USA. Zur Abschirmung gegenüber meinen Verfolgern gehört auch meine finanzielle Sicherstellung. Dafür halte ich einen Barbetrag von fünfhunderttausend Dollar für notwendig.

Als Stasi-Fachmann weiß ich, daß meine Informationen eigentlich unbezahlbar sind.

Demnächst melde ich mich wieder in einer mir geeignet erscheinenden Form, um zu erfahren, ob Sie grundsätzlich mit einer solchen Vereinbarung einverstanden sind, und auch um zu erfahren, wodurch und inwieweit die absolute Geheimhaltung meines Vorhabens garantiert werden kann.

Sofern Sie diese Voraussetzungen erfüllen, bin ich bereit, mit einem beauftragten Bevollmächtigten an jedem Ort außerhalb des Staatsgebietes der DDR zusammenzukommen, um die Vereinbarungen zu treffen und zu realisieren. Ende.

»Der Sperber«, las Ritter zwischen Ernst und Belustigung aus einem Konversationslexikon vor, das er sich gegriffen hatte, »schießt mit ungewöhnlich raschen, kräftigen und sehr flachen Flügelschlägen dahin, erreicht erstaunliche Fluggeschwindigkeiten und stürzt sich in rasender Fahrt auf sein Opfer.«

Cassidy ließ das Band noch einmal vorspielen, aber es brachte ihn so wenig weiter wie die zoologische Würdigung des Raubvogels. Die Nachricht war interessant und lächerlich, eine seltsame Mischung, halb Karl May, halb James Bond, reichlich abenteuerlich und völlig undurchsichtig.

»Lassen wir einmal offen, ob der Mann ein trojanisches Pferd ist oder wirklich mit uns ein Geschäft machen will«, sagte der CIA-Experte. »In beiden Fällen steht fest, daß der große Unbekannte die Möglichkeit hat, aus der DDR auszureisen, nicht nur ins neutrale Ausland, sondern sogar in die Bundesrepublik. Das wiederum läßt den Rückschluß zu, daß er bei uns nicht als Agent geführt wird und das Vertrauen von General Lupus in besonderem Maße genießt. Wie wir wissen, tut es im Osten Vertrauen allein nicht«, fuhr Cassidy mit einem anzüglichen Lächeln fort. »Der Bursche müßte den Stasi-Leuten auch noch andere Sicherheiten zu bieten haben.«

»Sie sehen das richtig, Mr. Cassidy«, entgegnete Ritter, der in Pullach genauso als exzellenter Fachmann bekannt war wie auf der anderen Seite der sächselnde Lipsky mit dem roten Punkt an der pikanten Stelle. »Bei Funktionären mit Diplomatenpaß nehmen wir immer an, daß sie nicht nur wegen eines Sektfrühstücks in den Westen reisen, können ihnen aber das Gegenteil meistens nicht beweisen. Damit kommen prima vista als Sperber – ich spreche jetzt rein theoretisch – General Lupus selbst, Konopka und Brosam in Frage. Diese drei können jederzeit die zugemauerte Grenze passieren«, stellte der Auswertungsspezialist fest. »Selbstverständlich kann sich auch ein anderer Spitzenmann eine Ausreisegenehmigung besorgen.«

»Die Frage ist nur, ob er in den Osten zurückkehren oder im Westen bleiben will«, erwiderte Cassidy mit einem süffisanten Lächeln. »Und was soll der Hinweis auf die BRD-Mission in Berlin bedeuten?«

»Sieht nach einer dritten Morgengabe des Sperbers aus. Wir haben seit langem den Verdacht, daß irgendwie aus dem Auswärtigen Amt Geheiminformationen hinausgetragen werden. Wir haben Nachforschungen angestellt und auf die Botschaften im Ausland ausgedehnt, selbstverständlich auch auf unsere Vertretung in Ost-Berlin. In keinem Fall hat sich auch nur die Andeutung eines Verdachts ergeben.«

Cassidy war zu höflich, um festzustellen, daß sich ein Verrat auf höchster Ebene zehn Jahre lang im Pullacher Camp hingezogen hatte und daß der schließlich entlarvte Mann von der Gegenspionage, ein Günstling des alternden Generals, trotz seiner DDR-Geburtsstadt durch alle Sicherungsprüfungen mit Bravour hindurchgekommen war. Felfe, so hieß der Maulwurf, einer der Ehemaligen aus dem Reichssicherheitshauptamt, der kaum weniger schädlich gewesen war als Guillaume, hatte bis dahin Pullachs Führungsrolle in der Ost-Spionage mit einem Schlag zerstört – der CIA war seinerzeit zu der Rechnung gekommen, daß fast drei Viertel alles ihr vorliegenden Wissens um den östlichen Gegner aus BND-Quellen stammte.

Was seinen guten Ruf betrifft, bleibt freilich kein Geheimdienst der Welt lange Jungfrau.

Auch jetzt, an einem Schönwettertag wie aus dem Bilderbuch, hingen wieder Wolken über dem Camp Nikolaus: Ein ehemaliger Topman, der nach seinem Ausscheiden mit Hilfe bajuwarischer Vetternwirtschaft zum obersten Verfassungshüter im weiß-blauen Land aufgerückt war, hatte nach seinem Abschied vom Camp BND-Geheimakten (teils peinlichen Inhalts) hinter seinem Kamin versteckt und diversen Zeitungen als ›Spionage-Roman‹ angeboten. Die Sache war geplatzt und führte zum Unangenehmsten, was einem geheimen Nachrichtendienst drohen kann: Schlagzeilen in der Presse, Untersuchungsausschuß, Einleitung eines Strafverfahrens. Bevor der Fall ganz überschaubar war – vermutlich würde er es nie werden –, fragte sich der Mann auf der Straße bereits, welche berufliche, moralische und geistige Qualität ein hochdotierter Spitzenbeamter des Untergrunds eigentlich haben mußte.

Was jetzt erst bekannt wurde, hatte sich schon lange vorher ereignet, stammte noch aus der Zeit, da General Gehlen, für den der Zweite Weltkrieg nie zu Ende gegangen war, von der Elendsalm heruntergestiegen und mit 50 Stahlkoffern seines für Hitler gehorteten Materials übergangslos in die Dienste der Besatzungsmacht getreten war. Sein Opportunismus war der Nationalismus; später mußten viele dem Mann recht geben, der, zu seinen Lebzeiten überschätzt und unterschätzt, glorifiziert und geschmäht, sich als Galionsfigur auf das selbsterrichtete Denkmal gestellt hatte und aus dem Grab heraus mit einer nachgelassenen ›Verschlußsache‹ noch auf seine innenpolitischen Gegner schoß.

Papas Spion war tot; seine Nachfolger waren moderner, kühler, abwägender und in jedem Fall zurückhaltender, auch wenn sie bei ihren Bonn-Besuchen ihren Kontrolleuren nicht mit tarnendem Mummenschanz wie Schlapphut, Sonnenbrille und falschen Namen imponieren wollten.

»Wir füttern zur Zeit den Computer mit allen uns bekannten Tatsachen über die Stasi-Spitze«, sagte Ritter. »Die elektronische Datenverarbeitung läuft heiß. Ich warte noch ein, zwei Tage, aber dann kann ich Ihnen eine ziemlich verbindliche Sperber-Auswahl vorlegen, Steve.« Er lachte trocken. »Ich sehe keine besondere Gefahr, solange wir den Fall cool abwickeln. Manchmal fürchte ich zwar, auf einem Schleudersitz zu hocken, aber in der Haut unserer Gegner möchte ich noch weniger stecken.«

»Sie sind in Zugzwang«, erwiderte Cassidy.

»Und jeder Zug, den die andere Seite macht, muß eigentlich falsch sein. Sowie der Sperber aus der Deckung tritt, gibt er sich zu erkennen. Bevor er das Geld kassiert, muß er aus der Kulisse auftauchen.«

»Richtig, Peter...«

»Wir haben schon einige Vorleistungen, und wir werden dafür sorgen, daß sie sich vermehren, bevor wir einen Cent investieren. Mich macht nur nervös, daß für General Lupus der Faktor Zeit keine große Rolle spielt; er scheint seinen sowjetischen Lehrmeistern die Geduld zur Langzeitpolitik abgesehen zu haben.«

»Wir könnten die Affäre ohne großes Risiko vorantreiben, wenn wir uns zu einer ungewöhnlichen Maßnahme entschlössen«, stellte der CIA-Spezialist fest. »Da müßte allerdings Bonn mitspielen.«

»Was meinen Sie, Steve?« fragte der Chef-Auswerter.

Cassidy entwickelte seinen Plan und sah, daß der Mann, der ihm zuhörte, ebenso fasziniert wie erschrocken war.

»Ihre Idee ist blendend«, sagte Ritter, »und siedend heiß. Ich werde sie unverzüglich unserem Präsidenten vortragen«, versprach er.

Es hieß im Klartext, daß nur eine Chance bestand, Bonns Zustimmung zu einer höchst ungewöhnlichen Manipulation zu erhalten: wenn sich Pullachs Hausherr voll hinter den Vorschlag stellte.

7

Mein Abflug nach Europa hatte sich verzögert, weil der große Gregory darauf bestand, daß ich mich vor meinem Einsatz noch intensiv mit Barry Wallners letztem Fall befaßte. Ich brütete über seinem Nachlaß, ohne mich lange zu fragen, wie er in die Hände der Agency gelangt war, lernte Namen und Daten auswendig und prägte mir tatsächliche oder vorgebliche Geschehnisse ein.

Vieles war mir bekannt, einiges neu; alles in allem eine Story wie Dynamit. Wie fast alle Themen, die der Enthüllungsjournalist angefaßt hatte. Wie ich unter der Hand erfuhr, hatte die Luftaufsichtsbehörde inzwischen festgestellt, daß der Absturz, dessen Opfer er geworden war, auf einen Motorschaden zurückging. Dieser Sachverhalt stellte bei einem Mann wie Barry das schier unlösbare Rätsel, ob das Debakel auf Fahrlässigkeit, Sabotage oder höhere Gewalt zurückging.

Barry Wallner hatte, wie es für seine Arbeitsweise typisch war, das Thema selbst aufgerissen und den Rahmen seiner Reportage persönlich erstellt, die Kontakte zu den Informanten hergestellt und die notwendigen finanziellen Vereinbarungen getroffen. Er brauchte dabei nicht knauserig zu sein; der New Yorker Verlag Fairway House, an dem er beteiligt war, konnte dank der hohen Auflagen seines Top-Schreibers kräftig nachhelfen.

Der Pfadfinder gängiger Politskandale hatte bei einem längeren Europa-Aufenthalt vor einiger Zeit diverse Leute angesprochen, die aus der Fluchthilfe im Osten ein lukratives Gewerbe gemacht hatten. Ins Geschäft gekommen war er in erster Linie mit der Züricher TRASCO AG, deren Inhaber Mauro Dressler unbegreiflicherweise dazu neigte, mit seinen Erfolgen zu prahlen. Der Eidgenosse war der Typ, der gern mit offenem Hemd herumlief, um seine behaarte Männerbrust vorzuzeigen, dabei aber womöglich auf der Haut ein Toupet trug.

Der Wegwerfheld einer gelangweilten Gesellschaft charakterisierte den Prototyp eines Mannes, der fast immer reich, selten jedoch alt wird, ein Geschäftemacher, der aus Müll noch Goldkörner siebt und nicht selten auch auf der Schutthalde endet. Ein Konkurrent ähnlichen Kalibers, ARAMCO-CHEF Hans Lenzlinger, ebenfalls mit Hauptsitz in Zürich, Ackersteinstraße 116, war vor einiger Zeit unter mysteriösen Umständen ermordet worden. Die Polizei hatte das Verbrechen nicht aufklären können. Als Täter kamen Stasi-Leute aus Ost-Berlin genauso in Frage wie geprellte

Geschäftspartner oder eifersüchtige Freundinnen. Es gab nicht sehr viel Trauer an seinem Grab, aber zu den Hinterbliebenen gehörten zwei Löwen, unter deren Fell die Geheimdienste Mikrofilme mit subversiven Nachrichten gesucht hatten, vergeblich.

Mauro Dressler benahm sich vorsichtiger, obwohl er nicht, wie sein toter Rivale, mit vier Leibwächtern auftrat; aber sein Job war heiß, Gefahr sein Metier. Er galt als verschlagen und verwegen. Im Niemandsland der Legalität operierend, hatte er einen Ruf wie Donnerhall, im Guten wie im Schlimmen. Freilich konnte er auch in verzweifelten Fällen so etwas wie die letzte Hoffnung darstellen. Diese Hoffnung erfüllte sich häufig, doch niemals kostenfrei; er half meistens, immer jedoch nur gegen hohe Gebühr.

Für einen Mann wie Barry Wallner, der eine untrügliche Witterung für Weizen in der Spreu hatte und daraus spannende Polit-Thriller fertigte, Millionen-Seller, in Massenzeitungen vorabgedruckt, in viele Sprachen übersetzt, ein programmierter Bucherfolg rund um den Globus, war Mauro Dressler, der mit Informationen nicht geizte, eine Fundgrube und jedenfalls sein Geld wert.

Immerhin 50000 Dollar Vorschuß und eine Honorarbeteiligung von einem Fünftel. Gegenleistung: die exklusive Verwertung aller den Ost-West-Dschungel betreffenden Hintergrundoperationen durch den Verlag Fairway House, Park Avenue, New York, N. Y., soweit es sich – um eine Gefährdung der Beteiligten zu verringern – um bereits abgeschlossene Fälle handelte.

Der Top-Journalist wußte natürlich, daß sein Vertragspartner ein hemmungsloser und letztlich undurchsichtiger Abenteurer war. Er hatte sich deshalb abgesichert und zwei Männer aus der Crew des Menschen-Importeurs herausgepickt, die ihn zusätzlich mit bezahlten Informationen versorgten. Sie gehörten zu den Desperados, die zum Teil seit Jahren für die TRASCO auf den Transitstrecken oder irgendwo sonst auf DDR-Territorium ihre Haut zum Markt trugen und dabei ständig Kopf und Kragen riskierten.

Zur Zeit saßen sieben aufgeflogene Dressler-Leute in DDR-Gefängnissen Freiheitsstrafen zwischen zehn Jahren und lebenslänglich ab; sie wurden längst durch Neuzugänge ersetzt. Vorübergehend für die TRASCO arbeitete auch der Tankstellenbesitzer, Bastler und DDR-Hasser Michael Gartenschläger, der 1961 als Siebzehnjähriger von einem ostdeutschen Gericht wegen politischer Brandstiftung zu lebenslanger Haft verurteilt und zehn Jahre später von der Bundesregierung für 45000 DM freigekauft worden war. Dem Verwegenen gelang es zweimal, sich vom Westen her der deutsch-deutschen Grenze nähernd, Tötungsmaschinen des Typs SM 70 auszubauen und zur kriminaltechnischen Untersuchung sicherzustellen. Bei einem dritten Versuch am 30. März 1976 starb der Mann, den die DDR-Presse einen ›Maschinenschlosser, RIAS-Hörer, Brandstifter und Vandalen‹ nannte, im Kugelhagel der Kalaschnikow-Schnellfeuergewehre; die Vopos hatten ihn zuvor nicht angerufen.

Dieses Ende mußten die Mitglieder der Dressler-Organisation vor Augen haben, wenn sie auf den Transitwegen versuchten, Menschen aus dem Land der Aufpasser und Anpasser herauszuschmuggeln. Mit Rücksicht darauf waren die Informationen in den Wallner-Unterlagen halbwegs verschlüsselt und die Männer, von denen sie stammten, ohne Namen; dabei war dem cleveren Barry doch eine Indiskretion unterlaufen: Er hatte sie auf einem Zettel mit S. und F. bezeichnet.

Ein Blitzbesuch bei PYTHIA – diesmal dienstlich und nicht privat – zeigte mir an, daß S. für Schwarz und F. für Forbach stehen könnte. Schwarz bedeutete mir wenig, aber der Name Forbach elektrisierte mich, denn das war nach Zürich und Pullach bereits die dritte Hochzeit, auf der dieser Kommunistenfresser tanzte. Diese Feststellung führte automatisch zur Frage, an wieviel Untergrund-Veranstaltungen der Mann noch teilnehmen mochte.

In diesem Stadium eines Falls hatte sich Barry Wallner üblicherweise zum Schreiben zurückgezogen und die weiteren Erkundigungen vor Ort an seine Rechercheure delegiert. In einem Brief an Dressler wurde ein gewisser Brian Singer als sein Beauftragter für künftige Gespräche angekündigt, ein neuer Mann und damit ein unbeschriebenes Blatt. Der private Investigator – angeblich ein As – sollte nicht dadurch auffallen, daß er womöglich in einer Sache bereits aufgefallen war.

Barry, der Schlagzeilen-Zauberer, hatte sich auf sein Handwerk nicht minder gut verstanden als der große Gregory, der hartnäckig darauf bestand, daß ich als Brian Singer nach Europa abflog. Wie ich ihn kannte, hatte er seine Vorbereitungen dafür längst getroffen; es war auch vom fachlichen Gesichtspunkt nichts mehr dagegen einzuwenden, denn falls auf Wallner tatsächlich ein Attentat verübt worden war, bedrohte auch seinen Assistenten und Rechercheur bald ein Anschlag.

»Allerdings nur, wenn er als solcher erkannt wird«, tat es der CIA-Vice ab. »Dann können Sie sich wohl vorstellen, wie wir Sie abschirmen, Lefty.« Er löffelte wieder genüßlich seinen Gesundheitsbrei. »Und überhaupt – seit wann sind Sie denn so ängstlich?«

»Ich bin nicht ängstlich, Sir, nur vorsichtig.«

»Und das verlängert das Leben«, lobte er.

»Wie Joghurt und Corn-flakes«, verspottete ich seine frugale Ernährungsweise.

»Okay, Lefty«, überging er es. »Passen Sie auf sich auf. Ich möchte nicht, daß Amerika einen tüchtigen Nachwuchsdiplomaten in spe verliert.«

Sein Greisengesicht zeigte wieder das Vexierspiel mit Falten und Runzeln. »Ich werde hier in Langley verbreiten lassen, daß Sie nach Erstellung eines Gutachtens wieder Holiday in Fernost machen – für alle Fälle.«

Die Schaffung einer neuen Identität dauerte sonst Wochen, wenn nicht gar Monate. Diesmal blieb keine Zeit mehr, gründlich in die Haut eines anderen zu schlüpfen, denn Steve erwartete mich dringend in München, und Brian Singer, der Mann mit dem unbeschriebenen Lebenslauf, machte es mir ohnedies leicht. Wie ich Gregory einschätzte, gab es ihn tatsächlich, und er machte im Gegensatz zu mir an irgendeinem entlegenen Flecken der Welt Ferien auf CIA-Kosten, während ich unter seinem Namen und mit einem darauf amtlich ausgestellten, wenngleich falschen Paß in die Ost-West-Schlammschlacht zog.

Mit einem Umweg über New York, damit die Verlagsangestellten wenigstens antworten konnten, falls sie nach dem Aussehen ihres brandneuen Mitarbeiters Brian Singer gefragt würden. Es war nur ein Minimum an Tarnung, aber das ist immer noch mehr als gar keine.

Ich saß in der Maschine nach New York, die nach Boston weiterflog. Als der Flugkapitän bei der Begrüßung dies seinen Passagieren mitteilte, spürte ich einen Stich in einer vernarbten Wunde. In Boston hatte Vanessa gelebt, aus der auf einmal Madge geworden war. Ich fragte mich ziemlich töricht, welcher der beiden Namen ihrer Persönlichkeit mehr entspräche. Es war müßig und auch unwichtig, darüber nachzudenken, denn ich konnte die selbstgestellte Frage ohne weitere Nachforschungen nicht beantworten – und ich würde mich natürlich an die Absprache mit Gregory halten und jeden Kontaktversuch vor Erledigung meines Auftrags unterlassen. Zudem wußte ich auch gar nicht, wo sie sich aufhielt und ob ich diesen Einsatz überleben würde. Vielleicht riskierte der große Gregory, mich noch kurz vor Torschluß zu verheizen, weil er es einfach nicht ertragen konnte, einen bisher nicht enttarnten Agenten ›unblutig‹ an das US-State-Department zu verlieren.

Ich versuchte, Vanessa zu verdrängen, aber sie geisterte wie ein Irrwisch durch mein Bewußtsein. Ich redete mir ein, daß Liebesträume nichts anderes seien als eine Infektionskrankheit der Psyche, aber gegen diese Ansteckung gab es vorderhand noch keine Antibiotika, und selbst das Training der Jahre, das Verlangen einfach abzustellen wie Wasser oder Strom, war vergebliche Anti-Liebesmühe.

Ich dachte nicht an das Verlangen nach Vanessa: Es dachte an mich.

Um drei Uhr p.m. landete die Maschine aus Washington pünktlich auf dem La-Guardia-Flughafen in New York, und da ich nicht zu den Passagieren gehörte, die nach Boston weiterfliegen durften, stieg ich aus, nahm ein Taxi und fuhr nach Manhattan. Wenn ich meine Vorstellung in Barry Wallners Verlagshaus schnell über die Runden brächte, könnte ich die Nachtmaschine nach Frankfurt noch erreichen und hätte dort sofort Anschluß nach München.

Das Fairway House lag gegenüber dem PanAm Building. Das Portal war mit Marmor ausgeschlagen, und am Empfang saß eine Blondine, die aussah wie Brigitte Bardot in ihren besten Zeiten, in ihren allerbesten.

Sie fragte mit polierter Arroganz nach meinem Begehren.

Als ich meinen Namen nannte, schloß ich aus ihrem Verhalten, daß Gregorys langer Arm natürlich auch nach New York reichte.

Ich wurde ohne Umwege und Vorzimmer in das Office des Managing Director geführt, mit dem der CIA-Vice den Zweck meines Besuches abgesprochen haben mußte. Der Mann reichte mir die Hand, stellte keine Fragen, bot mir eine Tasse Kaffee an und trommelte dann seine wichtigeren Mitarbeiter zusammen.

»Ich halte Sie nicht lange auf«, sagte er zu ihnen. »Ich möchte Ihnen nur Brian Singer vorstellen, von dem Barry so viel hält. Mister Singer wird am nächsten Barry-Wallner-Buch mitarbeiten.«

Sie lächelten mir zu, wünschten mir gewohnheitsmäßig alles Gute. Keiner von ihnen wußte, daß mein angeblicher Chef abgestürzt war. Es war mir bekannt, daß in der Regel der Wert eines Autors sinkt, wenn er nicht mehr am Leben ist, deshalb versucht mancher Verlag ein halbfertiges Manuskript von einem Ghostwriter fertigstellen zu lassen und zu verschweigen, wer diese Ergänzungen besorgt hat. Daß man aber auch den Tod des Verfassers verheimlicht, war wohl neu in der Branche.

Die taxierenden Blicke der weiblichen Mitarbeiter erinnerten mich daran, daß der Verblichene von seinen engsten Mitarbeitern wohl mehr erwartet hatte als erstklassiges Researching, aber im Verlagsmilieu war man mit Exoten aller Art vertraut. Nur eine rothaarige, kesse Lektorin machte die Probe aufs Exempel und fragte mich, ob ich heute abend mit ihr ausgehen wolle.

»Da sitze ich leider schon im Flugzeug«, erwiderte ich und setzte hinzu: »Vielleicht ein andermal, wenn ich wieder nach New York komme.«

»Vielleicht«, entgegnete sie schnippisch und tauschte besserwisserische Blicke mit ihren Kolleginnen.

Eine halbe Stunde später war die Prozedur überstanden; ich fuhr zum Kennedy Airport, rief von dort Steve Cassidy an und teilte meine Ankunftszeit in München mit. Die Boeing 747 war nur halb besetzt; es war angenehm, man konnte sich während des Flugs richtig breitmachen, auch wenn man nicht First Class Passenger war.

Ich dachte über meinen Einstieg in Germany nach: Wir hatten zwei verschiedene Enden des Falls Sperber in der Hand. Steve saß an dem einen in Pullach und beteiligte sich im Camp an dem Katz-und-Maus-Spiel um den noch unbekannten Überläufer aus der Umgebung des Stasi-Generals Lupus. Ich würde bei der TRASCO da fortfahren, wo Barry Wallner aufgehört hatte, und das hieß, Dressler und die beiden anderen Informanten kontaktieren und observieren. Ich konnte mich dabei ebenso auf Steves wie auf Barrys Vorarbeiten stützen und, ohne persönlich in Erscheinung zu treten, im Bedarfsfall duch Telefonanruf nach Nennung eines Codewortes die europäischen CIA-Filialen für Hilfsdienste in Anspruch nehmen, in München, Zürich, West-Berlin ebenso wie in Ost-Berlin (da natürlich nicht über den Fernsprecher).

Organisierte Fluchthilfe aus dem einen Teil Deutschlands in den anderen gab es seit Berlins schwarzem Sonntag, dem 13. August 1961. In den Morgenstunden hatten von Vopos abgeschirmte Arbeiter begonnen, eine 45 Kilometer lange, drei Meter hohe und mit Stacheldraht bestückte Mauer zwischen Schönefeld und Rosenthal quer durch Berlin zu ziehen wie eine häßliche Narbe. Am Montagmorgen fehlten bereits 75 000 Pendler an ihren Westberliner Arbeitsplätzen. Zwar war am schwarzen Sonntag noch einmal

15000 Menschen die Flucht gelungen, die ›Volksabstimmung mit den Füßen‹, aber der Fahrpreis in die Freiheit, der bislang für ein S-Bahn-Billett für zwei Groschen erhältlich gewesen war, konnte nunmehr das Leben kosten.

Die Mauer erhielt bald ihre Bluttaufe. Als erste starb eine 66jährige Frau, die in der Bernauerstraße – sie verlief direkt an der Sektorengrenze in einer Länge von zwei Kilometern – aus dem Fenster in den freien Teil Berlins gesprungen und dabei unglücklich aufgekommen war. Kurze Zeit später blieben drei weitere Flüchtlinge zerschmettert an der Mauer liegen. Die Fenster der Bernauerstraße, die nach Westen gingen – die Hauseingänge lagen im Osten –, mußten zugemauert werden.

Weitere Fluchtversuche endeten unter den MP-Feuerstößen der Vopos und Grepos.

Zählt man Bayern und Baden-Württemberg zusammen, dann hat man den ungefähren Umfang des DDR-Territoriums; urdeutsches Gebiet in dieser Größe hatte sich in ein Zuchthaus für 17 Millionen Menschen verwandelt. Für viele Westberliner war es eine Ehrensache, ihren Bekannten und Freunden – oder auch nur Landsleuten – das Entkommen aus dem Osten zu ermöglichen. Sie erwiesen sich als selbstlose Fluchthelfer der ersten Stunde und trieben vom Westen aus Tunnel auf die andere Seite vor. Auf diesem unterirdischen Weg gelang in Frohnau am 17. Mai 1962 unbemerkt 28 Ostberlinern der Ausbruch. Dann wurde der Notausgang durch Verrat versperrt.

Kurze Zeit später erschoß in der Jerusalemer Straße bei einer Massenflucht versehentlich ein Vopo einen anderen. In einer Fluchtröhre an der Heinrich-Heine-Straße kam dann ein 23jähriger ums Leben, zwei weitere blieben schwerverletzt liegen, 13 mußten vor Gericht. Einen Fluchtstollen an der Kiefholzstraße verriet eine Denunziantin; zwei Beteiligte erhielten lebenslänglich, drei bis zu 12 Jahre. Von nun an wurden die in oft monatelanger Arbeit ausgehobenen Notausgänge immer wieder zu einem Tummelplatz von Gewalt, Mißgunst, Verrat, Bestechung, Selbstlosigkeit, Mut und Mord.

Die Volkspolizei verbesserte ihre Methoden, so daß es etwa seit dem Jahr 1965 für Amateure – von wenigen geglückten Ausnahmefällen abgesehen – praktisch unmöglich wurde, für die Menschen, die ausbrechen wollten, etwas zu unternehmen.

In dieser Zeit entstand die organisierte, gewerbsmäßige Fluchthilfe gegen Vorauskasse. Im dunkeln operierende Fluchtfirmen traten an die Stelle idealistischer Helfer. Professionelle unterschiedlicher Qualität lösten die ehrenamtlichen Amateure ab.

Die neuen Operateure lagen im Osten im Visier der Volkspolizei und im Westen im Kreuzfeuer der Vorwürfe, aber wer ihnen in den Arm fiel, versperrte DDR-Bürgern die oft einzige Chance, die Mauer hinter sich zu lassen, und damit den Kindern den Weg zu ihren Eltern, den Frauen ein Zusammenleben mit ihren Männern.

Ein Verbrechen ›Republikflucht‹ kennt der Westen nicht. Wer Beihilfe leistet, kann sich somit auch nicht schuldig machen, es sei denn durch die Verwendung gefälschter Pässe. Da aber nicht selten Geheimdienste im Staatsauftrag solche selbst ausstellten, herrschte bald eine beispiellose Rechtsunsicherheit. Typisch dafür ist, daß im Fall Gartenschläger die Staatsanwaltschaft Lübeck gegen die Helfer des Getöteten ein Strafverfahren wegen ›Diebstahls einer einem Dritten gehörenden Sache‹ einleiteten: Der ›Dritte‹ war die DDR, die ›Sache‹ eine demontierte Selbstschußanlage, wie sie einst im Auftrag von KZ-Kommandanten entwickelt worden war. Um die dubiosen Firmen, die unter Lebensgefahr gegen horrende Summen Menschenschmuggel betrieben, lag und liegt ein Dunstkreis von Duldung, Heuchelei, Zweckdenken, Drohung und Opportunismus.

Fluchtfirmen werden beargwöhnt, ausgenutzt, finanziert, verachtet und benötigt.

Es gab bessere und schlechtere, erfolgreichere und nutzlose, und mit den Jahren wurde die TRASCO sozusagen eine seriöse Adresse in einem unseriösen Gewerbe, ein Markenartikel des Untergrundes. Während man im Schnitt einem von professionellen Fluchthelfern arrangierten Versuch, den Staat der Werktätigen zu verlassen, eine Chance von 60 Prozent einräumte, wies Dresslers Erfolgsbilanz – trotz einiger Pannen – eine Quote von mehr als 90 Prozent auf. Die TRASCO arbeitete gründlicher und raffinierter als ihre Rivalen, nahm doppelt soviel Geld und verbürgte sich für ein entsprechend besseres Resultat; sie verwendete modernste Hilfsmittel, und Dressler half keinem weiter, den seine Leute nicht zuvor auf DDR-Gebiet beobachtet und angesprochen hatten. Er setzte sogar Flugzeuge an, die im Grenzgebiet den Radarschirm unterflogen, und er war schlagartig bekannt geworden, als er in einem Omnibus 35 Schweizer Touristen auf einer Sightseeingtour durch die Tschechoslowakei karrte.

Auf einmal rollte ein zweiter Bus an, wiederum mit einem Schweizer Kennzeichen versehen. Er übernahm die eidgenössischen Touristen zur Weiterfahrt nach Prag; das erste Gefährt fuhr mit 35 DDR-Flüchtlingen, ausgestattet mit falschen Pässen, ungehindert in die Freiheit.

Solcherlei Husarenstücke riskierte Dressler immer wieder. Bis vor zwei Jahren hatte er an den gefährlichen Ausflügen in den roten Machtbereich sogar noch selbst teilgenommen. Seitdem organisierte er die Durchbrüche von West-Berlin aus. Die TRASCO unterhielt Zweigsitze in München, Frankfurt und Berlin, und sie übernahm selbst Fälle, die andere Fluchthelfer abgelehnt hatten, freilich nur gegen Kasse.

Mauro Dressler trat gern als Vorkämpfer gegen den Zwangsstaat im Osten auf, aber seine Gesinnung war weder rot noch schwarz und seine politische Heimat weder der Westen noch der Osten – sein Vaterland war das Geld, und je höher sich die Summe addierte, desto patriotischer wurde er.

Die Stasi-Männer von General Lupus hatten sehr bald ihre Chance erkannt, ihre Gegenspieler auszuhorchen und zu unterwandern. Sie schleusten Spitzel in die Fluchthelferfirmen ein und ließen kleine Fische davonschwimmen, um die großen zu fangen. Schon in der Tunnelzeit war es ihnen gelungen, erstklassige Agenten unter verzweifelte Flüchtlinge zu schmuggeln. Unverdächtiger als ein Mensch in Not, der im Osten alles zurückläßt und unter Lebensgefahr im Feuerhagel durch die Fluchtröhre hetzt, kann wohl keiner wirken, so bot man ihm im Westen bereitwillig die Hand – und brachte ihn an seinen Zielort.

Als die ersten Fälle bekannt wurden, begünstigte ein weiterer Nebeneffekt die Menschenjäger der Normannenstraße: DDR-Bürger auf der Flucht mußten sich jetzt auch noch dem Verdacht aussetzen, Sendlinge aus dem Osten zu sein.

Tücke und Infamie gehören zu den Spielregeln des deutschdeutschen Kriegs im Frieden. Beide Seiten kochten mit dem gleichen Schmutzwasser, an einem Tag erfolgreich, am nächsten schon wieder hereingelegt. Wenn eine Fluchtfirma auf die Dauer besser abschnitt als die Konkurrenz, geriet sie automatisch in Verdacht, vom DDR-Staatssicherheitsdienst protegiert zu sein. So betrachtet, war die TRASCO AG schon seit langem suspekt, aber Mauro Dressler konnte nachweisen, daß er mit professionelleren Männern, mit üppigeren Mitteln, mit größerer Sorgfalt, mit raffinierteren Einfällen und mit erheblich größerem technischem Aufwand arbeitete als seine Konkurrenz.

Es erklärte vieles, aber nicht alles.

Zwar war Dressler ein Prahlhans, aber wie kam er – ein Mann, für dessen Winkelzüge Verschwiegenheit so notwendig war wie für einen Fisch das Wasser – dazu, gewissermaßen seinen geheimen Geschäftsbericht an einen amerikanischen Journalisten zu verkaufen? Arbeitete Erwin Forbach, der den ersten Hinweis auf die Affäre Sperber gegeben hatte, mit oder ohne Wissen Dresslers auch für die BND-Zentrale in Pullach? Hatte Dresslers Geschiedene, mit der er geschäftlich nach wie vor liiert war, bei einem Tête-à-tête in Berlins Blauem Haus vom Genossen Konopka tatsächlich subversives Material übernommen und weitergegeben? Falls ja: Wußte Dressler von diesen Machenschaften Madeleines, oder kochte sie ihre eigene Giftsuppe?

Die 747 hatte den Atlantik überquert und näherte sich dem Kanal. Der Flug von Westen nach Osten hatte mich wieder einmal um sechs Stunden Schlaf gebracht, aber das wäre das wenigste. Die Stewardeß brachte das Frühstück; ich sah auf die Uhr.

»Wir werden voraussichtlich pünktlich auf dem Rhein-Main-Flughafen landen«, sagte sie mit einem Lächeln für jedermann.

Sie behielt recht; ich stieg in eine Lufthansa-Maschine zum Weiterflug um und landete wiederum flugplanmäßig in München-Riem.

Ein Mann, den ich nicht kannte, nahm mich in Empfang und schleuste mich an Zoll und Einreisekontrolle vorbei zu einem Lieferwagen; er sah sich um, öffnete höflich die Tür, und ich stieg zu. Der Mann, der hier auf mich wartete, war mir wohlbekannt: Steve.

»Schöner Urlaub, was?« begrüßte er mich mit einem Grinsen. »Müde?«

»Nicht die Bohne«, erwiderte ich.

»Um so besser«, sagte er und lächelte, mehr mit den Schneidezähnen.

In Stichworten gab mir Steve schon während der Fahrt einen Zwischenbericht über den Stand der Ermittlungen, sachlich, exakt, kein Wort zuviel, kein Fakt zuwenig. »Am besten fliegst du gleich nach Zürich«, sagte er am Schluß, »und siehst dir Madeleine Dressler an, bevor ihr Exmann zurückkommt.«

»Wo ist er zur Zeit?«

»Unter Kontrolle«, erwiderte Steve. »Wir haben einen V-Mann auf ihn angesetzt.«

Wie ich Freund Cassidy kannte, war dieser V-Mann eine V-Frau.

Spitzenpolitiker sind in der Bonner Wochenendszene rar wie weiße Elefanten, weil sie in den entlegensten Orten – sei es in Hintertupfing, Ratzenried oder Winsen an der Luhe – Versammlungen abhalten müssen. Irgendwo herrscht in der Bundesrepublik immer Wahlkampf. Jedenfalls dauerte es faßt 90 Minuten, bis der Chef des Bundeskanzleramts den Außenminister vom Rednerpult in einem namenlosen Nest wegholen und ihm mit aller Vorsicht telefonisch beibringen konnte, daß seine Anwesenheit in Bonn – nicht zuletzt auch in seinem Interesse – dringend geboten sei.

Der BND-Präsident hatte nach einigem Zögern die Verbindung hergestellt und der Staatssekretär im Bundeskanzleramt darum gebeten, daß Ressortchef Ritter und sein US-Berater Steve Cassidy dem AA-Chef den Fall selbst vortrügen, und so hielten sich die beiden Samstag früh in der Bundeshauptstadt auf, die nach dem Bonmot eines US-Diplomaten ›halb so groß wie der Zentralfriedhof von Chicago ist, jedoch doppelt so tot‹!

Der Mann mit dem Decknamen Sperber hatte sich bisher nicht wieder gemeldet, aber soeben war Laqueur, einer der wichtigsten Männer der Spionagefabrik in der Normannenstraße, in das Ministerium für Äußeres strafversetzt worden. Es war durchgesickert, daß er – wegen Fahrlässigkeit – als Sündenbock für die Verratsfälle der letzten Zeit geradezustehen hätte. Das mochte stimmen, konnte aber genausogut eine der zahlreichen Finten des Stasi-Generals Lupus sein.

BND-Mann Ritter dachte zunächst an das Praktische und stellte fest: »In jedem Fall müssen wir davon ausgehen, daß der abgesessene Herrenreiter nunmehr auch über einen Diplomatenpaß und die entsprechende Immunität verfügt.«

»Und deshalb risikolos im Westen als Sperber auftreten könnte. Es würde mich nicht wundern, wenn sich der Hugenottensproß demnächst in Pullach bei Ihnen meldet«, erwiderte der Amerikaner mit einem faunischen Grinsen.

Sie fuhren an einem der scheußlichen Zementsilos vorbei, in deren Waben die Menschen dichtgedrängt zusammenlebten und in denen doch die Einsamkeit zu Hause ist. Bonn, die Stadt mit dem größten Frauenüberschuß der Bundesrepublik. Gelegentlich und meist zwecklos versuchten Touristen auf Besichtigungstour eine dankbare Eroberung zu machen – gezielter und erfolgreicher verliefen die Bemühungen von Ost-Agenten, die systematisch auf alternde Sekretärinnen angesetzt wurden. Mitunter kam es sogar zur Eheschließung und nach der Enttarnung der Polit-Heiratsschwindler auch zum Selbstmord.

Ritter und Cassidy fuhren durch die Adenauer-Allee, bogen zum Kolossalgebäude des Auswärtigen Amtes ein, und der Ressortchef aus Pullach bewies, daß er hier in Gunst stand: Sie durften den Schnell-Lift benutzen, hausintern ›Bonzenheber‹ genannt, während die anderen sich vom Paternoster, sprich ›Proletenbagger‹, langsam hochhieven ließen.

Der Außenminister ließ den Stimmenfang sein und kam im Hubschrauber. Unbemerkt von der Presse landete er in Bonn-Hangelar und wurde in einem bescheidenen, unauffälligen Wagen zu seinem Amtssitz gefahren. Er wirkte wie ein Mann, der sichtlich bestrebt ist, sich weder Hast noch Bestürzung anmerken zu lassen. Er hatte das Gesicht eines Pokerspielers; schließlich war er ja auch Berufspolitiker.

»Der Ritter ohne Furcht und Tadel«, begrüßte er den BND-Ressortchef. Mit einem zweideutigen Lächeln setzte er hinzu: »Freut mich, Sie zu sehen. Aber ich sähe Sie lieber in Pullach als in Bonn, denn wenn Sie hier auftauchen, gibt es immer Stunk, Trouble, Zores.«

Der hohe Politiker war bei seinem Amtsantritt seiner mangelnden Sprachkenntnisse wegen von einem Karikaturisten mit den Worten persifliert worden: ›Nix englisch, nix französisch – ich deitsches Außenminister.‹ Es hörte sich an, als wollte der Minister beweisen, wie polyglott er inzwischen geworden war. Tatsächlich hatte er sprachlich eine Menge dazugelernt und machte als AA-Chef eine bessere Figur, als es seine Gegner erwartet hatten.

»Mister Cassidy von der Agency«, stellte Ritter seinen Begleiter vor. »Wir arbeiten für die gesamte Dauer dieses Falles eng zusammen.«

»Welchen Falles?« fragte der Politiker, als wüßte er nicht, wovon gesprochen wurde.

Er lehnte sich in seinem Sessel zurück. Seine verdickten Augenlider schoben sich nach unten. Es sah aus, als würden Jalousien vor den Pupillen herabgelassen.

»Am letzten Mittwoch haben der Bundeskanzler und Sie in streng vertraulicher Sitzung den Rahmen für die Swing-Verhandlungen abgesteckt.«

»Das stimmt«, bestätigte der Minister, ein wendiger Mann, der wie ein Phlegmatiker wirkte.

»Sie haben sich auf eine, sagen wir mal mehr kosmetische Korrektur geeinigt: 600 Millionen Überziehungskredit maximum, jährlich kündbar und …«

»Woher wissen Sie das?« fuhr der Minister auf.

»Aus der Stasi-Zentrale in Berlin-Lichtenberg«, entgegnete der BND-Mann im Rang eines Ministerialrats. »Auf Umwegen natürlich.«

»Also wieder eine undichte Stelle?«

»Wieder«, bestätigte Ritter trocken. »Und auch wieder dieselbe. Aber diesmal können wir den Kreis einengen, dem der Verräter angehören muß: fünf Personen, alle beschäftigt bei der AA-Mission in Ost-Berlin.«

»Entsetzlich«, erwiderte der Minister. »Wenn wir diese Sache nicht stoppen, schwimmt unsere ganze Ostpolitik den Rhein hinab beziehungsweise die Elbe.«

»Wir werden es diesmal schaffen«, behauptete der Mann im Range eines Ministerialrats überzeugt, doch wenig überzeugend.

»Wie ist eine solche Katastrophe überhaupt möglich?« fragte der Minister.

»Das kann ich noch nicht sagen«, wich ihm der BND-Mann aus. »Die Burschen da drüben verstehen ihr Fach. Wenn es ihnen gelingt, auf fremdem Gebiet einen Topagenten in das Vorzimmer des Bundeskanzlers zu setzen, dann ist es für sie ein Kinderspiel, auf eigenem Terrain eine diplomatische Mission anzuzapfen. Entschuldigung«, sagte Ritter und griff nach dem Glas mit dem Mineralwasser. »Ich habe mir die Personalakten der fünf Verdächtigen angesehen. Sie sind sauber wie Ihre Fingernägel, Herr Minister.«

Der hohe Politiker betrachtete einen Moment lang irritiert seine Hände und schüttelte den Kopf, wiewohl sie natürlich gepflegt waren. »Woher wollen Sie überhaupt wissen, daß wir fünf Verdächtige haben und nicht zehn, zwanzig oder hundert?« fragte der Politiker gereizt.

»Aus derselben Stasi-Quelle«, antwortete Ritter.

»Trübe Quelle.«

»Alle Quellen im Untergrund sind trübe und müssen erst einem Clearing unterzogen werden«, erwiderte der Mann aus Pullach, eine Spur zu fachidiotisch.

»Aber fünf Verdächtige muß man doch auch in Ost-Berlin auf

Schritt und Tritt überwachen können«, entgegnete der Minister. »Außerdem könnten wir auseinanderreißen, auf verschiedene Botschaften verteilen, und...« Er betrachtete den Amerikaner. »Was meinen Sie dazu, Mister Cassidy?«

»Der richtige Weg, Herr Minister«, erwiderte der CIA-Spezialist höflich. »Leider bleibt uns in diesem Fall nicht die Zeit dafür.«

»Und eine Überwachung in Ost-Berlin stößt auf große Schwierigkeiten«, warf Ritter ein. »Wenn Sie beobachten, daß ein Verdächtiger eine Telefonzelle betritt, wissen Sie nicht, ob er ein Taxi ruft oder mit General Lupus spricht.«

Der Minister schwieg verbissen.

»Gut«, sagte er schließlich. »Was schlagen Sie vor?«

»Wir müssen einen gigantischen Bluff inszenieren«, begann Ritter vorsichtig.

»Also Spielmaterial?«

»Ein bißchen mehr. Es muß uns schon eine Geschichte einfallen, die den General Lupus vom Stuhl reißt.«

»Und die hätten Sie parat?«

»Unter Umständen«, erwiderte Ritter. »Aber sie setzt viel Geduld, Fantasie und auch Zivilcourage voraus.«

Der AA-Chef merkte, daß eine schlimme Sache auf ihn zukam.

»Ich denke an den Fall Ypsilon«, fuhr Ritter fort.

Es war, als hätte er auf den Knopf gedrückt, der in einem Jet den Schleudersitz hinauskatapultiert.

Der Fall Ypsilon, das Verhalten der westdeutschen Vertretung an der Hannoverschen Straße bei einer eventuellen Vorsprache eines gehetzten DDR-Flüchtlings, war – wie viele Dinge der deutsch-deutschen Beziehungen – ein Tabu, galt für beide Seiten als neuralgischer Punkt. Die Ostpolitik war ein Wechselbalg, der von beiden Seiten beschimpft, getreten und am Leben gehalten wurde, denn die aggressiven Kombattanten waren auch heimliche Kollaborateure. Über die Konfrontation mit Kumpanei sprach man in Bonn ungern, so zum Beispiel über einen ihrer erstaunlichsten Auswüchse: den deutsch-deutschen Menschenhandel.

Der Westen bezahlte, der Osten lieferte.

Seit rund achtzehn Jahren gab es zwischen den beiden deutschen Staaten einen regulären Markt für menschliche Schicksale: Ein östlicher und ein westlicher Rechtsanwalt führten die Vorgespräche, bereiteten kuhhändlerisch den Menschenhandel vor, der tatsächlich nach Viehhändlerart abzuwickeln war; Großvieh war teurer als Kleinvieh.

Die Preise wurden für jeden Zweibeiner individuell festgesetzt und per Handschlag besiegelt; sie waren individuell, die Abnahme pauschal. Nicht selten legten die Republiken zwischen Elbe und Oder, Ostsee und Bayerischem Wald noch ein paar Kriminelle darauf, wie der Metzger beim Fleisch die Zuwaage. Natürlich waren diese Freigelassenen von Bautzen billiger als zum Beispiel ein wegen versuchter Republikflucht verurteilter Arzt, der bis zu 200000 Mark kosten konnte. Ein Arbeiter wurde mit 30000 ins Angebot gesetzt. Für die Haftentlassung eines Pfarrer-Ehepaars und die Genehmigung zur Übersiedlung mit seinen sechs Kindern in den Westen hatte Bonn 180000 aufbringen müssen.

Der Schacher blühte. Die Aufmerksamkeit des Staatssicherheitsdienstes der DDR schuf den Mehrwert des Karl Marx, der den Vater des Marxismus heute vermutlich zu einem Konvertiten machen würde. Es war Swing mit Schwung, ein Überziehungskredit moralischen Vorstellungsvermögens.

Im Jahr 1963 hatten sich erstmals der Ostberliner Anwalt Wolfgang Vogel und sein westlicher Gegenspieler Jürgen Stange zusammengesetzt, um über die Freilassung politischer Häftlinge zu verhandeln. Die beiden Rechtsanwälte und Duzbrüder arbeiteten mit großem Erfolg: Bereits zwischen den Jahren 1964 und 1975 wurden 11000 Häftlinge für 761 Millionen Mark freigekauft.

Es war erst ein Anfang; 1976 kamen 1200 Häftlinge gegen 80 Millionen hinzu und ein Jahr darauf 1300 gegen 96 Millionen. Die Zahl der Häftlinge stieg, die Preise kletterten – unter ostdeutschem Hinweis auf die Inflation – ebenfalls höher.

Der DDR-Anwalt erhielt den Vaterländischen Orden in Gold, den er stets im Knopfloch trug, und sein westdeutscher Kollege hatte es vermutlich auch nicht nötig, sich nach anderen Goldquellen umzusehen. Das abscheuliche Geschäft florierte, und die beiden Juristen taten zudem etwas für die Menschlichkeit, der eine zugunsten der Kapitalisten, der andere für die Kommunisten, wenn auch beide – bei verschiedener Gesinnung – mehr eine westliche Lebensweise bevorzugten.

Aus Anlaß des 25jährigen DDR-Bestehens amnestierte Erich Honecker, der Vorsitzende des Staatsrats, 31000 Verurteilte, unter ihnen viele politische Strafgefangene. Sein Tauschobjekt war dadurch auf eine Kopfzahl von 700 gesunken, aber Stasi- und Vopo-Beamte sorgten dafür, daß der Nachschub rollte, und so lief bis in die Gegenwart dieser Handel jedenfalls weit besser als die Wirtschaftskonjunktur, und der Rückfall in die menschliche Steinzeit war krisenfest und zukunftsträchtig.

Genaue Zahlen werden von Bonn nicht veröffentlicht, aber Insider gehen davon aus, daß auf den Karawanenwegen des modernen Sklavenhandels via Grenzübergang Eisenach–Herleshausen jährlich an die 1500 Menschen und bis zu 150 Millionen Mark in Gegenrichtung wechseln. Der Osten begründet den kriminellen Handel und Wandel – Devisen gegen Menschen – mit ›materieller und moralischer Wiedergutmachung‹, der Westen mit Humanität.

»Der Ypsilon-Fall ist sakrosankt«, trat der Minister wieder in das Gespräch ein. »Er kann nicht geändert, er darf nicht einmal angetastet werden. Das wissen Sie doch, Ritter«, setzte er hinzu und betrachtete einen Moment seine beiden Gesprächspartner. »Wir können doch nicht die Transitwege nach Berlin gefährden.«

»Das können wir wirklich nicht«, bestätigte der Ressortchef aus Pullach. »Und das wollen wir auch nicht. Es handelt sich – wie gesagt – um eine reine Operation Bluff.«

»Und wenn die DDR darauf hereinfällt?«

»Bevor die Sache richtig anläuft, ist sie auch schon zu Ende«, erwiderte Ritter, »Geschwindigkeit ist keine Hexerei. Sie brauchen nichts anderes zu tun, als Missionschef Keil mitzuteilen, daß die Maßnahmen bei Eintreffen des Falls Ypsilon vorübergehend außer Kraft sind. Er wird es an die vier Verdächtigen, Wolf, Lamm, Pahl und Schimansky, vertraulich weitergeben. Wir beobachten die Reaktion – und entlarven den Maulwurf.«

Der hohe Politiker machte ein bestürztes Gesicht, starrte einen Moment lang seine Besucher an und schüttelte den Kopf. Er verstand nicht viel von den Machenschaften der unsichtbaren Front; er wußte, daß sie notwendig und lästig und zudem noch gefährlich waren, und er fragte sich, ob es zu verantworten sei, vier unbescholtene Beamte bewußt und vorsätzlich zu belügen, um – möglicherweise – einen fünften als Ost-Agenten zu entlarven. Er stand unter doppeltem Druck. Er durfte nichts versäumen, aber er konnte auch die Lunte nicht an ein Pulverfaß legen.

»Könnten wir denn nicht Herrn Keil unter der Hand wissen lassen, daß es sich nur um eine begrenzte Finte handelt?«

»Nein«, erwiderte Ritter. »Keil ist der Mann, aus dessen Büro vertrauliche Nachrichten durchsickern – vermutlich ohne seine Schuld.«

»Und wie soll ich ihm hinterher einen solchen Vertrauensbruch erklären?« fragte der Politiker.

»Ich nehme an«, antwortete Ritter, offensichtlich kein großer Freund des Karriere-Diplomaten auf dem wackligen Stuhl von Ost-Berlin, »daß es ihm lieber sein wird, unfreiwillig an einem glückhaften Schachzug teilgenommen zu haben als seinen Hut zu nehmen, weil sich in seiner Umgebung ein zweiter Guillaume eingenistet hat.«

Der Minister blickte konzentriert ins Leere.

»Übrigens ist das eine Idee von Mister Cassidy«, sagte der BND-Mann.

»Amerikanische Rückendeckung?« fragte der AA-Chef.

»Ja«, erwiderte der CIA-Beauftragte. »Inoffiziell. Sie müssen sich das so vorstellen, Herr Minister: Ein Rinnsal versickert irgendwo und kommt an ganz anderer Stelle wieder zum Vorschein. Um den unterirdischen Weg festzustellen, gibt es ein probates Mittel: Sie färben die Flüssigkeit und decken so den Wasserlauf auf.«

»Wer kennt diese verdammte Idee noch?«

»Außer uns hier nur der Chef des Bundeskanzleramts, der mit dem Versuch einverstanden ist – Ihre Zustimmung vorausgesetzt, Herr Minister –, und der BND-Präsident«, entgegnete der Amerikaner.

»Sonst niemand?«

»Das können wir garantieren«, stellte der Ritter ohne Furcht und Tadel fest. »Wenn Herr Keil vorzeitig erfährt, daß die neue Weisung im Fall Ypsilon nur ein Placebo ist, dann bringen wir uns um den Erfolg des Scheinpräparats.« Er lächelte süffisant: »Und wie ich ihn einschätze, steigt er ohnedies ins nächste Flugzeug, kommt nach Bonn und macht hier Wirbel.«

Der Minister nickte; von allem, was ihm diese Untergrundstrategen beizubringen versuchten, war die zu erwartende Reaktion des Bonner Statthalters in Ost-Berlin für ihn das Einleuchtendste. »Ich kann das nicht entscheiden«, stellte er fest. »Nicht hier und nicht heute.«

»Aber wir stehen zeitlich unter Druck.«

»Ich werde die Sache überschlafen«, entgegnete der Politiker, »und mich morgen früh entscheiden.« Er reichte dem Störenfried aus Pullach die Hand.

»Es ist wie beim Dentisten«, behauptete der Ressortchef ›Auswertung‹. »Ein kurzer Schmerz, und der faule Zahn ist raus.«

Die beiden Geheimdienstler waren sicher, sich durchgesetzt zu haben; sie wußten nur nicht, wo und wie sich der AA-Amtschef abschirmen würde, aber sie setzten darauf, daß am Sonntagmorgen das gewagte Manöver anlaufen könnte.

9

Ihr Gesicht war nicht ausgesprochen schön, doch es wirkte ungemein pikant. Graugrüne Augen. Rötlich getönte, gekonnt geschnittene und asymmetrisch angeordnete Haare, sinnliche Stirn. Ein wissender Mund mit vollen Lippen. Von dem gewissen Etwas, das Frauen für Männer reizvoll macht, hatte sie wahrscheinlich etwas zuviel.

Sie war teuer und geschmackvoll angezogen, Kostüm von Ferragamo im Pastellton, Schuhe und Tasche vermutlich von Valentino, die sündteure Bluse sah ganz nach Yves Saint-Laurent aus. Die gustiöse Pastellrote war ein Blickfang für Männer, aber sie stand unverletzt im Kugelhagel ihrer Bewunderer.

Die Anfangsdreißigerin kam täglich kurz nach 16 Uhr in die kleine Hotelbar des *Baur au lac* in Zürich; sie saß immer am gleichen für sie reservierten Platz und nahm dann, wohl als Ersatz für das Mittagessen, einen kleinen Imbiß, den die Schweizer ›Z'vieri‹ nennen. Es war unschwer zu erraten, daß sie ihre Figur sorgfältig trimmte; sie wirkte vielleicht eine Nuance voller als die Laufstegmädchen in den Modeheften, aber ihre Rundungen saßen an den richtigen Stellen, unübersehbar und doch noch in der richtigen Relation. Sie aß Parmaschinken zur Honigmelone und trank dazu geeisten Orangensaft; den Toast ließ sie stehen. Der Raum war halb besetzt, vorwiegend mit Männern. Einige von ihnen stahlen sich mit ihren Blicken zu dieser wohlproportionierten Versuchung am Nachmittag. Die Dreißigerin zeigte nicht mehr Interesse für sie als ein Kannibale für handgeschmiedetes Eßbesteck.

Auch ich war hinter ihr her, nicht als Mann, sondern als Verfolger. Schon eine Viertelstunde vor ihrem Eintreffen hatte ich mir einen Platz in ihrer Nähe gesucht, von dem aus ich sie sehen konnte, ohne daß sie mich bemerkte. Dabei saß ich ihrem Tisch so nah, daß ich mit einigem Glück hören konnte, was gesprochen wurde – aber Selbstgespräche würde sie ja wohl nicht führen.

Ich hatte mir angewöhnt, die Personen, mit denen ich zu tun bekam, nach Möglichkeit vorher anzusehen, um mich besser auf sie einstellen zu können. Anschließend hatte ich vor, Madeleine Dressler, die geschiedene Frau und amtierende Partnerin des TRASCO-Chefs, in ihrem Büro aufzusuchen, um ihren Mann zu sprechen. Ich wußte natürlich, daß er sich zur Zeit in Frankfurt am Main aufhielt und in den nächsten Tagen nach West-Berlin weiterfliegen würde.

Die Lady in Pastell war eine bekannte Erscheinung in Zürich, aber die Männer in der Bar starrten sie an wie Salome und Lulu zusammen, wiewohl sie, trotz aller Jugendlichkeit, über dieses Alter wohl hinaus war. Ich versteckte mein Gesicht hinter einer Züricher Zeitung und las einen Artikel, der von dem beabsichtigten Verbot der Peep-Shows handelte, die man an der Limmat ›Stützli-Sex‹ nannte.

Ich blätterte um und las auf der Wissenschaftsseite den Bericht über einen Vortrag des bekannten schweizerischen Psychotherapeuten Jürg Willi. Von der Feststellung, die der Professor in einem Symposium über Familienmedizin wiedergegeben hatte, ›im Raum in und um Zürich litten bereits über ein Viertel aller Männer an sexuellen Funktionsstörungen‹, war in dem intimen Barraum jedenfalls wenig zu bemerken: Madeleine Dressler war umlagert von Seh-Löwen, und ich fragte mich, ob das vielleicht mit dem erwähnten ›Stützli-Sex‹ in der Lokalzeitung zu tun hatte.

Sie schob ihren Teller beiseite, griff sich eine Zigarette und ließ das goldene Feuerzeug ein paarmal aufschnippen. Das Edelprodukt des Hauses Cartier versagte. Einer der Umsitzenden sprang auf und kam ihr zu Hilfe. Sie bedankte sich mit einem stummen Kopfnicken, an ihrem Streichholz-Prometheus vorbeisehend wie eine Nonne an einem Aktfoto, aber eine Nonne war sie nicht. Ich wußte aus den Akten, daß die privat, doch nicht geschäftlich von ihrem Mann Getrennte konträre Typen bevorzugte: entweder mußten es junge, gänzlich unerfahrene Anfänger sein oder ausgebuffte, mit allen Wassern gewaschene Routiniers.

Jedenfalls blieb sie Mauro Dressler, dem Chef der TRASCO AG, nichts schuldig; vielleicht war sie noch immer seine Muse, jedenfalls aber ständig seine Buße.

Mir ging es nicht darum, wie sie zu ihrem Mann stand, sondern um die Begegnung im Blauen Haus mit dem Genossen Konopka. Daraus wiederum ergab sich eine Frage, die weit über eheliche Intimität hinausging: Hatte Madeleine im Auftrag Dresslers als lebender Briefkasten fungiert oder den gefährlichen Botengang hinter seinem Rücken erledigt?

Ich bezahlte und wollte gehen; in diesem Moment wurde es interessant: Ein Mann mit einem Schnauzbart, groß, vierschrötig, vom Typ her ein etwas vulgärer Schönling, betrat die Bar.

Auf einmal war die Unnahbare wie verwandelt.

Ich habe ein Gespür für solche Dinge; ich witterte, daß der Mann Madeleines Liebhaber war. Wichtiger jedoch war für mich, daß ich ihn vom Foto her kannte: Diese Begegnung war die vierte Hochzeit, auf der Erwin Forbach tanzte – als TRASCO-Fluchthelfer, als BND-Agent, als Presseinformant und nunmehr als Nachmittags-Lover.

Ich beobachtete die beiden eine Weile. Die vierte Rolle schien dem Multitalent am besten zu liegen. Mit einer gewissen Bewunderung für seine Vielseitigkeit verließ ich das *Baur au lac* in Richtung Bahnhofstraße.

Die TRASCO war in einem Marmor- und Glasbau angesiedelt; innen viel Edelholz und vorgezeigter Reichtum. Ich erwartete eine Empfangsdame, die vom Aussehen her Brigitte Bardot in ihrer allerbesten Zeit noch schlagen würde – wie bei der New Yorker Verlagsanstalt Fairway House –, und war überrascht, eine ziemlich reizlose graue Maus vorzufinden, die allerdings vor Tüchtigkeit strotzte. Es fiel mir ein, daß sich Mauro Dressler mit weiblichen Schönheiten schmückte wie ein Indianer mit ausgerissenen Adlerfedern, aber das konnte er offensichtlich nur in seiner Freizeit tun; die Personalpolitik in den Geschäftsräumen schien seine Ehemalige zu bestimmen.

»Brian Singer«, stellte ich mich vor. »Ich komme aus New York.«

»Herr Dressler ist leider verreist«, erwiderte sie. »Aber wenn Sie sich ein paar Minuten gedulden, können Sie sich an Madame Dressler wenden, die ihn in seiner Abwesenheit vertritt.«

Sie forderte mich höflich auf, Platz zu nehmen, brachte Zeitschriften, Zigaretten und bot mir eine Erfrischung an.

Zürich war genau der richtige Ort für einen Geschäftemacher wie Dressler, die Drehscheibe Europas und ein Umschlagplatz des Reichtums, gewissermaßen eine Mischung von Reformation und Mammon, eine anregende Begegnung von Zwingli und Fränkli.

Die angeblichen Minuten zogen sich in die Länge; der Jahrmarkt-Beau gehörte offenbar nicht zu Professor Jürg Willis Patienten und Madeleine Dressler sicher nicht zu den Frauen, bei denen der Sexualforscher eine Mißerfolgsquote von 29 Prozent errechnet hatte.

»Tut mir leid«, sagte die Empfangsdame. »Sonst kommt Madame pünktlich auf die Minute.«

Sie brachte mir neue Zeitungen.

Dann erlebte ich eine ganz andere Unterhaltung: Zwei junge Burschen, vom Typ her Südländer, fragten nach dem Firmenchef. Als sie erfuhren, daß Dressler verreist war, begannen sie, gekonnt und ungemein schnell, das Büro zu demolieren. Sie rissen Schubladen heraus und warfen die Korrespondenz durcheinander.

»Ultimo avvertimento!« rief einer. »Saluti di Fabrizzio!« Das hieß wohl soviel wie letzte Warnung von einem gewissen Fabrizzio.

Eine Panne für eine so feine Firma, aber mit den Dingen, derentwegen ich gekommen war, hatte sie vermutlich nichts zu tun. Wir wußten ja, daß sich die TRASCO auch mit Devisenschmuggel befaßte und Mafia-Verbindungen hatte.

Es schien ein Mißverständnis gegeben zu haben.

Madame Dressler erschien endlich: ohne Begleitung. Sie sah das Durcheinander, unterbrach die lamentierenden Erklärungen ihrer Angestellten. »Verständigen Sie lieber die Polizei!« ordnete sie an. »Bitte kommen Sie, Monsieur Singer«, forderte sie mich auf und ging in ihr Office voraus. »Ich weiß, Sie kommen für Mr. Barry Wallner«, setzte sie hinzu. »Aber das ist eine Geschichte, die sie mit meinem Mann persönlich erledigen sollten.«

»Ich denke, Sie vertreten ihn«, erwiderte ich.

»Nicht in dieser Sache«, antwortete Madeleine höflich, aber abweisend.

»Und wie erreiche ich Ihren Mann?«

»In Frankfurt oder Berlin«, erwiderte sie. »Falls es so eilig ist!« Sie schrieb mir zwei Telefonnummern auf, schob mir den Zettel über den Tisch und verabschiedete mich; in der Tür traf ich mit zwei Polizisten zusammen, die mich mißtrauisch anstarrten und widerwillig ziehen ließen.

Ich rief die Außenstelle der Agency an, nannte meinen Code-Namen und bat um eine Beschattung Forbachs rund um die Uhr, wiewohl ich ziemlich genau wußte, wo und wie er die Nacht verbringen würde.

Dann ließ ich Steve meine Ankunftszeit wissen.

Von Zürich-Kloten flog ich nach München-Riem ab, wurde abgeholt und in ein vorbereitetes Quartier gebracht. Bis zu Steves Eintreffen hatte ich Zeit, meine Wunschliste zusammenzustellen: Erstens bat ich um Überprüfung aller früheren DDR-Bürger, denen der Mehrzweck-Agent zur Flucht in den Westen geholfen hatte, denn es war nicht mehr auszuschließen, daß man mit ihnen DDR-Agenten eingeschleust hatte.

Ich sah mir die Transferlisten der Rechtsanwälte Vogel und Stange an und stellte fest, daß – wie bisher – die Freilassung der sieben in ostdeutschen Haftanstalten verwahrten Häftlinge, die für Mauro Dressler gearbeitet hatten, abgelehnt worden war. Zunächst gab es immer ein Hin und Her. Wenn aber der westliche Anwalt auf der Freilassung eines bestimmten Verurteilten hartnäckig bestand, kam es mitunter zu einem Arrangement durch Preiserhöhung. Es schien mir wichtig zu sein, von den aufgeflogenen Fluchthelfern zu erfahren, warum sie aufgeflogen waren.

Irgendwie vermutete ich eine Zusammenarbeit zwischen Stasi- und TRASCO-Agenten.

Steve Cassidy kam aus Bonn, wo er Ressortchef Ritter als Stallwache im Außenministerium zurückgelassen hatte. Wir brachten unser gegenseitiges Wissen auf den neuesten Stand, und ich schlug vor, Erwin Forbach selbst bei seiner nächsten Transit-Transaktion zu beschatten. Es war richtig, aber auch gefährlich, und es erforderte eine neue Identität, einen deutschen Ausweis und vielleicht auch zur Tarnung eine deutsche Begleiterin.

»Gut«, entschloß sich Steve. »Auf deine Verantwortung.«

Ich war auf einen Alleingang nicht erpicht.

Ich wollte die Aktion nur rasch hinter mich bringen. Und nichts war einfacher, als mit ordentlichen Papieren auf der Autobahn Hof–Berlin hinter einem Wagen herzufahren, der für die Vopos unhörbare Impulse sendete, ohne daß es seine Insassen wußten. Freilich war es nicht mehr als ein Versuch – aber ich mußte ohnedies nach Berlin, denn es war mir längst klar, daß dort die dissonante Musik spielte.

Ich zog in ein kleines Hotel am Englischen Garten und trieb die Vorbereitungen voran. Es ging alles rasch und reibungslos. Zwischen BND und CIA hatte es schon oft Querelen gegeben, aber diesmal schien sich die Zusammenarbeit Cassidy–Ritter glänzend zu bewähren.

Meistens kommt ja einer Zusammenarbeit von Rivalen kein höherer Stellenwert zu als zum Beispiel ein Händedruck am Werbellin-See, aber wenn eine Kooperation einmal klappt, dann sicher nur auf der Basis des persönlichen Vertrauens.

Mit einigen Leuten aus dem Pullacher Camp hatte ich gute Erfahrungen gemacht, mit anderen schlechtere; der Unterschied lag in der Person, nicht in der Institution. Da aber der Fall Sperber von vornherein auf höchster Ebene abgespielt wurde, war zu erwarten, daß kleinliche Intrigen und übliche Ränke diesmal unterblieben.

Am Nachmittag erhielt ich aus Pullach einen Anruf und wurde gebeten, bis auf weiteres das Hotel nicht zu verlassen.

Später wurde mir dann mitgeteilt, daß sich gegen 17 Uhr eine Kandidatin für eine Ehe auf Zeit bei mir vorstellen würde. Für zwei, drei Tage eine Leihfrau aus Tarnungsgründen.

10

Der Sonntag machte das Wetter auch nicht besser. Es war 8 Uhr 46, als die junge Frau aufstand und ans Fenster trat. Der Himmel hing tief über Berlin, niedrig wie eine Affenstirn. Und grau wie die Mauer. Grau war schon keine Farbe mehr, sondern ein Zustand. Seit Cynthia Pahl aus beruflichen Gründen aus dem goldenen Westen in den roten Osten übersiedelt war, hatte sie nur wenige Sonnentage erlebt. Aber sie war ja gerade aus einem Sonnenland gekommen.

Sie stieg in die Badewanne. Die Tür zu ihrem Wohnzimmer stand offen. Das Telefon klingelte schon zum drittenmal, aber sie ließ es bimmeln. Erstens hatte sie frei, und dann kamen in der Regel wichtige Ereignisse ohnedies nicht über das Fernsprechnetz.

Sie steckte bis zum Hals im duftenden Badeschaum. Ihre mattblonden Haare hatte sie hochgesteckt; sie paßten zu ihren Augen, die nach der Meinung mancher Verehrer violett waren. Sie hatte die Beine abgewinkelt und angezogen; es lag daran, daß sie ein wenig zu lang und die Ostbadewanne ein bißchen zu kurz war. Auf ihrer Haut herrschte schon Hochsommer. Sie hatte die tiefe Bräune aus ihrem gerade beendeten Vierwochenurlaub mitgebracht, und sie war vorsichtig genug gewesen, sich in einer Zone aufzuhalten, in der das Wetter kein Problem war.

Cynthia hielt das endlose Gebimmel nicht mehr aus. Sie kletterte aus dem Wasser. Ihr Körper schälte sich aus dem Schaum. Mit ihrer straffen Haut, ihren lässigen Gliedern, ihren melodischen Bewegungen – ohne Berechnung, doch voller Wirkung – war sie eine Attraktion von Frau, was nichts daran änderte, daß sie Legationsrätin Erster Klasse war. Zur Zeit bei der Ständigen Vertretung der Bundesrepublik in Ost-Berlin, Hannoversche Straße 27. Die rechte

Hand des Botschafters, der keiner war und nie einer werden würde, weil die besonderen deutsch-deutschen Beziehungen diesen Titel nicht zuließen. Auch wenn Martin Keil – der schon Vorgänger gehabt hatte – nach dem roten Protokoll mit ›Exzellenz‹ zu titulieren war.

»Pahl«, meldete sie sich.

»Entschuldigen Sie die Störung, Frau Doktor«, sagte Schimansky, der Chef der untätigen Konsularabteilung. »Wir müssen uns leider zu einer sonntäglichen Sondersitzung treffen. Herr Keil hätte Sie gern dabei. Um zehn Uhr. Schaffen Sie das? Tut mir leid.«

»Mir auch«, erwiderte die Legationsrätin lachend und legte auf.

Daß Schimansky der Sicherheitsbeauftragte in der Ersatzbotschaft war, galt als offenes Geheimnis. Wenn man sie am Sonntag rief, noch dazu in Eile über das mit Sicherheit abgehörte Telefon, dann war der Teufel aus der Schachtel. Die Stasi-Beamten hatten gestern wieder zwei Fluchthelfer geschnappt und sie offensichtlich zum Reden gebracht. Seitdem wurde auf der Jagd nach Westspionen der wuchtige Gebäudekomplex in Berlin-Lichtenberg förmlich umgekrempelt.

Cynthia stellte sich, während sie sich die Lippen nachzog, die hektische Geschäftigkeit vor, die sich zu dieser Stunde in der Normannenstraße austoben müßte. Das Stasi-Ministerium hatte es in sich; wenn General Lupus in Lichtenberg nieste, fürchtete Martin Keil in der Hannoverschen Straße bereits den Schnupfen.

Als Dreißigerin braucht man nicht lange, um sich herzurichten. Einen Moment betrachtete Cynthia sich im Spiegel, durchaus nicht in sich verliebt, doch mit sich zufrieden, auch wenn sie ihren Nutzen aus ihrem Verstand zog und nicht aus ihrem Körper.

Sie ging zu Fuß; sie hatte noch Zeit. Sie wohnte in einem klotzigen Neubau in Alexanderplatz-Nähe, wo man gegebenenfalls Schüsse an der Mauer genauso deutlich hören konnte wie in der Ständigen Vertretung nächst dem Westsektor.

Seit aus der Zone die DDR geworden war, hatte sich auch optisch viel geändert. Zwar wirkten die Straßen noch etwas ärmlich, aber sauber, jedenfalls reinlicher als zum Beispiel der Kurfürstendamm. Die Bürger des anderen Deutschland hatten sich mit dem SED-Regime wenn nicht abgefunden, so doch arrangiert. Teils glaubten, teils verlachten sie die penetranten Parolen, die man ihnen einhämmerte, und meistens gingen sie zu einem Ohr hinein und zum anderen wieder hinaus. Im zweiten deutschen Staat hatten die Bürger das Talent entwickelt, hinzusehen und wegzuhören. Sie konnten sich wieder satt essen und auf ein Auto sparen, dessen häßliches, übergroßes Nationalitätenschild gewaltsam darauf hindeutete, daß die DDR eine wirtschaftliche Großmacht geworden war, die in der Weltrangliste an zehnter Stelle stand, innerhalb des Ostblocks an zweiter Stelle nach der Sowjetunion.

Daß es auch in Ost-Berlin ein Gastarbeiter-Problem gab, beleuchtete den Aufstieg. Polen schufteten als Straßenkehrer und Kartoffelschäler. Die DDR-Bürger waren auf ihre roten Brüder schlecht zu sprechen, weil für sie und ihre Verwandten jenseits der Grenze die kärglichen HO-Warenhäuser Einkaufsparadiese waren: ›Am Bahnhof Friedrichstraße wurde ein als polnischer Major verkleideter US-Superagent geschnappt‹, lautete der neueste Witz. ›Er war aufgefallen, weil er kein Paket unter dem Arm trug.‹

Cynthia bog in die Hannoversche Straße ein. Vor ihr lag, von Vopos bewacht, die vielleicht interessanteste diplomatische Vertretung der Welt. Ein klotziger Bau, grellweiß, fünfstöckig, durch eine zwei Meter hohe Mauer abgeschirmt. Es war ein Treppenwitz, daß in diesem Gebäude einst der rote Star-Architekt die Stalinallee im bombastischen Zuckerbäckerstil entworfen hatte. Inzwischen war die verunglückte Prunkstraße – Stalin stand nicht mehr in Mode – umgetauft, ihr Schöpfer in die Wüste geschickt und sein Arbeitsplatz in die Bonner Vertretung umfunktioniert worden.

Und es war fraglos Bonns seltsamste AA-Außenstelle, in ihrer Tagesarbeit genauso kastriert wie der Titel des Missionschefs. Zwar konnte man sich als DDR-Besucher an die Hannoversche Straße wenden, wenn man seine Brieftasche oder seinen Paß verloren hatte, und man bekam auch Geburtsurkunden oder den Nachweis, daß die Schwiegermutter gestorben war. Die Beamten waren behilflich bei der Abwicklung von Erbschaftssachen, und AA-Beauftragte konnten neuerdings sogar verhaftete Bundesbürger im Gefängnis besuchen. Aber diese menschlichen Erleichterungen wurden nur durch einen ständigen Eiertanz – auf Dynamit – ermöglicht.

Die DDR-Behörden pochten auf ihre staatliche Souveränität, wie eine alte Jungfer auf ihre Unschuld, doch Bonn konnte selbstverständlich Ost-Berlin rechtlich nicht als Ausland anerkennen. Der Artikel 116 des Grundgesetzes der Bonner Verfassung schließt eine unterschiedliche Behandlung von Ostdeutschen und Westdeutschen aus. In einem Urteil zum Grundvertrag stellte das Bundesverfassungsgericht in Karlsruhe zusätzlich fest, die Behörden hätten sich um jeden Bürger des anderen Deutschland zu kümmern, der sich an sie wende.

An dieser Rechtsauffassung war nicht zu rütteln, und so lebten der Missionschef Keil und seine Mitarbeiter unter der ständigen Zwangsvorstellung, der DDR-Bürger Maier oder Huber aus Magdeburg oder Leipzig stände vor der Tür und verlange unter Hinweis auf Verfassung und Karlsruher Urteil, als politischer Flüchtling in den freien Westen geschleust zu werden. Es konnte ein Mensch in Not sein, genausogut aber auch ein Stasi-Provokateur – und in diesem Fall wären auch Presseleute nicht weit.

Sicher war, daß die westdeutschen Diplomaten in der DDR-Metropole dem Mann nicht weiterhelfen konnten – was sie doch aus rechtlichen Gründen mußten. Gegen diese Quadratur des Kreises gab es die fragliche Hoffnung, die Vopos, die das Gebäude bewachten, würden einen Hilfesuchenden rechtzeitig abfangen. Und die Geheimanweisung – sie war auch mit den amerikanischen, französischen und englischen Botschaftern in West-Berlin abgesprochen worden –, den Flüchtling durch gutes Zureden zu überzeugen, wieder nach Hause zu gehen. Das hieß: einem Ertrinkenden klarzumachen, warum er nicht schwimmen durfte.

In der Hannoverschen Straße nannte man diese düstere Zukunftsvision den Ypsilon-Fall – und jetzt, an diesem traurigen Sonntag, kurz vor zehn Uhr, zur Unzeit an ihren Arbeitsplatz gerufen, fürchtete die Legationsrätin Dr. Cynthia Pahl, er sei nunmehr eingetreten.

Die Polizisten vor dem Haus – vermutlich waren sie viel mehr als staatliche Eckensteher – betrachteten sie aus den Augenwinkeln und ließen sie passieren. Zumindest wußten die beiden viel besser als die Diplomatin, wer an der Katastrophenkonferenz teilnehmen würde.

Schon beim Betreten des Gebäudes, in dem an Werktagen knapp hundert Beamte arbeiteten, wure Cynthia von Unruhe und Spannung umspült. Trotzdem bestätigte sich ihre Vermutung nicht. Der Fall Ypsilon ließ weiter auf sich warten. Es konnte sich auch um keinen Zwischenfall an der Mauer handeln, denn die Radiomeldung hätte sicher den Dienstweg überrundet.

»Nicht in das Chefbüro«, fing sie Schimansky ab. »Guten Tag übrigens, Frau Doktor. Bitte in die ›Laube‹. Wir sind gleich komplett.«

Die ›Laube‹ war eine abhörsichere Kabine, schmucklos und zweckbedingt wie die Tresoranlage einer Bank. Wegen der Lauscher – schon vor dem Einzug der Mission war eine Wanze im Büro des Hausherrn entdeckt worden – galt die ›Laube‹ als Sicherheitsgebot, aber auch als Statussymbol, denn wer an diesen Besprechungen teilnahm, gehörte zur Spitze des Hauses.

Vierzehn Personen fanden hier bemessenen Platz, aber heute kamen nur der Botschafter und vier führende Mitarbeiter zusammen: neben Schimansky und Dr. Pahl die beiden Hausjuristen mit den gegensätzlichen Namen Wolf und Lamm. Dieser Witz, der nie endete, wurde noch dadurch unterstrichen, daß die Ressortchefs verbal gegen ihren Typ besetzt waren: Wolf wirkte klein und subaltern; Lamm dagegen vierschrötig und reizbar.

Sie waren im Gespräch und sahen die Legationsrätin nicht: »Wie mich das ankotzt«, sagte Lamm, »diese DDR-Superlative: der Staat ohne Arbeitslose. Die beste Krankenversorgung der Welt. Die niedrigsten Mieten und der höchste Pro-Kopf-Butterverbrauch!«

»Man könnte auch sagen«, schaltete sich Cynthia ein und begrüßte die beiden Juristen durch ein Kopfnicken, »das Land, in dem am wenigsten Passanten auf einer Orangenschale ausrutschen, weil es nur selten Apfelsinen gibt.«

»Köstlich, Frau Dr. Pahl«, dröhnte Schimansky, den sie hinter seinem Rücken ›Schimpansky‹ nannten. Und sie lachten alle frei, nach der Devise des Bertolt Brecht: ›Es ist schlimm, in einem Land zu leben, in dem es keinen Humor gibt. Aber noch schlimmer ist es, in einem Land zu leben, in dem man Humor braucht.‹

»Herr Keil telefoniert noch«, erklärte Schimansky, »aber er muß jeden Augenblick kommen.«

»Wir haben ja Zeit«, erwiderte Cynthia, nahm Platz, schlug die Beine übereinander und lehnte sich zurück. Sie tat es ohne Absicht, aber sie wurde zum Blickfang. Sie hatte nichts dagegen. Meistens ermunterte sie durch ihr Verhalten ihre Umgebung zur Zurückhaltung. Manchmal machte es ihr auch Spaß, ihre Kollegen aus dem Gehäuse ihres Wohlanstands zu locken. Schimansky war es nicht entgangen, daß sie von einer Sekunde auf die andere von Sachlichkeit auf Weiblichkeit umschalten konnte, von Verstand, auf Sex mit Verstand.

Der Sicherheitsbeauftragte bei Bonns Ständiger Vertretung war längst über seine wilden Jahre hinaus, aber er wußte nicht, wie er sich gegenüber Cynthia verhalten würde, wenn er an der Stelle des zwölf Jahre jüngeren Martin Keil stünde. Was das schöne Geschlecht betraf, war Schimansky in seinem Leben nicht zu kurz gekommen, aber was war zum Beispiel eine blonde Negerin, gemessen an einer emanzipierten – und doch nicht blaustrümpfigen – Frau, wie es sie in seiner männlichen Glanzzeit kaum gegeben hatte? Würde sie nicht das uralte Spiel der Intimität umdrehen und aus einem Jäger einen Gejagten machen? In Gedanken erprobte Schimansky bei ihr die alte Taktik und streifte in seiner Fantasie wie zufällig ihr Haar; aber Cynthia bemerkte es nicht, weil sie es nicht wahrnehmen wollte.

»Ich war gestern abend in West-Berlin«, erzählte Dr. Wolf. »Mußte einfach mal wieder durchatmen. Ich bummelte über den Kurfürstendamm und traute meinen Augen nicht: An mir fuhr Max Konopka vorbei.«

»Der Genosse de luxe?« fragte Schimansky.

»Ja. Der Mann ist mir nur aufgefallen, weil er in einen ganz gewöhnlichen VW-Käfer stieg.«

»Und das ist auffällig?« fragte Cynthia.

»Sie kennen Konopka nicht«, plusterte sich Schimansky auf. »Er lebt auf großem Fuß. Er schätzt Repräsentation über alles. Und dann seine Weibergeschichten ...« Er lächelte schuldbewußt und setzte hinzu: »Entschuldigen Sie bitte, Frau Doktor.«

»Nun hören Sie mal«, entgegnete die Diplomatin, »schließlich bin ich schon vor fünfzehn Jahren in Ehren vom Mädchenpensionat entlassen worden.«

Die Sonntagsdienstler lachten. Mitunter beneideten sie sich selbst um ihre hübsche Kollegin, wiewohl Frauen ihrer Meinung nach im diplomatischen Dienst eigentlich nichts zu suchen hatten, es sei denn als Sekretärinnen, Telefonistinnen, Kaffeekocherinnen.

Aber vieles hatte sich geändert; weltweit gab es wieder Deutschlands Auslandsvertretungen in fernsten Ländern, wenn auch der exotischste Platz fraglos Ost-Berlin war, wo man von einer Minute auf die andere ins eigene Land wechseln konnte und psychologisch doch Lichtjahre von ihm entfernt war. Alle hatten sich freiwillig zum Dienst in die Hannoversche Straße gemeldet, weit fünfmal soviel Bewerber wie gebraucht wurden. Die Personalabteilung des Auswärtigen Amtes hatte bei der Auswahl der Kandidaten aus dem vollen schöpfen können.

Von persönlichen Gründen abgesehen, lagen die allgemeinen auf der Hand: Man holte sich in Ost-Berlin weder eine Malaria noch die Amöbenruhr. Man brauchte keinen Impfschein und saß nicht im Busch hinter Bamako oder noch weiter weg von der

Heimat in Kuala Lumpur. Das Gastland sprach die Muttersprache und war auch gar kein Gastland, sondern ein anderer Teil Deutschlands, trotzdem mit der Auslandszulage zu honorieren. Es gab weder Schulprobleme für die Kinder – ein Kleinbus schaffte sie täglich nach West-Berlin –, noch Nachschubsorgen für die Hausbar. Abends sah man das eigene Fernsehen, und, falls nötig, konnte man das kaputte Gerät zur Reparatur nach West-Berlin bringen.

Das DDR-Außenministerium hatte dem Wagen der westdeutschen Vertretung das CD-Schild zuerkannt; ihre Mitglieder konnten Sekunden nach Vorzeigen ihrer Sonderausweise den Mauerübergang passieren, zu jeder Tages- und Nachtzeit. Es war nur ein Katzensprung zum Schlemmerlokal, zum Nachtklub oder zum Golfplatz.

Bonns Repräsentant telefonierte immer noch; was seine Mitarbeiter für ein Staatsgespräch hielten, war nur ein Palaver mit seiner Frau, die dem verschmorenden Sonntagsbraten nachjammerte.

Um 11.30 Uhr erschien Martin Keil, um seine Mitarbeiter zu vertrösten. Bonns Mann in Ost-Berlin nickte den Beamten zu; nur der Legationsrätin gab er die Hand. Er war um die 50, stammte aus Norddeutschland, war weder Berufsdiplomat noch Geheimdienst-Fachmann, aber ein Karrierist von 18 Karat, spitznasig und spitzfindig. Cynthia hielt ihn für ebenso dünnhäutig wie humorlos, aber sie würde sich hüten, diese Feststellung zu äußern. Der Karriere-Politiker war vom Typ her ein Mann, der noch im Hochsommer lange Unterhosen trug. Er begünstigte sie fraglos, aber Cynthia hatte dabei kein schlechtes Gewissen: Eine Frau, die sich nicht ein bißchen verstellen kann, ist keine Frau.

»Meine Dame, meine Herren«, begann der Hausherr. »Ich bitte um Entschuldigung, daß ich Ihre Sonntagsruhe unterbrechen mußte. Es ist weder meine Schuld noch mein Wunsch...«, er betrachtete seine Mitarbeiter der Reihe nach, »...sondern eine überraschende Anweisung aus Bonn.«

»Wußte gar nicht, daß in Bonn am Sonntag gearbeitet wird«, erwiderte Cynthia verwundert, und die Herren, einschließlich des Botschafters, lächelten ein wenig verkrampft.

»Die Maßnahme geht vom Bundeskanzleramt direkt aus«, stellte der Hausherr fest. »Mehr kann ich Ihnen noch nicht sagen. Aber ich habe so eine Vorahnung, daß ein ziemlich dicker Hund auf uns zukommt.«

Cynthia betrachtete den Missionschef. Leute, die ihn nicht

leiden konnten – und solche gab es viele –, behaupteten, daß er bei Oberwasser ein Besserwisser und bei Gegenströmung ein Untertaucher sei. Wenn das stimmte, würde er wohl bald das nächste Flugzeug nehmen, um nicht da zu sein, wenn es tatsächlich brannte.

»Jedenfalls appelliere ich an Ihre Geduld«, sagte Martin Keil und setzte, da er witzig sein wollte, hinzu: »Ich werde sie Ihnen mit belegten Brötchen und Gratiskaffee honorieren.«

Die Anwesenden lächelten gequält. Langsam dämmerte den Teilnehmern einer bislang stummen Dauerkonferenz, daß unmittelbar bevorstehende Ereignisse mehr ruinieren könnten als einen dienstfreien Sonntag.

»Entweder steht Bonn wirklich kopf«, sagte der Botschafter, der sich nicht Botschafter nennen durfte, »oder man erlaubt sich gegen uns eine unglaubliche Impertinenz.«

»Und dabei erkennen sogar die dialektischen Materialisten den siebten Tag der Schöpfung als Ruhetag an«, sagte die Legationsrätin lachend.

Sowie im Haus irgendwo das Telefon klingelte, flammte die Spannung auf und brannte sogleich nieder wie Strohfeuer. Interessant war nur der heiße Draht nach Bonn, der über Zerhacker lief; aber er blieb tot, beziehungsweise scheintot. Sie saßen herum wie bestellt und vergessen. Es war jetzt auch schon zu spät, um ein Eßlokal aufzusuchen. Die Restaurants waren in Ost-Berlin halb so teuer wie im Westen, aber schlecht, was nicht unbedingt hieß, daß man auf der anderen Seite der Millionenstadt die doppelte Qualität erhalten würde.

»Ich werde den Leuten in Bonn jetzt doch mal Beine machen«, behauptete Martin Keil und zog sich in sein Büro zurück wie die Schnecke in ihr Gehäuse. Einen Moment lang blieb er im Vorzimmer stehen. Die hier etablierte Telefonkabine mit dem heißen Draht blieb stumm. Er trat ans Fenster und sah einen einsamen Passanten mit einem zerknitterten Gesicht. Der Mann ging auf die Vopos vor dem Haus zu. Die beiden Polizisten betrachteten ihn unverwandt und sahen erst weg, als er langsam weiterging, alt, verbraucht, leicht gebeugt, schutzlos dem Regen preisgegeben.

Auch in der Laube war die Stimmung jetzt gequält. Der lammfromme Wolf hockte geduckt in seiner Ecke und wirkte noch kleiner; der bissige Lamm schien heute ausnahmsweise einen unsichtbaren Maulkorb zu tragen. Schimansky saß neben Cynthia und bewunderte ihre zärtliche Nackenlinie. Sein Wohlwollen tastete sie weiter ab, ohne sehr weit zu kommen. Eigentlich gehörte es zu seiner Aufgabe, auch ihr Privatleben zu überwachen, aber der Sicherheitsbeauftragte wußte selbst, daß er auf seinem Posten fehl am Platz war. Er hatte in den Gründerjahren ein paar Monate beim Verfassungsschutz gearbeitet, bevor er wieder in den Auswärtigen Dienst zurückkehrte. In einem Jahr würde er pensioniert werden und bis dahin keine großen Sprünge mehr im Niemandsland riskieren.

Schimansky war klug genug, sich zu sagen, daß er als Sicherheitsbeauftragter eine kalkulierte Fehlbesetzung war, um den östlichen Gegenspielern harmlose Absichten klarzumachen. Jedenfalls paßte er ausgezeichnet zu Bonns geheiligtem Grundsatz angewandter Tatenlosigkeit und hinhaltender Nachgiebigkeit.

Aber seine fachliche Unfähigkeit sprach für seine menschliche Qualität, auch wenn er weder wußte, wo Lamm seine Abende zubrachte, noch mit wem sich Wolf in West-Berlin traf, noch wer Cynthia Pahl nahestand. Ihr Privatleben wäre sicher interessanter gewesen als die Intimsphäre des Botschafters. Schimansky war über die Jahre hinaus, in denen man für das schöne Geschlecht seine Fantasie strapazierte. Trotzdem witterte er vitale Sinnlichkeit hinter der glänzenden Fassade seiner Kollegin. Er sagte sich, daß eine Frau wie sie nicht allein leben würde, auch wenn jeglicher Anschein dagegen spräche. Sofern die junge Diplomatin Liebhaber hatte, dann jedenfalls keine vom Bau, was nur für ihre Klugheit sprach.

Der Flirt mit Martin Keil würde ewig auf der Warteliste stehen, ohne je zu einem Höhenflug zu kommen. Auch wenn bei dem Missionschef der Johannistrieb vorzeitig ausgebrochen war, vorwitzig würde er nie werden. Martin Keils Abenteuer war seine Karriere. Und über seiner Sinnlichkeit hatte er von jeher Knieschützer getragen.

Alle hörten es, als das Telefon anschlug.

Oben hob Martin Keil den Hörer ab.

Diesmal war es Bonn, der Außenminister persönlich. »Guten Tag, Herr Keil«, sagte er mit sorgfältig modulierter Stimme. Er sprach sanft wie ein Delikatessenhändler zu einem Magenkranken. »Ich weiß, daß Sie vor Ort arbeiten und daß Sie deshalb unsere – unsere neue Sicht der Dinge am schwersten treffen muß.« Der AA-Chef wiederholte die vorsichtig formulierte Anweisung und behauptete am Schluß: »Die Maßnahme erfolgt im höheren Interesse.« Er hüstelte. »Unter Zwang«, setzte er ein Stück Wahrheit hinzu. »Alles, was Ihnen der Herr Staatssekretär nunmehr mitteilen wird, geschieht mit meinem Wissen und unter meiner Verantwortung.«

Das Gespräch mit dem Stellvertreter des Ministers dauerte 16 Minuten. Bonns Mann in Ost-Berlin wehrte sich gegen die Zumutung, so gut er konnte. Er legte den Hörer auf und blickte ins Leere.

Dann trat er ans Fenster, sah auf die Straße, als wäre der unerwünschte Asylsucher schon zu sehen, der so oder so die erstaunliche Laufbahn des Martin Keil beenden müßte. Es war in der Bundesrepublik als Folge des Zweiten Weltkriegs ein beliebtes Akademie-Thema, ob man falsche oder verantwortungslose Befehle ausführen müßte, und immer hatte sich der Karrieremann mutig zu den Rebellen der Moral bekannt. Damals wußte er freilich nicht, daß er einmal in diese Lage kommen könnte. Theorie und Praxis sind zwei Paar Stiefel, und der Missionschef hatte schon immer als blendender Theoretiker gegolten.

Das Schlimmste kam noch: Martin Keil mußte seinen Mitarbeitern den kapitalen Bock präsentieren, den Bonn geschossen hatte. Entgegen seiner Gewohnheit machte er einen kleinen Umweg zum Schnapsschrank. Er widerstand der Versuchung, einen zweiten daraufzusetzen, und entschloß sich auf dem Weg zur Laube zu einem Frontalangriff gegen den Unfug. Wie von selbst schlüpfte er genau in die Rolle, die man von ihm erwartete.

Als der Quasi-Botschafter auf seine Mitarbeiter zuging, hing das Unheil an ihm wie ein übler Geruch. Keils Brille wirkte beschlagen, sein Gesicht aschgrau, eingefallen, so daß die Nase hervortrat wie ein stumpfes Messer. Für Cynthia Pahl sah er aus wie ein Patient, der soeben vom Arzt eine vernichtende Diagnose erhalten hatte.

Keil schloß die Tür, sorgfältig wie eine Weltraumkapsel, freilich von innen! »Ich weiß gar nicht, wie ich Ihnen das eröffnen soll«, sagte er mit matter Stimme. »Es ist mir ganz und gar unverständlich«, erklärte er mit dem Gesicht eines Bußpredigers, der sich über Pornographie verbreiten muß. »Aber lassen wir das.«

Dann kam Martin Keil zur Sache und gab Anordnungen aus Bonn wieder, von denen die ganze bisherige Ost-Politik der Regierung auf den Kopf gestellt würde; die Folgen wären unübersehbar. »Ich fliege sofort nach Bonn«, entschied er.

Seine Mitarbeiter lächelten, weil sie ihn richtig eingeschätzt hatten.

11

Während ich auf die Begleiterin meiner Abenteuerreise nach Berlin wartete, hörte ich im Hotelzimmer die 17-Uhr-Nachrichten; sie waren zum Abgewöhnen: Neuerliches Massaker in El Salvador. Flugzeugabsturz ohne Überlebende in New Orleans. Vernichtungskrieg im Libanon.

Der Tod ließ grüßen, aus Beirut-West.

Dann spuckte die Münchener Staatsschutzaffäre wieder üble Schlagzeilen aus: Der bayerische Landtagsausschuß hatte den Deckel nur halb gehoben, aber um dem Onkel Gschaftlhuber aus Papas Spionagezeit, der seine undelikaten Finger in soviel unappetitlichen Untergrundaffären gehabt hatte, lag ein penetranter Geruch. Den heißen Brei hatte man wohl nach dem Rezept zusammengekocht: ›Üb immer Treu und Schäbigkeit.‹ Es waren verjährte Tölpeleien, teils kindisch und teils kriminell, aber solange die Agency nicht mit hineingezogen wurde, konnten sie mich kalt lassen. Die Branche, deren garantiert letzten Auftrag ich gerade erledigte, zeigte wieder einmal an, daß sie auf den Hund gekommen war. Kein Wunder, daß es stank wie in einer Abdeckerei.

Dem Skandal von gestern schloß sich in den Nachrichten nahtlos der Verdacht von heute an: Spendensummen und neue Empfänger aus allen Parteien wurden in der Düsseldorfer Spenden-Schmiere gehandelt. Alle wollten natürlich die Zuwendungen nicht erhalten oder an ihre Parteien weitergereicht haben – nur war von den Parteien versäumt worden, gegen den unversteuerten Gewinn von eineinhalb Milliarden Mark aus einem Aktienverkauf etwas zu unternehmen. Eine Hand hatte die andere gewaschen, und keine war davon sauberer geworden.

Dann sprang der Nachrichtensprecher von Düsseldorf nach Nürnberg, von der legalen Korruption zum programmierten Mord: Ein heißgelaufener Rechtsextremist hatte aus Fremdenhaß drei Ausländer – unter ihnen zwei Amerikaner – erschossen und drei weitere schwer verletzt.

Aus der Stadt der Reichsparteitage ließ Hitler grüßen – er konnte mit seinen Erben zufrieden sein.

Der Hotelportier meldete sich per Telefon und sagte mir, daß mich eine Besucherin sprechen wolle. Ich bat ihn, sie zu mir in das Apartment hochzuschicken; sollte er denken, was er wollte; ich mußte vermeiden, meine vorderhand jüngste Leihfrau in seiner Gegenwart kennenzulernen. Vermutlich hatte Pullach sie ausgesucht und Steve ihre Wahl gutgeheißen. Auf ihn konnte man sich blind verlassen, aber selbst für eine eventuelle Fünf-Tage-Ehe hätte ja wohl auch noch der Bräutigam ein einsilbiges Wort zu sagen.

Sie klopfte an die Tür, trat ein.

»Renate«, stellte sich die Besucherin vor. Den Nachnamen, den sie nannte, hatte ich vergessen. Er war auch unwichtig, weil sicher unrichtig. Ohnedies würde sie, falls ich mit ihr einverstanden war, für die Dauer unserer Expedition meinen Namen führen, der natürlich auch fingiert war.

Renate war höchstens Mitte 30, sie wirkte sehr sportlich, hatte ein ansprechendes Gesicht, brünette Haare, einen kleinen, festen Busen und eine appetitliche Haut. Sie gab sich kühl und selbstsicher und bewies unverzüglich, daß sie nicht auf den Kopf gefallen war:

»Ich soll mich Ihnen zeigen«, sagte sie. »Es wäre gut, wenn wenigstens Sie wüßten, warum.« Sie sprach hochdeutsch, doch mit fast unmerklicher Münchener Klangfärbung.

Ich hatte mir eine leicht frustrierte, von den Jahren schon etwas demontierte Tarnfrau vorgestellt, deren Figur schon leicht verschlampt war.

»Sie sind mir fast ein wenig zu hübsch«, stellte ich fest.

»Ein ziemlich seltsames Kompliment«, erwiderte sie lachend. »Trotzdem: besten Dank.«

»Nehmen Sie Platz«, lud ich sie ein und bot ihr eine Zigarette an. »Wir werden schon miteinander auskommen. Leider muß ich Sie bitten, sich etwas älter zu schminken und sich etwas weniger geschmackvoll anzuziehen.«

»Nochmals danke schön«, entgegnete Renate. »Ich tue, was ich kann, und wenn es Sie nicht stört, verwandle ich mich noch in die Hexe aus Hänsel und Gretel.«

»Nur nicht übertreiben«, ging ich auf ihren Ton ein. »Ich stelle mir das so vor: Wir sind eines dieser spießigen, neureichen Ehepaare – Geschmack von der Stange, Bildung aus der Leihbücherei. Wir haben einen Durchschnittsnamen, wir sind – sagen wir mal – zwölf Jahre miteinander verheiratet, elf davon zuviel. Jedenfalls haben wir uns überwiegend schon ziemlich satt. Wir ziehen uns teuer an, aber mit wenig Stilgefühl, bitte. Sie sind nicht mehr ganz auf dem Damm – und Ihre Krankheit heißt Eifersucht.«

Sie lehnte sich in ihrem Sessel zurück und folgte konzentriert meinen Vorstellungen. Sie schlug die Beine übereinander, sie waren hübsch und wohlgeformt und ließen sich wohl nicht ändern – aber das war eine Feststellung zur unrechten Zeit und am falschen Ort.

»Und die Eifersuchtsszenen, die ich Ihnen mache, sind berechtigt?« fragte Renate.

»Ja und nein«, antwortete ich. »Natürlich gehe ich ab und zu mal fremd – rasche, billige Eroberungen –, aber Sie schießen mit Ihren Verdächtigungen weit über das Ziel hinaus. Überall sehen Sie eine unsichtbare Dritte, und das seit Jahren. Ich speise Sie mit Geld ab und bin immer weniger zu Hause. Ihre Szenen nahmen mir mit der Zeit das Schuldgefühl, dabei kam ich dann allmählich auf den Geschmack, und meine Fehltritte wurden häufiger und gezielter. Mit anderen Worten: Die Amouren hielten länger und wurden kostspieliger.«

»Wie gut für Sie«, erwiderte sie.

»Sie sind noch nicht ganz mit mir fertig«, fuhr ich fort. »Ab und zu kommen verschüttete Gefühle wieder zum Vorschein, und dann gibt es gelegentliche Versöhnungen.«

»Mit oder ohne Bett?« unterbrach sie mich sachlich.

»Mit natürlich.«

Wir lachten beide.

»Sind Sie Psychologe, oder haben Sie das alles schon einmal durchgemacht?« fragte Renate, in diesem Moment mehr Frau als Agentin.

»Weder noch«, erwiderte ich. »Ich bin Junggeselle.«

»Und ich geschieden«, entgegnete sie. Ihr Lächeln zeigte hübsche Grübchen. »Aber erst einmal.«

»Also«, fuhr ich nach dieser eigentlich unnötigen privaten Einblendung fort – aber irgendwie mußten wir uns im Schnellgang aneinander gewöhnen: »Wir haben gerade wieder einmal den großen Krach hinter uns. Sie haben Geburtstag; die Versöhnung führt uns auf Ihren Wunsch nach Berlin. Sie waren noch nie in der alten Reichshauptstadt und reisen mit dem Baedeker in der Hand. Sie interessieren sich für die Sehenswürdigkeiten, ich mehr für die Wirtshäuser und Evastöchter. Wenn Sie Ihren Reiseführer mal zuschlagen, dann sehen Sie Ihrem Göttergatten auf die Finger. Nicht übertreiben bitte, aber Sie wollen einfach nicht wieder zu einer stillgelegten Ehefrau werden.«

Das Telefon unterbrach meine banale Zweisamkeitslegende. Es war Steve Cassidy: »How do you do?« fragte er. »Alles in Ordnung?«

»Danke, gut«, erwiderte ich. »Just married.«

»Congratulations«, entgegnete er lachend. »Gut, daß du dich so rasch entschlossen hast. Ich fürchte, ihr habt nicht sehr viel Zeit zum Polterabend.« Er sagte, daß er in der Nähe zu tun hätte und mich Punkt acht Uhr abholen würde.

»Also, Renate«, wandte ich mich wieder an meine Besucherin. »Alles in Ordnung: Verlobung, Hochzeit, Flitterwochen, Seitensprung und Scheidungsdrohung – alles im Zeitraffer. Sie treffen bitte – wie besprochen – die Vorbereitungen und halten sich dann bereit.«

»Sie wissen noch nicht, wann wir losfahren?« fragte sie.

»Nein, aber unter Umständen von einer Stunde auf die andere«, antwortete ich. »Haben Sie Verwandte oder Freunde in Berlin?«

»Nein.«

»Auch nicht in der DDR?«

»Selbst in München lebe ich ziemlich zurückgezogen«, entgegnete Renate. »Und mein geschiedener Mann verkauft in Südafrika schnelle, kleine Autos – made in Germany.«

Ich genehmigte uns zum Einstand einen Gin-Tonic. »Also dann, auf du und du, Renate!«

»Du Schwerenöter«, alberte sie. »Wie heißt du eigentlich?«

»Heinrich«, erwiderte ich. »Genannt Henry.«

Ich bestellte ein Taxi; bis es eintraf, konnten wir die Zweisamkeit proben, ohne sie zu vollziehen. Es ist immer ein Abenteuer, mit einer unbekannten Frau Tage und Nächte in Hautnähe zu verbringen, aber ich war auf die Vorgänge um den Fall Sperber fixiert und irgendwie noch immer von Vanessa alias Madge verhext. Es schien, als hätte sie mich gegen andere Frauen immunisiert; aber wie man weiß, läßt jede Schutzimpfung mit der Zeit nach.

Ich nutzte die Zeit bis zu Steves Eintreffen, um mir die Beine im Englischen Garten zu vertreten. Es waren nur ein paar Schritte von der Hotelpension am Biederstein bis dorthin. Der schöne, warme Sommertag wirkte wie eine Wiedergutmachung für eine Regenwoche. Die Sonne hatte die Großstädter in glückliche Freizeitgestalter verwandelt. Pärchen zogen an mir vorbei und schworen einander Liebe, die vielleicht bis zur nächsten Regenperiode – oder auch länger – anhalten würde.

Die Polizei hatte den Kampf gegen die Sonnenanbeter verloren. Sie lagen ohne Feigenblatt kreuz und quer auf der Wiese, und die Ordnungshüter konnten sich allenfalls damit trösten, daß nicht selten die Häßlichsten am nacktesten waren. Neue Heerscharen zogen ins Grüne, und grün wurden sich an einem solchen Abend auch wieder Alte und Zerstrittene, deren Gefühle die Gewohnheit zerschlissen hatte.

Ich sah zu, wie am Kleinhesseloher See alte Frauen mit mütterlichen Gesichtern Schwäne und Enten mit Brotkrumen fütterten. Die Tierliebe der Münchener ist sprichwörtlich, und ich wunderte mich immer wieder, wie eine Stadt, die ihre Hunde so verhätschelt, auch das Schweinerne so genießen konnte. Aber ein Schwein ist eben kein Hund, schon eher ein Mensch, denn biologisch steht es ihm von allen Lebewesen am nächsten.

Ich beneidete die Müßiggänger, weil sie einander mochten und zulächelten und nicht aus der Branche stammten, die Mißtrauen verdiente und verarbeitete. Die Feierabendgesellschaft lärmte in Biergärten oder in den Straßencafés, die so voll waren wie ihre Herzen. Ein bißchen Schönwetter und 250 Kilometer Entfernung vom östlichen Machtbetrieb – und die Welt war in Ordnung.

Da sie aber nicht in Ordnung war, sah ich auf die Uhr. Ich mußte zurückgehen, um vor meinem Hotel auf und ab gehend Steve Cassidy zu erwarten.

Er kam in einem betagten Mercedes, den er selbst lenkte. Ich schlüpfte in den Wagen mit der Münchener Zulassungsnummer, und Steve rollte sofort los.

»Gut, daß du dich für deine Partnerin so schnell entschieden hast, Lefty«, begrüßte er mich. »Es sieht so aus, als ginge unser Freund Forbach schon bald wieder auf die brisante Reise. Nun zu deinen Fragen: Der Mann hat bisher – allein oder in Zusammenarbeit mit anderen Fluchthelfern – achtundvierzig DDR-Bürger in den Westen geschafft. Sie alle waren bereits in Notaufnahmelagern gründlich überprüft worden. Auf meinen Wunsch hin hat man sich die Clearing-Resultate noch einmal angesehen und auch den Verfassungsschutz beigezogen. Nicht der geringste Anhaltspunkt für ein Doppelspiel. Deutsche, aber auch amerikanische Verwandte hatten die TRASCO um Hilfe gebeten und meistens einen Vorschuß von 30000 Mark bezahlt. Von den Ost-Flüchtigen sind im Westen nur zwei in eine Stellung gelangt, die für die Stasi-Leute halbwegs interessant sein könnte.« Seine Darstellung war komprimiert und konzentriert wie immer: »Zwei Versuche sind gescheitert. Ohne Folgen für die Beteiligten. Forbach selbst kassiert für jeden Mann, den er nach Westen schafft, 10000 Mark von Dressler. Zwei Eigenschaften sind bei ihm offensichtlich: Er haßt den Osten, und er liebt das Westgeld.«

»Und was macht er damit?« fragte ich. »Steckt er es in den Sparstrumpf?«

»Auch schon überprüft«, erwiderte Steve, der Verläßliche. »Forbach sammelt Wertpapiere wie Grundstücke. Es ist die schiere Manie. Er ist schon ziemlich wohlhabend, aber wie du weißt, schafft Gier Besitz, und Besitz macht gierig. Wir haben auch untersucht, ob er nicht erpreßt wird«, setzte Steve hinzu. »Es ist nicht der Fall, und es ist uns auch nichts bekannt, was ihn erpreßbar machen könnte.«

»Welch ein Edelmensch«, entgegnete ich. »Ein bißchen Raffke, aber sonst ganz in Ordnung.« Ich versuchte sachlich zu bleiben, doch ich schaffte es nicht ganz. »Diese mustergültige Auskunft über Forbach erklärt noch lange nicht, warum er für Pullach, für Dressler und für Barry Wallner gleichzeitig arbeiten und dabei auch noch mit der Frau seines Chefs schlafen kann.«

»Exfrau«, korrigierte mich Steve pedantisch. »Und das ist ja wohl, wie du weißt, mehr eine männliche Beschäftigung als eine verschwörerische Betätigung. Pullach und die TRASCO arbeiten gelegentlich zusammen und zumindest nicht gegeneinander. Und Barry Wallner ist auch nicht gerade als Kommunistenfreund verschrien – es liegt also eigentlich alles auf einer Linie.«

»Und Pullach wußte nichts von den zarten Banden zwischen Forbach und Madeleine Dressler?«

»Das hatte mich zunächst auch irritiert«, entgegnete Steve. »Entweder ist diese Love-Story brandneu oder den Pullachern bislang tatsächlich entgangen.«

»Oder die Pullacher haben sie dir verschwiegen«, versetzte ich. »Wie weit traust du ihnen eigentlich diesbezüglich über den Weg?«

»Jedenfalls seit ein paar Stunden weit mehr als bisher«, erwiderte Steve. Über sein breites Gesicht floß ein Lächeln wie ein dünnes Rinnsal. »Ich habe mich heute nachmittag im Camp mit der BND-Spitze, sagen wir einmal, ausgesprochen. Mir waren ein paar Dinge unerklärlich gewesen«, sagte er und schwieg.

»Nun schieß schon los mit deinen Neuigkeiten«, forderte ich ihn auf. »Wohin fahren wir eigentlich?«

»Ich lade dich ein«, erklärte der Freund mit der Hakennase. »Du hast doch noch nicht gegessen? Ein kleines Spezialitäten-Restaurant in Bogenhausen, laß dich überraschen. Also«, kam er vom

Kulinarischen wieder zum Subversiven, »es hat im Camp eine Kontroverse gegeben, weil ich den – nicht aus der Luft gegriffenen – Eindruck hatte, daß unsere Pullacher Bundesgenossen einiges vor uns verheimlichen. Ich kann es ihnen nicht verübeln, Ritter schon gar nicht. Schließlich ist jeder Geheimdienst nach dem Zellensystem gegliedert. Auch bei uns gibt es verschiedene Geheimhaltungsstufen.«

Ich wunderte mich einen Augenblick, daß der Freund über Selbstverständlichkeiten sprach, aber ich wußte, daß er nie etwas grundlos tat.

»Es könnte ohne weiteres geschehen, daß eines Tages auch du erfährst, daß ich vor dir Geheimnisse hatte.« Er lächelte melancholisch. »Ich hoffe nur, daß du dich dann an die Spielregeln erinnerst und es nicht für einen Vertrauensbruch hältst.«

Ich wußte nicht, worauf er anspielte, aber ich sollte es nur zu bald erfahren.

»Also, zurück zur Sache«, sagte Steve. »Der Kontakt zwischen Forbach und Pullach ist weit enger, als wir dachten.« Aus einer Seitenstraße schoß ein Motorradfahrer und schnitt den Mercedes. Steve trat die Bremse durch, fluchte halblaut und fuhr schweigend weiter.

»Und Forbachs Verbindung zu Barry Wallner?« fragte ich.

»Das«, erläuterte Steve gedehnt, »war ein Wunsch Pullachs. Das Camp wollte auf diese Weise Einfluß auf den Enthüllungsjournalisten gewinnen und ihn dabei unter Kontrolle halten.«

»Diese Wühlmäuse«, spottete ich. »F. ist also tatsächlich Forbach?«

»Absolut sicher«, bestätigte Steve. »Und S. steht für Schwarz. Schwarz ist einer von Dresslers Leuten, mit denen Forbach bei seinen brisanten Exkursionen schon öfter zusammengearbeitet hat – so langsam rundet sich das Bild.«

Alles deutete darauf hin, daß Forbach in Ordnung war. Sinnlos, sich dagegenzustemmen, und sinnvoll, sich davon zu überzeugen. Für mich machten ihn die glatten Resultate seiner Transit-Touren einfach verdächtig, selbst wenn er ein Hans-im-Glück sein sollte.

»Außerdem stammt von ihm der erste Hinweis auf den Sperber«, sagte ich.

»Richtig«, bestätigte Steve, »aber es war eine Information im Auftrag Dresslers.«

Ich war perplex. »Das gibt's doch nicht«, erwiderte ich, »das ist ja eine völlig neue Variante.«

»Für uns«, entgegnete Steve trocken. »Pullach weiß es schon seit zehn Tagen.«

»Ganz schön hinterhältig«, stellte ich fest.

Steve lächelte schief. »Usus«, antwortete er. »Vielleicht ist es aber auch nur Geheimhaltungsstufe I, und der alte Gregory war am Werk.«

Vermutlich eine Absprache auf höchster Ebene, überlegte ich, und der CIA-Vice verfolgte dabei noch gelassen, wie lange wir brauchten, um an den Hasen im Pfeffer heranzukommen. Die Ermittlungen liefen nicht von vornherein in einer Richtung, und er hatte wieder einmal seinen Test über unsere Brauchbarkeit. Es hatte keinen Sinn, mit diesen Gewohnheiten zu hadern. Gregorys Methoden waren die eine Seite, Tatsachen die andere, und das sah dann so aus: Dressler wußte, daß Forbach im Camp Persona grata war. Die Pullacher hielten ihn für einen tollen Burschen, für einen verläßlichen Draufgänger, und so hatte ihn der TRASCO-Chef als Zwischenträger für die explosive Sperber-Information verwandt.

»Und das Motiv?« fragte ich Steve.

»Mit Sicherheit Geld. Zwar hat Dressler noch keine Summe genannt...«

»Auch keine Namen?« unterbrach ich ihn.

»Indeed«, entgegnete der Freund. »Aber wenn er Geld sehen will, muß er auch einen Namen nennen – und dann kommen wir weiter.«

»Und wie paßt das Geschäft mit Barry Wallner ins Bild?«

»Ganz einfach, Lefty«, erwiderte der mutmaßliche Nachfolger des großen Gregory. »Dressler verkauft eine Information zweimal und kassiert dafür doppelt.«

»Ein rabiater Zeitgenosse«, erwiderte ich. »Wie lange will der eigentlich noch leben? Weiß man schon, wer die Burschen waren, die sein Züricher Büro zertrümmert haben?«

»Vermutlich Mafia«, erklärte Steve. »Es dürfte mit der Affäre Sperber nichts zu tun haben. Irgendwelche Gelder sollen beim Devisenschmuggel verschwunden sein. Das Syndikat setzt den TRASCO-Chef wegen Schadenersatzes unter Druck. Ein Nebengeschäft – das kannst du vergessen.«

Er bog mit dem Mercedes in den Gartenhof eines kleinen, intimen Restaurants ein. Wir stiegen aus, Steve ging voraus, auf das Nebenzimmer zu, in dem zwei Gedecke aufgelegt waren. »Hier bekommst du ein Sirloin-Steak wie zu Hause«, versprach er, »und dazu Idaho-Potatoes. Du brauchst keine Angst vor Wanzen zu haben, das Gebäude ist gesichert.«

Wir nahmen Platz.

Der Ober servierte herben, offenen Wein, bevor ihn Steve bestellt hatte; er mußte hier Stammgast sein.

»Dann sieht es ja so aus, als stünden wir vor einer raschen Klärung«, sagte ich. »Sollte ich nicht Forbach sausen lassen und mir in West-Berlin gleich Dressler vornehmen?«

»Sei unbesorgt, Lefty«, entgegnete Steve. »Der Mann tut keinen Atemzug, ohne daß wir ihn mitzählen.«

Ich konnte seine Worte nur so auffassen, daß man dem Züricher Spekulanten die richtige Bettgenossin verpaßt hatte. Es war um so leichter, als der Mann mit der toupierten Brust den Ladykiller mit Hilfe von Vorzeige-Frauen nur mimte.

Das Sirloin-Steak war hervorragend, aber ich wirkte zu zerstreut, um es zu genießen: Mauro Dressler, der Menschen-Makler, offensichtlich eine Schlüsselfigur der Sperber-Affäre, hatte mir den Appetit verdorben. Seine Rolle ließ einfach zu viele Auslegungen zu. Dressler konnte ein ganz gewöhnlicher Schwindler sein – dagegen sprach, daß ihn Pullach und Langley offensichtlich ernst nahmen.

Als wahrscheinlicher erwies sich, daß er als ein nützlicher Idiot des DDR-Staatssicherheitsdienstes auftrat – dafür sprachen die Methoden von General Lupus.

»Bist du mit deinem Experiment mit der Bundesvertretung in Ost-Berlin schon vorangekommen?« fragte ich Steve.

»Und ob«, er lächelte unterschleifig. »Eine Stunde nach dem Anruf aus Bonn lag die neue Weisung über den Fall Ypsilon bereits auf dem Schreibtisch von General Lupus. Wie ich ihn kenne, bereitet er bereits eine Flucht-Operette in Bautzen vor und treibt einen Ausgebrochenen auf die Hannoversche Straße zu, um den Fall Ypsilon zu proben.«

Die undichte Stelle in Bonns Auswärtigem Amt war lokalisiert. Wir wußten nunmehr mit Sicherheit, daß einer von fünf der Maulwurf in der Deutschen Mission sein mußte. Martin Keil – gerade unterwegs nach Bonn, um gegen die neue Maßnahme zu protestieren – konnte man wohl ausschließen. Blieben noch vier Verdächtige und die Frage, warum Bonn das Leck nicht längst gestopft hatte. Manchmal schlief die Konkurrenz von Pullach tatsächlich, aber irgendwie spürte ich, daß ich sie diesmal unterschätzte.

»Also hat die Information auf dem Sperber-Tonband gestimmt«, stellte ich fest.

»Keine Frage«, bestätigte Steve. »Alle Informationen haben bis jetzt gestimmt.«

»Dann wäre es das dritte Antrittsgeschenk des Sperbers gewesen.«

»Das dritte und sicher auch letzte«, entgegnete das CIA-As. »Ich fürchte, die Zeit der spesenfreien Informationen ist jetzt vorbei. Der nächste Hinweis dürfte teuer sein.« Er radierte sein Lächeln gleich wieder aus dem Gesicht. »Ich hoffe nur, daß er uns nicht zu teuer zu stehen kommt.«

Der Ober stand in der Tür, wartete, bis ihn Steve ansah, und sagte mit einer knappen Verbeugung: »Telefon, mein Herr.«

Er nannte keinen Namen; er war geschult, sicher nicht nur, was das kultivierte Servieren, die vorzügliche Weinberatung und die diskrete Annahme von Trinkgeldern betraf.

Steve, der mittelgroße, untersetzte Mann mit der Hakennase, kam nach etwa drei Minuten zurück. »Es geht los«, sagte er. »Wir müssen jetzt zaubern. Erwin Forbach ist soeben in Zürich nach München abgeflogen.«

»Und?«

»Er wird morgen auf der Transitstrecke wieder operieren«, erklärte Steve. »Unter deinen Augen.«

Wir schenkten dem Lokal die Crêpe Suzette.

Fighter, die mit vollem Magen in das Match ziehen, taugen nichts.

12

Die Bundeshauptstadt lag unter einer Dunstglocke. Das barometrische Tief war über Nacht nach Polen abgewandert. Am Morgen drangsalierte feuchtwarme Meeresluft die Stadt vor dem Siebengebirge. Bonn hatte sich wieder in ein Treibhaus verwandelt. Es brütete keine Orchideen aus, doch Gerüchte. Die Residenz setzte auf eine Entladung der Atmosphäre, die sie zugleich fürchtete.

Die Gerüchte kreisten um Berlin. Es war durchgesickert, daß wegen der Etateinsparungen durch die Koalitionsregierung, der man voreilig von Woche zu Woche den Schiffbruch prophezeit hatte, die Zuschüsse für die Flüge nach West-Berlin gekürzt werden sollten. Die in die Jahre gekommene Frontstadt würde es nicht widerspruchslos hinnehmen.

Außerdem wurde im Auswärtigen Amt kolportiert, daß es am gestrigen Sonntag zu einem Zusammenstoß zwischen dem Minister und dem Quasi-Botschafter in Ost-Berlin gekommen sei. Während man noch über den Grund der Auseinandersetzung rätselte, sprach sich herum, daß Martin Keil bereits im Flugzeug sich dem Regierungssitz näherte, drohend wie ein Gewitter; er hatte noch einen Platz in der ersten Linienmaschine erhalten und während des Fluges Zeitungen gelesen, deren Schlagzeilen er vielleicht morgen bestimmen würde. Über den Papierrand hinweg registrierte er sorgfältig Mitreisende, die ihn erkannten; die kleinere Hälfte, kein schlechter Schnitt.

Er war nicht mehr verstört, sondern zornig. Es erschien ihm ungeheuerlich, daß das Außenministerium bisher verbindliche Richtlinien einfach geändert hatte, ohne ihn zu befragen. Martin Keil hatte rote Tupfen in seinem sonst blassen Gesicht; er munitionierte sich mit Argumenten, auf Aggression – auch nach oben – eingestellt und seiner sicher, daß er diesmal nicht umfallen würde.

In Berlin war die Luft besser als am Rhein – Schönwetter hatte die Regenperiode endlich abgelöst –, aber die Spannung womöglich noch größer als in Bonn. Wie jeden Werktag waren die Kinder der Botschaftsangehörigen unterwegs. Zwanzig Minuten vor acht passierte ihr Schulbus unkontrolliert den internationalen Checkpoint Charlie an der Mauer. Als kurze Zeit später der Sicherheitsbeauftragte Schimansky, der Martin Keil bis zur Rückkehr aus Bonn vertreten würde, bei seiner Dienststelle auftauchte, leerten die Ostberliner Putzfrauen noch die Papierkörbe aus.

Dr. Lamm kam als nächster, zu Fuß; er erreichte noch vor Beginn der regulären Dienstzeit das weiße Gebäude, höflich gegrüßt von den beiden Vopos am Eingang – die sowohl die Botschaft vor den DDR-Bürgern wie die DDR-Bürger vor der Botschaft abzuschirmen hatten. Sie standen vor allen diplomatischen Vertretungen, auch vor den östlichen, selbst vor den chinesischen, die übrigens in ihren grellroten Schaukästen ›vor den Reaktionären in Moskau und Ost-Berlin‹ warnten.

Schimansky saß in sehr vorläufiger Haltung am mächtigen Schreibtisch des Hausherrn. Er stand auf, tigerte unruhig durch den Raum mit dem braunen Velourteppich und der Palisanderverkleidung. Er hatte das unsichere Gefühl eines Mannes, dem der Anzug zu groß ist, in dem er steckt.

Cynthia lieferte ihren Wochenbericht ab. Die Legationsrätin sah ein unglückliches Gesicht. »Fühlen Sie sich nicht wohl, Herr Schimansky?« fragte sie scheinheilig besorgt.

»Auch Luzifer saß vor dem Fall auf dem Thron des Herrn«, erwiderte der Sicherheitsbeauftragte.

»Die Frage ist auch, warum der Herr abwesend ist«, intrigierte Cynthia ein bißchen gegen den Missionschef.

»Das kann ich Ihnen genau sagen«, entgegnete Schimansky grimmig. »Wenn etwas passiert in dieser elenden Asyl-Geschichte, wird unser allseits verehrter Hausherr durch Abwesenheit glänzen – und wir können das allein ausbaden.«

»Sie haben vielleicht 'ne Meinung von unserer Exzellenz.«

»Sie nicht?« ging Schimansky aus der Deckung.

Die Legationsrätin lächelte und nickte ihm zu. Der amtierende Stellvertreter pfiff einen Moment lang auf den Fall Ypsilon, sah nur diese junge Frau im raffiniert einfach geschnittenen Kostüm, das ihre Figur kaschierte, ohne sie zu verhüllen. Es war ein Flirt ohne Sinn, Genuß ohne Reue.

Er sah in ihre Augen und überlegte, ob sie violett schillerten oder kobaltblau, und sagte sich, daß es wohl von der Beleuchtung abhinge. Es machte keinen Unterschied, für ihn leuchteten diese Augen ohnedies nicht. Er wußte nicht einmal, ob sie überhaupt für einen bestimmten Mann glänzten. Bevor sich Schimansky in farblichen Schwelgereien ergehen konnte, hatte sich Cynthia Pahl wieder in ihr Büro zurückgezogen.

Der Außenminister war bereits auf dem Weg nach Nahost, aber der Staatssekretär bereit, mit dem Missionschef aus Ost-Berlin sofort zu sprechen. Er empfing ihn mit überraschter Freundlichkeit und hörte sich geduldig seine Vorwürfe an.

»Nein, nein, mein lieber Keil«, erwiderte er. »Da müssen Sie uns aber gründlich mißverstanden haben.«

»Keineswegs«, entgegnete der Aufsässige hartnäckig. »Ich habe mich zweimal vergewissert.«

»Na ja«, schränkte der Staatssekretär ein, »wir sind alle überarbeitet. Da kommt es eben mitunter zu Mißverständnissen. Außerdem wird ja wohl keine Suppe so heiß gegessen wie gekocht.«

»Vor allem wird sie nicht ausgelöffelt«, versetzte der Hausherr der Hannoverschen Straße. »Auf keinen Fall von mir oder meinen Mitarbeitern.«

Der Staatssekretär verabredete sich mit seinem Berliner Gast zum Mittagessen. Er ließ sich jedenfalls nicht anmerken, daß er zu den Leuten gehörte, die Keil, seiner Querelen müde, nach Ost-Berlin weggelobt hatten. »Ich möchte auch noch darauf aufmerksam machen, daß der Regierungssprecher heute in der Bundespressekonferenz mit Nachdruck erklären wird, daß Bonn voll und ganz hinter der seitherigen Ostpolitik steht«, beruhigte er ihn zusätzlich.

Während man in Bonn den lästigen Besucher bei Laune hielt, wuchs an seinem Ostberliner Amtssitz die Unsicherheit seiner Mitarbeiter. Daß Ressortleiter Wolf jetzt auch im Haus war, verriet seine Gewohnheit, das Radio zu laut spielen zu lassen. Er war ein wenig schwerhörig, und die anderen wunderten sich längst über die Dauerberieselung, zumal er meistens Radio DDR eingeschaltet hatte. Der kleine, sonst so unterwürfige Beamte hörte Ost-Nachrichten und schüttelte den Kopf. »Funktionärssprache, Partei-Welsch, Mittelhochsächsisch«, schimpfte er sich bei seiner Sekretärin aus. »Seit dem Einmarsch der Sowjets herrscht Ordnung«, setzte er hämisch hinzu, »aber die deutsche Sprache wird immer noch vergewaltigt.«

Die Mitarbeiterin lachte, und Wolf stimmte mit ein, bis es ihm bei der nächsten Meldung verging.

»Bautzen«, sagte der Sprecher. »Einem der übelsten westdeutschen Kopfjäger, Gregor Stein, ist heute auf ungeklärte Weise bei Außenarbeiten die Flucht aus der Strafanstalt Bautzen geglückt, wo er eine fünfzehnjährige Zuchthausstrafe zu verbüßen hat. Die alarmierten Organe der Volkspolizei haben eine Großfahndung eingeleitet und auf das gesamte DDR-Gebiet ausgedehnt.«

Dr. Wolf stürmte in das Dienstzimmer des Hausherrn. »Haben Sie Nachrichten gehört, Herr Schimansky?« fragte er den Stellvertreter noch im Laufen. Der Sicherheitsbeauftragte verneinte, und Wolf gab die Meldung im Telegrammstil wieder. »Ihnen ist doch klar, was das bedeutet«, setzte er hinzu.

»Nicht so klar wie Ihnen«, dämpfte der Mann, der hinter seinem Rücken Schimpansky genannt wurde.

»Gestern wurden unsere Anweisungen zum Fall Ypsilon geändert, und heute bricht genau der Richtige – ein Flüchtling nach Maß – in Bautzen aus.«

»Es sind schon mehrere ausgebrochen«, beruhigte ihn Schimansky, »aber bisher ist noch keiner bis hierher gekommen. Außerdem – woher sollen die Stasi-Leute das wissen, wo wir selbst noch keine rechte Ahnung haben,was Bonn eigentlich bezweckt.«

»Eben, das ist es ja gerade«, entgegnete Wolf hartnäckig. »Die haben es erfahren, und die handeln jetzt danach: Sie treiben den Mann nach Berlin«, fuhr Wolf, noch immer außer Atem, fort, »direkt auf die Hannoversche Straße zu. Irgendein Fotograf schießt, wie er mit der Bitte um Asyl an den Posten vorbei ins Haus stürmt. Können Sie sich vorstellen, was die Springer-Presse morgen schreiben wird?«

»Langsam, Wolf, langsam«, erwiderte Schimansky. »Das ist doch wohl eine ziemlich abenteuerliche Vermutung.«

»Seit wann gibt denn die DDR solcherlei Gefängnisausbrüche bekannt, und noch dazu so rasch?« fragte der aufgebrachte Ressortleiter. »Verlassen Sie sich darauf, das ist die Einleitung eines Nervenkrieges gegen uns.«

»Dann hätte der Staatssicherheitsdienst ihn ja schon gewonnen«, ironisierte Schimansky, »wenigstens soweit es Sie betrifft, Herr Wolf.«

»Wissen Sie noch immer nicht, in welchem Staat wir leben?« schlupfte ein Angepaßter aus seiner geschundenen Haut. »Ich garantiere Ihnen«, sagte er, und seine Stimme wurde schrill, »das ist Lupus in fabula. Oder trauen Sie ihm nicht alles zu?«

»Alles«, gestand der Stellvertreter, »aber wer den Teufel an die Wand malt, ruft ihn erst herbei.« Er überlegte, ob er Bonn anrufen solle, aber in der Bundeshauptstadt wurden die DDR-Nachrichten mitgehört und mitgeschnitten.

Dr. Cynthia Pahl streckte ihren Kopf durch die Tür. »Sie sind beschäftigt, Herr Schimansky?« fragte sie.

»Kommen Sie nur herein, Frau Doktor«, rief er ihr zu und sah, daß sie den Referenten Lamm hinter sich herzog wie ein kleiner Schlepper einen wuchtigen Flußkahn.

Die kopflose Führungsgarnitur war komplett.

»Wir sind mitten in einer Debatte«, konstatierte der amtierende Hausherr und berichtete über die Nachricht in Radio DDR und über die vermeintliche Überreaktion des Kollegen Wolf. »Was meinen Sie, Frau Doktor?« fragte er Cynthia.

»Wir wissen ja seit langem, daß das Außenamt nicht dicht ist. Geheime Protokolle wurden laufend von Zeitungen in Millionenauflage veröffentlicht.«

»Aber seit einem Zeitpunkt, da es die Mission in Ost-Berlin noch gar nicht gegeben hat«, schränkte Dr. Lamm ein.

»Da haben Sie natürlich recht«, erwiderte Cynthia. »Aber haben Sie denn gestern tatsächlich an diese absonderliche Ypsilon-Anweisung geglaubt?« fragte sie.

»Es blieb uns doch gar nichts anderes übrig«, entgegnete Schimansky. »Wir führen Weisungen aus – Sie übrigens auch«, tadelte er milde.

»Darum ging es ja gar nicht«, konterte die Legationsrätin. »Vielleicht wollte Bonn eine Art Sicherheitstest veranstalten und hat eine Tataren-Nachricht in die Welt gesetzt, die nur wir vier, mit dem Chef natürlich fünf, kennen sollten, um festzustellen, wie lange es dauert, bis sie an die Normannenstraße verraten wird.«

»Wollen Sie damit sagen«, fuhr sie der streitsüchtige Dr. Lamm an, »daß man einen von uns in Verdacht hat?«

»Ich habe nicht behauptet, daß es so ist«, erwiderte die Diplomatin. »Nur, daß es so sein könnte.«

»Dann wäre also der Ausbruch von Bautzen bereits die Stasi-Reaktion«, trumpfte Wolf auf. »Und wenn diese Burschen die Gegenprobe machen, dann stellen sie eine Fluchtposse, die sich gewaschen hat, und fahren den angeblich Entkommenen im geschlossenen Lieferwagen vor unsere Türe und dann – Gott bewahre...«

Die Debatte endete in einem Nervensud. Jeder der Beteiligten hatte sich schon darüber Gedanken gemacht, ob der mißliche Defekt nicht im Hause selbst zu suchen sei, und diesen Verdacht weit von sich gewiesen (bis auf den einen, der ihn ausgelöst hatte – so er ausgelöst worden war).

Es war Mittagszeit, aber statt zum Essen zu gehen, konsumierten die verwirrten Vier DDR-Nachrichten, die nichts Neues brachten.

Auch in Bonn hatte man die Bautzen-Meldung gehört, aber übergangen. Man lobte Martin Keils Aufmerksamkeit und Einsatz für die neue Ostpolitik. Der Ehrsüchtige schluckte das Lob wie Champagner; anstatt zu merken, daß er von Anfang an offene Türen eingerannt hatte, machte den Amateurdiplomaten die eigene Gewichtigkeit beschwipst.

Beim Mittagessen mit dem Staatssekretär und zwei weiteren AA-Spitzenbeamten zeichnete sich endgültig ab, daß er sich voll durchsetzen konnte und Bonn in einer neuerlichen Kehrtwendung die Direktiven von gestern widerrufen würde, und so kam Martin Keils große Stunde.

Kurz bevor ein langer Montag in Bonns Ostberliner Filiale endete, rief der Sicherheitsbeauftragte Schimansky die gegen ihren Namen besetzten Herren Lamm und Wolf und Dr. Cynthia Pahl in die Laube.

»Das gibt wieder Überstunden«, brummte Dr. Lamm gereizt.

»Gemeinschaftsempfang«, spottete die Legationsrätin. »Der Führer spricht.«

Die problematischen Vier saßen auf Bonns gefährlichstem Außenposten. Trotzdem rechneten sie nicht damit, daß ihre Lebensläufe zur Stunde wieder einmal von flinken Händen in Bonn umgegraben würden, mit der Lupe auf Einzelheiten überprüft, die die Betroffenen vielleicht längst schon selbst vergessen hatten.

»Keil«, meldete sich der Quasi-Botschafter. »Stellen Sie ruhig den Lautsprecher ein, Herr Schimansky. Guten Abend, meine Dame, meine Herren«, begrüßte der Hausherr über die abhörsichere Leitung seine bevorzugten Mitarbeiter. »Ich kann Ihnen die Entwarnung mitteilen.« Man hörte förmlich, wie sich sein Selbstbewußtsein blähte. »Der Fall Ypsilon wird also wie bisher durchgespielt. Die Anweisung von gestern war offiziell ein Mißverständnis und, wie ich Ihnen mitteilen kann, ein Mißgriff untergeordneter Instanzen.« Seine Stimme wucherte um die eigene Achse. »Ich habe die Sache in unserem Ministerium persönlich in Ordnung gebracht. Ich werde heute noch mit der Abendmaschine von Bonn zurückfliegen. Besten Dank für Ihre Aufmerksamkeit und auf Wiedersehen.«

»Wenn er kommt«, sagte Dr. Lamm lakonisch, »ist die Welt wieder in Ordnung.«

»Viel Lärm um nichts«, erwiderte Cynthia Pahl. »Ich verstehe wirklich nicht, was hier eigentlich gespielt wurde.«

»Seitdem diese Regierung an der Macht ist«, versetzte Schimansky, der ohnedies bald pensioniert würde, »traue ich nicht einmal mehr dem Wetter.«

»Sie haben auch schon bessere Witze gerissen«, entgegnete Ressortchef Wolf; er wollte noch etwas werden vor dem wohlverdienten Ruhestand.

Die Entwarnung aus Bonn brachte nur eine scheinbare Beruhigung in die Hannoversche Straße, denn sie machte die Vermutung der intelligenten Diplomatin nur noch wahrscheinlicher. Lamm und Wolf, die sonst eher zueinander standen wie Katz und Maus, gingen in der Hotelbar des *Metropol* noch ein Bier trinken. Die kesse Legationsrätin teilte Schimansky mit, daß sie morgen früh zum Friseur nach West-Berlin müsse und vermutlich mit zwei Stunden Verspätung ihren Dienst antreten würde.

»Ihre Haare sind doch prächtig«, entgegnete er.

»Waschen und Schneiden«, antwortete Cynthia und legte einen

Moment lang ihre Hand auf Schimanskys Arm. »Ich will Ihnen ein Geheimnis anvertrauen«, sagte sie. »Ich bin gar nicht naturblond.«

Er hatte auf die Enthüllung ganz anderer Geheimnisse gehofft, aber von der Stelle aus, an der sie ihn berührt hatte, schoß die Wärme durch seinen Körper. Schimansky schluckte, leicht verwundert, wie stark das Verlangen noch sein konnte bei einem Mann in den zweitbesten Jahren. Einen Moment lang wurde er klassisch und elegisch und dachte an das Dichterwort, daß von allen Lebewesen der Mensch am schmerzhaftesten das Alter empfände.

Cynthia ließ ihren Wagen stehen und ging zu Fuß. Sie schlenderte die Friedrichstraße entlang, vorbei am Pressehaus; sie sah sich um und betrat dann die Telefonzelle. Sie wählte die Berliner Ortsnummer 550019, dann die Nebenstelle 4409, sprach nur ein paar Worte und legte auf.

Sie sah auf die Uhr, sie hatte noch Zeit.

Die Legationsrätin erreichte die Prunkstraße Unter den Linden, blieb einen Moment stehen und sah nach Westen. Das Brandenburger Tor lag im Glanz der späten Nachmittagssonne, und die berühmte Quadriga reckte dem Westen das Hinterteil zu. Beim Mauerbau war es 1961 hier zu Handgreiflichkeiten gekommen. Seitdem wurde das Tor symbolisch nicht mehr als Passage verwendet. Nur die russische Ehrenwache durchschritt es über einen Seiteneinlaß, wenn sie zum sowjetischen Ehrenmal in der Nähe des auf westlichem Gebiet liegenden Reichstagsgebäudes marschierte.

Die Legationsrätin liebte es, in der Prunkstraße Unter den Linden zu promenieren. Sie begegnete huldigenden Blicken, obwohl man ihr die Westlerin sofort ansah und Landsleute im Osten auf ihre Landsleute im Westen nicht immer gut zu sprechen waren. Aber lässige Eleganz war auch in der DDR-Hauptstadt gefragt; selbst zu Zeiten, in denen es fast nichts gegeben hatte, war den Berlinerinnen der Weltstadtchic erhalten geblieben.

Cynthia mochte den anderen Teil Deutschlands, die unverdorbene Lebensart, die unversehrten Weichbilder der Städte. Weimar war Weimar geblieben und kein Zementsilo geworden, das Kulturdenkmäler verschüttete. Selbst in dem von 363 Luftangriffen heimgesuchten Berlin hatte man den Ostteil der Stadt mit großer Behutsamkeit und historischer Treue wieder aufgebaut. Es gab keine Kultstätten, die von Großgaragen, Supermärkten, Hochhäusern und Selbstbedienungsrestaurants bedrängt wurden.

Die Diplomatin mochte auch die Art der DDR-Bürger, mit Engpässen und Polit-Molesten fertig zu werden und dabei aus ihnen noch einen Witz zu machen: ›Warum hängt in den DDR-Metzgerläden wenigstens eine Salami-Attrappe? – Damit man sie nicht mit einem Fliesengeschäft verwechselt.‹ Oder: ›Warum gibt es in der DDR so wenig Fleisch? – Um vom Fischmangel abzulenken.‹ Oder: ›Der Unterschied zwischen DDR und BRD? – Der Osten hat Marx und der Westen das Kapital.‹

Obwohl Ostdeutschland – nach der Sowjetunion – in seiner wirtschaftlichen Macht an erster Stelle steht und von allen Ostblockländern am wenigsten verschuldet ist, müssen die Bewohner sich fast immer mit irgendeinem Mangel herumschlagen. Es ist schlimm, aber übel ist ja auch der Überfluß der Wegwerfgesellschaft im Westen, die durch ständige Überproduktion über Gebühr die Umwelt ruiniert.

Im HO-Laden in der Seitenstraße stand eine lange Menschenschlange um eben eingetroffene Tomaten an. Der Volksmund nannte so etwas ›Sozialistische Wartebrigade‹. Cynthia passierte die Humboldt-Universität und ging weiter zum kalt-pompösen Marx-Engels-Platz, in dem der Lustgarten und die Ruine des Berliner Schlosses eingebracht worden waren, damit die Monumentalarchitektur verwirklicht werden konnte. Hier ging es nicht um die Wahrung des Gestern, sondern um die Präsentation des Heute. Das Außenministerium lag dem Palast der Republik mit dem Sitz der Volksvertretung und unzähligen Konferenzsälen gegenüber, in denen geredet, gearbeitet, antichambriert und beschlossen wurde.

Cynthia ging weiter in Richtung Alexanderplatz mit Europas zweithöchstem, weithin sichtbarem Fernsehturm. Sie nahm in einem Straßencafé Platz, sah wieder auf die Uhr. Sie hatte noch immer Zeit. Dann bemerkte Cynthia den Einpeitscher des Ministeriums für Außenwirtschaft, Konopka, am Nebentisch.

Der rote Paradiesvogel und ungewöhnliche Spitzenmann lächelte und winkte ihr freundlich zu, erhob sich dann und begrüßte sie mit männlicher Reverenz. Cynthia stellte fest, daß sein Lächeln das verlebte Gesicht verjüngte; es war wie ein frischgebügeltes Hemd, das gleich wieder Falten werfen würde.

»Darf ich einen Moment an Ihrer Seite Platz nehmen, Frau Doktor?« fragte er.

»Ich muß leider gleich gehen«, erwiderte sie. »Aber wenn es Sie nicht kompromittiert, neben dem Klassenfeind zu sitzen, verschiebe ich es noch um eine Minute.«

»Sie wissen doch, daß ich für die Koexistenz eintrete«, entgegnete Konopka. »Außerdem hören bei einer schönen Frau die Unterschiede auf, noch dazu, wo ich manchmal nicht danach frage, ob sie noch frei ist.«

»Bin ich«, konterte Cynthia. »Junggesellin.«

Der volkseigene Casanova empfand das Lächeln in ihrem Gesicht durchaus nicht als Einladung, der Anfangs-Dreißigerin näherzutreten.

»Ich wollte Sie in diesen Tagen ohnedies aufsuchen«, sagte Cynthia. »Ich wurde gebeten, bei der nächsten Austauschaktion auf der Freilassung einiger Häftlinge zu bestehen, die noch in DDR-Gefängnissen einsitzen.«

»Da überschätzen Sie mich aber erheblich«, behauptete der Günstling von General Lupus. »Damit habe ich nichts zu tun, ich möchte es auch gar nicht. Aber geben Sie mir mal die Namen, dann sehen wir weiter.«

Er saß mit dem Rücken zur Straße, auf der in diesem Moment der Genosse Sabotka in seinem Trabant vorbeifuhr; Cynthia verfolgte, wie er um die Ecke bog. Sie nickte dem Mann an ihrem Tisch zu. »Besten Dank für Ihr Entgegenkommen«, sagte sie und erhob sich. »Ich denke, wir sprechen uns demnächst, Herr Konopka.«

Er blickte ihr nach, bis sie in der schräg gegenüberliegenden Buchhandlung verschwunden war. Cynthia nahm sich ein Buch aus dem Regal, blätterte darin, schob es zurück, griff zum nächsten. Dann ging sie zu der rückwärtigen Türe, ließ die Toilette links liegen, ging um die Ecke und betrat, ohne anzuklopfen, einen kleinen Raum.

Der Mann, der sie erwartete, erhob sich höflich; er trug einen grauen Flanellanzug und ein Lächeln, das seine Sorgen unterschlug. »Bevaujot läßt Sie grüßen, Genossin Pahl«, sagte er. »Er ist sehr zufrieden mit Ihnen.« Sabotka lud sie mit einer Geste ein, Platz zu nehmen. »Nervös?« fragte er dann.

»Nervosität ist eine individuelle Reaktion«, erwiderte Bonns Legationsrätin, die in Berlin-Lichtenberg unter KLABAUTERMANN geführt wurde. »Man sollte sie sich nicht leisten, wenn es um die gemeinsame Sache geht.« In diesem Moment war sie keine junge, attraktive Frau, nach der man sich auf der Straße umsah, sondern eine militante Fanatikerin, offensichtlich eine überzeugte Kommunistin – oder eine blendende Schauspielerin.

Sabotka, die rechte Hand des Generals, war in allem bestrebt, seinen Chef zu imitieren. Auch wenn er nur eine Kopie war – als Lupusculus verspottet –, gelang es ihm nicht selten, wiewohl ihm die intuitive Intelligenz des Generals Lupus abging. Seine Stärke war seine offensichtliche Ergebenheit. Beim Umgang mit dem schönen Geschlecht fehlte ihm auch die lockere, selbstsichere Art seines Chefs. Er kam sich hölzern vor, und so fragte er plump: »Was ist los? Schwierigkeiten?«

»Noch nicht«, erwiderte Cynthia. »Es ist eingetreten, was ich erwartet hatte: Diese Ypsilon-Maßnahme wurde vor einer Stunde widerrufen.«

»So schnell?« fragte der Vertraute des Untergrund-Generals. »So plötzlich?«

»Sie war wohl nie ernsthaft beabsichtigt«, erklärte die mattblonde Informantin. »Es sollte – fürchte ich – nur eine Falle sein. Wenn Sie diesen Ausbruch in Bautzen arrangiert haben, müssen Sie die Sache sofort stoppen.«

»Ich werde mich sofort darum kümmern«, erwiderte er. »Können Sie die Stellung in der Hannoverschen Straße noch halten?«

»Aber ja.«

»Denken Sie daran, für uns ist jeder Tag wichtig.«

»Es ist gar kein Ende abzusehen. Bevor diese Siebenschläfer auf mich kommen, werden sie sich gegenseitig zerfleischen. Solange ich in Ost-Berlin bin, riskiere ich ja so gut wie gar nichts.«

»Daher meine Bitte«, schloß Sabotka das Gespräch. »Fahren Sie in nächster Zeit nicht in die Westsektoren. Sicher ist sicher.«

Wiewohl es Sabotka eilig hatte, in die Normannenstraße zu kommen, ging die Informantin Klabautermann noch vor ihm in den Buchladen zurück.

Keiner hatte ihre Abwesenheit beobachtet; sie blätterte wieder in einem Buch, schob es in das Regal zurück und verließ – eine offensichtlich unschlüssige Kundin, wie es viele gibt – das Kulturgeschäft.

Cynthia ging zu Fuß zu ihrer Wohnung weiter.

13

Während der Fahrt zu Münchens inoffizieller Agency-Residentur brauchte ich nicht erst in Steves angestrengtes Gesicht zu sehen, um zu spüren, daß die Affäre Sperber in eine entscheidende Runde getreten war. Unsere Filiale lag – als Geschäftsfirma getarnt – in der

Innenstadt. Man konnte sie über eine Tiefgarage erreichen, ohne auf der Straße gesehen zu werden. Normalerweise war das Büro rund um die Uhr besetzt, aber Steve hatte die beiden Männer vom Nachtdienst an den Flughafen Riem beordert, um den dort aus Zürich ankommenden Forbach zu erwarten und zu beschatten.

Er läutete seinen Lotsen im Camp an. Ritter war so schnell in der Leitung wie ein Callgirl, das auf den Anruf eines späten Freiers wartet.

»Er kommt gleich«, sagte Steve.

Daß er meine Zusammenkunft mit seinem Pullacher Scout nicht verhinderte, ließ darauf schließen, daß er dem BND-Spitzenmann vertraute – oder daß uns keine Zeit mehr zum Mißtrauen blieb. Es ist das Dilemma dieser zweifelhaften Branche, daß es immer zwei Möglichkeiten gibt.

Ritter schaffte die Fahrt von Pullach in die Münchner City in Rekordzeit; er begrüßte uns noch aus vollem Lauf.

Steve machte uns miteinander bekannt.

»You're welcome, Mister Schmidt«, sagte der Mann mit dem glatten Gesicht und dem festen Händedruck und überreichte mir einen Familienpaß, ausgestellt auf Heinrich und Renate Schmidt, Kaufmann aus München, sowie Wagenpapiere für einen BMW-Sechszylinder. Der Paß wirkte abgegriffen und war laut Datum schon vor zwei Jahren ausgegeben, der Wagen vor etwa sieben Wochen zugelassen worden.

»Bestens«, bedankte ich mich bei dem Mann aus Pullach.

»Radio DDR gab soeben bekannt, daß die Polizei diesen Ausbrecher aus Bautzen wieder eingefangen hat.«

»Die Stasi-Leute reagieren wirklich verdammt fix«, erwiderte Steve mit mehr Anerkennung als Überraschung.

»Nun müßten wir aber den Maulwurf in der Hannoverschen Straße eigentlich kennen«, stellte ich fest.

»Eigentlich«, versetzte Ritter, tauschte einen schnellen Blick mit Steve und wechselte rasch das Thema. »Wenn Sie mir Ihren Vorführraum überlassen, zeige ich Ihnen den neuesten Stand unserer Computeranalyse.«

Wir erhoben uns und gingen nach nebenan.

»Also«, erklärte der BND-Spezialist, bevor er mit seiner Demonstration begann, »wir haben alles, was wir wissen, auf den aktuellen Stand gebracht, eingespeichert und im Zweifelsfall noch Ergänzungen eingeholt, um den Kreis denkbarer Sperber-Kandidaten zu lokalisieren. Einer der zehn, die ich Ihnen gleich vorführen werde, muß der Mann mit dem Raubvogel-Pseudonym sein. Ob er nun echt oder falsch ist, ein potentieller Überläufer oder nur ein Agent provocateur, spielt natürlich in dieser Berechnung keine Rolle – aber aufgrund exakter elektronischer Abgrenzungen möchte ich ausschließen, daß es einen elften Sperber-Kandidaten gibt.«

»Ich auch«, erwiderte ich.

Ritter begriff den Doppelsinn und lächelte wie ein Kellner, der mit der großen Suppenterrine ausgerutscht ist.

Es bedurfte keiner weiteren Erklärung: Jeder Geheimdienst der Welt, der nicht pfuscht, arbeitet nach dem Abschottungsprinzip: Die Agenten erfahren nicht mehr als nötig, oft an einen Auftrag gesetzt, dessen Zielrichtung sie gar nicht kennen. In der Zentrale aber, bei den Top-Managern der unsichtbaren Front, laufen – etwa in der Geheimhaltungsstufe II – die Fäden wieder zusammen. Wer diesen Vertrauensrang erreicht hat – wie bei uns zum Beispiel Steve Cassidy –, erfährt alles, genauer gesagt, fast alles.

Die Grundlage der Computeranalyse war die Feststellung, wer in die zweithöchste Kategorie eingestuft war. Der Asphaltdschungel im Untergrund mit seinen festen Fronten ist einer ständigen Korrosion ausgesetzt. Dabei entstehen zwangsläufig Nahtstellen, besetzt von Doppelagenten, die oft selbst nicht einmal mehr genau wissen, welche Seite sie eigentlich reeller bedienen. Zwangsläufig ist jeder Geheimdienst – zumindest auf unterer bis mittlerer Ebene – von seinen Gegnern unterwandert und erfährt so viel, wie in dieser Rangordnung möglich ist. Die eine oder andere Einzelheit kann nach unten durchsickern, aber keine drei gleichzeitig, wie zum Beispiel Sindelfingen, Bonn und Berlin-Ost.

Der große Unbekannte hatte diese zweieinhalb Enttarnungen als Vorleistung in den ungewissen Deal eingebracht: Also war er in dem engsten Kreis der Männer zu suchen, die Zugang zu den Top-secret-Unterlagen des Staatssicherheitsdienstes hatten. Sie konnte der Computer mit Sicherheit ermitteln, aber dann kamen die Imponderabilien, die er nicht mehr erfaßte.

»Fangen wir ganz oben an«, sagte Ritter.

Als erster erschien General Lupus im Bild, und das bedeutete eigentlich, daß wir die Zahl der Verdächtigen auf neun verringern konnten – obwohl vor Jahren ein Präsident des westdeutschen Bundesverfassungsschutzes, angeblich in den Osten entführt, dort ein lautstarkes Bekenntnis für den SED-Staat abgegeben hatte. Aber Lupus war aus anderem Holz, war eher stabil als labil. »Nach unserer Meinung sitzt er – trotz aller Gerüchte – fest im Sattel«, stellte Ritter fest. »Diese Aufnahme ist jüngeren Datums. Sie sehen es an dem höher gerutschten Haaransatz und an der neuen Brille.«

Der nächste war Wellershoff, potentieller Nachfolger des Generals, falls dieser zum Minister befördert – oder in die Wüste geschickt – würde. Der Mann war ein ebenso farbloser Apparatschik wie Lemmers, der als Kontrolleur und Laufbursche zwischen der Normannenstraße und dem SED-Zentralsekretariat diente. »Der Gruftspion«, erläuterte Ritter, »ist eigentlich zu fantasielos, um ein Täuschungsmanöver großen Stils durchzustehen. Aber vielleicht ist gerade das die Täuschung.«

Der vierte war Grewe, Stasi-Oberst; er sollte sich bei der letzten Besprechung des intimen Lupus-Kreises im Bulgarien-Urlaub befunden haben.

»Diese Ferienreise fand niemals statt«, erläuterte der Ressortchef. »Nach jüngsten Erkenntnissen hatte Grewe einen Herzinfarkt erlitten und war zur Kur in einem Sanatorium in Dresden.«

Ritter drückte erneut auf die Vorführtaste und rief Sabotka ab.

»Ihre Schnappschüsse sind übrigens ausgezeichent«, lobte Steve.

»Danke«, erwiderte Ritter und deutete auf die Projektionswand. »Der treue Diener seines Herrn«, referierte er über Major Sabotka. »Führt jeden Befehl aus wie eine Maschine und versucht dabei in allem, seinem Abgott nachzueifern.« Er lachte halblaut. »Es hat ihm ja den Spitznamen Lupusculus eingebracht.«

Die Nummer sechs war Gelbrich, die ehrliche Haut, ein Altkommunist, der ein Leben lang seinen Kopf hingehalten hatte. »Der Stunkmacher vom Dienst«, stellte der Lichtbild-Cicerone fest. »Berufsproletarier, vormals Bataillonskommandeur bei den Internationalen Brigaden in Spanien. Später kurze Haft in Frankreich, dann Übersiedelung in die Sowjetunion: Auch hier war Gelbrich einige Zeit eingebuchtet, wurde rehabilitiert, befördert – heute ist er einer der letzten aus der ersten Funktionärsgarnitur an der Normannenstraße. Der Sabotage-Spezialist, zugleich der Mann, der das Ministerium nach außen hin abdichtet und nach innen kontrolliert.«

Die bisher Vorgeführten entsprachen einer Möglichkeitsrechnung ohne Wahrscheinlichkeitsgehalt. Ein Mann wie Gelbrich zum Beispiel müßte sich im Neonglanz des Westens verlaufen wie ein Eunuch im Kontakthof.

»Gelbrich wohnt Lipsky schräg gegenüber auf der entstalinisierten Karl-Marx-Allee«, fuhr Ritter fort. »Die beiden duzen sich und kommen auch sonst sehr gut miteinander aus.«

Er drückte wieder auf den Knopf, und mit Phimoses kam mehr Farbe in Ritters Kopfsalat, ein roter Tupfer an einer pikanten Stelle.

»Lipsky fällt etwas aus dem Rahmen. Er ist kein Altkommunist wie die anderen; er stieß erst auf Umwegen in die marxistisch-leninistische Richtung. Er war Kriegsgefangener in Rußland, einer der wenigen Überlebenden von Stalingrad. Der Sachse schloß sich als einer der ersten dem neugegründeten Nationalkomitee Freies Deutschland an, das bekanntlich die Plennys zu Kommunisten umerziehen sollte. Aus dieser Zeit wissen wir noch recht gut über Lipsky Bescheid. Im Westen leben einige Männer, die mit ihm zusammen waren und sich längst aus dieser Richtung gelöst haben. Sie schildern ihn als ruhigen, besonnenen Typ, der von Politik, von jeder Politik, die Schnauze voll gehabt hatte und nur mitmachte, weil er am Verhungern war und überleben wollte. Na ja, das hat er dann ja auch geschafft. Er kam später als überzeugter Marxist aus der Gefangenschaft zurück, blieb in Berlin hängen und fing hier ziemlich tief unten an.«

Das Telefon klingelte; Steve entschuldigte sich und ging in den Nebenraum. »Für Sie, Peter!« rief er den BND-Mann ins Nebenzimmer, und wir legten eine Zigarettenpause ein.

»Der Mann, der Forbach morgen begleiten wird, heißt Novotny«, sagte Ritter. »Weitere Informationen folgen umgehend.«

Er kam wieder zu Lipsky zurück. »Phimoses hat einen interessanten Familien-Background: Seine Frau Hedwig ist die Tochter eines ZK-Mitglieds. Die Ehe ist miserabel, hat aber anfänglich seine Karriere enorm gefördert. Später brauchte er keine Protektion mehr; aus Lipsky ist ein erstklassiger EDV-Fachmann geworden. Heute gilt Phimoses als einer der besten Stasi-Leute überhaupt.« Ritter lächelte pikiert. »Er ist übrigens mein direkter Gegenspieler. Lipsky hat einen fünfzehnjährigen Sohn und eine Tochter, die seine Frau in die Ehe mitbrachte...«

»Wie krank macht diese Phimose?« unterbrach ich ihn.

»Es ist eher lächerlich als tragisch«, antwortete Ritter. »Eigentlich eine Kinderkrankheit, die es schwierig, wenn nicht unmöglich macht, die Vorhaut über die Eichel des Maskulinums zurückzuschieben. Die Verengung kann angeboren sein, aber auch auf einer Verklebung beruhen, die sich dann meistens wieder von selbst gibt. Der Arzt wird zunächst versuchen, die Verengung zu dehnen. Wenn das nicht gelingt, muß er schneiden. Auch eine verhältnismäßig harmlose Operation«, fuhr Pullachs Auswertungschef mit seinen medizinischen Ausführungen fort, »aber bei dem Genossen Lipsky scheint etwas schiefgelaufen zu sein. Wir wissen nicht, wann und bei wem der Eingriff gemacht wurde. Vermutlich ist eine Nachoperation fällig. Offensichtlich versucht Lipsky durch Auftragen eines Medikaments diese hinauszuziehen – es ist eine rote Salbe, die sich mit der Zeit durch alles frißt.«

Normalerweise mochte man ein so geartetes Krankheitsbild als Kuriosum abtun oder als ein Ungemach, das nur den Betroffenen etwas anging, aber bei dem fleißigen Mann aus Leipzig, der nicht sächseln wollte, färbten diese roten Flecken gewissermaßen das ganze Persönlichkeitsbild. Der Minderwertigkeitskomplex förderte eine Überempfindlichkeit. Das war nicht nur medizinisch gesehen, sondern auch geheimdienstlich betrachtet nicht uninteressant.

»Noch Fragen zu Lipsky?«

»Danke, Peter«, erwiderte Steve.

»Dann kommen wir zum Genossen Laqueur«, entgegnete der Ritter ohne Furcht und Tadel.

Während er auf den Knopf drückte, wurde mir klar, daß der Mann aus der BND-Führungsspitze seine Kandidaten, ohne es auszusprechen, in der Reihenfolge des Verdachts geordnet hatte, so wie man am Laufsteg die teuersten Kreationen am Schluß vorführt.

»Er gehört zur Herrenriege in der Proletariergarde«, sagte er süffisant, als der abgesessene Reitersmann im Bild erschien. Laqueur war gerade ins Ministerium für Auswärtiges als Sündenbock für die drei Verratsfälle strafversetzt worden. »Das sagt uns leider noch gar nichts«, kommentierte Ritter, »außer, daß es Laqueur künftig leichterfallen dürfte, in den Westen zu kommen.«

»Außerdem läßt sich der Kontakt genausogut im Osten herstellen«, warf Steve ein.

»Richtig«, bestätigte der Mann aus der BND-Führungsspitze. »Wir haben uns auch auf diese Möglichkeit eingestellt. Und es ist ja bekannt, daß der Osten auch gegenüber seinen Luxusgenossen die Grenze sofort dichtmacht, wenn sie in einen noch so vagen Verdacht geraten.«

Ritter brachte Herbert Brosam ins Bild.

»Der Genosse Kammgarn«, spottete er. »Verheiratet, zwei Kinder, hat eine Freundin jenseits der Mauer, in deren Wohnung er fast bei jedem West-Berlin-Ausflug nächtigt! Frau Lina Plaschke,

Berlin-Charlottenburg, Kantstraße, hübsch, geschieden, siebzehn Jahre jünger als Brosam. Wir haben sie unter Kontrolle.«

»Lupus hat das sicher auch«, versetzte Steve.

»Darauf können Sie wetten.«

»Und diese kesse Dame ist eine rote Parteigängerin?« fragte ich.

»Nicht die Bohne«, entgegnete Ritter. »Sie interessiert sich mehr für Klamotten, Kintopp und Kneipen. Sie hat etwas eigenes Vermögen und zwölfhundert Mark monatlich von ihrem Geschiedenen. Sicher wird sie auch vom Genossen Kammgarn alimentiert und zusätzlich noch beschenkt.«

»Weltniveau«, versetzte ich und grinste.

Ich wußte, daß Brosam aus einer gutbürgerlichen Familie stammte und seine Politlaufbahn als eine Art Salonbolschewist begonnen hatte. Normalerweise wurde die Funktionärsspitze dem Arbeiter- und-Bauern-Adel entnommen, aber es gab Ausnahmen, jedoch keine Erklärung dafür, warum Lupus einen Geheimnisträger, den er nicht in der Hand hatte, immer wieder durch die ›befestigte Stadtgrenze‹ schlüpfen ließ.

Immerhin hatte der Genosse Kammgarn Kinder, die bei Konopka fehlten, dem zehnten und letzten, dessen Bild jetzt auf die Leinwand geworfen wurde. Die Freizügigkeit, die man ihm ließ, war nur durch ein besonderes Verhältnis zu General Lupus zu erklären. Konopkas Plissee-Gesicht erschien gleich mehrmals auf der Leinwand: lächelnd, in der Diskussion, nachdenklich und mit hämischem Ausdruck. »Dieser volkseigene Gigolo setzt den Parteikader nicht selten einer harten Belastungsprobe aus«, referierte Ritter. »Er wurde von Lupus immer gedeckt, er ist der einzige, der sich unter vier Augen mit dem General duzt. Die Querverbindung: Blaues Haus – Madeleine Dressler darf ich als bekannt voraussetzen. Gegen die Annahme, daß Max Konopka der Sperber ist, spricht eigentlich nur die Tatsache, daß wir ihn aufgrund seines Verhaltens dafür halten müssen. Eine halbe Million Dollar für ein Leben in der Sonne Floridas oder Kaliforniens paßt zu ihm wie die Faust aufs Auge.« Nach einer kurzen Pause fragte Ritter: »Soll ich die Aufnahmen noch einmal durchlaufen lassen?«

»Nicht nötig«, entschied Steve, »vielen Dank, Peter.«

»Lupus hat keine Repressalien gegen Konopka in der Hand, nicht einmal fragliche. Der Außenhandelsspezialist könnte nur zufrieden sein, wenn er seine drei Verflossenen, die ihn ständig mit Wünschen traktieren, los würde und vielleicht auch die vierte nicht mehr heiraten müßte.«

»Keine Erklärung also?« fragte ich.

»Es sei denn die Auslegung, daß er im Auftrag des Generals handelt«, warf das CIA-As ein.

»Auch erst die halbe Erklärung, Steve«, erwiderte ich. »Wer garantiert denn, daß Konopka den Auftrag nicht, sagen wir einmal, sehr privat auslegt und seine eigene Suppe kocht?«

»Niemand«, versetzte Steve lapidar. »Aber das ist die Sorge von General Lupus und nicht die unsere.«

Der BND-Mann machte das Licht an, sammelte seine Sperber-Kollektion wieder ein und verwahrte sie pedantisch in seinem Aktenkoffer. »Waren neue Gesichter für Sie dabei?« fragte er mich.

»Nein«, erwiderte ich. »Aber neue Aufnahmen – ich hoffe, daß Ihre Analyse zutrifft.«

»Der Computer hat immer recht«, erwiderte Ritter mit einem Lächeln auf seine Kosten. »Außer, er irrt sich.«

Vielleicht dachte er wie ich an die Sekretärin in Bonn, die ihrem Chef während des Büro-Nickerchens den Tresorschlüssel aus der Tasche entwendet und Geheimunterlagen fotokopiert hatte – über Jahre hinweg. Die elfte Möglichkeit – oder die dreizehnte Fee – in diesem verdammten Job.

Der Panoramablick aus der Beletage war beendet. Ich mußte jetzt durch den Keller kriechen und mich von unten an den Sperber heranarbeiten, um festzustellen, ob zwischen ihm und der TRASCO, wie wir annahmen, eine Verbindung bestand, und das hieß, daß ich morgen in Süd-Nord-Richtung Forbach auf der Transitstrecke quer durch das DDR-Territorium verfolgen würde, um zu klären, ob er ein Kamikaze-Pilot war oder ein Mann, der auf zwei Schultern trug und westliche wie östliche Aufträge gleichzeitig ausführte.

Die Transitstrecke ist der schnellste und riskanteste Weg, einen Menschen aus dem östlichen Herrschaftsbereich herauszuschmuggeln. Wer immer es versucht, spielt mit Freiheit und Leben, aber wenn man mit dem DDR-Sicherheitsdienst zusammenarbeiten würde, wäre es natürlich ein Kinderspiel – es ließ sich nur vor Ort klären, welche Möglichkeit galt.

Um fünf Uhr waren alle Vorbereitungen abgeschlossen. Es blieben mir noch ein paar Stunden Schlaf, bis ich gegen neun Uhr Renate, meine Leihfrau, abholte. Sie trug einen verwaschenen Pulli, Slacks und Sandalen mit mittelhohen Absätzen. Ich wußte inzwischen, daß sie in Schießen und in Karate ausgebildet und mit allen Tricks und Finessen des Untergrunds vertraut war. Wie man sich jedoch älter und häßlicher machte, das mußte sie noch lernen.

Ich hielt ihr das vor, und sie erwiderte lachend: »Aber Henry, weißt du denn nicht, daß auch junge und hübsche Frauen von ihren Männern betrogen werden? Kennst du dein Geschlecht so wenig?«

»Einverstanden«, erwiderte ich. »Aber werde mir deswegen nicht zur Feministin.«

Im Grunde war es für meinen Auftrag gleichgültig, daß sie hübscher und jünger war, als ich es mir vorgestellt hatte. Entscheidend blieb, daß man mir Renate als Ehefrau abnahm. Wir fuhren los und kamen auf der Autobahn zügig voran, erreichten etwa eine halbe Stunde vor der Zeit die DDR-Grenzübergangsstelle Hirschberg, machten ein appetitloses Picknick auf dem Parkplatz und warteten dabei auf Forbach und seinen Beifahrer Novotny, einen zweiten TRASCO-Mann.

Schon von weitem sahen wir den grünen Opel.

Jetzt setzte ich mich ans Steuer, reihte mich in die Kolonne ein, fuhr langsam – passierte das Schild VERGESSEN SIE NICHT: SIE KOMMEN IN EINEN ANDEREN TEIL DEUTSCHLANDS und rollte auf die DDR-Grenzbeamten zu.

Ich reichte einem Unteroffizier der Grenzpolizei durch das offene Wagenfenster Papiere und Zulassung. Er kontrollierte überpedantisch die polizeilichen Kennzeichen vorne und hinten, forderte mich auf, meine Sonnenbrille abzunehmen, verglich ziemlich lange das Paßfoto mit meinem Konterfei. Er zeigte wie die meisten Vopos kleinäugiges Mißtrauen und scharfkantige Höflichkeit und wirkte dabei steif und uncharmant; es lag vielleicht an seinem groben Uniformtuch. Überhaupt bin ich kein Freund von Uniformen, ganz egal, ob sie ein Liftboy, Zirkusreiter oder Nato-General trägt.

Der Grepo-Unteroffizier verschwand mit unseren Ausweispapieren, die er zur Durchleuchtung in den Computer eingab.

Renate sah ihm nach. Funken des Spotts lichteten in ihren braunen Augen. »Ordnung muß sein«, sagte sie. »Ohne Ordnung kein Faschismus. Und kein Kommunismus.«

»Wir haben noch eine lange Fahrt vor uns«, wies ich sie zurecht. »Spar dir bitte deine Witze auf, bis wir auf freier Strecke sind.«

Der Uniformierte kam zurück, reichte mir die Papiere durchs Wagenfenster und wünschte uns mit einem Kopfnicken leicht sächselnd: »Gute Fahrt!«

Daß wir relativ schnell und reibungslos die Grenzabfertigung hinter uns gebracht hatten, verdankten wir dem deutsch-deutschen Transitabkommen, das allerdings durch Fluchthelferfirmen wie die TRASCO gefährdet wurde. Früher hatte man oft jedes Gepäckstück einzeln aus dem Kofferraum zur Zollabfertigung bringen und dort endlos lange warten müssen. Die Verbesserung und Erleichterung waren offensichtlich, aber dieser günstige Eindruck hielt nicht lange vor. Nach nur ein paar hundert Metern Fahrt kamen der Todesstreifen mit den Schußschneisen, der Drahtzaun mit den Tötungsmaschinen und den Wachtürmen in Sicht. Solange solcherlei Horroreinrichtungen bestehen, werden Desperados immer wieder versuchen, durch Höchsteinsatz den Höchstprofit zu erraffen. Das Risiko ist nicht minder hoch als der Gewinn, und so betrachtet, kann dieses üble Geschäft trotz allem noch als ein ehrliches Geschäft hingehen.

Ich sah im Rückspiegel, daß Dresslers Leute ebenfalls ohne Komplikationen über die Grenze gekommen waren. Wir hatten doch darauf verzichtet, in Forbachs Wagen einen Sender einzubauen, der uns durch Signaltöne ständig seinen Standort mitteilen würde. Die Gefahr, daß die Volkspolizei die Pieptöne mithörte, war zu groß.

Ich ließ mich von dem grünen Opel überholen, wartete, bis sich zwei, drei Fahrzeuge dazwischengeschoben hatten, und hängte mich an sie an. Selbst wenn Forbach bei der Verfolgung der BMW auffiel, würde er nicht mißtrauisch werden; die auf 100 Stundenkilometer zu drosselnde Geschwindigkeit, deren Einhaltung von der Volkspolizei peinlichst überwacht wurde, brachte es mit sich, daß man auf der ganzen Strecke immer wieder dieselben Wagen sah. Für Fahrer, die ohne Nebenabsicht die lange Strecke nach Berlin durchfuhren, wirkte sie eher langweilig als aufregend.

Einen Moment lang war ich unaufmerksam und knallte mit den Vorderrädern in eine Bodenwelle; Renate lachte.

»Weißt du, warum es in der DDR so viele Schlaglöcher gibt?« fragte sie und lieferte gleich die Antwort: »Weil sie sich nicht exportieren lassen.«

»Weißt du, warum die DDR über so viele Parkplätze verfügt?« blödelte ich zurück. »Weil hier weniger Auto fahren als im Westen.«

Sie lehnte sich an mich, schnurrte und kraulte meine Nackenhaare.

»Keine Annäherung«, stellte sie fest. »Eine Versöhnungsreise – nur meine Rolle. Bis jetzt noch eine ziemlich stumme Rolle, findest du nicht?«

»Wir überholen jetzt den grünen Opel«, nannte ich ihr erste Details. »Ich möchte, daß du dir die Gesichter der beiden Insassen genau einprägst, ohne daß sie dein Interesse bemerken.«

Es klappte wie geprobt; ich blieb eine Zeitlang auf gleicher Höhe, als wagte ich nicht, die Höchstgeschwindigkeit zu übertreten, und setzte mich dann vor das observierte Fahrzeug. Meine Begleiterin kramte in einem Koffer, den ich vorsorglich auf den Rücksitz gelegt hatte.

»War das alles?« fragte sie.

»Alles«, erwiderte ich. »Nur wiederholen wir es ein paarmal – so als Zeitvertreib.«

Es sah nicht aus, als würde sich viel ereignen auf der Transitstrecke, aber wenn man so lange wie ich für die fünfte Kolonne arbeitet, entwickelt sich mit der Zeit ein sechster Sinn. Ich blieb hartnäckig bei meinem Optimismus, die lange Autofahrt nach Berlin würde uns bei unseren Ermittlungen weiterbringen.

Die Benutzer dürfen die Transitstrecke nicht verlassen. Bei der Einreise werden ihre Namen und ihr Fahrzeug registriert; wenn sie nicht innerhalb einer bestimmten Zeit bei der Ausreisekontrolle auftauchen, löst die Volkspolizei automatisch eine Fahndung nach ihnen aus.

Die ganze Fahrtstrecke wird ständig überwacht. Neben den häufigen Polizeistreifen werden an den Parkplätzen sogar Rentner als Spitzel eingesetzt. Beim Transfer ist nur erlaubt, auf dem vorgeschriebenen Rastplatz eine Zigarette zu rauchen, in einer Intershop-Tankstelle Benzin einzufüllen oder in einem der Inter-Rasthäuser einen Imbiß einzunehmen.

Wenn Forbach die Autobahn verließe, um an einem sicheren Ort den Flüchtling aufzunehmen, würde für mich klar, daß er mit Stasi-Agenten zusammenarbeitete. Blieb er aber auf der Transitstrecke, dann konnte er den Austausch nur im fliegenden Wechsel vornehmen.

Das mochte klappen, sofern man Glück hatte und dabei nicht beobachtet wurde.

Aber dieses Glück hatte Erwin Forbach schon ziemlich oft gehabt. Durch seinen an der Mauer erschossenen Bruder war er der Volkspolizei nicht unbekannt; auch sein Begleiter Novotny konnte nach vier Jahren Strafhaft und anschließender Amnestierung im Land der Lautsprecher und Leisetreter nicht mehr als unbeschriebenes Blatt gelten; es war, als deuteten die beiden Fluchthelfer mit dem Zeigefinger auf sich selbst.

Wir hatten jetzt schon über hundert eher einschläfernde Kilometer hinter uns und überholten den im 90-Kilometer-Tempo fahrenden Opel wieder, unbeachtet von den beiden Insassen, die einen Biologen, tätig in der Forschungsabteilung der Leipziger Universität, herausholen wollten, dem angeblich die Verhaftung drohte. Pullach war nicht an dem Coup beteiligt, aber an dem Mann interessiert und deshalb auch informiert.

Wie Novotny sonst aussah, wußte ich nicht; Forbach hatte seinen Schnauzbart abgenommen, trug die Haare etwas kürzer und eine Brille, eine recht sparsame Tarnung. Ich fuhr zügig an der Spitze, achtete ständig darauf, die hundert Kilometer nicht mehr zu überschreiten, und fuhr dabei einen kleinen Vorsprung heraus.

»Ich kann den Opel nicht mehr sehen«, warnte Renate, und ich ging mit dem Tempo wieder herunter, bis wir in einer sanften Schleife feststellten, daß uns Forbach nach dem Ford und einem Renault als drittes Fahrzeug folgte.

Wir atmeten die miese Luft der VEB Leuna, passierten Leipzig, ließen den Flugplatz hinter uns, das Rasthaus Bitterfeld. Es waren jetzt auch viele DDR-Fahrzeuge auf der Strecke, deren Fahrer bemüht korrekt fuhren wie Fahrschüler bei der Prüfung.

Vor Dessau wurde – einer Reparatur wegen – die Straße vorübergehend einbahnig. Es kam zu einem Stau, und ich stellte fest, daß die Fahrzeuge der linken Kolonne etwas schneller vorankamen, und hielt mich deshalb auf der rechten Seite – und dann rollten wir im Schrittempo neben dem Opel her.

»Mensch, Henry«, sagte Renate, ohne sich die Erregung anmerken zu lassen, »das ist nicht mehr der gleiche Beifahrer. Er sieht ihm zwar etwas ähnlich, aber es ist ganz bestimmt ein anderer.«

Ich hatte es schon vor ihr bemerkt. Der Austausch mußte auf einem Parkplatz ganz schnell vor sich gegangen sein. Vermutlich waren zur Zeit Gesinnungsfreunde Novotny beim Untertauchen behilflich. Mauro Dressler behauptete ja, auf DDR-Territorium ein Netz zu unterhalten – augenfälliger konnte man es nicht beweisen.

Wenn Forbach nicht doch einen der über hunderttausend IMs – wie man die inoffiziellen Mitarbeiter des Staatssicherheitsministeriums nennt – aufgefallen war und den Vopos bei der Grenzkontrolle keine Unähnlichkeit des Fotos mit dem Biologen auffiel, hatte er tatsächlich eine schwerverdiente Chance, durchzukommen.

Ich hielt mich jetzt hinter ihm.

Von Langeweile keine Rede mehr. Die Reststrecke nach Berlin

wurde enervierend. Ich zählte jeden Kilometer einzeln mit, rechnete die Fahrzeitminuten bis zur Grenzkontrolle aus:

Acht Minuten noch, fünf, zwei.

Vor Dreilinden überholte ich die beiden Fahrzeuge vor mir und setzte mich direkt hinter den Opel.

Schrittempo. Stopp. Anfahren. Schrittempo weiter.

Wir wurden von greller Lautsprechermusik und Vopos mit umgehängten Kalaschnikow-Pistolen empfangen. Zehn, fünfzehn, viel zu viele; aber hier, wo zwei Transitstrecken zusammenkommen, herrscht immer Hochbetrieb.

Im übrigen treten Vopos selten allein auf. »Sie kommen immer zu zweit«, lautet eine der gängigen Redensarten. »Weil einer allein die acht Klassen Grundschule nicht zusammenbringt.«

Wie die meisten Witze war er maßlos übertrieben; selbst Abiturienten meldeten sich ›freiwillig‹ zur Volkspolizei, um hinterher die Genehmigung zu einem Studium zu erhalten.

Renate hielt unsere Pässe aufgeschlagen in der Hand.

Ich schloß ganz dicht zum Wagen Forbachs auf. Es geschah langsam, wie in Zeitlupe.

Der Opel wurde von Uniformierten umringt.

Sie schrien die beiden Insassen an. Sie mußten aussteigen und die Hände hochnehmen, das Entsetzen lief ihnen wie kochende Milch über die Gesichter, als ihre Taschen durchsucht wurden.

Ein Vopo setzte sich in den Wagen, brachte ihn weg.

Ein anderer winkte mich heran; er prüfte die Papiere längst nicht mehr sorgfältig wie sonst üblich; er wollte die Augenzeugen der Verhaftung schnell loswerden.

Ich zögerte, weniger aus Neugier – was festzustellen war, hatte ich ja gesehen –, sondern weil in meiner Lage wohl jeder Benutzer der Transitstrecke sich so benähme.

»Los, weiterfahren!« forderte mich ein Vopo auf.

»Was ist denn mit den beiden?« fragte ich.

»Das geht Sie nichts an«, erwiderte der Polizist. »Sie halten den Verkehr auf. Ich hab' doch gesagt, daß Sie weiterfahren sollen«, forderte er mich zum zweitenmal auf. »Hier gibt's nichts zu sehen. Überhaupt nichts.«

Das stimmte nicht. Es war die Verzweiflung zweier Menschen zu sehen, die im letzten Moment noch geschnappt worden waren und denen jetzt zehn bis fünfzehn Jahre Zuchthaus drohten.

»Nun fahren Sie schon weiter, Mann!« fuhr mich der Grepo zum drittenmal an.

Ich legte den Gang ein, würgte den Motor ab und startete von neuem in das Niemandsland, die lange Schleuse zwischen dem DDR-Territorium und dem freien Berlin.

Mein Experiment war geglückt, wenn auch ganz anders verlaufen, als ich es erwartet hatte:

Erwin Forbach, der Mann, der auf so vielen Hochzeiten tanzte, war rehabilitiert, wenn auch um einen hohen Preis.

14

Das Berliner Zweigbüro der TRASCO lag in der Joachimstaler Straße nahe dem Bahnhof Zoo, etabliert in der zweiten Etage eines wuchtigen Geschäftshauses mit aufgesetzten Wohnetagen. Der Standort war in jeder Weise geschickt gewählt; das Büro lag zentral, im gleichen Gebäude befanden sich noch zwei kleine Privatpensionen, zwei Arztpraxen, drei Anwaltskanzleien und diverse andere Firmen. In diesem Haus herrschte von morgens bis abends reger Parteienverkehr, in dessen Strom sich der einzelne verlor. Selbst wenn man das Gebäude von außen überwachte, wußte man noch lange nicht, wen der Beschattete besuchte. Auch das kleine Messingschild TRANS-COMMERCE AG verlor sich in dem Schilderwald links und rechts des Portals.

Die Firma, die Menschen schmuggelte und Devisen verschob, unterhielt neben ihrem Hauptsitz in Zürich kleine Filialen in Berlin, Frankfurt und München, die jeweils nur aus zwei Räumen, einer Sekretärin und einem Telefon bestanden. Mehr Aufwand brauchte man nicht; es handelte sich um Rekrutierungsbüros für Reisen in Einbahnrichtung. Die Fahrtstrecke betrug oft nicht einmal 100 Kilometer, trotzdem kostete sie meistens mehr als eine komplette Umrundung des Globus. Sie konnte auch das Leben kosten.

Immer wieder hoben sich ergreifende Schicksale aus einem erbarmungslosen Geschehen. Der Mensch war zum Spielball politischer Macht geworden, ein Findelkind des Zeitgeschehens in einem gespaltenen Land.

Mauro Dressler hielt sich allein im TRASCO-Büro auf. Der Mann, auf den er am Spätnachmittag wartete, war noch immer nicht erschienen, und allmählich wurde der Züricher Allround-Spekulant unruhig. Er sah immer wieder auf die Uhr, fuhr sich mit dem Taschentuch über die Stirn. Die Luft war abgestanden, verbraucht. Er öffnete ein Fenster, aber der Straßenlärm zwang ihn, es gleich wieder zu schließen.

Der TRASCO-Chef fragte sich, was bei der Routineoperation auf der Transitstrecke vorgefallen sein könnte. Sie war mit seinen Partnern im Hintergrund abgesprochen gewesen wie alle anderen seit zwei Jahren. Bisher hatten sich seine Gegenspieler genauso exakt an die konspirativen Abreden gehalten wie er selbst – so mußte es auch sein in diesem heißen Gewerbe, das sich freilich für Dressler vor 25 Monaten – genau zu dem Zeitpunkt, da er erledigt gewesen war – durch einen überraschenden Vorschlag des DDR-Staatssicherheitsdienstes erfreulich abgekühlt hatte.

Mauro Dressler schaltete das Radio ein.

RIAS-Berlin brachte Nachrichten.

Kein Wort über Erwin Forbach und seinen Begleiter. Der Mann, der aussah wie ein etwas klein geratener Dompteur, der in der Manege kolossale Bestien durch Feuerreifen springen läßt, hatte es nicht anders erwartet. Zum Schluß kam noch die Nachricht, daß die DDR-Behörden dem Ministerpräsidenten von Rheinland-Pfalz die Einreise verweigert hätten.

Der Züricher schaltete kopfschüttelnd das Radio ab: Das sah ihnen ähnlich. Er mochte die Männer auf der anderen Seite nicht, obwohl er ihnen inzwischen seine lukrativsten Geschäfte – noch dazu fast ohne Risiko – verdankte. Vor gut zwei Jahren war er geschnappt worden, als er in der doppelten Wand eines Möbelwagens gleich vier Flüchtlinge auf einmal in den Westen schaffen wollte. Volkspolizei und Staatssicherheitsdienst hatten dem Mann, von dessen Unternehmen bis jetzt beinahe fünfhundert Menschen in den Westen geschleust worden waren, bis dahin seit Jahren vergeblich aufgelauert.

Zuerst hatte es ausgesehen, als wollten sie Dressler auf der Stelle erschießen, aber das war dem Aufgeflogenen nur von der Angst suggeriert worden. Nach einem Verhör ohne Ende – manchmal drohend, häufig sachlich und mitunter beinahe kollegial – ließen sie schon bald erkennen, daß ihnen Informationen wichtiger waren als die Rache für seine verwegenen Streifzüge.

Nach zehn Tagen hatten die Stasi-Offiziere die Marathonvernehmung mit der Bemerkung abgeschlossen, daß der überführte Fluchthelfer mit einer lebenslangen Freiheitsstrafe zu rechnen hätte. Unberechenbar wie sie waren – oder schienen –, hatten sie Mauro Dressler dann das Angebot gemacht, in ihre Dienste zu treten.

Er war Kaufmann und sonst nichts auf der Welt, und er hielt es für entscheidend, den drohenden Konkurs mit allen Mitteln abzuwenden. Als Schweizer Staatsbürger war er von den Bonner Freikäufen ausgeschlossen, und Bern würde für den Dorn im Auge auch nicht einen Rappen ausgeben. So war Dressler mit einer Institution groß ins Geschäft gekommen, die er nicht mochte und die seine TRASCO bislang immer wieder übertölpelt hatte. Beide Seiten profitieren; Dressler kassierte risikolos fette Fluchtprovisionen, und die Männer des Generals Lupus erfuhren rechtzeitig, welche Wissenschaftler, Ärzte, Ingenieure und andere Spezialisten und Angehörige von Intelligenzberufen mit Hilfe ihrer reichen Verwandten in den Westen flüchten wollten, und konnten danach handeln, je nach Sachlage oder Laune.

Unter dem Vorwand, die Fluchtmöglichkeiten vor Ort eruieren zu müssen, erstellte die TRASCO die Liste der Aspiranten und übergab sie dem Staatssicherheitsdienst. Viele von ihnen wurden verhaftet und wegen Vorbereitung zur Republikflucht zu drakonischen Haftstrafen verurteilt. Darüber erfuhr man im Westen nichts oder wenig, auf jeden Fall bedeutend weniger als über die geglückten Durchbrüche. Dressler wußte natürlich, daß er viele der Fluchtkandidaten den Stasi-Agenten ans Messer lieferte, aber er war Geschäftsmann und nicht Philantrop; zudem gingen ihn – wie er meinte – als Ausländer diese deutsch-deutschen Spezialitäten ohnedies nichts an.

Weniger wichtige Republikflüchtige ließ die Normannenstraße laufen und benutzte sie – allerdings äußerst vorsichtig –, um auf diesem unverdächtigen Weg Agenten in die Bundesrepublik einzuschleusen und sie als Industriespione vorwiegend an die Schaltstellen der Wirtschaft zu bringen. Dieses Patentrezept war eine Erfindung des Genossen Konopka vom Ministerium für Außenwirtschaft.

Mauro Dressler rief im *Intercontinental* an. Seine Begleiterin war wieder beim Coiffeur; es war eben der Preis für gepflegte, schulterlange Haare. Nelly schlug seine Sorgen vorübergehend in die Flucht. Er kannte sie erst seit zwei Wochen, genauso lange befriedigte ihn ein Schmerzgenuß wie selten zuvor: Sie verwirrte Männer, machte sie an, peitschte sie auf. Sie begehrten Nelly, die unerreichbar für sie blieb, während er sie hatte – und doch nicht haben konnte. Es war die abartige Befriedigung eines demobilisierten Schürzenjägers, die Rache eines Ausgeschriebenen.

Dressler griff nach einer Zigarette, wiewohl eine eben angezündete noch im Aschenbecher lag; er spürte, daß ihm der Tag nichts schenken würde.

Das Telefon zerriß seine Unruhe und steigerte sie: Er meldete sich hastig, ohne seinen Namen zu nennen.

Der Anruf kam aus Zürich.

Madeleine war in der Leitung; diesmal genoß er nicht ihre erregende, moussierende Stimme. Der Tag war mit Ärger befrachtet, und Madeleine hatte ohnedies die privaten Spielregeln gebrochen.

Sie hielt sich nicht lange mit Formalitäten auf. »Hast du bezahlt?« fragte seine Exfrau. »Die Frist ist schon abgelaufen, und diese Leute aus Milano haben mit dem Schlimmsten gedroht.«

»Sei nicht kindisch, Madeleine«, erwiderte Dressler. »Haben wir etwas zu verschenken?«

»Natürlich haben wir nichts zu verschenken, aber...«

»Zweihunderttausend Franken«, erwiderte er, »das ist doch...«

»... viel Geld«, unterbrach ihn Madeleine. »Es fragt sich nur, wie hoch du dein Leben einschätzt.«

»Verdammt hoch«, entgegnete Dressler. »Aber die bluffen doch bloß. Sie werden es nicht wagen, unser Züricher Büro ein zweites Mal zu demolieren.«

»Ich habe Angst, daß sie künftig weit mehr demolieren werden«, versetzte Madeleine.

»Ich nicht!« rief er mit falscher Forschheit. »Aber nie mehr werde ich mit solch einer Mafia-Bande Geschäfte machen, darauf kannst du dich verlassen.«

Darauf verließ sich Madeleine Dressler natürlich nicht. Sie wußte, daß Mauro nach wie vor mit jedermann Geschäfte machte, der Geld hatte. Denn laut Titus, dem römischen Kaiser, stinkt Geld nicht, selbst wenn man vor Geld stinkt. Wenn man aber professionellen Gangstern nach einer Panne das Kleingedruckte eines ungeschriebenen Vertrags präsentiert, tötet es vielleicht.

»Würdest du mir mal Erwin Forbach geben?« bat Madeleine.

»Das würde ich gerne«, beteuerte er hämisch. »Nur ist der Mann bis jetzt noch nicht aufgetaucht.«

»Das ist doch wohl unmöglich«, erwiderte Madeleine, mehr verwundert als bestürzt.

»Vielleicht sitzt er mit Novotny in einer Stampe und säuft sich einen an«, versetzte Dressler. »Oder er veranstaltet eine Siegesfeier bei einer kleinen Spreesprotte. Was weiß ich. Wie man sich bettet, so bumst man.«

»Eben«, versetzte Madeleine. »Darum habe ich mich ja auch umgebettet. Sag ihm, daß ich im Büro auf seinen Anruf warte. Au revoir, Mauro.«

Dressler legte auf; er hatte momentan andere Sorgen als den geplatzten Geldtransfer und war doch froh, in Berlin zu sein und nicht in Zürich, denn für so ungefährlich hielt er die Italiener, die ihr Geld verloren hatten, nun auch wieder nicht. Der unbedenkliche Handelsmann konnte es nicht ändern. Der aufgeflogene TRASCO-Geldkurier saß schließlich in Untersuchungshaft und würde zwei, drei Jahre aufgebrummt bekommen. Es galt als vereinbart, daß das Risiko vom Auftraggeber zu tragen sei, und hier war der Beauftragte offensichtlich durch ungewaschene Scheine aus einem Entführungsfall aufgefallen – die Dummheit lag auf der Gegenseite.

Dressler rief erneut im *Intercontinental* an.

Nelly war noch immer nicht im Hotel, aber sie hatte für ihn hinterlassen, daß sich die Verschönerungsprozedur hinzöge und er sie, falls möglich, direkt im Salon abholen solle; er lächelte. Nelly war eben zuverlässig – in jeder Hinsicht.

Er hörte Schritte, die sich dem Büro näherten, und war erleichtert. Es mußte Forbach sein, der, warum auch immer, verspätet eintraf, um seine Hunderttausend zu kassieren, für eine Transaktion mit der Volkspolizei, die gar nicht schiefgehen konnte – aber das wußte Forbach nicht, durfte es auch nicht erfahren, weil die Normannenstraße energisch darauf bestanden hatte, daß nur Madeleine und er von der Kollaboration wüßten. Seit zwei Jahren ärgerte sich Mauro Dressler über diese sinnlose Geldausgabe; sie war nicht zu vermeiden. Aber Erwin Forbach konnte man wenigstens noch gut als Verbindungsmann zu Pullach gebrauchen. Er war ein zuverlässiger Vielzweckmann, nur an Madeleine hätte er sich nicht vergreifen sollen.

Der Mann, der das Büro betrat, war nicht der Liebhaber seiner Exfrau, sondern ein an diesem Ort unerwarteter Besucher. Er trug einen hellen, gutgeschnittenen Sommeranzug, der ihn jünger wirken ließ und in dem er sich sicher bewegte wie ein Dressman. Er vergewisserte sich mit einem Blick, daß Dressler allein war, nickte ihm beiläufig zu und nahm unaufgefordert Platz wie einer, der überall zu Hause ist.

»Sie hier?« fragte Dressler mehr erschrocken als erfreut.

»Nur ein paar Minuten«, beruhigte ihn Max Konopka. »Sie kommen schon noch rechtzeitig zu ihrer berufsblonden Attraktion.« Er lächelte wissend. »Besuchen Sie heute mit ihr das Blaue Haus, oder ist Ihnen das doch etwas zu gefährlich?«

»Mir ist nichts zu gefährlich«, erwiderte Dressler. »Sind Sie sicher, daß Ihnen keiner gefolgt ist?«

»Natürlich«, erwiderte der Spitzengenosse. »Aber was würde es schon ausmachen, wenn mir einer gefolgt wäre?«

»Ich möchte nicht kompromittiert werden«, versetzte der Geschäftsmann aus Zürich. »Muß ich Ihnen das erklären? Und jetzt, da wir vor großen Transaktionen stehen, schon gar nicht.«

»Beim heiligen Karl Marx«, erwiderte Konopka, »meinen Sie, an Ihrem Ruf ist noch etwas zu verderben, Dressler?«

»Ich bitte Sie...«

Konopkas Mund platzte wie eine faule Schote: »Sie sehen die Dinge nicht ganz richtig. Wenn Sie auf Draht sind, wird sich unsere Bekanntschaft für Sie als wahre Goldgrube erweisen.«

»Einen Drink?« fragte der TRASCO-Chef.

»Wodka«, erwiderte der Mann von drüben. »Eisgekühlt.«

Während Dressler an den Kühlschrank ging, fragte er: »Was ist los mit Forbach?«

»Geschnappt.«

»Warum?«

»Offensichtlich eine Panne«, entgegnete der Mann im hellgrauen Tropical aufreizend gleichgültig.

»Wie ist das möglich?« erwiderte Dressler mißtrauisch. »Es ist noch nie etwas schiefgelaufen – außer wir hatten es abgesprochen.«

»Dann war es wohl an der Zeit, daß Ihre Leute endlich einmal aufflogen«, entgegnete Konopka zynisch. »Glatte Sachen sind doch in unserem Fach ganz krumme Geschichten, oder?«

Dresslers Augen wichen denen Konopkas aus. Er mußte dem Funktionär zutrauen, daß er zwar auf dem Band Madeleine den Auftrag gegeben hatte, den Leipziger Biologen durchzuschleusen, gleichzeitig aber seinen Schergen den Befehl, ihn auffliegen zu lassen, um seine sozialistische Tüchtigkeit zu beweisen und zugleich einen Schwanengesang für seinen Absprung in den Westen zu halten.

»Haben Sie Forbach hochgehen lassen, Herr Konopka?«

»Wenn ich's getan hätte, würde ich doch nicht aus dem Nähkästchen plaudern«, versetzte der Spitzenfunktionär. »Hören Sie schon auf zu jammern, Mann!« fuhr er den Eidgenossen an. »Fangen Sie lieber an zu denken, und zwar in Mark und nicht in

Groschen.« Er wirkte kalt und routiniert wie ein Arzt, der dem erblindeten Hund die Todesspritze verabreicht. »Es geht doch nicht um Forbach, diesen kleinen Wicht – auch wenn er mit Ihrer Frau schläft –, sondern um den ganz großen Schlag. Vergessen Sie Ihren Nebenbuhler und denken Sie an das Unternehmen Sperber.«

»Sie meinen – diese Sperber-Aktion steigt nunmehr endgültig?« fragte Dressler hastig.

»Na, endlich ist der Groschen gefallen«, versetzte der rote Paradiesvogel. »Es geht los. Wir starten die Operation.«

»Wann?«

»Sofort«, erwiderte der Genosse de luxe. »Der Countdown läuft bereits. Sie haben jetzt noch drei Tage Zeit, sich eine goldene Nase zu verdienen.« Der Spott kräuselte seine Lippen. »Und dafür sind Sie doch immer zu haben.«

»Hört sich gut an«, entgegnete Dressler.

»Ich habe morgen eine abschließende Besprechung mit General Lupus«, erklärte Konopka. »Dabei übernehme ich die letzten Unterlagen; mit ihnen setze ich mich auf indirekten Wegen an unseren Zielort ab. Am nächsten Freitag kann dann die Begegnung steigen«, sagte der SED-Funktionär. »Aber nur mit dem Mann, den ich Ihnen genannt habe. Mit einem anderen würde ich nicht verhandeln. Schaffen Sie das bis Freitag, Dressler?«

»Ich denke schon«, schränkte der TRASCO-Chef ein.

»Wenn Sie keinen Fehler machen, ist es ein Kinderspiel«, fuhr der Mann von drüben fort.

»Glaub' ich auch«, erwiderte der Züricher; immer, wenn er aufgeregt war, fiel er vom Schriftdeutschen in Schwyzerdütsch. »Trotzdem muß man ja immer damit rechnen, daß im letzten Moment noch etwas schiefläuft.«

»In diesem Fall würde ich unverzüglich in die DDR zurückfliegen«, versetzte Konopka. »Wenn Sie das Arrangement in drei Tagen nicht schaffen, schaffen Sie es nie. Was Sie durch Ihre Vermittlung für sich persönlich herausholen, interessiert mich nicht. Die Summe wird Sie sicher für den heutigen Verlust im Fluchtgeschäft entschädigen.«

Er hatte wieder diese Wellblechlippen.

»Gut«, entgegnete der gezähmte Raubtierdresseur. »Es wird alles klappen.«

»Wie schön«, spöttelte Konopka. »Sie kennen ja mein Vertragshotel. Meine Maschine landet gegen Mittag. Wenn wir dann zu Rande kommen, trennen sich unsere Wege für immer.«

Der TRASCO-Chef hörte eine unbestimmte Drohung heraus. »Und bei Komplikationen oder Verzögerungen?« fragte er.

»Setze ich Sie nach meiner Rückkehr in die Normannenstraße sofort auf die Fahndungsliste und lasse die TRASCO hochgehen.« Er lächelte wie der freundliche Onkel, der dem braven Kind eine Praline anbietet. »Mit Versagern arbeite ich nicht.«

Er nickte dem Geschäftsmann aus Zürich zu, gab ihm beim Ausgang sowenig die Hand wie bei der Ankunft, öffnete die Tür und überzeugte sich, mehr aus Gewohnheit denn aus Sorge, daß ihm auf dem Flur kein Schatten auflauerte.

Er schlenderte im Passantenstrom um die Ecke, nahm in einem Straßencafé in der Nähe einen Aperitif, genoß den Trubel um sich herum als einen kleinen Vorschuß auf seine nächste Zukunft. Gesetzte Männer, elegante Frauen. Junge Pärchen, die aussahen, als nutzten sie gleich den Asphaltdschungel als Liegewiese. Taxis hupten, Bremsen quietschten, Radfahrer schimpften, alle hatten es eilig in Richtung nirgendwohin.

Konopka zahlte und ging langsam zum Tiergarten weiter. Er begegnete Ehepaaren, deren Zweisamkeit zu verbrauchter Endgültigkeit geronnen war, und es fiel ihm auf, daß die Frauen ihre Hunde oft freundlicher behandelten als ihre Männer. Weder war es ein westliches Spezifikum noch würde es ihm den Eintritt dorthin verleiden.

Er machte sich ohnedies keine großen Illusionen, wenn er sein sozialistisches Vaterland mit einer kapitalistischen Wahlheimat vertauschte. In erster Linie würde Konopka den Wechsel vollziehen, weil es sich im Westen bequemer leben ließe und ihn im Osten das ewige Politgequassel anwiderte, der Murks um Marx. Es war eine Entscheidung für den Komfort, so würde sich umgehend ein östlicher Funktionär in einen westlichen Bonvivant verwandeln, und das sogar noch im Auftrag des Staatssicherheitsministeriums in einer freilich ungewollten Auslegung.

Er hatte die ersten Schritte seiner Absetzbewegung mit äußerster Umsicht betrieben – Sindelfingen, zum Beispiel. Dann hatte ihm die Normannenstraße in unvorstellbarer Weise in die Hände gearbeitet, als ihm Lupus den Auftrag gab, den Sperber darzustellen und sich auf der Gegenseite als Maulwurf ganz großen Stils darzustellen. Der Verrat, den Konopka insgeheim vorbereitet hatte, war ihm zur Auflage gemacht worden – er hatte gewonnen, bevor er noch mehr riskieren mußte.

Es tat ihm leid um General Lupus, der in seinen Augen kein übler

Kerl war, aber nunmehr über die Klinge springen müßte. Er hatte mit Mühe den Fall Stiller, den Absprung eines Stasi-Oberleutnants, überlebt, der mit zwei Koffen Subversivmaterial in den Westen übergelaufen war. Was war so ein Winzling, gemessen am schier allmächtigen Einpeitscher des DDR-Ministeriums für Außenhandel, der bislang die Freikaufgeschäfte überwacht und die ganze östliche Industriespionage im Westen geleitet hatte?

Konopka zwang sich, nicht an Sascha zu denken, aber er sagte sich auch, daß der Sturz des Untergrundgenerals seinen Wert als Überläufer im Westen ins Maßlose steigern würde – und wer unersetzlich wurde, war letztlich auch unbezahlbar. Der Mann im hellen Anzug sah Dollarstapel an der Wand, als Menetekel für das Morgen. 500000 Dollar wären nur eine erste Anzahlung, er würde an seine Zukunft als kapitalistischer Frührentner denken.

Er kämpfte einen Moment lang mit sich, ob er den Abend in West-Berlin verbringen sollte, aber es war ohnedies das letztemal, daß er in den östlichen Machtbereich zurückkehrte. Einige Genossen maulten seit langem, daß er sich viel zuviel im Westen herumtreibe; er entschloß sich, ihnen einen letzten Gefallen zu erweisen und vorzeitig nach Ost-Berlin zurückzukehren.

Sein Wagen stand am Grenzübergang Friedrichstraße. Er erreichte ihn auf direktem Weg, mit dem Taxi. Der Polizeibeamte auf der westlichen Seite warf nur einen formalen Blick in seinen Diplomatenpaß, winkte Konopka durch und ging sofort in das Haus, um telefonisch seine Ausreise nebst Uhrzeit durchzugeben.

Max Konopka lächelte anzüglich; er würde den Aufpassern auf beiden Seiten künftig viel Arbeit abnehmen. Er durchschritt das Bauwerk, das auf der einen Seite ›Schandmauer‹ und auf der anderen ›Friedensbollwerk‹ hieß, und war wieder in der Heimat der Werktätigen, die für ein paar Mark wohnten, sich für fünf Pfennig eine Schrippe kaufen konnten, aber sieben bis zehn Mark für eine Tafel Schokolade und 48 Mark für ein Pfund Kaffee ausgeben mußten. Kein Wunder, daß die DDR-Bürger in die Intershop-Läden strömten, in denen der Marxismus-Leninismus, die klassenlose Gesellschaft, praktisch das Dogma fallenließ wie ein Freier im Bordell die Hose. Wer Verwandte im Westen hatte und dadurch Devisen, wurde zum Nutznießer des realen Sozialismus – und keineswegs die Arbeiter, denen die Betriebe gehörten, wovon sie nichts hatten, es sei denn, das ständig auf freiwilliger Basis erzwungene Übersoll.

Schwarze Exkremente, grüner Auswurf, rote Scheiße, vulgarisierte Konopka. Nach fast vierzig strammen Kommunistenjahren würde aus ihm keiner mehr einen Fäkalienfeinschmecker machen, Marx adieu, Politik passé.

Er brauchte sich nicht auszuweisen.

Ein Vopo-Oberleutnant grüßte stramm und meldete: »Sie werden dringend erwartet, Genosse Konopka.«

»Erwartet? Von wem?«

»Von General Lupus«, antwortete der Offizier mit gedämpfter Stimme. »Hierher«, sagte er und öffnete die Tür zu einem Raum, über dem stand: ›Eintritt verboten‹.

Als Konopka in die Gesichter Gelbrichs und Sabotkas sah, geriet sein hautiges Gesicht aus den Fugen; er fürchtete, daß er verloren hatte.

»Herr Konopka«, sagte der Prolet vom Dienst mit überbetonter Anrede. »Ich habe Ihnen zu eröffnen, daß sie verhaftet sind und ...«

»Verhaftet?« unterbrach ihn Konopka. »Warum?«

Er hatte sich rasch wieder gefaßt.

»Ab jetzt stellen wir die Fragen und nicht Sie«, versetzte Gelbrich.

Sein Triumph brach auf wie ein Geschwür.

»Ich möchte sofort General Lupus sprechen«, sagte Konopka.

»Nicht nötig«, entgegnete Gelbrich und hielt dem Verhaßten einen Haftbefehl vor, der von Alexander Lupus unterzeichnet worden war.

Er winkte drei Vopos herbei, die den Luxusgenossen abführten wie einen ganz gewöhnlichen Delinquenten.

Konopka begriff, daß er den unrevidierbaren Fehler begangen hatte, ein letztes Mal in den Ostteil der zweigeteilten Stadt zurückzukehren.

Die Nacht der Schakale beziehungsweise die Nächte der Ost-West-Konfrontation hatten begonnen.

15

Die drei Autobahnkilometer durch das Niemandsland durchrollten wir als Schweigeminute für Erwin Forbach und seinen Begleiter. Die beiden hatten das Risiko gekannt, das sie eingegangen waren, nun mußten sie es ausbaden, und das hieß: jahrelange Haft in einem DDR-Gefängnis, mit der einzigen Hoffnung, dereinst von Bonn endlich freigekauft zu werden.

»Ich glaube nicht, daß die durch einen Zufallszeugen aufgeflogen sind«, sagte Renate schließlich. »Ich habe es ganz genau beobachtet. Die beiden wurden schon aus dem Wagen gezerrt, bevor die Grepos überhaupt einen Blick auf ihre Papiere...«

»Sie sind verraten worden«, erwiderte ich. »Das steht fest.«

»Von wem?« fragte meine Begleiterin.

»Das steht nicht fest«, wich ich ihr aus.

Außerdem wußte ich es auch nicht.

Ich hatte die Qual der Wahl. Als erster bot sich Novotny, der ausgewechselte Fluchthelfer, als Judas an. Aber genausogut konnte Dressler den Rivalen auf seinem Exehelager verpfiffen haben. Selbst der gefährlichen Madeleine, die so gute Beziehungen zu dem Luxusgenossen Konopka hatte, war unter Umständen zuzutrauen, daß sie auf unschöne Art einen vielleicht lästig gewordenen Liebhaber loswerden wollte.

Wir erreichten den Berliner Kontrollpunkt und wurden in die alte Reichshauptstadt durchgewunken, die jetzt am Bonner Tropf hing. Vieles hatte sich in Spree-Athen geändert, aber die sprichwörtlich gute Luft war der Weltstadt erhalten geblieben, auch wenn die Atmosphäre durch Bau- und Abschreibungsskandale, das Ausländerproblem, die Überalterungsstruktur, die Demonstrantenkrawalle sowie die derzeit 125 Hausbesetzungen mit 841 Beteiligten belastet war.

Wenn ich sonst in Berlin eintraf, spürte ich diesen luftigen Jungbrunnen spätestens am Funkturm, aber heute belebte er mich nicht. Ich dachte zuviel an die beiden Männer mit den hilflos in die Höhe gereckten Armen.

Unsere Helfer hatten ein Apartment im *Intercontinental* für uns gemietet, auf der gleichen Etage, auf der auch Mauro Dressler mit der Vigilantin wohnte, die noch im Schlaf seine Atemzüge zählte. Ein Page fuhr den BMW in die Tiefgarage, ein zweiter nahm uns das Gepäck ab, während ich mich als ›Heinrich Schmidt aus München mit Gattin‹ in die polizeiliche Anmeldung eintrug.

»Übrigens«, sagte ich zu dem Rezeptionisten, »meine Frau hat morgen Geburtstag. Können Sie mir fünfzehn Baccararosen besorgen, die schönsten, die sich in Berlin auftreiben lassen?«

»Gerne, mein Herr.«

»Was sag' ich denn da«, verbesserte ich mich, so laut, daß es die ein wenig abseits stehende Renate hören konnte. »Dreiunddreißig. Ganz genau dreiunddreißig langstielige, besonders schöne...«

»...Baccararosen«, ergänzte der Hotelbedienstete geduldig.

Wir folgten dem Pagen, der uns zum Lift brachte.

»Ganz schön neureich«, raunte mir meine Leihfrau zu. »Trotzdem, vielen Dank.«

Während Renate im Bad duschte, versuchte ich, den TRASCO-Chef zu erreichen.

»Herr Dressler ist leider ausgegangen«, sagte die Telefonistin.

»Und Frau Dressler?«

»Auch die gnädige Frau befindet sich außer Haus.«

Es blieb mir gar nichts anderes übrig, als seine Rückkehr abzuwarten und darauf zu setzen, daß ihn unsere Leute in Berlin unter Kontrolle hatten. Ich löste Renate im Bad ab, verabredete mich mit ihr in der Hotelbar. Ich schwemmte mir den Tag aus den Poren, zog mich um, ging nach unten, hinterließ unter Berufung auf Barry Wallner für Mauro Dressler eine Notiz, in der ich ihn bat, mich in jedem Fall nach seiner Rückkehr zu kontaktieren, auch wenn es schon sehr spät sein sollte.

Ich verließ das Hotel, als wollte ich mir die Füße vertreten, ging um die Ecke und fand eine Telefonzelle, von der aus ich unter Nennung meines Codeworts unsere Münchener Residentur anläutete. Ich berichtete, daß Forbach aufgeflogen sei. Diese Meldung war für den Mann, der sie entgegennahm, offensichtlich so neu wie für mich die Mitteilung, daß Steve Cassidy soeben mit einer Militärmaschine nach West-Berlin abgeflogen sei und sich hier zur Zeit auch der Genosse Konopka herumtreibe.

Es war ein Grund mehr für mich, im Hotel den Lauf der Dinge abzuwarten. Ich ging ins *Intercontinental* zurück und fand Renate im Gespräch mit einem großen blonden Amerikaner, der wie ein Playboy aussah und offensichtlich beim schönen Geschlecht auch keine Gelegenheit anbrennen ließ. Meine Begleiterin trug ein dunkles, dekolletiertes Chiffonkleid, das viel Ausblick auf Haut und Bein erlaubte; sie wirkte verführerisch – nicht nur auf ihn.

»Das ist Mister Ashton«, sagte Renate.

Der Flirtpartner reichte mir die Hand und sah an mir vorbei; er gab sich wenig Mühe zu verbergen, daß ich für ihn so überflüssig war wie ein Hühnerauge auf der kleinen Zehe.

Meine hofierte Begleiterin brauchte mir George W. Ashton auch gar nicht vorzustellen: Wir kannten uns seit Jahren, wir gehörten zum gleichen Verein, zur Langley-Liga. Der Semmelblonde war jetzt Attaché an der US-Botschaft in Ost-Berlin, so wie ich demnächst einen freilich harmloseren Posten in Bonn antreten sollte, vor dem ich momentan freilich noch weit entfernt war.

»Mister Ashton ist ein großer Golfer«, erklärte Renate. »Er hat heute ein As geschossen.«

»Gibt es denn überhaupt einen Golfplatz in Berlin?« brummelte ich.

»Wo so viele Amerikaner leben, gibt es immer einen Golfplatz«, erklärte George sehr von oben herab. »Wannsee, direkt an der Sektorengrenze, bei der Friedensbrücke, wenn Sie sie kennen sollten.«

»Golf mag ja ein ganz schöner Zeitvertreib sein«, erwiderte ich, »aber ich brauche meine Zeit in erster Linie zum Geldverdienen.«

»Zeit muß man sich einfach nehmen«, erwiderte Ashton. »Ich bin ja in Ost-Berlin tätig, aber ich komme so gut wie jeden Tag herüber, um meine achtzehn Löcher zu spielen. Neun schaffe ich sogar im Regen – ich brauche einfach einen Ausgleich für das triste Leben auf der anderen Seite.«

Da war mir klar, daß sich George für heiße Botengänge im deutsch-deutschen Dschungel empfahl. Einmal mehr verstärkte sich in mir das Gefühl, in eine von langer Hand vorbereitete Operation größten Ausmaßes geraten zu sein – in die Schlacht geschickt wie Urias von König David. Aber das änderte nichts daran, daß die Art, wie die Verbindung zwischen George und mir ohne jede Zwischenschaltung hergestellt wurde, perfekt war und ich auch nicht fallen wollte.

Er lud uns noch zu einem Drink ein, und ich mußte mich revanchieren. Er flirtete ein bißchen mit meiner geborgten Frau herum, und ich mimte den Eifersüchtigen, bis ich es allmählich wirklich ein wenig wurde. Aber es war nur natürlich: Ich hatte ja kein Handikap wie die Schlüsselfigur, auf die ich wartete.

Ashton erhob sich und verabschiedete sich in seinem ulkigen Deutsch. Der Barkeeper sagte uns, daß George ein netter Mann sei, ein Mercedes-Cabriolet fahre und hier beinahe täglich einen Scheidebecher nähme, bevor er wieder in den langweiligen Teil der Stadt zurück müßte.

Er sollte sich wirklich vor den Vopos und Grepos hüten, nicht nur wegen der strikt verbotenen Promille.

Wir nahmen das Abendessen im Haus, tranken eine viel zu schwere Spätlese zum Fisch, wie es sich für Emporkömmlinge gehört. Danach ließen wir uns vom Schnellift in das Dachgartenrestaurant katapultieren. Es war bereits eine erste Attraktion des Berliner Nachtlebens gewesen, als das *Intercontinental* sich noch *Hilton* genannt hatte.

Es bietet einen herrlichen Ausblick über die Stadt ins Grüne oder auch in die Augen schöner Frauen, an denen hier kein Mangel ist. Man schwebt über den Dingen und kann sich auf dem Vulkan in den siebten Himmel der Liebe hineintanzen – so man Geld hat oder auf Spesen lebt. Das Paradies nimmt heutzutage einen höheren Eintrittspreis als ein Feigenblatt.

Die Spannung, die ich den ganzen Tag über gespürt hatte, begann sich zu lösen. Auf einmal konnte ich genießen, daß sich meine Begleiterin, entgegen meiner Weisung, nicht älter und häßlicher gemacht hatte. Ein solches Ansinnen war wohl auch eine Zumutung für eine Frau, aber an eine Handlungsreisende des Untergrunds wurden oft noch ganz andere Zumutungen gestellt.

Die Band begann zu spielen. Die ersten Paare bewegten sich auf dem Parkett. Renate lächelte mich auffordernd an. »Gehört doch eigentlich auch zu unserer Rolle?« raunte sie mir zu.

Ich erhob mich.

Sie tanzte defensiv, wenn auch anschmiegsam, lässig und rhythmisch: Renate machte die Pflichtübung zum Vergnügen. Rechtsdrehung. Die Zentrifugalkraft drückte ihren weichen, straffen Körper gegen mich, ohne Berechnung, doch mit Wirkung. Körpersprache auf Welle Sinnlichkeit.

»Keine Berührungsangst?« fragte sie.

»Hast du denn einen gegenteiligen Eindruck?«

»Mitunter«, entgegnete sie.

»Sei vorsichtig, wenn du mit dem Feuer spielst«, spielte ich mit dem Feuer.

»Warum?«

»Alte Scheunen brennen schnell.«

»Fishing for compliments«, erwiderte Renate lachend und wurde kokett. »Erstens bist du noch gar nicht so alt, zweitens brennst du nicht so leicht, drittens liebe ich das Spiel mit dem Feuer.«

»Dann übernimmst du gefälligst auch die Verantwortung dafür.«

»Verlaß dich drauf«, versetzte Renate. »Ich tue, was ich will, und ich will, was mir gefällt. Selbst ist die Frau.« Nach dieser verheißungsvollen Aggression setzte sie hinzu: »Und vergiß nicht, wir sind auf Versöhnungsreise.«

Sie wurde immer reizvoller. Auf einmal entdeckte ich die hübschen Grübchen an ihren Wangen, sah ihre prächtigen Zähne, ihre Augen, die changierten. So hatte es auch mit Vanessa begonnen; doch sie war Renate. Aber in jeder Frau steckt ein Stück

Vanessa, wenn mir auch Vanessa als die Summe aller Frauen erschienen war.

Das hatte vielleicht am Vollmond gelegen oder am versilberten Strand oder an der Insel der Götter und Dämonen.

Nichts gegen Vanessa, aber vielleicht verklärte ich sie bereits aus der Erinnerung, noch immer im Bann des Ferienzaubers; genausogut konnte es aber möglich sein, daß ich dem Götzenkult des Verliebten verfallen war, der sich nur in der Fantasie seine Göttin zurechtschnitzt. Das ändert nichts am Original, aber fördert die Einbildung, sein Traumidol so angetroffen zu haben, wie man es sich immer gewünscht hatte.

Vanessa trat ein wenig in den Hintergrund, und die immer begehrenswerter werdende Renate schob sich nach vorne. Die Musik machte Pause, und ich brachte meine Partnerin an den Tisch zurück, froh, nach der Reizüberflutung wieder festen Boden unter den Füßen zu gewinnen. Ich entschuldigte mich und ließ Renate allein. Ich mußte mich abkühlen, konzentrieren, der Versuchung erwehren.

Ich erinnerte mich, daß sich Steve noch nicht gemeldet hatte; er mußte längst in Berlin eingetroffen sein.

Es war 22.00 Uhr, die Band begann wieder zu spielen. Ich blieb sitzen, und in diesem Moment sah ich den Pagen mit der Tafel, auf der mein Name stand.

»Entschuldige mich, bitte«, wandte ich mich an Renate und ging nach unten.

Ich erkannte Dressler sofort. Er saß in der Halle, und ich erhaschte sogar noch einen Blick auf sein flottes Horchgerät, von dem er sich hastig, aber unwillig trennte. Sie bewies sofort, daß sie weit mehr war als ein superblondes Dummchen. Sie taxierte mich kurz, sah in mir gewissermaßen die Wachablösung und entfernte sich.

Ich beugte mich zu Dressler hinab. »Singer«, stellte ich mich vor.

Er erhob sich beflissen. Er stand jetzt auf überhöhten Absätzen wie auf Stelzen, aber für einen wirklichen Beau fehlte ihm immer noch eine halbe Kopfhöhe, und da sein Kinn ein wenig zu kurz geraten war, reckte er es seinem Gesprächspartner ins Gesicht wie eine Speerspitze, der auch wieder ein kleines Stückchen fehlte.

»Singer oder Schmidt?« fragte er halblaut.

»Beides«, entgegnete ich.

Er lachte leise. »Sie sind auf Draht, was?«

»Ich hoffe es, Herr Dressler.«

»Ich habe Sie früher erwartet...«

»Umweg über Zürich«, antwortete ich.

»Ich weiß, Madeleine hat mich verständigt. Geben Sie mir fünf Minuten Zeit?« fragte er. »Ich muß mich noch einen Moment um meine Dame kümmern.«

»Aber gerne«, erwiderte ich und fuhr wieder zum Dachgartenrestaurant hoch.

Renate war beschäftigt, am Parkett. Ein schmachtender Vierziger brachte sie an den Tisch zurück, blieb einen Moment stehen, als erwartete er eine Einladung.

»Eifersüchtig?« fragte Renate.

»Nein«, erwiderte ich.

»Das nehme ich dir ab«, sagte sie. »Du bist nämlich blockiert.«

»Wieso blockiert?« fragte ich zerstreut.

»Eine andere Frau«, entgegnete sie und lachte ohne Bosheit. »Sie muß über etwas verfügen, was ich nicht habe.« Ich war verblüfft über ihre subtile Intuition und versuchte, es mir nicht anmerken zu lassen.

»Ich habe leider eine Verabredung«, schob ich mich vom Glatteis. »Schade.«

»Bedauerlich«, erwiderte Renate, »und das am Vorabend meines Geburtstags.«

Ich brachte sie an die Tür. Einen Moment wuchs sie an mir empor, küßte mich und verschwand behende.

Bei Dressler dauerte die Abschiedsszene etwas länger.

»Nelly wollte mitkommen«, sagte er, »aber wir haben ja ein Männergespräch vor uns.«

Wir verließen die Halle.

Diesmal belebte mich die Berliner Luft; ich atmete tief und befreit.

»Lassen Sie uns ein bißchen die Beine vertreten und in einer Stampe noch ein Bier trinken«, sagte der Eidgenosse mit dem Imponiergehabe. »Keine Polizeistunde in Berlin, so etwas genießt man, vor allem, wenn man aus Zürich kommt.«

Ich achtete gewohnheitsmäßig auf unsere Umgebung. Nichts Verdächtiges war zu sehen, aber ich hatte das unbestimmte Gefühl, daß wir beschattet wurden; es war wohl eine Berufskrankheit.

»Sie haben heute einen guten Mann verloren«, begann ich unvermittelt. »Forbach.«

»Ja, ich weiß«, ging er in die Falle.

Ich konnte nunmehr davon ausgehen, daß Konopka sein Informant gewesen war. »Forbach bringt ein großes Opfer für die westliche Freiheit«, fuhr Dressler fort, ohne rot zu werden oder ins Stottern zu kommen. »Wir setzen uns ja dafür ein, die anderen reden doch bloß.«

Wir schlenderten an der Gedächtniskirche vorbei, bummelten über den Ku'damm und landeten in der Bierpinte einer Nebenstraße.

Wir fanden einen Platz in einer Ecke.

Im Lokal herrschte Lärm genug, so daß Wanzen unser Gespräch nicht belauschen konnten.

»Ich bringe Ihnen den Sperber«, sagte Dressler.

Ich betrachtete ihn wie irritiert. »Wer ist der Sperber?« fragte ich.

Er wurde böse. »Entweder führen wir hier ein ehrliches Männergespräch unter vier Augen, oder wir gehen gleich ins Bett.«

»Gut«, erwiderte ich. »Wann bringen Sie den Sperber?«

»Am nächsten Freitag.«

»Wohin?« fragte ich.

»Er kommt nach New York, anläßlich der UN-Vollversammlung. Ich werde übrigens auch dasein.«

»Ein dicker Hund«, entgegnete ich. »Und Sie werden die Begegnung vermitteln?«

»Ja«, versprach er. »Gegen ein Honorar, das wir noch aushandeln müssen. Und mit einem Mann, den uns Ihr Chef Barry Wallner versprochen hat.«

Ich unterdrückte meinen Zorn darüber, daß ich wieder einmal auf eine Ausgrabung gestoßen war, die vor mir schon andere gemacht hatten. Nun begriff ich endgültig den Zusammenhang zwischen Barry Wallner und Mauro Dressler und wußte auch, warum dem Vicechef der CIA soviel daran gelegen war, den Flugzeugabsturz des Enthüllungsjournalisten geheimzuhalten.

»Sie kennen doch meinen Vertrag?« fragte Dressler.

»Ja«, erwiderte ich, »fünfzigtausend und ...«

»Und – das ist nicht geschrieben, aber verabredet – eine Direktverbindung zwischen dem Sperber und Mr. Gregory.«

»Nicht so leicht ...«

»Mister Wallner hat mir erklärt, daß er trotz gelegentlicher Differenzen erstklassige Beziehungen –«

»Hat er auch«, bestätigte ich. »Wie kommen Sie eigentlich an den Sperber?«

»Die TRASCO unterhält ein Netz auf DDR-Territorium«, behauptete er. »Da gibt es Querverbindungen.« Dressler unterschlug nähere Einzelheiten. »Also, mein Auftraggeber besteht darauf, am

Freitag in New York mit Mister Thomas E. Gregory und keinem anderen zu sprechen und alle Vereinbarungen mit ihm direkt zu treffen.« Er unterbrach sich, sah mich an. »Schaffen Sie das bis dahin?«

»Vielleicht.«

»Wenn Sie es nicht schaffen, wird mein Mandant wieder nach Ost-Berlin abfliegen und sein Angebot zurücknehmen – der vielleicht wichtigste Mann in der Umgebung von General Lupus.«

Der Ober brachte unaufgefordert zwei frische Biere und zwei Schnäpse. Ich sah mich wieder nach Verfolgern um. Nichts war zu bemerken. In der Ecke uns gegenüber saßen Italiener und Türken, aber es gab sie zu Tausenden in Berlin, und am Wochenende kamen sie mit ihrer D-Mark sogar in den Ostsektor, um Eroberungen zu machen, die im Westteil zu kostspielig für sie waren.

»Nun komme ich zu mir«, sagte Dressler. »Ich muß Ihnen sagen: Die Informationen, die Ihnen mein Mandant geben wird, können Sie überhaupt nicht bezahlen. Dagegen sind die Fälle Stiller und Dombrowski kleine tote Fische.«

Siegfried Dombrowski, Oberstleutnant der Nationalen Volksarmee, memorierte ich, war der bislang trächtigste Überläufer aus dem Osten gewesen. 1958 hatte er als Weihnachtsgeschenk so ziemlich alle DDR-Militärgeheimnisse an BND- und CIA-Beauftragte übergeben. Erst nach fünf Jahren konnte die DDR wieder neue Agenten in den Westen einschleusen. Bei der Säuberungswelle waren ein DDR-General, zwei Oberste und 67 weitere Geheimdienstangehörige verhaftet, degradiert, eingesperrt oder strafversetzt worden.

»Sie meinen allen Ernstes, der Sperber könnte für den Westen wertvoller sein als damals Dombrowski?«

»Gar kein Vergleich. Die Gewichte würden sich schlagartig verschieben. Sie hätten die Chance, Hunderte östlicher Agenten in aller Welt zu enttarnen.«

Ich entschloß mich, den Pfeil abzuschießen. »So hoch schätzen Sie Max Konopka ein?« fragte ich.

Dressler stritt den Namen ab, aber wenn der Pfeil in der Brust steckt, hat man es schwer zu beweisen, daß man nicht getroffen ist.

»Damit wir weiterkommen«, sagte ich. »Was kosten Sie?«

»Zehn Prozent von allen – sagen wir mal – Zuwendungen, die Sie meinem Auftraggeber gewähren.«

»Das kann ich nicht allein entscheiden«, erwiderte ich wie erschrocken.

»Wir stehen unter Zeitdruck.«

»Spätestens morgen mittag erhalten Sie von mir Bescheid«, versprach ich.

»Na also«, sagte Dressler und kippte meinen Schnaps gleich mit.

Wir erhoben uns.

»Ein Taxi, oder gehen wir zu Fuß?« fragte ich. Ich hatte es eilig. Ich mußte unverzüglich Steve Cassidy verständigen, und ich sah voraus, daß mir eine zweite Durchnacht bevorstand.

»Frischluft kann wirklich nicht schaden«, entschied der TRASCO-Chef. Er stand auf unsicheren Beinen. Vielleicht aber war er auch beschwipst, weil für ihn der Himmel voller Dollars hing.

Er hakte sich bei mir unter.

»Wollen wir nicht doch ein Taxi nehmen«, schlug ich vor.

»Nein«, beharrte er. »Ist doch nicht weit.«

Ich schleppte Dressler mit. Es war schon sehr spät. Die Straßen waren fast unbelebt. In langsamer Fahrt überholte uns ein schwarzer Mercedes, dessen beide Insassen uns musterten, finstere Burschen, aber in der Nacht sind bekanntlich alle Katzen grau. Sie hielten vermutlich nach Bordschwalben Ausschau und waren enttäuscht, nur Nachtwandler zu sehen, männliche.

Bevor wir den Ku'damm erreichten, hatte der Wagen gewendet und kam uns entgegen. Die Lichter richteten sich direkt auf uns.

Ganz plötzlich wurden sie aufgeblendet.

Gleichzeitig drückte der Fahrer das Gaspedal durch.

»Achtung!« schrie ich Dressler zu und warf mich beiseite, gerade weit genug, um der Stoßstange zu entgehen.

Der Züricher reagierte zu langsam.

Vielleicht lag es am Alkohol, oder er hatte eine zu lange Schrecksekunde.

Mauro Dressler wurde vom Kühler des Wagens aufgespießt und mit voller Wucht gegen eine Häuserwand geschmettert.

Der Wagen fuhr sofort weiter.

Ich rappelte mich hoch, sah noch die Schlußlichter, registrierte die polizeiliche Kennziffer, wiewohl ich wußte, daß ich es mir sparen konnte, da sie sicher falsch war.

Ich beugte mich über Dressler: hoffnungslos. Beim Aufprall war sein Schädel zerschmettert worden. Er mußte auf der Stelle getötet worden sein.

Ich konnte nichts mehr für ihn tun.

Und ich mußte weg, und zwar schleunigst, bevor die ersten

Passanten auftauchten und die Polizei alarmierten und diese meine Personalien feststellte.

Für Brian Singer wäre die Vernehmung als Augenzeuge genauso peinlich wie für Heinrich Schmidt, wiewohl weder der eine noch der andere an dem Mordanschlag beteiligt gewesen war.

16

Der Genosse Lipsky war ein Frühaufsteher; wie fast immer erhob er sich schon kurz nach sechs Uhr, verließ das ungute Familienlager, ging ins Bad und dann gleich in die Küche, wo er sofort das Radio einschaltete. Er war nicht erpicht auf die Nachrichten (als der Leiter der Stasi-Datenbank nutzte er ganz andere Informationsquellen), aber häufig kam es bereits am Frühstückstisch zum Krach mit seinen Familienangehörigen, und die lautstarken, häßlichen Auseinandersetzungen brauchten die Hausbewohner – ausnahmslose Privilegierte des SED-Regime – nicht mit anhören. Es wurde ohnedies längst überall getuschelt.

An dem vielgerühmten Diensteifer des Mannes, der in Personalunion vorübergehend gleich zwei HVA-Abteilungen leitete – Polit-Spionage und Dokumentation –, war der häusliche Unfriede nicht unbeteiligt, denn Lipsky fühlte sich im Büro weit heimischer als zu Hause. Er lebte in einer lustlosen Ehe mit einer reizlosen Frau; sie war mager, hektisch und hatte doch ein ausgeprägtes Doppelkinn und einen auffallenden Bauchansatz. Aber wenn man in das Zetka einheiratet, hat man weder Fürsorge, Zärtlichkeit, Liebe noch Sex zu erwarten, sondern nur Karriere. Und die hatte Ludwig Lipsky aus Leipzig, genannt Phimoses, geschafft, wenngleich er den Aufschwung in die höchste Etage – nach einer Spezialausbildung am Moskauer Elektronengehirn – seiner eigenen Tüchtigkeit verdankte.

Hedwig war endlich aufgestanden. An der lauten Art, wie sie durch die Wohnung rumpelte, konnte ihr Mann bereits ihre schlechte Morgenlaune erkennen. Die Proletenprinzessin, wie er sie insgeheim nannte, war die einzige Tochter eines inzwischen verstorbenen Parteipotentaten; sie konnte es sich leisten, mit wirren Haaren, unwirschen Bewegungen, mit geflicktem, angeschmutztem Morgenrock den ganzen Vormittag herumzulaufen und dabei ständig zu räsonieren.

Der Mann aus Leipzig sah auf die Uhr und wünschte sich, eine halbe Stunde älter zu sein – dabei würde er in der nächsten Woche schon sechzig.

»Kein Auge habe ich zugetan wegen deiner verfluchten Schnarcherei«, stänkerte Hedwig ihn an; es war ihr Morgengruß. »Aber das stört dich ja nicht. Das macht dir gar nichts aus. Du bist rücksichtslos und ...«

»Halt die Klappe!« unterbrach er sie derb, stand auf und drehte das Radio lauter.

Radio DDR brachte Nachrichten.

Einen Moment lang erzwang ein Bescheuerter, der nächtens ungehindert in Londons Buckingham Palace eingedrungen war und, am Bettrand der Königin sitzend, mit ihrer britischen Majestät zehn Plauderminuten verbracht hatte, einen kurzen Waffenstillstand.

Er endete schnell.

Hedwig Lipsky knallte ihrem Mann den Muckefuck auf den Tisch; er wußte, daß sie, sobald er das Haus verlassen hatte, die Malzbrühe weggießen und sich einen Bohnenkaffee kochen würde, in dem der Löffel steckenblieb – niemals für ihn, obwohl er, wie die meisten Sachsen, das aromatische Gebräu besonders schätzte.

Als nächstes Familienmitglied erschien Stieftochter Lina, mit der seine Frau – neben der Protektion – ihre Mitgift aufgerundet hatte und die genauso spitzköpfig und spitzzüngig war wie ihre Mutter und bald auch ihr üppiges Doppelkinn haben würde; sie setzte sich ohne ein Wort der Begrüßung an den Tisch.

»Guten Morgen, sagt man«, fuhr der Stiefvater sie an.

Aber Lina fürchtete ihn nicht; sie wußte, daß sie ihn sofort zum Schweigen bringen konnte, wenn sie den roten Strafpunkt an seiner Hose betrachtete. Lipsky wirkte dann wie der arme Teufel am Pfahl, bei dem man das Herz mit einem roten Fleck markiert hat. Immer wieder stand Lipsky vor dem Peloton; es nutzte nichts, daß er in seiner Schreibtischschublade einen Bericht über problemlose Phimoseoperationen verwahrte, die in der Mayo-Klinik in Rochester gemacht wurden.

Rochester lag in den USA und für ihn damit auf dem Mond.

Als letztes Familienmitglied kam Jürgen. Der Fünfzehnjährige trug das leuchtendblaue FdJ-Hemd, und das bedeutete, daß er heute wieder nicht zur Schule ging, sondern marschierte, agitierte, demonstrierte oder Spalier stand, obwohl er in allen wichtigen Unterrichtsfächern durchhing. Lipsky machte sich nichts vor: Sein leiblicher Sohn war unbegabt und stinkfaul, eifrig nur dann, wenn er Politparolen ausspuckte, wie übrigens auch die anderen Familienmitglieder, mit denen man nicht diskutieren konnte, weil sie immer im Sprechchor antworteten.

»Was ist denn heute schon wieder los, Jürgen?« fragte Lipsky.

»Heute proben wir nur, aber morgen kommen doch die Genossen aus der Volksrepublik Kuba«, erwiderte der Junge kauend. »Weißt du das denn nicht?«

»Nein«, antwortete der Stasi-Spitzenmann. »Ich weiß gar nichts. Ich bin genauso dumm wie du.« Er zeigte die krummen Lippen, die ihm das Pfeifenrauchen eingebracht hatte. Natürlich rauchte er nur im Büro, zu Hause durfte er es nicht, weshalb ihn Hedwig verdächtigte, die zahlreichen Überstunden nur wegen des Suchtgiftes zu machen: »Nur nicht so nichtsnutzig und faul!«

»Nicht so fleißig wie du, damals in Stalingrad, als du auf unsere sowjetischen Brüder geschossen hast«, erwiderte der Junge pampig. »Wundere dich nicht über unsere sozialistische Wachsamkeit«, setzte er mit penetranter Betonung hinzu. »Wir kämpfen gegen den Faschismus, nicht für ihn.«

»Du niederträchtiger Lausebengel!« fuhr ihn Lipsky an und sprang so abrupt hoch, daß der Stuhl umfiel.

Einen Moment lang sah es aus, als wollte er auf Jürgen einschlagen.

Dann hörte er Gelbrichs dreimaliges Hupsignal auf der Straße. Er war froh, einen geordneten Rückzug antreten zu können. Wieder einmal war er erlöst von der schweinischen Morgenandacht.

Während Lipsky auf der Treppe des Hauses mit der abbröckelnden Zuckerbäckerstil-Fassade nach unten ging, überlegte er, wie sein Leben heute wohl aussähe, wäre er nicht 1944 als Plenny Dystrophiker gewesen – was seine Schicksalsgefährten damals ›Strohficker‹ genannt hatten. Er hatte an dieser durch Ernährungsmangel bedingten Krankheit gelitten, bei der sich der Körper selbst kannibalisiert; einer Krankheit, die zum Tod führt, sofern man den Patienten nicht rechtzeitig durch Kalorienzufuhr wieder saniert.

Lipsky war damals Kommunist geworden, weil er überleben wollte; es erschien ihm auch heute noch das überzeugendste Motiv zu sein. Schließlich hatten auch ein Urenkel Bismarcks und ein Nachfahre des preußischen Reitergenerals Seydlitz so gehandelt. Selbst Generalfeldmarschall Paulus war zu einer wohlwollenden Beurteilung des Nationalkomitees Freies Deutschland gekommen, freilich erst, nachdem er die 6. Armee in den Tod geführt hatte, worauf sich – in Umkehr der Bibel – Paulus in Saulus verwandelte.

Als Lipsky, die Karl-Marx-Allee erreichend, auf Gelbrichs Dienstwagen zuging, war er nicht mehr der Familienschlappschwanz mit dem roten Kainszeichen an der pikanten Stelle, sondern der erfolgreiche, gewichtige, übergewichtige Untergrundspezialist, von General Lupus bei einer der letzten launigen Ansprachen als der ›Genosse Immerda‹ etikettiert.

»Morgen, Willi«, begrüßte er seinen bulligen Vertrauten aus der Normannenstraße. »Siehst auch nicht gerade ausgeruht aus.«

»Hab' die ganze Nacht durchgearbeitet«, erwiderte Gelbrich.

»Was Neues?«

»Und ob – aber ich nehme an, daß der Genosse General heute vormittag noch im kleinsten Kreis die Sache aufs Tapet bringen wird.«

Lipsky nickte; er machte keinen Versuch zu erfahren, was geschehen war. Er nahm an, daß es um Konopka ging, wobei vielleicht Gelbrich nicht wußte, wie intensiv er sich mit diesem feinen Pinkel in letzter Zeit befaßt hatte. Unauffällig und unaufdringlich war Lipsky immer zur Stelle, stets ein wenig im Hintergrund, aber nur einen halben Schritt unter dem Untergrundstrategen, und wo immer geschossen wurde, hatte er dafür die Munition geliefert.

Gelbrich betrachtete seinen Kumpel. »Na, sehr fröhlich siehst du auch nicht aus, Ludwig.«

»Der übliche Ärger mit der Alten.«

»Komisch«, erinnerte sich Gelbrich. »Dein Schwiegervater hatte auch immer schon das Problem mit deiner Schwiegermutter.« Er gab sich keine Mühe, seine Schadenfreude zu verhehlen. »Es scheint in der Familie zu liegen.«

»Scheißfamilie«, brummelte Lipsky.

»Meine ist in Ordnung«, sagte Gelbrich. »Manchmal wundere ich mich selbst darüber.«

Sie erreichten die Normannenstraße, stiegen aus und betraten die Spionagefabrik. Sie wurden sofort von der Unruhe im ehemaligen Finanzamtsgebäude umspült. Ausgerechnet in Lichtenberg, in nächster Umgebung, hatten soeben konfessionelle Jugendliche für ›Aus Schwertern Pflugscharen‹ demonstriert und dadurch den Autoritätsverfall auch im ersten deutschen Arbeiter-und-Bauern-Staat deutlich werden lassen. Erst war man gegen die Mitglieder der Friedensbewegung aufgetreten. Als es aber im Ausland ein mieses Echo fand und sich herausstellte, daß es Unsinn war, im Westen zu loben, was man im Osten verbot, hatte sich das Regime dazu durchgerungen, die unerwünschten Demonstrationen halbwegs zu dulden. Nunmehr zeigte sich deutlich, daß diese Haltung auch keine Lösung des Problems war.

Noch mehr aber erschütterte heute das Gerücht die Normannenstraße, der Genosse Konopka sei, seiner angegriffenen Gesundheit wegen, ganz plötzlich in die Sowjetunion abgereist, um sich einer Heilkur zu unterziehen – so krank hatten die Stasi-Mitarbeiter den ›volkseigenen Casanova‹ nicht in Erinnerung, zumal er gestern morgen noch wütend gewesen war, weil die einzelnen Abteilungen das Spielmaterial für die Sperber-Aktion noch immer nicht zusammengestellt hatten.

Unerschüttert von Gerüchten nahm Lipsky in seinem Dienstbereich die Arbeit auf. Als Leiter der Abteilung Dokumentation verwaltete er immenses Wissen, bis weit in den persönlichen Bereich hinein, Fakten über Freund wie Feind, zusammengetragen von professionellen Agenten und ehrenamtlichen Mitarbeitern. Was immer die Hausvertrauensleute, die Betriebsobleute, die Späher in den Massenorganisationen, die Kundschafter aus der Diplomaten- und der Kulturszene wie Kraut und Rüben nach Lichtenberg meldeten, wurde in seiner Abteilung sortiert, registriert und ausgewertet.

Lipsky fand den Eilauftrag vor, zu untersuchen, ob KLABAUTERMANN in der Hannoverschen Straße nach der Ypsilon-Episode noch zu halten wäre. Der emsige Sachse wußte natürlich, daß sich hinter dem Codenamen die Legationsrätin Dr. Cynthia Pahl verbarg, die seit einem Jahr für den DDR-Staatssicherheitsdienst arbeitete.

Phimoses erschien persönlich im Computerraum; er warf alle anderen hinaus, nannte sein Kennwort und rief dann auf dem Bildschirm die KLABAUTERMANN-Informationen ab. Er hielt sich nicht lange mit den persönlichen Daten auf, die sicher längst gründlich überprüft worden waren; er fragte die Nachrichten ab, die von der Diplomatin aus dem feindlichen Lager weitergegeben worden waren. Saubere Arbeit. Nicht eine Meldung war durch spätere Ereignisse in Frage gestellt worden, und alle hatte diese Topinformantin ein wenig früher durchgegeben, als sie allgemein publik wurden. Vor kurzem ein vierwöchiger AA-Lehrgang in Bonn. Ein V-Mann aus der Bundeshauptstadt hatte die Teilnehmerliste beschafft; sie enthielt auch den Namen Dr. Cynthia Pahl.

Blendende Beurteilung durch den Genossen Sabotka, ihren Führungsoffizier. Dann ein Vermerk: ›Fährt gelegentlich nach

West-Berlin‹. Es störte Lipsky nicht. Alle Angehörigen der mittlerweile über 120 diplomatischen Missionen in Ost-Berlin fuhren häufig auf die andere Seite, vielleicht weil sie Klosettpapier brauchten, so ihnen das östliche zu rauh war, oder weil sie Golf spielen oder sich die Haare färben lassen wollten.

Er drückte auf den Knopf.

Prompt kam der Name des Coiffeursalons *New Fashion* am Ku'damm ins Bild. Es war pedantisch festgehalten, wann die gepflegte Diplomatin sich hier hatte verschönern lassen. Ankunftszeit, Abgangszeit. Natürlich ließ man KLABAUTERMANN nicht unbeaufsichtigt im Westen herumturnen. Das letztemal war die Legationsrätin gestern im *New Fashion* gesehen worden.

Gestern? Zu diesem Zeitpunkt mußte Sabotka seine Agentin wegen der Ypsilon-Affäre längst gewarnt haben, West-Berlin zu betreten – aber Frauen sind nun einmal so: Wenn es um ihr Aussehen geht, werden sie unvernünftig; das ist vielleicht eine Art höherer Vernunft.

Lipsky verstand nicht viel von Frauen. Er war als Leipziger Kellerkind aufgewachsen und dabei nicht in Auerbachs Keller groß geworden; später hatte er keine Zeit mehr gefunden, das Versäumte wenigstens theoretisch nachzuholen.

Entgegen seiner Weisung wurde er in diesem Moment gestört, und das konnte nur bedeuten, daß General Lupus den intimsten Kreis zum Scherbengericht versammelte. Phimoses kam als letzter in den abgeschirmten Konferenzraum. Man hatte schon auf ihn gewartet; er stellte gleich beim Betreten fest, daß Sabotka, Gelbrich und Konopka fehlten.

Lupus nickte Lipsky zu.

Der EDV-Spezialist griff nach dem nächstbesten Stuhl, saß zwischen Laqueur, den man wieder ausgegraben hatte, und Herbert Brosam – und damit eigentlich zwischen den Stühlen.

»Was ich Ihnen zu eröffnen habe«, begann der Untergrundgeneral, »würde ich mir gerne ersparen. Sie sehen, daß drei Kollegen fehlen, die eigentlich hier sein sollten: Die Genossen Sabotka und Gelbrich sind dienstlich verhindert – sie vernehmen gerade den Mann, den ich gestern abend verhaften lassen mußte.« Die ranghohen Stasi-Funktionäre sahen ihren Chef an und merkten, daß ihm die Nennung des Namens schwerfiel. »Es handelt sich um Max Konopka.«

Sie fuhren auseinander wie bei einem Granateinschlag. Es war offensichtlich, daß außer Lipsky keiner mit einer so ungeheuerlichen Mitteilung gerechnet hatte. »Ich war gezwungen, ihn festnehmen zu lassen, als er Vorbereitungen traf, auf die andere Seite überzulaufen«, stellte Lupus mit ausdruckslosem Gesicht, aber gepreßter Stimme fest. »Ich brauche Ihnen nicht zu sagen, Genossen, daß dieser Fall für mich auch eine schwere menschliche Enttäuschung mit sich bringt.«

Es war, als hielten die Teilnehmer der Geheimkonferenz den Atem an, während ihnen der HVA-Chef die Zusammenhänge erklärte: Erster Verdacht gegen den subversiven Wirtschaftsfachmann nach den Fällen Sindelfingen und Bonn. Bewußte Irreführung Konopkas durch den Bericht des Genossen Lipsky, erstellt im Auftrag des Generals; taktisches Einschläfern seines letzten Mißtrauens durch den Auftrag, die Rolle zu spielen, die er sich selbst angemaßt hatte: den Sperber.

»Es war für mich eine schlimme und gefährliche Entscheidung. Ich mußte den Verräter in Sicherheit wiegen; es blieb mir nichts anderes übrig, als dabei auch Sie zu täuschen, Genossen«, stellte Lupus fest. »Ich setzte auf Ihr Verständnis im Interesse der Sache. Selbstverständlich hatten wir Konopka von da an unter ständiger Kontrolle. Er ist in dieser Zeit zweimal nach West-Berlin gefahren, einmal, um über die Frau eines übel beleumundeten Kopfjägers eine Tonkassette in einem Rendezvousclub weiterzureichen, und gestern, um den Mann selbst zu treffen und dabei den Absprung in New York am nächsten Freitag abzusprechen. Ich hatte den letzten Beweis und griff zu. Ich kann feststellen, daß dem Gegner das von uns zusammengestellte Material nicht in die Hände gefallen ist; ich habe die Herausgabe an Konopka verzögert. Leider aber hat er mit großer Wahrscheinlichkeit die Enttarnung eines bewährten V-Mannes in der westdeutschen Mission verschuldet.«

Er machte eine kurze Pause. »Sie müssen mich unterbrechen, wenn Sie Fragen haben, Genossen«, sagte er und fuhr gleich fort: »Bevor Konopka gestern nach West-Berlin fuhr, veranlaßte er noch selbst die Verhaftung zweier Fluchthelfer am Berliner Kontrollpunkt. Er wollte uns Sand in die Augen streuen und zugleich seinen Kontaktmann zum CIA und BND unter Druck setzen.«

Allmählich begriffen die Anwesenden die Zusammenhänge. Sie saßen da mit geduckten Köpfen und heißen Händen. Lemmers, der Gruftspion, stieß unverständliche Drohungen aus. Brosam, der Genosse Kammgarn, inhalierte fortgesetzt unschädliche Lungenzüge aus seiner Zigarettenattrappe. Grewe sah kränker aus denn je, und Wellershoff war noch viel zu verstört, um diesen Titanensturz zu begreifen.

»Ich komme da wirklich nicht mit«, sagte Laqueur. »Es ist doch keine Frage, daß sich Konopka große Verdienste...«

»Keine Frage«, bestätigte Bevaujot. »Er war bis vor etwa achtzehn Monaten ein ungewöhnlicher, wenn auch außergewöhnlich erfolgreicher Spezialist. Er muß bei seinen Auslandsreisen westlichen Versuchungen erlegen sein.« Lupus sah von einem zum anderen. »Ich respektiere das Privatleben jedes einzelnen«, behauptete er, »aber Konopkas Lebenswandel hat mich von jeher vor Probleme gestellt.«

Er erhob sich, um die Konferenz zu beenden. »Ich habe dieses Gerücht über den Kuraufenthalt in der Sowjetunion verbreiten lassen. Dabei muß es auch bis auf weiteres bleiben. Danke, Genossen«, schloß er die düstere Besprechung und bedeutete Lipsky und dem Genossen Kammgarn, daß er sie noch brauche. »Bitte sofort lesen«, sagte Lupus dann zu Brosam. »Sie können sich solange in Sabotkas Zimmer setzen.« Er übergab ihm die Konopka vorenthaltene Zusammenstellung, die offensichtlich zu schade für den Reißwolf war. Es gab nur ein Original und keine Kopie; aber Lipsky brauchte auch keine, er hatte alles auf Band gespeichert.

»Wie weit sind Sie mit KLABAUTERMANN?«

»Ziemlich durch. Ich hab' kein gutes Gefühl bei der Sache. Für mich ist KLABAUTERMANN enttarnt«, sagte Lipsky.

»Auch meine Meinung«, erwiderte der General. Dann lächelte er. »Aber wir werden etwas daraus machen. Verstehen Sie: Großer Bahnhof für KLABAUTERMANN mit internationaler Presse und Fernsehen. Wenn wir schon eine so hervorragende Quelle trockenlegen müssen, soll wenigstens die Propaganda...« Lupus unterbrach sich: »Sabotka ist nicht abkömmlich«, erinnerte er sich. »Würden Sie einspringen, Lipsky?«

»Selbstverständlich, Herr General«, antwortete er. »Es wird nicht ganz leicht sein, KLABAUTERMANN so weit zu bringen«, schloß Lupus das Gespräch, »aber ich verlasse mich auf Sie, Lipsky.« Er reichte ihm die Hand. »Wie immer.«

Phimoses ging in die Datenbank zurück. Er rief noch einmal den Salon *New Fashion* ab, stutzte, repetierte, lächelte, repetierte noch einmal.

Er hatte es auf einmal eilig, in sein Büro zu kommen. Seine Sekretärin wirkte erleichtert. »Ich wollte Sie nicht stören. Es waren schon zwei Anrufe aus dem Ministerium für Außenhandel. Diese

Legationsrätin Pahl hat eine Verabredung mit dem Genossen Konopka und...«

»Schon gut«, erwiderte Lipsky und rief selbst seinen V-Mann an.

Ohne eine weitere Erklärung zu geben, befahl er ihm, die bundesdeutsche Diplomatin für 12.00 Uhr zu Max Konopka in das Ministerium zu bestellen.

»Ich bin in zehn Minuten bei Ihnen«, sagte er, »und nun hören Sie gut zu...«

Er ließ sich den Befehl wiederholen.

Dann orderte er einen Wagen, der ihn ins Regierungsviertel brachte.

An der alten Renommierstraße Unter den Linden stieg Lipsky auf Höhe der sowjetischen Botschaft aus, die dem Ministerium für Außenhandel schräg gegenüberlag. Er sah wie blind in die Sonne, zum Brandenburger Tor hin, hinter dem es keine spitzköpfige Frau mit einem Doppelkinn und einer spitzzüngigen Tochter gab, wo kaum Muckefuck getrunken wurde und wo man, so man Geld hatte, jederzeit von der Mayo-Klinik als Patient angenommen wurde. Einen Moment lang spürte er diese Erkenntnisse wie ein Invalide den Phantomschmerz in einem Bein, das ihm längst amputiert wurde.

Lipsky wurde erkannt und devot begrüßt. Er fuhr hoch und sagte zu der verstörten Sekretärin: »Sie wissen ja Bescheid.« Dann nahm er an Konopkas wuchtigem Schreibtisch Platz. Er machte es sich bequem, legte für einen Augenblick sogar die Füße auf den Tisch, wie es die Amerikaner tun.

Dann hörte er Stimmen im Vorzimmer und erhob sich, als er die Eintretende erkannte.

»Frau Doktor Pahl«, begrüßte er die Besucherin im eleganten Straßenkostüm. »Bitte nehmen Sie Platz.«

»Ich wollte zu Herrn Konopka.«

»Ich vertrete den Genossen Konopka«, entgegnete er. »Lipsky, mein Name...«

»Ich weiß«, antwortete Cynthia Pahl ein wenig beunruhigt.

Er wartete, bis sich die Legationsrätin gesetzt hatte. Dann stellte Lipsky das Radio an, eine Spur zu laut, als ob er selbst im Zimmer dieses Parteigewaltigen Wanzen vermutete. Ost-Berlin war eine der saubersten Städte, die Cynthia kannte, und trotzdem gab es nirgendwo anders mehr elektronisches Ungeziefer, es sei denn in Moskau.

»Ich möchte es kurz machen, Genossin«, begann Lipsky.

Als die Bundesdeutsche die übliche Ostanrede hörte, wußte sie endgültig, daß etwas Entscheidendes vorgefallen sein mußte.

»General Lupus und ich sind bei dieser Ypsilon-Affäre in der Normannenstraße zu der Meinung gekommen, daß Sie enttarnt sind. Wir bedauern es außerordentlich. Die Panne ist sicher bei uns passiert.«

Cynthia nickte zerstreut.

»Es ist bitter – aber wir müssen Sie stillegen«, sagte Lipsky, wiederum verzweifelt bemüht, das Sächseln zu vermeiden. »Aber wir möchten das groß aufziehen, Genossin: morgen sechzehn Uhr im Haus der Republik, internationale Presse mit Funk und Fernsehen.«

»Nicht schlecht«, erwiderte Cynthia Pahl, wiewohl ihr drohte, übel zu werden: eine westdeutsche Diplomatin als Überläuferin aus vollem Lauf – noch einmal ein Fall Otto John, im kleineren zwar, doch nicht minder wirksam.

»Wir werden Ihnen dabei den Vaterländischen Orden überreichen und Sie bitten, über die westlichen Praktiken zu sprechen und über den Weg, auf dem Sie zu uns gekommen sind.«

»Morgen?« entgegnete Cynthia mit zu hoher Stimme. »Morgen schon? Ich erwarte in den nächsten Tagen ganz wichtige Informationen aus Bonn und ...«

Lipsky lächelte.

»Lassen Sie das«, versetzte er, »Ihre Informationen werden uns auch ohne Ihre bewährte Mithilfe bekannt.«

Er lächelte tückisch.

»Sie sind mit mir unzufrieden?« griff Cynthia ihn an.

»Ihre Meldungen waren erstklassig, nur kamen sie immer ein wenig spät. Jeweils unmittelbar, bevor sie ohnedies allgemein bekannt wurden – nur ein kleiner Vorsprung, soviel, wie Ihre Auftraggeber in Pullach genehmigten.« Seine Augen nahmen Maß: »Sabotka, Ihr Führungsoffizier, muß geschlafen haben.«

Cynthia merkte, daß sie in der Falle saß.

Ein Mann wie Lipsky, dieser subalterne Machtkoloß, wußte, was er sagte.

»Denken Sie mal an den Salon *New Fashion*«, fuhr er fort, »Sie haben ihn aufgesucht, obwohl Genosse Sabotka Sie warnte. Sie haben dort einen Mann getroffen, der unter dem Decknamen Emil für Pullach arbeitet.«

»Auch Pullach-Agenten lassen sich ja wohl dann und wann die Haare schneiden«, erwiderte Cynthia Pahl gereizt.

»Lassen wir das«, schnitt Lipsky weitere Erörterungen ab. »Für mich ist klar, daß Sie uns hereingelegt haben. Geben Sie Ihren hinhaltenden Widerstand auf«, setzte er hinzu und erhob sich, ohne daran zu denken, daß er dadurch den roten Fleck vorzeigte. »Ich beweise Ihnen Zug um Zug, daß Sie eine Doppelagentin sind.«

»Ich möchte einen Anwalt sprechen«, erwiderte die Legationsrätin.

»Seien Sie nicht albern«, entgegnete Lipsky. »Sie sitzen in der Falle. Ich werde Sie ab sofort völlig isolieren. Kein Anruf, kein Kontakt mehr nach drüben. Auch für die Hannoversche Straße werden Sie spurlos von der Bildfläche verschwinden. Ich garantiere Ihnen, daß die Mission uns gar keine Fragen über Sie stellen wird.« Sein Gesicht von der Stange verwandelte sich in eine Schlaumeier-Visage. »Kapiert, schöne Exgenossin?«

Cynthia sah zum Fenster hinaus. Sie öffnete ihre Handtasche, suchte nach einer Zigarette, griff daneben. Endlich fand sie das Päckchen.

Galant, wie der Genosse Immerda sein konnte, gab er ihr Feuer. »Also«, sagte er, »geben Sie zu, uns auf die Schippe genommen zu haben.«

»Ich gebe gar nichts zu«, versetzte die Legationsrätin, wiewohl sie wußte, daß sie damit nicht durchkommen konnte.

»Das ist nur eine Frage der Zeit«, erwiderte der Stasi-Gewaltige. »Sie sind doch intelligent. Sie werden doch wohl keine Zweifel haben, daß wir aus Ihnen herausholen, was immer wir wollen.«

»Gut«, entgegnete Cynthia, »Sie haben mich in der Hand.«

»Sehen Sie, Teuerste, jetzt verstehen wir uns schon bedeutend besser«, sächselte Lipsky drauflos und wartete, bis ihn Cynthia ansah: »Aber irgendwie gibt es in jeder verzweifelten Lage eine Hoffnung.«

Sie sah durch ihn hindurch.

»Nun hören Sie mir mal gut zu«, fuhr Lipsky fort. »Ich kann Ihnen vielleicht einen Weg aufzeigen, der Sie mit einem Schlag aus der Scheiße bringt.«

Cynthia wirkte beherrscht, doch sie war verstört.

Das Spiel, auf das sie sich eingelassen hatte, war zu Ende. Sie war aufgeflogen, enttarnt und nunmehr in der Hand des DDR-Staatssicherheitsdienstes. Ein Angebot, wie es ihr ein Mann wie Lipsky machen würde, kannte sie im voraus; es lief auf eine Alternative hinaus, die keine war: Zuchthaus oder Stasi-Dreckarbeit. Sie überlegte, wie lange man sie einsperren würde und wie sie aussähe, wenn Bonn sie endlich freigekauft hätte. In fünf Jahren? In acht?

Sie hörte Ludwig Lipsky zu und verstand kein Wort, denn sie war weit von ihm entfernt, Tausende von Meilen weit.

Und dann erfaßte sie doch ein Wort und einen Sinn und begriff, daß ihr der unscheinbare Sachse einen ganz anderen Vorschlag machte, als sie ihn erwartet hatte.

»Keine Panik, meine Dame«, sagte er. »Zuhören, nachdenken und handeln. Das aber sofort.«

»Moment«, erwiderte Cynthia und schüttelte Angst und Lethargie ab. »Würden Sie mir das noch einmal Punkt für Punkt erklären, Herr Lipsky?«

Phimoses wiederholte einen Vorschlag, der Cynthia überrollte – und womöglich sogar retten konnte.

17

Der Wegwerf-Held mit der toupierten Brust hatte seine letzte Provision kassiert, den Tod. Wenn Stasi-Agenten Mauro Dressler ermordet hatten, würde sich die Tat wohl nie aufklären lassen; sollten aber Mafia-Leute diese barbarische Hinrichtungsart gewählt haben, wären die Chancen kaum größer. Fest stand nur etwas: Eine polizeiliche Untersuchung würde es geben, und wenn die Fahnder nur ein wenig von ihrem Handwerk verstünden, müßten sie in kürzester Zeit auf mich stoßen.

Sowohl im *Intercontinental* wie in der Bier-Stampe hatte man mich mit dem TRASCO-Chef gesehen, und im Hotel konnte man gleich auch meinen Namen nennen.

Bei einer buntschillernden Figur wie Mauro Dressler wäre auch die Presse nicht sehr zurückhaltend, zumal sie die politischen Hintergründe wittern müßte. Viel Zeit blieb nicht, den Fall abzudichten.

Ich rief unsere Berliner Residentur an, nannte mein Code-Wort; ich brauchte nicht nach Steve zu fragen, er war sofort in der Leitung.

»Wo steckst du?« fragte er.

»In einer Telefonzelle am Ku'damm, Ecke Meineckestraße«, antwortete ich.

»Geh auf die andere Straßenseite und paß auf dich auf«, sagte er. »Fünf Minuten.« Er wußte offensichtlich bereits Bescheid.

Er schaffte es in viereinhalb. Er kam mit einem schweren amerikanischen Wagen mit Kennzeichen der US-Army. Ich schlüpfte hinein. Steve fuhr sofort los.

Wir stellten gemeinsam fest, daß uns kein Schatten folgte.

»Konopka ist der Sperber«, sagte ich. »Und Dressler ist tot.«

»Ich weiß«, erwiderte er. »Congratulations zu deinem Geburtstag außer der Reihe.«

Ich gab in Kurzform wieder, was ich von dem TRASCO-Chef erfahren hatte: Freitag. New York. UN-Vollversammlung. Begegnung mit dem großen Gregory. »Konopka wollte gleich an die richtige Stelle kommen, deshalb hatte er Dressler eingeschaltet, der ihn über Barry Wallner direkt an unseren zweiten Mann heranbringen sollte.« Ich sah ihn von der Seite an. »Hast du das gewußt?« fragte ich.

»Das schon«, erwiderte er gedehnt. »Nur den Namen Konopka nicht.«

»Und was weißt du sonst noch?«

Steve sah mich einen Moment lang an. »Wie lange bist du schon bei unserem Club?« fragte er.

»So lange, daß es mir reicht«, erwiderte ich.

»Dann frag mich bitte etwas anderes.«

»Dir macht's wohl immer noch Spaß?« gifteten ihn meine überreizten Nerven an.

»Ich tue nur, was getan werden muß«, entgegnete Steve.

»Und du kommst nicht auf die Idee, daß es zu dieser Stunde angenehmer wäre, im Bett zu liegen, statt in einem Hintertreppenroman aufzutreten.«

»Weißt du, Lefty«, versetzte er und lächelte auf seine unnachahmbare Weise. »Auch das Bett hat seine Tücken – aber uns bleibt wenig Zeit für Daunenphilosophie«, kam er wieder zur Sache. »Wir brauchen jetzt Ritter, um dich schleunigst aus der Schußlinie zu ziehen. Vielleicht gelingt es uns, dich ganz aus der Sache herauszuhalten«, sagte er. »Aber einstweilen bleibst du für die Polizei Heinrich Schmidt, der sich, trotz Versöhnungsreise mit seiner Frau, zur Zeit eine Berliner Nacht um die Ohren schlägt.«

»Wohin fahren wir eigentlich?«

»Kasernengelände«, antwortete Steve. »Da bist du jetzt am sichersten. Also, hör zu«, fuhr er fort. »Du kennst diesen Dressler und seine TRASCO aus einem Illustriertenbericht. Du hast den Mann in der Hotelhalle wiedererkannt und den ganzen Abend auf ihn gewartet, weil du mit ihm ins Geschäft kommen wolltest. Du hast einen Halbbruder in der DDR – gleiche Mutter, verschiedene Väter – sagen wir in Magdeburg, Adresse legen wir noch fest. Du wolltest ihn über die TRASCO herüberholen lassen. Ihr seid vom Hotel weg in die Bierkneipe gegangen. Ihr wart euch fast einig und wolltet morgen das Gespräch beim Katerfrühstück fortsetzen. In der frischen Luft habt ihr erst gemerkt, wieviel ihr getrunken habt. Dressler wollte ins Hotel, und du warst noch auf ein Abenteuer aus. Ihr habt euch getrennt, und von da ab herrscht bei dir totale Sonnenfinsternis.«

»Erstaunlich, wie du dich auskennst, Steve.«

Wir hatten das Kasernenviertel erreicht und bogen in die Einfahrt ein. Der Freund rief dem Posten etwas zu: der GI winkte uns durch. Wir fuhren an einer langen Reihe geparkter Fahrzeuge vorbei und hielten dann vor einer schmucklosen Villa, wo uns der BND-Mann Ritter bereits erwartete.

Während ich meine Aussage in die Maschine tippte, berichtete ihm Steve über meine Begegnung mit dem TRASCO-Chef. Wir standen vor der Lösung, aber waren doch alle drei weit davon entfernt, den Schwarzen Freitag unserer roten Gegenspieler bereits jetzt zu feiern.

Der Spezialist aus dem Pullacher Camp machte sich auf den Weg, um mich bei der Berliner Kripo, bei seiner eigenen Filiale und auch bei seiner Konkurrenz, dem Verfassungsschutz, abzuschirmen. Berlin ist noch immer ein heißes Pflaster, doch es lief alles bestens.

Berlin bleibt Berlin, was den Untergrund betrifft, wenn es auch nicht mehr das Shanghai Europas der ersten Nachkriegsjahre ist, als sich in der Frontstadt Nachrichtendienste, Kampfgruppen und Sabotagetrupps jeweils im Dutzend tummelten. In der Zeit der Menschenentführungen auf die andere Seite, aber auch der Spionage-Idylle aus Papas Zeiten: Wenn zum Beispiel zwei Männer, die sich nicht kannten, auf einer Bank saßen und vorbeirollende Transporte und Panzer zählten, merkten sie an der Zigarettensorte, die sie rauchten, für welchen Verein sie arbeiteten.

Den Vogel schoß ein Pullacher ab, der einen Schwan dressiert hatte: Während Rotarmisten auf der Glienicker-Brücke gelangweilt nach dem Klassenfeind Ausschau hielten, schwamm das abgerichtete Tier mit Mikrofilmen in einem Plastikbeutel unter den Flügeln ans andere Ufer. Gewissermaßen Lohengrin mit Pfiff, wobei nicht selten auch noch die gutmütigen Sowjetsoldaten den gefiederten Agenten mit Brotkrümeln fütterten.

Die Verkehrspolizei war federführend bei der Aufklärung des Falles Dressler: Anzeige gegen Unbekannt. Fahrerflucht nach Verkehrsunfall mit Todesfolge. Der TRASCO-Chef tauchte im Pressebericht nur als Mauro D. auf und war dadurch für die Reporter der Berliner Zeitungen ein Drei-Zeilen-Fall.

Wir verständigten noch unser Headquarter in Langley. Gregory war schon zu Bett gegangen. Er würde beim Erwachen eine Überraschung erleben. Steve ließ für Renate ein Ticket für die Morgenmaschine von Tegel nach München hinterlegen. Inzwischen kümmerte sich Ritter um das platinblonde Horchgerät; er ließ es einfach verschwinden.

Steve brachte mich selbst ins *Intercontinental* zurück; es war mittlerweile sieben Uhr morgens.

»Es sieht so aus, als würden wir schneller nach New York kommen, als wir erwartet hatten«, sagte ich zu meinem Begleiter. »Eine schnelle, saubere Lösung«, fuhr ich fort. »Wir übergeben dem großen Gregory den Genossen Konopka; er kann dann selbst entscheiden, was er mit ihm anfangen will. Und wir sind beide aus dem Schneider.«

»Und das glaubst du wirklich?« fragte Steve gähnend.

»Nein, das glaub' ich nicht«, versetzte ich. »Ich hab' das dumpfe Gefühl, daß noch einiges auf uns zukommen wird.«

Ich ließ mich am Ku'damm absetzen und ging zu Fuß zur Budapester Straße weiter, betrat das Hotel, ging gleich auf den Lift zu.

Der Mann an der Rezeption sah mich und rief mir nach: »Herr Schmidt! Wollen Sie Ihrer Gattin die Geburtstagsblumen gleich selbst mitbringen?«

»Geben Sie her«, sagte ich und schnappte mir die dreiunddreißig Baccararosen. Dann fuhr ich mit dem belämmerten Gesichtsausdruck eines Mannes nach oben, der vergeblich nach einer Ausrede sucht.

Renate schlief noch, wurde aber sofort wach, als ich in der Türe stand. Ich wickelte die blühende Pracht aus dem Papier. »Happy birthday«, sagte ich und verbeugte mich.

»Du Windhund!« erwiderte sie lächelnd. »War's schön?«

»Gräßlich.«

»Das behaupten alle«, versetzte Renate. »Hinterher.«

»Mag sein«, entgegnete ich. »Aber sie werden nicht alle von der Berliner Polizei gesucht – hinterher.«

Sie war hellwach, begriff rasch. »Wenn du nicht schleunigst nach

München zurückfliegst, wirst du in die Geschichte hineingezogen«, setzte ich hinzu.

»Bin schon im Bad«, sagte Renate.

»Moment noch«, bat ich. »Ich bestelle das Frühstück aufs Zimmer. Laß die Tür offen. Wenn du den Kellner hörst, schießt du heraus, machst mir eine Szene, die sich gewaschen hat, und haust mir die Rosen um die Ohren.«

»Wie du wünschst«, antwortete sie.

»Dann saust du mit dem Taxi zum Flughafen, fliegst mit der PanAm-Maschine um acht Uhr vierzig nach München. Ticket ist hinterlegt.«

»Mach' ich«, erwiderte Renate. »Eigentlich schade.«

»Da kannst du nichts machen«, entgegnete ich. »Wir sind eben Königskinder.«

Ich rief den Zimmerservice an und orderte zweimal Frühstück ans Bett. Knapp fünf Minuten später brachte es der Etagenkellner, ein netter Junge von vielleicht sechzehn.

Renate hörte Schritte und lief aus dem Badezimmer.

Einen Moment lang verwirrte sie uns beide, weil sie außer ihrem Ehering nichts anhatte. Sie beherrschte nicht nur ihre Rolle ausgezeichnet, sie war zugleich ihre eigene Kostümbildnerin und riß mit zorngerötetem Gesicht die Blumen aus der Vase und knallte sie mir vor die Füße. »Du Schuft!« schrie sie. »An meinem Geburtstag. Ausgerechnet!« Sie ging auf mich los und trommelte mit den Fäusten auf mich ein. »Du gemeiner Hund!« schrie sie. »Ich will dich nie wiedersehen!«

Der Junge trat die Flucht an.

Wir ließen uns aufs Bett fallen, um unser Lachen zu ersticken.

Renate rauschte mit großem Aplomb ab.

Ich sah an den schadenfrohen Gesichtern der Hotelbediensteten, daß sich der Ehestreit bereits herumgesprochen hatte.

»Ich muß leider auch sofort abreisen«, sagte ich kurze Zeit später an der Rezeption.

»Aber es hat Ihnen doch bei uns gefallen, Herr Schmidt?«

»Gewiß«, versicherte ich schwächlich, »aber ich habe privaten Zores, Sie wissen ja ...«

Ich zahlte die Rechnung, gab dem Mann ein fettes Trinkgeld und ließ mich von einem Taxi zur Clay-Allee bringen, stieg dort in Steves Wagen um. Berlin lag schon am Morgen im Sonnenglast. Ein stationäres Hoch war aufgezogen, vielleicht für die Golfspieler am Wannsee, bestimmt nicht für Steve und mich.

Bei der Rückkehr in unser Quartier auf dem Kasernengelände fanden wir eine Meldung von Interpol: Bei einem Bombenanschlag auf das TRASCO-Büro in Zürich war Madeleine Dressler schwer verletzt worden. Es schien mehr die Handschrift der Mafia als die der Stasi-Agenten zu sein, aber denkbar waren beide Möglichkeiten, und geklärt, da war ich mir jetzt ganz sicher, würde das nie werden.

Kurze Zeit später meldete sich der große Gregory aus Langley. Er machte eine Begegnung mit Konopka davon abhängig, daß ich mir den Mann zuvor genau ansah. Ein solches Verfahren war zwar üblich und überhaupt der Sinn meines Einsatzes gewesen, doch es sah ein wenig danach aus, als wollte der große Alte die Verantwortung mir zuschieben, falls er an einen Flop geriete.

Dieses Problem löste sich von selbst, ohne daß wir erleichtert darüber gewesen wären: Pullach meldete via Ost-Berlin mit ganz knappem Vorsprung vor der Agency, Konopka sei zur Kur in die Sowjetunion geflogen. Bald darauf wurde die Hiobsnachricht dahingehend ergänzt, daß der Luxusgenosse vom Sicherheitsdienst wahrscheinlich verhaftet worden sei.

Der Höhenflug des Sperbers endete mit Absturz – und wir waren soweit wie zuvor, und das hieß: Däumchen drehen oder gleich nach Hause fliegen.

Gegen 14.00 Uhr schlug unsere Depression schlagartig in Hochspannung um. Ein unerwarteter Besucher aus Ost-Berlin lud uns statisch auf: der semmelblonde George Ashton von der US-Botschaft. Er hatte heute ein As geschossen, ohne einen Golfschläger zu benötigen.

Er verhandelte zuerst mit Steve allein.

Als der untersetzte Freund mit dem breiten Gesicht und der Hakennase zurückkam, wirkte er wie ein Kraftpaket, das gleich explodieren würde.

»Ich muß dir etwas erklären«, sagte er.

»Den Eindruck habe ich schon die ganze Zeit«, spottete ich.

Steve winkte ab. »Diesen Maulwurf in der Hannoverschen Straße hat es nie gegeben. Er wurde in Zusammenarbeit zwischen BND und CIA erfunden, eine hübsche, intelligente und noch dazu mutige Diplomatin.«

»Cynthia Pahl«, unterbrach ich ihn.

Er nickte. »Sie ist immerhin bis zu Sabotka vorgedrungen, aber dann nicht mehr weitergekommen. Ich wollte die Dinge provozieren und hab' diese Ypsilon-Geschichte veranlaßt.«

»Wie interessant Neuigkeiten von gestern sein können«, entgegnete ich.

»Hör auf zu schmollen, Lefty«, sagte Steve. »Wir hatten im Fall Sperber von Anfang an zwei Beine. Das eine war die TRASCO über dich, und das hat ja bestens geklappt...«

»Und das andere die schicke Diplomatin.«

»Ja«, bestätigte er. »Lupus hält sie nunmehr für enttarnt und will sie morgen um vier Uhr nachmittags in einer Pressekonferenz als Überläuferin ganz groß in Szene setzen. Du kannst dir vorstellen, wie sie zur Stunde auf Schritt und Tritt bewacht wird.«

»Schöne Bescherung«, erwiderte ich. »Und nun soll ich die Dame herüberschaffen.« Ich wartete seine Antwort nicht ab. »Meinst du nicht, daß es die Aufgabe der Leute wäre, die sie drüben etabliert haben?«

»Das wäre vermutlich nicht in deinem Sinne«, orakelte er.

»Manchmal«, griff ich ihn an, »geht ein Schuß auch nach hinten los.«

»Manchmal schon«, erklärte Steve und setzte beinahe beiläufig hinzu: »Aber Cynthia ist soeben überraschend auf den Sperber gestoßen, und zwar auf den richtigen. Wir müssen sehen, wie wir die beiden durch die Mauer bekommen, und das bis spätestens morgen sechzehn Uhr.«

»Nichts leichter als das«, alberte ich. »Warum fragst du nicht, ob ich das übernehmen will?«

»Deine Entscheidung«, entgegnete er. »Ich kann dir das nicht befehlen.«

»Das brauchst du auch gar nicht«, erwiderte ich. »Schließlich bin ich ja euer nützlicher Idiot.« Ich spürte wilden Zorn, nicht auf Steve, sondern auf Gregory, der mich wieder einmal aus dem Hintergrund über seine verdammte Straße schob. »Als was eigentlich?« fragte ich. »Als Heinrich Schmidt, als Brian Singer oder...«

»Die beiden kannst du vergessen«, antwortete Steve und zog die Schreibtischschublade auf.»Du erhältst die beste Identifikation, die ich mir für dich vorstellen kann.«

Er überreichte mir einen Diplomatenpaß, sauber und brandneu.

Ich schlug ihn auf, fand – wie erwartet – mein Foto und, wie wirklich nicht erwartet, meinen richtigen Namen:

NORMAN MEILER,

ATTACHÉ DER US-BOTSCHAFT IN MEHLEN BEI BONN.

»Das Agreement hat die Bundesregierung bereits erteilt«, sagte er lachend. »Du trittst deinen Dienst nur ein paar Wochen früher an.« Er lächelte perfide. »Das ist doch ganz in deinem Sinn.«

Sie hatten wirklich an alles gedacht.

Sie mußten schon lange an dieser Transaktion gedreht haben.

»Seit wann sitzt ihr eigentlich an dieser Sache?« fragte ich.

»Schon seit einem Jahr«, erklärte Steve. »Es tut mir leid, daß es jetzt so plötzlich geht. Unter Umständen mußt du aus Zeitmangel mit der Brechstange arbeiten.«

»Und wie willst du mich einschleusen?«

»Völlig legal«, erwiderte er. »Du erhältst einen Chauffeur.« Er riß die Tür auf und winkte den Semmelblonden herein. »George ist so nett, dich mitzunehmen und unterwegs gleich einzuweisen. Ihr seid ja alte und neue Kollegen.«

»Du bringst mich tatsächlich um meine Golfrunde, alter Junge«, tönte George, und wir grinsten alle drei.

Ich mußte noch einige Adressen und etliche Telefonnummern auswendig lernen. »Wenn das einer schafft, bist du es«, sagte Steve beim Abschied.

»Vertrauen ehrt«, sagte ich.

»Wiedersehen, Lefty.«

»Hoffentlich«, brummelte ich.

Dann fuhren wir los. »Das wird also meine dritte Durchnacht«, stellte ich fest.

»Sieht so aus«, versetzte George. »Aber auf dem Friedhof hast du ein Leben lang Zeit, dich auszuruhen.«

Sein schwarzer Humor kotzte mich an. »Einstweilen sind wir noch nicht soweit.«

»Eben«, erwiderte er. »Wir erreichen gleich den Checkpoint Charlie. Normalerweise gibt es kein Theater. Diese DDR-Fritzen dürfen uns zu ihrem größten Bedauern nicht kontrollieren und nicht filzen, weil wir zu den Siegermächten des Zweiten Weltkrieges gehören und sie nur am Arsch der östlichen Sieger hängen. Wir haben also nur mit ihrer Schutzmacht zu tun, und die muß man eben daran erinnern, daß sie mal unsere Waffenbrüder waren.«

Wir fuhren am DDR-Posten vorbei auf einen russischen Leutnant zu. Er kannte George und gab mir meinen Diplomatenpaß ungeöffnet zurück.

Er grüßte militärisch stramm, und wir waren durch. So einfach ist das – von West nach Ost.

George ließ den Zynismus fahren. Er liebte es, in seiner Selbstdarstellung halb als Angeber, halb als Selbstmörder aufzutreten, aber er war ein harter, verläßlicher Bursche, der seit Vietnam nur noch Vietnam fürchtete.

»Wir fahren jetzt zum Ostbahnhof«, erklärte er. »Hier, präg dir das ein, das Zentrum Warenhaus.« Der Wagen rollte weiter, bis wir ein Industrieviertel erreichten. »Das eingezäunte Grundstück, merk dir das ganz genau.«

Es war laut Firmenschild das Warenlager des volkseigenen Betriebs *Beton und Stahl*.

»Nur ein Mann auf dem Gelände«, fuhr George fort, »ein häßlicher Kerl mit einem Buckel und einer Zahnlücke. Der Verwalter heißt Meixner und ist der beste Mann, den wir in Ost-Berlin haben. Okay? Du kannst ihm voll vertrauen. Er hat Mumm, daß es dich umhaut. Nur allein muß er natürlich sein. Wenn ich von dir nichts anderes höre, treffen wir uns morgen hier bei Meixner, um zwölf Uhr.«

»Sei pünktlich«, erwiderte ich.

Er lächelte müde.

»Und jetzt kommt der angenehmere Teil des Unternehmens«, erklärte George und fuhr zurück, bis der Alexanderplatz zur Fußgängerzone wurde; er stellte sein Mercedes-Cabriolet ab.

Wir nahmen neben dem Brunnen der Völkerfreundschaft Platz.

»Hier, siehst du, Nordostseite, neben dem Haus der Reisebüros, der zweite Block, Aufgang eins, siebter Stock, wenn du aus dem Lift kommst, drittletzte Türe links.«

Er reichte mir einen Sicherheitsschlüssel.

»Cynthia Pahl?«

Er nickte. »Alles Weitere erfährst du von ihr.«

»Wie sieht sie eigentlich aus?« fragte ich.

George stand auf und lächelte. »In dieser Hinsicht kann ich dich beruhigen«, sagte er – als käme es jetzt darauf an. »Wirklich attraktiv.« Es war nicht gerade eine präzise Personenbeschreibung, aber George hatte es eilig, und wen, außer der Eigentümerin, sollte ich sonst auch in der Wohnung antreffen?

Ich zahlte und ging auf die Wohnwabe zu, fuhr mit dem Lift hoch, stieg im siebten Stock aus, suchte und fand das Schild CYNTHIA PAHL.

Ich klingelte sicherheitshalber.

Nichts rührte sich.

Ich sperrte auf.

Ich war ziemlich sicher, nicht aufgefallen zu sein.

Es war ein hübsches Zwei-Zimmer-Apartment mit Küche und Bad, für westliche Ansprüche nicht überwältigend, für östliche Weltniveau. Ich ging in das Wohnzimmer; es war geschmackvoll und unaufdringlich eingerichtet. Ich überzeugte mich, daß ich allein war und zündete mir eine Zigarette an.

Die schlichtesten Ideen sind häufig die besten. Wenn die volkseigene Firma Horch und Guck der Legationsrätin auf den Fersen saß, würden sie ihr nur bis zur Wohnung folgen, weiter nicht.

Ich durchsuchte das Apartment nach Wanzen: kein Befund.

Ich brauchte nicht lange zu warten.

Nach einer Viertelstunde wurde die Türe aufgesperrt.

Ich ging der mittelgroßen blonden Besucherin entgegen.

Plötzlich hatte ich das Gefühl des Mannes, der von der obersten Plattform des World Trade Center nach unten stürzt, immer schneller, immer tiefer, dem Pflaster entgegen.

Ich hatte Cynthia als Vanessa erkannt – und fiel und fiel.

Mein Sturz wurde aufgehalten.

Sie legte die Arme um meine Schultern, lehnte sich gegen mich, sah mir in die Augen. »Ich hab' solche Sehnsucht nach dir gehabt«, sagte sie leise.

Und ich stürzte wieder – und fiel doch weich.

Dann konnte ich mich wieder der Wirklichkeit stellen. Zunächst erinnerte ich mich, daß Vanessa von unserer Wiederbegegnung weit weniger überrumpelt worden war als ich. »Du hast gewußt, daß ich in deine Wohnung kommen würde?«

Sie nickte.

»Seit wann?«

»Seit heute«, antwortete sie. »Ich habe es nicht gewußt«, verbesserte sie sich, »aber gespürt. Und auch darauf gewartet, seitdem ich wußte, daß du wieder in Europa bist.«

Auf einmal war wieder alles wie auf der Trauminsel.

Aber wir waren nicht auf Bali, sondern in Ost-Berlin, und es ging nicht um eine stürmische Zweisamkeit, sondern ums nackte Überleben.

Wir brauchten jede Energie und jeden Gedanken und jede Minute Zeit, um die Chance zu nutzen – die vermutlich eine Falle war.

Aber zuerst einmal hatten wir uns.

Und dieses Glücksgefühl überwältigte vorübergehend Angst, Ungewißheit und Vernunft.

18

Sie benahmen sich bei Tisch, als säßen sie auf einer Zeitbombe. Steve Cassidy und Peter Ritter waren über mehrere Informationskanäle mit dem Ostsektor verbunden. Sie wußten, daß George Ashton von der US-Botschaft ihren Mann ohne Aufsehen auf die andere Seite geschafft und inzwischen mit Cynthia Pahl zusammengebracht hatte. Von dem Zusammenspiel der beiden hinge es jetzt ab, ob es gelänge, einen der wichtigsten DDR-Geheimnisträger in den Westen zu schmuggeln, eine Operation, bei der sie als Voyeure ebenfalls Hilfsdienste leisten konnten.

Sie hielten sich im CIA-Besucherheim auf dem Kasernengelände auf, dessen Gastlichkeit sonst sehr geschätzt wurde, zumal das Haus über einen wirklich fabelhaften Küchenchef aus Paris verfügte. Der Meister des Kochlöffels war verärgert, weil seine Gäste so appetitlos in den zarten Medaillons herumstocherten, als hätte er ihnen Hamburgers aus der nächsten Pommes-frites-Bude vorsetzen lassen.

»Vielleicht sollte ich Ihnen das sagen, Peter«, bemerkte der Amerikaner zu seinem deutschen Kollegen und zog eine Karte aus dem Ärmel, »Lefty und die Diplomatin – ich will mich mal zurückhaltend ausdrücken – kennen sich bereits seit einiger Zeit.«

»Von drüben?« fragte der BND-Mann. »Als wir die Dame vor kurzem für vierzehn Tage an die Agency ausgeliehen hatten?«

»Nicht von drüben«, erwiderte der Amerikaner, »aber wir hatten sie tatsächlich zusammengeführt. Es war Gregorys Idee; er meinte, es könnte im Lauf der Operation Sperber eine Situation eintreten, in der Vertrauen zwischen zwei Menschen wichtiger ist als alle Gewohnheiten der Branche.«

»Ich wußte gar nicht, daß Ihr Chef ein Romantiker ist«, versetzte der Mann aus Pullach.

»Ist er auch nicht. Sie können sich darauf verlassen, daß er mit dem Computer die beste mehrerer Möglichkeiten ausgewählt hat«, antwortete Steve.

Der nach Berlin delegierte Ressortchef der Zentrale in Pullach wurde ans Telefon gerufen. Steve Cassidy überlegte solange zwecklos, wie sich Gregorys Computer-Kuppelei auf den Verlauf der Aktion auswirken könnte: Als positiv unterstellte er, daß der Freund auf die zeitraubenden Abklärungen verzichten durfte, die bei dem Zusammentreffen mit einer Unbekannten im Ostsektor sonst unerläßlich waren. Andererseits war Lefty ein heimlicher

Moralist, eine Mischung von Robin Hood und Michael Kohlhaas, der sich sein Denken und Fühlen ungern von Chips und Bits vorschreiben ließ. Er galt als tüchtig und als schwierig, und einige im Headquarter Langley – Allesmacher, Nichtdenker, Menschenroboter – hätten sein Ausscheiden aus dem Geheimdienst gar nicht ungern gesehen.

Ritter kam aus dem Nebenraum zurück. »Brosam ist vor zwei Minuten durch die Mauer gekommen«, sagte er. »Vermutlich auf Liebestour, wir behalten ihn im Auge.«

»Selbst wenn der Genosse Kammgarn in den Pyjama umsteigt«, erwiderte der Amerikaner, »kommt er mir jetzt doch ein bißchen zu prompt.«

Es gehörte wohl zu dem Verwirrspiel, das General Lupus betrieb. Konopkas Verhaftung müßte im Osten gewaltige Nachwehen haben, sowie sie sich herumgesprochen hätte. Information und Desinformation trieben es ohnedies fortgesetzt miteinander. Das abgefeimte, ausgebuffte Spiel ist auf beiden Seiten so perfekt, daß eigentlich nur Außenseiter oder Zufälligkeiten eine Chance haben, wirklich überraschende Ereignisse auszulösen.

Im Fall Lipsky schienen es zunächst drei Gründe zu sein, auf die keiner so leicht käme: eine häßliche Frau, eine eklige Stieftochter und ein mißratener Sohn. Die Familie hatte seit Jahren Lipskys Flucht an den Schreibtisch der Normannenstraße erzwungen. Dazu die Misere mit der albernen Krankheit, die der Sachse dramatisierte, indem er sich als Patient falsch verhielt. Dazu, rechtzeitig angekommen, ein Artikel aus ›Readers Digest‹ über Operationen in der Mayo-Klinik, der dem Chef der Stasi-Datenbank wahrscheinlich von seinen Gegnern zugespielt worden war.

An jedem Arbeitsplatz gibt es Frustrationen. In der Position eines stets kontrollierten Überwachers mußte die Situation in der Spionagefabrik mit der Zeit unerträglich werden. Plötzlich war alles zusammengekommen; es konnte durchaus bei Lipsky den spontanen Entschluß gezündet haben, den ganzen Krempel hinzuwerfen und in ein neues Leben umzusteigen.

Es konnte so gewesen sein – aber mußte nicht.

Lefty war in einer schwierigen Lage. Er hatte nicht viel Zeit, sich schlüssig zu werden, ob Phimoses einen besonders raffinierten Hinterhalt gelegt hatte oder dem Westen eine einmalige Chance bot.

Schon Konopka wäre das Geld wert gewesen, das man ihm

nicht mehr auszahlen konnte; aber der Chef der HVA-Abteilungen Politspionage und Dokumentation müßte noch weit interessanter sein, für Langley wie für Pullach, die Nato und den Westen schlechthin. Der Spezialist verwaltete ein Wissen, das Konopka ihm erst hätte stehlen müssen. In Großbritannien zum Beispiel war zur Zeit ein in der Öffentlichkeit bewußt heruntergespielter Spionageskandal mit unabsehbaren Folgen explodiert:

Informationen aus dem Überwachungszentrum von Cheltenham, das alle geheimdienstlichen Vorgänge speicherte und kontrollierte und auch die Auswertung der Abhörstationen in aller Welt und den offenen Austausch aller amerikanisch-britischen Untergrundaktionen vornahm, waren von einem 44jährigen Taxifahrer – er hatte zehn Jahre für Cheltenham gearbeitet – an die Sowjets verkauft worden. Die Panne erwies sich als kaum weniger peinlich als vor vielen Jahren der Verrat Kim Philbys, eines Secret-Service-Spitzenmannes, der heute in Moskaus KGB-Zentrale im Rang eines Generals für die Sowjetspionage arbeitet.

Ludwig Lipsky konnte, so es gelänge, ihn zum Übertritt in den Westen zu gewinnen, genauso ergiebig sein wie Geoffrey Prime, der Verräter von Cheltenham, für die andere Seite.

Sie warteten, schwiegen, rauchten und tranken Mineralwasser, während sie ergebnislos überlegten, ob Lipskys spontaner Fluchtvorsatz – sofern er überhaupt gefaßt worden sein sollte – die Nacht überdauern würde.

»Wann wollen Sie ihn herüberschaffen lassen?«

»Das muß ich den Akteuren vor Ort überlassen.«

»Und wie?« fragte der BND-Mann, obwohl er sich denken konnte, daß er keine Antwort erhielt. »Haben Sie schon eine konkrete Vorstellung, Steve?«

»Das ist zunächst einmal Leftys Problem.«

»Es ist Ihnen doch klar, daß die Stasi-Leute nach der Flucht Lipskys über Cynthia Pahl herfallen werden wie Piranhas.«

»Dagegen hab' ich einige Vorbereitungen getroffen«, versetzte Steve; er wollte keine weiteren Aufschlüsse geben, aber auch die Vertrauensbasis nicht belasten. »Wir werden die Diplomatin noch vor Lipsky herüberlotsen.« Er sah Ritters überraschtes Gesicht und setzte hinzu: »Ich weiß, daß es ein bißchen gegen die Regeln verstößt, aber ich kenne meinen Freund; er würde keinen Finger rühren, bevor Cynthia nicht in Sicherheit ist.«

»Ein aufsässiger Bursche«, erwiderte der BND-Mann, leicht nervös.

»Ich verlasse mich auf Charaktere«, entgegnete das CIA-As, »nicht auf Kreaturen.«

Die nächste Überraschung kam nicht aus Ost-Berlin, sondern aus der Kantstraße: Sie war hübsch, rothaarig, geschieden, kokett und, wie Linda Plaschke betonte, völlig unpolitisch. Die Informantin hatte sich nicht erst bei der zuständigen Polizeidienststelle aufgehalten oder über Verfassungsschutz oder Bundesnachrichtendienst den langen Marsch durch die Institutionen angetreten, sondern war als Freundin des Genossen Kammgarn sofort an die richtige Adresse, die CIA-Filiale, gekommen.

»Mein Bekannter«, begann sie, »ist eine hochgestellte Persönlichkeit in der DDR...«

»Name?« erwiderte Ritter.

»Sachte«, antwortete die Siebenunddreißigjährige. »So schnell schießen die Preußen nicht.«

»Dann will ich Ihnen mal vorführen, wie schnell die Bayern schießen«, entgegnete der Mann aus Pullach ungewöhnlich angriffig. »Es handelt sich um Herbert Brosam.«

Linda Plaschke erschrak nicht übertrieben. »Das wissen Sie also«, sagte sie.

»Halten Sie doch bitte nicht uns für naiv, wenn Sie es vielleicht sind«, versetzte der BND-Mann ziemlich happig.

»Wenn Sie etwas höflicher wären und mir zuhören würden«, erwiderte die kesse Berlinerin, »würde ich Ihnen sagen, wie Sie Herrn Brosam – mit meiner Hilfe – herüberholen könnten.«

»Ich denke, Sie sind unpolitisch?« schaltete sich Steve ein.

»Bin ich auch«, bestätigte Linda Plaschke sofort, »aber Herbert ist verheiratet und hat zwei Kinder. Und können Sie mir sagen, wie er die Alte loswerden soll, wenn er nicht...«

»Nicht aufregen«, sagte Peter Ritter mit einer Spur Galanterie. »Kommen Sie bitte nach nebenan. Wir wollen alles der Reihe nach durchgehen«, versprach er, mit den Gedanken ganz woanders.

Die Besucherin war, wie er wußte, tatsächlich unpolitisch.

Trotzdem ließ General Lupus grüßen.

19

Wir lagen nebeneinander, erschöpft und erfüllt. Wir hielten uns an den Händen, als wollten wir uns nie wieder loslassen. Wir spürten beide, daß wir keine blaue Nacht brauchten, keine Gamelanmusik, keinen Vollmond und keinen weichen Sandstrand, um den Boden unter den Füßen zu verlieren. Jede Zärtlichkeit warf ihr Echo zurück, jeder Wunsch fand seine Resonanz.

Der alte Gregory hatte uns hervorragend programmiert; der Teufel sollte Thomas E. Gregory holen; ich war entschlossen, ihn zu überleben. Für uns.

»Ich mußte immer wieder an dich denken«, sagte ich. »Ich konnte mich nur nicht richtig erinnern, wie schön du bist.«

»Ich konnte mich immer an solche Worte erinnern«, erwiderte Vanessa. »Ich hörte nur deine Stimme nicht.«

Wir standen in einem erbarmungslosen Wettlauf mit der Zeit; wir brauchten einen glasklaren Kopf, trotzdem wurde unser Bewußtsein von Gefühlen überschwemmt. Ein Damm war gebrochen, nichts konnte die Flut aufhalten. Mit unzeitgemäßer Schadenfreude stellte ich fest, daß wir Zauberlehrlinge waren, die dem großen Gregory über den Kopf wuchsen.

Obwohl ich sicher war, daß in der Wohnung keine Wanzen lauerten, stellte ich das Radio lauter.

»Du bist also nicht seine angeheiratete Nichte, Vanessa?« fragte ich.

»Nein«, sagte sie. »Ich bin auch nicht blond, sondern dunkelhaarig. Und ich heiße auch nicht Vanessa.«

»Für mich wirst du immer Vanessa bleiben«, versetzte ich. »Du stammst auch nicht aus Massachusetts?« fragte ich weiter.

»Nein.«

Ich erinnerte mich, daß wir auf der Paradiesinsel kein Wort deutsch miteinander gesprochen hatten. »Wieso sprichst du so gut englisch?« fragte ich.

»Meine Mutter ist Engländerin«, antwortete sie. »Ich bin in London aufgewachsen.«

»Und die Kanalinsel Jersey?«

»Die habe ich, offen gestanden, noch nie gesehen.«

»Und dein Mann wurde bei keiner Schießerei in Managua getötet?«

»Ich war nie verheiratet«, antwortete Vanessa. Während sie lächelte, wirkten ihre Augen wieder kobaltblau. »Ich hatte bisher keine Zeit dafür und keine Lust darauf.«

Als ich in Langley bei der Abfrage des Computers mich in dem Bewußtsein gesonnt hatte, den großen Gregory übertölpelt zu haben, hatte mich das alte Monster wieder einmal hereingelegt, PYTHIA falsch programmiert und mich hinterher noch belogen.

»Ich zahle das dem Vice heim«, drohte ich.

»Nicht so stürmisch«, erwiderte Vanessa. »Schließlich hat er uns ja zusammengebracht.«

»Und auseinandergerissen«, erwiderte ich.

»Und wieder zusammengeführt«, sagte sie.

»Ein schöner Traum mit London«, erinnerte ich mich. »Weißt du noch; unsere abwechselnden Wochenendausflüge Bonn – London und dann wieder London – Bonn?«

»London stimmt schon«, erwiderte Vanessa. »Ich werde demnächst dorthin ziehen.« Sie zögerte einen Moment und setzte hinzu: »Wenn ich aus dieser Sache heil herauskommen sollte, verlasse ich den Staatsdienst und arbeite künftig als freie Juristin bei der englischen Sektion von amnesty international.« Vermutlich sah ich wenig intelligent aus in diesem Moment, und sie zitierte: »Für die weltweite Menschenrechtsorganisation, unabhängig von Regierungen, politischen Parteien, Ideologien und Religionen. Für die Freilassung von Männern und Frauen, die irgendwo auf der Welt wegen ihrer Überzeugung, ihrer Hautfarbe, ihres ethnischen Ursprungs oder ihrer Religion inhaftiert sind ...«

»... vorausgesetzt, daß sie weder Gewalt angewandt noch zur Gewaltanwendung aufgerufen haben«, unterbrach ich sie.

»Du kennst das ai-Programm?« fragte Vanessa.

»Ich bin dafür«, antwortete ich. »Ohne jede Einschränkung. Wenn wieder einmal ein Posten frei werden sollte, werde ich mich bewerben.«

»Einen wie dich würden sie nehmen.«

»Woher weißt du das?«

»Weil ich dich auch genommen habe«, erwiderte sie schlicht. »Du mußt das verstehen, Norman, ich war furchtbar in der Klemme, ich konnte dir doch auf Bali nichts sagen. Ich wußte überhaupt nicht, auf was ich mich da eingelassen hatte.«

»Schon gut«, entgegnete ich.

»Außerdem hast du mich ja auch ein bißchen täuschen müssen«, stellte Vanessa fest. »Oder bist du US-Diplomat in Bonn?«

»Moment mal«, erwiderte ich, erhob mich, ging an meine Jacke und zeigte ihr meinen Diplomatenpaß.

Er versetzte uns wieder in die Wirklichkeit, und dafür wurde es jetzt auch höchste Zeit. Noch im Laufe dieses Abends wollte Lipsky in Cynthias Wohnung auftauchen und das entscheidende Gespräch mit mir führen.

Sie ging in die Küche, setzte Kaffeewasser auf, ich stand neben ihr und hielt meine Arme gewissermaßen gewaltsam fest. Vanessa berichtete noch einmal jede Einzelheit ihrer überraschenden Begegnung heute mittag im Ministerium für Außenhandel; sie erstellte dabei mit wenigen Strichen ein exaktes Phimoses-Psychogramm. Ihr Verstand und ihre Logik waren überwältigend, aber ohnedies faszinierte mich alles an Vanessa – doch es blieb jetzt keine Zeit mehr für Exaltationen.

Ich stellte fest, daß alle Fakten und Beobachtungen präzise mit dem Persönlichkeitsbild Lipskys übereinstimmten, das mir vor der Abfahrt in den Sektor der BND-Mann Ritter noch im Eiltempo eingetrichtert hatte.

Wir saßen uns in drei Meter Abstand gegenüber. Es ging um unsere Freiheit und um unsere Zukunft, aber wir hatten es schwer, uns damit zu befassen. Wir streichelten einander mit den Augen, ohne die Hände zu rühren.

»Ist das ein plötzlicher Entschluß, daß du zu amnesty international gehst?« fragte ich.

»Nein«, antwortete Vanessa. »Ein Erfahrungswert. Ich bin der Meinung, daß man einfach etwas tun muß in unserer Zeit.« Sie sah mich fest an. »Zuerst einmal für jeden und notfalls auch gegen jeden – verstehst du mich?«

»Und ob«, antwortete ich.

Es klingelte. Lipsky kam genau um 20.58 Uhr. Wie ich ihn einschätzte, hatte er bis jetzt in der Normannenstraße gearbeitet und legte nunmehr einen kleinen Umweg zu seinem unwirtlichen Zuhause ein. Sein Gesicht kannte ich ja schon seit der Pullacher Lichtbildvorführung; in natura wirkte es noch durchschnittlicher.

Cynthia unternahm eine Art Vorstellung; sie wollte sich ins Schlafzimmer zurückziehen, aber Lipsky forderte sie auf zu bleiben.

»Wie fühlen Sie sich bei uns, Mister Meiler?« fragte der Stasi-Gewaltige.

»Wie der Besucher, der auf Wunsch des Zirkusdirektors seinen Kopf in den Rachen des Tigers schiebt«, erwiderte ich grimmig.

Er lächelte fast unmerklich. »Ist dabei schon jemandem der Kopf abgebissen worden?« fragte er.

»Ich weiß es nicht«, versetzte ich. »Es hat noch keiner mit mir gesprochen, dem zuvor der Kopf runtergerissen worden war.«

Wir setzten uns.

»Ich soll Sie grüßen, Herr Lipsky«, begann ich. »Von Helmut Kalbitzer.«

»Wer ist Kalbitzer?« fragte er verständnislos.

»Wissen Sie das nicht mehr? Der Obergefreite Kalbitzer ist seinerzeit gleichzeitig mit Ihnen dem Nationalkomitee beigetreten.«

Lipsky nickte, holte bedächtig seine Pfeife aus der Tasche, stopfte sie, gab sich Feuer. »Wie geht's ihm jetzt?«

»Er lebt in Stuttgart«, antwortete ich. »Er leitet ein großes Installationsgeschäft und würde sich sicher freuen, wenn Sie ihn besuchten.«

»Das haben Sie sich aber fein ausgedacht«, entgegnete er, und wir grinsten beide. »Lassen Sie uns gleich zur Sache kommen«, wurde Lipsky ernst. »Ich habe nie mit dem Gedanken gespielt, in den Westen überzulaufen. Ich habe keinerlei Fluchtvorbereitungen getroffen. Es sind nur einige Umstände zusammengekommen, und plötzlich ist auch eine Gelegenheit da. Bis morgen nachmittag, sechzehn Uhr.«

Phimoses paffte kleine Wölkchen; er sah mich dabei an. Es war schwer zu taxieren, welchen Eindruck ich auf ihn machte. »In etwa neunzehn Stunden gibt es also zwei Möglichkeiten«, fuhr er fort. »Entweder befinde ich mich bis dahin im Westen – oder Sie sich in der Hand von Staatssicherheitsorganen.«

»Sie werden verstehen, daß mir die erste Möglichkeit lieber ist«, antwortete ich.

»Mir momentan auch«, stellte Lipsky fest. »Aber da gibt es einige Bedingungen: Ich bin nicht so geldgierig wie mein Exgenosse Konopka, aber ich möchte im Westen auch nicht betteln gehen und mich mit sechzig noch abstrampeln müssen. Ich brauche eine neue Identität, sonst kann ich mich gleich ins Leichenschauhaus begeben.«

»Klar«, erwiderte ich. »Und kein Problem.«

»Welche Garantie können Sie mir geben, Meiler?«

»Cynthia und ich haben uns rückhaltlos in Ihre Hand begeben. Ein Wink von Ihnen, und wir sind erledigt. Für immer oder zumindest für viele lange Jahre. Wer so etwas riskiert, ist sicher auch fähig, im eigenen Lager für Ihre Forderungen geradezustehen.«

Ich mußte den richtigen Ton getroffen haben. Zum erstenmal hatte ich den Eindruck, bei Lipsky Terrain gewonnen zu haben, von Cynthia gar nicht zu reden. Die Art, wie er sie ansah – freilich im Sitzen – ließ unschwer erraten, daß er sie bewunderte. Aber der Henker, der Maria Stuart das Haupt abgeschlagen hat, soll sein Opfer auch bewundert haben.

»Wie stellen Sie sich das vor?« fragte Lipsky.

»Ich nehme an, daß Sie morgen am Empfang der kubanischen Genossen auf dem Flugplatz teilnehmen werden?«

»Wenn ein dienstlicher Grund dafür vorliegt.«

»Der besteht«, versicherte ich. »Sie übernehmen direkt von der Ehrentribüne die BND-Diplomatin Frau Doktor Cynthia Pahl, die anschließend die große Nummer in der Pressekonferenz abziehen wird.«

Er nickte und lächelte.

»Deshalb laden Sie die Dame auch ein, in Ihrem Wagen mitzufahren, den Sie selbst chauffieren«, fuhr ich fort. »Unterwegs werden Sie in einem Luxusrestaurant auf Stasi-Spesen mit Frau Doktor Pahl zu Mittag essen. Sie überzeugen sich, daß Sie keine Verfolger haben – und sind dann auf einmal nicht mehr zu sehen. Wir treffen uns an einem Punkt in der Stadt, den Ihnen Cynthia nennen wird. Von hier aus schaffen wir Sie – sagen wir mal – in spätestens dreißig Minuten auf die andere Seite.«

»Wie?«

»Das«, antwortete ich gedehnt, »erkläre ich Ihnen rechtzeitig vor der Abfahrt bei unserer morgigen Zusammenkunft. Sie verstehen das doch? Oder wollen Sie mit einem Dilettanten arbeiten?«

Ludwig Lipsky schwieg.

Er starrte zu Boden.

In seinem Gesicht gärten die Gedanken, ohne sich zu verraten.

»Wein? Schnaps? Tee? Kaffee?« fragte Cynthia geschäftig nach Hausfrauenart.

»Kaffee, bitte«, erwiderte er und sah mich an. »Wer in dieser Branche einem anderen traut, ist ein blöder Hund«, sagte er.

»Ich traue Ihnen«, erwiderte ich.

»Vielleicht sind Sie deshalb ein blöder Hund«, versetzte Lipsky.

»Wau-wau«, sagte ich.

Wir lachten beide.

Das Eis war gebrochen.

»Und diesen Red spot auf Ihrem Hosenladen lasse ich Ihnen auch wegzaubern«, sagte ich. »Betrachten Sie das als mein persönliches Geschenk.«

Er erstarrte einen Moment. »Wie?« fragte er dann.

»Risikolos«, versprach ich. »Vielleicht brauchen wir nicht einmal zur Mayo-Klinik zu fliegen.«

»Gut«, sagte er. »Ich nehm' Sie beim Wort.«

Ich wußte, daß Lipsky damit die kleine und die große Operation meinte. Er taute richtig auf, trank drei Tassen Kaffee. Ein kleines menschliches Gespräch über Banalitäten des Alltags tat ihm gut. Zwischendurch fragte er sogar noch einmal nach Kalbitzer. Ich gestand, daß ich den Installateur persönlich nicht kannte, sonst aber alles zuträfe.

»Genug geplaudert«, sagte Phimoses. »Ich stelle mich jetzt Ihren Fragen.« Er lächelte mit seinem schiefen Mund. »Oder haben Sie keine?«

»Und ob«, schoß ich los. »Was ist mit Konopka?«

»Verhaftet. Er wollte Verrat begehen, gegen sehr viel Geld. Er ist aufgefallen und wurde von Lupus hereingelegt.«

»Das ist einleuchtend«, versetzte ich. »Und der Name Sperber?«

»Eine Erfindung von Konopka. Der Sperber soll weitergespielt werden, nunmehr von Herbert Brosam.«

»Dem Genossen Kammgarn«, erwiderte ich. »Was soll er dem Westen anbieten?«

Wir hatten den kritischen Punkt erreicht.

Die Frage, um die sich alles drehte.

»Material, das ich zusammengestellt habe. Auf Befehl natürlich.«

»Und?«

»Eine Liste, halb und halb, vierzig, fünfzig echte Agenten, die für uns arbeiten, sollten geopfert werden, um ein paar Dutzend führende Leute der Bundesrepublik, Generale, Industrielle, Spitzenbeamte, Politiker, Wissenschaftler, Bankiers und Gewerkschaftler der Kollaboration mit dem Osten zu beschuldigen. Das Material ist erstklassig, die Scheinbeweise wirken verblüffend. Kein Mensch könnte auf Anhieb Wahrheit und Dichtung unterscheiden. Ich bin sicher, daß man damit schlagartig Bonn regierungsunfähig, die Nato weitgehend lähmen und auch die Amerikaner restlos verunsichern kann.«

Ich hatte es mir so vorgestellt. Aber jetzt liefen mir Eisstückchen den Rücken entlang. Natürlich würden die Unschuldigen mit der Zeit den Rufmord revidieren können; aber seit den alten Römern hat sich an dem Sprichwort nichts geändert: Semper aliquid haeret – Es bleibt immer etwas hängen.

»Lupus hätte also seine eigenen Leute geopfert. In so großer Zahl? Wie finden Sie das eigentlich, Herr Lipsky?«

»Beschissen, aber üblich«, versetzte er. »Ich will Ihnen mal was sagen, Meiler: In erster Linie widert mich meine Familie an und in zweiter meine Krankheit. Aber diese Menschenverachtung hat mir den Rest gegeben. Unter den Leuten, die verpfiffen werden sollten, waren auch gute Freunde von mir.« Lipsky stand auf. »Sie können mir das glauben oder nicht«, sagte er beim Abschied. »Ich wage morgen mit Ihnen den Versuch.«

Ich reichte ihm die Hand.

Ich hielt Lipsky für keinen üblen Kerl; aber das war vielleicht voreilig. Irgendwie schien er tatsächlich unter dieser geheimdienstlichen Manipulation zu leiden. Es erklärte auch, warum er sich mit meinem Wort begnügte und auf weitere Sicherungen verzichtete. Keiner außer ihm konnte auf Anhieb in dem Sperber-Programm Spreu und Giftweizen unterscheiden. Er brachte etwas mit, dessen Wert nur er genau kannte. Ohne ihn ging nichts – und Phimoses war doch kein so bedenkenloser Geschäftemacher, wie Dressler es gewesen war und vermutlich auch Konopka.

Lipsky brauchte nicht vorsichtig zu sein, als er ging. Lupus hatte ihn ja heute zu KLABAUTERMANNs Führungsoffizier bestimmt. Er fuhr mit dem Lift nach unten. Wir standen am Fenster, sahen ihm nach, beobachteten, wie er auf die andere Straßenseite ging und zu einem Mann etwas sagte, der offensichtlich zu Cynthias Bewachern gehörte.

»Traust du ihm?« fragte ich sie.

»Hab' ich eine andere Wahl?« entgegnete sie.

»Nein«, bestätigte ich. »Wir haben keine andere Wahl.«

Aber wir hatten uns.

Eine ganze Nacht lang.

Danach vielleicht nie mehr.

Oder für immer.

20

Wie an jedem anderen Tag stand Ludwig Lipsky heute wieder als erster auf, ging ins Bad, danach in die Küche und schaltete das Radio ein, wiewohl er entschlossen war, sich auf keinerlei Debatten mit seiner Familie mehr einzulassen. Er hörte seine zänkische Frau in der Wohnung herumgeistern, etwas früher als sonst, und der Grund stach ihm auch gleich in die Nase: Die Proleten-Prinzessin hatte für das Festbankett mit den kubanischen Genossen das penetrant nach Mottenpulver riechende Abendkleid, ein scheußlich geblümtes verschossenes Ding, aus dem Schrank genommen und in der Küche aufgehängt.

»Komm heute abend nicht wieder im letzten Moment, Ludwig«,

würdigte sie ihn immerhin einer Anrede. »Ich habe mich am Rande des Empfangs für ein paar wichtige Besprechungen mit den DFD-Genossinnen verabredet.« Es handelte sich um Funktionärinnen des ›Demokratischen Frauenbundes Deutschland‹.

Phimoses war kein großer Stilist, aber die Politkürzel, dieses elende Kopfwehdeutsch kotzte ihn schon längst an, wiewohl es ihm selbst schon über die Lippen ging wie einem Salbader das angepriesene Wundermittel.

Der Stasi-Mann hatte es eilig wegzukommen.

»Trinkst du deinen Kaffee nicht aus?« fragte Hedwig. »Immer läßt du ihn stehen.«

»Diese Plürre kannst du selber saufen«, erwiderte er grob und freute sich über sich selbst.

Wenn alles nach seiner Vorstellung verliefe, wären das die Abschiedsworte an seine Frau.

Heute müßte er Gelbrich abholen – sie wechselten einander mit dem Wagen immer ab –, aber der Polit-Kumpel hatte Konopka zwischen den Fingern und war hinreichend damit beschäftigt, ihn zu zerreiben. Phimoses lenkte die sowjetische Nobelkutsche zielstrebig nach Lichtenberg. Es fiel nicht auf, daß er sie selbst chauffierte; gelegentlich am Steuer seines Wagens zu sitzen, betrachtete er als Erholung.

Seinen Mitarbeitern fiel auf, daß er ein bißchen besser gelaunt war als sonst am Morgen. Er überflog die ersten Meldungen und machte eine Zusammenstellung für den General. Er hatte Lupus gestern bereits wissen lassen, daß Dr. Cynthia Pahl um eine Nacht Bedenkzeit gebeten hätte. Jetzt teilte er dem General nach der Morgenbegrüßung mit, daß die Legationsrätin bereit sei, sich dem Parteiwunsch zu fügen.

»Ist es ihr schwergefallen?« fragte der Untergrund-Stratege.

»Ja, schon ein wenig«, bestätigte Lipsky. »Aber sie hat sehr viel Disziplin.«

»Sie kümmern sich doch weiterhin um sie?«

»Das wollte ich gerade mit Ihnen besprechen, Genosse Lupus«, entgegnete Lipsky. »Sie wird heute mittag als offizielle Vertreterin der westdeutschen Regierung auf dem Flughafen bei der Ankunft der kubanischen Delegation anwesend sein...«

»Um so besser«, sagte der General lächelnd.

»Im Anschluß daran möchte ich sie zum Essen einladen und von da aus direkt mit ihr zur Pressekonferenz in den Palast der Republik kommen.«

»Genauso habe ich es mir vorgestellt«, lobte der General. »Lassen Sie KLABAUTERMANN noch überwachen?«

»Ja, natürlich«, bestätigte Lipsky.

»Ordern Sie Gelbrichs Leute zurück«, sagte Lupus. »Es muß völlig klar sein, daß es ihr freier Entschluß ist, in das Friedenslager überzutreten.«

»Jawohl, Genosse General«, antwortete Lipsky, und das war seiner Meinung nach bereits der zweite Abschied für immer; er fiel ihm weit schwerer als der Abgang bei seiner Familie.

Er arbeitete den Vormittag durch, ohne Pause, wie immer. Die Sekretärin mußte ihn daran erinnern, daß es jetzt höchste Zeit sei, nach Schönefeld zu fahren.

Lipsky rollte ohne Eile los, den schönen Tag genießend. Es herrschte Kaiserwetter, und er lächelte vor sich hin, weil das doch eine etwas seltsame Bezeichnung war für einen scheidenden Berufskommunisten. Aber die Suppe, mit der ihn die Sowjets vor 38 Jahren eingekauft hatten, sollten diesmal die anderen auslöffeln.

Er erreichte den Flughafen, stellte seine Limousine auf den bewachten Privilegiertenparkplatz, wurde erkannt, gegrüßt. Dann ging Lipsky zur Prominententribüne weiter. Der östliche Großflughafen machte der westlichen Konkurrenz schwer zu schaffen, drohte Tegel Bankrott zu machen, weil nicht nur die Gastarbeiter die billigen Interflug-Reisen nutzten.

Phimoses sah die westdeutsche Delegationsrätin schon von weitem auf der Diplomatentribüne, umgeben von einem halben Dutzend geschniegelter Attachés – Kuba schätzten die ausländischen Botschafter offensichtlich nicht so hoch ein wie sowjetische, französische oder englische Staatsbesucher, denn von den westlichen CD-Leuten war fast nur die zweite oder dritte Garnitur erschienen. Die östlichen vollzählig, wie immer ein Einheitsblock, wenn auch ein recht unterschiedlicher, denn die deutschen Musterzöglinge der Sowjets betrachteten den ungarischen Gulaschkommunismus mit Neid und die polnischen Freiheitsregungen mit Entsetzen.

Lipsky sah den Vopo-Hauptmann Lindenschmitt und winkte ihn zu sich heran. Der Mann wollte strammstehen, aber der Stasi-Gewaltige ließ es nicht dazu kommen. »Bauen Sie hier bloß kein Männchen«, sagte er lachend. »Passen Sie auf, Genosse Lindenschmitt, Sie leiten doch die Überwachung dieser BND-Legationsrätin?«

»Jawohl, Genosse Lipsky.«

»Ich vertraue Ihnen jetzt ein Staatsgeheimnis an: Sie wird heute mittag um Asyl in der Deutschen Demokratischen Republik ersuchen und anschließend in einer Pressekonferenz ihre Gründe dafür erklären.« Er sah, daß er den Vopo-Offizier völlig durcheinandergebracht hatte, und setzte leutselig hinzu: »Da staunen Sie, was? Ja, wir sind im Kommen, Genosse Lindenschmitt. Ich vertrete den Genossen Sabotka. Sowie der Zauber hier vorbei ist, werde ich unsere neue Genossin zum Mittagessen einladen, von da ab ist jede Beschattung überflüssig. Sie verstehen? Befehl von General Lupus.«

»Jawohl, Genosse Lipsky«, erwiderte der Hauptmann stramm, und Phimoses näherte sich den Regierungsleuten.

Sie wunderten sich, ihn hier zu sehen. Die Eingeweihten wußten natürlich längst, daß dieses Arbeitstier jetzt auch noch Sabotka vertrat. Er sah Cynthia Pahl an, die ihm in fünfzig Meter Luftlinie gegenübersaß; sie nickte ihm fast unmerklich zu.

Ein paar Minuten zu früh landete auch schon die Iljuschin-Maschine. Die Gangway wurde herangefahren, der rote Teppich ausgerollt, die Nationalhymnen intoniert. Es herrschte profane Feierlichkeit. Stechschritt. Hohlkreuz. Tuchfühlung. Die roten Preußen wirkten beängstigend in ihrer Zackigkeit und auch ein wenig lächerlich mit ihren russischen Stahlhelmen. Das Staatsbewußtsein feierte die DDR-Existenz bombastisch, mit Exzellenzen und Prominenzen, Generalen und Jubeljugend.

Cynthia verfolgte, wie die exotischen Staatsgäste die Ehrenformation abschritten, ausdruckslose Gesichter, Soldaten, gedrillt wie Zirkuspferde. Ob im Osten oder im Westen, die junge Frau fand es entwürdigend, daß 120 oder 150 Männer, ausgerichtet in einer Reihe, ihre Dressur vorführen mußten, nur weil irgend so ein Staatsarsch vor der Kamera posierte und dabei meistens auch noch eine schlechte Figur machte.

Kurz nach 13.00 Uhr war der erste Teil des Staatsaktes ausgestanden. Die kubanischen Gäste fuhren ins Rathaus, um sich ins Ehrenbuch einzutragen.

Mehrere Herren der Diplomatenriege machten sich erbötig, ihre hübsche Kollegin im Wagen in die Stadt mit zurückzunehmen.

Da trat einer an sie heran, mit dem keiner gerechnet hatte: Ludwig Lipsky, der Mann mit dem Red spot. Man traute einem so ungehobelten Burschen zu, sie einfach in Beschlag zu nehmen, aber man wunderte sich, daß Dr. Cynthia Pahl mit ihm wegging, wiewohl auch im Osten die westlichen Diplomaten darauf bedacht waren, Distanz zu wahren.

Regierungsmitglieder, Parteifunktionäre und Mitglieder des Diplomatischen Korps verfolgten ein wenig konsterniert, wie dieser Rüpel der Legationsrätin den Wagenschlag aufhielt und sie in seine SIM-Limousine zustieg. Lipsky genoß die Szene offensichtlich, sein letzter Auftritt in der Ostberliner Öffentlichkeit war auch sein größter – wenn man vom gemeinsamen Mittagessen im Restaurant des *Palast-Hotels* an der Karl-Liebknecht-Straße absah.

»Sie leben doch schon ein Jahr in Ost-Berlin«, sagte Lipsky. »Welchen Eindruck macht eigentlich unsere Republik auf Sie?«

»In vielen Dingen einen besseren, als Sie vermutlich annehmen«, erwiderte Cynthia. »Ich mag die Menschen, ihren Lebensmut, ihre Tüchtigkeit und ihren Humor, mit den Engpässen fertig zu werden. Solange sie nicht dieses Partei-Chinesisch reden und die Beine mit den Knobelbechern hochwerfen, sind sie mir sympathischer als manche Landsleute auf der anderen Seite.«

Phimoses betrachtete sie verwundert, mit einer Spur Mißtrauen.

»Ich will Ihnen mal was sagen, Herr Lipsky: Ich finde westliche Arroganz zumindest genauso dumm wie östliche Ignoranz. Aber der Westen ist nicht nur arrogant und der Osten nicht nur ignorant.«

Inzwischen rätselten die Journalisten, was die überraschend für 16.00 Uhr angesetzte Pressekonferenz bringen würde. Einige meinten, die Zwangsumtauschsätze für Einreisende aus Westdeutschland würden nun doch noch ermäßigt, andere tippten darauf, daß Erich Honecker, Vorsitzender des Staatsrats, seinen Besuch in der BRD von sich aus absagen wollte.

Die Gäste im Restaurant des *Palast-Hotels* suchten mit den Augen immer wieder das ungleiche Paar in der Nische. Auch in der Hannoverschen Straße wußte man schon Bescheid. Martin Keil war außer sich. Völlig unverständlich hatte der Quasi-Botschafter am Morgen die Mitteilung erhalten, daß der Legationsrätin Dr. Cynthia Pahl der von ihr gewünschte unbezahlte Urlaub auf unbestimmte Zeit zu gewähren sei. Jetzt fürchtete er, daß mit seiner bevorzugten Mitarbeiterin etwas faul sein könnte. Nicht auszudenken, welche Blamage Martin Keil drohte, da er ihr ja immer seine besondere Gunst gezeigt hatte.

Um 14.00 Uhr wurden Phimoses und Cynthia zum letztenmal gesehen.

Kurze Zeit später waren sie wie vom Erdboden verschluckt.

Noch fiel es nicht auf – aber bald würde die Vermißtenmeldung in Ost-Berlin eine Hexenjagd auslösen.

21

Über Nacht hatte sich Ost-Berlin in ein Flaggenmeer verwandelt. Auf Straßen, Plätzen, öffentlichen Gebäuden und aus den Fenstern von Privathäusern wehten Fahnen mit Hammer und Zirkel im Ährenkranz. Überall blähte sich textiles Selbstbewußtsein, vermengte sich mit den Farben von Fidel Castros bitterer Zuckerinsel. Die Ankunft der kubanischen Genossen nahm heute die DDR-Staatsschützer völlig in Anspruch, und das bewertete ich als durchaus angebracht, denn sie schuldeten uns für die Schlappe in der Schweinebucht noch eine Revanche.

Ich ging zu Fuß zum Ostbahnhof, betrachtete mir den VEB *Beton und Stahl* erst einmal von außen, ein riesiges Areal mit geflickten Ruinen und neuerbauten Lagerhallen. Beide Einfahrten standen offen, doch auf dem Firmengelände herrschte Friedhofsruhe. Die nächsten Wohnblöcke waren weit entfernt. Wer das Materiallager von außen beobachten wollte, mußte sofort auffallen.

Ich ging durch die offene Tür und lief auf das Hauptgebäude zu. Ich sah durch das Fenster und starrte in Meixners Gesicht. Er sah genauso aus, wie ihn George beschrieben hatte, wie Quasimodo, der Glöckner von Notre-Dame. Ich betrat den Raum, und er gab mir die Hand. Am Revers trug er das SED-Parteiabzeichen, darunter eine mir unbekannte Medaille.

»Was ist denn das?« fragte ich ihn.

»'n Orden«, erwiderte er grinsend, »angelegt zur Ehre der kubanischen Brüder.« Er lächelte mit seiner Zahnlücke.

»Wenig Betrieb bei Ihnen, Meixner«, sagte ich.

»Geht schon«, erwiderte er. »Das Material für heute wurde in aller Frühe ausgegeben.«

»Und wenn die jetzt nachfassen müssen?«

»Nachfassen gibt's bei uns nicht«, versetzte er. »Bei uns läuft alles nach Plansoll – wenn es läuft.«

»Dann können Sie ja nach Hause gehen.«

»Könnte ich«, erwiderte Meixner und schob sich die Mütze nach hinten. »Aber ich bleibe lieber hier.« Er fletschte wieder die Zähne. »Ihnen zuliebe.«

Er sagte nichts mehr und beobachtete weiter die Straße. Meixner war einer der häßlichsten Männer, denen ich je begegnete, zugleich aber auch einer der brauchbarsten.

»Er kommt«, sagte er nach einer Weile.

Ein offenes Mercedes-Carbriolet rollte durch die Einfahrt und verschwand sofort in der weiträumigen Lagerhalle.

»Gehen Sie zu ihm«, sagte der Bucklige, »ich paß hier schon auf.«

George Ashton stand vor seinem Luxusschlitten, betrachtete ihn von allen Seiten, als wollte er sich überzeugen, daß er auch ordentlich gewaschen worden sei. Er trug einen besonders grellen Sportdreß, sah aus wie ein Wikinger, der Gigolo vom Dienst eines feudalen Gold- und Country-Clubs.

»Nervös, Kumpel?« fragte er mich.

»Kalt«, entgegnete ich. »Kalt wie die Leiche in einer Gletscherspalte.«

»Aber du lebst doch noch«, versetzte George in seiner arroganten Masche.

»Die Absicht besteht«, gab ich es ihm heraus.

Wir hätten in diesem Moment wohl sicher beide gerne einen Doppelstöckigen gekippt, aber Siege soll man erst feiern, wenn man sie errungen hat.

»Du bist der Boß«, behauptete George. »Sag mir, was auf dem Programm steht, und ich laß die Puppen tanzen.«

»Zuerst mal muß Vanessa weg«, setzte ich an.

»Schon in der Mache«, erklärte er.

»Und zwar noch vor Lipsky«, sagte ich drohend und stellte mich der Kontroverse.

»Selbstverständlich«, ließ mich der Blonde ins Leere laufen. »Ladies first. Schließlich sind wir Gentlemen.«

»Wie?« fragte ich.

»So«, erwiderte er, ging zum Gepäckraum, ließ einen Kofferdeckel aufspringen; er enthielt eine knallrote, schreckliche Perücke und eine Uniform für einen weiblichen Leutnant der US-Army. »Cynthia zieht das an. Meixner bringt sie in einem Lieferwagen weg, unterwegs steigt sie um in einen Jeep und rollt mit drei anderen US-Offizieren auf Sightseeing-Tour auf die eigene Seite der Stadt zurück.«

»Und ein weiblicher Leutnant bleibt für sie im Sektor?«

»Klar«, antwortete George. »Wir wollten diese Lady sowieso vorübergehend hier unterbringen.«

»Einverstanden«, entgegnete ich. »Nun zu Lipsky. Ich nehme an, dein Cabrio hat Niveau-Ausgleich?«

»Hat es«, bestätigte George.

»Und der Kofferraum ist groß genug für etwa fünfundsiebzig Kilo Lebendgewicht?«

»Wenn sich das Lebendgewicht zusammenkrümmt, wird es gehen«, antwortete George. »Ich soll also Lipsky als blinden Passagier befördern.«

»Im Moment die einzige Möglichkeit«, erwiderte ich. »Die Vopos und Grepos dürfen, laut Viermächtestatut, das Gepäck eines Amerikaners nicht kontrollieren.«

»Die Vopos und Grepos nicht einmal die Pässe«, verbesserte er mich. »Nur die Sowjets. Aber ich habe eine CD-Nummer, und nach den internationalen Abmachungen darf Diplomatengepäck nicht gefilzt werden.«

»Und sie halten sich daran?«

»In der Regel schon«, versicherte er gedehnt. »Frag mich nicht, was diese KGB-Leute alles per Diplomatengepäck verschicken – aber wenn sie natürlich Verdacht schöpfen, haben sie nicht die geringsten Hemmungen, dich auch am Checkpoint Charlie bis aufs Hemd auszuziehen.«

»In so einem Fall lassen sie es also auf einen US-Protest ankommen?«

»Verlaß dich drauf, Fellow.«

Wenn die Sowjets einen Stasi-Funktionär in einem Diplomatenwagen fänden, würden die Amerikaner auf jeden Protest verzichten und die Fluchthilfe als Übergriff eines US-Beamten hinstellen, der dafür von ihnen zur Rechenschaft gezogen werden müßte.

»Würdest du es wagen, George?« fragte ich.

»Ich muß Hellseher sein«, antwortete er. »Seit gestern mittag hatte ich die gleiche Vorstellung ...« Er nickte mir zu. »... dir zuliebe.«

Wir begannen, den Cabrio-Kofferraum mit Hilfe von Decken wohnlich zu machen. Wir kamen damit zu schnell zu Rande, denn ab jetzt folterte uns die Zeit.

»Vor vierzehn Uhr können sie gar nicht hier sein«, versuchte mich George zu beruhigen, aber er wurde jetzt selbst ein wenig unruhig.

Wir maßen die Zeit jetzt mit Hilfe von Zigarettenkippen.

Ich wollte in das Hauptgebäude hinübergehen.

»Bleib hier«, sagte George. »Meixner paßt schon auf.«

Er schaltete das Autoradio ein, und wir hörten in einer Direktübertragung eine dieser idiotischen Begrüßungsansprachen, in denen sich ein Staat beweihräucherte, dem 3,1 Millionen Menschen davongelaufen waren, davon über eine halbe Million noch nach dem Bau der Mauer. Sie hatten sich durch die Grenze gegraben oder sie mit Lastwagen durchbrochen, hatten sich mit ihren Kindern in einem selbstgebauten Ballon mit dem Wind nach Westen tragen lassen oder Flugzeuge entführt, obwohl sie damit rechnen mußten, daß sie dafür auch im Westen eingesperrt würden.

Es gab hundert Arten, trotz des Schießbefehls in den Westen zu entkommen, aber eine war gefährlicher als die andere. Nicht selten machten DDR-Bürger in östlichen Bruderländern Urlaub und versuchten sich dann mit gefälschten Papieren von Prag, Budapest oder Sofia aus ins neutrale Ausland abzusetzen. Vielen, vor allem jüngeren Menschen des kleineren Deutschland ging es gar nicht darum, ihre Heimat zu verlassen und im Westen zu bleiben, sie wollten ihn nur besuchen dürfen wie ihre Verwandten auf der anderen Seite, die zu ihnen in den Osten kamen. Wenn man nicht zu den Privilegierten gehörte, mußte man das Rentenalter erreichen, um aus dem Hoheitsgebiet des Stacheldrahts herauszukommen, weshalb die Bürger spotteten: ›Freu mich schon auf das Jahr 2009, da ist die DDR 60 und darf in den Westen.‹

George nahm seine Golfschläger aus dem Bag und drapierte sie als Blickfang auf dem Rücksitz.

»Was wird aus Lipskys Wagen?«

»Meixner bringt ihn weg«, erwiderte er.

»Was macht Meixner eigentlich nicht?«

»Fehler«, erwiderte George. »Ich sagte dir ja schon, er ist unser bester Mann in Ost-Berlin.« Ein wenig sägte die Nervosität doch an seiner Hochnäsigkeit. Er überprüfte den Reifendruck und den Benzinstand.

»Das ist dir doch klar, daß dich weder das State Department noch unser Verein decken werden, wenn du auffliegst.«

»Dich doch auch nicht«, entgegnete George. »Du begleitest mich doch, Sportsfreund.«

Punkt 14.17 Uhr hörte unsere Nerventour auf. Eine schwarze SIM-Limousine bog auf das Grundstück ein und verschwand unverzüglich im Geräteschuppen.

Lipsky stieg aus.

»Alles in Ordnung!« rief mir Vanessa zu.

Meixner bestieg den sowjetischen Straßenkreuzer und brachte ihn sofort weg, während Vanessa begann, sich in einen verschminkten weiblichen US-Leutnant zu verwandeln. Sie sah aus wie das letzte Hafenflittchen, das in einer langen Nacht noch keinen Freier gefunden hat.

»Guten Tag, Herr Lipsky«, begrüßte ich den Fluchtaspiranten. »Sehr viel Komfort kann ich Ihnen leider nicht bieten, aber die Reise ist, wie gesagt, kurz und lohnend.«

Ich zeigte ihm das vorbereitete Lager.

»So ähnlich habe ich es mir auch vorgestellt«, erwiderte er.

Ich hatte das Gefühl, daß er von uns allen der Gelassenste war.

Ein Lieferwagen bog durch die Einfahrt.

»Meixner«, beruhigte uns George sofort.

Vanessa stieg zu. Zum Abschied war keine Zeit. Wenn alles glatt ginge, sähen wir uns in einer halben Stunde wieder.

Oder nie mehr.

Meixner brachte sie weg.

Jetzt waren wir an der Reihe. Phimoses kletterte in seinem dunklen Anzug in das Versteck. Wir schlossen zunächst probehalber den Deckel und öffneten ihn wieder. »Geht's halbwegs?« fragte George.

»Halbwegs«, bestätigte er.

»Und Luft bekommen Sie auch genug?« fragte ich.

»Na ja«, erwiderte Lipsky. »Ein Luftkurort ist es gerade nicht.« Er gefiel mir immer besser. »Kaufen Sie doch bitte das nächstemal einen anständigen Wagen«, sächselte er.

Wir verschlossen den Kofferraum.

George Ashton setzte sich ans Steuer. Ich nahm neben ihm Platz. Ich hielt während der ganzen Fahrt unsere beiden Diplomatenpässe in der Hand. Als wir losrollten, um das Land hinter uns zu lassen, in dem sich die meisten Selbstmorde ereignen und es die höchste Scheidungsquote gibt – und die wenigsten Verbrechen, weil keine Kriminalstatistik geführt wird –, hatte ich das Gefühl, ich würde zum erstenmal seit Vietnam wieder beten; ich glaube, es war mehr als ein Gefühl.

Wir verließen das Materiallager ungesehen und ohne Zwischenfall. Die Sonne schien uns ins Gesicht, es umflatterten uns Fahnen. George fuhr langsam, konzentriert, beide Hände am Steuer, Blick auf die Straße; er mußte aufpassen, es gab Umleitungen. »Wenn wir weiter so gut durchkommen«, bemerkte er blasiert bis zum Exzeß, »schaffe ich heute am Wannsee glatt noch achtzehn Holes.«

Wir passierten den Spittelmarkt, rollten über die Leipziger Straße, bogen in die Friedrichstraße ein.

Kurz vor dem Checkpoint Charlie war ein riesiges Transparent über die Straße gespannt:

DIE DEUTSCH-SOWJETISCHE FREUNDSCHAFT IST DER HERZSCHLAG UNSERES LEBENS.

Ich spürte ganz andere Pulsschläge in diesem Moment. Plötzlich fürchtete ich, Phimoses könnte mit den Fäusten gegen den Deckel des Kofferraums schlagen und uns verraten.

Wir fuhren im Schrittempo an den Grepos vorbei.

Der russische Unterleutnant rechts musterte uns mit versteinertem Gesicht. Der Kapitän auf der Fahrerseite kannte George und winkte ihm zu, ein untersetzter Mann mit kurzgeschorenen Haaren, Sommersprossen im Gesicht und lustigen Augen. Hinter ihm standen Rotarmisten mit umgehängten Kalaschnikows.

Der Sowjetoffizier beugte sich zu George herab:

»Schon wieder Golf?« fragte er.

»Sure«, antwortete George und verfiel dann in ein schlechtes Englisch, durchsetzt mit deutschen Worten, unterstützt durch viele Handbewegungen: »My friend and Partner«, stellte er mich vor. »Mister Meiler.«

Ich streckte dem Sowjetoffizier meinen Diplomatenpaß entgegen.

»I will beat him today«, behauptete der seltsame Diplomat: »Durch Sonne, Mond und Sterne...«

Der Sowjetoffizier grinste. Mein Dokument interessierte ihn weit weniger als Georges buntes Golfhemd und seine lächerliche karierte Hose. Er betrachtete die Schläger auf dem Rücksitz.

»Use it«, forderte ihn George auf und reichte ihm einen Eisenclub.

Der Kapitän fuchtelte damit herum.

»Not in this way«, ritt George der Teufel; er stieg aus. »Put it in your left hand, like this«, sagte er und drückte dem Sowjet das Ding in die Hand.

Hinter uns hupte ein Schwede mit dem CD-Schild am Wagen.

Der Unterleutnant betrachtete ihn unwillig und ging auf ihn zu. Und der Kapitän mit den breiten Schulterstücken schlug voll mit der Schlagfläche auf den Boden, schüttelte sich. »Nix gut«, lachte er und legte das Iron seven wieder in den Fond zurück.

George stieg ein.

Der Sowjetoffizier winkte uns durch.

50 Meter noch, 30 – wir hatten es geschafft.

Ich klopfte mit der Faust auf den Kofferraumdeckel, um Lipsky zu bedeuten, daß wir die Kontrolle passiert hatten.

»Dieser Scheißkerl hat mir doch glatt mein Eisen sieben verbogen«, stellte George fest, als wäre er nicht gerade so erleichtert wie ich.

»Reg dich nicht auf«, erwiderte ich. »Kriegst von mir ein neues.« Ich klopfte ihm anerkennend auf die Schulter: »Aus Gold.«

Zwei Straßen weiter fuhren wir in eine Garage und erlösten Phimoses aus seiner unbequemen Lage. Wir erfuhren, daß der Jeep vor knapp drei Minuten ebenfalls die ›befestigte Grenze‹ heil passiert hätte – jetzt erst atmete ich wieder richtig durch.

»Herzlich willkommen im Westen«, sagte ich zu dem früheren Genossen Immerda.

»Hoffentlich«, knurrte er.

Wir schlossen das Cabrio-Dach, damit Lipsky niemand erkennen konnte, dann jagten wir nach Tegel, wo die Militärmaschine nach Wiesbaden-Erbenheim schon startklar bereitstand.

Oben auf der Gangway stand Vanessa zwischen Steve und Ritter und winkte mir zu; sie trug immer noch die Uniform, aber sie hatte wenigstens diese schreckliche Perücke abgesetzt.

Ich drückte George die Hand, und er nahm so unbetont Abschied, als hätten wir miteinander nur eben ein Glas Bier getrunken.

Die Maschine erhielt sofort vom Tower Starterlaubnis. Erst jetzt nahmen wir den Scotch, den wir vor einer Stunde so dringend benötigt hätten. Ich saß neben Vanessa und hielt ihre Hand. Sie lehnte sich gegen mich, und ihre Augen schillerten jetzt violett.

»Glücklich?« fragte sie mich.

»Noch nicht«, entgegnete ich. »Ich hab's noch nicht ganz begriffen.«

»Ich bin Steve Cassidy«, stellte sich der Freund Ludwig Lipsky vor. »Ich nehme an, Sie kennen mich dem Namen nach.«

»Natürlich kenne ich Sie«, erwiderte der Ex-Stasimann. »Und nicht nur dem Namen nach.«

»Dann ist Ihnen auch meine Funktion bekannt, Herr Lipsky. Ich möchte Ihnen ausdrücklich bestätigen, daß alle Absprachen, die Mister Meiler mit Ihnen getroffen hat, von der Central Intelligence Agency eingehalten werden. Sowie wir dafür Zeit haben, erhalten Sie eine schriftliche Bestätigung.«

Lipsky nickte, sah mich an, und wir grinsten beide, weil wir in einer heiklen Lage Vertrauen zueinander gefaßt hatten und dabei doch nicht zu ›blöden Hunden‹ geworden waren.

Wir landeten pünktlich in Wiesbaden-Erbenheim, stiegen in einen Armywagen um, der uns in das hermetisch abgeriegelte US-

Camp Oberursel brachte. Inzwischen hatte Ritter den Präsidenten des Bundesnachrichtendienstes verständigt – verabredungsgemäß sollten es nur noch der Bundesaußenminister und der Bundeskanzler erfahren –, daß die Operation Sperber erfolgreich beendet sei. Unser Headquarter in Langley wurde natürlich gleichzeitig benachrichtigt.

Wir saßen zwanglos bei Tisch. Phimoses sah auf die Uhr und lachte grundlos. »Wenn ich mir vorstelle«, erklärte er dann, »daß Hedwig jetzt auf mich schimpft und in der Wohnung herumtobt und...«

Wir ließen ihm die Freude, wiewohl wir es besser wußten: Die internationale Pressekonferenz war zunächst zweimal verschoben worden und dann geplatzt. Seitdem wurde Ost-Berlin von Gerüchten erschüttert, und Eingeweihte wußten, daß eine Hexenjagd begonnen hatte. Da sowohl Ludwig Lipsky wie die BND-Diplomatin Cynthia Pahl nicht aufgespürt werden konnten, blieben der Normannenstraße nur noch wenig Zweifel, daß die beiden in den Westen entschlüpft seien.

Es war uns ein großer Einbruch geglückt, vor allem auf der Defensivseite: Der gewaltige Desinformationsschlag, zu dem Lupus ausgeholt hatte, war ins Wasser gefallen. Er mußte schleunigst seine Agenten aus dem Ausland abberufen, und viele von ihnen wurden zuvor von den westlichen Sicherheitsorganen gefaßt.

Ich wollte mich mit Vanessa aus Oberursel zurückziehen, aber Lipsky hatte ein besonderes Vertrauensverhältnis zu uns, und so wurden wir weiterhin benötigt. Phimoses war zwar auf das westliche Angebot eingegangen, aber er erwies sich als alles andere denn ein gekauftes Subjekt.

Er mußte behutsam behandelt werden.

Vierzehn Tage später erfuhren wir, daß Konopka in Untersuchungshaft versucht hatte, sich zu erhängen; er war gerade noch rechtzeitig abgeschnitten worden, hatte aber eine unheilbare Gehirnschädigung erlitten. Es war General Lupus nur recht; nunmehr konnte er behaupten, der verdiente Genosse müßte wegen einer plötzlichen Erkrankung vorzeitig pensioniert werden. Noch war fraglich, ob Bevaujot die Affäre Sperber überstehen würde; bliebe er im Amt, würde er BND und CIA, dessen war ich mir sicher, die Schlappe eines Tages wieder heimzahlen.

Die Nacht der Schakale war zu Ende. Zwei Wochen später flog ich via Washington ins Headquarter nach Langley, um vom alten Gregory verabschiedet zu werden. Er saß an seinem Schreibtisch und löffelte aus einem Pappbecher mit verzücktem Gesicht Cottage Cheese; er fuhr sich wiederholt mit der Zunge über die Oberlippe, es war die einzige Bewegung in einem steinalten Gesicht.

»Gratuliere, Lefty«, sagte er, »Sie haben mich nicht enttäuscht. Wünschen Sie eine öffentliche oder eine stille Verabschiedung?« fragte er.

»Eine schnelle«, erwiderte ich.

»Ein Posten ist noch unbereinigt«, stellte der Vice fest. »Sie sind ja vom Fach, da brauche ich nicht viel zu erklären – aber jetzt müssen Sie es erfahren.« Ich wunderte mich, daß er Umwege einschlug. »Barry Wallner ist gar nicht mit dem Flugzeug abgestürzt; er hatte lediglich mit uns eine Absprache getroffen und sich zum Schreiben in die Wüste zurückgezogen.« Er tastete mich vorsichtig ab. »Er wartet nur noch auf Ihren Bericht, um seiner Arbeit den letzten Schliff ...«

»Bedaure, Sir«, erwiderte ich. »Ich habe nichts mit Barry abgesprochen.« Ich räkelte mich betont lässig auf dem Stuhl. »Ich nehme das volle Copyright für mich in Anspruch.«

Der Vice wurde ärgerlich.

Dann lächelte er unvermittelt.

Vielleicht überlegte er bereits, wie er auch noch den cleveren Barry hereinlegen könnte – mit meiner Hilfe, so wie er mich zuvor mit Barrys Hilfe ausgetrickst hatte. »Wenn Sie sich querlegen«, sagte er dann, »so kann ich es nicht ändern. Sie sind ein freier Mann. Well, leben Sie wohl. Ihr Urlaub über das State Department geht übrigens in Ordnung.«

»Verzichte«, entgegnete ich. »Ich werde den neuen Job nicht antreten.«

Gregory schüttelte den Kopf. »Sie sind doch wohl übergeschnappt, Lefty«, erwiderte er. »Ich ebne Ihnen die Wege und Sie spielen hier den Aussteiger.«

»Ich möchte nicht in Verlegenheit kommen, eines Tages im Kofferraum Menschen über eine Grenze schmuggeln zu müssen«, antwortete ich.

»Das war doch Ihre Idee«, fuhr er mich an.

»Eben«, entgegnete ich. »Aber meine letzte. Das Abschiedsgeschenk.«

»Sie schlagen eine solche Karriere aus?«

»Ich bin es leid, mich täuschen, manipulieren und herumschubsen zu lassen.«

»Mister Meiler«, attackierte er mich. »Sie sprechen von den Vereinigten Staaten ...«

»Ich meine jeden Staat«, konterte ich. »Im Osten und im Westen, im Norden und im Süden. Jeder Staat belügt seine Bürger, manipuliert sie und arbeitet unter dem Vorwand, um ihr soziales Wohl besorgt zu sein, daran, sie noch mehr auszubeuten.«

»Sie müssen wirklich verrückt sein«, sagte der Alte verständnislos. »Was wollen Sie eigentlich anfangen?«

»Weiß ich noch nicht. Jedenfalls werde ich künftig auf seiten der Leute stehen, die dem Staat auf die Finger sehen, statt sich die Finger für den Staat zu verbrennen.«

»Und Sie meinen, ich lasse einen Geheimnisträger wie Sie einfach so davonschwimmen?«

»Davon bin ich überzeugt, Sir«, versetzte ich. »Ich habe meiner Frau eine Zusammenstellung übergeben ...«

»Ihrer Frau?« unterbrach mich der Vice.

»Entschuldigung«, sagte ich. »Ich habe geheiratet und soll Sie grüßen – von Vanessa, Madge oder Cynthia. Suchen Sie den Namen aus, der Ihnen am besten gefällt, Sir.« Ich erhob mich. »Ich mach' es genauso.«

Das Gesicht des großen Gregory entschädigte mich für elf Jahre, in denen er mich nach Gutdünken auf den Straßen des Untergrunds hin und her geschoben hatte.

Ich war in Eile, denn ein Hubschrauber brachte uns nach Washington zurück, von wo aus Vanessa und ich in die Flitterwochen starteten.

Natürlich nach Bali, auf die Insel der Götter und Dämonen.

Solange wir uns liebten, würden sie uns gewogen bleiben.

Krisenkommando

1

Der Tag hatte sich auf dem richtigen Bein erhoben. Ich schob in meinem Hotelzimmer die Vorhänge beiseite und blinzelte gegen die Sonne. Etwas Schönwetter für den Privatgebrauch könnte nicht schaden, aber so leicht war das bei mir nicht, wiewohl sich inzwischen meine freien Tage mindestens zu Wochen, wenn nicht schon zu Monaten gehäuft haben mußten.

Ich setzte mich in einen Mietwagen und fuhr los. Zu einem eigenen Auto habe ich es so wenig gebracht wie zu einer eigenen Persönlichkeit. Beides muß ich mir von Fall zu Fall ausleihen. Die Namen, die ich dabei führe, sind so falsch wie die Seufzer einer Hure, nicht wertvoller, als das Papier, auf dem sie stehen, und Papier ist geduldig.

Nach jedem Einsatz wandert mein Reisepaß ohnedies in den Reißwolf, der meine Identitäten zerfleischt und auffrißt.

Während ich mich ziemlich gewaltsam durch Münchens verstopfte Straßen zwängte, schaute ich auf mich zurück, nicht im Zorn, und nicht im Mitleid: Gefühle kann ich mir in meiner Branche so wenig leisten wie auffällige Anzüge oder schnittige Sportwagen. Oder schöne Frauen.

Der Gegenverkehr drohte mich in die Stadt zurückzuwerfen, der Süden pumpte pausenlos Freiwillige der Tretmühle in die Isar-Metropole. Kurz vor Solln fand ich eine Telefonzelle nebst Parkplatz. Ich hielt an, stieg aus, um das Unvermeidliche hinter mich zu bringen.

Mein Zeigefinger kannte die Nummer unserer Zentrale auswendig.

»Ferry«, meldete ich mich mit meinem Code-Wort. »Liegt etwas für mich vor?«

»Bis jetzt nicht«, antwortete die Stimme am anderen Ende, so monoton und mechanisch, als liefe sie vom Band.

»Dann haken Sie mal einen Tag von meinem Freizeit-Konto ab.«

»Wohin fahren Sie?« fragte dieser Kehlkopf-Automat.

»Ins Blaue«, erwiderte ich.

»Drücken Sie sich bitte präziser aus.«

»Gut«, versetzte ich gereizt: »Ins Grüne.«

Es war natürlich sinnlos, gegen die Regeln meines Berufes

anzugehen, und Bürokratie ist nun einmal das Gewissen der Ordnung. »Ich werde mich im Isartal aufhalten«, lenkte ich ein.

»Melden Sie sich gegen Mittag wieder«, befahl der Mann am anderen Ende; ich mußte ihm noch die Nummer meines Leihwagens durchgeben, dann erhielt ich grünes Licht für die nächsten drei Stunden.

Mein Benzintank war schon ziemlich leer, aber kurz vor Pullach fand ich eine Tankstelle und reihte mich in eine lange Schlange ein. Zwar wurde in der Bundesrepublik noch nicht mit der Pistole um den Kraftstoff gekämpft, aber die Wartezeit hier war bereits ein – völlig unnötiger – Auswuchs der Ölkrise. Am Vorabend hatte im Fernsehen der Spitzenmanager eines Weltkonzerns mitgeteilt, daß er – angeblich – die Kontingente für seine Tankstellen kürzen müßte. In absurder Panik wollte jeder noch einmal den Tank auffüllen. Während ich fluchte, wußte ich noch nicht, daß mein nächster Auftrag eng mit der Energiekrise verbunden sein sollte.

»Super?« fragte mich der Tankwart.

»Ja«, antwortete ich. »Voll bitte.«

»Von mir aus«, entgegnete er unfreundlich. »Wenn das so weitergeht, erhalten ab heute mittag bei mir nur noch meine Stammkunden Sprit. Die anderen können sich dann bei Oberst Gaddafi oder sonst einem Ölscheich beschweren.« Er quittierte das Trinkgeld mit einem Kopfnicken und setzte hinzu: »Zwei Bataillone Fallschirmjäger, und diese Kameltreiber könnten in der Nase bohren statt in der Wüste.«

»Sie sind mir ja ein schöner Imperialist«, versetzte ich lachend.

Im Grunde schlug der Mann nur vor, was längst von einigen bekannten US-Politikern gefordert worden war. Auch der Leitartikler einer Münchener Zeitung hatte in dieses Horn gestoßen und sich dabei die Lippen verbrannt. Ölkrise: die alte Leier. Viel Lärm um wenig, denn die Geschäfte mit dem Schwarzen Gold liefen wie geschmiert. Das Öl ernährte seinen Mann, beziehungsweise seine Herkunftsländer, Multikonzerne und Finanzämter. Jeder füllte sich die Taschen. Zuerst bedienten sich die OPEC-Länder, auf dem Fuße folgten ihnen die Ölmächte, die nicht an das Kartell angeschlossen waren. Die »weißen Scheichs« waren nicht minder begehrlich als alle anderen; das Nordsee-Öl zum Beispiel war nicht einen Cent billiger als der Wüstensaft. Dann kamen die Konzerne und beschäftigten sich mitunter als Spekulanten und Wucherer. Sie wiesen in Europa ungeheure Verluste vor, während ihre Mutterfirmen in Amerika gleichzeitig Windfallgewinne einsteckten.

Jeder wußte, daß die vorgewiesene Buchführung falsch war, aber keiner kannte die Tricks so gut wie Energie-Manager, die immer wieder bewiesen, daß das Erdöl eine schmierige Substanz ist.

Last not least kam der Staat, und hiermit meine ich nicht einen bestimmten, sondern alle, am wenigsten freilich die USA, die sich auch heute noch am bescheidensten geben. Bei Benzin zum Beispiel kassiert der Fiskus schlicht über zwei Drittel aller Einkunfts- und Erstellungskosten und heizt damit die Gier der Ölproduzenten an, die nicht ganz zu Unrecht darauf hinweisen, daß die Preiserhöhungen in Raten von jeweils 3,5 oder 7,5 Prozent nicht das ganze Wirtschaftsgefüge der Industriestaaten zum Einsturz bringen können, wenn sich ihre Finanzämter an dem übrigens gar nicht so raren Saft so bereicherten, daß die Scheichs und Emire schon beinahe wieder zu Wundertätern der Selbstbescheidung werden.

Der Dumme war – wie immer – das Volk, laut Heinrich Heine der »große Lümmel«, heutzutage eine Gemeinschaft von Verbrauchern. Der Konsument schimpft und zahlt – und zahlt immer drauf. Und das nicht nur bei Petroleum, aber nicht nur Blut, auch Öl ist ein ganz besonderer Saft.

Man hatte mich über Nacht aus Buenos Aires abberufen, wo sich gerade um die Falkland-Inseln eine höchst überflüssige Krise zusammenbraute. Statt das Kulissenspiel der Militär-Diktaturen weiter zu beobachten, saß ich nun in München herum. Auf Abruf. Keiner sagte mir warum. Erklärungen sind in meiner Branche weder üblich noch nötig.

Ich hatte so eine Vorahnung, daß es nach Nahost gehen könnte, wo die Krise gewissermaßen krisenfest war. Hier lag für meine Organisation eine Aufgabe und auch eine Herausforderung, und deshalb sah ich mich schon in Oman oder Abu Dhabi, in Katar oder Kuwait, jedenfalls da, wo der Kuskus wächst, und dabei schmeckt mir weder Hammel, noch Reis – aber das wäre noch lange nicht das übelste an der Sache.

Ich rollte weiter, in die Arme des Frühlings. Ein Tag wie aus dem Bilderbuch, eine Rarität aus der meteorologischen Schatztruhe. Die Sonne vergoldete auch noch die Zentrale des Bundesnachrichtendienstes in Pullach, an der ich eben vorbeifuhr. Ich dachte nicht an meine Kollegen und Rivalen, schon weil ich uns für besser hielt. Unser Job war leichter, oder auch schwerer, je wie man es betrachtete.

Unbegrenzte Mittel – dafür kein Fangnetz.

Natürlich hatte das Kind auch einen Namen, aber ich möchte ihn hier so wenig nennen wie interne Einzelheiten. Unsere Organisation arbeitet international mit dem stillen Einverständnis des amerikanischen und des deutschen Geheimdienstes, und wir werden auch von parlamentarischen Sicherheitsausschüssen kontrolliert. Der Unterschied liegt darin, daß wir, wenn wir unangenehm auffallen, Privatleute sind, ohne jede Rückendeckung. Deshalb können und müssen wir mehr riskieren und Kastanien aus dem Feuer holen, an denen sich zum Beispiel CIA und BND nicht die Finger verbrennen wollen. Natürlich gibt es, bei aller Rivalität, Kontakte zwischen den verschiedenen Diensten, und in der Bundesrepublik arbeiten wir mit Vorliebe mit den GSG-9-Männern zusammen, die in Mogadischu einen glänzenden Einstand in der Terror-Bekämpfung gehabt hatten und den Pfusch beim Olympia-Massaker vergessen machen konnten. Freilich waren hier hochkarätige Einzelkämpfer mit Verve und Mut am Werk gewesen und nicht ein redseliger Innenminister und ein wichtigtuerischer Polizeipräsident.

Es tat gut, sich einmal ein paar Stunden Privatleben zu stehlen, noch dazu an einem Tag wie heute, wie zum Verlieben geschaffen. Und an der nächsten Ecke lauerte auch schon die Gelegenheit.

Sie war schlank und blond, selbstbewußt und wohlgerundet: Schätzungsweise 89:56:89. Sie lächelte und winkte gleichzeitig, und in dieser Situation hätte wohl selbst ein Eunuch gehalten.

»Panne?« fragte ich: »Kann ich Ihnen helfen?«

»Und ob«, erwiderte sie. »Ich hab' einen Plattfuß.«

»So sieht das nicht aus«, entgegnete ich und betrachtete anzüglich ihre Beine.

Sie folgte meinem Blick: »Ich mach' Ihnen einen Vorschlag«, lachte sie mich an. »Sie sehen zuerst nach meinem Reifen und dann –«

»Und dann?« wiederholte ich.

»... können Sie vielleicht mich näher in Augenschein nehmen«, erwiderte sie mit ihrer spöttisch-zärtlichen Stimme.

Ich machte mich ans Werk, und während ich den Wagenheber ansetzte, stellte ich fest, daß diese schöne Wegelagerin genau auf meinen Typ abgestimmt war.

Zu genau? begann ich zu überlegen.

Unsinn, tat ich es ab. Ein Bankier sieht lauter faule Wechsel, ein Fleischbeschauer bloß Trichinen, ein Pfarrer nur Sünden und ein Agent bloß Stolpersteine.

Das Mißtrauen war mein Handwerkszeug. Ein paar Jahre Untergrund hatten mich betriebsblind gemacht für die sorglosen Freuden des Lebens.

Während ich den kleinen Flitzer aufbockte, stand sie dicht neben mir, rauchte und schwieg, rührte keine Hand, und das war nur natürlich, denn beim Reifenwechsel hört bekanntlich die Gleichberechtigung auf. Fraglos verlangsamte sie das Tempo und beschleunigte sie den Puls vorbeirollender Herrenfahrer. Mancher, der mit zwei linken Händen zur Welt gekommen war, hätte ihr wohl gerne geholfen.

Ich verstaute den platten Pneu im Kofferraum und griff mir den Ersatzreifen. Während ich die Schrauben anzog, sagte ich lachend mit dem schweren Atem der Mühe: »Blondinen am Morgen – Kummer und Sorgen.«

Ich stülpte die Radkappe über mein Werk, wischte meine Hände an einem Taschentuch ab und wunderte mich flüchtig, daß sie bei weit schmutzigeren Dingen wesentlich sauberer geblieben waren.

»Fertig«, sagte ich. »Und wohin wollen Sie eigentlich?«

»Eine kleine Spazierfahrt«, versetzte sie.

»Das trifft sich bestens«, antwortete ich. »Ich bin ein gelernter Faulenzer.«

Ich machte ihr den Vorschlag, ihren Wagen stehenzulassen, in meinen umzusteigen, den Reifen an der nächsten Tankstelle flicken zu lassen und uns bis dahin gemeinsam die Zeit zu vertreiben. Sie nahm ohne Gegenrede an, vermutlich anstelle eines an sich verwirkten Trinkgeldes.

Ich begriff sofort, daß sie mit Männern umgehen konnte. Männer waren ihr Fall, wenn auch vielleicht nicht ihr Sündenfall. Eigentlich begann ich bereits, sie zu idealisieren, auch das war schon faul.

Ich betrachtete sie von der Seite, und das lohnte sich in jeder Hinsicht. Ihre langen Haare verhüllten wie ein Vorhang einen Teil ihres Gesichts und gaben dabei einen ständig wechselnden Ausschnitt frei. Sie hatte große, flirrende Augen, bald grün, bald blau, türkis. Ihre Stirn war gewölbt; volle Lippen ließen auf einen beherzten Appetit schließen. Ich war mit den Augen bei ihrer feinen Nackenlinie angelangt und witterte eine Ausstrahlung von kühler Hitze.

Ich griff mir einen Namen aus der Mottenkiste und stellte mich vor.

»Meine Freunde nennen mich Diana«, erwiderte sie.

»Viele Freunde?«

»Ich laß die Schar nicht übermächtig werden«, konterte sie

lächelnd. »Wenn sie anfangen, mich zu langweilen, wechsele ich sie aus wie müde Pferde.«

»Und was machen Sie sonst – außer Ihrem Dressurakt?«

»Nicht viel«, entgegnete sie.

»Zu viel Geld?«, fragte ich.

»Mitgiftjäger?« schoß sie zurück.

Wir erreichten ein Ausflugslokal, hoch über der Isar. Wir waren die einzigen Gäste. Es war zu spät für das Frühstück und zu früh für den Mittagstisch, und noch verfrühter für braune Jung's aus Schottland, selbst wenn man sie mit Eis verdünnte.

Wir saßen nebeneinander und ließen uns von der Sonne vernaschen, und ich dachte an das Roman-Dilemma: »Fortsetzung folgt«.

»Und was machen Sie?« fragte mich Diana.

»Nichts Besonderes«, gab ich es ihr zurück. »Eigentlich bin ich nur ein ehrlicher Tagedieb.«

»Sie leben in München?« wollte sie wissen.

»Ja.«

»Aber Sie sind kein Münchner?«

»Wahlmünchner«, behauptete ich, und das war die erste Wahrheit.

Als Sohn eines Amerikaners und einer Deutschen bin ich zweisprachig aufgewachsen. Mein Geburtsort Berlin war nur ein Zufall, denn ich lag noch im Kinderwagen, als meine Eltern nach London zogen, dann nach Rom, dann nach Washington. Japan machte ich nicht mehr mit; da war ich schon an der Universität und wurde von der Organisation nach dem Examen einfach schanghait.

Ich bin nicht dazugekommen, darüber nachzudenken, ob ich nun ein Patriot war oder ein Abenteurer. Jedenfalls arbeitete ich nicht bei unserem Verein, um zu moralisieren, sondern um womöglich Konflikte und Kriege zu verhindern: die höhere Moral.

In den letzten Jahren hatten sich auf meinem Konto einige Pluspunkte angesammelt. Ich war von unseren Gegenspielern noch nicht enttarnt worden, und bis dahin würde ich im Außendienst bleiben, auf den Marschstraßen der Hölle, irgendwo bis irgendwann.

»Und man kann davon leben, daß man Wahlmünchner ist?« fragte Diana.

»Wissen Sie denn nicht, daß München als die Stadt mit dem höchsten Freizeitwert gilt?« versetzte ich.

In keiner Situation konnte ich mir Hinweise auf meine Person erlauben. Das war Gesetz, und damit wurde jede zwischenmenschliche Beziehung schon von Anfang an verlogen. Sonst trat ich solcherlei Gedanken schon beim Entstehen aus wie Zigarettenkippen; aber bei Mädchen wie Diana schwelten sie noch ein wenig weiter. Deshalb wurde mir – wie ich wußte – in der Beurteilung durch meine Organisation ein fetter Minuspunkt angehängt.

Nicht unempfindlich gegenüber Frauen – was für ein Manko!

Wir rührten in unserem Kaffee. Ich gab ihr Feuer.

Wir sahen uns dabei voll an, und Diana lachte hell: »Sie mustern mich wie die Hexe Hänsel und Gretel«, sagte sie.

»Ich hab' zwar einen Wolfshunger«, erwiderte ich, »aber ich werd' Sie nicht fressen, Diana.«

»Fürchtet ihr den bösen Wolf?« ging sie auf meinen Ton ein.

»Wenn er aber kommt?« alberte ich.

Wir waren unbeschwert, und die Stunde tat alles, um sich einen Kuppelpelz zu verdienen. Aber ein glücklicher Zufall macht noch keine geglückte Eroberung. Dazu gehören Zeit und Muße und nicht die lästige Verpflichtung, im Drei-Stunden-Rhythmus in der Zentrale anzurufen, um dann vielleicht mit der nächsten Maschine nach Kuwait oder Libyen abzufliegen.

Heimlich starrte ich schon wieder auf die dumme Uhr, stand auf, entschuldigte mich, ging um die Ecke an die Telefonzelle, die ich schon bei unserer Ankunft gesehen hatte – ich rufe nur von öffentlichen Fernsprechern aus an, auch wenn das Gespräch beim Teilnehmer über Verzerrer läuft.

Es meldete sich wieder dieser Typ mit der Roboter-Stimme: »Können Sie in 40 Minuten hier sein?« fragte er.

»Nicht ohne aufzufallen«, erwiderte ich.

»Dann 50«, ordnete er an und legte auf.

»Ärger?« empfing mich Diana.

»Ohne Fleiß kein Schweiß«, blödelte ich.

Ich fuhr Diana zur Tankstelle, öffnete den Kofferraum und ging an die Kasse, um zu bezahlen.

»Was hat gefehlt?« fragte ich.

»Nichts«, erwiderte der Tankwart und grinste dümmlich: »Nur das Ventil stand offen.«

Auf einmal hatte ich den Eindruck, daß ich mich um die Fortsetzung meines Flirts nicht zu sorgen brauchte.

2

Die Münchener Filiale der Organisation war zugleich die Zentrale für Deutschland. Sie lag inmitten der Stadt und doch so abseits, daß man die Sackgasse, die zu dem quadratischen Altbau führte, ständig unter Beobachtung hatte. Hinter dem massiven Gemäuer verbarg sich ein Fuchsbau. Man verließ diese Residenz des Untergrunds grundsätzlich durch eine andere Türe, als man sie betreten hatte.

Alle Räume waren schalldicht, die Telefone abhörsicher. Es gab eine eigene Verbrennungsanlage für den Inhalt der Papierkörbe, die in kurzen Abständen geleert wurden – um nur einige Feinheiten unseres deutschen Hauptquartiers zu nennen, das ich erstmals seit meinem Eintreffen in München betrat.

Ich landete bei dem Mann mit der Roboter-Stimme; er sah so zerknittert aus, als hätte er in den letzten Stunden auf seinem Gesicht gesessen.

»Wir kennen uns ja schon«, sagte ich, ohne eine Antwort abzuwarten. »Bitte eine Überprüfung: Diana Sontag, cirka 25, schlank, blond, 1,70 Meter. Sie fährt einen blauen Fiat 850.«

Ich gab ihm noch die Autonummer und andere Einzelheiten – er stellte keine Gegenfragen – bei unserer Organisation ist es üblich, jede noch so nebensächliche Unregelmäßigkeit sofort überprüfen zu lassen. Mein Betreuer begriff mit der mechanischen Sturheit des Automaten, bei dem der Groschen sofort fällt; er erhob sich und lotste durch das Haus, vorbei an den gehobenen Rängen, direkt zur Direktionsetage.

Unser Mann in München war neu; sein Gesicht wirkte so ausdruckslos, daß er praktische Erfahrungen an der unsichtbaren Front gesammelt haben mußte. Den General neben ihm kannte ich, von drüben; er war unser Vize, und wenn er persönlich bei einer Filiale auftauchte, dann war meistens der Mist am Dampfen.

»Setzen Sie sich, Ferry«, begann er; er war breit, vierschrötig, hatte einen quadratischen Schädel mit Falkenaugen; sonst wirkte er glatt, kalt und gefährlich. Die Nummer Zwo war in unseren Kreisen eigentlich schon eine Legende, die wenigsten Agenten bekamen sie je zu Gesicht.

»Wir haben Sorgen«, sagte er ohne Umweg. »Nahost, Sie haben es sicher schon erraten.« Er stand auf, tigerte durch den Raum. »Unser Netz da unten ist nicht gerade zerrissen, aber doch bis zur Unbrauchbarkeit durchlöchert.« Er blieb stehen, sah mich an.

»Unsere Gegenspieler haben es ganz geschickt gemacht«, fuhr er fort. »Sie haben vor oder nach der Verstaatlichung der Ölfirmen eine ganze Reihe von ausländischen Fachleuten einfach aus der Wüste komplimentiert.« Ein Lächeln lief ihm wie Säure über das Gesicht: »Ich brauche Ihnen wohl nicht zu erklären, Ferry, daß mindestens jeder dritte für uns oder unsere Freunde gearbeitet hatte.«

Diese Eröffnung war leicht zu begreifen. Ich wußte nur nicht, was sie mit mir zu tun hatte. Ich sah in das leere Gesicht unseres Münchener Residenten. Nie hatte es sonst bei unseren Besprechungen einen stummeren Zuhörer gegeben.

Was hat Mr. München, unser Deutschland-Spezialist, mit Nahost zu tun?

Warum sollte mein Schleichpfad an den Nil oder an den Jordan über Münchener Umwege geleitet werden?

»Sie denken ganz richtig, Ferry«, sagte der Vize leicht belustigt. »Ich habe heute lediglich meinen umständlichen Tag.« Er zündete sich eine Zigarette an. »Wir müssen also unser Agentennetz da unten flicken. Das geht in dieser angespannten Lage nicht mit den üblichen Mitteln.«

Ich warf wieder einen Seitenblick auf unseren deutschen Einsatzleiter – aber ein steinernes Blücher-Denkmal hätte mir sicher mehr erzählt über den Rheinübergang bei Kaub, als dieser Stockfisch über meinen Einsatz hinter dem Mittelmeer.

»Wir müssen also eine neue Tour erfinden, um an die Quellen heranzukommen.« Der General lachte trocken. »An die Ölquellen, meine ich. Vielleicht können Sie uns dabei helfen, Ferry. Sie sind ein guter Mann, und Sie wären ein ausgezeichneter, wenn die Frauen Sie etwas kälter ließen.« Er nickte mir freundlich zu. »Aber da unten ist nicht viel los mit Damen, das sag' ich Ihnen gleich, Ferry.«

Er wandte sich an den Residenten. »Die Vorstellung kann nun steigen«, sagte er.

Die Rolläden gingen herunter, die Lichter aus. Die Wandtafel verwandelte sich in eine Leinwand. Ein Vorführgerät begann zu schnurren.

Und dann erschien ich.

Auf der Tafel.

Beinahe in Lebensgröße.

Wir alle waren ein Sicherheitsrisiko und wurden von der Organisation ständig überwacht. Daß man jetzt auch noch heimlich

Filme über unser Privatleben drehte, das war wohl der Zacken zu viel. Während ich mich stumm ereiferte, wurde mir klar, daß ich gar nicht ich war.

Ich rauche keine Pfeife. Ich trage keine Lederjacke, und schon gar keine Schnittlauchlocken, die sich im schmutzigen Hemdkragen verfangen.

Durch mein eigenes Konterfrei, diesen zweiten Aufguß von mir auf der Leinwand, war ich abgelenkt worden, aber unbewußt hatte ich gespürt, wie gespannt die beiden meine Reaktionen verfolgten.

Der Mann auf der Leinwand – eine schlechte Kopie von mir – kam jetzt von der Seite ins Bild. Dann von hinten. Wieder im Einkaufsviertel. Mein falsches Ich schlenderte aus einem Zigarettenladen und sah hungrig zwei Mädchen nach, erfolglos übrigens – ich sagte ja schon: Eine billige Imitation.

»Spulen Sie noch einmal zurück, bitte«, sagte der Quadratschädel.

Das Licht ging wieder an.

Mit zunehmender Helligkeit erlosch der Alptraum.

»Sie haben sich zunächst mit diesem Burschen auf der Leinwand verwechselt?« fragte der General.

»Ja, Sir.«

»Wir sehen jetzt den Film zum zweitenmal«, sagte der Vize. »Sie sagen mir, an welcher Stelle Sie diesen Irrtum erkannt haben.«

Bei der Repetition war die Vorführung weniger aufregend, denn ich war auf meine Karikatur gefaßt. Ich wartete ab, sah die Pfeife, einen Zug, den zweiten.

»Stop«, rief ich.

»14 Sekunden«, stellte Mr. München fest.

Unsere Nr. zwo nickte. »Schildern Sie«, befahl er mir, »wie in Ihrem Bewußtsein die Demaskierung vor sich gegangen ist.«

»Das erste Signal war die Pfeife«, begann ich. »Ich rauche Zigaretten. Als mir dieser Unterschied klar wurde, sah ich natürlich auch die anderen Unstimmigkeiten: die Lederjacke, diese vergammelten Haare, diesen nachgemachten Seemannsgang.« Ich griff mir eine Zigarette. »Zuletzt wunderte ich mich natürlich selbst, daß ich auf diese billige Imitation hereingefallen bin.«

»Keine Imitation«, erwiderte der Vize. »Der Mann ist echt, er wurde nicht zurechtgetrimmt.« Er wandte sich an Mr. München, dann wieder an mich. »Wir haben eine reelle Chance«, setzte er mit satter Stimme hinzu.

Ich hatte unseren Stellvertreter bei bisherigen Begegnungen nur fischblütig erlebt, doch jetzt hatte er es schwer, seinen Gleichmut wieder in den Griff zu bekommen.

»Wer ist das?« fragte ich.

»Der Mann heiß Grenzlein«, antwortete Mr. München, »Lothar Grenzlein. Er gehört zu einer extremistischen Studentengruppe, die vor Jahren in Deutschland eine kriminelle Mode kreiert hatte. Die meisten verliefen sich zum Glück wieder, aber der harte Kern mauserte sich zu einer Anarchisten-Gruppe, räuberte Banken aus und nahm auch Kontakte zu arabischen Terroristen auf. Grenzlein ging zumindest vorübergehend ins Ausland, als ihm der Boden in Deutschland zu heiß geworden war.«

»Ich weiß«, erwiderte ich. »Einige Terroristen erhielten vor Ort eine regelrechte Fedajin-Ausbildung. Ich glaube in Jordanien.«

»Ihr Gedächtnis ist in Ordnung«, sagte der General, für ihn war es ein Höchstmaß an Lob.

»So nach und nach ist es gelungen, den Anarchisten-Klüngel weitgehend einzufangen und einzubuchten«, fuhr unser Münchener Resident fort. »Nur nach einem der letzten – unserem Freund Lothar Grenzlein – fahndeten deutsche Kriminalpolizei und INTERPOL lange vergeblich. Der Mann hatte sich vermutlich auch in Jordanien aufgehalten und war danach spurlos verschwunden.«

»Bis jetzt,« brachte ich ihn um seinen Höhepunkt. »Er wurde also gefaßt?«

»Ganz richtig. Und zwar brachte ein Kurier aus dem Libanon die Kripo auf seine Fährte. Der Araber war nach der Landung auf dem Flughafen Riem aufgefallen und wurde beschattet. Die Polizei griff schließlich die Burschen alle beide und stellte erst nachher fest, was ihr für ein Fang gelungen war: der Kurier und Grenzlein. Die Leute sitzen seit drei Wochen. Hier, ganz in der Nähe.«

Mr. München warf einen Blick auf den Vize; der General nickte.

»Einer unserer Leute erwähnte zufällig Grenzleins auffallende Ähnlichkeit mit Ihnen«, fuhr er fort. »Wir jagten deshalb die beiden Fotos und persönliche Daten durch den Computer.« Der Mann konnte sogar lächeln. »Und dann sind wir aus dem Staunen nicht mehr herausgekommen.« Er brauchte nicht auf den Zettel zu sehen, der vor ihm lag. »Der Mann ist ein halbes Jahr jünger als Sie. Ein Kilo schwerer. Einen halben Zentimeter kleiner. Die Stirnpartie gleicht sich auf den Millimeter. Der Unterschied in der Nasenform ist minimal. Auch mit der Figur haben wir ziemliches

Glück. Die Schuhgröße differiert um eine Nummer. Unterschiede bei der Gestik, Mimik und vor allem beim Gang lassen sich wohl ausgleichen.«

»Was ist das für ein Bursche, dieser Grenzlein?« fragte ich. »Ein Fanatiker? Ein Anarchist? Ein Politspinner?«

»Seien Sie doch nicht so romantisch, Ferry«, erwiderte unser Münchner Statthalter. »Vielleicht versucht der Mann nur, uns in eine Elefantenfalle zu locken.«

»Andere Möglichkeiten?«

»Ja.« Sein leeres Gesicht war auf einmal belebt. »Er kann bluffen. Oder sich etwas Kurzweil in der Zelle verschaffen, wenn er uns zum Narren hält. Aber dazu ist er wahrscheinlich nicht dumm genug. Für uns wäre eine mögliche Absicht Nummer drei interessant: Der Mann versucht seine Haut zu retten und sich dabei noch eine goldene Nase zu verdienen.«

»Er hat also angeboten, mit uns zusammenzuarbeiten?«

»Er weiß nicht einmal, daß es uns gibt«, entgegnete der Colonel. »Aber er hat nach der CIA und dem Bundesnachrichtendienst gerufen und durchblicken lassen, daß er umzudrehen sei.«

Ein Kuhhandel dieser Art wäre nicht neu; und ich kenne kein Land der Welt, das zu fein ist, in Notfällen den Zweck durch die Mittel heiligen zu lassen. Das hieße im Fall Grenzlein, daß der Mann dem Staatsanwalt abgekauft werden müßte. Daß man seine Taschen mit Geld füllen würde. Daß man seine Flucht arrangierte und ihn dabei bis zu den deutschen – oder ausländischen – Schlupfwinkel arabischer Terroristen verfolgen würde.

Dabei gäbe es dann wieder zwei Möglichkeiten: Die Komplicen trauten ihm nicht mehr und liquidierten ihn, oder sie glaubten seine Fluchtstory, und wir hätten einen preiswerten Verräter im feindlichen Lager, der uns vielleicht bis an die Zentralen in Damaskus, Bagdad oder Beirut heranführen würde.

Auf einmal begriff ich, warum ich so plötzlich von den argentinischen Fleischtöpfen weggerufen worden war: Der Colonel weigerte sich, ein Risiko einzugehen. Er wollte mich in einer falschen, aber doch wohl ziemlich durchsichtigen, Haut losschicken.

»Ich soll also diesen Grenzlein spielen?« fragte ich. »Eine Flucht aus dem Gefängnis vortäuschen und darauf hoffen, daß die Terroristen mich für den echten Mann halten?«

»So ist es«, erwiderte der Vize: »Die Geschichte ist heiß wie ein Bügeleisen, und sie steigt nur, wenn Sie sich – nach sehr gründlicher Überlegung – dafür entscheiden.«

»Also, wie beim letztenmal«, sagte ich zum Erfinder freiwilliger Zwänge.

Der Quadratschädel war kein Freund von Zimperlichkeit, aber diesmal wirkten seine Bedenken echt. »Wir werden alle Möglichkeiten im Sandkasten durchspielen«, sagte er. »Unter 60 Prozent Erfolgschancen werde ich Sie nicht in dieses Unternehmen Himmelfahrt hetzen.«

Ich war auch nicht gerade zimperlich und so sah ich mich bereits in einem Inferno von Terror, Blut, Sand und Öl.

»Wie steht's eigentlich mit Ihrem Arabisch?« fragte der Vize am Schluß.

»Null«, antwortete ich.

»Blitzkurs«, ordnete der Colonel an.

Damit hatte ich meine Erfahrung, denn mir war schon einmal ein ganzes Jahr chinesischer Sprachunterricht aufgenötigt worden, und ich mußte mich hinterher in Rio de Janeiro wundern, wie wenig Chinesisch die Brasilianer sprachen.

3

Schon bei meiner Ankunft in München war mir aufgefallen, daß mir die Organisation kein Hotel als Quartier zugewiesen hatte. Nach der ersten Besprechung wurde ich im Fuchsbau unter ›Hausarrest‹ gestellt. Die geheimen Unterlagen, mit denen ich mich auf meinen Einsatz vorbereiten sollte, durften nicht einmal den Raum, und schon gar nicht die Residenz verlassen.

Es war Nachmittag. Das Apartment erwies sich als ein komfortables Verlies mit Schlafzimmer, Bad und Wohn-Arbeitsraum. Selbst eine kleine, gut assortierte Bar war vorhanden, obwohl Trinken bei uns im Dienst nur ›zu Schulungszwecken‹ erlaubt ist.

Das Essen würde vorzüglich sein und per Aufzug in meine luxuriöse Klause kommen. Alles war – wenn auch nicht in München – schon einmal dagewesen. Der Freiheitsentzug hieß Gastfreundschaft, und eine delikate Küche gehörte genauso zur Organisation wie die Anonymität.

Die Gemütlichkeit endete, als ich das brisante Material überflog, das mir zur Verfügung gestellt worden war: Eine sorgfältig recherchierte Analyse der Situation im Mittleren Osten, unter besonderer Berücksichtigung Palästinas. Die Levante war immer das Pulverfaß der Weltgeschichte gewesen, und das Heilige Land auch das blutige

Land. Aber alle Probleme wurden in eine neue, hochexplosive Dimension versetzt, als die Araber nach dem Jom-Kippur-Krieg die Ölwaffe erfunden hatten. Schon die Androhung genügte, um die westlichen Industrieländer in Massenhysterie zu versetzen. Auf Anhieb waren die Abnehmer von den Sultans, Emiren, Scheichs und Obristen zu Sonntagsfahrverboten, Geschwindigkeitsbeschränkungen und einschneidenden Sparmaßnahmen gezwungen worden.

Zwar hatten sich die Verhältnisse inzwischen dahingehend konsolidiert, daß das Erdöl nach mehrfacher Preiserhöhung etwa um den Prozentsatz zu teuer war, als es vor der Krise zu billig gehandelt worden ist, aber wenn man den Ölhahn ganz abdrehte, würde man die westlichen Staaten in eine Art industrielle Steinzeit zurückversetzen.

Daran hatten die Ölproduzenten kein Interesse. Sie wollten verdienen, und zwar möglichst das Fünffache bei halber Lieferung – Mengenlehre auf arabisch – und um profitieren zu können, mußte die Weltwirtschaft im freien Westen funktionieren. Während die Ölwaffe zuerst eingesetzt worden war, um ein wenig außerhalb der Freiwilligkeit eine Parteinahme gegen die Israeli zu erzwingen, stellte sich nunmehr die verblüffende Tatsache heraus, daß die verwünschten Ölscheichs und ihre erpreßten Abnehmerländer gewissermaßen in einem Boot saßen.

Diese zuerst ungläubig aufgenommene These wurde zur Binsenweisheit, als eine Terroristengruppe unter Leitung des berüchtigen Carlo in Wien nach einer wilden und blutigen Schießerei sämtliche Ölminister der OPEC-Staaten – darunter sicher einige ihrer eigenen Finanziers – entführt und erst nach langen Verhandlungen wieder freigelassen hatte.

Ein Anschlag auf die Ölversorgung brachte für die Polit-Desperados gleich zweifachen Nutzen: Er schadete den Ölscheichs, die sicher keine Kommunisten waren – auch wenn sie solche bezahlten, um sie sich vom Leib zu halten – und er legte die westliche Wirtschaft lahm. Terrortrupps, die bereit waren, unter Einsatz ihres Lebens dieses dreckige Geschäft mit dem Schwarzen Gold zu besorgen – sei es für Moskau oder auf Rechnung irgendeiner wahnwitzigen Splittergruppe – gab es in Nahost im Dutzend.

Nunmehr hatte unsere Organisation erfahren, daß Selbstmordkommandos aus der Wüste unterwegs waren, um in Zusammenarbeit mit deutschen Terroristen, die bei den Fällen Ponto, Buback und Schleyer gezeigt hatten, daß sie vor nichts zurückschrecken, in

Deutschland – und simultan in anderen westlichen Ländern – Anschläge planten, die ein unvorstellbares Chaos auslösen könnten.

Es gab nicht nur Schwierigkeiten und Drohungen aus dem nahöstlichen Untergrund, wir mußten auch Fehlreaktionen im eigenen Lager befürchten, die den dritten Weltkrieg zünden konnten. Wir mußten zum Beispiel versuchen, die gefährlichen Spielereien eines hohen NATO-Diplomaten zu stoppen. »Wenn wir Libyen besetzen«, hatte er laut gedacht, »werden die Russen wohl kaum den Atomkrieg riskieren.«

Ein Spiel mit dem Tod. In Millionenzahl. Ich betrachte es als eine Aufgabe unserer Organisation, Wege zu finden, die weniger verlustreich, weniger gewaltsam, weniger blutig und weniger verbrecherisch sind.

Und trotzdem erfolgreich.

4

Gegen 16.30 Uhr kam der General persönlich in mein Apartment. Er war hier gewissermaßen der Hausherr, doch er klopfte höflich an und wartete auf meine Antwort, vielleicht nur, weil er nicht allein erschienen war. Zuerst erkannte ich nur ihn; seine massige Gestalt verdeckte seine Begleiterin.

Dann sah ich rot.

Oder besser: blond.

Ich hatte noch keinen Tropfen aus der Hausbar genascht, aber ich starrte in das Gesicht Dianas, meines Flirts von heute morgen.

Sie lächelte, und an meiner Wahrnehmung war nicht länger zu zweifeln, und so stand außer Frage, daß sie von meiner eigenen Organisation auf mich angesetzt worden war. Dieser Unfug war Usus bei uns, natürlich eine original amerikanische Idee.

Da gab es zum Beispiel einen Elektro-Multi, dessen leitende Manager einmal im Jahr jeweils bei ihrem unmittelbaren Vorgesetzten in einem Gespräch unter vier Augen eine Art profaner Ohrenbeichte ablegen mußten. Dabei war alles aufs Tapet zu bringen, was intim und peinlich war: daß die Ehe lahmte, weil die Midlife-crisis den Hausherrn Bocksprünge machen ließ, daß der Jüngste wegen Latein sitzengeblieben sei und die Tochter sich mit einem türkischen Studenten herumtrieb.

So ähnlich ist es mit den Inspektionen, die unser Verein bei seinen Männern im Außendienst leistet. Sicher war es in meinem Fall nicht darum gegangen, mir meinen Malus gegenüber den Schönen anzukreiden, sondern um meine Beobachtungsgabe zu testen.

Ich betrachtete diese perfide Unschuld namens Diana; ihre fast schulterlangen Haare fielen zur Seite, der blonde Gesichtsvorhang war weit aufgezogen. Des Vizes Helferin trug einen türkisfarbenen, hinreißend geschnittenen Hosenanzug, genau auf die Farbe ihrer Augen abgestimmt. Im Gegensatz zu heute morgen spürte ich keine Ausstrahlung von kühler Hitze, sondern witterte bewährte Unnahbarkeit.

Es war wenig sinnvoll, in meiner Situation den Steher im Ring zu mimen, den kein Boxhieb zeichnet. Meine morgendliche Halbeeroberung hatte mir einen ganz schönen Tiefschlag versetzt.

»Seien Sie nicht kindisch, Ferry«, sagte der Quadratschädel: »Wir mußten diesen kleinen Test mit Ihnen anstellen.« Sein Lächeln war vergiftet wie Großstadtluft. »Unseren Freund hier«, nickte er Diana zu, »kann man ohne weiteres in die Hölle schicken, aber nicht ungeprüft einem Harem aussetzen.«

»Sir«, griff ich ihn an. »Mir steht keine Kritik an Ihren seltsamen Methoden zu, aber erlauben Sie mir bitte die Feststellung, daß ich Sie für unfair halte.«

»Unsere Gegenspieler sind auch nicht fair«, schnippte der Vize meinen Einwand weg. »Nun regen Sie sich schon ab, Ferry. Sie haben übrigens eine ganz gute Figur gemacht und das Examen bestanden.«

»Mag sein«, konterte ich spitz. »Aber Ihre fünfte Kolonne mit den Sex-Attributen ist bei mir durchgefallen.« Ich attackierte Diana: »Wenn Sie wieder einmal Straßen-Theater spielen, Miß«, sagte ich gönnerhaft, »dann sollten Sie den Autoreifen richtig herzhaft durchstechen, statt bloß das Ventil aufzuschrauben.«

»Warum sind Sie heute bloß so begriffsstutzig?« beendete unsere Nr. Zwo die Debatte. In seinen Mundecken saßen Spottfalten wie Spatzennester. »Gerade das sollten Sie trotz der hübschen Augen Dianas feststellen und der Organisation melden.« Er nickte mir zu. »Gratuliere. Und jetzt wollen wir sachlich werden.«

Er ging an die Wandbar, öffnete sie. »Whisky oder Cognac?« fragte er.

»Milch«, erwiderte ich. Falls das etwa noch eine Prüfung sein sollte.

Der General machte für sich und mich kleine braune Jungs

zurecht und mixte, ohne zu fragen, der Dame einen Gin-Tonic. »Wir bleiben bei den internen Bezeichnungen Diana Sontag und Ferry Wessen«, begann er. »Was ich Ihnen jetzt sage, ist unverschlüsselter Klartext. Unsere freundliche Helferin«, er nickte Diana zu, »ist im Libanon aufgewachsen. Sie hat an der amerikanischen Universität in Beirut studiert, Wirtschaftswissenschaft und Jura. Verbessern Sie mich bitte, Diana, wenn ich etwas durcheinanderbringe.« Ohne einen Einwand abzuwarten, fuhr er fort: »Sie spricht Englisch, Deutsch und Französisch. Und dazu noch Arabisch. Diesem Umstand verdanken Sie ihre Bekanntschaft«, unterbrach er sich kurz, um gleich fortzufahren: »Sie beide werden zusammenarbeiten. Zunächst einmal hier theoretisch, später im arabischen Untergrund. Diana wird Ihnen in einem Schnellverfahren alles beibringen, was Sie über die Sitten und Unsitten Ihres Einsatzgebietes wissen müssen. Sie wird Ihnen in den nächsten Tagen genauso viele arabische Sprachkenntnisse eintrichtern, wie Lothar Grenzlein aufweist.«

»Wissen Sie denn schon, wieviel?«, fragte ich.

»Sie haben Glück, Ferry«, versetzte der Quadratschädel, »ziemlich wenig. Der Bursche ist faul. Das schaffen Sie in einer Woche, falls der linke Vogel uns nicht blufft. Morgen werden wir das wissen. Spätestens übermorgen – es wird gerade ausgelotet.«

»Wie lange haben wir eigentlich Zeit?« fragte ich.

»Überhaupt keine«, erwiderte der General. »Das ist unser Manko, aber wir haben nur die Wahl, den Kopf in den Sand zu stecken und zu warten, bis vielleicht der Bundestag in die Luft fliegt, oder – entgegen unserer Art – ziemlich unvorbereitet in die Aktion einzusteigen.«

»Wie sicher ist denn die Warnung aus dem Morgenland?« fragte ich.

»Das kann Bluff sein, eine Falle, eine Wichtigtuerei – aber es kann auch stimmen«, erwiderte der Quadratschädel, »und dann ist es eine verdammt heiße Kiste. Und wie immer werden wir uns auf jede Möglichkeit einstellen.« Er sah, daß sein Mitarbeiter skeptisch blieb und erläuterte: »Ich weiß nicht, ob wir diesen Grenzlein-Trick je inszenieren, aber wir bereiten ihn vor, wie hundert andere Dinge auch, von denen wir dann 99 verwerfen. Aber mit Sicherheit liegt Ihr nächstes Operationsgebiet fest, deshalb muß ich Sie wirklich bitten, Ihre Nachhilfestunden bei Diana mit Nachdruck zu betreiben.«

»Ich werde mich bemühen, Sir«, erwiderte ich und riskierte die

Frage: »Und dann geht meine Arabisch-Lehrerin wieder nach Beirut zurück?«

»Ja«, entgegnete der Vize. »Und zwar wird sie an der französischen Botschaft als Sachverständige für Erdöl arbeiten. Sie hingegen treten als Einzelgänger auf. Aber Sie werden natürlich nicht allein sein. Wir gehen diese Geschichte von mehreren Seiten an. Wenn alle Stricke reißen sollten, ist Diana Ihr Notausstieg. Sie kennt halb Beirut. Sie ist sehr beliebt bei den Libanesen und den anderen Arabern. Mitunter tritt sie auch als Party-Girl auf, wenn auch am Schluß nach der Melodie: ›The party is over‹.« Er lächelte Diana an. »Wenn sie der Versuchung widersteht, einen Ölscheich zu heiraten, ist sie für uns die Idealbesetzung.«

»Ich werd' mich beherrschen«, versprach sie lachend.

Daß unsere Organisation jetzt auch mit Frauen arbeitete, war neu für mich. Ich hatte unseren Verein immer für einen Haufen wilder Männer gehalten, nicht gerade James Bonds oder Jerry Cottons, aber doch wetterfeste Burschen, deren Lebenserwartung verdammt kurz war, falls sie nicht höllisch aufpaßten. Sonst lautete ein ehernes Gesetz: Trau keiner Frau.

Schließlich hing ja auch der Minuspunkt meiner Beurteilung nicht von ungefähr an.

»Bei diesem Fall ist eben alles ganz anders«, beantwortete der Vize – er könnte in jedem Zirkus als Gedankenleser auftreten – meine stumme Frage. »Sie werden sich aufs Hochseil schwingen, ohne Fangnetz, ob Sie sich nun dieses Schafsfell Grenzlein überstreifen wie eine zweite Haut oder nicht. Vielleicht gelingt es Ihnen dann unten an der Seeräuberküste, den Laurence von Arabien zu spielen.« Der General war jetzt für seine Verhältnisse ziemlich ernst und mitfühlend. »Aber die geringste Panne liefert Sie ans Messer. Wenn die Sache schiefläuft, ist eine stille Gedenkminute das einzige, was die Organisation noch für Sie tun kann.«

Diana wirkte angespannt. Über die rechte Hälfte ihres Gesichts war wieder der blonde Vorhang gefallen. Sie lehnte sich bequem zurück, die Beine übereinandergeschlagen. Unter der blau-grünen Seide hob sich ein wohlgerundetes Knie ab. Nicht eine Spur eckig, und das war wichtig, denn knochige Typen kann ich nicht ausstehen.

Ich haderte nicht mehr mit Diana und war eigentlich ganz zufrieden, daß sich mein neuer Einsatz zunächst einmal von der schönen Seite präsentierte. Und schließlich mußten wir – sogar der Vize – aus Sicherheitsgründen laufend gecheckt werden wie

Piloten, die zweimal jährlich in den Flug-Simulator gehen. Bei uns freilich stand oft mehr auf dem Spiel als der Absturz eines womöglich vollbesetzten Jet-Riesen.

»Sie fangen sofort an mit dem Unterricht«, befahl der General. »Diana wohnt neben Ihnen in diesem Fuchsbau. Es ist natürlich klar, daß Sie sich außerhalb unseres Hauptquartiers nicht kennen. Es tut mir leid, Herrschaften, aber ich muß euch um größte Mühe und Konzentration bitten.« Er erhob sich. Auf einmal war sein Spott wieder da, schwamm wie ein Fettauge auf der Suppe: »Ferry, hier unter diesem Dach entbinde ich Sie von Ihrem Minuspunkt. Machen Sie Ihrer hübschen Partnerin ruhig schöne Augen. Von mir aus können Sie zu ihr sagen: Ich liebe dich.« Er schärfte seine Stimme: »Aber sagen Sie es auf Arabisch.«

Er stand an der Tür, musterte uns wohlgefällig, ein tückischer Kuppler. »Noch etwas«, sagte er. »Ihre Begegnung von heute morgen ist auch Ihre Legende.«

Legende ist die gestellte Geschichte, die ein Agent für seine eigene ausgibt. Je näher sie an der Wahrheit bleibt, desto überzeugender wirkt sie. In unserem Fall also hatte ein ehrlicher Tagedieb mit einem gelegentlichen Wolfshunger auf das schöne Geschlecht eine Gelegenheit beim blonden Schopf gefaßt und Pannenhilfe zu einem verhaltenen Liebeswerben ausgebaut. Nur das aufgeschraubte Ventil hätte natürlich wegzubleiben.

»Noch Fragen?« sagte der Vize.

»Einen Moment, Sir, please«, erwiderte ich.

Ich ging rasch diesen Tag noch einmal durch, durchwühlte ihn wie Hosentaschen nach Kleingeld, es war noch etwas offen.

Eine Unterlassung.

Ich spürte sie verschwommen, und dann griff ich sie mir.

»Ich wurde per Computer für diese Operation ausgewählt?«

»Ja, das sagte ich Ihnen schon«, erwiderte der Vize leicht ungeduldig. »Nachdem einem unserer Leute eine gewisse Ähnlichkeit mit Grenzlein aufgefallen war.«

»Bestens«, entgegnete ich. »Und wer ist der Mann?«

Der General kam zurück, ärgerlich auf sich selber. »Gute Frage«, tadelte er sich, und dann suchte er einen Namen. Das Gedächtnis ist an der unsichtbaren Front eine Lebensfrage. Er begann die Schaltstellen seines Gehirns in Bewegung zu setzen, aber die Ganglien verweigerten ihm den Gefallen.

Es gelang nicht auf Anhieb, er wollte sich keine Blöße geben. Einen Moment lang wirkte er wie eine Schlange, die vergeblich versucht, ein zu großes Kaninchen zu schlucken. Schließlich schaffte er es, die Beute zu verschlingen, lebend.

»Dave«, nannte er mir den Namen eines Top-Agenten. »Sie haben schon mit ihm zusammengearbeitet!«

»Ja«, antwortete ich, »damals in Bangla Desh.« Ich setzte hinzu: »Es gibt nur zwei Möglichkeiten, Sir: Entweder Dave so lange unter Verschluß zu halten, wie ich an diesen Fall gesetzt bin, oder ihn mir an die Hand zu geben.«

»Entscheidungen treffe ich«, rettete sich der General in einen halbwegs geordneten Rückzug.

Er schloß die Türe hinter sich.

Diana und ich lächelten uns an, ziemlich unbefangen.

»Ich hab' dich lieb«, begann ich. »Wie sagt man so etwas auf Arabisch?«

»Am besten gar nicht«, erwiderte sie. »Fangen wir lieber bei den Grundbegriffen an. Bitte wiederholen Sie: Mumkin âhud ilfutûr sabâhan?«

Ich versuchte es. »Und was heißt das?« mißtraute ich ihr.

»Kann ich morgens ein Frühstück bekommen?« antwortete Diana.

Der Tag begann mir wieder zu gefallen. Ich wünschte, daß ich diese zweisame Etappe nicht allzuschnell mit einer Front von Blut, Bluff und Dreck vertauschen müßte.

5

Doppelgänger war nun wirklich übertrieben, aber dieser Grenzlein hatte fraglos eine Ähnlichkeit mit mir, aus der sich etwas machen ließe, und in meiner Branche, die zum ständigen Wechsel der Identität zwingt, ist man so etwas wie ein Verkleidungskünstler. Auch unsere Gegenspieler selbst sehen oft ihren Fahndungsfotos längst nicht mehr ähnlich. Eine der Maschen der Terroristen ist es, Aussehen und Persönlichkeit ständig zu wechseln. Wer den ganzen Tag Theater spielt, ist wohl auch noch am Abend eine Art Freizeit-Mime, und so vermischen sich irgendwie die Konturen.

Ich ließ mein angebliches Konterfrei während des Kreuzverhörs nicht aus dem Auge. Manchmal sah ich wie in einen verstaubten Spiegel, und mitunter stellte er sich auch als Zerrspiegel heraus. Dieser Bursche war ein ziemlich harter Brocken, ein Kotzbrocken. Er wirkte auf eine verschlagene Weise intelligent. In stundenlangen

Vernehmungen prallte die harte Tour von ihm ab, und auf die weiche fiel er ohnehin nicht herein.

Der Mann war körperlich gut in Form und dialektisch geschult. Er sprach in einem modischen Soziologen-Welsch und machte sich gleichzeitig darüber lustig, als wollte er vorführen, daß bei ihm gegen entsprechenden Eintrittspreis alle Türen offenstünden.

Ich war heute morgen vom Fuchsbau in einem geschlossenen Wagen in das Untersuchungsgefängnis gefahren worden. Lothar Grenzlein wurde im Nebenraum durch die Mangel gedreht, auch wenn er gelegentlich schwarzweiß redete, konnte ich ihn in Farbe sehen. Gleich viermal, denn vier versteckte Kameras hatten ein Vernehmungszimmer fast in ein TV-Studio für Live-Sendungen verwandelt.

Seine Stimmlage war etwas höher als meine, sein Blick wirkte unstet, aber das lag vermutlich an der Situation. Seinen rollenden Gang konnte man erlernen, und den halben Zentimeter Länge, der ihn von mir unterschied, durch Schuhe mit besonders flachen Absätzen ausgleichen. Ein Kilo Gewichtsunterschied macht nichts aus, wenn man nicht gerade Mannequin ist. Seine Augen waren grau-blau und meine blau-grau.

Seine brünetten Schnittlauchlocken wirkten eine Spur heller als meine Haarzier und waren ganz erheblich länger: Die Farbe konnte man tönen, und da selbst der Vize mir keinen schnelleren Haarwuchs befehlen konnte, würden wir seine Lockenpracht stutzen und sein korrigiertes Konterfei als Fahndungsfoto nach dem angeblichen Ausbruch veröffentlichen.

Natürlich war die deutsche Justiz unabhängig, und wir konnten mit dem Mann nicht einfach umspringen wie wir wollten, aber der Verhaftete stellte einen Sicherheitsfall dar. Deshalb arbeiteten wir uns über Bundesanwalt, Verfassungsschutz und Bundesnachrichtendienst unauffällig an ihn heran.

»Mir brummt schon der Schädel von dieser dämlichen Fragerei«, sagte Grenzlein zu einem Kriminalkommissar. »Ich habe hundsmiserabel geschlafen.«

»Gleich kommen mir die Tränen«, grinste der Kripo-Mann.

»Setzen Sie nicht auf meine Anpassungsschwierigkeiten«, sabberte der Student mit den vielen Semestern. »Bei mir kommt nicht so schnell Väterchen Frust.«

»Wer bitte?«

»Die Frustration«, dozierte er hochmütig. »So etwas wie zum Beispiel Ihre Beamtenlaufbahn.«

Während Grenzlein kleine Wölkchen aus seiner Pfeife paffte – eine bestimmte Sorte dänischen Tabaks – sah es aus, als hätte der Vernehmende den Faden verloren. Jedenfalls war der lohnabhängige Kommissar sein Gehalt wert.

»Also, zum letztenmal«, polterte der 30jährige mit der Terror-Erfahrung. »Ob ich diesen Ali kenne oder nicht, richtet sich ausschließlich danach, ob wir endlich ins Geschäft miteinander kommen oder nicht. Ich hab' nichts gegen Sie, aber für diesen Fall sind Sie mir einfach zwei Schuhnummern zu klein. Entweder bringen Sie mir bis heute mittag einen Fachmann aus der Pullacher BND-Zentrale, oder ich trete in den Aussage-Streik.«

»Das ist nicht so einfach, Herr Grenzlein«, erwiderte der Kripomann und leistete sich einen hübschen Witz. »Ihr Antrag ist auf dem langen Marsch durch die Institutionen«, setzte er hinzu, ohne das Gesicht zu verziehen.

Pause. Der U-Häftling wurde allein gelassen. Der Beamte ging ein wenig zu schnell. Es war ziemlich sicher, daß mein Double auf die Subaltern-Masche hereinfiel.

Was nunmehr auch geschehen würde, das Drehbuch dazu hatte unsere Organisation geschrieben. Es wußte niemand, daß Grenzlein in Stadelheim einsaß. Wir hatten von vornherein dafür gesorgt, daß die Erfolgsmeldung über seine Verhaftung nicht im Polizeibericht stand.

Wir konnten auf die Dauer aber nicht verhindern, daß er mit seinem Anwalt in Verbindung trat, und der Verteidiger würde darauf bestehen, daß gegen Grenzlein ein Haftbefehl ausgestellt oder er aber aus dem Gefängnis entlassen würde. Bei dem Sündenkonto Grenzleins konnte es nicht schwer sein, vom Ermittlungsrichter die legale Grundlage zu erhalten, aber wenn der Haftbefehl ausgestellt war, setzten sich automatisch die Mühlen der Justiz in Bewegung, und dann wäre es sicher schwierig, mit dem Revoluzzer zu einem echten – oder auch falschen – Arrangement zu kommen. Natürlich konnten wir, um ihn seinem Anwalt zu entziehen, einen der üblichen Tricks anwenden und ihn von einer Haftanstalt in die andere verlegen, so daß sich Arrestant und Beistand eine Weile lang verfehlen würden wie die berühmten Königskinder.

Schließlich würden wir einen Ausbruch in Wildwestmanier inszenieren und dann ganz klein beigeben. Leider wäre nicht zu vermeiden, daß die deutsche Polizei mit Vorwürfen überschüttet würde, weil wegen ihrer Nachlässigkeit ein langgesuchter Extremist getürmt sei.

Der Witz bei der Sache bliebe nur, daß ich den Geflüchteten darstellen würde – während Grenzlein auf Nummer Sicher bliebe, gehütet wie ein Augapfel, und zwar aus gutem Grund. Sollte er auftauchen, während ich im nahöstlichen Operationsraum arbeitete, wäre mein Leben nicht mehr wert als der Schuß Pulver, der es auslöschen würde.

Bisher war er meine schlechte Kopie – in der Stunde X würde er zwangsläufig zum Pseudo-Original. Jetzt schon wußte ich ein bißchen mehr über sein Leben, als daß er fast vegetarisch aß, mit Vorliebe Mehlspeisen, und daß die Schürzenjagd sein Lieblingssport war. Zu meinem Glück fast nur Eintagsfliegen in Zweibett-Zimmern, denn je länger ihn seine Gespielinnen kannten, desto geringer wurden meine Chancen, von ihnen als ›Grenzlein‹ akzeptiert zu werden.

Unsere Organisation hatte das System 777 ausgeheckt und war bei dieser runden Zahl geblieben, obwohl zur Erstausstattung mit einer fremden Persönlichkeit weit über 800 Antworten gehörten. Eine solchermaßen gestrickte Identität hielt nach unseren Erfahrungen auch einem fachkundigen Kreuzverhör durch die Polizei eine Nacht lang stand, aber spätestens im Morgengrauen wäre die angenommene Legende zerfleddert.

Trotz Zeitnot hatten wir extrem-gründlich vorzugehen und Grenzleins Vergangenheit aus winzigen Mosaiksteinchen zusammenzustellen. Wir mußten mehr wissen, als den Markennamen der Uhr, die ihm Tante Emma vor 17 Jahren zur Konfirmation geschenkt hatte, oder den Namen des Kinderarztes, von dem seinerzeit die Masern behandelt worden waren. Der erste Kuß gehörte genauso in dieses Sittengemälde wie die letzte Liebesnacht.

Wir setzten mehr als ein Dutzend Leute auf mein anderes Ich an. Kindheit, Elternhaus, Familienleben wurden ebenso durchforstet wie Pubertätsschwierigkeiten und Studienmilieu. Ohne es zu merken, arbeiteten Nachbarn, Lehrer, Kommilitonen und Freundinnen für meinen Schutz.

Bevor ich mich für das Gespräch mit Grenzlein einließ – natürlich äußerlich so verändert, daß ihm unsere Ähnlichkeit nicht auffallen konnte – mußte ich mich durch einen ganzen Berg von Informationen hindurcharbeiten.

Manchmal haderte ich mit der Natur, daß sie einem solchen Burschen meine Gesichtszüge geliehen hatte. Zwei Tage lang stand Grenzlein tatsächlich eine Art Schweigehaft durch. Wir ließen ihn im eigenen Saft schmoren und knöpften uns dafür um so energischer den Kurier aus Beirut vor, der die Spezialabteilung des Bundeskriminalamtes auf Grenzleins Fährte gebracht hatte und übrigens ein Jordanier war.

Der Name, den er uns nannte, war mit Sicherheit falsch, aber wir quetschten mit der Zeit aus ihm heraus, daß er zu einer palästinensischen Terror-Organisation gehörte, die sich ›Arabiens Speerspitze‹ nannte und wohl eine Art Konkurrenz zum ›Schwarzen September‹ darstellte. Er hatte fast zwei Jahre in Deutschland als Gastarbeiter gearbeitet und dabei Grenzlein kennengelernt, war dann anschließend aufgefallen und abgeschoben worden. Mit einem falschen Paß illegal eingereist, hatte er den Befehl, den Kontaktmann Lothar Grenzlein in seinem Schlupfwinkel aufzusuchen und ihm das Stichwort ›Rabîs‹ zu nennen.

Rabîs heißt zu deutsch Frühling, und wir konnten uns denken, daß es der Codename für eine neuerliche Schweinerei war, wie zum Beispiel Flugzeugentführung oder Olympia-Massaker, wobei Grenzlein wohl auf deutschem Boden als Lotse verwandt werden sollte.

Er war womöglich zweite Wahl, denn den Zielfahndern des Bundeskriminalamtes war es in den letzten Monaten gelungen, einige der gefährlichsten Anarchisten festzunehmen. Der Verhaftete gab mehr blumige Propaganda von sich als exakte Information, aber aus dem Schwulst konnten wir ein paar brauchbare Körnchen destillieren. Wir kamen zu der Ansicht, daß mehrere Kommandos der Untergrundgruppe ›Arabiens Speerspitze‹ in Europa unterwegs waren, um schlagartig ihre Wahnsinnsaktionen zu starten.

Zunächst einmal ging es darum, ein neuerliches Massaker und eine Erpressung größten Ausmaßes zu verhindern, und dabei bot sich die Chance, tief in die deutsche Terrorszene vorzustoßen, denn die Schätzchen vom Jordan waren mit Sicherheit auf deutsche Komplizen angewiesen, die womöglich den Plan ausgeheckt hatten. Das schlimme an der Situation war ja, daß die Desperados längst weit besser international zusammenarbeiteten als ihre Verfolger, die von nationalen Vorschriften, Gesetzen und Rivalitäten aufgehalten wurden.

Die Zeit für ein erstes Zusammentreffen mit Grenzlein war gekommen.

Ich hatte mich mit ein paar Handgriffen so verändert, daß auf dem Gang des viereckigen Fuchsbaus – organisationsintern ›Quadrogon‹ genannt – Diana an mir vorbeilief, ohne mich zu erkennen.

»Ich komme aus Pullach«, stellte ich mich Grenzlein vor. »Ich heiße Meier, oder auch Müller. Oder Huber. Ganz wie Sie wollen – suchen Sie sich das Passende aus.«

»Und wie wollen Sie sich als bevollmächtigter Unterhändler ausweisen?«, fragte er mild.

»Hiermit«, erwiderte ich und öffnete meine Aktentasche.

Ganze Bündel banderolierter Hundert-Mark-Scheine sprangen ihm förmlich in das Gesicht.

Seine Augen wurden rund wie Fünfmarkstücke.

»Schön«, sagte er. »Dieser Ausweis zählt bei mir.«

Ich klappte die Mappe wieder zu, stellte sie neben mich.

»Sie sitzen ganz schön in der Tinte, Grenzlein«, begann ich ihn zu kneten. »Und wir können Sie erst noch richtig hineinreiten«, setzte ich den Hebel an. »Wir könnten Sie aber – unter Umständen – auch hier herausholen.«

»Lassen Sie doch diese Kindereien«, versetzte er großartig. »Wenn Sie nicht so scharf auf mich wären, hätten Sie doch nur hundert Mark in der Tasche –«

»Zweihundert«, erwiderte ich. »Und was kosten Sie?«

»Straffreiheit«, antwortete er. »Einstellung des Verfahrens. Der Klassenjustiz wird schon der richtige Trichter einfallen.«

»Wir sprechen über Geschäfte«, entgegnete ich. »Sie brauchen hier nicht zu agitieren.«

»100000 Mark sofort«, kam er zur Sache. »Und 100000 Mark nach Erledigung der Geschichte.«

»Welcher Geschichte?« fragte ich.

»Ich liefere Ihnen die Möglichkeit, eine Gruppe meiner arabischen Freunde zu zerschlagen, die dabei ist, ein riesiges Ding zu drehen.«

»Und das kennen Sie?«

»Nicht genau«, schränkte er ein, »aber so ungefähr.«

»Schöne Freunde haben Sie«, erwiderte ich. »Wer garantiert mir, daß Sie sich nicht die 100000 Mark in die Tasche stecken, verduften und sich ins Fäustchen lachen?«

»Sie lassen mich hier laufen und beschatten mich dabei. Ich nähere mich auf Umwegen den Unterkünften der Attentäter.«

»Und wenn die merken, daß wir Ihnen gefolgt sind?«

»Dann sind Ihre Leute Pfuscher«, stellte er nicht ganz unlogisch fest.

»Und Sie ein toter Mann«, entgegnete ich beiläufig. »Warum verpfeifen Sie eigentlich Ihre Gesinnungsgenossen?« fragte ich ohne Betonung.

»Erstens einmal habe ich sie noch nicht verpfiffen«, erwiderte Grenzlein, »und zweitens haben Sie mich geschnappt, und da sieht die Welt ja nun etwas anders aus als draußen. Sie dürften schon gemerkt haben, daß ich weiß, wo Gott wohnt.«

Ich nickte.

»Wenn wir schon dabei sind, so gemütlich miteinander zu plauschen«, fuhr er fort, »dann schenke ich Ihnen eine Information. Vorleistung«, spottete er: »Das sind nicht meine Gesinnungsgenossen. Gewiß, sie verstehen zu töten und zu sterben, aber für meinen Geschmack ist da viel zuviel Orient dabei. Verstehen Sie?«

»Nicht ganz.«

»Zuviel Kismet und zuviel Koran«, erklärte er. »Wenn Sie mich fragen: Bei denen fehlt es am gesellschaftlichen Bewußtsein noch ganz gewaltig.«

»Und wird es vermutlich auch immer fehlen«, ging ich auf seinen Ton ein, »denn Allah il Allah ist ja nicht Ihr Parteigenosse.« Ich betrachtete Grenzlein, als überlegte ich mir meinen Trick. »Ich nehme Ihnen jetzt einmal ab, daß Sie ein Polit-Täter sind«, sagte ich, »dann verstehe ich nur nicht, warum verlangen Sie Geld?«

»Weil wir in keiner klassenlosen Gesellschaft leben«, höhnte er. »Man muß den Kapitalismus, beziehungsweise den Liebediener eines solchen da schlagen, wo es ihn am härtesten trifft. An der Kasse.«

»200000 oder 400000 Piepen werden das System nicht ärmer machen –«

»– aber mich reicher«, entgegnete er verächtlich.

»Ich bin nicht uninteressiert an Ihnen«, startete ich meinen Nervenkrieg. »Aber ich muß natürlich mit meinen Vorgesetzten sprechen. Überlegen Sie sich inzwischen, wie Sie unser Risiko verkleinern können.«

»Vorleistung kommt nicht in Frage«, erwiderte er schnell.

»Dann sehe ich schwarz für unseren Deal«, konterte ich. »Melden Sie sich, wenn Sie sich anders besonnen haben.« Ich griff nach meiner Aktentasche, sah, wie sich seine Augen an ihr festsaugten, und war in diesem Moment ziemlich sicher, daß ihm seine Geldgier ein Bein stellen würde.

Er schien anders zu sein wie seine Gesinnungsgenossen, die sich in ihren Stammheimer Zellen erschossen oder erhängt hatten. Trotzdem ließ ich, um jedes Risiko auszuschalten, seine Zelle von Spezialisten noch einmal gründlich durchsuchen. Bei Tätern wie Grenzlein stand die Intelligenz dem Haß Schmiere, und so mußte man bei ihm mit allem rechnen, denn mit dem gleichen Zynismus, mit dem sie mordeten, töteten sie sich gegebenenfalls auch selbst.

6

Eigentlich brachte mich die mir amtlich befohlene zweisame Häuslichkeit in eine recht eigenwillige Situation: Agent in Filzpantoffeln. Scheinbar uns selbst überlassen. Wand an Wand mit Diana, die frei, frisch, klug und kühl blieb. Wir lebten in einer seltenen Intimität ohne Hautnähe. Auch wenn ich mich beim Sprachunterricht besonders anstrengte, würde sie es mir nicht leicht machen, ihr Primus zu werden.

»Sprache und Religion geben den arabischen Ländern eine recht problematische Einheit«, sagte Diana. »Arabisch ist die Muttersprache, aber die Dialekte weichen extrem voneinander ab. Mit einiger Mühe können sich ein Libyer und ein Jemenit unterhalten. Es ist dann so, als würde ein Niederbayer mit einem Ostfriesen sprechen.«

»Welches Arabisch lerne ich?« fragte ich.

»Mittelhoch-Ägyptisch«, antwortete sie mit ihrer hellen Stimme.

Dianas Eröffnungen waren so interessant, daß ich ihr mit der Zeit öfter zuhörte, als ich sie anstarrte. Sie hatte den orientalischen Bazillus in sich, eine Haßliebe zum Land ihrer Jugend, und was sie verspottete, bewunderte sie zugleich. Märchen aus Tausend-und-einer-Nacht wurden zu einer durchglühten Wirklichkeit, doch sowie es um das flüssige Gold, das Erdöl, ging, mündete die Romantik in eine Räuberballade.

»Viele Europäer und fast alle Amerikaner neigen dazu, die Orientalen nach westlichen Maßstäben zu beurteilen«, fuhr Diana fort. »Das ist ganz falsch. Araber denken nicht mit dem Kopf, sondern mit dem Gefühl und kommen dabei oft zu ganz anderen Resultaten wie wir.«

»Gut«, erwiderte ich. »Ich werde ab sofort versuchen, mit dem Gefühl zu denken.« Sie überhörte die Anzüglichkeit, und ich setzte hinzu: »Was aber das Ölgeschäft betrifft, habe ich den Eindruck, daß Ihre Freunde zur Zeit mehr amerikanisch denken als arabisch.«

»Das haben sie uns abgeguckt«, sagte meine Mentorin. »Sie haben das Monopol. Und im Nahost gibt es leider keine Kartellbehörde, die es kontrolliert.«

»Vielleicht verlangen sie morgen auch noch, daß sich der Staatspräsident mit dem nackten Hintern auf den Kirchturm setzt und sich fünfmal in Richtung Mekka verbeugt«, versetzte ich. »Aber für den Rest des Abends wollen wir das Erdöl Petroleum sein lassen.«

Mochte die Krise die Welt beuteln, wir hatten im Fuchsbau ein warmes Plätzchen. Die Küche schickte uns ein superbes Menü. Ich entkorkte eine Flasche Burgunder, schön chambriert.

»Ist es Ihnen recht, Diana?«

»Beim Barte des Propheten«, antwortete sie. »Trinken Sie auf Vorrat. In Libyen bekommen Sie keinen Tropfen Alkohol. In Beirut soviel Sie wollen. Im Iran werden Sie öffentlich ausgepeitscht, wenn Sie sich mit einer Alkohol-Fahne erwischen lassen.«

»Ich bin für Beirut«, erwiderte ich. Für was ich sonst noch war, wagte ich Diana nicht zu sagen. Nicht an diesem Abend.

Auch der zweite kam, nach anstrengendem Sprachunterricht, nur sehr langsam in Fahrt. Vielleicht fand ich deswegen so schwer Zugang zu meinem Repertoire, weil im Fuchsbau gewissermaßen unsere Türen offenstanden.

Die Intimität wurde zum Bumerang. In freier Wildbahn wäre alles seinen Lauf gegangen: Zuerst ein Cocktail, dann ein pikantes, französisches Restaurant, oder ein kleines italienisches. Ein feuriger Wein. Das restliche Feuer würde ich dann schon selbst beisteuern.

»Sie sehen recht unzufrieden aus«, sagte Diana.

»Bin ich auch«, erwiderte ich. »Ich stagniere.«

»Mehr Arabisch kann man für zwei Tage nicht verlangen«, tröstete sie.

»Pfeif' auf die Sprache«, entgegnete ich. »Sie sind eine Frau – ich bin ein Mann –«

»– und damit wären die Weichen gestellt?« unterbrach sie mich.

»Sind sie es denn nicht?« fragte ich gereizt.

»Verraten Sie mir etwas, Ferry«, versetzte sie mit milder Bosheit. »Wie haben eigentlich die Damen Ihres bisherigen Umgangs ausgesehen?«

»Nicht so hübsch wie Sie«, erwiderte ich. »Aber sie waren anschmiegsam und feminin. Verstehen Sie, wild und sanft zugleich.«

Ich setzte mich neben sie. Diana hatte offensichtlich nichts dagegen, daß wir begannen, den Abend in einen betont privaten

Rahmen zu stellen. An der Stelle, an der sich unsere Schultern berührten, wurde mir warm, oder sagen wir: heiß. Diese ungewöhnliche Hitze zog mit Wellenringen über meinen ganzen Körper. Ich hoffte, daß meine Hände bald so weit kämen wie meine Augen und auf ihrer Haut ein Zuhause fänden. Aber bis dahin wäre noch ein weiter Weg. Meine Vorboten lagen fest wie die Schiffe im Suezkanal, und es dauerte Jahre, bis sie wieder flottgemacht werden könnten.

Mir standen höchstens Tage zur Verfügung.

So ging es nicht weiter. Ich stand auf und dachte mir einen neuen Werbefeldzug aus. Sie lächelte mich an, als hätte sie ihn bereits durchschaut. Nun muß ich gestehen, ich habe zwar die üble, männliche Angewohnheit, hinter halbwegs hübschen Mädchen herzusein wie der Windhund hinter dem falschen Hasen, aber ich spürte bereits, daß es bei Diana anders war, ein sicheres Anzeichen, daß ich mich in sie verliebt hatte. Gerade deswegen konnte ich meine Verführungskünste nicht unbefangen spielen lassen, zumal ich auch noch sicher sein mußte, daß sie nicht darauf hereinfallen würde. Wie man sieht, können auch wir Männer manchmal ganz schön kompliziert sein.

»Diana«, sagte ich. »Ich wollte, Sie wären häßlich.«

»Ich nicht«, antwortete sie.

»Ich auch nicht«, erwiderte ich. »Wie kommen wir uns unter Zeitdruck ein wenig näher?«

»Mit Geduld«, versetzte sie. »Machen Sie es ganz altmodisch: Dämpfen Sie das Licht. Bestellen Sie noch eine Flasche Wein. Suchen Sie im Radio das entsprechende Schlummerschmalz. Kleine Geschenke –? nichts Teures bitte – fördern die Freundschaft. Dann lassen Sie etwas Ihre Bildung spielen, falls Sie eine solche vorzuweisen haben. Und ganz generell gebe ich Ihnen noch den Rat: Seien Sie bitte kleinlaut statt großmäulig.«

»Nichts leichter als das«, erwiderte ich zerknirscht.

Es war jetzt 21 Uhr. Die Nacht kam auf sanften Pfoten. Diana wirkte jetzt eher kokett als spießig; sie machte das alte Spiel zwischen Mann und Frau wieder neu. Ich wollte nicht als Anfänger dastehen und wuchs zunehmend in meine Rolle hinein, ich spielte sie nicht mehr – ich nahm sie ernst.

Aber der Ton macht die Musik, und in diesem Fall kam er von der Telefonglocke. Der General war in der Leitung. »Grenzlein kippt«, sagte er mit einer Stimme, die wie eine Kette kontrollierter Explosionen klang.

»Wann?« fragte ich dümmlich.

»Sofort«, entgegnete er. »Machen Sie sich fertig.«

Es war ein Befehl der Organisation. Dienst ist Dienst – und Diana ist Diana.

Ich stieg unwillig in den Kastenwagen, der so dunkel war wie meine Zukunft.

Ich verließ den Fuchsbau in der Art eines Einsteigdiebs, doch ein solcher hätte keine Chance gehabt, in das viereckige Hauptquartier unserer Organisation – eine von 15 Filialen in der westlichen Welt – einzudringen. Es wurde bewacht wie Fort Knox, obwohl die dort gelagerten US-Goldreserven längst von Rost und Motten angefressen sind.

An den dicken Mauern unseres Münchner Quadrogons prangten Firmenschilder. Die Fantasienamen ließen auf geballte Import-Export-Geschäfte schließen. Tatsächlich wurden hier ja auch Nachrichten aus aller Welt gesammelt, ausgewertet, umgesetzt und notfalls auch hergestellt – um nur eine Spezialität unseres brisanten Haufens zu erwähnen.

Schließlich war unsere Organisation, wenn es um die Sicherheitsbelange des Westens ging, im Untergrund gewissermaßen die letzte Instanz. Diese Tatsache würde mich in des Teufels Küche bringen, und die lag zur Zeit im Vorderen Orient.

Ich stieg in einen Lieferwagen, von hinten natürlich. Das ungenannte Ziel ließ sich erraten. Eine aufdringliche Reklame auf der Blechhaut warb für ein bekanntes Feinkostgeschäft. Ich konnte nur hoffen, daß sich mir die Delikatessen nicht auf den Magen schlagen würden.

Einer der raren Augenblicke meines Lebens war gekommen, als ich darüber nachdachte, warum ich jahraus, jahrein über die abschüssigen Pfade der unsichtbaren Front hetzte. Meile um Meile. Aber fragt ein Dompteur, warum er allabendlich in der Manege seine Königstiger kitzelt, vor einem vollen Haus, das nur darauf wartet, daß ihn die gestreiften Bestien anfallen?

Der Vergleich hinkt natürlich, denn nach seinem großen Auftritt kann der mutige Mann nach Hause gehen. Oder sich mit der Zirkusreiterin treffen. Oder die Hochseilakrobatin herzen. Ich kenne keinen Feierabend, und dabei hatte Diana – heiß wie ein Schneller Brüter und genauso abgeschirmt – weder vom Reiten krumme Beine noch vom Salto mortale zu muskulöse Oberschenkel.

Der Mann mit dem Quadratschädel, mein Auftraggeber, hatte ganz recht mit meiner einschränkenden Beurteilung: Für einen

Agenten sind Frauen Gift. Sie lenken ab; sie schieben sich mit ihrer schönen Person vor die häßliche Sache – aber schließlich kann ein Geheimdienst nicht lauter Eunuchen beschäftigen. Und eine appetitliche Blondine ist nun einmal reizvoller als ein schmieriger Ölscheich.

Die Fahrt lang war ich bei Diana, aber man wird nicht satt, wenn man den Bratenduft riecht. Amors Pfeil war nicht abgeprallt, es war sozusagen ein Heimatschuß, bevor ich hinausmußte. Diana hatte etwas an sich, was mich verrückt machte, und ich wußte nicht, war es ihre distanzierte Nähe, der Duft ihrer Haut, oder ihre durch den Verstand gefilterte Sinnlichkeit, oder die Art, mit der sie das alte Spiel umdrehte, und den Mann, der sie erobern wollte, besetzte, ausfüllte und zähmte. Und so weit war es schon gekommen, daß ich ihr dabei auch noch applaudierte.

Diana schaffte es, daß ich ihr ganzes Geschlecht herschenkte für ein einziges Exemplar. Vielleicht lag es daran, daß sie nichts dazu tat. Wenn ich an sie dachte, sah ich mich in der Rolle des Liebhabers – aber seit wann stand ich da, mit krummem Rücken und klammen Händen? Warum verachtete ich auf einmal die nicht ganz reizlosen Begegnungen meines bisherigen Lebens?

Ich zürnte Diana und überlegte, ob mir die Zeit bei ihr noch eine Chance ließe. Ich war Mann und Narr zugleich und warf jetzt die Liebesabenteuer meines Lebens über Bord: Wer Kaviar nascht, erinnert sich nicht gerne an Herings-Rogen.

Der Lieferwagen bremste und fuhr dann durch ein Portal. Ich löste mich aus dem einseitigen Clinch mit Diana. Der Fahrer hatte den Hof des Untersuchungsgefängnisses erreicht, das mein Doppelgänger Grenzlein ein wenig außerhalb der Freiwilligkeit – und wie er fälschlich annahm nur vorübergehend – bewohnte. Wie bei meinem ersten Besuch war die Direktübertragung aus dem Vernehmungszimmer arrangiert. Unser Vize, schon vor mir eingetroffen, nickte mir zu, ohne den Blick von den vier Bildschirmen zu nehmen.

Ich musterte Grenzlein und starrte wieder in mein eigenes Gesicht, dieses Passepartout für die Hölle, Spezialausweis für Nahost. Die Kerben links und rechts seiner Mundwinkel traten schärfer hervor als bei mir. Es war die einzige Handschrift der Haft, die seine blasierte Visage herzeigte.

Der General neben mir, sonst ein Skeptiker, hatte mich mit der Meldung aus den weichen Armen dieses Abends gerissen, daß Grenzlein heute sprechen würde. Falls er wirklich über ›Arabiens Speerspitze‹ plaudern sollte, geschähe es freiwillig und müßte den

Studenten mit der reichlichen Semesterzahl zu einem zweifelhaften Überläufer machen.

Unser Vize lächelte mit langen Zähnen, und einen Moment lang kam mir der Verdacht, er hätte im Fuchsbau meine reizvolle Zweisamkeit mit Diana nur unterbrochen, um ein wenig an meinem Minuspunkt herumzuradieren.

»Ich habe mich zu einer kleinen Vorleistung entschlossen«, sagte Lothar Grenzlein zu dem Kriminalkommissar. »Unter Umständen. Rufen Sie mir diesen Meier oder Müller oder Huber. Und sagen Sie ihm, er soll seine Aktentasche mitbringen, und zwar voll.«

Er schlug die angebotene Zigarette aus, stopfte seine Pfeife, zündete sie an und spottete: »Vielleicht wird man Sie auf der Stelle befördern, Herr Kommissar, wenn ich mit Pullach ins unreine komme.«

»Es tut mir leid«, überhörte der Kripo-Beamte den Stich, »ich kann Ihren Gesprächspartner zur Zeit nicht erreichen. Er hält sich im Ausland auf.«

»Quatsch«, versetzte mein abgefeimtes Konterfei. »Der Mann hält sich zur Zeit im Nebenzimmer auf, spitz wie Nachbars Lumpi.« Der Multi-Studiker stand auf, ging auf ein Wandbild zu, hob es ab und enttarnte das Glasauge einer – versteckten Kamera. »Billiger Trick«, grinste er. »Auf Ihr dämliches Scheinverhör falle ich nicht herein, und wenn Sie in diesem Raum noch zwei Kameras verborgen hätten.«

»Drei«, entgegnete der Kommissar. Er war große Klasse, lächelte ein wenig schuldbewußt und lobte: »Sie sind ein gewürfelter Bursche, Grenzlein. Aber glauben Sie nur nicht, daß wir wegen Ihnen diesen Aufwand hier betreiben.« Mit gespielter Geschwätzigkeit setzte er hinzu: »Mit dem Kameratrick konnten wir gestern drei Millionen Lösegeld wieder herbeischaffen, weil sich die beiden Entführer ein bißchen zu ausführlich über ihr Geldversteck unterhalten haben.«

»System-Zwerge«, versetzte Grenzlein. »Bei mir geht es um kleinere Beträge. Fürs erste. Erst später kommt die Profit-Maximierung«, sagte er und zog wieder an seiner Pfeife.

Ich wollte mir eine Zigarette anzünden, der Colonel fiel mir ein, und ich stopfte meine Neuerwerbung mit einer würzigen Dänenmischung. Ich wußte, daß mir der Vize scharf auf die Lunge sah, deshalb unterließ ich den typischen Fehler des Zigarettenkonsumenten, den Pfeifenrauch zu inhalieren, oder zu hastig zu ziehen. Übrigens war der Tabak vorzüglich. Ich konnte in der Haut

Grenzleins – dessen Identität ich weitgehend zu übernehmen hätte – durchaus bei ihm bleiben, aber mein Double war auch Vegetarier mit einer Vorliebe für Süßigkeiten. Wenn ich an die vielen Himbeerpuddings, Marmelade-Pfannkuchen und Reisaufläufe dachte, verwandelte sich das angebliche Eiswasser in meinen Adern – die Organisation rühmte es mir nach – in Blutzucker.

»Ich weiß nicht, ob ich durchkomme«, sagte der Kommissar. »Ich sollte schon etwas mehr vorweisen können. Ihre Enthüllungen in allen Ehren, aber nirgends wird mehr gelogen als auf der Jagd, beim Suff, in der Liebe, oder hinter Gittern.«

Er nickte meiner Karikatur zu und verließ den Raum, in den zwei uniformierte Polizisten mit grobschlächtigen, verschlossenen Gesichtern als Wache einzogen. Vor der Tür standen zwei weitere. Am Ende des Ganges wiederum zwei. Sicherheitshalber war im Hof ein Funkstreifenwagen postiert, dessen Männer MPs trugen. Die deutschen Behörden ließen sich die Bewachung des langgesuchten Polit-Verbrechers etwas kosten. Es würde nicht leicht sein, ihnen eine ›Flucht‹ Grenzleins einzureden – doch das wäre nicht mehr mein Bier.

»Der Kerl ist hart, Sir«, sagte ich. »Um den garzukochen, brauchen wir noch mindestens drei Wochen.«

»Unter normalen Umständen«, versetzte der General. »Aber was wäre in diesem Fall normal? Heute ist schon übermorgen – also hätten wir den Kerl schon vorgestern umdrehen müssen.« Er verfolgte mechanisch meine Rauchversuche mit dem fremden Lungenmedium. »Wie weit sind Sie mit Ihrem Arabisch?« examinierte er mich.

»Sir«, schoß ich zurück. »Vor gut zwei Tagen habe ich diesen Auftrag übernommen. Sie können von mir verlangen, daß ich in 52 Stunden zweieinhalbmal um die Welt fliege. Oder mich durch die oberen Klassen eines Mädchenpensionats hindurchpflüge. Oder den Harem des Königs Chalid des Obersten Gaddafi –«

»Er hat keinen«, unterbrach mich der Vize.

»Das sieht diesem Operetten-Buffo ähnlich«, giftete ich. Wir grinsten beide, obwohl wir keine Zeit dazu hatten, und vor allem keinerlei Grund zur Heiterkeit, aber auf den Libyer waren wir sauer, weil er im Verdacht stand, die Terrorkommandos, mit denen wir uns herumschlugen, zu finanzieren, und zwar mit Öl-Geld.

Bevor ich Grenzlein gegenübertrat, verschlüsselte ich mit ein paar Handgriffen mein Aussehen. Es ging ganz schnell. Ich setzte eine dicke, getönte Brille auf und verschaffte mir mit zwei Hartgummiplatten, die ich in meinen Mund schob, die Backen eines Hamsters. Meine ungleich kürzeren Haare verpaßten mir von selbst eine etwas andere Kopfform, und ein Agent, der kein Schauspieler ist – mitunter in einer Schmiere auf Leben und Tod – braucht seine Geheimwaffen gar nicht erst auszupacken.

»Meister«, begrüßte ich Grenzlein: »Gesprächig heute?«

»Wir haben heute Donnerstag?«

»Das stimmt zwar«, erwiderte ich. »Aber glauben Sie, daß diese schlichte Feststellung 200000 Mark wert ist, Genosse?«

»Nein«, entgegnete er. »Aber am Montag steigt dieses Superding. Und zwar in aller Frühe. Machen Sie sich auf etwas gefaßt.«

»Auf was?« fragte ich.

»Das erfahr' ich selbst erst im letzten Moment«, erwiderte er. »Vielleicht entführen sie den Bundeskanzler. Oder sie machen dem US-Botschafter ihre Aufwartung und liefern seinen Gästen die heiße Schlacht am kalten Büfett. Oder sie setzen Todesbazillen auf führende Politker an. Einige Ultras unter ihnen hätten wohl kaum Hemmungen, über die Wasserleitung den bakteriologischen Krieg zu eröffnen.« Er starrte in meine Augen. »Alles ist möglich. Glauben Sie mir das. Ich kenne diese Heißluft-Strategen. Und die palästinensischen Partisanen arbeiten in Deutschland fast ohne Risiko – wenn sie sich greifen lassen, werden sie hinterher wieder freigepreßt, wie die drei Überlebenden des Olympia-Massakers.«

»Ich kenne die Qualität und die Arbeitsmethoden Ihrer Freunde«, erwiderte ich. »Aber seien Sie bitte nicht so weitschweifig und kommen Sie zur Sache.«

Was die Freipressung arabischer Guerilleros anbelangt, dachte ich zufällig genauso wie er. Unsere Organisation hatte es für einen Fehler gehalten, die Olympia-Attentäter freizulassen. Erpressern gibt man nicht nach, wenigstens nicht nach unseren Spielregeln. Auch nicht, wenn einige oder mehrere Menschenleben auf dem Spiel stehen.

Mein Freund Hinrichsen war ihnen in die Hände gefallen, und sie hatten gedroht, ihn als Geisel zu töten, wenn wir ihnen nicht im Austausch gewissen Informationen überließen. Ich gehörte zu den Männern, die es strikt abgelehnt hatten, auf diesen Handel einzugehen, obwohl ich nicht daran zweifelte, daß sie meinen Kumpel erbarmungslos abschlachten würden. Hinrichsen hätte sich genauso verhalten, wenn ich an seiner Stelle gewesen wäre. Das ist bei uns eisernes Gesetz. Dabei gibt es – allenfalls – Tränen, Männertränen, doch keine Diskussionen.

»Erraten«, spottete mein angebliches Double. »Bonn ist schon wegen eines halbbesetzten Mittelstreckenflugzeuges umgefallen.« Er zog genüßlich an seiner Pfeife. »Was meinen Sie denn, auf welch schwachen Füßen erst der Widerstand der Bundesrepublik steht, wenn es um die rund 100 Millionen Tonnen arabisches Öl geht, die von der deutschen Wirtschaft als Mindestbedarf in einem einzigen Jahr benötigt werden?« Er lächelte schräg. »Natürlich haben die Ölscheichs nichts mit diesen Geschichten zu tun. Sie finanzieren sie höchstens und bedauern sie heftig. Mit Worten. Ansonsten waschen sie ihre Hände in Unschuld, der Trick stammt ja auch aus der Gegend da unten.«

Die Gummiplatten scheuerten an meinen Zähnen. Ich zündete mir eine Zigarette an. Obwohl sonst von Berufs wegen unempfindlich gegen Wetterstürze, erlebte ich ein paar Sekunden lang ein Wechselbad von Frost und Hitze.

Die Meuchler und die Heuchler, Hand in Hand. Wer die Freudentänze der Libyer bei der Ankunft der Olympia-Mörder auf dem Bildschirm verfolgt hat, erlebte einen Abklatsch des heißen Orients, wo das Blut schneller trocknet, als es fließt. Kaltblütige Killer, den ordentlichen Gerichten entzogen, wären beinahe nachträglich von der künstlich entfachten Begeisterung erdrückt worden. In den arabischen Ländern wird auf der Flamme des Nationalismus die Giftsuppe gekocht, in der auch der israelische Premierminister, ein ehemaliger Terrorist, kräftig herumlöffelt. Terror – Gegenterror, Anschlag – Vergeltung. Das levantinische Pulverfaß war eine permanente Bedrohung des Weltfriedens. Ein Stück Arabien steckt in jedem Land, in westlichen genauso wie in orientalischen. Überall werden Emotionen geschürt, um Zweckpolitik zu betreiben, werden Normalbürger dadurch zu Narren gemacht, wie einst im Sportpalast.

In jeder Stadt liegt ein Sportpalast, in Berlin wie in Buenos Aires, in Damaskus wie in Teheran, und wenn man die Massen berauscht, schreien sie nach Kanonen, statt nach Butter – vor allem, wenn sie nichts zu essen haben.

Ich hatte klare Vorstellungen über die Abwicklung unserer Transaktion, aber ich mußte Grenzlein noch ein wenig hinhalten:

»Wir haben zwar schon das letztemal darüber gesprochen«, begann ich, »aber ich komme einfach nicht ganz klar. Als Berufsrevolutionär kämpfen Sie, wie Sie sagen, für die Veränderung des Systems. Ich nehme Ihnen Ihre Erklärung für das Geld, das Sie haben möchten, einfach nicht ab.«

»Im Prinzip haben Sie ganz recht«, ging er darauf ein, »und mein Hauptanliegen ist ja auch die Freiheit und nicht das Geld. Aber ich muß doch noch einmal ausholen: Der von der Gesellschaft ausgebeutete Mensch wird durch raffinierte Zwänge beherrscht. Einer heißt Geld. Ein anderer zum Beispiel Sex. Schon mal was von Marcuse gehört?« fragte er überheblich.

»Es gibt zwei«, erwiderte ich. »Welchen meinen Sie?«

Meine Frage verblüffte diesen Fachidioten des Umsturzes, er kletterte einen Moment aus seinem Polit-Korsett, wirkte leicht überrascht und hielt mich vermutlich zum erstenmal für keinen Trottel. »So kommen wir nicht weiter«, sprang ich ins kalte Wasser. »Ich bin zwar bereit, die Katze im Sack zu kaufen, aber ich möchte ihn wenigstens von außen abgreifen.«

»Einverstanden«, versetzte Grenzlein. »So sieht mein Zeitplan aus: Sie verständigen sofort meinen Studienfreund Rechtsanwalt Fingers. Morgen früh, kurz nach neun Uhr, übergeben Sie ihm in meiner Gegenwart die Anzahlung von 200000 Mark. Wenn mein Beauftragter mir bestätigt, daß das Geld am sicheren Ort verwahrt ist, inszenieren wir in der Nacht vom Samstag auf den Sonntag meine Flucht.«

»Weiter«, drängte ich.

»Sie sorgen dafür, daß die Bullen in die Luft schießen.«

»Moment mal«, unterbrach ich ihn mit der vorgetäuschten Schwerfälligkeit eines Langsamdenkers. »So etwas läßt sich mit den Beamten, die Sie bewachen, arrangieren. Aber dann kommt der Alarm, und Sie werden gesucht wie eine Stecknadel. Und dem erstbesten Polizisten, dem Sie in den Weg laufen, kann ich nicht im voraus sagen, daß Sie in unserem Auftrag getürmt sind. Wenn der Mann erst Ihren köstlichen Namen hört, ballert er darauf los, daß es eine Pracht ist.«

»Machen Sie mir keine Angst«, sagte er großspurig. »Fahren Sie mich nach Einbruch der Dunkelheit zu einer Vernehmung zum Untersuchungsrichter. Lassen Sie den Wagen einen Moment halten und meine Bewacher wegsehen. Wenn Sie mir sechs bis sieben Minuten Vorsprung geben, wird mich hier in München kein Hund mehr aufstöbern.«

»Präparierter Fluchtweg?«

»Dreimal dürfen Sie raten«, erwiderte er.

»Sie stehen also auf der dunklen Straße. Sie gehen vorsichtig an eine Telefonzalle heran und wählen eine ganz bestimmte Nummer –«

»Sie denken immer schneller«, höhnte Grenzlein.

»Bestens«, entgegnete ich. »Wir sind handelseinig. Morgen, kurz nach neun Uhr erhält Ihr Anwalt das Geld. Und Sie liefern gleichzeitig die Ware.«

»Ware?« fragte er, wie verwundert.

»Meister«, entgegnete ich vorwurfsvoll. »Die Telefonnummer natürlich.«

Er zierte sich noch ein paar Minuten.

»Ja oder nein?« fuhr ich ihn schroff an.

Natürlich gab er nach.

Damit war der Startschuß für mein Unternehmen Himmelfahrt gefallen.

7

Grenzlein war kein Blindgänger, eher eine Bombe. Seit wir es wußten, mußten wir mit der Spannung leben. Sie begann bereits auf der Rückfahrt vom U-Gefängnis in den Fuchsbau. Der General verzichtete darauf, mich wie üblich mit dem Lieferauto zu speditieren. Er bot mir in seinem Wagen – bei zugezogenen Vorhängen – Platz an.

»Wir haben verdammt wenig Zeit«, sagte er. »Aber jetzt läuft uns die Geschichte zu schnell davon.« Er sah auf die Uhr. »Noch 47 Stunden bis zu Ihrem Einstieg. Von da an gibt es kein Zurück mehr.« Er verging sich an meiner Grenzlein-Legende, bot mir eine Zigarette an und gab mir sogar Feuer. »Ich habe keine Ahnung, wie Sie das schaffen sollen«, klagte er.

Aber ich war auf der Hut, denn immer, wenn er sich menschlich gab, verlangte er Unmenschliches.

Ein unmögliches Pensum für zwei Tage.

Um mit dem Angenehmsten anzufangen, mußte ich in dieser Zeit meine arabischen Sprachkenntnisse vervollständigen. Ich würde bei Diana in die Schule gehen, ein betagter Oberkläßler, der weniger auf die Tafel als auf seine hübsche Lehrerin starrte.

Es galt weiterhin, im Eiltempo Grenzleins Lebenslauf zu komplettieren. Dann kam das schlimmste: der Identitätstest. Eine Schwimmweste kann einen Schiffbrüchigen nur tragen, wenn sie wasserdicht ist. Das ließ sich nur bei Menschen feststellen, die meinem Doppelgänger nahestanden, und zwar am besten Frauen, weil sie schärfere Beobachter des Äußerlichen sind.

Da gab es eine Sybille Franzen, eine leicht brüchige Gelegenheitsliebe Grenzleins. Und da gab es Grete Grenzlein, seine Mutter, die bereits drei Monate Kriegerwitwe gewesen war, als sie ihren Sohn zur Welt brachte.

Bei der Beurteilung Grenzleins waren sich der General und ich einig: Der Mann mochte ein fauler, feiger Typ sein, ein Schwätzer war er nicht. Auf eine abseitige Art intelligent, zynisch bis auf die Knochen, körperlich trainiert und politisch geschult, wäre er durchaus im Stande gewesen, auch ein verschärftes Kreuzverhör noch Wochen durchzustehen, und sei es auch nur, um den Preis hochzutreiben.

»Wenn er sich so schnell mit uns verständigt«, dachte ich laut, »dann brennt ihm die Zeit unter den Nägeln.«

»Klar«, analysierte der General. »Er will den Anschluß nicht versäumen. Seine Terrorkumpanen könnten auch einen anderen deutschen Einweiser finden. Wenn am Montag – ohne seine bewährte Mitwirkung – so ein Horrorstück aus der levantinischen Gruselkiste platzt, kann er uns nicht mehr verkaufen, was am Dienstag schon in allen Zeitungen steht. Wer ist dieser Dr. Fingers?« fragte mich der Vize. »Kommt er in unserem System 777 vor?«

»Natürlich«, antwortete ich. »Sind zusammen zur Schule gegangen. Sonst weder persönliche noch politische Verbindungen. Der Rechtsanwalt hat mein Double vor Jahren bei einem Vaterschaftsprozeß vertreten.« Ich lachte die Nummer Zwo voll an. »Wissen Sie eigentlich, daß ich Vater einer vierjährigen, hübschen, wenn auch ledigen Tochter bin?«

»Gratuliere!« antwortete er trocken.

»Leider kann ich mich nicht um das Kind kümmern, weil er es auch nicht tut.«

»Macht die Organisation zu gegebener Zeit«, erwiderte der Quadratschädel.

Es war kurz vor 23 Uhr. Wenn ich ganz schnell mein Apartment erreichte, war Diana womöglich noch auf, und ich könnte den gerissenen Abend wieder verknüpfen, aber der General hielt mich noch fest. Er setzte während der Nacht unsere ganze Apparatur in Trab. Es wurde drei Uhr. Als ich mich auf mein Quartier zuschleppte, horchte ich einen Moment lang vor Dianas Tür: Aber weder schnarchte sie, noch rief sie: ›Herein‹.

Um sechs Uhr stand ich unter der Dusche und überlegte, wie ich meine unständige Begleiterin zu einer Frühaufsteherin machen könnte – aber ich hatte wieder einmal den General unterschätzt.

Diana war zur Unzeit geweckt worden, weil arabische Überstunden einzulegen waren.

Ich trug einen Bademantel und ein dümmliches Gesicht, als ich sah, daß sie in der Eßnische meines Apartments das Frühstück durch feminine Zutaten ergänzte.

»Ahlan wesahlan«, begrüßte sie mich. »Izzaiyak?... Wie geht es?«

»Il hamdu lillâh kuwaiyis... Danke gut«, antwortete ich und wunderte mich, wie umständlich man sich ausdrücken konnte.

Zunächst verbesserte Diana meine Aussprache, dann strich sie mir ein Brötchen. Wir kamen überein, während des Frühstücks zuerst mittelhochägyptische Lektion sein zu lassen. Wir sprachen zuerst Englisch miteinander, und dann Deutsch. Im Englischen gibt es kein ›Sie‹, und ich nutzte die Gunst der Sprache, als ich auf Deutsch umschaltete.

»Du siehst prächtig aus«, sagte ich. »Und das zu so früher Stunde.«

»Danke«, erwiderte sie. »Du kannst recht hübsche Komplimente drechseln!«

Erst jetzt merkte Diana, daß wir uns duzten, freilich ohne Prost und Bruderschaftstralala. Immerhin war es eine kleine Annäherung, und das um 6.38 Uhr, mitteleuropäischer Zeit.

Sie goß mir die dritte Tasse ein: »Magst du Kaffee?« fragte sie.

»Dich möchte ich eigentlich viel lieber«, antwortete ich.

»Du mußt dich auf Kaffee verlegen«, überhörte sie meine Nebentöne. »Wo immer du bei Arabern eintrittst, mußt du diesen auch noch recht komisch schmeckenden Trunk zu dir nehmen. Vielleicht dreißigmal am Tag. Es wäre genauso ein Verbrechen, die Tasse abzulehnen, wie sie nicht anzubieten.«

Diana trug hübsche Frische im Gesicht: Eine bunte Bluse konturierte straffe Rundungen. Ein breiter Gürtel umrankte eine schlanke Taille. Ein schwingender Rock offenbarte zugleich, was er verbarg: ausnehmend hübsche, melodiöse Beine, selbstsicher und flink. Beine, die sicher interessanter waren als arabische Vokabeln. Ich versuchte, ihr zuzuhören. Ich sah ihr in die Augen wie auf die Beine. Ohne Absicht, oder zumindest mit unbewußter.

Eine Zeitlang überging sie es, aber sie war eine Frau, und eine Frau ist eine Antenne.

»Rugba«, unterbrach sie ihren Ausflug an den Persischen Golf.

»Und das heißt?« fragte ich.

»Begehren«, erwiderte sie.

»Und was heißt: Liebe?«

»Mahabba«, antwortete Diana. »Aber das Wort wirst du da unten nicht brauchen.«

»Wir können ja deutsch oder englisch miteinander sprechen«, schlug ich vor.

»Übernimm dich nicht«, versetzte sie. »Du bist doch ein Junge für eine Nacht.«

»Nicht mehr«, erwiderte ich. »Das war einmal.«

»Wann?«

»Bis vor zwei Tagen«, entgegnete ich lachend. »Da haben wir uns zum erstenmal gesehen – Schnellbesserung, anhaltend.«

»Alle Achtung«, versetzte Diana. »Ein perfekter Agent ist ein pfeilschneller Anpasser, was?«

»Ich spreche privat«, erwiderte ich.

»Und ich bin im Dienst«, konterte sie.

Jetzt schlug ich zu, mit einem Wort aus dem Lexikon, das Diana mir unterschlagen hatte.

»Bûsa«, rief ich: »Kuß.«

Ich nutzte ihre Überraschung und zog sie an mich. Zuerst leistete sie ein wenig Widerstand, dann gab sie leicht nach. Von beiden ein wenig zu wenig. Dann saß ich neben ihr, streichelte ihre Haare, spürte die Hitze an meiner Handfläche und so ein seltsames Gefühl in der Wirbelsäule.

Ich legte meine Hand um ihre Schultern, zog sie an mich. So saßen wir beide, Wange an Wange. Meine Hände sehnten sich nach ihrer Haut und rührten sich doch nicht von der Stelle, als trügen sie bereits Grenzleins stählernen Achter bei einer Flucht, die niemals stattfinden sollte.

Auf meinen Streifzügen hatte ich gelernt, wie man ein Mädchen nimmt und eine Frau hält. Aber bei Diana verzichtete ich freiwillig auf mein Repertoire, wenn ich in ihre Augen sah, die eine Mitte zwischen blau und grün hielten, spürte ich, daß es honoriert werden würde, und zwar sehr bald schon, und das war auch wichtig, sonst wäre es zu spät.

Die Höllenmaschine tickte. Die Zündschnur war jetzt nur noch 37 Stunden lang, und ich stand unter dem Diktat der Zeit. Ich zog Diana noch einmal stürmisch an mich und stellte gleich hinterher fest, daß es 8.44 Uhr war und der General auf mich wartete.

8

Der Fall wurde immer heißer. Auf einem Flugplatz waren zwei mit libanesischen Pässen reisende Männer aufgefallen: einer am Rhein-Main-Flughafen, in Frankfurt, der zweite in Hamburg-Fuhlsbüttel. Beide Studenten, und keiner in Eile, in den Hörsaal zu gelangen.

Sie wurden beschattet, reisten auf Umwegen nach München. Es gab keinen Zweifel, daß sie zu Grenzleins Terroristentruppe gehörten.

Das war aber auch alles, was wir wußten, denn plötzlich waren sie spurlos von der Bildfläche verschwunden. Entweder hatten ihre Verfolger einen bösen Schnitzer gemacht, oder es handelte sich bei den Verdächtigen um erstklassige, brandgefährliche Fachleute.

Wem gilt ihr Anschlag? fragten wir uns. Dem Bundeskanzler? Den Abgeordneten, die für Israel eintreten? Dem diplomatischen Corps, soweit es westliche Länder vertrat? Oder sollte die größte Gemeinheit, scheußlicher als ein Atomkrieg, gestartet werden: die Verpestung mit biologischen Waffen?

Der Vize blieb im Hintergrund. Ich stellte mich – wieder mit der entsprechenden Aufmachung – dem Rechtsanwalt Dr. Fingers vor. Ganz Typ des vielbeschäftigten Strafverteidigers, der keine Fragen stellt, weil er nicht das Niemandsland der Legalität verlassen möchte.

Es ging rasch und formlos. Ich legte 200000 Mark auf den Tisch. Anwalt und Mandant machten zwei Häufchen aus dem banderolierten Stapel und begannen zu zählen. Der bedürfnislose Revoluzzer war etwas schneller, er kam auf 120000 Mark, als der Anwalt noch bei 80000 war.

Er packte das Geld ein, warf einen fragenden Blick auf mich. Ich war großzügig. Schon bevor mir der Mann mit meinem Gesicht die Gegenleistung erbrachte, ließ ich seinen Buchhalter ziehen. Das barg keinerlei Risiko. Wir hatten ihn unter Kontrolle, und zwar mit unseren eigenen Leuten.

»Hier haben Sie die Telefonnummer«, sagte Grenzlein, zum erstenmal nervös. »Wenn Sie sie verwenden, haben Sie mit Zitronen gehandelt.«

»Wir sind doch keine Anfänger«, erwiderte ich.

Ich war im Gehen; der U-Häftling hielt mich auf. »Und meine Flucht?« fragte er.

»Klappt«, erwiderte ich. »Halten Sie sich bereit. Morgen abend gegen 22 Uhr.«

Ich versprach ihm, zwecks Hauptprobe, eine Stunde früher da zu sein, und ich würde die Verabredung halten, auch wenn es mich 60 Minuten Diana kosten sollte.

Grenzlein wurde abgeführt.

Ich übergab dem General, der seine Heinzelmännchen unverzüglich in Marsch setzen würde, die hochbezahlte Telefonnummer: eine siebenstellige Zahl. Nach den Anfangsziffern zu urteilen war der Teilnehmer im Norden der Stadt angesiedelt.

Ich hätte gerne erste Resultate abgewartet.

»Das können wir auch ohne Sie erledigen, Ferry«, sagte der Vize. »Für Sie habe ich einen Spezialauftrag, Casanova.«

»Wenn Sie meinen, Sir«, antwortete ich ergeben.

»Diesmal komme ich Ihnen entgegen«, er lächelte zweifelhaft. »Machen Sie sich auf die Socken.«

»Zu Sibylle Franzen?« fragte ich.

»Erraten, Sie Ladykiller.«

Es war lästig und unerläßlich, bei Grenzleins Sechs-Monate-Freundin die Unterschiede zwischen ihm und mir auszuloten, um dann die Hauptprüfung bei seiner Mutter abzulegen.

»Und wie weit soll ich dieses Spiel treiben, Sir?« fragte ich.

»Bis zum Äußersten, Sie Zimperling«, versetzte er mit sattem Ingrimm, weil er meinen Minuspunkt positiv aktivieren konnte.

9

Ich verwandelte mich wieder in Ferry Wessen, und damit in Lothar Grenzlein, nahm die Hartgummiplatten aus dem Mund, steckte die Brille mit den unförmigen Gläsern weg und probte meine Stimmlage. Ich mußte etwas tiefer sprechen als mein Doppelgänger, um nicht gleich als der böse Wolf erkannt zu werden, der die sieben Geißlein fressen will.

Nicht meine Stimme war der Pferdefuß bei der Identitätsprobe, sondern mein zu kurzer Haarwuchs. Ich hätte mir eine Perücke überziehen können, aber erstens sehen Frauen meistens die falsche Pracht, und dann bestünde die Gefahr, daß die muntere Sibylle im Falle einer frontnahen Kissenschlacht die falschen Schnittlocken beim Schopf nehmen würde – und an Grenzleins dichtem Haarwuchs war weder zu rütteln noch zu ziehen.

Ich kauerte wieder in einem Lieferwagen unserer Organisation. Er brachte mich in die Nähe meines Einsatzzieles und würde mich später an einer vorher verabredeten Stelle wieder aufpicken. Auf seiner Werbefläche prangte diesmal der Name einer Getränkefirma, und ich war gespannt, was mir die Ehemalige meines Doubles einschenken würde.

Ich hatte nicht viel Zeit, mich auf diese Sibylle einzustellen. Ich rekapitulierte, was ich über sie wußte – es war nicht alles Bienenhonig, was die fleißigen Sammler unserer Organisation über sie zusammengetragen hatten. Auf eine befristete Weise war sie ihrem jeweiligen Partner treu, rauchte seine Zigarettensorte, teilte seine politischen Ansichten, gewöhnte sich an seine Leibspeisen und lebte von seinem Geld, ohne besondere Ansprüche zu stellen – außer im Bett.

Sibylle lebte in der Wohnung ihres derzeitigen Begleiters, Helmut Mösser, Ingenieur in der Versuchsabteilung. Der Mann war näher an den 50 als an den 40 und – wie ich meinen Chef einschätzte – zu dieser Stunde mit Sicherheit außer Haus.

Sibylle Franzen hatte Grenzlein gemocht und war ihm vermutlich auch jetzt noch hörig, auch wenn er sie in unreiner Gangart verlassen hatte. Viele Frauen sind in diesen Dingen ja nicht gerade logisch: Liebenswürdige Verehrung lassen sie sich gefallen, doch auf kostenpflichtige Selbstsucht fallen sie herein. Während ich die Treppe hochstapfte, überlegte ich nicht ohne Wohlbehagen, daß in dieser Hinsicht selbst ein Vegetarier beherzt in die Fleischtöpfe greifen dürfte.

Ich stand vor der Wohnungstür und suchte vergeblich Sibylles Namen – schließlich lebte sie in diesem Haus als ein Fräulein Mösser –, klingelte und malte mir in ein paar mulmigen Sekunden aus, wie es erst sein würde, wenn ich ein paar Stunden später Grenzleins Mutter gegenübertreten müßte.

Ich hörte lässige, leicht schleifende Schritte. Die Tür wurde lustlos geöffnet. Dann quoll Sibylle aus dem Rahmen entgegen, wie ihre Weiblichkeit aus der Bluse. Ihre Haare waren eine Spur zu rot, ihr Rock saß eine Idee zu prall, die Farbe zu grün, aber auf eine etwas überbetonte Weise war dieses Mädchen hübsch – ich hatte schon auf schlechterem Papier geschrieben.

»Du, Lothar?« begrüßte sie mich überrumpelt.

»Pst«, erwiderte ich, ging an ihr vorbei und schloß die Tür von innen. Ich küßte sie flüchtig und merkte, daß sich ihr Körper dabei steif machte.

»Wie hast du mich gefunden?« fragte sie.

»Ich werd' dich immer finden.«

»Und warum?«

»Weil es mir Spaß macht«, spielte ich Grenzlein.

»Du hast dich benommen wie ein Schwein«, entgegnete Sibylle.

»Du sollst nicht immer gleich meine Gebrechen aufzählen«, erwiderte ich lachend.

»Was ist mit deinen Haaren los?« fragte sie.

»Kleine Begegnung mit den Bullen«, log ich.

»Immer noch im Untergrund?«

»Typen wie ich ändern sich doch nie«, antwortete ich.

»Das ist zu befürchten«, erwiderte Sibylle. »Was willst du?« fuhr sie mich an.

»Aber Tschappi«, griff ich zu Grenzleins von einem Hundefutter abgeleitetem Kosenamen, »vielleicht dich –«

»Ich bin in festen Händen«, versetzte sie tapfer.

»Vielleicht heute abend wieder«, steigerte ich mich in meine Rolle hinein, »aber wenn du mich ärgerst, mach' ich dich auf der Stelle zur Freifrau.«

Der Zorn stand Sibylle gut, sie gefiel mir immer besser. Dieser Grenzlein hatte entschieden auch seine schillernden Seiten. Bei meinen Einsätzen konnte ich mir die Legendenspender nicht aussuchen, aber es wäre immer noch besser, einen trojanischen Hengst zu imitieren, als zum Beispiel in die Kutte eines Kapuzinerpaters zu schlüpfen.

»Wir wollen nicht streiten«, lenkte ich ein.

»Sondern?« fragte sie. »Was brauchst du? Geld?«

»Was hältst du denn von mir?« grinste ich sie an. »Ich bin zwar Dr. Kimble auf der Flucht, aber ich will hier nur Erinnerungen auffrischen.« Ich zog sie mit meinen Blicken aus. »Und wir hatten doch auch schöne«, setzte ich hinzu.

Meine Augen hatten Hände, und diese spürte Sibylle wohl auf ihrer Haut, die sie nicht in Brand setzen lassen wollte. Aber sie war auch ein kokettes Stück und versuchte zu erproben, ob ihr Körper noch seinen bewährten Reiz auf mich ausüben würde, beziehungsweise auf Grenzlein. Mit schwingenden Hüften ging sie an den Steinhäger im Kühlschrank, goß zwei Gläser voll.

»Du bist ein Strolch«, sagte sie. »Aber im Bett warst du mitunter ganz gut zu gebrauchen. Zwar manchmal ein bißchen direkt und voreilig«, sie prostete mir zu. »Aber es gibt schlechtere.«

Mit einem Ruck schoß ich von meinem tiefen Sessel hoch, mit einem Satz erreichte ich sie.

»Meinst du?« sagte ich mit rauher Stimme, hielt sie fest, zog sie mit, versuchte, ihre Gegenwehr zum Überläufer zu machen. Wir heizten uns gegenseitig an. Ganz schön. Ich brauchte diesen Grenzlein gar nicht mehr zu spielen, ich hatte vergessen, daß ich mir – Dianas wegen – auf einer gemähten Wiese keinen Heuschnupfen holen wollte.

Auch Sibylle schob wohl ihren Versuchsingenieur beiseite, lag neben mir, mit geschlossenen Augen, mit einem süchtigen Lächeln. Ich kam zum Vorspiel. Hier mußte ich meine eigenen Wege einschlagen, denn da versagten zwangsläufig die Informationen meiner Organisation.

Ich ging behutsam vor bei meinem privaten Kinsey-Report. Wir verkeilten uns ineinander. Ich biß in Sibylles Lippen, ihre Nägel bohrten sich in meine Haut. Sie versagte und gewährte, lockte und bremste. Wir gingen aufeinander ein, als wären unsere Körper schon seit langem miteinander vertraut.

»Du bist fantastisch, Diana«, versprach ich mich.

Einen Moment machte sie sich frei, verzog das Gesicht und lachte ungut. Aber dann war sie wieder bei der Sache, von der sie etwas verstand, ich wußte nicht, ob ich ein Verführer war oder verführt wurde – ihr Job als ständige Begleiterin hatte ihr einiges beigebracht.

Sibylle schnellte noch einmal hoch.

»Gleich«, sagte sie und ging an den Kühlschrank. Sie brachte weiteren Schnaps, obwohl wir unsere Sinne nicht mehr anfeuchten mußten.

»Du hast dich verändert, Lothar«, sagte sie. »Aber zu deinen Gunsten – jedenfalls bist du anders wie sonst.«

»Wieso?« fragte ich hellwach.

»Nicht reden«, erwiderte sie und schloß mir in einer typisch fraulichen Weise den Mund.

Ich nestelte sie aus ihrer Bluse und stellte fest, daß ihre Rundungen tatsächlich freitragende Werte waren, und ich schmeichelte mich bei Max und Moritz mit Hand und Mund ein.

Wir gingen aufeinander los wie zwei Wilde. Vielleicht galt dieser Grenzlein wirklich als die Wucht im Bett, aber Sibylle war in jedem Fall besser. Eine Hexenmeisterin, die der Sünde die Flüchtigkeit nahm, indem sie sie verlängerte.

»Moment«, sagte sie, und kletterte über mich.

Sie trug nur ihre Haut.

Ich verfolgte das lässige Spiel ihrer Glieder und begriff, daß ihr noch eine Variante eingefallen sein mußte, um das Verlangen bis zum Siedepunkt zu treiben.

Das Telefontischchen stand gleich neben der Couch. Sie nahm den Hörer ab, drehte an der Wählscheibe. Der Trick war nicht neu. Sicher rief sie ihren derzeitigen Begleiter an, entweder um sicher zu gehen, daß er uns nicht überraschen konnte, oder sie gehörte zu den Feinschmeckern der Sinnlichkeit, die sich einen zusätzlichen Reiz verschafften, indem sie mit dem Partner sprachen, während sie ihn betrogen.

»Funkstreife?« fragte Sibylle. »Schicken Sie sofort einen Wagen in die Gabelsberger Straße. Es handelt sich um Lothar Grenzlein. Er ist in meine Wohnung eingedrungen und –«

Ich schoß von der Couch hoch wie eine Stichflamme. Mein Verlangen war geplatzt wie ein Autoreifen bei Vollgas. Genau 37 Stunden vor meinem Einstieg in den arabischen Untergrund war mein Einsatz ins Schleudern gekommen. Weil ich bei der Identitätsprobe zu gut bestanden hatte, war ich durchgefallen. Es erinnerte mich an die schwarze Platidude: Operation gelungen, Patient tot.

Ich riß Sibylle den Telefonhörer aus der Hand und schleuderte sie mit einem Stoß in Richtung Lustwiese. Im Namen Grenzleins, meines Doppelgängers, klatschte mein Handrücken in ihr Gesicht. Mit mäßiger Wucht, aber sie flog zwei Meter nach hinten, landete mit dem Rücken auf der Lottercouch. Eva ohne Feigenblatt, ein durchaus reizvoller Anblick. Meine problematische Gespielin trug nur frische Haut, straffe Rundungen und ein paar Tränen. Ihre langen Haare hatten sich wie eine Girlande um ihren Hals gewikkelt und sendeten flammendrote Signale.

Ich hörte in diesem Moment ganz andere Sturmzeichen.

Geschwindigkeit ist keine Hexerei, wenn man im Adamskostüm mit einer Funkstreife um die Wette in seine Klamotten fährt. Der Name Grenzlein mußte im Polizeipräsidium hochgehen wie eine Tretmine. Ein Markenartikel der Fahndung. Einer der Top-Anarchisten, die bei ihrer Verhaftung wild um sich zu schießen pflegten. Jetzt mußte es sich rächen, daß wir die Verhaftung Grenzleins so geheimgehalten hatten, daß er sogar im Untersuchungsgefängnis unter falschem Namen einsaß.

Die Polizei würde die Straße durchkämmen, Haus für Haus, mit entsicherten Pistolen. Davon abgesehen, daß eigene Kugeln auch nicht besser schmecken als gegnerische, wäre ein Wildwest im Treppenhaus zugleich für mich das Ende für Nahost.

Sibylle dieses drollige Gebilde aus Haut und Haaren, aus Formen und Wölbungen, verwandelte sich in eine schuldbewußte Fluchthelferin. »Hier«, lamentierte sie und reichte mir den Rollkragen-Pulli. »Ich wollte das nicht. Ganz bestimmt nicht.« Sie machte meine Hose gebrauchsfertig, indem sie die umgestülpten Beine nach außen zog. »Ich mußte einfach die Notbremse ziehen«, jammerte sie weiter. »Deine verdammten Hände haben meine verwünschte Haut schon wieder angezündet. Ich will nicht mehr! Du taugst nichts, du Schuft! Du betrügst mich doch schon wieder, bevor wir überhaupt zusammen waren.« Sie kroch unter das Liebeslager, das sich in eine Fundgrube verwandelt hatte, und brachte das Stilleben durcheinander. Sie zog meinen Schuh aus ihrem Höschen und folgte mir ans Fenster, von wo aus ich die Straße unter Kontrolle hatte.

»Wer ist eigentlich diese Diana?« fragte sie und hatte meinen linken Lederslipper in der Hand, wie eine Keule.

»Du kannst mir doch nicht die Bullen auf den Hals hetzen«, sagte ich, »und verlangen, daß ich dann noch in aller Gemütlichkeit mit dir debattiere.«

»Die Gabelsberger Straße ist groß«, erwiderte Sibylle. »Sie kennen die Hausnummer nicht. Und wenn du über den Hinterhof zur Tankstelle gehst, kommst du an einem ganz anderen Ende raus.«

»Das ist ein Wort«, entgegnete ich, sah noch einmal auf die Straße. Ein Polizeiwagen rollte in langsamer Fahrt am Randstein entlang. Ich schlüpfte in meine Lederjacke und zog an der brennenden Zigarette, die mir Sibylle zwischen die Lippen geschoben hatte. Das war kein Persönlichkeitsbruch, denn im Schweinsgalopp kann man sich nicht noch eine Pfeife stopfen.

Die Situation war längst nicht so komisch wie hinterher aus der Erinnerung. Es sind nicht die großen Dinge, die einem Mann meines Fachs gefährlich werden, sondern kleine Zufälle, wie zum Beispiel ein munteres Mädchen, das auf einmal bürgerlich werden will und die Polizei zu Hilfe ruft, um keinen Rückfall zu erleiden.

»Tschüß, du Mistbiene«, verabschiedete ich mich mit herzlicher Roheit, Grenzlein bis zum bitteren Ende.

»Versteh mich doch«, bat sie und drückte sich noch einmal an mich. »Ich will heraus aus diesem Leben. Ich will Helmut heiraten. Ich möchte –«

Sie sprach etwas zu laut, als wir die Wohnungstür erreichten.

Sibylle hatte vergessen, daß sie nichts anhatte außer etwas Lippenrot, Lidschatten und Wimperntusche. Wir drohten aufzufallen, nicht bei der Polizei, aber bei den Nachbarn.

»Denk an deinen Ruf«, sagte ich lachend. »Zieh dir wenigstens einen Brautschleier über.«

Nichts zu hören im Treppenhaus. Ich öffnete die Tür einen Spalt; auch nichts zu sehen.

»Nicht böse sein«, sagte sie mit einer Umarmung, die Tote erweckt hätte. »Du bist prima, Lothar, aber leider der Falsche für mich.«

Ich machte mich vorsichtig frei.

»Hier, ein Fluchtgroschen –«, sagte sie.

Als ich mich vorsichtig weiterstahl, wurde mir bewußt, daß ich mir doch auf recht seltsame Weise einen Hunderter verdient hatte.

Ich kam unbehelligt nach unten. Vor einer Parterrewohnung plauschten zwei Frauen. Die eine jammerte, daß ihr Mann neuerdings immer verdächtige Überstunden mache, wo er doch jetzt ins gefährliche Alter gekommen sei, während sich die andere besorgt zeigte über die schlechten Schulnoten ihres Jüngsten. Sie merkten weder, daß sie aneinander vorbeiredeten, noch, daß ich in diesem Moment an ihnen vorbeischlich, Richtung Hinterausgang.

Ich ging unbemerkt weiter bis zur Tankstelle, wo ein Autofahrer gerade dabei war, Benzin in einen Kanister zu füllen. Von der Polizei sah ich nichts. Fast störte es mich, daß die Flucht aus den Armen des Fräulein Potiphar ein wenig zu glatt verlief. Entweder hatte der Mann in der Zentrale der Funkstreife den Namen Grenzlein verschlafen, oder ein Verbindungsmann unserer Organisation die Funken eines Skandals rechtzeitig ausgetreten.

10

Die nächste Überraschung kam schneller als erwartet: Ich hatte unseren Lieferwagen erreicht. Sein Fahrer saß mit schläfrigem Gesicht am Steuer. Die Parkuhr zeigte noch vier Minuten an. Das Straßenbild war alltäglich. Niemand achtete auf mich, als ich die Hecktür des Getränke-Autos öffnete.

Ich stieß auf den General. Wenn sich unser Vize persönlich herbeiließ, in einen Lieferweagen zu klettern – auch wenn er mit Polstermöbeln, Telefon und Funkeinrichtung ausgestattet war –, dann wurde die Situation meistens recht brenzlig.

»Sir«, begrüßte ich ihn und wedelte mit dem Hundert-Mark-Schein. »Mein Minuspunkt leuchtet wie ein Morgenstern.«

Er war nicht bei der Sache, obwohl er sich sonst halbgare Kissenschlachten, die ich im Dienst veranstaltete, genüßlich anhörte, um dann hinterher meine Beurteilung damit zu befrachten. Aber der blaue Lappen, mit dem ich vor ihm herumwedelte, irritierte ihn doch ein wenig.

»Was ist damit?« fragte er.

»Typisch weiblich«, antwortete ich. »Zuerst hat mich diese Sibylle bei der Polizei verpfiffen, um dann hinterher meine Flucht mit einem Hunderter zu unterstützen!«

»Ihre frohe Laune schafft ein gutes Betriebsklima«, setzte er hinzu. »Wir haben es verdammt nötig. Grenzleins Telefonnummer ist so echt wie die 200 000 Franken, die sein Anwalt gerade auf dem Luftweg über Zürich in die Schweiz schafft.«

»Schade um das schöne Geld«, versetzte ich.

»Gut angelegt«, erwiderte er, während der Wagen umständlich anfuhr, er hatte Spezialscheiben, die von außen blind waren, während man von innen das Straßenbild ungesehen beobachten konnte.

»Unsere levantinischen Freunde haben sich etwas einfallen lassen«, sagte der Vize grimmig: »Der Anschluß ist auf einen Hans-Georg Müllner zugelassen. Dieser Mann hat in einem vielbesuchten Haus ein winziges Apartment gemietet. Der Witz der Sache ist, daß es ihn natürlich gar nicht gibt, sondern nur einen Telefonanschluß. Er ist auf Dauer-Auftragsdienst geschaltet.«

»Nicht schlecht«, erwiderte ich. »Diese Burschen machen also die Deutsche Bundespost zur Komplizin.«

»Ein lebender Briefkasten«, erklärte der General. »Ohne jedes Risiko. Der Auftragsdienst gibt die getarnten Informationen weiter, und die Telefonrechnung wird durch Bankauftrag bezahlt. Diese schrägen Vögel riskieren nicht mehr als etwas über 400 Mark, die gerade auf ihrem Konto sind.« Der Quadratschädel sprach betont beiläufig, als er seine Mitteilung explodieren ließ: »Inzwischen wurde endlich Grenzleins Kurier, dieser angebliche Ali, identifiziert. Absolut sicher. Durch Fingerabdruck. Der Mann gehörte zur Kamal-Adwan-Gruppe.« Er machte, was mein Gedächtnis anlangte, die Nagelprobe: »Schon mal was von diesen Leuten gehört?«

Er erwartete wohl keine Antwort auf seine reichlich theoretische Frage. Auf einmal wurde in dem Getränke-Auto Blutgeruch ausgeschenkt, als ich an den Drahtzieher des Münchener Olympia-

Massakers dachte. Bekannter freilich war Kamal Adwans Mörder-Club unter dem melodramatischen Namen »Schwarzer September«. Der rabiateste Haufen in einem Desperado-Klüngel. Im arabischen Lager kaum weniger gefürchtet als in aller Welt, wohin die Untergrund-Killer den Krieg getragen hatten.

Am 10. April 1973 wurden bei einem israelischen Kommando-Unternehmen in Beirut Schlupfwinkel dieser Untergrund-Organisation ausgeräuchert, Geheimunterlagen erbeutet und Fedajin-Führer niedergeschossen, unter ihnen Kamal Adwan, der noch an seine MP gekommen war, bevor ihn 54 Kugeln zerfetzten.

»Aber Grenzleins Freunde, ein Teil dieses Haufgens, hat sich unter dem Fantasie-Namen ›Arabiens Speerspitze‹ neu organisiert«, sagte der Vize. »Und zwar die Schlimmsten.«

»Das heißt also«, erwiderte ich, »daß bei einem Anschlag am Montag Tür und Tor für jeden Wahnsinn offenstehen.«

»So ist es«, antwortete der General. »Wir haben nur einen Lichtblick. Sie werden an dem Überfall als Lothar Grenzlein teilnehmen. Ich bin entschlossen, es zu wagen. Das Testergebnis bei dieser nackten Schönen erspart uns eine Menge Zeit.« Seltsamerweise klang sein Lob wie ein Tadel. »Ich glaube, daß es nicht mehr nötig ist, daß Sie Frau Grenzlein als verkommener Sohn unter die Augen treten.« Er machte eine Pause. »Wenn wir Glück haben, kennen die Attentäter ihren Lotsen nicht oder nur flüchtig. Noch haben wir Grenzleins Weg nicht ganz zurückverfolgt, aber er scheint sich zumindest in den letzten eineinhalb Jahren in der Bundesrepublik aufgehalten zu haben.« Sein Trost war wie Salzsäure. »Wenn Sie die ersten Stunden überleben, wird die Grenzlein-Identität Sie voraussichtlich vor keine großen Probleme mehr stellen.«

»Es sei denn«, entgegnete ich, »es kommt noch ein Typ hinzu, der mit Grenzlein die letzten eineinhalb Jahre verbracht hat.«

»Seien Sie nicht so pessimistisch«, erwiderte der General gereizt. »Mir paßt das auch nicht, daß Sie halb vorbereitet und überstürzt in diese Sache einsteigen müssen. Aber wenn Sie eine andere Möglichkeit sehen –«

Ich konnte keine Alternative entdecken, und momentan war ich froh, daß ich wenigstens Frau Grenzlein nicht unter die Augen treten mußte, denn irgendwie widerstrebt es mir, mit einer Mutter Schindluder zu treiben, auch wenn sie so ein ausgewachsenes Ekel wie mein Double zur Welt gebracht hat.

Ich hätte gerne gewußt, weshalb der Vize auf die Schilderungen meiner Daunen-Abenteuer verzichtete. Sein Röntgengehirn signalisierte ihm meine Frage.

»Es gibt für alles eine natürliche Erklärung«, sagte er großartig, und ich hatte eine unangenehme Vorahnung, als er an einem Tonbandgerät herumfummelte. »Ich wundere mich, wie ein Top-Agent wie Sie mitunter so naiv sein kann«, sagte er, sah auf den Zahlenindex und drückte auf den Schnellauf.

Die Spule stand still.

Der General sah mich an und drehte die Lautstärke voll auf. »Ich bin wild auf dich wie hundert Mann«, hörte ich mich sagen, mit einer Stimme, die vom Begehren bis zur Atemnot stranguliert wurde.

»Nicht reden«, entgegnete Sibylle in der Aufzeichnung. Es folgte eine ganze Salve einschlägiger Geräusche – von erstklassigen Abhör-Mikrofonen festgehalten und dann – nur zu deutlich, mein Versprecher. »Du bist fantastisch, Diana.«

»Genug?« fragte der Quadratschädel und schaltete ab.

»Halten Sie es für fair, Sir, eine fremde Wohnung mit Wanzen zu spicken, ohne mir etwas davon zu sagen?« fuhr ich unseren Vize an. »Wo bleibt meine Intimsphäre?«

»Wir wollten weder Ihre Unbefangenheit zerstören noch Ihre ganz speziellen Fähigkeiten beschneiden«, spottete er. »Es bestand die Gefahr, daß das Spiel mit diesem hübschen Nackedei Ihre Beobachtungsgabe trübt. Wir mußten sicherheitshalber mithören, ob wir wollten oder nicht.«

»Das nennt man Voyeurismus, Sir.«

»Zu einem guten Zweck«, erwiderte er.

In diesem Moment krächzte der Lautsprecher des Funkempfängers, der durch einen automatischen Entzerrer Klartexte ausspuckte.

»Sibylle Franzen soeben unter dem Verdacht der Begünstigung festgenommen«, meldete unser Verbindungsmann im Polizeipräsidium. »Aber es ist fraglich, ob die Polizei bei dieser Sachlage sie länger als ein paar Stunden festhalten kann.«

»Seien Sie nicht so pessimistisch«, erwiderte der General. »Nehmen Sie die Dame ins Kreuzverhör. Sie hat die Flucht Grenzleins mit hundert Mark begünstigt. Ende.«

»Ende«, kam die Bestätigung aus dem Äther.

Ich spürte, wie sich die Haut in meinem Rücken spannte. Diese Sibylle hatte mich zwar hereingelegt, aber sie würde es mit einem Wochenende hinter schwedischen Gardinen büßen müssen, und der Traualtar wäre wohl wieder in weite Ferne gerückt. Es war klar, daß wir sie unter Verschluß halten würden, bis mein Einstieg bei dem Terroristenkommando geglückt war. Schließlich konnte ich nicht am Samstag aus der Haft ausbrechen, wenn ich am Freitag zuvor in aller Muße eine Exfreundin besucht hatte.

»Sagen Sie mal, Sir«, fragte ich. »Der Auftragsdienst des Telefonamts muß doch die Anrufe in dem konspirativen Apartment registriert haben.«

»Natürlich«, erwiderte der Vize. »Die Entschlüsselung bietet kaum Schwierigkeiten. Unsere Spezialisten sind gerade dabei.«

»Und wie haben sich die Anrufer gemeldet?« fragte ich.

»Mit Codenamen.«

»Klar«, antwortete ich. »Aber kennen Sie zufällig Grenzleins Codenamen?«

»Nein«, erwiderte der Vize. »Aber wir haben ja noch Zeit.«

»36 Stunden«, versetzte ich.

11

Grenzleins Tarnname war ein Schlüssel, den wir nicht nachmachen konnten, wiewohl mir ohne ihn der Zutritt zur Verschwörergruppe versagt bleiben mußte. Ich zweifelte nicht daran, daß es der Organisation gelingen könnte, sich meinen Pappkameraden von den deutschen Untersuchungsbehörden auszuleihen und ihn so durch den Wolf zu drehen, daß er uns das Codewort nannte. Aber einmal bevorzugten wir die feineren Methoden, und zum zweiten gibt ein brutal erpreßtes Geständnis noch lange keine Gewähr auf Wahrheit – das wußte ich nicht zuletzt aus eigener Erfahrung.

Wir mußten uns etwas einfallen lassen. Vermutlich war Ali, der Kurier des Terrors, vom israelischen Geheimdienst identifiziert worden. Ich nahm an, daß der Vize jetzt eine Denkpause einlegte, bis ergänzendes Material aus Tel Aviv eingetroffen wäre.

Daß mir auf dem Weg nach Kairo, Kuwait oder Katar, oder in ein anderes Land, wo das Erdöl wächst, keine Rosen gestreut würden, war mir klar. Nicht nur aus klimatischen Gründen stand ich vor meinem heißesten Auftrag. Ein winziger Fehler, oder auch nur ein dummer Zufall, und meine Lebenserwartung wäre kürzer als ein Pistolenlauf.

Ich spielte in Gedanken alle Möglichkeiten durch, aber ich kam nicht weiter. Ich hatte keine Angst, nur ein leichtes Sodbrennen.

Endlich begriff ich, was meine Konzentration störte. Die Blumen auf meinem Schreibtisch. Ein bunter Strauß von roten Tulpen, blauen Iris und gelben Osterglocken. Und sicherlich verdankte ich diese Aufmerksamkeit nicht der Organisation.

Ich genoß den wild-süßen Duft der Narzissen, es roch nach Frühling, nach Leben, nach Diana. Während ich diese Traum-Symphonie abschmeckte, war die blonde Spenderin eingetreten, stand hinter mir, begrüßte mich auf Arabisch, doch ich fand keine Antwort.

Ihre Augen, ihr Lächeln, ihre lässige Eleganz machten mich mundtot in allen Sprachen.

Sie hatte die Haare aufgesteckt. Damit war der Vorhang des Gesichts hochgezogen, und ich sah es eigentlich zum erstenmal ganz: einen schmalen Kopf, dessen Strenge durch eine weich gerundete Stirne gemildert wurde. Auch ein Stückchen ebenmäßiger Nacken lag jetzt frei und war Neuland für mich.

Diana wirkte hinreißend natürlich. Sie kannte und nutzte ihre Wirkung, aber ihre fraulichen Werte lagen nicht als Kaufanreiz im Schaufenster, sie wollten gesucht, entdeckt, erschlossen und erobert werden.

Dabei war die Körpermelodie die gleiche wie bei meiner Gespielin am Vormittag, aber nichts daran klang übersteuert, und nur ein unmusikalischer Narr hatte – in welcher Situation auch immer – Sibylle mit Diana ansprechen können.

»Vergleichst du mich?« fragte sie.

»Ja«, erwiderte ich. »Aber du gewinnst, Diana.«

Ich zog sie an mich, so behutsam wie möglich, sie gewährte uns beiden ein wenig Zärtlichkeit, gerade soviel, daß man es weder als verschwenderisch noch als geizig bewerten konnte.

»Von dir?« fragte ich und wies auf den Strauß. »Herzlichen Dank.«

»Magst du Blumen?« fragte sie.

»Ich bin noch gar nicht dazugekommen, darüber nachzudenken«, erwiderte ich.

Es war die Wahrheit. Gefühlsmäßig mußte ich erfaßt haben, daß nur Offenheit bei Diana zählt. Das war geradezu ein Witz in unserer Situation. Ich hatte nicht die geringste Vorstellung, wie sie in unsere Organisation gekommen war. Ich wußte nicht einmal, ob sie Französin, Amerikanerin oder Deutsche war, und ich durfte sie auch nicht danach fragen, denn ihre Legende war für mich genauso verbindlich wie meine für sie. Solcherlei Verhalten ist nicht gerade ein Sprungbrett für zwischenmenschliche Gefühle, um meine Empfindungen einmal ganz bescheiden auszudrücken.«

»Nachdenklich?« fragte Diana: »Probleme?«

»Das kann man wohl sagen«, erwiderte ich und ging an den Barschrank. »Campari oder Manhattan?« fragte ich.

»Einen kleinen Schluck Sherry, bitte«, sagte sie. »Kann ich dir bei deinen Sorgen helfen?«

»Wer sonst?« antwortete ich, suchte einen Anfang, verwünschte die Fatalität, daß wir nicht in einem Hotel waren, sondern im Fuchsbau. Wer garantierte mir, daß der Colonel nicht auch hier Wanzen eingebaut hatte? Oder gar Kameras?

Sicher war Diana nicht als Ruhekissen eines müden Kriegers gedacht, und mit Frauen in unserer Organisation hatte ich keine Erfahrung, weil Diana die erste war, die ich in unseren Reihen kennenlernte. Womöglich war es der Trick der Sache, aber ich wußte nicht, ob er gegen mich oder gegen unsere Gegenspieler angewandt wurde.

»Du kannst fragen«, sagte sie mit feinem Gespür. »Nimm mich ruhig ins Kreuzverhör, Ferry.«

»Ich erkläre mich für befangen«, alberte ich. »Weil ich der Angeklagten nahestehe.«

»Seit wann?« fragte Diana.

»Seitdem ich sie kenne«, erwiderte ich. So etwas sagt nur ein Idiot, doch Idioten sagen die Wahrheit.

Sie wirkte verändert, als wüßte auch sie, daß wir uns morgen trennen müßten, vielleicht für immer, oder bis zum nächstenmal. Ich in meiner großen Rolle als Tantalus, der Prototyp des Verzichts. Diana als ewige Versuchung, und der General als der Schutzpatron hautnaher Enthaltsamkeit.

Ich konnte ihm nicht einmal gram sein.

Diana und ich waren die Hauptdarsteller eines Abenteuers, bei dem es um verdammt viel ging. Um Mord oder Leben. Um Öl oder Not. Um Arbeitslosigkeit oder Vollbeschäftigung. Vielleicht sogar um Krieg oder Frieden.

Diana sah auf die Uhr: »Ich habe ein schlechtes Gewissen«, sagte sie. »Wir sollten dein Arabisch noch etwas komplettieren.«

»Gleich«, entgegnete ich, ging auf sie zu, blieb vor ihr stehen und sah sie voll an. »Wir haben nicht mehr viel Zeit. Weder für die arabische Sprache, noch für uns«, sagte ich.

Ihr Blick wich mir nicht aus. »Warum lächelst du?« fragte sie.

»Der Türkis-Schimmer ist weg«, antwortete ich. »Deine Augen sind reines Hellgrün.«

»Und?« fragte sie.

»Steht das Signal auf frei?«

»Das«, versetzte Diana, »solltest du schon selbst herausbringen.«

Während ich noch einen Anfang dieser Erkundung suchte, forderte uns der Vize – Zuhörer oder nicht – auf, in den schalldichten Konferenzraum II zu kommen. Wir alle wußten, daß es die Hauptprobe unseres Einsatzes war, obwohl zunächst keiner davon sprach.

Diese erste Überraschung war Dave, mein alter Kumpel aus Bangla Desh, verläßlich und stur, ein harter, kalter Brocken, dessen Gesicht sich wie ein Chamäleon jeder Situation anpassen konnte und deshalb momentan intelligent wirkte.

Die zweite Überraschung war, daß sich Diana und Dave kannten.

»Die Sache ist die«, ließ sich der General zu einer Erklärung herbei. »Ursprünglich war Dave für Ihren Einsatz vorgesehen, Ferry. Er ist schon seit vier Monaten im Libanon und hat dort seine Legende aufgebaut: Versoffener Schwede, Bildhauer und Amateur-Archäologe, der angebliche Ausgrabungen in einer Antiquitätenfabrik herstellt und zu Fantasiepreisen an Touristen verhökert. Einige Araber sind an dem Geschäft beteiligt; sie nehmen ihm die Rolle ab. Dave hat viele Freunde, auch ein paar europäische.«

Er wurde mir für die Zeit meines Auftrags unterstellt: Es gab keine Rivalität zwischen uns. Dave hatte mich ja selbst als falschen Grenzlein vorgeschlagen, der sich viel schneller und nützlicher in den arabischen Untergrund einschleusen ließe als er, womit er fraglos recht hatte.

»Wir sind jetzt unter uns«, sagte der Vize. »Jeder von Ihnen wird in alle Einzelheiten der Operation eingewiesen. Unter Freunden gibt es jetzt keine Geheimnisse mehr.«

Er drückte auf einen Knopf. Bevor das Licht für seinen Bild- und Filmvortrag ausging, sah ich noch, daß er ein Gesicht schnitt wie der Weihnachtsmann, der seinen Gabensack öffnete.

Es waren giftige Gaben. Eine Mustermörder-Kollektion: Junge, fanatische Burschen, aufgewachsen in den Slums der Flüchtlingslager, weil die reichen Verwandten für ihre Öl-Millionen lieber westliche Konkubinen einkauften, goldene Autos oder mörderische Waffen, statt das künstlich unterernährte Elend zu beseitigen.

»Kairo«, führte der General die Geburtsstunde des ›Schwarzen September‹ vor. Mitglieder dieser Gruppe schießen am hellen Tag vor einem Hotel den jordanischen Ministerpräsidenten nieder. »Die Täter wurden kurze Zeit später von den Ägyptern freigelassen«, sagte der Vize und zeigte sie im Bild.

Der Katalog des Grauens ging weiter: Überfall auf die saudiarabische Botschaft in Khartum. Zwei amerikanische und ein belgischer Diplomat werden von den politischen Amokläufern des ›Schwarzen Septembers‹ ermordet.

Wieder folgten meine neuen Kumpane im Bild, sie hießen Hassan oder Fuad oder Badran oder Moammer. Sie hatten mehr Namen als Finger, und alle Finger waren blutig. Auf der Leinwand erschien die Explosion einer Swiss-Air-Maschine, durch eine Bombe zum Absturz gebracht auf dem Weg nach Tel-Aviv, und so ging es weiter, Attentat an Attentat, eines rücksichtsloser als das andere.

»Aufgepaßt, Ferry«, sagte der General. »Ich zeige Ihnen jetzt drei Ihrer neuen Freunde.«

Zuerst kam Ali, der Untergrundkurier. »Sie kennen ihn ja schon vom Foto«, kommentierte der Quadratschädel. »Aber hier, das sind Issa und Mahmud. Die beiden sind am Montag ziemlich sicher mit von der Partie.«

Er drückte auf den Knopf. Das Vorführgerät repetierte die Komplicen, mit denen zusammen ich nach dem Wochenende vielleicht den Bundeskanzler oder den US-Botschafter, oder beide zusammen, entführen sollte.

Mein Gedächtnis fotografierte die Gesichter, dann ging das Licht wieder an.

»Sir«, fragte ich. »Woher wissen Sie, daß diese beiden an dem Attentat beteiligt sind?«

»Sibylle Franzen hat sie auf Anhieb als Bekannte Grenzleins identifiziert«, erklärte der Vize. »Außerdem haben wir die Fotos den Grenzbeamten vorgelegt, bei denen sie aufgefallen sind. Sie erinnern sich mit 70- bis 80prozentiger Sicherheit an die beiden.«

»Und was hat die Telefonauswertung ergeben?« fragte ich. »Der lebende Briefkasten?«

»Insgesamt vier Männer; sie benutzen deutsche Namen, sind aber ihrem Akzent nach Ausländer.« Er verfolgte, wie ich meine Pfeife mit Grenzleins Tabak stopfte. »Ab morgen gehören Sie also zu ›Arabiens Speerspitze‹. Während Sie Ihre Heldentat verüben, werden Diana und Dave auf getrennten Wegen nach Beirut zurückfliegen, wo alle Fäden zusammenlaufen.«

Ich hörte immer wieder Beirut, als bestünde der ganze Nahe Osten nur aus dem Libanon.

»Ganz richtig, Ferry«, sagte der General mit seiner fatalen Eigenschaft, Gedanken zu erraten. »Fast alles, was in Nahost ausgeheckt wird, kommt trotz Bürgerkrieg und Zerstörung aus dem Libanon.« Er leistete sich eine rasche Abschweifung: »Und das nicht nur, weil es hier noch etwas Anständiges zum Trinken gibt.« Er wandte sich an Diana. »Bitte, Miß Sontag«, sagte er förmlich.

Sie gab eine blitzgescheite Analyse, und ich hätte ihre Zusammenfassung auch dann treffend empfunden, wenn die blonde Instruktorin ein Ausbund an Häßlichkeit gewesen wäre. »Die Überraschung«, begann sie, »war die arabische Einigkeit, aber wir brauchen diesen ortsüblichen Nasenkuß der Brüderlichkeit nicht ernst zu nehmen. Das Öl als Einheitswaffe war in erster Linie Bluff, denn gerade die Länder, die im Krieg gegen Israel gestanden hatten, verfügen ja kaum über Petroleumquellen. Die Reichen aus dem Morgenland fürchten aber nichts mehr als die Begehrlichkeit ihrer Bettelbrüder, und mindern sie durch Spenden. Eigentlich ist es das alte Mafia-Prinzip: Man erkauft sich bei seinen Bedrohern den Schutz und, damit die Sache nicht so sehr nach Sizilien riecht, hält man die Palästina-Wunde am schwären. Kein arabisches Land kann sich der Beteiligung am Kampf, zumindest mit Wort und Geld, entziehen. Man sieht ja, wie Ägypten isoliert worden war, seit es einen Separatfrieden mit Israel geschlossen hatte. Also greifen auch gemäßigte Länder wie Kuwait oder Saudiarabien in die Tasche, spenden für einen palästinensischen Staat und finanzieren – ohne es zu wollen oder ändern zu können – den Terror.«

»Und jetzt wird die Sache schweinisch«, ergänzte Dave. »So verschieden sich die Radikalinskis auch gebärden, auf getrennten Wegen betreiben sie gewissermaßen eine Doppelstrategie. Wenn sie die Zusammenarbeit zwischen den westlichen Staaten und den politisch gemäßigten Ölländern torpedieren, dann schaden sie einmal der kapitalistischen Wirtschaft und bereiten zudem den Sturz der arabischen Ölmagnaten vor. Natürlich möchten sie sich in den Besitz der Petroleumquellen setzen; es würde ihnen unbeschränkte Geldmittel zuspielen und dann ermöglichen, die Wirtschaft der Industrieländer abzuwürgen, um auch hier den Sturz der liberalen Demokratien zugunsten sozialistischer Diktaturen vorzubereiten.«

»Sie sagen Palästina und meinen Erdöl«, übernahm Diana wieder ihren Part im Duett.

»Das Palästinaproblem werden wir nicht lösen«, ging der General vom Background wieder zum Vordergrund über, »aber die Ölversorgung vielleicht besser abschirmen.«

Damit waren wir wieder bei meinem Einsatz angelangt, und mein Auftraggeber wurde konkret. »Also, Ferry«, sagte er, »den Anfang kennen Sie. Wir schleusen Sie ein. Wir verhindern einen Anschlag in Deutschland. Wir lassen Sie mit Resten der zerschlagenen Terrorgruppe in den Orient entkommen. Sie nisten sich dort ein, machen sich unentbehrlich, versuchen, an eine der Schaltzentralen des Untergrunds heranzukommen.« Ich mußte skeptisch ausgesehen haben, denn der Vize wandte sich an Diana. »Hat er eine Chance?« fragte er, als hätte er es nicht längst gewußt.

»Für einen Mann von der raschen Auffassungsgabe Ferrys gibt es mit Sicherheit Möglichkeiten, in diesen Dschungel einzudringen.«

»Es freut mich, daß Sie so rasch Ferrys Fähigkeiten erkannt haben, Diana«, spendete der Quadratschädel ein faules Lob. »Ich muß auch mal was Gutes über Sie sagen«, wandte er sich an mich. »Wenn ich nicht außergewöhnliche Resultate von Ihnen erwarten würde, hätte ich Sie nicht Hals über Kopf aus Südamerika weggeholt.« Er hob die Mundwinkel wie im Abscheu über seine Worte. »Haben Sie auch schon einen Einfall, wie wir an Grenzleins Codenamen kommen?« schob er mich aufs Glatteis.

»Zunächst einmal sollten wir Grenzlein die Haare schneiden lassen.«

»Längst geschehen.«

»Dann würde ich ihn zu Ali ins Gefängnis überstellen.«

Der Vize fixierte mich zerstreut.

»Die beiden sollten sich begegnen. Aus der Ferne natürlich, ohne Gelegenheit, miteinander zu sprechen.« Ich sah ihm an, daß er mir folgte: »Die beiden müssen wissen, daß sie unter demselben Dach leben.«

»Und dann kommt der große Zampano, alias Ferry«, spottete er. »Und unser arabischer Bomberbote redet wie ein Wasserfall –«

»Sir«, versetzte ich gereizt. »Es ist nur ein Versuch mit beschränkter Haftung.«

»Was täten wir sonst anderes«, lenkte er wieder ein.

12

Das Planspiel zog sich bis in die späten Abendstunden hin. Dann entließ der General die anderen und bat mich, noch bei ihm zu bleiben. Ein Butterbrot mit Diana wäre mir lieber gewesen als die vorzügliche Ente à l'orange, zu der er mich einlud. Aber ich durfte mir meinen Verdruß nicht anmerken lassen, zudem war das Räderwerk, das er bediente, faszinierend.

Grenzleins Lebenslauf in kleine Portionen abgepackt. Sie hießen: München – Bonn – Frankfurt, Schauplätze, die er aus eigenem Augenschein so gut kannte, daß er ortsfremde Revolverhelden unauffällig an den Tatort lotsen konnte.

»Wir setzten von vornherein darauf, daß das Attentat an einem dieser drei Orte stattfindet, und zwar am nächsten Montag, falls Grenzlein nicht gelogen hat.«

»Wir sind gerade dabei, alle politischen, diplomatischen und kulturellen Veranstaltungen in der Bundesrepublik zusammenzustellen«, sagte der Vize. »Nur noch ein bißchen Geduld, eiliger Freund. Übrigens ist in der französischen Botschaft in Bad Godesberg am Montag ein Cocktailempfang.«

»Aber mit den Franzosen stehen die Araber doch sehr gut«, entgegnete ich.

»Vielleicht schlagen diese Desperados gerade deswegen hier zu«, stellte er fest.

Zum Nachtisch mußte ich Namen, Adressen, Code-Worte auswendig lernen, auf die ich im Einsatz vielleicht angewiesen wäre. Selbst wenn ich bei der Wiederholung eine Adresse verwechselte, blieb der Vize freundlich. Den ganzen Abend gab er sich milde wie ein Gefängnispfarrer, der dem Delinquenten noch ein paar gute Worte auf den Weg zur Hinrichtung mitgibt.

Kurz vor Mitternacht entließ er mich.

Ich ging in mein Apartment und erlebte die letzte und schönste Überraschung dieses Tages: Diana wartete auf mich. Sie trug ein schillerndes Nighty, das viel Raum für die Haut aussparte. Bestrebt, die Fallstricke der Üblichkeit zu meiden, vergab sie sich selbst in dieser Situation nichts.

»Zu mir – oder zu dir?« fragte sie.

»Diana«, erwiderte ich überwältigt.

»Komm«, sagte sie leise, und ich folgte ihr wie ein Traumwandler.

13

Ein Fuchsbau ist kein Liebesnest, aber wir pfiffen auf diese Binsenweisheit. Ich legte die Hand um sie. Sie lehnte sich gegen mich. Wir berührten uns an den Schultern, gingen Wange an Wange, gezogen wie geschoben. Unsere Schatten liefen uns voraus, sie waren viel schneller als wir, denn sie hatten sich bereits vereinigt.

Der Countdown meiner Reise in die Hölle lief, aber es blieben noch immer 21 Stunden Zeit, um zu überprüfen, welche Raketenstufe beim Start versagen würde. Es war kurz vor Mitternacht, und gleich begann für uns nicht nur ein anderer Tag, sondern vielleicht auch ein Stück neues Leben.

Die Hitze fegte wie ein Lauffeuer über meine Haut, und ich fragte mich verschwommen, warum man 30 Jahre alt werden mußte, um erstmals einen solchen Flächenbrand zu erleben. Wir kamen von mir, wir gingen zu ihr, gänzlich überflüssig, räumlich wie moralisch. Diana war mir den ersten Schritt entgegengekommen, ich zog mit dem zweiten gleich, und den dritten würden wir gemeinsam tun.

Der Gang lag im Halbdunkel, vermutlich von automatischen Kameras überwacht, deren Bildernte in der Zentrale ausgewertet wurde. Es war uns gleichgültig, denn das Verlangen dieser Stunde hätte uns wohl auch unter die Brücken oder auf die Dächer getrieben.

Vor der Tür ihres Apartments blieben wir stehen.

»Ich mag dich«, sagte Diana, stellte sich auf die Zehenspitzen und legte ihre Arme um mich. Ihre Lippen suchten meinen Mund.

Ich horchte den Worten nach, sie klangen echt, sie waren wohl bei ihr noch nicht sehr oft gefallen, vielleicht zum erstenmal.

»Moment«, sagte ich, hob meinen linken Arm unter ihre Kniekehlen und hievte sie gleichzeitig mit der rechten Hand hoch, um sie über die Schwelle zu tragen. Mit dem Ellenbogen drückte ich die Türklinke herunter. Dann erreichte ich so direkt das Paradies wie ein frommer Moslem, der im Heiligen Krieg fällt.

Ich warf mit dem Fuß die Tür zu, sie knallte viel zu laut in das Schloß. Schadenfroh hoffte ich einen Moment, der Krach würde dem General in die Ohren donnern.

Diana schmiegte sich an mich. Ich spürte mehr Lust als Last. Wo mich ihre Haare berührten, knisterte es, und ich spürte kleine Stromstöße. An dem Rest meiner Sinne verging sich ihr Parfum, es wirkte jung, frisch und aggressiv, und Dianas körpereigene Zutat machte die Pariser Duftnote wohl erst unwiderstehlich.

»Ich laß mich gern von dir auf Armen tragen«, sagte sie, »doch setz mich ab.« Ich sah das Wetterleuchten in ihren Augen. »Ich bin kein leichtes Mädchen.«

Ich drehte mich nach links, drehte mich nach rechts. Ich drückte sie ein wenig fester an mich, sah sie nah und fast ohne Hüllen. Zwischen uns war nur noch eine Winzigkeit Batist, denn auch ihr hübsches Nighty war schon auf dem Rückzug, schob sich nach oben und machte ihre Beine lang, länger, überlang.

»Wohin, Diana?« fragte ich.

»Die Wahl überlaß ich dir«, entgegnete sie.

»Ich bin für Teamwork.«

»So?« versetzte sie mit hellem Timbre in der Stimme. »Ich eigentlich auch.«

Das alte Spiel. Die gleichen Regeln. Und doch war es ganz anders. Wir spürten, daß wir den gleichen Heißhunger aufeinander hatten, aber wir fielen nicht wie Kannibalen übereinander her. Wir häuften unsere Sehnsucht, bis zur ungefähren Höhe des Turms zu Babel, und wir freuten uns darauf, ihn wieder einzureißen.

Unsere Sinne standen auf Sturm, gebändigt von der Zärtlichkeit. Nichts an dieser Situation war peinlich, unnatürlich oder geschmacklos. Ich setzte Diana behutsam ab. Sie lag einen Moment lang mit geschlossenen Augen vor mir, mit einem vergessenen Lächeln, als horchte sie in sich hinein. Und ich sah sie voll an: Diana, die Göttin der Jagd, knabenhaft schlank und mädchenhaft rund. Nichts war eckig an ihr, und auch nichts geizig. Das Ebenmaß der Venus – aber Venus war eine abgeschlaffte Schlampe aus Stein, gemessen an Diana, der ich verfallen war.

»Zufrieden?« fragte sie. Ihre Augen waren jetzt von dem dunklen Blau des Himmels vor einem Gewitterausbruch.

»Ich fange an, auf mich eifersüchtig zu werden«, antwortete ich.

Sie lachte hell. »Hast du öfter solche Zustände?«

»Eigentlich nie«, erwiderte ich.

»Du bist ja verliebt«, sagte sie.

Ich nahm ihre Hand, öffnete sie, drehte sie um, küßte die Innenfläche.

»Das ist mein Geheimnis«, ging ich auf ihren Ton ein. »Aber du hast es erraten.«

»Und das ereignet sich von Fall zu Fall?«

»Kaum«, versetzte ich. »Ich erlebe es jedenfalls zum erstenmal.«

»Du bist ja ein Lügner«, sagte sie lachend.

»Nein«, verbesserte ich sie. »Höchstens ein Fantast.«

»Schön«, entgegnete Diana, »fantasiere weiter, Ferry.«

»Gut, Prinzessin«, erwiderte ich. »Beginnen wir mit etwas Silber.«

Ich ging ans Fenster, zog die Jalousien hoch, ließ das Mondlicht herein.

»Mach weiter, Zauberer«, sagte Diana.

Ich wetzte in mein Apartment – in der gleichen Naturkonfektion, in der ich heute morgen bei Sibylles Telefonanruf hochgeschossen war – und holte den Blumenstrauß. Ich kann nicht behaupten, daß ich mich von meiner besten Seite zeigen wollte, denn die Töne, die ich von mir gab, waren für mich selbst neu und fremd.

Offengestanden: Wenn ich etwas nicht ausstehen konnte, dann war es das Geschwätz davor und das Gerede hinterher. Wenn man etwas von ewiger Treue faselt und sich dabei überlegt, wie man den lächerlichen Moment in der Unterhose überwindet und die kleinen tückischen BH-Häkchen aufbringt. Insofern war ja eine Besserung eingetreten, als in letzter Zeit das schöne Geschlecht darauf verzichtete, sich Gürtelreifen um die Brust zu legen.

Jedenfalls sah ich in diesen Minuten des Hochmuts auf die geballten Erlebnisse meiner Vergangenheit herab, wobei ich zugeben mußte, daß ich das Vorspiel bisher auf ein Minimum verkürzt hatte, stets bestrebt, das Brot so rasch wie möglich in den Ofen zu schieben.

Ich baute die Blumen vor Diana auf. »Stell dir vor, sie kämen von mir und nicht von dir«, sagte ich. »Und es wären Rosen.«

»Rosen haben Dornen.«

»Oder Orchideen –«

»Sei nicht so verschwenderisch, Opa«, sagte sie.

Wir lachten beide, und ich zündete eine Kerze an, drehte am Radio herum, denn etwas Schlummerschmalz gehört auch noch zu den Requisiten der Verführung, aber das war wohl ein ganz falscher Begriff, denn in dieser jüngsten Schlacht des Geschlechter-Krieges gäbe es weder Verführer noch Verführte, sondern nur Krieger.

Der Kerzenschein züngelte über Dianas Körper, leuchtete ihn aus, verschattete ihn wieder, unterschlug und übertrieb. Ich legte mich neben sie. Wir hielten uns an den Händen, und das war so aufregend, daß ich dalag, stumm und gespannt wie der Mann, der zählt, wie lange er seinen Atem anhalten kann.

»Warum sagst du nichts?« fragte sie.

»Ich kannte einmal einen Partygast«, erwiderte ich lachend, »der hatte so viele Vorgerichte genascht, daß er den Hauptgang nicht mehr schaffte.«

»Aber niemand unterschätzt deinen Appetit, Ferry«, erwiderte Diana und drehte sich zu mir um, stützte sich auf, warf mit einem Schwung die blonde Strähne aus der Stirne. Ihr Körper federte mit. Sie schmiegte den Kopf an meine Brust, das Ohr ziemlich in Herznähe, und mein Puls ging bei dieser Berührung auf und davon.

»Du hast ja ein Herz«, sagte sie. »Und was für ein fleißiges!«

Ich schob Diana in die Kissen zurück und machte die Gegenprobe. Auch ihre Pulsfrequenz rechnete uns vor, was es geschlagen hatte.

Ihr Zeigefinger glitt über meinen Mund, kratzte über den Hals weiter wie ein Fragezeichen, aber jede Pore gab ihr die Antwort. Bei ihr war es genauso. Wir brauchten nicht erst einen Körperatlas der berühmten Zonen anzulegen, wir wurden fündig, wo immer wir uns berührten. Die Sehnsucht warf uns ihr Fangnetz über. Zärtlichkeit macht Gänsehaut.

Dianas Mund öffnete sich wie eine Blume, als sich ihr Körper stellte. Er nahm mich, als er sich gab. Wir hielten uns gegenseitig fest und kreisten uns ein. Wir jagten aufeinander zu und strebten wieder auseinander. Beschleunigend und bremsend mieden wir den Zusammenstoß.

Jeder stumme Schrei warf sein Echo zurück. Unhörbare Schwingungen gaben den Takt an. Von sanft auf wild, von drängend auf hemmungslos, jeweils von einer Sekunde auf die andere. Jeder Körper war dem anderen untertan und überlegen. In einem verschwommenen Triumph spürte ich, daß ich Dianas Ausstrahlung von kühler Hitze und erfahrener Unberührtheit richtig gewittert hatte.

Auf einmal war es still. Wir hörten nur unseren Atem. Wir hielten uns an den Händen. Unsere Augen ließen einander nicht los. Dianas Iris war groß, grün. Das Signal stand auf frei, aber ich hätte es ohnedies überfahren. Und Diana sicher ebenso.

Die Ruhe vor dem Sturm steigerte sich zum Orkan, der uns in einen furiosen Höhepunkt trieb. Das gespeicherte Verlangen platzte. Die Erfüllung führte zu einer Kette fortgesetzter Explosionen.

Erschöpft und beglückt lagen wir nebeneinander, Überlebende des gleichen Unfalls. Langsam kehrte das Bewußtsein zurück, von weit her. Und die erfüllte Leere sammelte schon wieder neues Begehren.

»Ferry«, sagte Diana mit trockenem Mund, »das ist ja schlimm mit uns beiden.«

»Schlimm und schön«, antwortete ich, stand auf und ging an Bar und Kühlschrank, um wenigstens diesen Durst zu löschen. Ich mischte Sekt mit Orangensaft, gab Eiswürfel hinzu und ließ mir von einer Turmuhr die Zeit vorrechnen: 2 Uhr, und das hieß 19 Stunden Aufschub, und mit einigem Geschick könnte ich vielleicht die Hälfte dieser Frist mit Diana verbringen, oder wenigstens ein Drittel.

»Auf uns!« sagte ich und überreichte ihr das Glas.

»Romeo und Julia in Erdöl«, entgegnete sie.

»Und wie geht es mit uns weiter?« fragte ich.

»Soll es denn weitergehen?«

»Prinzessin«, nahm ich ihr das Glas ab, »mach den armen Schweinehirten nicht unglücklich.«

»Inschallah«, versetzte sie. »Frag die Organisation. Oder die Wüste. Oder diese Narren des Terrors. Komm«, unterbrach sie sich, »leg dich wieder neben mich.« Sie rückte ein wenig beiseite. »Ich mach' mir weniger Sorgen um die große Zukunft als über unsere erweiterte Gegenwart.« Diana erinnerte mich wieder an Ort und Zeit.

»Vielleicht haben wir eine Spionagefabrik durch Gefühle entweiht«, sagte ich und hob die Stimme. »Lauscher an der Wand!« Ich schlug mit der flachen Hand gegen die Tapete. »Wanzen in der guten Stube.«

»Sir«, ging Diana auf meine Albernheit ein. »Die Meuterer sind unter uns. Die Freizeit-Partisanen.«

»Palast-Revolution!« brüllte ich.

»Hilft denn keiner einem alleinstehenden Mädchen gegen diesen schrecklichen Minuspunkt«, schloß Diana unser Schaugefecht.

Natürlich saß der General am längeren Hebel, und er würde wenig Verständnis dafür haben, daß unser Glücksgefühl ein Ventil brauchte. Ich freute mich über sein Gesicht beim Abhören des Tonbandes, auch wenn ich wußte, daß er es mir heimzahlen würde.

Früher als erwartet.

Um 4 Uhr 24 schrillten die Alarmglocken. Bevor ich unter die Dusche flitzen konnte, erhielt ich über die Gegensprechanlage den Befehl, mich im Kartenzimmer einzufinden.

14

Die Dämmerung hob den Vorhang für einen neuen Tag, der schönes Wetter versprach; aber im Fuchsbau stand das Barometer auf Sturm. Auf der Stelle starb mein Verdacht, der Vize hätte mich aus Schikane aus den zärtlichen Armen der Zweisamkeit gerissen. Sein Gesicht war grau, die Nacht hatte es plissiert. Ich sah, daß er noch dasselbe Hemd trug wie gestern abend; er hatte noch kein Bett gesehen.

»Ein Haufen Ärger«, sagte er. »Setzen Sie sich doch. Wir müssen uns überlegen, ob wir nicht den ganzen Feldzug abblasen.« Er goß mir eigenhändig Kaffee ein. »Alarm in Bonn. In Paris. Und in London. In ganz Europa verstärkte Infiltration verdächtiger Männer mit libanesischen, libyschen, algerischen und artverwandten Pässen.«

»Vielleicht veranstalten die wieder einmal einen Großflugtag in der Wüste«, erwiderte ich.

»Ausnahmsweise sind sich die Geheimdienste einig und warnen vor einer ganzen Serie potentieller Anschläge.«

»Ob sie voneinander abschreiben?« erwiderte ich.

»Sunnyboy«, entgegnete der Vize matt. »Das Bonner Innenministerium hat bereits die famosen GSG-9-Männer alarmiert.«

»Bestens«, antworte ich. »Mein Auftritt steigt vor vollem Haus.«

»Oder Ihr Abgang«, unkte er und blieb vor mir stehen. »Das sind nicht mehr die gemütlichen Olympia-Polizisten mit der bewaffneten Hilflosigkeit.«

Der General hatte recht: Das edelgehärtete Team konnte im Falle eines Falles die Situation verdammt ungemütlich machen. Es bestand aus Einzelkämpfern, Sprengstoffexperten, Scharfschützen und Nahkampfspezialisten. Hubschrauber konnten diese schlagkräftige Truppe in Rekordzeit an jeden Einsatzort in Deutschland oder auch nach Mogadischu schaffen. An diesen gefährlichen Burschen konnte man seine Freude haben – solange man nicht in ihrem Kugelhagel lag.

»Sir«, sagte ich, »Sie erfahren voraussichtlich früher den Tatort als ich. Sie haben in jedem Fall Zeit, zu überlegen, ob Sie den Scharfschützen einen Wink geben, an mir, beziehungsweise an Grenzlein, vorbeizuschießen. Und an dem Anführer des Unternehmens. Ich nehme ihn sozusagen bei der Hand, und wir türmen. Zunächst lerne ich auf der Flucht die Schlupfwinkel der Terroristen in Deutschland kennen, dann die Schleusen in den Vorderen Orient. Wir kommen an und werden als Helden gefeiert. Ich bin

Vertrauensperson im feindlichen Lager und liefere Ihnen Informationen, daß Ihnen die Augen übergehen.«

»So einfach ist das«, erwiderte der General grinsend. »Dabei wissen wir noch nicht einmal Grenzleins Code-Namen.«

»Bis heute abend ist noch massig Zeit.«

»Ferry«, entgegnete er mit Nachdruck. »Mich brauchen Sie doch nicht von Ihrem Mumm zu überzeugen. Auch nicht von Ihren Nerven. Nicht einmal von Ihrem Verstand.« Natürlich war er wieder dabei, für mich eine Falle aufzustellen. »Aber Sie tragen Ihre Haut zu Markt. Wenn die Sache schiefläuft, müssen Sie ganz allein diese Ölsuppe auslöffeln. Natürlich unterstützen wir Sie, wo es geht. Geld spielt keine Rolle. Fordern Sie an, soviel Sie brauchen, aber vergessen Sie nicht, daß Sie sich unter Umständen mit einer Dollar-Million nicht einmal mehr den Hintern abputzen können.«

»Schöne Hygiene«, versetzte ich, stopfte meine Pfeife, schlug die Beine übereinander und paffte kleine Wölkchen.

»Unter diesen Umständen treffen Sie alle Anordnungen selbst. Ab sofort leiten Sie ausschließlich alle Vorbereitungen.« Zuletzt schlug er einen Purzelbaum. »Betrachten Sie mich bitte als Ihren Zuschauer.« Ich muß dem Quadratschädel einen karierten Blick zugeworfen haben, denn er verbesserte sich sofort: »Oder vielleicht als Ihren Berater.«

Schon war die Falle zugeschnappt.

Ich hielt Inventur. Ich hatte keine Hemmungen, auch andere Mitarbeiter der Organisation zur Unzeit aus den Federn zu holen.

Zunächst einmal brauchte ich unseren Münchener Residenten. Der Samstag war längst ein Beamten-Sonntag in Deutschland. Ich befürchtete, daß wir heute Polizei, Gericht, Gefängnisverwaltung, Post, vielleicht sogar noch das Justizministerium auf Trab halten mußten, und benötigte seine Schützenhilfe. Mit unserem Computerspezialisten würde ich im Laufe des Tages Grenzleins Charakter programmieren und durch den Simulator jagen, um seine Verhaltensweisen zu kontrollieren. Außerdem brauchte ich noch unseren Fachmann für Minielektronik, um die Wanzen einmal beim korrekten Namen zu nennen.

Bis er eintraf, nutzte ich meine Vollmacht, um die Alarmnachrichten der Nacht zu lesen und ein reichhaltiges Frühstück in Auftrag zu geben. Der General saß neben mir, mit betont ausdruckslosem Gesicht. Aber ich wußte genau, daß er sich als Flug-Captain fühlte, der jede falsche Steuerbewegung seines Co-Piloten sofort ausgleichen konnte.

»Sir«, ritt mich der Teufel. »Können Sie mir nicht ein bißchen mehr über Diana Sontag erzählen?«

»Sie werden von mir nicht mehr über sie erfahren, als von ihr selbst«, antwortete er, nicht unfreundlich.

»Sie wissen doch ganz genau, daß ich ihr keine Fragen gestellt habe.« Ich trat die Flucht nach vorne an. »Oder haben Sie nicht zugehört, heute nacht?«

»Ich habe gestern nachmittag Anweisungen gegeben, auf Ihrem Gebäudetrakt sämtliche Sicherheitseinrichtungen abzuschalten«, sagte er. »Ich wollte weder Diana, noch Sie, noch mich in Verlegenheit bringen.«

»Danke, Sir«, versetzte ich, beschämt von soviel Edelmut, der mich wiederum hereinlegte, denn für so einen taktvollen, großartigen Chef, der über seinen eigenen Schatten sprang, mußte man doch mit beiden Händen die Kastanien aus dem Feuer holen.

Kurz vor sechs Uhr erschien ein untersetzter Mann. »Märker-Märzbach«, stellte er sich völlig überflüssig vor.

Er trug einen dunklen Anzug mit einer Perle in der Krawatte. Er sah aus wie ein Juwelier, und gleich einem solchen hatte er ein elegantes Musterköfferchen bei sich, doch es enthielt keine wertvollen Steine, sondern elektronisches Ungeziefer.

Mit Minispionen hatte ich zum letztenmal vor fünf Monaten gearbeitet. Es war erstaunlich, was inzwischen an Verbesserungen herausgekommen war. Mikrofone in Streichhölzern, in Knöpfen, als aufgesetzer Goldzahn, oder im Brillenbügel. Minisender, halb so groß wie ein Pillendöschen, kleine Tonbandgeräte mit eingebautem Antrieb, der nach dem Prinzip einer automatischen Armbanduhr arbeitete. Neu an diesem teuflischen Spielzeug war auch, daß es sich – um Strom zu sparen – bei Sprechverkehr automatisch einschaltete.

»Die Gegensprechanlage im Knopfloch«, sagte unser Kammerjäger stolz, als hätte er die Mithörer selbst konstruiert.

»Wie weit kommen Ihre Wanzen?« fragte ich.

»Unter günstigen Umständen zwei Kilometer.«

»Mindestradius?«

»Fünf- bis sechshundert Meter«, antwortete er.

Fürs erste schob ich mir einen Kugelschreiber ein, bekanntes Markenfabrikat, dessen Supermine laut Werbung mindestens zehn Kilometer schrieb, sogar unter Wasser und in 10000 Meter Höhe, zusätzlich und unsichtbar waren im Gehäuse noch Sender und Empfänger angebracht.

Ich reichte dem Pseudojuwelier das Gegenstück und schickte ihn zu Dave, der innerhalb unserer Organisation den Spitznamen ›Der Hexer‹ führte, weil er als Verwandlungskünstler in jedem Zirkus hätte auftreten können.

Es dauerte über Gebühr lange. Nichts rührte sich, und ich befürchtete schon den ersten Fehlstart, da spürte ich in meiner Brusttasche einen leichten Stromstoß und drehte an der Kappe.

»Hallo, Dave«, sagte ich betont leise. »Wie fühlst du dich?«

»Wie Mark Spitz, der Rekordschwimmer«, erwiderte er. Ich konnte sogar das hintergründige Plätschern in unserem hauseigenen Schwimmbad hören.

»Ich brauch' dich«, sagte ich. »Abfahrt sieben Uhr. Bring Diana mit.«

»Mit Vergnügen«, quäkte es aus dem Kugelschreiber.

»Zufrieden?« fragte mich Märker-Märzbach. »Brauchen Sie mich noch?«

»Den ganzen Tag«, entgegnete ich.

Ich wählte einen Campingwagen für unseren Betriebsausflug in den Münchener Osten. Wir saßen um einen rechteckigen Tisch: Der General, unser Münchener Resident, Diana, Dave und der Wanzenkönig. Während der Fahrt, die nur 20 Minuten dauerte, standen wir in Funkverbindung mit dem Fuchsbau. Unsere Stallwache meldete, daß Sibylle Franzen nunmehr die Aussage verweigere, bis sie mit einem Anwalt gesprochen hätte.

»Gut«, erwiderte ich. »Bestellt ihr einen geeigneten Mann.« Ich überlegte einen Moment: »Wo ist eigentlich Ihr Freund, dieser Helmut Mösser?«

»Im Ausland.«

»Was heißt im Ausland?« erwiderte ich gereizt. »Stellt gefälligst fest, wo sich der Versuchsingenieur aufhält. Ende.«

Wir hatten die Umgebung des Untersuchungsgefängnisses erreicht. Der General, der Resident, der Kammerjäger und ich stiegen aus, Diana und Dave blieben zurück. Ein nervöser Beamter in Zivil erwartete uns am Hauptportal und lotste uns in einen freigemachten Raum.

»Ich habe Anweisung, Ihre Wünsche weitgehendst zu erfüllen«, sagte er mit unterwürfiger Abwehr.

»Wir sind ganz schnell fertig«, versprach ich. »Kann ich mir in der Kleiderkammer Grenzleins persönliche Sachen ansehen?«

»Selbstverständlich«, dienerte der Mann.

Aus Sicherheitsgründen mußte mein Doppelgänger einen Sträflingsanzug tragen. Seine zivilen Sachen waren fein säuberlich registriert, sowie eine Geldbörse mit 57 Mark.

»Was ist denn das?« fragte ich und betrachtete einen ziemlich klobigen Ring. Der Stein war nicht viel wert, aber die Fassung zeigte eine hübsche, jemenitische Handarbeit.

»Wir haben dem Häftling den Ring aus Sicherheitsgründen abnehmen müssen«, erklärte der Kleiderverwalter. »Wissen Sie, manche schlucken so etwas, und –«

Ich schob mir das ziemlich plumpe Schmuckstück über und gab Anweisung, möglichst gleiche Kleidungsstücke – gebraucht – bis heute abend zu beschaffen.

Dann nahm ich Märker-Märzbach auf die Seite: »Können Sie in diesen Ring einen wirkungsvollen Sender einbauen?«

»Kinderspiel«, antwortete der Spezialist.

Ein besseres Versteck hätten wir nicht finden können. Ich wußte, daß Grenzlein den Ring – vermutlich ein Geschenk seiner arabischen Freunde – seit seiner Rückkehr aus dem Orient nicht abgelegt hatte.

Die Kaserne der Einsamkeit roch nach Tränen und Lügen, nach Reue und Malzkaffee. Ich schlüpfte in den gestreiften Hausanzug, schob den Kugelschreiber in die Brusttasche, sah flüchtig in den Spiegel.

Natürlich hätten wir Grenzlein und Ali in eine Zelle sperren und ihr Gespräch mithören können, aber auf Trick 17 würden diese ausgekochten Burschen nicht so leicht hereinfallen. Wir mußten schon etwas raffinierter an die Kerle herangehen, und das verhalf mir zu einer letzten Grenzlein-Probe.

Es war 6.20 Uhr, aber in Haftanstalten und in Krankenhäusern beginnt der Tag sehr früh. Die Masse der Gefangenen war schon beim ersten Rundgang im Gefängnishof.

Um acht Uhr endete der Gruppenspaziergang. In der nächsten Stunde wurden Einzelgefangene an die frische Luft geführt, die wegen Verdunkelungsgefahr streng von den anderen Häftlingen isoliert werden mußten. Der Hof war zu klein für diese Fälle, deshalb mußte man ein Dutzend gleichzeitig in eine Art Kreisverkehr bringen, in 10 bis 15 Meter Abstand, bei Schweigepflicht.

Wir spielten die Sache frontnah durch und verzichteten darauf, den Aufseher einzuweihen. Wir hatten Glück. Ein für seine Gutmütigkeit bekannter älterer Wärter, der sich im Dienst kein Bein ausriß, überwachte das befohlene Schweigen.

Ali war schon eingereiht.

Ich postierte mich an der Tür, waretete, ließ ihn herankommen.

»Marhaban«, rief ich ihn an. »Willkommen.«

Er wirkte überrumpelt, schien aus Angst vor mir zurückzuweichen. Schließlich war er ja auch schuld an meiner – beziehungsweise Grenzleins – Verhaftung.

»Allâh yerahhab bik«, antwortete er dann höflich und sah verstohlen zu dem Gefängnisbeamten.

Ich gab ihm einen Wink, seinen Spaziergang fortzusetzen und setzte mich hinter ihm in verkürztem Abstand. Ich rief ihm wieder etwas in seiner Muttersprache zu. Ali verzog das Gesicht und sprach dann ein Englisch, das vermutlich von der gleichen Qualität war wie mein Arabisch.

»Ich breche aus«, sagte ich. »Kommst du mit?«

Wir näherten uns dem Wärter. Wir schwiegen beide und vergrößerten den Abstand. Der Mann sah in die falsche Richtung. Ich schloß wieder auf.

»Überflüsig, Sami«, rief er mir zu. »Die holen uns am Montag bestimmt nach dem Überfall hier raus.«

»Aber ich will dabei sein«, erwiderte ich.

»Sami, der Große«, wiederholte Ali den Namen, den ich suchte. »Verlaß dich lieber auf Nemûra.«

Ali hatte zu laut gesprochen. Der Wärter pfiff durch seine Trillerpfeife. Zwei Kollegen flitzten hin und rissen uns auseinander. Ali schlug um sich und redete im wilden arabischen Wortschwall auf die Beamten ein.

Die Sache hatte geklappt. Zu gut vielleicht. Immer, wenn etwas zu reibungslos funktioniert, fange ich an, meinem Stern zu mißtrauen. Gegen das Versprechen, das Gefängnis umgehend zu verlassen, bat ich, den echten Grenzlein noch einmal aus der Zelle vorzuführen.

Ich ging in unseren Camping-Wagen zurück, wo die Zentrale gerade nach mir fragte. »Die Sache mit dem Anwalt klappt«, sagte der Sprecher. »Sibylle Franzen sagt weiter aus. Eine merkwürdige Geschichte: Ihr Freund, dieser Mösser, ist zur Zeit in Kuwait. Es kann Zufall sein, aber –«

»Ende«, schnitt ich die Schlußfolgerungen ab.

»Wir haben das Gespräch vom Gefängnishof auf Tonband festgehalten«, sagte Dave.

»– und bereits ausgewertet«, ergänzte Diana. »Dein Arabisch klingt übrigens schaurig echt.«

Sie wirkte kühl, hochgeschlossen wie ihr Pullover, sachlich und unnahbar. Die Vorstellung, wo und unter welchen Umständen wir noch vor ein paar Stunden zusammengewesen waren, wirkte fast schon absurd.

»Nemûra?« fragte ich.

»Kein Eigenname. Eine Art Titel: Tiger.«

»Und Alis Wortschatz am Schluß?«

»Nur Schimpfworte im ägyptischen Dialekt.«

Ich ging ins Gefängnis zurück, schob mir zum letztenmal die Hartgummiplatte in den Mund und stülpte mir die Brille über.

»Die Schweine haben mir die Haare abgeschnitten«, beschwerte sich Grenzlein.

»Tut mir leid«, erwiderte ich. »Sie wissen ja, wie stur diese Systemknechte sind. So, nun an die Arbeit, Freund der arabischen Revolution!«

Ich gab ihm eine Liste von Namen und Telefonnummern. Es war erstklassiges Spielmaterial. Ich wartete, bis er sich die Einzelheiten eingeprägt hatte und nahm ihm die Unterlagen wieder weg.

»Heute abend, Punkt 21.30 Uhr werden Sie abgeholt«, sagte ich. »In der Nähe der Ludwigsbrücke steigt Ihr großer Auftritt: Sie nehmen einem Beamten die Pistole ab, zwingen ihn, Ihre Handschellen zu öffnen und verduften in die Isaranlagen. Wichtig ist, daß Sie Ort und Zeit genau einhalten.«

»Wozu eigentlich?« fragte er.

»Damit ich Ihnen die Polizeistreifen fernhalte und dafür sorge, daß Ihr Luxuskörper nicht mit Blei vollgepumpt wird.«

»Haben Sie eigentlich keine Angst, daß ich Sie hereinlege?« feixte er mich an.

»Ich traue Ihnen alles zu«, antwortete ich. »Nur nicht, daß Sie eine sprudelnde Geldquelle ausschlagen, Sami.«

Der Name traf ihn wie ein Boxhieb.

Aber Grenzlein war ein Steher, er fiel nicht um.

»Ich hab' Sie doch ein bißchen unterschätzt«, erwiderte er. »Wenn Sie eines Tages Ihren imperialistischen Gangster-Club satt haben, können Sie sich bei uns bewerben.« Er lächelte trübe. »Wie haben Sie eigentlich meinen Tarnnamen herausbekommen?«

»Darauf erwarten Sie doch wohl keine Antwort?«

»Warum interessiert Sie das eigentlich?« fragte er.

»Lieber Freund«, entgegnete ich. »Bei den Spesen, die ich mit Ihnen hatte, empfiehlt sich doch wohl eine kleine Rückendeckung.«

»Meinen Sie?« unterbrach mich Grenzlein, und ein Lächeln ätzte sein Gesicht wie Säure. »Der Name ist Schall und Rauch. Er nutzt Sie einen Dreck.«

»Warum so zornig?« fragte ich belustigt.

»Ohne die Parole, verstehen Sie, Meister?« Er grinste hämisch: »Das Losungswort. Noch dazu auf arabisch.«

Es konnte Bluff sein, aber ich glaubte es nicht und spürte, daß wir unseren Plan unverzüglich ändern mußten.

»Das kaufe ich Ihnen auch noch ab«, sagte ich großmäulig. »Wieviel?«

»Irrtum«, erwiderte Grenzlein: »Nur ein Narr verscheuert seine Lebensversicherung.«

Minuten später fuhren wir in den Fuchsbau zurück.

»Wenn diese Geschichte mit der Parole stimmt, dann haben wir ein Problem«, sagte ich.

»Das ist wohl die Untertreibung des Jahres«, knurrte der General.

15

Es war 21.29 Uhr. Wir fuhren durch das nächtliche München, schwiegen und kämpften gegen die Spannung. Selbstverständlich hatte ich nie beabsichtigt, mit Grenzlein eine riskante Fluchtposse zu inszenieren. Der Mann sollte einfach von einem Gefängnis in das andere verlegt werden und gründlich von der Bildfläche verschwinden, während ich in seine Haut schlüpfte. Um das Kennwort zu erfahren, mußten wir jetzt doch ein ziemlich übles Risiko eingehen.

»Wagen abgefahren«, meldete das U-Gefängnis über Sprechfunk.

Die ›Grüne Minna‹ hatten wir uns von der Polizei für Grenzlein ausgeliehen. Die Männer, die sich – wenigstens für die Öffentlichkeit – wie Trottel benehmen mußten, wurden von unserer Organisation gestellt. Die Pistole, die wir Grenzlein dabei erbeuten ließen, war sicherheitshalber nur mit Platzpatronen geladen. Zunächst einmal war damit zu rechnen, daß mein Doppelgänger versuchte, uns hereinzulegen, indem er einfach in der Dunkelheit verschwand, um sich später an seinen ergaunerten Vorschuß heranzumachen.

Bei diesem Versuch käme er nicht weit, denn wir hatten in das Futter seiner speckigen Lederjacke zwei winzige Impulsgeber eingenäht. Mini-Sender, die in regelmäßigen Abständen für das menschliche Gehör nicht wahrnehmbare Signale ausstrahlten.

Dave, der Grenzlein in der Nähe der Fluchtstelle erwartete, konnte ihn schlimmstenfalls aus den Augen, nicht aber aus den – elektronisch verstärkten – Ohren verlieren.

21.45 Uhr.

»Stufe I abgewickelt«, meldeten unsere Leute.

Ich hatte den schweren Kommando-Wagen gewählt, zu dessen Innereien ein Sortiment drahtloser und abhörsicherer Funkverbindungen gehört. Wir waren auch an das örtliche Telefonnetz angeschlossen, eine rollende Zentrale im rollenden Einsatz.

Wir schalteten die Radio-Nachrichten ein: Araber, Öl, Energiekrise, Drohungen gegen Kairo.

»Achtung! Eine wichtige Durchsage der Polizei«, sagte der Sprecher am Schluß. »Lothar Grenzlein, der langgesuchte Anführer einer Anarchistengruppe, ist vor wenigen Minuten unter dramatischen Umständen während eines Gefangenentransportes geflüchtet. Wie erst jetzt bekannt wird, war der Mann schon vor einiger Zeit festgenommen worden. Um seine Rolle im Untergrund restlos aufzuklären, hat die Polizei seine Festnahme bisher geheimgehalten.«

Der Sprecher gab die Beschreibung des Täters durch – seine Worte ersetzten mir einen Spiegel.

Der General und ich sahen uns an, als die Signallampe aufflammte. Wir schalteten uns in die Live-Übertragung eines Telefongesprächs in München ein. Grenzlein wählte den Teilnehmer-Anschluß, den er uns verkauft hatte.

Es klingelte fünfmal. Dann meldete sich eine Postbeamtin: »Auftragsdienst, Platz 16«, sagte sie. »Welche Nummer rufen Sie bitte?«

Grenzlein wiederholte sie.

»Der Teilnehmer befindet sich außer Haus«, antwortete das Mädchen. »Sie können eine Nachricht hinterlassen.«

»Ich rufe später wieder an«, erwiderte der Flüchtige.

»Ihr Name bitte?«

»Sami«, entgegnete er nach einem kurzen Zögern.

Wir rechneten damit, daß die Terroristengruppe ›Arabiens Speerspitze‹ sofort von Grenzleins Flucht erfuhr. Wenn ihr an dem Mann nichts mehr läge, hätten wir mit Zitronen gehandelt; andernfalls aber mußten unser Gegenspieler ihren Schlupfwinkel verlassen, um den lebenden Briefkasten zu besetzen.

Und beim nächsten Anruf Grenzleins würde das Kennwort fallen.

Die Zeit blieb stehen wie in einer verstopften Sanduhr.
Endlich betrat Grenzlein wieder eine Telefonzelle.
Diesmal war der Apparat besetzt.
Von einer Frau:
Nemûra, der Tiger, war eine Tigerin...

16

Wir starrten auf den Lautsprecher wie auf eine Bildscheibe. Es war 22.59 Uhr. Die Falle schien zu funktionieren – und damit stünde mein Sprung in den Vorderen Orient vor dem Start.

Obwohl der Motor des schweren Kommandowagens kaum zu hören war, rollte ihn der eingespielte Fahrer an den Randstein und stellte die Zündung ab.

»Whom do you want to speak?« fragte eine heisere Mädchenstimme mit dem pikanten Akzent.

»Mr. Müllner«, erwiderte Lothar Grenzlein.

Einen Moment lang blieb es still in der Leitung; dann wiederholte die Unbekannte im bemühten Deutsch die sechsstellige Telefonnummer, für die wir den stolzen Vorschuß von 200000 Mark berappt hatten. »Hier ist Sami«, versetzte Grenzlein hastig.

»Wer ist Sami?« fragte die heisere Stimme so uninteressiert, als wollte sie den Hörer auflegen.

»Rúfaqà Sami«, verbesserte sich mein Doppelgänger. »Genosse Sami«, und dann sang er seine arabische Erkennungsmelodie: »Sadâqa. Freundschaft.«

»Hurrîya«, erwiderte die Tigerin; es war das Wort für eine Freiheit, wie Terroristen sie verstehen. Freiheit zur risikolosen Geiselerschießung. Zu unbestraften Bombenanschlägen. Zu Flugzeugentführungen.

Das arabische Vorgeplänkel hatte offensichtlich den Wortschatz meines sprachlich wenig begabten Doubles erschöpft, und die erstmals aus ihrem Schlupfwinkel aufgetauchte Verschwörerin setzte das Gespräch in einem recht guten Englisch fort: »Kannst du dir einen Wagen verschaffen?«

»Das wird gehen«, erwiderte Grenzlein gedehnt.

»Wie lange brauchst du?«

»Vielleicht 20 Minuten, vielleicht 30. Vielleicht noch länger«, antwortete mein falsches Ich leicht gereizt. »Es hängt von den Umständen ab.«

»Beeil dich«, befahl Nemûra. »Du nimmst die nördliche Ausfahrt, Richtung Autobahn Berlin, läßt die Einmündung rechts liegen, fährst über die Landstraße Richtung Freising. Ich erwarte dich auf der rechten Seite, kurz nach der Floriansmühle, spätestens um 23.45 Uhr. Verstanden?«

»Klar«, entgegenete Grenzlein und flocht bei der Wiederholung der Verabredung eine interessante Ergänzung ein: »Du stehst also unter den Nutten hinter der Floriansmühle und –« Er unterbrach sich: »Wie siehst du eigentlich aus, zur Zeit?«

»Wie eine Nutte«, antwortete die Tigerin: »Rote Perücke, Lederkostüm. Minimaler Minirock. Ende.«

»Châtrak«, verabschiedete sich mein Doppelgänger, stolz wie ein Spanier auf seinen arabischen Gruß.

Wiewohl keiner von uns ein Wort sagte, dachten wir ziemlich laut. Sogar der General. Sein Gesicht wirkte wie immer ausdruckslos, doch seine Augen glänzten fiebrig.

»Sir«, kam ich auf unser langjähriges Hick-Hack zurück. »Sieht verdammt so aus, als müßte ich mit meinem Minuspunkt wieder einmal ein Plus malen.«

Er biß nicht an.

»Oder können Sie mir sagen«, hielt ich ihm das rote Tuch vor, »wie intim ich mit dieser Harems-Schönen gewesen bin?«

»Sie ist keine Harems-Schöne, Pascha«, erwiderte er. »Aber Ihrer Tüchtigkeit bei der Erkundung sind wieder einmal keine Grenzen gesetzt.« Er sah auf die Uhr. »Ich gebe Ihnen noch ein indisches Sprichwort mit in den Dschungel: Wer auf dem Rücken des Tigers reitet, kann unterwegs nicht absteigen.«

23.04 Uhr. Die Signale aus Grenzleins Lederjacke sägten an unseren Nerven, aber solange wir sie hörten, war der windige Bursche in unserer Nähe, und wir konnten ihn einkassieren wie Fallobst.

»Er ist unbehelligt über die Maximiliansbrücke gekommen«, meldete sich Dave, mein Helfer. »Er hat die Widenmayerstraße erreicht, geht langsam weiter, steht unter einem Baum, sieht sich um, und –«

»– will ein Auto stehlen«, sagte ich. »Das soll er auch. Aber erst, wenn wir es wollen. Wir müssen Zeit schinden.« Ich sah auf den Stadtplan und stellte fest, daß der Mann auf der faulen Flucht sich in einer Einbahnstraße aufhielt. »Hör zu, Dave«, sagte ich zu meinem dienstlichen Schatten. »Ich laß ein paar Leute immer wieder wie zufällig in Grenzleins Nähe auftauchen. Kapiert?«

»Sicher«, erwiderte Dave, und ich hörte sein Grinsen über Sprechfunk. »Wir werden ihn zu vorübergehender Ehrlichkeit erziehen.«

»Mit Erfolg«, entgegnete ich. »In gut 20 Minuten pfeife ich unsere Heinzelmännchen zurück. Du siehst ihm zu, wie er das Auto klaut. Wenn er die Scheibe eingedrückt und das Zündschloß ausgebaut hat, greifst du ihn.«

»Und zwar mit Vergnügen«, versetzte Dave. »Ende.«

Ich hatte das Gespräch nicht über den Ringfunk geführt, um Strom zu sparen. Grenzleins Schmuckstück machte sich klobig an meinem Finger aus und war doch ein Meisterstück der Miniatur. Ich brauchte nur ein wenig zu drehen, um den Sender einzuschalten.

Mit Sicherheit hatte der Fuchsbau heute ein gestörtes Verhältnis zur Nachtruhe. Die Stallwachen in den Hauptquartieren der westlichen Geheimdienste waren ohnedies wegen der Grenz-Infiltration verdächtiger Araber verstärkt worden. Voralarm.

Sicher hatten inzwischen Spezialisten unserer Organisation Nemûras Stimme aus dem Tonbandmitschnitt herausgezogen und nach London, Paris, Washington und Tel Aviv überspielt. Richtig ausgewertet ist die Stimme wie eine Handschrift, aber diese akustische Graphologie braucht Zeit, und ich konnte Grenzlein nicht mehr lange herumstreunen lassen.

Ich sah unseren Münchener Residenten an: »Sie kennen den Treffpunkt?«

»Eine nördliche Ausfahrtstraße«, antwortete er. »Eine Aufreißgegend für billige Mädchen, die viel Geld kosten.«

»Die Leute haben Fantasie«, erwiderte ich nachdenklich.

In meiner Branche sind die primitivsten Ideen oft auch die besten. Ich hatte mich immer wieder gefragt, wie Grenzlein unauffällig an die Polit-Verbrecher mit dem blumigen Namen ›Arabiens Sperrspitze‹ herankommen könnte. In einer Straße, in der die Nachtschattengewächse blühen, um von späten Liebhabern als Schnittblumen erworben zu werden, kann sich ohne jedes Aufsehen ein entsprungener Häftling mit einer angeblichen Dirne treffen.

Dieses gewöhnliche, wenn auch ungewöhnliche Rendezvous bewies zweierlei: Erstens kannten sich diese Asphalt-Guerillas in München aus, und zum zweiten hatten sie Einfälle.

Wir wollten nicht hinter ihnen zurückstehen. »Ich nehme an«, wandte ich mich an unseren Residenten, »daß diese Lotterstraße ständig vom Sittendezernat kontrolliert wird.«

»Ganz bestimmt.«

»Dann sind die Gunstgewerblerinnen den Beamten mindestens vom Sehen her bekannt?«

»Soweit sie heute nicht erstmals in Erscheinung treten«, erwiderte unser Mann aus München lächelnd und griff zum Telefon, um seine Beziehung spielen zu lassen.

»Achtung, Ferry«, schaltete sich die Zentrale ein: »Nemûra verläßt gerade das Apartmenthaus. Unsere Leute haben sie erkannt und verfolgen sie. Sie ist – mit Schuhen – etwa 1.70 Meter groß, schlank, hat dunkle, kurzgeschnittene Haare, dunkle Augen, ein blasses, scharfgeschnittenes Gesicht. Sie ist allein und hält ein Taxi an.«

»Verfolgt sie«, sagte ich, »und hütet sie wie Mamas Lieblingstochter.«

Dann meldete sich Diana, und ich verwünschte stumm den General, der neben mir saß und einen Zaungast mimte, wiewohl er mich am Dressurband führte, und zwar ganz kurz: »Nemûra ist fraglos eine Palästinenserin«, stellte die Nahost-Spezialistin fest. »Kommt dem Dialekt nach aus Jaffa. Vielleicht auch aus dem Gaza-Streifen. Offensichtlich gebildet, vermutlich eine Studentin, und –«

»– die Parole ist das arabische Wort für Freundschaft«, holte ich mein Licht unter dem Scheffel hervor.

»Achte auf Grenzleins Aussprache«, erwiderte Diana. »Sie ist miserabel. Hör dir das Band so lange an, bis du es im Ohr hast.«

Ihre Stimme war hochgeschlossen wie ihr Pullover; sie hatte nicht die pikante Würze heißer Exotik. Sie wirkte kühl und heizte mir ein.

»Wir haben Antwort aus London und Paris«, fuhr Diana fort. »Fehlanzeigen.«

»War nicht anders zu erwarten«, erwiderte ich und setzte darauf, daß Israel Europa nicht nur zeitlich um eine Stunde voraus wäre.

»Tel Aviv meldet sich in einigen Minuten«, schloß Diana.

Ich horchte ihrer Stimme nach und kämpfte mit meiner Konzentration, weil das Gefühl der Sache über den Kopf wuchs. Das war neu und schön. Nur leider wegen meines Auftrags zur Unzeit. Sonst bedauerte ich es nicht, wenn Diana mein ungetrübtes Verhältnis zum schönen Geschlecht beendet. Was Frauen anbelangte, hatte ich bisher unbefangen und darauf losgelebt, frei nach dem Kalauer: Hundert sind zuwenig und eine ist zuviel.

Nunmehr aber hatte die Nummer 101 ein Märchen aus 1001 Nacht bewirkt, doch war ich kein Prinz, sondern ein Agent, den dieser hinterhältige General heute morgen zum Kommandanten seines eigenen Himmelfahrtskommandos ernannt hatte. Ein teuflischer Trick, der mich zwang, meine Sehnsucht zu unterdrücken.

Hätte mich der Vize mit nervösen Aufträgen umhergehetzt, wäre ich am Nachmittag bestimmt auf mindestens eine Stunde zu Diana entkommen, so aber hatte es nur zu knapp zehn Minuten gereicht, und in dieser Zeit ließ sich unser Heißhunger aufeinander nicht stillen, auch wenn wir es redlich versucht hätten. Sicher auch nicht in einer Stunde, nicht in einem Tag, und nicht in einem Monat, oder einem Jahr, und wenn es so weiterging, vielleicht überhaupt nie.

Wir waren keine heurigen Hasen im Untergrund, aber die Spannung hielt uns im Würgegriff. Ihre Fingerabdrücke zeigten sich in den Gesichtern. Der Resident hatte eine nasse Stirn; bei dem General sah ich erstmals ein leichtes Zucken um die Mundwinkel, und ich spürte so ein fades Sodbrennen. Wir saßen wie gelähmt im Kommandowagen, scheinbar untätig, und dabei kam es auf jede Sekunde an.

Der Resident wurde ans Telefon gerufen und kam gleich zurück. »Einer unserer Leute sitzt jetzt im Streifenauto der Münchener Polizei«, berichtete er. »Er wird die Dame aus der Wüste bei ihrem Auftauchen fotografieren.«

»Bestens«, antwortete ich.

Die Nacht war voller Klebrigkeit – da kam die erste Explosion.

Die Zentrale meldete, daß Nemûra, die Tigerin, in der Leopoldstraße das Taxi verlassen hatte. Sie war zu Fuß weitergegangen und in einem Altbau der Ainmillerstraße verschwunden.

Das Quartier der Palästina-Partisanen lag in Schwabing, dem Viertel der Tagträumer und Nachtschwärmer. Ein Schuß Reeperbahn, ein wenig Paris. Maler-Viertel: Freilich lebte hier kein Picasso, dafür wurde die Leinwand meistens horizontal gespannt.

»So, Freunde«, sagte ich: »Nun wollen wir mal mit nichts sparen und ein ganz großes Theater aufführen. Ich brauche dazu eine offene Einfahrt und eine offene Garage zwischen der Freisinger Landstraße und der Leopoldstraße. Läßt sich das in einer Viertelstunde arrangieren?«

»Arrangieren schon«, erwiderte unser Mann aus München. »Aber nicht in der kurzen Zeit.«

»Zwanzig Minuten«, gewährte ich. »Ich benötige diese Requisiten, um die Tigerin gleich bei meinem ersten Auftritt zu dressieren.«

Der General begriff sofort: »Machen Sie nur so weiter, Ferry«, sagte er und lächelte zwiespältig. »Vielleicht kann ich dann in Pension gehen. Entweder, weil Sie mir einen Skandal anhängen, oder weil mich Ihre Tüchtigkeit ohne weiteres ersetzt.«

Es war keine Zeit, Komplimente zu erwidern; außerdem meldete sich Diana wieder.

»Antwort aus Tel Aviv«, sagte sie: »Wohlgemerkt, Ferry, man ist sich auch dort nicht sicher, aber es besteht der Verdacht, daß diese Nemûra früher Nimra hieß und zu der Gruppe des Dr. Georges Habbash gehörte. Sie war damals zusammen mit Leila Khaled zur Luftpiratin ausgebildet worden.«

Dieser Freischärler-Häuptling, der von der Presse hartnäckig als Kinderdoktor verkauft wird, obwohl er in Wirklichkeit ein Augenarzt war, hatte sich auf Flugzeugentführungen spezialisiert und wurde, trotz spektakulärer Anschläge, inzwischen von noch radikaleren Polit-Gangstern auf der linken Spur überholt.

»Wenn der Verdacht stimmt, kann man von der Annahme ausgehen, daß sich Nemûra, alias Nimra, einer rivalisierenden Bande angeschlossen hat«, sagte Diana.

»Ist sie zum erstenmal in Europa?«

»Vermutlich«, erwiderte sie. »Übrigens sind ihre Fingerabdrücke registriert.« Ihre Stimme wirkte nicht mehr hochgeschlossen. »Viel Glück, Ferry«, setzte sie leise hinzu.

»Wiedersehen in Beirut«, erwiderte ich und zog mir gewissermaßen Scheuklappen über.

Es war jetzt 23.34 Uhr, Zeit zum Handeln, zumal unsere Zentrale meldete, daß Nemûra, fast nicht zum Wiedererkennen, ihren Schlupfwinkel wieder verließ. Ihr Kopf bestand aus einer roten Löwenmähne, und ihre Aufmachung als falsche Dirne wirkte so echt, daß der Taxifahrer sie beim Einsteigen gleich duzte.

Von nun an ging es Schlag auf Schlag.

Ich gab Grenzlein Gelegenheit, ein Auto zu stehlen.

Standesgemäß wählte er einen Porsche. Für einen Studenten mit 16 Semestern war er ein ausgezeichneter Autoknacker. Er schaffte es in sieben Minuten, stieg ein, ließ den Motor an – dann riß Dave die Türe auf.

Wieder war mein Doppelgänger flink. Er riß die Pistole aus der Tasche, drückte ab.

Drei-, viermal.

Er schoß daneben. Er versuchte es immer wieder.

Aber Platzpatronen legen keinen um. Bis er es begriff, waren die Handschellen bereits eingerastet. Er würde eine Weile im Gefängnis verschwinden wie ein Sandkorn in der Wüste. Die Mini-Sender in seiner Lederjacke piepsten noch, als er schon in der ›Grünen Minna‹ saß und in Raten einsah, daß ein Grenzlein noch keinen Schlaumeier macht.

Noch ein kleiner Umweg. Ich sah mir die in Rekordzeit beschaffte Garage an, die Zufahrt, die umliegenden Straßen.

»Wenn ihr nicht dafür sorgt, daß beide Tore offenstehen, verliert ihr gleich einen begabten Mitarbeiter«, sagte ich zu dem Residenten.

»Hals- und Beinbruch, Ferry«, verabschiedete sich der General mit rauher Stimme. »Komm wieder, Junge«, rief er mir nach, als ich mich an das Steuer des gestohlenen Porsche setzte.

Ich antwortete nicht; ich hatte einen trockenen Hals, um den man bekanntlich die Schlinge legt – aber weshalb?

Wir hatten nichts versäumt. Mein Einstieg lief, doch man soll die Nacht nicht vor dem Morgen loben.

17

Ich hetzte den Wagen mit Vollgas über die Autobahn. Ich näherte mich meinem Ziel in einem Bogen und kam von Norden, statt – wie erwartet – von Süden. Ich wollte meine Gegenspielerin erst einmal ansehen, bevor sie mich als echten oder falschen Grenzlein erkannte.

Vielleicht war der Autodiebstahl längst gemeldet, und ich wurde bereits von der Münchener Polizei gesucht. Wir hatten sie nicht verständigt. Unsere Organisation hatte ihre eigenen Methoden, die uns schon viel Erfolg und natürlich auch einige Pleiten eingebracht hatten. Aber wir arbeiteten grundsätzlich ohne Netz. Wir spielten jedes Manöver mit scharfer Munition durch; es wirkte einfach echter.

Es war zehn Minuten vor Mitternacht. Nemûra hatte sicher schon ein paar lukrative Angebote erhalten, denn die Lotterstraße setzte zum Schlußverkauf an. Jedenfalls herrschte Hochbetrieb, es ließ sich unschwer nachrechnen, daß die meisten Lustgewinnlerinnen ihren Körper heute abend schon mehrfach umgesetzt hatten und dabei Tagesunschuld simulierten.

Wagen hinter Wagen. In langsamer Fahrt. Obwohl die Jagd auf die Mietbusen vom Autositz aus stattfand, sah es aus, als humpelten die Jägersleute auf Prothesen der Sinnlichkeit hinter den Gelegenheiten her, Herren in den besten Jahren, die man so nennt, weil die besseren vorbei sind.

Hier ließ man sich jedenfalls die hohen Benzinpreise nicht anmerken. Stoßstange an Stoßstange. Mehr stehend als fahrend zuckelte ich dahin, eingeklemmt in eine Kavalkade der Kauflust, wenngleich auch häufig am Steuer nur Sehlöwen saßen.

Aus einer Parkbucht trat eine üppige Blondine, schob sich schlendernd heran, betrachtete mich durch die Scheibe, stellte sich auf die Fußzehen und machte ein hohles Kreuz, um ihre freitragenden Werte zu unterstreichen.

Sie musterte mich stumm und aggressiv, schob dann umständlich ihren Pullover hoch, faßte mit den Händen unter ihre Rundungen, hob sie leicht an und bot pralle Brüste wie reife Früchte.

Die Allee der Verführung lag nun zu gut zwei Dritteln hinter mir, und ihre stummen Rituale ließen mich kalt. Aus Gespielinnen, die jeder kaufen konnte, hatte ich mir eigentlich nie etwas gemacht. Und nach dem Bad in Dianas Drachenblut war ich momentan vielleicht sogar immun für alle anderen Frauen.

Trotzdem mußte ich in diesem Moment einer anderen meine Bewunderung zollen: Nemûra, der Tigerin. Ort und Zeit ihres Stelldicheins mit Grenzlein würden ihr zwar ein paar Belästigungen eintragen, aber niemand, Polizeistreifen inbegriffen, würde annehmen, daß hier einer etwas anderes wollte wie alle anderen.

Ich hatte mir das Milieu auf der Straßenkarte genau eingeprägt.

Gleich mußte die Floriansmühle kommen.

Und da sah ich die falsche Nutte. Auf der anderen Seite.

Ich erkannte sie daran, daß sie etwas zu weit abseits von der Straße stand und in die Richtung sah, aus der sie mich erwartete.

Ich scherte aus der Kolonne, überholte. Mein Scheinwerfer erfaßte sie. Fast gleichzeitig kam es drei Wagen weiter zu einem Auffahrunfall.

Der Fahrer vor mir stoppte jäh.

Ich trat gewaltsam die Bremse durch. Mein Wagen stand mit quietschenden Reifen.

Nemûra sah zu mir her.

Sie erkannte mich, oder besser: meinen Doppelgänger.

Sie ging ohne Eile über die Straße. Ich öffnete den Wagenschlag und wußte, daß ich kein arabisches Losungswort zu sagen brauchte. Die rote Perücke verwandelte ihren Kopf in ein Flammenbündel. Ich kann mich nicht erinnern, je einen kürzeren Minirock gesehen zu haben. Während sie in den Porsche schlüpfte, stellte ich mechanisch fest, daß im Falle eines Fehlschlags meine Mörderin jedenfalls ungewöhnlich hübsche Beine hätte.

»Masa el-chêr«, empfing ich sie mit dem arabischen Abendgruß.

»Speak English!« fuhr sie mich an. »I can't stand your terrible Arabian-dialect.«

»Don't be worried«, erwiderte ich mit originaler Grenzlein-Pose: »Die Revolution spricht ohnedies nur mit einer Zunge.«

»Du hast dich nicht verändert, Sami«, entgegnete sie und betrachtete mich.

»Wie lange haben wir uns eigentlich nicht gesehen?« fragte ich.

»17 Monate«, antwortete Nemûra sofort.

»16«, verbesserte ich.

»Nein, 17«, widersprach sie – und ich ließ ihr recht.

»Warum bist du von der falschen Seite gekommen, Sami?«

»Was heißt hier falsch«, erwiderte ich. »Wenn einer unser Telefongespräch belauscht hätte, wäre sie jedenfalls goldrichtig gewesen.«

Das Arabermädchen machte eine geringschätzige Bewegung, dachte nach, sah mich voll an, lächelte. »Dein Verstand ist noch nicht eingerostet«, lobte sie.

»Das hoffe ich, Nemûra «, antwortete ich.

Als ich ihren Namen nannte, machte sie die rasche Bewegung einer Wildkatze. »Woher kennst du meinen neuen Code-Namen?« fragte sie.

»Von Ali«, entgegnete ich: »Er sagte mir auch, daß du ihn am Montag – nach dem Superding – aus dem Gefängnis holen willst.«

»Jetzt nicht mehr«, entschied sie mit ihrer heiseren Stimme: »Strafe wegen Schwatzsucht.«

»Das nächstemal schickst du mir bitte einen besseren«, griff ich sie an. »Nur wegen seiner Dämlichkeit habe ich mir auf der Pritsche den Hintern wundgescheuert.«

»Mut'assef«, sagte sie auf Arabisch, und es hörte sich an wie: »Tut mir leid.«

Es war gut, daß sie bei ihrem Englisch gelegentlich in ihre Muttersprache zurückfiel – sie komplettierte dadurch, was Diana begonnen hatte.

Als Grenzlein trieb ich jetzt in tiefem Gewässer und ging doch nicht unter. Am meisten Sorge machte mir die Stimme meines Doppelgängers. Ich mußte auch bei raschen Antworten seinen Tonfall treffen. Im übrigen war mir klar, daß alle Grenzlein-Abweichungen nur in den ersten Stunden gefährlich wären. Später würden sich für meine neuen Terroristenfreunde die kleinen Unterschiede so verwischen, daß mein Doppelgänger kaum mehr eine Chance hätte zu beweisen, daß er Lothar Grenzlein sei.

»Wohin?« fragte ich.

»Jalla«, antwortete sie. »Vorwärts.«

Es konnte mir nur recht sein. Drei Straßen weiter lag die Polizeistreife auf der Lauer. Sowie ich sie passierte, würde mich verabredungsgemäß einer unserer Leute – der längst Nemûra als Pseudo-Dirne fotografiert hatte – als den geflüchteten Grenzlein erkennen, und dann folgte Ferrys wilde, verwegene Jagd.

Ich hatte das Autoradio eingeschaltet, die Mitternachtsnachrichten sprudelten in den Fond, und ich merkte am Verhalten meiner Begleiterin, daß sie Deutsch besser verstand als sie es sprach. Wie erwartet, fiel bald der Name Grenzlein.

Ich drehte die Lautstärke auf und fuhr langsamer.

»Ist noch nicht bekannt, ob den gefährlichen Anarchisten Fluchthelfer von außen befreit haben«, sagte der Sprecher. »Die Münchener Polizei hüllt sich weiter in Schweigen. Wie wir jedoch erfahren, soll es Lothar Grenzlein gelungen sein, während eines Gefangenentransportes einem Beamten die Pistole zu entreißen. Mit der Waffe im Anschlag zwang er seine uniformierten Begleiter, die Handschellen aufzuschließen. Zunächst ist der Ausbrecher in den Isaranlagen untergetaucht. Es ist zu befürchten, daß sich Grenzlein dort noch aufhält. Zur Zeit durchkämmt ein großes Polizeiaufgebot das hermetisch abgeriegelte Gelände.«

Nemûra nahm eine Zigarette. Einen Moment knipste das Feuerzeug ihr Gesicht an: Ovale Form. Dunkle quellende Augen. Dichte Brauen. Volle Lippen. Die Schminke hatte es kaum entstellt. Die aufgesetzte Härte verwischte doch nicht ganz den Eindruck, daß dieses Mädchen bei aller Wildheit zärtlich sein konnte.

»Wir hätten dich am Montag befreit«, sagte sie. »Aber es ist schön, daß du es allein geschafft hast.« Sie legte ihre Hand auf meinen Arm: »Wir brauchen dich. Wir haben einen großen Tag vor uns.«

»Vorsicht bei der Festnahme«, fuhr der Sprecher mit gesteigerter Stimme fort. »Grenzlein ist bewaffnet und macht rücksichtslos von der Schußwaffe Gebrauch.«

Ich bog zur Frankfurter Allee ein.

Auf der anderen Seite lauerte der Funkstreifenwagen.

Ich sah, daß er anfuhr und wendete.

Ich ließ ihn ein Stück näher kommen, dann trat ich das Fahrpedal durch.

»Was ist los?« fragte Nemûra.

»Shit«, erwiderte ich, und wies nach hinten.

Nemûra sah das Blaulicht. Im nächsten Moment heulte die Sirene so laut und aufdringlich, als säßen uns die Verfolger direkt im Nacken.

Normalerweise ist es kein Kunststück, eine vermutlich schon bejahrte Mittelklasse-Limousine mit einem Porsche abzuhängen. Aber die Verfolger holten aus ihrem Motor das letzte heraus. Ich machte ein paar wilde Kapriolen, fuhr quer über einen Gehsteig. Lange konnte ich es nicht so treiben, denn sie würden über Sprechfunk Verstärkung heranholen, die mir den Weg versperrte.

Auf scheinbar ziellosen Fluchtwegen näherte ich mich der Straße mit der offenen Garage.

Vielleicht noch 600 Meter Weg und fast 300 Meter Vorsprung taxierte ich – dann sah ich zu meiner Begleiterin und erkannte, wo die wirkliche Gefahr lag.

Ihre Augen lichterten wild. Ihr Gesicht war eine Maske des Hasses. Sie hatte ihrer Tasche eine Maschinenpistole mit verkürztem Lauf entnommen, lud die Waffe durch, entsicherte sie, drehte sich um und visierte durch die Heckscheibe unsere Verfolger an.

»Schieß erst, wenn ich es dir sage«, schrie ich sie an.

»Warum?«

»Du hetzt uns die ganze Münchener Polizei auf den Hals.«

»Wenn schon«, knirschte sie. »Diese Scheiß-Bullen.«

Es war etwas in ihrer Stimme und etwas in ihren Augen, das mich warnte. Zunächst einmal machte ich schnelle, kurze Steuerausschläge, um sie am Zielen zu hindern.

Noch 100 Meter bis zur Kreuzung – so lange war unsere Nr. zwo der Zwangspensionierung wirklich so nahe wie nie zuvor, um von mir gar nicht zu reden.

Die Tigerin hatte geballte Tollwut im Gesicht. Vermutlich aufgeputscht durch Drogen – sie beziehen ja meistens den Wahnwitz aus der Phiole.

Ich verfolgte, wie sie die Waffe wieder in die Schulter zog, Maß nahm, und den Zeigefinger langsam krümmte.

Da hieß es für mich: Grenzlein tut not.

Ich hielt mit der linken Hand bei 140 Sachen das Lenkrad fest. Mit der rechten schlug ich Nemûra ins Gesicht, heftig, gewaltsam.

Sie bäumte sich auf.

Ich wiederholte den Schlag.

Sie biß mich in die Hand.

Ich hatte die Ecke erreicht und riß den Wagen scharf auf zwei Rädern herum. Die Tigerin knallte mit dem Kopf gegen einen Seitenpfosten, so stark, daß sie für die nächsten Sekunden außer Gefecht war.

Fluchend rappelte sie sich wieder hoch. Ich riß den Porsche zum zweitenmal rechts herum, jagte durch die offene Toreinfahrt, löschte gleichzeitig die Scheinwerfer und wurde trotz der Notbremsung förmlich in die Garage hineinkatapultiert.

Hinter uns schoß das Polizeiauto vorbei wie ein verirrter Blitz.

Ich gab dem benommenen Mädchen einen Wink, mir zu folgen und den Mund zu halten. Ich blieb sichernd stehen, nahm Nemûras linke Hand – in der rechten hielt sie noch immer ihre MP – und zog sie mit. Über den Hinterhof gelangte man auf ein großes unbebautes Grundstück, das in eine Seitenstraße mündete.

»Du kannst noch so viele Bullen umlegen, wie du willst«, fuhr ich sie an. »Aber jetzt steckst du deine verdammte Artillerie wieder in die Tasche, sonst bist du am Montag entweder auf dem Friedhof oder im Gefängnis.«

Sie kam wie aus dem Schock zu sich.

»Sorry«, entschuldigte ich mich. »Aber du hast vergessen, daß wir Wichtigeres vorhaben als ein paar dumme Verkehrspolizisten in die Pfanne zu hauen.«

»Ich war unbeherrscht«, sagte sie, wütend auf sich selbst.

»Es bleibt unter uns«, erwiderte ich und spürte, daß sie mir einmal den Moment ihrer Schwäche heimzahlen würde.

Hinter uns, auf der anderen Seite, wurde es laut. Die Polizeistreife kehrte zurück. Die Straße füllte sich mit Passanten, die aus dem ersten Schlaf gerissen worden waren. Sie schickten die Beamten prompt in die falsche Richtung – der Zeuge ist immer der Dumme.

»Wir müssen hier weg«, sagte ich zu Nemûra : »Wo wohnt ihr?«

Bei der Wahl der Garage hatten wir dafür gesorgt, daß die Ainmillerstraße bequem zu erreichen war. Zu Fuß. Wir gingen aneinandergelehnt, wie ein Liebespaar. Wenn Passanten auftauchten, blieben wir stehen, umarmten uns. Ich weiß nicht, ob sie dabei etwas empfand, schon weil ich nichts spürte.

Nach knapp 20 Minuten hatten wir uns an ihre Haustüre herangeknutscht.

»Na, ihr beiden«, lallte ein Betrunkener, »ihr habt wohl kein Zuhause. Es auf der Straße treiben, ihr Ferkel.«

Nemûra ging voraus in das Treppenhaus.

Sie kam zurück und winkte mir.

Ich folgte ihr in das Dunkel.

18

Die rassige Braut der arabischen Revolution verschwand im Treppenhaus. Die Dunkelheit schluckte ihre Konturen: Schmale Schultern. Schwingende Hüften. Wohlgeformte Beine. Inschallah dachte ich durchaus arabisch, als ich hinter ihr das Hauptquartier des Hinterhalts betrat.

Auch meine Erwartungen waren im Hochparterre. Ich hatte die rechte Hand in der Tasche, um den Griff des entsicherten Revolvers. Notfalls könnte ich durch den Stoff schießen – aber meine eigentlichen Pläne waren ehrgeiziger: Ich wollte mir eine Gratis-Flugkarte nach Kairo oder Katar verdienen.

Der wuchtige Altbau stammte noch aus der Jahrhundertwende: dicke Mauern, hohe Decken, Fenster wie Schießscharten und kleine Erker, Typ Kaiser Wilhelm. Das Asyl der Asphalt-Partisanen wirkte wie eine Trutzburg, aber unsere Organisation hatte sie mindestens seit einer halben Stunde unter Kontrolle.

Ich schloß die Tür hinter mir. Die Tigerin knipste das Licht an und schaltete damit die zweite Stufe unseres Kennenlernens ein: Zuerst im Halbdunkel des Wagens. Dann im milden Schein der Glühlampe. Erst morgen früh würde sich die Nagelprobe beim Tageslicht anschließen.

Meine Spannung schlaffte ab. Nemûra betrachtete mich nicht neugieriger als im Wagen. Ich zog die Luft ein und stellte fest, daß ich mich in der ersten arabischen Wohnung befand, in der es nicht nach Hammel roch.

»Du bist ein toller Bursche«, sagte sie unvermittelt und küßte mich auf die Stirn. »Was ist bloß mit deinen Haaren passiert?«

»Samsons Lockenpracht blieb im Knast«, antwortete ich verärgert.

»Samson ist gut«, spottete sie über den geschwächten Kraftprotz der Bibel, »aber das verändert dein Aussehen kolossal.« Jetzt musterte sie mich von Kopf bis Fuß. »Und diesen kitschigen Ring hast du immer noch?« fragte sie und wies auf meinen kleinen Sender am Finger: Ein klobiges Stück, und doch ein Meisterwerk: ein Ringfunk, der unsere Gespräche an unsichtbare Zuhörer ganz in der Nähe übertrug.

»Erinnerungswert«, sagte ich. »Schließlich habt ihr ihn mir geschenkt.«

»Seltsam, daß du so sentimental sein kannst, Sami«, erwiderte die Tigerin zwischen Spott und Stolz: »Eigentlich haben wir dich ganz anders in Erinnerung.«

Sie rief ein paar arabische Worte, die sich wie Kommandos anhörten. Schlagartig öffnete sich die Tür des mittleren Zimmers, und zwei Typen überfielen mich regelrecht.

Beinahe wäre es zu einem Mißverständnis gekommen, aber dann merkte ich, daß mich die beiden mindestens zwei Jahre länger kannten als ich sie. Erst gestern waren mir Mahmud und Issa im Fuchsbau auf der Leinwand vorgeführt worden – während sie sich im jordanischen Trainingscamp getummelt hatten.

Zuerst tobten sie wie Derwische um mich herum, die kurioserweise ziemlich lautlos heulten, dann stürzten sie mit einem gewaltigen Wortschwall auf mich und umarmten mich.

Was sein muß, muß sein: Ich vergalt ihren Überschwang und erwiderte ihren Nasenkuß arabischer Brüderlichkeit.

Ein dritter Fedajin, ein schmächtiger Bursche mit verwachsenen Augenbrauen, stand abseits: Wenn es eine Gefahr gab, ging sie von ihm aus.

»Achmed kennst du noch nicht, Sami«, entspannte mich Nemûra. »Er ist erst vor kurzem zu uns gestoßen.«

Ich reichte ihm die Hand.

Unsere Anführerin zog sich zurück, um ihre Dirnenuniform zu wechseln. Das Lederkostüm raschelte. Ich warf noch einen Abschiedsblick auf den Minirock, der eher eine Bauchbinde darstellte, auf ihre lässig-animalischen Bewegungen.

Issa blinzelte mir zu: »Da staunst du, wie sie sich verändert hat, was?«

Wie seine Kumpane sprach er ein hartes Englisch, dessen Lücken er mit arabischen Brocken ersetzte; er hatte ein pausbäkkiges, ausgesprochen gutmütiges Gesicht, aber das war genauso eine frivole Laune der Natur wie meine Ähnlichkeit mit Grenzlein, denn dieser Libyer war ein Killer, dem das Morden Spaß machte.

»Du bist ein toller Hund, Sami«, lobte mich Mahmud. »Große Klasse, deine Flucht!« Er hatte die Nachrichten über den US-Soldatensender mitgehört.

»Dafür nimmst du jetzt an einem Unternehmen teil, von dem morgen die ganze Welt sprechen wird.«

Er übersah Achmeds warnenden Blick: »Komm, ich zeig' dir was.«

Mahmud öffnete die Tür zu einem Nebenzimmer – soweit ich es übersehen konnte, hatte die Altbauwohnung fünf Räume plus Bad und Küche –, ging voraus und zeigte mir begeistert ein Waffenarsenal: Handgranaten, Maschinenpistolen, Höllenmaschinen. Und als Spitze eine komplette Sam-7-Rakete, Made in Russia, arabisch beschriftet.

Ich spürte die Muskeln in meinem Rücken: »Wollt ihr ein Flugzeug abschießen?« fragte ich.

»Kleiner Fisch«, erwiderte Mahmud. »Vielleicht als Zugabe. Wir haben viel Größeres vor.«

»Mit vier Mann?« fragte ich. »Ist das eure ganze Streitmacht?«

»Jussuf und Moamer sind schon vorausgefahren«, sagte Issa. »Nach Bonn und –«

»– und du hältst deine geschwätzige Klappe«, sagte Nemûra, die zurückgekehrt war.

Ich betrachtete sie verblüfft: Sie hatte sich so verändert, daß ich sie im ersten Moment für Leila Khaled, die berüchtigte Luftpiratin hielt. Sie hatte etwas von dem exotischen Reiz, bei dem sich die männliche Automatik einschaltet. Wieweit ich diese unbewußte Regung durch eine bewußte steigern durfte, mußte ich erst herausbekommen, aber diesbezüglich konnte man sich wohl auf meinen Doppelgänger verlassen. Wie ich ihn kannte, war er ständig hinter der Araberin hergewesen, und so konnte, ja mußte ich in seine Fußstapfen treten, leicht verärgert darüber, daß ich in manchen Dingen von Haus aus genauso konstruiert war wie dieser Grenzlein.

»Ich verwarne dich zum letztenmal, Issa«, sagte die Anführerin streng.

»Er ist unser Rúfaqà, Nimra«, versetzte er und hob damit den Schleier von Nemûras Identität.

»Erstens heißt Nimra jetzt Nemûra«, wies ich ihn zurecht. »Und zweitens hat sie recht: Wer nichts weiß, kann nichts preisgeben.«

»Freut mich, daß du noch immer so auf Draht bist«, entgegnete die gelernte Luftpiratin.

Ich ging wieder ans Fenster, schob die Gardine ein wenig zurück.

»Es ist uns bestimmt keiner gefolgt«, sagte Nimra.

»Aber es fährt schon zum zweitenmal eine Polizeistreife durch diese Straße«, antwortete ich.

»Zufall.«

»Hoffentlich«, brummte ich. »Ich muß euch leider ein paar unangenehme Wahrheiten verpassen. Issa«, wandte ich mich an den Killer, »du bist aufgefallen bei der Ankunft in Hamburg-Fuhlsbüttel. Und du, Mahmud, am Rhein-Main-Flughafen in Frankfurt.«

»Woher willst du das wissen?« fragte mich die Tigerin.

»Ich wurde Tag und Nacht ausgequetscht. Die Bullen haben mir sogar eure Fotos gezeigt.«

Daß meine Behauptungen stimmten, mußten sie wissen; dennoch blieben sie beinahe blasiert gleichgültig. Sie waren Dilettanten, und das machte sie in jeder Hinsicht gefährlich. Von der moralischen Wertung einmal ganz abgesehen, halte ich auch aus fachlichen Gründen von diesen Guerilla-Kommandos wenig. Ihr Fehler ist anlagebedingt, ist orientalische Tradition. Da für einen Moslem Allah alles in seinem Lebensbuch aufgezeichnet hat, wird das ganze Leben zum Kismet. Warum zum Beispiel vorsichtig sein, wenn ja ohnedies schon bei der Geburt entscheiden ist, wie die Sache ausgeht? Und dieser Fatalismus gilt für die Opfer wie für ihre Mörder. Werden Frauen und Kinder, die nichts, aber auch gar nichts mit dem Nahost-Problem zu tun haben, von Bomben zerfetzt, so ist das Allahs Wille und nicht ein unmenschliches Massaker. Hat die westliche Welt zu wenig Öl, so erweist sich eben Allah als mächtiger als die Flugzeuge, Raketen und Computer der Ungläubigen.

»Allerdings haben die beiden äußerst raffiniert ihre Schatten wieder abgeschüttelt«, schränkte ich meinen Tadel ein. »Was habt ihr eigentlich in München zu suchen, wenn ihr in Bonn losschlagt?« fragte ich.

»Wir mußten uns hier erst unsere Ausrüstung beschaffen«, antwortete Nimra. »Schließlich können wir ja nicht mit Bomben und MP's über die Grenze.« Sie hatte sich wohl am weitesten vom arabischen Schicksal Kismet entfernt und dachte über meine Warnung nach. »Die Fotos waren nicht einfach so ein Griff in die Mottenkiste?«

»Nein«, versetzte ich, »gezielt. Von dir und Achmed wissen sie nichts. Aber das Konterfei von Issa und Mahmud haben sie.«

»Alte oder neue Fotos?« fragte das Terrormädchen.

»Alte Schnappschüsse«, behauptete ich.

»Das heißt, daß sie schon zum zweitenmal aufgefallen sein müssen.«

»Du bist klug, Nimra«, verstand ich mich auf die landesübliche Schmeichelei. »Ihr müßt künftig vorsichtiger sein, Freunde«, wandte ich mich an Mahmud und Issa. »Aber mein Fahndungsfoto hängt ja auch an allen Ecken«, tröstete ich sie grinsend.

»Chod!« sagte Nimra, »nimm«, und öffnete ihre Wundertruhe.

Der Koffer enthielt ein ganzes Karnevalssortiment: Strumpfmasken, Kapuzen, falsche Bärte, Fensterglasbrillen und Perücken aller Art. Die Artikel waren nicht lustig – sie dienten einem Kehraus des Todes.

Ich wählte ein wucherndes, hellblondes Beatle-Toupet und setzte mir eine riesige Sonnenbrille ins Gesicht.

»Du siehst aus wie die Puffmutter«, sagte Issa. »Kein Mensch würde dich wiedererkennen.«

Wir lachten alle schallend, doch am meisten Grund hatte ich, denn die künstlichen Schmalzlocken würden künftig Grenzlein-Unterschiede schlucken wie Stoßdämpfer die Frostaufbrüche.

»Willst du diese dämliche Perücke die ganze Nacht aufbehalten?« fragte die Tigerin.

»Selbstverständlich«, erwiderte ich. »Schließlich muß ich mich an sie gewöhnen.«

Ich sah mich in der Wohnung um. Im Plüschsalon stand ein verstaubtes Klavier mit einem aufgesetzten Beethoven in Gips. Ich hob den Deckel und klimperte ein paar Beat-Akkorde. Er nickte im Rhythmus mit. Beethoven hatte es gut, denn er war fast taub gewesen, so wie es der Münchener Ortsteil Schwabing gegenüber Schlupfwinkeln des Untergrunds ist, taub und blind. Hier im Studentenviertel treibt sich eine ganze Fremdenlegion herum, um die sich keiner kümmert, und was viele als liebenswerte Großzügigkeit werten, ist häufig nur angewandte Schlamperei.

Hier kann die Hausfrau mit Lockenwicklern im Supermarkt einkaufen, und ihr verklemmter Sohn beim fetten Guru in die Lehre gehen, und die Tochter den Durchlaufverkehr in der Etagenkommune beleben: Keiner kümmert sich darum.

Es war Sonntag zwei Uhr, und am Montag wollte die Bande zuschlagen.

»Muß das so bald sein?« fragte ich Nimra. »So ein Superding braucht doch Vorbereitung.«

»Wir können es nicht verschieben«, antwortete die Tigerin. »Schon weil unsere Freunde in Rom, Paris, Amsterdam, Genf und Wien gleichzeitig losschlagen.« Ihre Iris schimmerte auf Hochglanz, vom Fanatismus poliert. »Oder lassen deine Nerven nach?«

»Hauptsache, mein Gehirn ist in Ordnung«, antwortete ich à la Grenzlein. »Ich laß mich auf keinen Pfusch ein.«

»Wir werden alle deine Bedenken diskutieren«, entgegnete die Tigerin. »Aber es ist dir klar, Sami, daß ausschließlich ich die Operation leite?«

»Das steht außer Frage«, bestätigte ich.

Die Blutlady wirkte erleichtert. Auch bei den anderen – Achmed, dem Neuling, vielleicht ausgenommen – hatte sich Alis Reaktion aus dem Gefängnis wiederholt: Bewunderung mit einem Schuß Angst. Dieser Grenzlein mußte schon ein tolles Kaliber sein – vielleicht hatten sie mir auch deswegen ein eigenes Schlafzimmer freigemacht.

»Komm«, sagte die Tigerin, und ich überlegte mir auf dem kurzen Weg, ob ich nun in die Liebeskammer oder in ein Gruselkabinett schritt.

Ich ging unseren Code 777 durch: Um den Unterschied in der Schuhnummer würde sich niemand kümmern, ein halbes Jahr älter, ein Kilo schwerer, ein halber Zentimeter Länge ließen sich ohne weiteres cachieren, aber über Grenzleins Liebestaktik schwieg der Legende Ausführlichkeit.

Auch Nimra hatte ihr eigenes Zimmer. Über ihrem Bett hing ein Plakat General Dajans. Gefiederte Stahlpfeilchen hatten Israels früherem Kriegsgott auch noch das rechte Augen ausgehackt.

»Träume sind Schäume«, sagte ich lachend.

»Wart ab«, erwiderte das Mädchen aus dem Untergrund.

Ihre Hände waren schmal und gepflegt, Hände, die zur Zärtlichkeit geschaffen waren und für den Umgang mit der Kalaschnikow mißbraucht wurden.

»Unsere Rúfaqàs«, sagte sie und deutete in die Mannschaftsräume, »haben viel Mut, aber wenig Hirn.« Sie lächelte knapp. »Seitdem du wieder bei uns bist, weiß ich, daß alles klappen wird.«

Sie schob mir eine Zigarettenschachtel zu. Ich riß das Papier auf, pullte den Tabak heraus und stopfte mir damit angewidert meine Pfeife.

»Ich besorg' dir morgen deine Tabaksorte«, versprach sie, »bevor alles losgeht.«

»Was eigentlich losgeht?« fragte ich gähnend.

»Soviel kann ich dir jetzt schon verraten«, schoß sie los, und ihr junges Gesicht wirkte alt, ledern, verzerrt vom Haß. »Wir werden uns am Montag in Bonn Minister schnappen, Botschafter, Politiker und Wirtschaftskapitäne. Vielleicht 20 oder 30, vielleicht auch mehr. Die Zahl ist nicht so wichtig. Wir werden sparsam mit den

Geiseln umgehen. Auch wenn sie nicht gleich unsere Bedingungen erfüllen.«

»Was heißt sparsam?« fragte ich.

»Wir legen höchstens alle halbe Stunde einen um«, erwiderte Nimra, zog an ihrer Zigarette, wünschte mir eine gute Nacht und schob mich sanft aus ihrer Kemenate.

19

Die Tigerin hatte mir nicht gerade ein Schlummerlied gesungen, und auch sonst hatte ich wenig Grund, mich auf einer frischüberzogenen Couch und auf ersten Lorbeeren auszuruhen. Der drohende Amoklauf brachte mich um den Schlaf.

Ich witterte die Nähe unserer Leute, dieses Fluidum von Schatten und Schweigen. Bereits jetzt stand fest, daß wir tiefere Einbrüche in den arabischen Untergrund erreichen würden als je zuvor.

Nunmehr wußten wir endgültig, daß am Montagvormittag von Palästina-Partisanen in ganz Europa eine Serie von Anschlägen verübt werden würde. Wir kannten sogar schon die Schauplätze, wenn auch noch nicht die genauen Tatorte.

Wie ich den General einschätzte, würde er noch während der Nacht in Bonn oder Umgebung Moamer und Jussuf aufstöbern, Nimras Vorauskommando. Er würde den Strohmann, der die Wohnung in der Ainmillerstraße gemietet hatte, unter die Lupe nehmen. Erstmals hatten wir auch eine Chance, die dunklen Wege zu erhellen, auf denen die Waffen eingeschleust wurden. Sie konnten aus der DDR kommen, oder aus der CSSR, aus Österreich, oder fast risikolos zum Beispiel als libysches Diplomatengepäck eingeschleust worden sein.

Die Aufklärung war nicht mehr meine Sache, und so befahl ich mir – darauf trainiert – ein paar Stunden Schlaf.

Ich schlummerte in den weichen Armen Dianas ein, denn man hatte mich noch nicht darauf gedrillt, sie auch aus meinem Unterbewußtsein zu verdrängen. Wir waren erst ein paar Stunden und ein paar Kilometer voneinander getrennt, die Sehnsucht übersprang sie, aber in der Wirklichkeit trennten uns Lichtjahre. Als ich, wie ich mir mittels Kopfuhr befohlen hatte, kurz vor sechs Uhr aufwachte, hieß es: Die Illusion frißt ihre Kinder.

Ich griff ins Leere, statt nach Diana.

Ich schaltete die Frühnachrichten ein. An erster Stelle meldete der

Sprecher, daß auf Grund einer anonymen Warnung alle Großflughäfen Europas vor arabischen Terror-Anschlägen alarmiert worden seien. In Deutschland würden die Passagiere mit Schützenpanzerwagen an die Flugzeuge gebracht. Die Grenzüberwachung sei verstärkt worden, und das mit Hubschraubern ausgerüstete GSG-9-Team des Bundesgrenzschutzes sei vorsorglich alarmiert worden.

Nimra hörte, daß mein Radio lief, klopfte an, setzte sich auf meinen Bettrand, horchte zu.

»Das Bundeskriminalamt prüft zur Zeit die Frage, ob zwischen der gestrigen Flucht des wegen verschiedener Politverbrechen verhafteten Lothar Grenzlein und der verdächtigen Aktivität arabischer Extremisten ein Zusammenhang besteht«, fuhr der Sprecher fort. »Grenzlein hatte nachweisbare Kontakte zu einer radikalen Gruppe im Vorderen Orient.«

»Die haben Angst«, sagte die Tigerin. »Dabei kennen sie uns noch gar nicht richtig.«

»Trotzdem würde ich heute nicht fliegen«, erwiderte ich.

»Alle Wege führen nach Bonn«, sagte sie und lächelte sorglos.

Meine zweifelhaften Freunde mochten Blitzkiller sein, fraglos waren sie Langschläfer. Erst gegen zehn Uhr erhoben sie sich, kämpften lautstark um den Vortritt im Bad, kochten gemeinsam ein üppiges Frühstück, mehr europäisch als arabisch. Ich zwang mich zu Butter und Marmelade, weil dieser verdammte Grenzlein Vegetarier war, und sah zu, wie sie Wurst und Schinken in sich hineinstopften.

Es kam zu einem erregten Gespräch auf Arabisch. Eine halbe Stunde lang gingen sie wohl Einzelheiten des Einsatzes durch, die mir noch unbekannt waren. Ich verstand kein Wort und brauchte Langeweile nicht zu spielen.

Ich mußte mir auch keine Sorgen machen, daß mir etwas entging: Die Organisation schnitt jedes Wort auf Band mit, und Diana, meine großartige Diana, würde es im Nu übersetzen. Es war ein Treppenwitz, daß der Fuchsbau früher den Attentatsplan kannte als ich – aber meistens wissen die Stäbe in der Etappe mehr als die Soldaten an der Front, die von ihnen verheizt werden. Außerdem zweifelte ich nicht daran, daß der General einen Weg finden würde, mir rechtzeitig mitzuteilen, was ich wissen mußte.

»Entschuldige«, wandte sich Nimra in Englisch am Schluß des langen Palavers an mich.

Ich nickte und zog an meiner Pfeife.

»Was hältst du für besser: Sollen wir einen Wagen stehlen oder mieten?«

»Mit welchem Paß reist du?« fragte ich.

»Mit einem französischen«, antwortete sie.

»Mieten«, entgegnete ich und gab ihr den Namen eines Hotels, dessen Rent-a-car-Schalter auch am Sonntag geöffnet war.

Keiner verließ das Haus, ohne daß ihm mindestens zwei Schatten unserer Organisation folgen würden. Während sich unsere Anführerin in die City stahl, stürzten sich Achmed, Mahmud und Issa auf den Requisiten-Koffer, um ihre köstlichen Visagen zu verändern. Sie lachten sich schief dabei, und hinterher sahen sie eigentlich genauso aus wie zuvor: Viel Bart, viel Haar schrieb die Mode der Zeit vor. Wenn sie sich der Internationale des schlechten Geschmacks anschlossen, fielen sie garantiert nicht auf.

Am frühen Nachmittag kam Nimra zurück und fuhr – wie gesagt, verwegene Terroristen sind noch lange keine Fachleute des Untergrunds – den geliehenen Wagen in den Hinterhof. Die dreiköpfige Mannschaft steckte die Sam-7-Rakete in ein Futteral und lud Waffen und Gepäck ein. Mochten es die Hausbewohner beobachten: Es sah aus, als packte eine Pop-Band ihre Instrumente ein. Ihre Erkennungsmelodie wäre das Lied vom Tod.

»Und wir?« fragte ich die Tigerin.

»Wir reisen erster Klasse«, versetzte sie lächelnd: »Als Ehepaar.« Sie betrachtete mich flüchtig, zufrieden mit meiner Maskerade – selbst Grenzlein hätte kaum noch eine Ähnlichkeit mit sich feststellen können. Daß wir per Schlafwagen fuhren, in der Intimität eines Doppelabteils, erfuhr ich erst, als sie mir am Bahnhof die Fahrkarten überreichte.

Am Bahnsteig standen Polizisten. Im Grunde war es genauso sinnlos wie die verschärften Kontrollen auf den Flugplätzen. Man kann Stichproben machen, aber nicht Millionen von Passagieren röntgen. Daß diese Binsenweisheit stimmte, würde sich schon in ein paar Stunden bestätigen.

Ich hatte mich reichlich mit der dänischen Tabakmischung eingedeckt. Während meine Begleiterin sich auszog, ging ich auf den Gang, um die Pfeife zu genießen

Nimra drehte sich um, als ich das Abteil wieder betrat. Außer einem Lächeln trug sie nur Durchsichtiges. Es konnte sich durchaus sehen lassen, was sie vorzeigte. Ich kämpfte gegen den Adam in mir, aber schließlich kann man einem Fluß nicht befehlen, bergauf zu fließen.

»Schau mich nicht so hungrig an«, sagte sie und schlüpfte in das Bett zur Rechten. »Du kannst mit mir schlafen – aber erst, wenn wir unser Einsatzziel erreicht haben.«

Liebeserklärung auf Arabisch – ich kroch in das zweite Bett, auf der anderen Seite. Zweimal Single in einem Doppelabteil, ganz schön aufwendig für Revolutionäre – aber die Ölscheichs zahlten ja die Spesen.

Ich wußte, daß wir kurz vor acht Uhr in der Bundeshauptstadt ankommen würden. Es war anzunehmen, daß uns das Vorauskommando abholte. Nimra teilte mir keine Einzelheiten mit, und ich stellte keine Fragen. Wenn der Anschlag schieflief, sollte keinerlei Verdacht auf mich fallen.

Gegen 23 Uhr schlief sie ein. Ich klingelte dem Schlafwagenschaffner, der – wie erwartet – nicht kam. Ich stand auf. Nimra drehte sich um, wachte auf.

»Dieser Idiot hört wieder einmal nicht«, schimpfte ich. »Soll ich dir auch was zum Trinken besorgen?«

Sie schüttelte den Kopf.

Ich verließ das Abteil, ging Richtung Toilette. Ich stieß auf den durch meinen Mini-Sender alarmierten Mann unserer Organisation:

Es war Dave. Er zog mich in sein Abteil: »Die Geschichte könnte nicht besser laufen«, sagte er. »Für morgen neun Uhr wurde überraschend eine Geheimbesprechung im Bonner Hotel ›Rheinlust‹ angesetzt. Spitzenleute der Industrie kommen zusammen, um von zwei arabischen Ölministern über den Fortgang des Embargos informiert zu werden. Auch der deutsche Wirtschaftsminister und der stellvertretende Bundeskanzler werden erwartet.«

Deshalb hatte die Liste aller einschlägigen Veranstaltungen versagt: Die Exzellenzen aus dem Morgenland waren so unvermittelt in Bonn eingetroffen wie zuvor bei der Europäischen Gemeinschaft in Kopenhagen. Und ›Arabiens Speerspitze‹ wollte die Geheimdiplomatie mit anderen Mitteln fortsetzen.

»Deine Komplicen haben sich bei einer Leihfirma eine komplette Kamera-Ausrüstung besorgt und –«

»– und wollen als Fernsehteam in das Hotel eindringen, um dann –«, unterbrach ich Dave.

»Richtig«, erwiderte er, zeigte mir Fotografien des Hotels und eine Skizze seiner Zugänge; er erläuterte mir die Straßensituation und den präparierten Fluchtweg.

Alles klang richtig und einfach, und wenn ich nicht noch durch einen dummen Zufall vor dem Blutfest entlarvt würde, blieb ich ganz dicht am Ball, als Nummer zwo eines Anschlags, den ich verhindern mußte.

Meine rasche Karriere auf den Schultern Grenzleins war zugleich das Elend bei der Sache. So frontnah unsere Organisation ihre Operationen auch durchspielte, so rücksichtslos sie ihren eigenen Leuten gegenüber war, fremde Menschenleben durften wir unter keinen Umständen gefährden, ob die Opfer nun prominent waren oder nicht.

Wenn ich mich abzog, dann blieben immer noch fünf blindwütige Desperados übrig, die bereit waren, Dutzende von Menschen einfach niederzuknallen, um ›die westliche Welt mit dem Palästina-Problem‹ vertraut zu machen. Ich mußte das Schlimme mitspielen, um das Schlimmste zu verhindern und mir dabei das Vertrauen der ›Speerspitze Arabiens‹ erhalten.

»Wir greifen euch beim Betreten des Hotels.« Dave deutete auf eine eingezeichnete Stelle. »Hier steht der dunkelgrüne Mercedes mit einem unserer Leute. Du schnappst dir das Gangster-Mädchen, nimmst den Mann als Geisel. Dann haut ihr ab. Wir veranstalten hinter euch eine wilde Knallerei.«

Er öffnete die Tür vorsichtig, sah, daß der Gang leer war, schob mich hinaus. Ich ging ein paar Schritte weiter, weckte den Schaffner, erwarb eine halbe Flasche Rotwein und kehrte ins Abteil zurück.

Nimra schimpfte im Halbschlaf über die neuerliche Störung. Eine Stunde und drei Minuten später hielt der Zug in Frankfurt.

Dave stieg aus, um seine Reise per Hubschrauber fortzusetzen.

20

Es war 9.51 Uhr, als wir uns durch die gewundene Anfahrt zum Hotel zwängten. Auf dem Parkplatz standen Staatskarossen mit Regierungsstandern. Herren in dunklen Anzügen mit gewichtigen Mienen verschwanden durch die Drehtür, und ich malte mir aus, wie wenig ihr Leben in ein paar Minuten wert wäre – wenn es unsere Organisation nicht gäbe.

Ich war mir sicher, daß die meisten hier nur viel Volk darstellten und daß man aus Sicherheitsgründen die echten Teilnehmer von der Tagung abgehalten hatte. Bestimmt wäre unter den gewichtigen Gentlemen weder ein deutscher noch ein arabischer Minister oder gar der Vizekanzler zu finden. Irgendwie hatte ich den Eindruck, daß die Organisation, passend zu unserer TV-Masche, sich eine ganze Statisterie ausgeborgt hatte.

Hinter uns folgten unsere Extremistengenossen, mit drei Fahrzeugen, auf deren Bordwänden stand: AKTUELL-FILM. Vor dem Haus wartete bereits ein ZDF-Kamera-Team. Wie ich den General kannte, würde er lieber ein paar echte TV-Leute zu viel greifen lassen, als einen falschen zu wenig.

Der Wagen hielt, wir stiegen aus. Ich half Nimra, der angeblichen Regisseurin, aus dem Auto. Meine Komplicen hatten alle fiebrige Augen und zappelige Hände; sie waren gedopt mit Aufputschmitteln, sprachen abgehackt und wirkten seltsam überdreht.

Noamer und Jussuf trugen die Kamera ins Haus, während Nimra und ich von einem Mann in Zivil nach der Eintritts-Erlaubnis gefragt wurden.

»Sie sehen doch, daß wir vom Deutschen Fernsehen sind«, fuhr ich den Mann an.

Da fiel der erste Schuß. In der Hotelhalle.

Auf einmal blitzte und knallte es an allen Ecken und Enden: GSG-9-Männer in Zivil – wie in Räuberzivil – hatten zugeschlagen.

Ich warf mich zu Boden, riß Nimra mit. Wir verfolgten, wie unsere Leute geschnappt wurden.

Ich deutete auf den dunkelgrünen Mercedes.

»Jalla!« feuerte ich meine Begleiterin an, stieß mich hoch, riß die Tür des Wagens auf, setzte dem Mann am Steuer die Pistole an die Schläfe.

Polizisten mit Maschinenpistolen im Anschlag kamen näher.

»Noch einen Schritt«, schrie ich ihnen zu, »und ich drücke ab.«

Nimra stieß auf der anderen Seite die Türe auf.

Wir hatten die Geisel in der Mitte, und ich raste los.

Im Rückspiegel sah ich, wie Issa, der Killer des Kommandotrupps, seine MP hochriß, in diesem Moment, von einem Feuerstoß erfaßt, kopfüber stürzte, einem Betrunkenen gleich, den der Wirt vor die Tür gesetzt hatte.

21

Hinter uns markierten Schüsse die Panne. Ich verfolgte im Rückspiegel des geraubten Autos, daß sich am Eingang des Hotels ein Tumult austobte: Herren in dunklen Anzügen drängten nach draußen. Uniformierte stemmten sich gegen die Drehtüre. Hotelbedienstete stürzten sich auf echte Fernsehleute. Jeder kämpfte gegen jeden, und keiner wußte, was eigentlich los war.

Auf deutschem Hoheitsgebiet konnte unsere Organisation nur beratend eingreifen. Aber die Abwehr des Attentats war blendend inszeniert; sowie die Gefahr gebannt war, hielten sich die GSG-9-Leute zurück und überließen biederen Bonner Polizisten das Schlachtfeld. Es kam zu Szenen vor dem Hotel, die weit schlimmer aussahen, als sie waren, und doch ihren Zweck erfüllten.

Ich hatte mich etwa hundert Meter entfernt; keiner achtete auf mein Fluchtauto.

»Achtung! Festhalten, Nimra«, rief ich meiner Begleiterin zu, die mit dem Revolver den entführten Mercedes-Fahrer in Schach hielt.

Mein Soll an Dreistigkeit war längst erfüllt, aber eine pseudoverwegene Zugabe konnte nicht schaden. Ich riß das Steuer herum, zwang die Limousine in eine Haarnadelkurve. Der Motor heulte auf. Ich drückte auf die Hupe, als ich auf das Menschenknäuel zuraste.

Wie erwartet spritzten Polizisten, Passanten und Terroristen auseinander. Ich jagte durch die hohle Gasse des Entsetzens, stellte fest, daß Mahmud dem Polizeigriff eines Uniformierten entschlüpft war und bremste gewaltsam. Der Wagen machte eine Art Bocksprung. Unser Komplice schoß heran, erreichte den Wagen, riß die Tür auf, ließ sich keuchend hineinplumpsen.

Achmed folgte ihm, aber ein Polizeibeamter hatte ihn im Visier.

»Nicht schießen!« hörte ich noch eine Stimme; dann krachte es schon, und im vollen Lauf knallte der Araber mit dem Kopf gegen den Wagen. Mahmud zog den Verwundeten in den Fond, und dann gab ich wieder Gas, und das Fluchtauto jagte wie ein Pfeil in die Gegenrichtung der Anfahrt, erreichte die Hauptstraße, die sich parallel zum Rhein wie ein ewig verstopfter Darm nach Bad Godesberg zieht.

»Was ist mit Achmed?« fragte ich Nimra.

Sie preßte zwar immer noch die Pistole gegen unsere Geisel, ferngesteuert wie eine Gliederpuppe. Ihr Blick war glasig. Offensichtlich stand sie unter Schock, seit ihr Tagtraum des Terrors geplatzt war. Sie hatte sich zum Töten und Sterben aufgeputscht, mit einer Handvoll Tabletten, und jetzt erlosch ihr Vorsatz, wie eine Flamme ertrinkt, in die man zu viel Öl gießt.

»Hat ihn am linken Arm erwischt«, sagte Mahmud, als wir weiter durch Bonn rollten. »Der verblutet, wenn wir nichts unternehmen.«

Es war kurz nach neun Uhr. Wir zwängten uns durch die schläfrige Regierungsstraße. In schätzungsweise 300 Meter Entfernung war eine Sirene zu hören, aber das brachte die Stadt hinter dem Siebengebirge nicht aus der Ruhe.

»Wahnsinn«, stöhnte unser Gefangener.

»Wer ist das?« fragte Mahmed.

»Unser Fluchthelfer«, antwortete ich.

Der Mann, ein Mitglied unserer Organisation, war als Typ blendend besetzt: Von der Fettleber leicht aufgeschwemmtes Gesicht. Maßanzug. Goldrandbrille; er fror und schwitzte gleichzeitig und mimte so ausgezeichnet ein Wechselbad von Frost und Hitze. Aber vielleicht war das gar keine so überzeugende schauspielerische Leistung, denn auch ich hatte zeitweilig Angst, daß die unberechenbare Nimra abdrücken könnte – die Weckamine hatten die Denkfähigkeit dieser unheiligen Johanna aus der Wüste zuerst übersteuert und dann gelähmt.

Wir passierten das Postministerium, erreichten das Auswärtige Amt. Vor uns wechselte die Verkehrsampel auf Rot, und wenn der von rechts kommende Lieferwagen nicht brutal gebremst hätte, wären wir ineinandergeknallt.

»Machen Sie Schluß«, schrie der Entführte. »Das ist doch –«

»Wer sind Sie?« fragte ich ihn.

»Ich ... heiße Da ... Danninger ...«, stotterte er: » ... Hans-Jürgen Danninger.«

»Was sind Sie?« fuhr ich ihn an.

Er zog seinen Hals in den Rumpf; es sah aus, als mißlinge einer Schnecke, sich in ihr Gehäuse zurückzuziehen. Sein Gesicht gärte wie Hefeteig, und die Zutaten waren Angst und Schläue.

»Ich, ich bin Generaldirektor ...« Er nannte als Firma einen der internationalen Konzerne, die ihre Hände in Öl waschen.

»Bestens«, erwiderte ich. »Da sind Sie ja genau unser Mann.«

»Sie, Sie kommen doch nicht weit«, antwortete der Entführte. »Sie schaffen keine zweihundert Meter mehr –«

»Mit Ihnen als Geisel komme ich bis an das Ende der Welt«, brummelte ich.

»Aber wenn die Polizei schießt«, jammerte er.

»Dann haben wir Pech gehabt«, versetzte ich. »Und zwar alle fünf.«

Der Mann gurgelte mit dem Entsetzen, dann rückte er mit dem Vorschlag heraus, eine Außenstelle seiner Werbeabteilung – ganz in der Nähe – in einen Schlupfwinkel umzufunktionieren.

»Wo?« fragte ich hastig.

»Nächste Straße rechts«, schrie er übereifrig.

Ich schlug das Steuer ein, raste los, über die Fluchtstrecke, die unsere Organisation so sorgfältig präpariert hatte wie eine Rennpiste vor dem Abfahrtslauf.

»Noch einmal rechts«, sagte die Geisel. »Dann das letzte Haus links.«

Sekunden später war es geschafft. Wir bogen in ein Gartengrundstück ein, das ein Glaspavillon ausfüllte, angelehnt an ein mehrstöckiges Mietshaus. Niemand beachtete uns, als wir ausstiegen. Ich ließ mir von dem beflissenen Danninger das Verbandszeug reichen, nahm Achmeds Maschinenpistole und ging auf das lichthelle Großraumbüro zu.

Mahmud stützte Achmed. Nimra bewachte unseren Gefangenen.

Ich riß die Türe auf und passierte die Anmeldung wie eine Schleuse.

»Wer sind Sie?« rief mir ein dunkelhaariges Mädchen nach. »Sie können doch nicht einfach hier eindringen!«

Dann sah sie die Maschinenpistole und den Verwundeten mit dem blutverschmierten Arm. Ihre Augen wurden rund wie Münzen, und sie hielt den Mund, als ich die nächste Türe aufriß.

Ich griff sie und schob sie vor mir her wie ein Schutzschild, als ich die nächste Türe aufriß.

»Überfall!« schrie ich und feuerte gegen die Decke. »Hände hoch! Aber flugs!«

Die Werbeabteilung war mit zwei Männern, einer älteren Angestellten und drei Sekretärinnen besetzt, und alle sechs wurden natürlich von unserer Organisation gestellt, die den echten Bediensteten einen freien Tag beschwert hatte. Der Vize war bei der Auswahl der Statisten des Grauens nicht kleinlich gewesen. Die Mädchen wirkten ausnehmend hübsch. Neben der Dunklen beim Empfang noch eine reizende Blondine und eine üppige Rothaarige, sortiert wie für einen Farbfilm.

Ich gab Mahmud einen Wink, den Verletzten zu verbinden; darauf verstand er sich, der Umgang mit Blut gehört zur Grundausbildung eines Asphalt-Partisanen.

Ich trieb die Bürobesetzung geschlossen an die Wand. Alle folgten gehorsam, nur die Frau mit den grauen Haaren brach aus.

»Sie können sich auf den Kopf stellen«, zeterte sie. »Es ist kein Bargeld im Kassenschrank. Nicht eine müde Mark.«

»Wir wollen kein Geld«, intonierte ich meine wohlgesetzte Rede.

»Es tut mir leid, wir müssen Ihnen einige Unbequemlichkeiten zumuten. Wenn Sie keine Dummheiten machen – und die Polizei sich Ihrer Intelligenz anschließt – kommen Sie mit dem Schrecken davon«, behauptete ich und setzte beiläufig hinzu: »Andernfalls sprengen wir uns mit Ihnen in die Luft.«

Ich zog zwei Handgranaten aus der Tasche und spielte mit den Sicherungsstiften. »Ich hoffe, wir haben uns verstanden?«

Ich ließ unsere Geiseln in einer Reihe aufstellen, die Hände erhoben, mit dem Rücken zu uns. Die Rote mit der strotzenden Oberweite bekam einen hysterischen Anfall, und das gab mir Gelegenheit zu einer kleinen Grenzlein-Einlage: »Schöne Dame«, fuhr ich sie an und betrachtete anzüglich ihren Pullover-Ausschnitt, »machen Sie nur so weiter, und Sie platzen gleich aus Ihrer giftgrünen Pracht.«

Sie weinte jetzt stumm vor sich hin, gekonnt und überzeugend; es war, als drückte eine begabte Nachwuchskraft die Darstellungskunst einer Garbo buchstäblich mit dem Busen gegen die Wand.

Ich stellte sechs Stühle in eine Reihe und befahl unseren Geiseln, sich niederzusetzen. Nimra und Mahmud bauten sich vor ihnen mit fuchtelnden MP-Läufen auf, während ich mit der Pistole den angeblichen Spitzenmanager in Schach hielt.

»Herrschaften«, wandte ich mich an alle. »Wir sind keine Unmenschen.« Ich lachte hämisch. »Wir könnten es nur werden.«

Die Alte sagte wieder, daß kein Geld in der Kasse sei, und ich forderte Mahmud auf, sie endlich zu knebeln und zu fesseln.

»Mit was?« fragte er dumm.

»Idiot!« fuhr ich ihn an und riß das Kabel einer elektrischen Schreibmaschine aus der Steckdose. »Geben Sie mir Ihre Hosenträger, Herr Generaldirektor«, wandte ich mich an die Geisel Nummer eins.

»Ich, ich, ich hab' doch einen Gü... Gürtel«, stotterte er.

»Bitte«, sagte ich scharf und schubste ihn an das Telefon. »Sie rufen jetzt die Polizei an«, befahl ich.

»Und wa... was soll ich sagen?« fragte er hastig und hielt seine Hose mit den Händen.

»Daß Sie noch leben«, versetzte ich. »Mit der Betonung auf: noch.«

»Aber Sie können uns doch nicht einfach umbringen«, zeterte die Rote wieder los.

»Unterschätzen Sie uns nicht«, entgegnete ich großkotzig.

»Aber wenn es sein muß, werden Sie die letzte sein«, setzte ich hinzu. »Denn ich bin ein Bewunderer strotzender Körperformen.«

Der falsche Generaldirektor hatte sich verwählt; sein Zeigefinger schien genauso zu stottern wie seine Zunge; er nahm einen zweiten Anlauf.

»Was soll ich denn der Polizei überhaupt sagen?« fragte er.

»Die Wahrheit«, erwiderte ich. »Und dann setzen Sie noch hinzu, daß wir Sie unverzüglich umlegen, wenn in 500 Meter Umkreis auch nur ein einziger Polizist auftaucht. Kapiert?«

»Hallo. Hallo. Hier Generaldirektor Danninger«, rief er in die Muschel: »Ich bin vom ›Rheinhotel‹ entführt worden, und...«

»Verstanden«, bestätigte ein Kriminalrat vom Krisenstab. »Geben Sie mir den Anführer dieser Leute.«

Ich mußte etwas tun, um Nimras verkrustete Teilnahmslosigkeit zu brechen: »Wir haben keinen Chef«, antwortete ich im betont langsamen Englisch. »Unsere Gruppe wird von einer Frau geführt.« Ich stellte fest, daß sie mir zuhörte. »Unter anderem gehört es zu den Zielen der Arabischen Revolution«, sagte ich mit der Stimme eines Warenhaus-Propagandisten, »mit der jahrhundertelangen Unterdrückung der Frau Schluß zu machen.« Ich machte eine kurze Pause. »Bleiben Sie in der Leitung«, sagte ich dann, »ich übergebe an Nemûra.«

Sie war noch keine Tigerin, als sie herankam, aber die sulzige Apathie bröckelte langsam von ihr ab. Sie begann in Raten zu begreifen, daß unser Unternehmen Wahnsinn dank meines Eingreifens noch und wieder eine Chance hatte – und so war die erste Regung ihres wieder erwachten Lebensgeistes Eifersucht.

»Verlang einen Unterhändler mit allen Vollmachten«, raunte ich ihr zu.

Sie nickte, stellte mit ihrer heiseren Stimme zuerst diese Forderung in Arabisch, wiederholte sie in Englisch und sagte am Schluß, daß ihr Rúfagà Sami von ihr beauftragt sei, weitere Bedingungen in deutscher Sprache zu erläutern.

»Wir haben Ihren Vorschlag verstanden«, sagte der Kriminalrat, »aber Sie müssen Verständnis dafür haben, daß eine so... so weitgehende Maßnahme Zeit braucht.«

»Von mir aus«, erwiderte sie in gut verständlichem Englisch: »Es ist jetzt 9.21 Uhr. Ich gebe Ihnen Zeit bis 11 Uhr.«

»Das ist viel zu kurz«, protestierte der Mann.

»Mag sein«, erwiderte Nimra. »Vor allem für die erste Geisel, die wir erschießen werden. Also Punkt elf Uhr, falls Sie bis dahin nicht gespurt haben. Ende.«

Sie knallte den Hörer auf die Gabel, ich lächelte ihr zu, stand auf und gab Mahmud einen Wink, auch Danninger zu fesseln.

Ich ging zur Sitzgarnitur in der Ecke. Achmed sah mir vom Ledersofa mit fiebrigen Augen entgegen. Mahmud hatte ihm den Arm abgebunden, die Wunde freigelegt und tamponiert.

»Hältst du noch durch?« fragte ich.

»Diese verdammten Schweine«, murmelte er.

»Ich besorg' dir gleich einen Arzt und Medikamente«, versprach ich.

Dann ging ich wieder zu unseren Geiseln zurück. Sie kauerten nebeneinander wie Hühner auf der Stange.

Ich sah von einem zum anderen, als wollte ich das erste Exekutionsopfer aussuchen. Wiewohl sie alle wußten, daß wir hier nur eine grausame Schmiere veranstalteten, waren ihre Gesichter von der Angst gezeichnet.

»Wer kocht freiwillig Kaffee?« fragte ich.

Sie wirkten zu verstört, um sofort zu antworten.

»Erzähl ihnen inzwischen etwas über die Ziele unserer Revolution, Mahmud«, forderte ich meinen Rúfaqà auf.

Ich winkte Nimra. Wir suchten uns einen Platz in der Ecke, von dem aus wir sowohl unsere Geiseln wie die Straßenszene im Bild hatten. »Ich nehme an«, wandte ich mich an die Araberin, »daß das Ziel unseres Anschlages ist, einige unserer Genossen aus deutschen Gefängnissen zu befreien.«

»Ja«, bestätigte sie. »Badran, Abdullah und Kamal.«

»Schreib mir bitte die Namen auf«, erwiderte ich. »Ich glaube, wir kriegen das noch hin.«

Ich fläzte mich in einen bequemen Bürostuhl, legte die Beine auf einen Hocker, stopfte meine Pfeife, paffte kleine Wölkchen.

»Die Polizei hat uns im Hotel ›Rheinlust‹ eine Falle gestellt«, sagte Nimra.

»Das kann man wohl sagen«, erwiderte ich lachend, und gab ihr Feuer.

»Meinst du, daß in unseren Reihen ein Verräter ist?«

»Das möchte ich nicht annehmen«, antwortete ich und begann, Entlastungsbrände zu legen. »Ich hab' dir ja gesagt, daß Mahmud und Issa bereits am Flughafen aufgefallen sind.«

»Aber niemand konnte sie wiedererkennen.«

»Gut«, entgegnete ich. »Eigentlich war ja die Sache mit der

Filmausrüstung eine blendende Idee. Aber wer hat die Verhandlung mit der Verleihfirma geführt?«

»Ein deutscher Student, der mit unseren Zielen sympathisiert«, erwiderte Nimra.

Ich sah sie nur an.

»Es ist nicht anders gegangen«, ging sie hoch: »Du warst ja noch im Gefängnis, und –«

»Reg dich ab«, sagte ich. »Wir kriegen die Geschichte noch hin, und du wirst mit einem großen Erfolg zurückfliegen.«

»Ich?« fragte sie scharf.

»Du«, erwiderte ich: »Dein Anschlag. Deine Geiseln. Deine Kaltblütigkeit.«

»Das überläßt du mir?« fragte sie überrascht. »Du trittst zurück?«

»Nicht ganz selbstlos«, antwortete ich anzüglich.

»Der Preis?« fragte sie mißtrauisch.

»Bist du«, erwiderte ich. »Du bist sehr schön, Nimra.«

»Ich hab' gesagt, daß du mich haben kannst, wenn alles vorbei ist.« Sie warf ihren Körper wie Kleingeld vor meine Füße. »Wenn du weiter nichts willst.«

»Und ich kann es kaum erwarten«, setzte ich mit einer Spur Spott hinzu. »Drum laß uns diese Aktion rasch hinter uns bringen.«

Nimras Augen waren nicht mehr glasig. Ihr Blick hatte wieder seinen harten, bösen Glanz.

Sie warf sich ihre Kalaschnikow um die Schulter wie andere ihre Hängetasche, zeigte wieder ihre lässigen animalischen Bewegungen, den lautlosen, eleganten Gang der Wildkatze.

Sie ging auf Mahmud zu, der mit der kolossalen Roten schäkerte, holte mit dem Fuß aus und traf ihn hart.

Er fuhr wütend herum, sah Nimra, wie er sie vor dem Zwischenfall im Hotel ›Rheinlust‹ erlebt hatte.

»Laß dich nicht noch einmal erwischen«, drohte sie heiser, und der Junge fiel zusammen wie Sahne bei Gewitterstimmung.

22

Schon sehr früh stellte sich an diesem blutigen Montag heraus, daß unsere Organisation die europäischen Hauptstädte nicht umsonst, wenn auch teilweise vergeblich, vor den Attentaten der Extremisten gewarnt hatte. Eine Springflut von Haß und Horror überschwemmte den Westen; eine Hiobsnachricht folgte der anderen.

In Südfrankreich hatten Terroristen eine Raffinerie in Brand gesetzt. In Rom waren fünf Fedajin bei dem Versuch verhaftet worden, mit einer Sam-7-Rakete ein vollbesetztes Passagierflugzeug abzuschießen. Unmittelbar danach trafen einige Kugeln den britischen Warenhauskönig. Anschläge auf weitere Geschäftsleute, die Israel finanziell unterstützt hatten, konnten gerade noch verhindert werden, wie in Genf die Explosion von Höllenmaschinen.

Auf dem Flugplatz Schiphol bei Amsterdam gab es bei einem Handgranatenüberfall zwei Tote und fünf Schwerverletzte. In Athen explodierte in einem Reisebüro ein Sprengkörper und tötete eine Mutter mit einem kleinen Kind. In Paris stürmte ein Kommando-Unternehmen die saudiarabische Botschaft und setzte 17 Geiseln fest, darunter mehrere westliche Diplomaten.

Wir verfolgten im Glaspavillon am Radio Nachrichten, die wie faule Früchte von den Bäumen fielen. Ich übersetzte sie, und die Wahnsinnstaten lösten bei meinen Rúfagàs wilde Freudentaumel aus. Achmed, der Verletzte, sprang von seinem Ledersofa hoch, riß sich den Verband herunter, sah verzückt auf die wieder blutende Wunde und tobte in dem Großraumbüro herum, als hätte er sich keinen Armdurchschuß, sondern einen Dachschaden geholt.

Es war jetzt vier Minuten vor 11 Uhr, und Tollwut lag in der Luft. Der Krisenstab der Bonner Kripo, gesteuert von unserer Organisation, hatte sich noch nicht gemeldet. Von der Seite der Verfolger aus betrachtet, gab es nur eine Taktik: Zeitgewinn. Scheinverhandlungen ermüdeten die Täter.

Obwohl in diesem Fall feststand, daß mir zuliebe alle Forderungen erfüllt würden, mußte aus Tarnungsgründen die grausame Prozedur durchgespielt werden.

»So«, sagte ich eine Minute vor elf. »Nun laßt uns mal ein bißchen aufs Tempo drücken, Freunde und Kampfgenossen.«

Ich gab Mahmud einen Wink, eine der männlichen Geiseln loszubinden. Der Mann erfaßte, was ich mit ihm vorhatte, und er war Klasse. Die Todesangst hing an ihm wie ein Geruch.

Während er herangezerrt wurde, wählte ich das Polizeipräsidium und verlangte den Krisenstab.

»Mein Gott«, stöhnte mein Opfer in die Muschel. »Die legen mich glatt um. Tut doch was!« Sein Stöhnen ging in ein Keuchen über. »Er hat schon die Pistole in der Hand, und –«

In die schrillen Schreie der anderen Geiseln platzten zwei Schüsse – gegen die Decke gefeuert.

Diese Taktik war nicht neu. Erst vor kurzem hatten Radikalinskis auf dem Flughafen in Athen mit einer Scheinerschießung von Geiseln eine gequälte Welt genarrt, nach dem Originalrezept einer Wüsten-Fantasia, bei der man im wilden Galopp den Gegner attackiert und dabei Löcher in die Luft schießt.

Plötzlich war es wieder still. Meine Stimme klang schneidend, als ich den Kripo-Mann fragte: »Sind Sie noch da?«

»Mann, machen Sie keinen Unsinn!« rief er erschrocken. »Wir können doch miteinander verhandeln.« Ich hörte seinen kurzen Atem. »Bewahren Sie Ihren Kopf, und –«

»Einer ist schon tot«, konterte ich kalt. »In 20 Minuten stirbt der nächste, wenn unsere Gespräche nicht endlich beginnen.«

Der Erpreßte fiel natürlich um, und wir verabredeten uns am Eingang des Gartens.

»Du bist der Boß«, sagte ich zu Nimra. »Willst du nicht dabei sein?«

»Es ist wichtiger, daß wir dir von hier aus Feuerschutz geben«, erwiderte sie und sprach mit mir die Einzelheiten ab.

Die Straße war auf beiden Seiten abgeriegelt. Aber an den Fenstern der umliegenden Häuser zeigten sich die ersten Gaffer: Blutgeruch verschafft Nervenkitzel. Ich griff mir eine schwarze Kapuze mit Sehschlitzen, nahm zwei Eierhandgranaten, ließ mir von der Tigerin noch einmal zusichern, daß sie das Ergebnis meiner Verhandlungen abwarten würde, bevor sie etwas unternähme. Dann schlenderte ich hinaus, lässig, arrogant, Grenzlein wie er leibt und lebt.

23

Es kamen gleich zwei Polizeiunterhändler: Ein mir unbekannter Kripobeamter, und auch den Mann an seiner Seite erkannte ich nicht gleich als den Vize, der als wahrer Verkleidungskünstler auftrat.

Ich steckte den Daumen durch die Handgranatenringe und spielte damit.

Unser Vize nickte mir zu. Wenn ich es richtig deutete: in einer Mischung von Tadel und Bewunderung.

»Zunächst soll ich Sie von Diana grüßen«, sagte er. »Sie ist nämlich abgereist. Dave packt gerade seinen Koffer. Ich nehme an, daß auch Sie heute noch in den Orient fliegen werden.«

»Ich weiß nur noch nicht wie.«

»Das kann ich Ihnen ziemlich genau sagen, Ferry«, erwiderte der General. «Ich habe soeben die Blitzmeldung erhalten, daß nach dem Start in Brüssel ein Jumbo-Jet mit 257 Passagieren und 16 Besatzungsmitgliedern von Ihren seltsamen Freunden gekapert worden ist. Zwar halten die Luftpiraten noch Kurs auf London, aber ich möchte wetten, daß sie hier landen werden, um ihre Genossen in die sandige Heimat zu expedieren.«

»Dann geht unsere Rechnung ja auf«, sagte ich. »Sir, wo haben Sie nur diese prächtigen Geiseln aufgetrieben?«

»Sehen Sie zu, daß Sie sie heil durchbringen«, antwortete der General. »Damit ich meine Schmetterlinge im Magen wieder loswerde.«

Ich zog meinen Zettel aus der Tasche: »Es geht um drei Fedajin«, sagte ich und verlas die Namen. »Sie sitzen in der Strafanstalt Butzbach bei Frankfurt ein.« Ich reichte dem Kripo-Beamten den Zettel. »Wenn Sie uns diese Burschen übergeben, lassen wir die Geiseln frei.«

»Ich möchte die Sache nicht in die Länge ziehen«, versetzte der Quadratschädel. »Erstens brauchen wir dazu die Genehmigung des Landes Hessen. Nehmen wir an, wir erhalten sie zu einem guten Zweck. Wenn wir dann Ihre Genossen mit dem Hubschrauber abholen, könnten sie in zwei Stunden am Flugplatz Köln-Wahn sein.«

»Bestens«, versetzte ich. »Und was ist mit meinen drei Kampfgefährten, die Sie heute morgen im Hotel ›Rheinlust‹ geschnappt haben?«

»Issa ist tot«, erwiderte der General. »Wenn Sie wollen, liefere ich Ihnen den Mann im Sarg. Jussuf ist keine Gefahr für Sie, aber dieser Moamer sagte in aller Unschuld gleich bei der ersten Vernehmung, daß er Grenzlein noch nie getraut hätte und vermutlich von ihm verpfiffen worden sei.«

»Gut«, erwiderte ich. »Dann melden wir eben diesen zweifelhaften Kameraden als geflüchtet.«

Ich ging in den Pavillon zurück, um von Nimra unsere Abmachungen bestätigen zu lassen, aber die Tigerin war nicht ansprechbar. Sie hatte aus dem Äther die Nachricht von der gelungen Jumbo-Entführung aufgefischt und steigerte sich in einen Begeisterungsrausch hinein: »Hurrîya! Hurrîya! Hurrîya!« schrien sie mit erhobenen Händen.

»Nun hört schon auf«, fuhr ich sie an. »Die deutsche Polizei ist dabei umzufallen.«

Erst als ich sie derb an der Schulter faßte und herumriß, hörte sie mir zu.

»Du bist dumm, Sami«, sagte sie. »Dieser Jumbo wird uns doch hier abholen.«

»Wann?« fragte ich.

»Punkt 15 Uhr. Hier am Regierungsflughafen.«

Auch daß Issa tot war, konnte Nimras Begeisterung nicht dämpfen; der General hatte recht behalten, und die Abwicklung dieses Geschäfts war ein Kinderspiel.

Langsam wirkte die Tigerin wieder nüchtern: »Traust du der Polizei?« fragte sie.

»Ich trau' keinem Bullen«, versetzte ich. »Aber wir haben ja etwas in der Hand.«

Ein Paar Minuten später kam ein Arzt, der Achmed verband, erschrockene Blicke auf unsere Geiseln warf und wieder verschwand. Eine Sondereinlage des Programms gab es gegen 13 Uhr, als ein Delikatessengeschäft aus der Nähe Körbe mit Köstlichkeiten schickte. Menschlichkeit war gut, und Reklame noch besser; ich bat unsere Gefangenen zu Tisch. Sie kamen der Einladung mit dem Mindestmaß an Appetit nach, das die Situation erlaubte.

»Wenn uns die Polizei nicht hintergeht, sind Sie in zwei Stunden frei«, versprach ich. »Sie begleiten uns noch zum Flugplatz, und dann –«, ich warf der Roten einen unvegetarischen Blick zu, »nehmen wir herzzerreißenden Abschied.«

Um 14.30 Uhr stellten uns die Polizeibeamten verabredungsgemäß einen Bus vor die Tür. Ich setzte mich ans Steuer, überprüfte den Tankinhalt, fuhr ihn an den Eingang des Pavillons und gab den anderen einen Wink.

In bunter Reihe verließen Peiniger und Gepeinigte das Haus und zwängten sich in den Wagen. Ich startete. Ein Beamter der Verkehrspolizei fuhr mit dem Motorrad voraus. Wir hatten überall grünes Licht, sprich: freies Geleit.

Wir erreichten den modernen Großflughafen. Hier standen die Spezialisten des Bundesgrenzschutzes. Lichtreflexe tänzelten in den Visieren ihrer Waffen. Obwohl alles nach Plan der Organisation verlief, spürte ich einen bitteren Geschmack im Mund, denn im Ernstfall hätte die Polizei den Blutrauschmördern bei ihrer Flucht erster Klasse wohl auch noch Schmiere stehen müssen. Eine Horde Desperados, die gegen Zivilisten einen Krieg nach Art der Hammeldiebe führt, genügte, um die Abwehr der Welt zu lähmen. Und Justitia sieht auch auf dem zweiten Auge nicht mehr, erblindet durch die Ölpest.

Der Jumbo war ein paar Minuten vor uns gelandet. Von einem Einweiser gelotst, rollte unser Bus auf die gestohlene Boeing 747 zu. Dann ging es Zug um Zug. Die Polizei brachte die arabischen Häftlinge, und wir übergaben die Geiseln.

Wir gingen ohne Risiko über die Bodentreppe in den üppigen Rumpf des Jet-Riesen – die Luftpiraten verfügten über Hunderte von Geiseln.

Es gab eine stürmische Begrüßung mit den Hijackern. Nimra, die Braut der arabischen Revolution, strahlte bei den Ovationen ihrer Rúfaqàs wie eine Jungfrau am Hochzeitsmorgen. Als sie großmütig darauf hinwies, daß ihre Aktion ohne meine Hilfe nicht gelungen wäre, wurde für mich der Teppich im Nahost-Untergrund ausgerollt.

Wir starteten nach Paris und tauschten 27 Geiseln gegen drei Gefangene. Weiterflug nach Rom: Menschenumtausch 14 zu 3. Zwischenlandung in London: 9 Passagiere gingen von Bord, 2 Exhäftlinge stiegen zu. In Athen Kurs: 11 zu 5. Alles in allem war der Mensch eine variable Handelsware. Einmal wenigstens, bei der Unterwerfung unter den Terror, war sich Europa einig.

Wir flogen Richtung Süden über Cypern nach Beirut. Die Hauptstadt verweigerte die Landung, weil der Libanon beim üblichen Schaugefecht mitspielte. Die Bevölkerung jubelte über den Anschlag, die Regierung bedauerte ihn mit dünnen Worten, und ein halbes Dutzend Untergrund-Organisationen mit Fantasienamen stritt sich, wem die ›Verantwortung‹ für das Debakel zustünde. In Damaskus wurden wir aufgetankt, in Saudi-Arabien abgewiesen. Wir kurvten über dem internationalen Airport von Kuwait, flogen weiter zum Persischen Golf. Mit schwindendem Kerosin-Vorrat setzten wir zur Landung auf dem Wüstenflugplatz Abu Sabra an.

Ich sah die wuchtigen Kuppeln der Moscheen mit den schlanken Minaretten, die weißen Häuser aneinandergelehnt, vom gelben Sandmeer umsäumt. Ich sah die Fördertürme, die das Schwarze Gold aus der Erde saugten, einen Saft wie Blut.

Zwar standen auch hier einige Benzinfässer auf der Piste, aber sie waren leer, und die Landung abgekartet. Ich saß neben Nimra und dachte an Diana. Im geraubten Riesenvogel würde ich in wenigen Minuten als vorläufiger Held der pan-arabischen Terrorszene mein erstes Etappenziel erreichen.

24

Der Jumbo stieß nach unten, besetzt mit 196 Geiseln, vorwiegend Männern, mit drei besonnenen Flugoffizieren und dreizehn hübschen Stewardessen. Sie alle waren den Maschinenpistolen von achtundzwanzig Terroristen ausgeliefert – wenn ich mich mitrechnete –, aber mit der Landung auf dem Wüstenflughafen von Abu Sabra würde das Drei-Tage-Drama von Blut, Bluff und Blamage für die Entführten ein müdes Happy-End finden.

Ich streckte wohlig die Beine aus, durchaus mit mir zufrieden: Erstens einmal war es noch nie einem Agenten unserer Organsation gelungen, so tief in den arabischen Untergrund einzudringen, und dann respektierten mich meine neuen Freunde bereits als Favoriten Nimras, die in den letzten zweiundsiebzig Stunden ihre Rolle als vorderhand jüngste Heldin der arabischen Revolution mit stummer Verzückung genossen hatte.

Der Teilerfolg, den ich ihr in Bonn noch verschaffen konnte, als schon alles schiefgegangen war, hatte sich seinen Kuppelpelz verdient. Mehr und mehr war der harte, hassende Ausdruck aus dem Gesicht der Tigerin verschwunden. Die Anführerin eines mörderischen Kommandounternehmens wurde zusehends zu einer schönen Frau.

Ich war angeschnallt, aber mein verdammter Minuspunkt bewegte sich jedenfalls frei. So zweifelhaft meine näheren Beziehungen zu dieser rassigen Araberin auch sein mochten, eine Durststrecke wie bei vielen anderen Einsätzen würde ich nicht dulden. Hier saß der Knabe munter an der Quelle.

Moral war die eine Seite der Sache, mein Auftrag die zweite. Und wichtigere. Zimperlichkeit kann man sich in meiner Branche nicht leisten. Notfalls würde ich an Diana denken und Nimra nehmen, und wenn sich dabei die Pflicht zur Kür entwickeln sollte, dann hatte der Kampf im Dunkel auch einmal einen Lichtblick, und es sollte mir recht sein.

Die Piste wurde breit, der Tower des Airports riesig. Das sanfte Ungeheuer setzte zur Landung an, schwebte vielleicht noch fünfzig Meter über der Erde. Ich wollte mich schon etwas voreilig von meinem Anschnallgurt lösen, da stellte ich plötzlich fest, daß es für den Riesenvogel am Persischen Golf keine weiche Landung geben würde.

Im letzten Moment startete der Pilot durch.

Ich sah gespannt hinaus.

Unmittelbar vor dem Aufsetzen hatte die Polizei des Zwergstaates an der Seeräuberküste bei einem vermutlich abgekarteten Spiel gezinkte Karten gezogen. In rasendem Tempo rollten Lkw-Kolonnen auf die Landebahn, um sie zu blockieren. Drei-Tonner, mit Benzinfässern bestückt. Der Pilot hatte die Gefahr erkannt und durch spontanes Hochziehen eine Feuerbestattung erster Klasse vermieden.

»Diese Schweine«, knirschte Nimra. »Wir werden sie fertigmachen.« Sie sprang hoch, griff nach ihrer Waffe, turnte nach hinten, um einen Putsch der Passagiere niederzuhalten.

Ich folgte ihr und stellte erleichtert fest, daß die Geiseln zu apathisch waren, um die Situation zu begreifen. Es sah vielmehr danach aus, daß ihre Peiniger die Nerven verlieren würden. Erst als sie mit ihren Waffen wild herumfuchtelten, fluchten und drohten, witterte die Zufallsgesellschaft die neue Gefahr; und die Hoffnung auf Freiheit zerschellte.

Einer der Partisanen stürmte über die Wendeltreppe nach unten und sprach in rasend schnellem Arabisch auf Nimra ein. »Komm«, sagte sie zu mir und ging hastig voraus. »Bawami, dieser Idiot, dreht durch.«

Wir stürmten über den kleinen Salon am Oberdeck in die Pilotenkanzel. Ein paar Asphalt-Partisanen standen herum und verfolgten entsetzt, wie ihr Anführer dem holländischen Flugkapitän die Pistole an die Schläfe setzte.

»Landen!« schrie er. »Landen, landen.« Seine Stimme schwappte über wie Bierschaum: »Oder ich leg Sie auf der Stelle um.«

»Bitte«, erwiderte der Pilot.

»Du hast noch zehn Sekunden Zeit«, drohte der Extremist und spielte mit dem Finger am Abzug seiner Waffe.

»Erschießen Sie mich doch«, erwiderte der Holländer, ein großartiger Typ, der sich seine Haltung patentieren lassen konnte. »Es ist egal, ob ich fünf Minuten früher draufgehe oder später.«

»Sind Sie schon mal gestorben?« fragte Nimra.

»Sie doch wohl auch noch nicht«, versetzte der Flugkapitän kaltblütig.

Einen Moment lang sah es so aus, als würde Bawami abdrükken. Bawami heißt auf deutsch Pony. Und der zu kurz geratene, fast schmächtige Bursche mit den struppigen Haaren sah auch so aus. Sein linkes Auge schielte, er sah an dem Bedrohten vorbei wie seine Komplicen an der Wirklichkeit.

»Was ist los?« griff ich ein. »Kann ich diesen Streit vielleicht schlichten?«

»Well«, erwiderte der Kommandant. »Machen Sie bitte diesem, diesem Sandaffen klar, daß keiner an Bord eine Chance hat, eine Landung da unten zu überleben.«

»Dann landen wir eben anderswo«, erwiderte ich.

»Okay«, erwiderte er: »Wissen Sie auch schon wo?«

»Zum Beispiel in Dubay. Oder in Kuwait.«

»Wir haben vielleicht noch Sprit für siebenundzwanzig Minuten«, erklärte der Flugkapitän: »Und damit nicht die geringste Chance, einen Nachbarflughafen zu erreichen.«

»Dann lassen wir eben diese Benzinlaster da unten wegräumen«, versetzte ich.

»Tun Sie das«, entgegnete er, und obwohl uns allen das Benzin bis zum Hals stand, leistete sich seine Stimme noch einen spöttischen Unterton. »Geben Sie mir den Tower von Airport Abu Sabra«, wandte ich mich an den Copiloten.

»Der meldet sich nicht mehr«, erwiderte der zweite Offizier. »Der Flughafen ist geschlossen.«

›Falle auf Arabisch‹, überlegte ich; die Polizei hatte unseren Spritverbrauch genau mitgerechnet und wußte, daß ihre Benzinblockade uns nur mehr zur Wahl stellte, über der Wüste oder über dem Meer abzustürzen. Danach wäre alles eine bedauerliche Panne, die ein pompöses Leichenbegängnis wieder ausbügeln sollte – aber davon würde keiner mehr lebendig werden.

»Also hat Bawami recht«, sagte Nimra. »Wir müssen die Landung riskieren und wenn ...«

»Ich habe keine Lust hopszugehen«, erwiderte ich und betrachtete unsere Anführerin anzüglich. »Ich hab' noch was vor in meiner näheren Zukunft.«

In diesem Moment sahen sie mich alle an wie den großen Zampano, der aus der Luft mit dem Zeigefinger die Benzinfässer hinwegschnippen kann.

Vertrauen ehrt, dachte ich, aber der Schweiß troff mir von der Stirn. Normalerweise bin ich jederzeit für einen Poker zu haben; aber ich setze dabei lieber Geld als das Leben. In dieser Lage mußte ich mit nichts in der Hand vier Asse vortäuschen.

Zunächst einmal scheuchte ich dieses zappelige Pony beiseite, um einen Kurzschluß zu verhindern. Der Mann, sonst eifersüchtig auf seine Macht bedacht, wirkte erleichtert, daß ich ihm vorübergehend die Führungsrolle abnahm.

»Versuchen Sie Verbindung zum nächstgelegenen Airport zu bekommen«, wandte ich mich an den Copiloten.

»Aber das ist doch Quatsch«, erwiderte er gereizt. »Wie sollen wir...?«

»Fragen stelle ich«, stauchte ich ihn zurecht. Meine Stimme hielt noch zu mir, aber ich merkte, daß mein Rumpf schwer auf die Kniekehlen drückte und spürte heftiges Sodbrennen, das gelegentlich als Wetterleuchten meiner Nerven auftritt.

Die Situation war klar, wenn auch aussichtslos: Seit zweiundsiebzig Stunden hielten die Befreiung der Attentäter und die Entführung des Riesenvogels die Welt in Atem. Die Schlagzeilen und Radiodurchsagen hatten den Jumbo längst überrundet. Kein arabisches Land – Libyen vielleicht ausgenommen – wollte es unter dem Druck weltweiter Empörung wagen, den Terroristen Asyl zu gewähren, auch wenn es heimlich mit ihnen sympathisierte.

Kein arabisches Land konnte es aber auch wagen, die Mordkommandos offen und vorsätzlich in den Tod zu schicken.

Hier setzte ich den Hebel an.

»Beirut«, sagte der Copilot.

Ich nahm ihm das Mikrofon aus der Hand. »Freiheit«, rief ich auf arabisch und dann ging ich zum englischen Text über. »Hier meldet sich Sami von Bord des von der arabischen Befreiungsfront gekaperten Jumbo-Jets«, begann ich. »Ich spreche im Auftrag aller Kommandotrupps. Können Sie mich verstehen?«

»Roger, Roger«, bestätigte der Sprecher in Beirut stur in der Fliegersprache.

»Wir alle werden in 10 Minuten für die panarabische Bewegung sterben«, begann ich melodramatisch. »Die Verräter von Abu Sabra haben uns zum Tod verurteilt. Wir haben keinen Sprit mehr und sind dadurch zum Absturz verdammt.«

»Roger«, bestätigte Kuwait.

»Wir werden dieses Opfer bringen. Wir haben keine Angst«, setzte ich großmäulig hinzu. »Wir werden aber dabei beim Kampf gegen die Reaktionäre in unseren eigenen Reihen ein Zeichen setzen.« Ich sprach betont langsam, überdeutlich, als buchstabiere ich den Text: »Wir fliegen jetzt zurück im Tiefflug. Wir werden bis zuletzt über den Dächern von Abu Sabra kreisen. Wenn die Landebahn bis dahin nicht freigemacht worden ist, werden wir uns in das am dichtesten besiedelte Wohnviertel stürzen«, drohte ich. »Wir möchten allen arabischen Brüdern klarmachen, daß dieses Opfer gebracht werden muß, um der Welt zu beweisen, daß wir unseren Kampf mit allen Mitteln führen werden.« Ich wiederholte den letzten Satz und schloß dann auf arabisch mit: »Freiheit.«

Ich stand auf und wunderte mich dabei flüchtig, daß man auch mit trockener Zunge eine solche Phrasen-Kanonade abschießen kann. »Nimra«, wandte ich mich an meine Begleiterin. »Du wiederholst jetzt meine Botschaft auf Arabisch. Immer wieder. Bis zum letzten Moment.«

Wie in Zeitlupe griff sie nach dem Mikrophon. Ihre Stimme war zuerst zu hoch, dann gewann sie festen Boden, und sie wiederholte meine Drohung in ihrer Muttersprache.

Nicht nur Kuwait würde sie aus dem Wellensalat auffischen und den Miniaturstaat unter Druck setzen. Da er fast nur aus seiner Hauptstadt bestand, mußte ein gezielter Absturz verheerende Wirkungen haben. In dem Häusermeer gab es kaum eine Deckung gegen das Selbstmord-Monstrum. Aber schlimmer als Tod und Zerstörung würde das winzige Ölland später die Rache der Extremisten-Organisationen treffen.

Nimra sprach und sprach, ununterbrochen, es war klar, daß sie meinen Text noch mit blumigen, arabischen Floskeln ergänzte.

»So, Captain«, wandte ich mich an den Piloten. »Jetzt werden wir denen da unten mal Kismet beibringen.«

»Sie glauben doch nicht im Ernst, daß ich diesen Wahnsinn mitmache?«

»Doch«, erwiderte ich. »Denken Sie nur einmal an Ihre 196 Passagiere.«

Wir sahen uns in die Augen. Ich erkannte einen Schimmer von Begreifen. Ich mußte nachhelfen, aber ich konnte ihm natürlich nicht sagen, daß ich das trojanische Pferd der Entführer war.

»Schon mal was von einer arabischen Original-Fantasie gehört?« fragte ich ihn.

Er starrte mich unverwandt an, und ich riskierte eine Art Blinzeln.

Sein Mund platzte zu einem Lächeln wie eine faule Frucht: »Und Sie meinen, die geben nach?« fragte er.

»Versuchen wir's«, erwiderte ich. »Wenn es nicht klappt, können Sie immer noch Ihre Bruchlandung in der Wüste hinlegen.«

Er wandte sich an seinen Copiloten. »Wieviel Sprit«, fragte er.

»Noch siebzehn Minuten«, entgegnete der Mann.

Der fliegende Holländer wendete den Jet-Riesen in einer steilen Schleife, drückte ihn nach unten. Nimra schwieg jetzt. Es kam ein heiseres Quäken aus dem Lautsprecher. Offensichtlich wurden wir von Kuwait aus beschworen, die Katastrophe nicht auszulösen.

Wir flogen jetzt in zweihundert Meter Höhe.

Die Stadt kam in Sicht.

»Los, weiter runter mit der Höhe, Captain«, sagte ich zu dem Piloten. »Spielen Sie Sturzkampfbomber. Machen Sie Krach und...«

Er hatte begriffen, um was es ging, und drückte den Jumbo nach unten. Wir schwebten jetzt so dicht über den Dächern, daß ich fürchtete, das schlanke Minarett einer Moschee würde uns aufspießen.

Menschen quollen heraus. Ein paar blieben stehen und winkten nach oben. Die meisten stoben in wilder Panik auseinander. Autos hielten mitten auf der Straße. Fahrer sprangen heraus und liefen blindlings davon.

»Wieviel Sprit noch?« fragte der Flutkapitän.

»Vierzehn Minuten«, erwiderte der Copilot mit gegreßter Stimme. »Vielleicht sogar fünfzehn.«

»Wenden«, erwiderte ich.

Der Pilot nickte, ging in eine Rechtsschleife, es sah aus, als bliebe die Tragfläche an einem Bankhochhaus hängen. Wir überflogen die Hauptstadt von Ost nach West, kurvten zum Süden ein.

Aus dem Passagierraum unten kamen spitze, schrille Schrie. Einige Geiseln fielen in Ohnmacht; einer erlitt eine Herzattacke, zwei weitere einen Kreislaufkollaps. Die anderen schrien, weinten, beteten. Sie nahmen stumm Abschied von ihren Angehörigen und dieser Welt.

Von unten kam der Gestank von Masse, Angst und versagenden Schließmuskeln. Der Tod war als blinder Passagier an Bord gekommen.

»Noch sieben Minuten«, sagte der Pilot.

»Noch eine kleine Runde, Captain«, erwiderte ich. »Dann visieren Sie den Flugplatz an.«

Keiner sagte etwas. Im Cockpit herrschte unheimliche Stille. Nur der Lärm der gedrosselten Düsen war zu hören. Ich sah nach Norden, wo der Flughafen lag, noch im toten Blickwinkel. Ich konnte nicht feststellen, ob die Polizei auf unsere Erpressung eingegangen war.

Die Sonne stand mit feurigem Glutkopf über der Wüste. Schon weit im Westen zog sie mit sengender Hitze den Häusern unter uns das Mark aus den Steinen. Sie lehnten aneinander, als suchten sie Schutz. Eine Stadt, die leer wirkte, verwaist, ausgestorben.

Es war genau 17 Uhr, und die nächsten Minuten mußten entscheiden, ob wir überlebten.

Ich spürte, wie mir Übelkeit die Speiseröhre hochkroch. Ich brauchte nur in die Gesichter der anderen sehen, die von der Angst patiniert waren, um zu erraten, wie mein eigenes aussah.

Ich stand und starrte und horchte; es hörte sich an, als gurgelten diese durstigen Triebwerke mit ihrem letzten Kerosin. Wenn es stimmt, daß man angesichts eines plötzlichen Endes an den Höchstwert des Lebens denkt, dann hieß dieser bei mir Diana, und so nahm ich Nimra für bare Diana, legte meine Hand um ihre Schulter. Sie lehnte sich gegen mich, zum erstenmal, seit wir uns kannten.

In Sekunden mußte der Flugplatz in Sicht kommen, doch sie waren klebrig und ungelenk; und sie humpelten mit gebrochenen Beinen hinter unserer Hoffnung her.

Ich sah hinaus, bis mir vor Anstrengung die Augen tränten.

Dann schwamm auf meinen Pupillen eine ganze Armee: Abu Sabras gesammelte Streitkräfte hatten den Airport hermetisch abgeriegelt, Panzer, Kübelwagen, Infanterieeinheiten, in einem weiten Kreis um das Gelände gezogen.

»Die räumen die Piste, Captain«, rief ich. »Augen zu und nichts wie runter.« Die Benzinlaster wurden weggerollt.

Gemächlich, nicht in dem Höllentempo, in dem sie herbeigeschleppt worden waren.

Aber Zeit ist Sprit; der Pilot drückte den Jet-Riesen nach unten. Er suchte ein Loch auf der Landebahn. Je näher wir ihr kamen, desto mehr Hindernisse schienen uns im Weg zu stehen.

Ein sanfter Ruck.

Der Jumbo hatte aufgesetzt, raste mit einem Höllentempo auf die Fahrzeugkolonne zu. Schubumkehr.

Das rollende Ungetüm schwankte, brach nach links aus, nach rechts, schoß an einem Tankwagen vorbei.

Ein Fahrwerk brach.

Im Wirbel drehte sich das rollende Ungetüm um die eigene Achse, berührte mit der Tragfläche den Boden, die Schwinge scheuerte die Piste, dann wurde die rasende Bewegung schwächer und schwächer.

Der Riesenvogel stand, mehr liegend zwar, aber er stand.

»Und jetzt«, sprach der Flugkapitän das Nachwort zu seiner lebensrettenden Bruchlandung, »können mir sämtliche Scheiß-Gangster auf der ganzen Welt den Buckel herunterrutschen.«

Mehr oder weniger standen wir alle noch unter Schock. Daß wir den Untergang überlebt hatten, begriffen wir spätestens, als Bawami, das verstummte Pony, wieder laut wurde. Der struppige Anführer der Luftpiraten tänzelte im Cockpit herum wie eine Hummel im Wasserglas. Er spürte im Überschwang seiner Begeisterung nicht, daß er überall aneckte: »Was habe ich euch gesagt, Rúfagàs«, kreischte er. »Diese feigen Hundesöhne fallen doch sofort um, wenn man ihnen die Zähne zeigt.«

»Oder mit den Zähnen klappert«, raunte mir Nimra zu; es war mir gleich aufgefallen, daß sie den Mann nicht leiden konnte, aber Erfolg und Ungewißheit hatten die Feindseligkeit bisher überlagert. Nunmehr war der Ring frei für die Rivalität.

Meine Begleiterin verließ das Cockpit. Ich blieb, weil die Sicht von oben besser war und weil es nicht schaden konnte, sich mit diesen Exponenten des ›Schwarzen September‹ gut zu stellen. Und eine zweite Trumpfkarte im Ärmel ist nicht zu verachten, vor allem nicht, wenn man falsch spielte.

»Ihr seid wirklich auf Draht«, sagte ich und übersah, daß sich unser Flugkapitän mit dem Zeigefinger an die Stirn tippte. »Es ist eine Freude mit euch zu kämpfen.«

Es ist seltsam mit diesen Kindern des Terrors: Sie sind bereit, unschuldige Menschen irgendwo in Europa im Dutzend zu töten, aber wenn man sie dafür lobt, werden sie rot wie Schuljungen.

»Du warst aber auch große Klasse«, erwiderte das Pony. »Ich werde dir das nie vergessen.« Er sah auf das Flugfeld und setzte hinzu: »Wir unterhalten uns später noch darüber.«

Von allen Seiten stürmten Polizisten auf den Jumbo zu. In ihren wallenden Gewändern, mit den überlangen Flinten und mit ihren diagonal gekreuzten Patronengurten sahen sie aus wie Ali Baba und seine Räuber, aber ich zweifelte nicht daran, daß sie mit sicherer Hand aus 100 Meter Entfernung noch ein Haar vom Kopf schießen könnten.

Sie umzingelten den Jumbo. Die Landetreppe wurde herangerollt, ein Offizier wies auf den Ausstieg für die Besatzung.

Nimra war zurückgekommen, kaum mehr zu erkennen.

Sie mußte sich nebenan mit unglaublicher Geschwindigkeit umgezogen und ihr Gesicht hergerichtet haben. Eigentlich wirkten nur ihre Augen unverändert; aber das waren ohnedies die schönsten, die ich womöglich je gesehen hatte.

Die Tigerin schien gewachsen zu sein, sie trug Schuhe mit hohen Absätzen. Ein grünes, wie auf die Haut geschneidertes Sommerkleid mit einem genau berechneten, berechnenden Ausschnitt. Ihre Haare waren gelöst, schulterlang. Ihr Gesicht sah aus, als käme sie direkt aus einem Kosmetiksalon. Erstmals wurde mir klar, daß die schöne Terror-Lady mit Lippenstift, Puder und Wimperntusche genauso sicher umgehen konnte wie mit der Kalaschnikow und den Handgranaten.

Sonst hatte sie nur Verachtung für die westliche Welt, aber auf einmal sah sie aus wie ein Spitzenprodukt aus Paris, München oder New York. Offensichtlich wollte sie die arabische Szene, in der die Frau immer noch wenig gilt, herausfordern.

Nimra genoß meine Verblüffung, lächelte mir zu, deutlich kokett. Sie kam näher, lehnte sich wie zufällig gegen mich. Und ich wurde von einer raren, raffinierten Duftwolke eingelullt. Sie mußte sich von ihren Untergrund-Spesen ein südhaft teures Parfüm gekauft haben.

Das Luk wurde aufgestoßen.

Mit würdigen Schritten und kurzem Atem kletterte ein Polizeioffizier hoch, blieb stehen, verbeugte sich mehrmals.

»Salem aleikum«, rief er, sein Gesicht schwamm in Fett und Freundlichkeit. Er setzte zu einer weitschweifigen Begrüßungstirade an, in der er in vielen Variationen Allahs Segen für uns und unsere Kinder beschwor, soweit sie männlichen Geschlechts waren.

Jetzt machte Bawami eine gute Figur; er stand im Ausstieg, eine Hand in der Hosentasche, Verachtung im Blick. »Wir haben schon viel zuviel Zeit versäumt«, fiel er barschen Tons dem Mann ins Wort, »weil ihr Freiheitskämpfer mit Benzinfässern empfangen habt.«

Nimra, die hinter mir stand, übersetzte Wort für Wort.

»Ich bin untröstlich über diese unvermeidliche Panne«, log der Major; er nahm die letzten drei Stufen, umarmte und küßte das Pony. »Mit Rücksicht auf die verlogene Propaganda des Westens müssen wir euch zwar angeblich verhaften«, sagte er, »aber betrachtet euch als Ehrengäste der Regierung von Abu Sabra.«

»Schicken Sie uns lieber Krankenwagen«, rief ihm Nimra zu. »Wir haben unter unseren Geiseln ein paar Halbtote.«

Er sah die Tigerin, und ihr Anblick schien ihn zu würgen; seine Augen quollen aus den Höhlen. In diesem Emirat gab es nur verschleierte Frauen, geschlechtslose Wesen; und so warf ihn

Nimras Anblick um. Trotzdem wunderte ich mich, daß ein Mann, dem laut Koran vier Frauen auf einmal zustehen, noch so verklemmt sein konnte.

»Das – das wird alles gleich erledigt«, erwiderte er schließlich: »Wir lassen zuerst die Passagiere von Bord und die Besatzung. Dann bringen wir euch in das Gästehaus Seiner Hoheit.«

Er winkte einen seiner Leute herbei, um seine Befehle weiterzugeben; er war nicht bei der Sache, denn es dauerte alles viel zu lange. Seine Augen hatten sich an Nimra festgesaugt, wanderten von der Taille abwärts zu den Beinen und blieben hier stehen; lang und wohlgeformt, waren sie auch sehenswert. Ich verglich sie mit den Beinen Dianas und konnte keinen Unterschied feststellen.

Nach zweiundsiebzig Stunden und dreißig Minuten wurden die Geiseln freigelassen. Ihr Ziel war New York gewesen, und jetzt waren sie froh, wenigstens auf dem heißen Boden des entlegenen Wüstenstaates gelandet zu sein; sie hatten das Abenteuer ihres Lebens hinter sich.

Die meisten kletterten mit eigener Kraft aus ihrem fliegenden Gefängnis; manche mußten gestützt und einige getragen werden.

Dann war die Besatzung an der Reihe. Die Offiziere im Cockpit gingen stumm und grußlos, aber im Ausstieg blieb der Flugkapitän noch einmal stehen und blickte zurück im Zorn: »Vor Ihren Nerven habe ich die größte Hochachtung«, rief er mir zu, »aber sonst halte ich Sie für verrückt.«

Er schüttelte den Kopf, ging weiter, drehte sich noch einmal nach Nimra um und grinste ziemlich männlich.

Unsere Verhaftung wurde zum Vergnügen. Straßenkreuzer ersetzten die grüne Minna. Nimra durfte als erste einsteigen – ich hielt es für eine Art ortsunübliche Galanterie und nahm mit meinen Bonner Mitkämpfern Mahmud und Achmed in einem der nächsten Wagen Platz.

Wir wurden auf Umwegen in unser Quartier gefahren, weil die von palästinensischen Freiheitssendern angeheizte Masse in die Hauptstraßen geströmt war, um uns in wildem Freudentaumel zu feiern.

Abu Sabra, Stadt zwischen Wüste und Meer, war eine verwirrende Mischung aus Mittelalter und Jahr 2000. Hütten neben modernen Wohnvierteln. Luxushotels. In den Himmel wuchernde Bankpaläste und gleich dahinter enge Sukhs, in denen die Zeit stehengeblieben war seit Jahrhunderten.

Amerikanische Luxuskreuzer parkten vor Moscheen. Die Muezzins riefen von den Minaretten zum Gebet. Alle knieten, mit dem Blick nach Mekka. Es gab nur die Hauptstadt, Sand, Öl und Dollars. Über Nacht war der Miniaturstaat – vor drei Jahren noch britisches Mandatsgebiet – direkt vom Kamelsattel auf den Jet-Riesen umgestiegen. Und dabei hatte sich beispiellose Armut in sagenhaften Reichtum verwandelt.

Alljährlich fallen an der Seeräuberküste nur ein paar Tropfen Wasser; dafür aber sprudelt in einem ungeheueren Strom das Erdöl. Allein in diesem Zwerg-Emirat soviel wie die Bundesrepublik im Jahr benötigen würde. Und da der Petroleumpreis bei künstlicher Verknappung explodiert war, bestand die von sechsspurigen Autobahnen geteilte Sandwüste aus puren Goldkörnern.

Allein in die Schatulle des Emirs kamen pro Stunde 200000 Dollars. In Abu Sabra schien es mehr Krankenhäuser zu geben als Patienten. Der Staat schenkt jedem Bürger ein Haus. Er zahlt seine Telefonrechnung und die hohe Rente, wenn er männlichen Nachwuchs vorweisen kann. Allmählich fiel es natürlich der Regierung auf, daß in den Harems nur noch Knaben zur Welt kamen; dadurch entstand ein neuer und einmaliger Beruf: der Geschlechtskontrolleur. Erst wenn die Babys ihre männliche Besonderheit vorweisen können, sprudeln die Dollars auf das Bankkonto.

Ich lehnte mich in die weichen Polster des Cadillac, sah hinaus und staunte. Es gab sogar schon erste Grünflächen, spärlich und weich wie Kükenflaum. An der Küste waren mit riesigem Aufwand Anlagen entstanden, die das Meerwasser entsalzten, und so sprudelte in den Gratiswohnungen das Süßwasser.

Das Neue kam, das Alte war geblieben: Den Hammeldieben wurde noch immer die rechte Hand abgeschlagen, aber der Fortschritt bestand darin, daß die Strafe nicht mehr der Henker mit dem Schwert, sondern der Chirurg mit dem Skalpell vollzog. Frauen durften keinen Führerschein erwerben, und so hatten die Chauffeure die Eunuchen abgelöst. Nicht einen Damenfriseur gab es in der Stadt. Das Gebot schrieb noch immer vor, daß keine männliche Hand eine Frau berühren durfte.

Ich dachte an Nimra und grinste in mich hinein. Europäerinnen, Amerikanerinnen – die Frauen der Ölingenieure – wurden in einem Luxus-Ghetto am Rande der Stadt mehr oder weniger isoliert, aber die Tigerin würde als ständige Provokation Abu Sabra auf den Kopf stellen. Ich hatte nichts dagegen, wenn sie sich mit meiner Hilfe als Frau emanzipierte, und begriff nur nicht, warum sie in Europa gegen wehrlose Zivilisten Krieg führte, statt die Harems der Paschas im eigenen Land in die Luft zu jagen.

Wir waren am Ziel. Ein riesiger Gebäudekomplex: halb Superhotel, halb Märchenpalast. Das ganze Haus war mit wertvollen Teppichen ausgelegt. Jeder erhielt seinen eigenen Diener, der auf Händeklatschen hörte. Meiner war ein hagerer, glutäugiger Bursche, der Bücklinge am laufenden Band vollbrachte. Er titulierte mich mit ›Sir‹ und redete in einer Sprache auf mich ein, die er für Englisch hielt. Er hieß Hafez, stammte aus Persien, und das war kein Zufall, denn die Neureichen von Abu Sabra hatten rasch begriffen, daß Gastarbeiter eigene Anstrengung überflüssig machen.

Er öffnete die Tür zu meinem Apartment, verbeugte sich und ließ mir den Vortritt. Schon auf den ersten Blick sah ich, daß mein Staatsquartier mein Liebesnest im Fuchsbau von München sozusagen ins Armenhaus stellte: eine mit Antiquitäten bestückte Wohnhalle. Ein moderner Arbeitsraum. Eine Fitneßkammer. Eine Badewanne so groß, daß kein Nichtschwimmer es wagen konnte, sie zu benutzen. Ein Schlafzimmer mit einer französischen Lustwiese.

Terrorist müßte man sein, sagte ich mir, als ich an die Hausbar ging, um den bitteren Geschmack aus meinem Mund zu schwemmen. Ich öffnete den Flaschenschrank und stieß auf Mineralwasser und Fruchtsäfte.

»Wo ist der Whisky?« fragte ich Hafez.

Er schüttelte sich, als hätte er Ungeziefer; dann raunte er mir zu, daß er gegen zwanzig Dollar eine Flasche Whisky schwarz besorgen könne. Ich winkte ab: Abstinenz konnte meiner Leber und meinem Auftrag nur bekommen.

Ich fummelte an dem Radio herum – es war natürlich ein Weltempfänger – und fischte schließlich eine Nachrichtensendung in englischer Sprache auf: ›... gab es zunächst Schwierigkeiten, weil die Regierung von Abu Sabra die Landeerlaubnis verweigert hatte. Sieben Geiseln befinden sich in ärztlicher Behandlung, sind jedoch außer Lebensgefahr. Die anderen werden morgen mit einem Sonderflugzeug die Heimreise antreten.‹ Nach einer kurzen Pause fuhr der Sprecher fort: ›Wie wir weiter erfahren, sind alle achtundzwanzig Terroristen in Haft und werden zur Zeit von der Polizei einem Dauerverhör unterzogen. Die palästinensische Befreiungsorganisation hat die unverzügliche Auslieferung der Täter beantragt. Sie sollen wegen Schädigung des arabischen Ansehens vor ein Sondertribunal gestellt werden.‹

Und so weiter, ich schaltete ab. Wie gehabt. Man feiert die Mörder, statt sie zu bestrafen.

Die Räume waren voll klimatisiert, aber ich schleppte die Müdigkeit mit mir herum wie einen Sack Zement. Gelegentlich hörte ich am Gang die Stimme meiner Rúfagàs, aber heute war Dienstschluß für mich. Wenn ich überhaupt noch Lust hatte, einem Menschen zu begegnen, dann war es höchstens Nimra.

Als eine halbe Stunde später an meine Tür geklopft wurde, war meine Erschöpfung schon wieder auf dem Rückzug. »Marhaban«, rief ich laut: »Willkommen.«

Es war nicht die Tigerin, sondern Bawami, und ich hatte Mühe, meine Enttäuschung vor dem Pony zu verbergen.

»Gefällt es dir hier?«, fragte er.

»Öl stinkt«, erwiderte ich. »Aber Geld riecht nicht.«

»Das gehört bald alles uns«, antwortete er. »Zuerst nehmen wir ihnen die Ölquellen ab, und dann werfen wir ihren Emir ins Meer.«

»Und das nennt sich arabische Gastfreundschaft«, versetzte ich lachend.

Ich wollte ihn abwimmeln, aber er blieb hartnäckig. Als er seine ersten Andeutungen machte, wußte ich, daß ich noch eine Überstunde einlegen mußte.

»Was willst du bei ›Arabiens Speerspitze‹?«, sagte er. »Das ist doch ein Weiberverein. Du gehörst zu uns! Zum ›Schwarzen September‹.«

»Aber die Treue ist meine Stärke«, alberte ich.

»Du bist genau nach unserem Geschmack«, fuhr er fort. »Was meinst du, welche Pläne wir in der Schublade haben? Hast du Lust, den US-Präsidenten zu entführen nebst seine Frau? Oder möchtest du lieber den ganzen Ölhafen von Rotterdam in die Luft jagen?«

»Ganz schöne Arbeit«, erwiderte ich.

»Ja«, sagte er, »wir steigen jetzt ganz groß ins Geschäft ein. Wenn du zu uns kommst, erhältst du dein eigenes Kommando.«

Ich spielte den Nachdenklichen, und er setzte gönnerhaft hinzu: »Von mir aus kannst du deswegen ruhig mit Nimra schlafen.«

»Das mache ich auf alle Fälle«, ging ich auf seinen Ton ein.

»Und mein Angebot läßt du dir durch den Kopf gehen.«

»Einverstanden«, beendete ich das Gespräch, entschlossen, mir diese Fundgrube an Informationen zu erhalten.

Ich schlief die ganze Nacht durch. Ich war am Morgen wie neugeboren. Ich hatte Appetit auf Kaffee und Lust auf Nimra. Ich stemmte mich in meiner riesigen Badewanne gegen den Untergang und war diesem Grenzlein, der mir sein Gesicht geliehen hatte, einen Moment lang richtig dankbar.

Bevor ich mich daran machte, Nimra in diesem Labyrinth zu suchen, war noch etwas zu erledigen. Gelernt ist gelernt. Und dies unterschied mich schließlich von meinen Rúfagàs. Ich schaute mir die Wohnpracht noch einmal ganz genau an, nicht als Liebhaber ausgesuchter Möbelstücke, sondern als Fachmann.

Nach zehn Minuten wußte ich, daß die tüchtigen Leute von Abu Sabra vom Westen nicht nur gelernt hatten, wie man Öl zu Wucherpreisen verkauft, sondern auch, wie man Minispione anbringt: Wanzen, jede Menge Wanzen. So viele, daß ich es aufgab, nach weiteren zu suchen.

Ich stellte mir das Gesicht des Emirs vor beim Abhören des Tonbands. Ich dachte schadenfroh: Hoffentlich kann der Ölmagnat, den das Pony in das Meer werfen will, schwimmen.

Ich fand sie alle, Mahmud und Achmed, Bawami und die anderen, und keiner hatte Nimra seit der Abfahrt vom Flugplatz gesehen.

Ich schickte meinen Diener los und durchsuchte schließlich selbst das Haus, Raum für Raum. Fehlanzeige. Überall.

Dahinter steckte kein Zufall, sondern Absicht.

»Vielleicht«, tröstete mich Bawami, »hat dieser schleimige Ölfürst sie gleich in seinen Harem gesteckt.«

»Eine Heldin der arabischen Revolution«, fuhr ich ihn an.

»Du kennst doch diese Schweine«, erwiderte er.

Ich mußte sie finden, was auch immer mit ihr geschehen war, nicht nur aus persönlichen Gründen, sondern – und vor allem – aus dienstlichen, aber sie war und blieb verschwunden, und das in Abu Sabra, wo der Wert einer Frau immer noch in Hammeln und Kamelen gemessen wird. In diesem Zwergstaat war die Neuzeit dem Mittelalter einfach aufgepfropft worden, und so konnte es durchaus geschehen, daß die Tigerin unterwegs in den Harem eines Ölpaschas geraten war. Eine Araberin in raffiniert westlicher Aufmachung mußte für einen übersättigten Orientalen ein Leckerbissen sein – aber nicht nur für einen solchen.

Ich brauchte nur an die Reizüberflutung zu denken, die Nimra bei mir auslöste.

Was war geschehen? Wohin hatte man sie gebracht?

Es ging für mich nicht um den schmerzlichen Verlust eines hautnahen Abenteuers. Ich wollte, kurz vor dem Ziel, den Schlüssel in das Hauptquartier des Untergrunds nicht verlieren.

Gestern, nach der dramatischen Landung auf dem Wüstenflughafen, war ich zu abgeschlafft gewesen, um mich in dem riesigen Gästeplast des Emirs genauer umzusehen, aber der heutige Vormittag brachte mir Vollbeschäftigung. Ich versuchte, mich in diesem weitverzweigten Gewirr zurechtzufinden. Mahmud und Achmed, die Überlebenden des Terroranschlags von Bonn, halfen mir dabei mit mehr gutem Willen als Sachverstand.

Das Gebäude lag in einem großen Park, von einer Mauer umgeben. Es war in einem gewaltigen Oval von außen nach innen gebaut: Keine Fenster auf der Straßenfront, aber eine Orgie von Licht und Sonne auf der Innenseite. Rasen, Sträucher, Bäume, ein naturgrüner Teppich inmitten der Wüste, dazwischen idyllische Teiche neben riesigen Schwimmbecken, alles auf Sand gebaut, doch das Schwarze Gold ließ frisches Grün sprießen.

Ich kümmerte mich nicht um den teuersten Rasen der Welt, ich suchte die Tigerin. Niemand hinderte mich daran, und das stimmte mich bedenklich. Sowie wir einen Ausgang erreicht hatten, salutierten die Wachen und versperrten uns den Weg. Wir waren Gefangene, wenn auch in einem goldenen Verlies. Es schien, als hätte uns Abu Sabra dazu verurteilt, im Luxus zu ersticken.

Ich hatte etwa drei Viertel des Gästeflügels durchsucht. Die Diener verbeugten sich und öffneten bereitwillig alle Türen. Wiewohl die Klimaanlage ständig frische Luft in den Palast pumpte, wurde unsere Suchaktion zur Schweißarbeit.

Und dann standen wir vor einer Wand. Im Südtrakt des Ovals. Hier war das Labyrinth zugemauert.

Ich klopfte dagegen; es klang wie Stahl.

»Was ist das?« fragte mich Achmed.

»Eine Stahlwand«, antwortete ich.

Ich winkte Hafez heran, meinen persischen Diener, der mir in einem Achtungsabstand gefolgt war.

»Läßt sich die Wand beiseite schieben?« fragte ich ihn.

Er betrachtete mich erschrocken.

»Ja oder nein?« fuhr ich ihn an.

»Ja«, entgegnete er zögernd. »Aber nur von der anderen Seite.«

»Was liegt dahinter?«

»Familienwohnungen, Sir.«

»Und wer hält sich zur Zeit dort auf?« bohrte ich weiter.

»Soviel ich weiß, niemand«, versetzte der Perser.

»Wieviel weißt du?« Ich schoß die Frage wie einen Pfeil ab, denn ich nahm von vorneherein an, daß in einem Land, in dem der Dollarstrom buchstäblich aus der Erde schießt, die Einschüchterung das erfolgreichste Trinkgeld wäre.

»Du brauchst keine Angst zu haben, Hafez«, sagte ich zu dem Perser. »Wenn du mir in einer Stunde die komplette Gästeliste bringst.« Ich fummelte anzüglich an meiner Kalaschnikow herum: »Verdufte!«

Er verbeugte sich fortgesetzt, rückwärts gehend. Der Mann war wie alle anderen Diener unbewaffnet, und er fürchtete uns, und das nicht grundlos. Trotzdem würde er mit Sicherheit dem wachhabenden Offizier den Verlauf unserer Suchaktion melden.

Es war eine merkwürdige Situation: Ein schleichender Kampf zwischen Erpressern und Erpreßten. Ich konnte mir vorstellen, wie zur Stunde die Drähte spielten. Nachdem es dem Emirat mißlungen war, die Terroristen-Invasion durch einen Flugzeugabsturz zu erledigen, war es in eine Zwickmühle geraten.

In Abu Sabra, einem Land zwischen vorgestern und übermorgen, war natürlich alles möglich, sogar, daß Bawami, der Anführer des ›Schwarzen September‹, mit Hilfe seiner Verbindungen eine verhaßte Konkurrentin verschwinden ließ. Die arabische Einheitsdemonstration in ganz Europa war gelaufen, und die 28 Terroristen verteilten sich nun wiederum auf mindestens fünf oder sechs Gruppen, die nicht selten einander mehr bekämpften als den angeblichen Feind. Wo zwei Araber an einem Tisch sitzen, sind meistens drei Untergrundorganisationen vertreten, weil mindestens einer auf zwei Schultern trägt.

Diese Erkenntnisse waren nicht neu, aber sie brachten mir Nimra auch nicht zurück. Die Polizei dieses Zwergstaates an der Seeräuberküste war vermutlich weit gerissener als wir annahmen. Sie würde abwarten, und vielleicht zunächst die schwächsten Glieder aus der Kette herausbrechen. Im Orient war das Nimra, eine Tigerin – und doch eine Frau.

Der nächste würde ich sein, ein Mann zwar, doch ein Europäer. Und einen solchen haßt man hier, schon weil man ihn braucht. Es war Grenzleins Grenze, des echten wie des falschen.

»Such, such, such«, spöttelte Bawami, der uns begegnete. Er fing meinen Blick auf und verstummte. »Kann ich dir helfen, Sami?« fragte er dann.

Wegen der Mini-Spione im Haus zog ich ihn in den Park; er gab sich bekümmert, aber die Schadenfreude über das Verschwinden seiner Rivalin glänzte in seinem Gesicht wie ein Fettfleck.

»Bawami«, begann ich und versuchte ziemlich verzweifelt, dem

Schielenden ins Auge zu sehen. »Du hast mit Nimras Verschwinden nichts zu tun?«

»Das schwöre ich«, erwiderte er.

»Du weißt auch nicht, wo sie ist?«

»Absolut nicht«, entgegnete Bawami. »Wie ich diese Hundesöhne hier kenne, haben sie ihr vielleicht auch schon einen Genickschuß verpaßt.«

»Unsinn«, erwiderte ich und fröstelte trotz der Hitze. Wie gesagt: Nichts war unmöglich in Abu Sabra. Schließlich wären gestern bei dem gescheiterten Versuch, den entführten Jumbo zum Absturz zu bringen, mit den Terroristen auch 196 Geiseln und 16 Besatzungsmitglieder ums Leben gekommen.

»Ich weiß, daß du Nimra nicht magst«, fuhr ich fort.

»Ich habe nichts gegen sie persönlich«, versicherte der Fedajin-Capo. »Aber Frauen gehören ins Bett und nicht an die Front.«

»Du bist ja ein Reaktionär«, erwiderte ich lachend: »›Arabiens Speerspitze‹ kämpft auch für die Befreiung der Frau.«

»Wir kämpfen für die Befreiung Palästinas«, versetzte Bawami. »Und das ist wohl Arbeit genug.«

»Du weißt, wie mir eure Geschlossenheit imponiert«, gab ich dem Affen Zucker. »Aber es geht einfach nicht, daß diese Scheißkerle von Abu Sabra einen Mitkämpfer verschwinden lassen, auch wenn er eine Frau ist.«

»Das stimmt.«

»Der nächste könntest du sein. Oder ich. Vergiß doch nicht, daß sie uns alle zum Absturz über der Wüste oder dem Meer verurteilt hatten.«

»Verlaß dich drauf, daß ich das nie vergessen werden«, antwortete das Pony laut. »Dafür werden hier noch Köpfe rollen.«

»Habt ihr Verbindungsleute in Abu Sabra?« unterbrach ich ihn.

»Natürlich«, erwiderte er und grinste stolz.

Hafez kam zurück und blieb abwartend stehen; ich winkte ihn heran.

»Sir«, sagte er bekümmert. »Niemand wohnt zur Zeit im Südtrakt.«

Ich hoffte, daß er log und Nimra nur durch die Stahlwand von uns getrennt war.

Der Gong rief zum Essen. Wir konnten es an der gemeinsamen Mittagstafel einnehmen. Die Hausordnung dieses absurden Gefängnisses erlaubte aber auch, erlesene Gerichte auf das Zimmer oder an die Swimming-pools im Garten servieren zu lassen.

Ich hatte mich nun schon in der Oberschicht des Untergrunds eingenistet, und so entschloß ich mich für den Speisesaal, wiewohl er für mich gefährlich werden konnte. Trotz aller Anstrengungen war es unserer Organisation nicht gelungen, das Dunkel um Grenzleins Gastrolle in arabischen Ländern ganz aufzuhellen. Bisher hatte ich mich an der Seite der Tigerin mehr im Hintergrund gehalten. Nun war es an der Zeit, die Nähe meiner Gefährtin zu suchen.

An der Stirnseite saß der aufgedunsene Major, der uns am Flugplatz in Empfang genommen hatte, wie sintemal König Artus, aber Mohammed el Fausi bewirtete keine glänzenden Ritter, sondern Helden des Hinterhalts, die nach Gruppen geordnet an der Tafel saßen und es mir leicht machten, zum Beispiel Volksfrontleute von den Angehörigen des ›Schwarzen September‹ zu unterscheiden.

Die meisten musterten mich mit einer Mischung aus Neugier und Bewunderung. Von meinen Paladinen Achmed und Mahmud flankiert nahm ich Platz in der Nähe unseres unfreiwilligen Gastgebers, dem Pony schräg gegenüber. Meine Horrorkameraden waren wilde, drahtige Burschen, die durchaus nicht dumm wirkten, wenn sie auch mehr Fantasie als Logik mitbrachten. Jetzt, da sich ihr Traum vom Terror einigermaßen erfüllt hatte, waren sie nicht mehr zu bremsen, und die Schilderungen ihrer Anschläge bewiesen, daß der Märchenerzähler im Orient immer noch ein gängiger Beruf ist. Jedenfalls wollten die Kommandotrupps beim Kampf um Palästina halb Europa in Trümmer gelegt haben, aber der einzige, der ihnen höflich zuhörte, war der Major el Fausi.

Unter den Volksfrontleuten saß ein Bursche, der mich verstohlen musterte. Sowie ich wegsah, spürte ich förmlich seinen stechenden Blick. Blasses Gesicht. Dunkle Haare. Eine Nase, die wie ein feststehendes Messer vorsprang. Der Bursche wirkte gefährlich. Und er hatte etwas gegen mich. Vielleicht ging es nur um die Rivalität zwischen zwei Untergrundgruppen. Oder er war dagegen, daß ein Ungläubiger wie ich – beziehungsweise Grenzlein – sich in die Untergrundbewegung eingereiht hatte, obwohl sie auch schon mit japanischen Gastkillern gearbeitet hatte. Nicht nur, daß mir der Mann vom Typ her unsympathisch war, er haßte mich, vielleicht weil ihm Grenzlein übel mitgespielt hatte.

»Wer ist das?« fragte ich Mahmud.

Er sah mich verblüfft an: »Aber du kennst doch Badran? Ihr habt doch damals zusammen –«

»Ich war nur nicht sicher«, bügelte ich die Panne aus und wußte, daß ich nunmehr ein weiteres Problem hatte.

Neben einer vorzüglichen französischen Küche bot das Gästehaus des Emirs Spezialitäten aus aller Welt, aber die meisten Rúfaqàs wählten Hammel, das Einheitsgericht der Araber, als gebühre auch noch am Bratspieß dem männlichen Geschlecht der Vorrang. Statt der Wahl hatte ich die Qual, durch Grenzlein weiterhin zu Mehlspeisen verurteilt zu sein.

Bawami signalisierte mir seine Frage an den Major mit den Augen, und ich gab Mahmud einen Wink, wieder als Dolmetscher einzuspringen. Das Pony unterbrach unhöflich die Lobrede el Fausis auf seine diversen Küchenchefs.

»Ich vermisse Nimra«, sagte er.

Zunächst tat der Polizeioffizier, als würde er meine schöne Anführerin nicht kennen.

»Wo ist die Tigerin?« stieß das Pony nach.

»Sie muß im Hause sein«, antwortete der Major zögernd.

»Dann hol sie her«, befahl Bawami.

»Gleich nach dem Essen«, erwiderte der Polizeioffizier.

»Sofort!« schrie ihn das Pony an.

Unser Gastgeber und Gefängnisdirektor dampfte vor Wohlwollen und Verlegenheit. Ein paar Sekunden biß er auf seinem Kalbsmedaillon herum wie auf Kaugummi. Er winkte einen der Diener herbei, die als Kellner genauso geschult waren wie als Polizisten.

»Unter unseren Gästen war eine Frau«, sagte el Fausi. »Eine sehr schöne Frau.« Sein feistes Lächeln galt mir: »Geh und lade sie ein, zu uns zu kommen.«

Er versuchte nur Zeit zu gewinnen. Das Hornberger Schießen mußte sich auch schon am Persischen Golf herumgesprochen haben. Der zweite Gang wurde abserviert, der dritte angeboten, meisterlich zubereitet, fürstlich serviert. Aber ich war Sami und nicht Ferry, und das hieß auf deutsch: Bei Tisch und Bett ein Tantalus.

Plötzlich fielen Schüsse.

Ganz in der Nähe.

Draußen auf dem Gang.

Meine Rúfaqàs schossen hoch und griffen nach ihren Waffen. Stühle polterten zu Boden. Im Durcheinander setzte Bawami dem verstörten Major die Pistole an die Schläfe. Die anderen stürzten sich auf die Diener und hielten sie als Geiseln fest.

Der nächste Feuerstoß. Ganz nahe jetzt. Aus einer Kalaschnikow.

Die Tür wurde aufgerissen.

»Jalla«, platzte eine helle Stimme in die plötzliche Stille.

Zuerst erschienen zwei wuchtige, martialische Gestalten mit gesenkten Köpfen, Schamröte im Gesicht. Sie gingen wie geschoben, und ich habe nie zuvor kleinere Zwerge gesehen.

Ihnen folgte Nimra, die rauchende Maschinenpistole im Anschlag. In ihren Augen brannte ein kaltes Feuer.

Sie schoß wieder gegen die Decke. Dann baute sie sich vor Mohammed el Fausi auf.

»Hier hast du deine Schlappschwänze wieder«, sagte sie verächtlich. »Wenn sie noch einmal versuchen, mich von meiner Gruppe zu trennen, dann schieß' ich nicht mehr an ihnen vorbei.«

Nimra sah wieder aus wie die heilige Johanna aus der Wüste. Der Major, Bawamis Pistolenlauf entronnen, brüllte seine Zwergriesen zusammen, aber seine Stimme ging im Lärm unter. Die Tischrunde tobte wie im Hexensabbath. Die Rúfaqàs umarmten sich und Nimra, knallten die Stühle gegen die Wand, griffen sich die Diener und verprügelten sie, schossen wild herum.

Die Tigerin trat die Funken aus, bevor sie in das Pulverfaß Abu Sabra fielen. »Schluß!« bändigte sie ihre Komplicen und Rivalen. In Raten flaute der Tumult wieder ab.

»Ein Mißverständnis«, keuchte der Major. »Die Schuldigen werden bestraft –«

»– wie die Verräter vom Flugplatz«, spottete Nimra und fuhr ihre gefangenen Wächter an: »Los, holt meine Sachen von drüben!«

Sie zögerten; ihre unsicheren Augen tasteten sich zu dem Major durch, der lustlos nickte.

»Gebt ihr das schönste Apartment«, ordnete er dann an.

»No«, erwiderte Nimra, die von Arabisch auf Englisch umschaltete. »Wo wohnst du, Sami?«, fragte sie mich.

»Gleich nebenan«, antwortete ich und vermutete, daß diese rassige Araberin ihren Landsleuten noch eine zweite Lektion in Sachen Gleichberechtigung erteilen wollte.

»Nummer?«

»21«, entgegnete ich.

»Komm«, sagte die Tigerin, hängte sich bei mir ein und bedeutete den Dienern mit einer arroganten Kopfbewegung, daß sie ihr Gepäck in meine Suite schaffen sollten.

Ich war nicht allein, als ich den Speisesaal verließ.

Die Fantasie der anderen humpelte hinter uns her.

26

Es war jetzt kurz vor 14 Uhr Ortszeit, die vor ein paar Jahren in Abu Sabra noch täglich am Morgen neu festgesetzt worden war. Zunächst hatten die Fanatiker die Normaluhren immer wieder zertrümmert, um den Anschluß an die Weltnorm zu verhindern. Inzwischen war die Tradition von Erdöl überflutet worden.

Die Quellen sprudelten ohne Unterbrechung. Tag und Nacht. Rund um die Uhr. Das Petroleum machte die Beduinen seßhaft, nahm den Perltauchern, Goldschmugglern, Kameltreibern und Hammeldieben den Beruf, und machte die Arbeitslosen vergleichsweise zu Millionären. Jetzt fuhren sie im Cadillac oder Mercedes in die Wüste, die sie immer wieder anzog, den jüngsten Schafshüter wie den Emir selbst.

Aber das Schwarze Gold wurde zum heimlichen Fluch. Die am dünnsten besiedelten Länder hatten die größten Erdöl-Vorräte, und weder Verwschwendung noch Reformen ließen den Dollarschatz abmagern. Schon haben die Ölscheichs mindestens 20 Milliarden Dollar bei schweizerischen und englischen Banken gehortet, und diese Summe würde weiterwuchern und die Währungen der Welt gefährden.

Zuviel Geld, zuwenig Einwohner – ein groteskes Problem!

Allahs Günstlinge schlafen unruhig; sie fürchten die Habsucht ihrer Nachbarn und Habenichtse, die auf engsten Raum zusammengepfercht sind, der Schmutz, Hunger und Ungeziefer wachsen läßt. Und den Wunsch, den steinreichen arabischen Brüdern die Petroleumquellen wegzunehmen.

Deshalb kaufen Länder wie Kuwait, Saudi-Arabien und die Emirate am Persischen Golf wahllos in aller Welt modernste Waffen zusammen; deshalb verfügt der Wüstenstaat Abu Sabra mit seinen knapp 40000 Einwohnern über vier superschnelle Phantom-Jäger. Amerikanische Monteure müssen sie warten, und wenn die pakistanischen Gastpiloten zu ihren Trainingsflügen starten, wird der internationale Airport für sie geschlossen, weil das Emirat noch über keinen Militärflughafen verfügt.

Angefeindet und umworben, fürchten die Ölnabobs nichts mehr als den Vorwurf, Verräter der arabischen Sache zu sein. Nur aus diesem Grund hatte uns die Polizei gestern am Flugplatz nicht in Handschellen abgeführt und wurden wir seitdem verhätschelt, statt vernommen. Fraglos waren die Mordkommandos auch mit dem Geld von Abu Sabra munitioniert worden.

Jetzt lagen Abu Sabras Dächer ungeschützt in der prallen Sonne. Die Straßen speicherten die Glut wie ein Backofen. Kein Lufthauch rührte, kein Leben zeigte sich. Selbst die Hunde waren in die klimatisierten Häuser geflüchtet.

Nimras Übersiedlung in mein Apartment erfolgte stumm und reibungslos. Ich warnte sie mit einem Wink vor den Abhörwanzen und deutete in den Park; sie nickte und begriff ziemlich rasch.

»Was war los?« fragte ich, um bei den Lauschern nicht durch Schweigsamkeit aufzufallen. »Was haben sie mit dir gemacht?«

»Nichts. Ein ganzer Trakt für mich allein. Isolierstation.« Sie lachte hell: »Ich hab' zunächst abgewartet, und mir dann im richtigen Augenblick die Kalaschnikow geschnappt, und ...«

»Dann hieß es: Sesam öffne dich ...«

»Ja«, bestätigte die Tigerin. »Stahltüre. Knopfdruck.« Sie sah mich an, stellte sich auf die Zehenspitzen, kraulte einen Moment meinen Nacken. »Moment«, sagte sie, schob mich weg, verschwand im Nebenraum und überließ mich reichlich verwirrenden Empfindungen und der Frage, ob ich – beziehungsweise Grenzlein – schon einmal etwas mit ihr gehabt hätte.

»Wir gehen schwimmen«, rief sie von nebenan.

Ich suchte eine Badehose, überhörte Nimras Rückkehr, und so warf mich, als ich aufsah, ihr Anblick fast um. Sie trug fast nur ihre Haut. Darüber einen Mini-Bikini. Keine Stütze, eine Sichtblende, wie ein tiefer Ausschnitt bewies, in den mein Blick fiel wie in einen Schacht. Ich zog ihn mit Mühe wieder hoch und begegnete Glutaugen, dem Ausbruch eines inneren Vulkans.

Mein Verlangen wurde explosiv.

»Warum siehst du mich so an?« genoß sie meine Verblüffung. »Hast du noch keine Frau im Badeanzug gesehen?«

»Noch keine Araberin«, antwortete ich.

»Ist eine Araberin keine Frau?« fragte sie.

»Ich werde dich gleich von der weiblichsten Seite nehmen«, drohte ich ein wenig hölzern und ging auf sie zu.

»Nicht hier«, entwand sie sich. »Und nicht jetzt.«

Nimra ging voraus und nahm mich ins Schlepp wie ein Beiboot auf rauher See, denn unsere Kampfgefährten drohten unterzugehen. Obwohl sie stumm nach Hilfe schrien, schritt die Tigerin achtlos an den Schiffbrüchigen vorbei. Sie hängte sich bei mir ein: wir gingen Schulter an Schulter, und dann Wange an Wange. Nimra trieb ihre erstaunliche Verwandlung in eine Europäerin exotischen Typs auf die Spitze.

Wir betraten den Park. Beim Verlassen des Hauses traf uns die Hitze wie ein Faustschlag. Mit Ausnahme Bawamis, der sich nichts aus Frauen machte, starrten uns alle nach. Ich spürte die Blicke meiner Politgenossen wie Messerstiche im Rücken; es war durchaus nicht unbedenklich, aber ich genoß die Situation.

Wir erreichten den Swimming-pool. Nimra blieb stehen. Sie wirkte verblüffend jung und erstaunlich feminin. Das Mädchen aus dem Flüchtlingslager, das mir vor dem Scheinanschlag in Bonn den brachliegenden Körper wie ein Trinkgeld in Aussicht gestellt hatte, glich auf einmal einem dieser Luxusgeschöpfe, die unsere Welt aus Langeweile in Versuchung führen.

»Reib mich ein«, sagte sie und reichte mir ihr Sonnenöl.

Ihre Haut war straff, glatt, gebräunt und frisch. Wo ich sie berührte, spannte sie sich, und das verwandelte meinen Appetit in Heißhunger. Ich begann bei ihrem Rücken; meine Hände glitten abwärts – und ringsum war der Garten Eden vollbesetzt mit Seh-Löwen. Sie hingen an den Fenstern. Sie trieben sich in der Nähe herum. Ihren Augen wuchsen Hände, die Nimras ranken Körper streichelten – und ins Leere griffen.

Ich begann zu überlegen, wie Eva auf arabisch heißt.

Die Tigerin drehte sich um: »Jetzt vorne«, sagte sie. »Du brauchst nicht so zimperlich zu sein.«

Es ging ihr nicht darum, mich anzuheizen. Selbst wenn sie mich zu ihrem Favoriten machen würde, sollte ich nicht mehr sein als das Requisit einer Rache, die ein modernes arabisches Mädchen an den mittelalterlichen Sitten des Orients nimmt.

Nimra zahlte ihren Landsleuten den Harem heim, den Gesichtsschleier, die wallenden Gewänder, die ihre Schwestern in unförmige Tonnen verwandelten. Die kränkende Zurücksetzung der Frau in einer Welt, in der nur Männer zählten. Die Degradierung zu einem menschlichen Haustier für Last und Lust.

Es war grotesk. Auf der anderen Seite der Serräuberküste lag der Iran, wo die Ayatollahs und Mullahs nach dem Sturz des brutalen Schah-Regimes dabei waren, das Land mit Gewalt in das Mittelalter zurückzupeitschen. Der Morgenröte der Revolution waren nahtlos die Erschießungen in der Morgenblässe gefolgt, und unter den Exekutierten hatten sich auch Frauen befunden, die sicher weniger provoziert hatten als die Tigerin.

Wir ließen uns neben der Luxuspfütze im Rasen nieder, in einem schattigen Fleck mit einem Sonnendurchbruch. Die Wildkatze hatte ihre zärtliche Stunde, sie lächelte mit geschlossenen Augen in den

Himmel, richtete sich noch einmal auf, nestelte an ihrem Bikini-Oberteil.

Die Hülle fiel; was sie bisher andeutend verborgen hatte, provozierte mich und meine Sex-Rúfaqàs. In unserer Nähe strich der Major el Fausi herum wie ein dampfendes Nilpferd.

Nimra sah ihn: »Ich weiß, was wir mit ihm machen«, sagte sie lachend. »Du baust die Mini-Wanzen aus, und wir werfen sie ihm heute abend in die Suppe und zwingen ihn, sie vor allen auszulöffeln.«

Sie hatte überlaut gesprochen; der Polizei-Offizier mußte es gehört haben. Ich lachte über den Einfall der Tigerin, aber mir war nicht ganz wohl dabei. Der Bogen wurde ständig überspannt. Unsere Gastgeber konnten sich das nicht auf die Dauer gefallen lassen; sie würden zurückschlagen.

»Tust du mir einen Gefallen?« fragte Nimra.

»Jeden«, versprach ich.

»Dann führ unseren Zuschauern einen westlichen Flirt vor.«

»Mit Vergnügen«, versezte ich und winkte einen Diener herbei.

Er schob sich beflissen heran. Ich bestellte Orangensaft mit Eis, in Englisch, aber er verstand mich nicht. Nimra mußte dolmetschen. Doch selbst die Muttersprache schien dem Burschen fremd geworden zu sein, denn er stand und rührte sich nicht von der Stelle. Seine Augen betrachteten Nimras Körperlandschaft und blieben an der Stelle stehen, wo sich die weißen Hügel wölbten.

Schließlich wurden wir ihn los. So langsam er ging, so schnell kam er wieder, stellte sein Tablett vor uns ab. Orangensaft mit Eis tat gut. Mit einem Schuß Gin wäre er noch besser. Das Beste freilich war Nimra, mit und ohne Gin. Wenngleich sie von Haus aus eine Leibspeise für meinen Minuspunkt war, wirkte sie jetzt hinreißend in ihrer Befreiungsrolle; so gefiel sie mir weit besser als ihr Auftreten im Maschinenpistolen-Look. Aber das lag jetzt so weit von mir weg wie die Organisation, der General und mein Auftrag.

Nur Diana hatte ich nicht vergessen, auch nicht vorübergehend. Und ich verglich sie in diesem Moment mit Nimra und überlegte, welche der beiden reizvoller sei. Ich fand nicht das Urteil des Paris; ohnedies hatte es sich bei diesem Protzprinzen um drei Göttinnen gehandelt, während mir jetzt schon zwei über den Kopf wuchsen.

»Du hast dich übrigens verändert«, sagte Nimra.

Die Alarmglocken schrillten in meinem Bewußtsein, entfernt, wie wattiert.

»Wieso?« fragte ich.

»Beim Einsatz hast du mehr Mumm, und in der Etappe bist du – bist du viel zärtlicher«, versetzte die zahme Tigerin.

»Jeder hat das Recht, sich zu verbessern«, brummelte ich.

Ich sah in ihre Augen, der Glanz blendete mich.

»Ich habe dir etwas versprochen.« Nimra richtete sich auf: »Du kannst es haben.«

»Sachte, Mädchen«, legte ich etwas Grenzlein ein. »Geschwindigkeit ist keine Bumserei.«

Entweder war mir die Übersetzung des letzten Wortes ins Englische mißlungen, oder Nimra überhörte sie absichtlich. Jedenfalls reagierte sie nicht.

»Kennst du das Spiel um Glas und Glück?« fragte ich.

»Nein«, antwortete sie. »Vielleicht kannst du es mir beibringen.«

»Gut«, entgegnete ich. »Halt dich mal ganz still.« Ich nahm ein halbvolles Glas Orangensaft und setzte es behutsam auf ihren Nabel. »Wenn es in drei Minuten nicht umgefallen ist, gewinnst du – andernfalls ich.«

»Um was geht es eigentlich?«

»Bei dir um mich«, alberte ich. »Bei mir um dich.«

»Wie spannend«, versetzte Nimra lächelnd.

»In zehn Sekunden geht's los«, sagte ich.

»Das halte ich doch bis heute abend aus.«

»Abwarten«, erwiderte ich und drapierte Nüsse, Mandeln, Kartoffelchips rund um das Glas, bis hinauf zur Demarkationslinie von Braun auf Weiß auf ihrer Haut: »Achtung, fertig, los!« kommandierte ich, beugte mich über die Tigerin und schnappte vorsichtig nach dem Aperitif-Beiwerk, naschte mich langsam, zielstrebig durch.

Das Glas stand wie ein Denkmal. Dann sah ich ein leichtes Vibrieren, und kroch mit den Lippen weiter nach oben. Das Testinstrument schwankte jetzt in einer Art Hautbeben, es schaukelte am Rand des Kippens. Nimra atmete tief, zitterte leicht.

Dann fiel das Glas um.

»Du hast gewonnen«, sagte sie.

Ich verstand, wie sie es meinte, schnellte hoch, hatte eine Erfrischung nötig und sprang kopfüber in das Schwimmbecken, in dem das Eiswasser umgewälzt wurde, ganzjährig.

Wir schwammen um die Wette, tauchten unter, doch von Abkühlung keine Rede. Jetzt wagten sich auch die anderen Freizeit-Partisanen näher, und wir beendeten unsere Wasserschlacht.

Wir hielten uns an den Händen, als wir auf das Haus zugingen. Es waren höchstens 400 Meter, aber die Hitze steckte uns in ihre

Dunstglocke. 16 Uhr. Die Sonne brüllte noch immer vom Himmel, trieb uns den Schweiß aus den Poren, machte eine lächerliche Distanz zur Strapaze.

Es war das letzte Hindernis zu einer Zweisamkeit, auf die wir stürmisch zutrieben. Ich spürte, daß es Nimra diesmal nicht um Rache, sondern um bessere Gefühle ging.

In der Tür stand breitbeinig Badran, mein Intimfeind, wie ein Wegelagerer. In seinem fahlen Gesicht wirkten die Augen dunkel und drohend wie die Mündung einer Zwillingsflinte.

Ich schritt auf ihn zu; er wich im letzten Moment einem Zusammenstoß aus.

Ich legte den Arm um Nimras Schulter, zog sie an mich. So betraten wir das Apartment. Ich sah mich gewohnheitsmäßig um, wie immer. Aber mein sechster Sinn war von Sinnen.

»Du montierst die Wanzen ab, und ich geh' zuerst unter die Dusche«, sagte Nimra.

Ich stand im Vorhof der Lust und hörte, wie der kalte Strahl auf ihren Körper prasselte. Ich hatte alles vergessen. Ich wartete gespannt auf den Moment, in dem sich die Türe öffnete. Ich sah nichts, ich hörte nichts, von der Spannung gefoltert, von der Erwartung gepeitscht.

Und dann ging die Türe auf.

Die falsche.

Drei, vier Männer stürzten sich auf mich, hielten mir den Mund zu, zerrten mich weg.

Im ersten, törichten Moment nach der Überrumpelung stellte ich mir das Gesicht der Tigerin vor, wenn sie, aus dem Badezimmer kommend, statt in meine Arme in die Gewehrläufe unserer Wächter lief.

Jetzt erkannte ich die unbewußte Warnung, die ich überfahren hatte: Nimras Kalaschnikow war verschwunden.

Ich ließ mich abführen. Widerstand zwecklos. Auf dem Gang lieferte Bawami unseren ›Dienern‹ einen Kampf. Das Pony schlug mit den Flanken aus und wurde nicht gerade sanft zusammengedroschen. Mit Sicherheit wußten die Lauscher von der Polizei, daß der Mann vom ›Schwarzen September‹ den Emir von Abu Sabra in das Meer werfen wollte.

Ich wurde in den Keller geführt. Der unterirdische Gang lag im Halbdunkel. Ich versuchte, in dem Labyrinth die Orientierung zu behalten. Hoffnungslos.

Der Wüstenstaat schlug zurück.

Ich mußte fürchten, daß mein Einsatz geplatzt sei, und fragte mich vergeblich, wie es mit meinem Auftrag, wie es mit Nimra, wie es mit Diana weitergehen würde.

27

Unsere Schritte klangen hohl. Das dicke Gemäuer warf den Schall zurück. Ich wurde durch ein Gewirr unterirdischer Gänge geführt, das jede Orientierung ausschloß. Ich hörte Schritte, Pfiffe und Schüsse – oben war die Polizei von Abu Sabra dabei, schlagartig ihre arroganten Zwangsgäste zu überrumpeln. Genau 24 Stunden nach der ersten Bruchlandung auf dem Wüstenflugplatz drohte uns eine zweite.

Ich war noch nicht ganz bei der Sache; ich hörte noch immer den Strahl, der auf Nimras junge, straffe Haut prasselte, und wartete, daß sich die Badezimmertüre öffnen würde. Es ist unfair, einen Mann in dieser Situation zu überfallen, aber es hatte keinen Sinn, mit meinem Minuspunkt zu hadern; Adam wurde wieder zu Ferry, und so stellte ich zuerst einmal die Dusche ab, um die Tigerin vorübergehend aus meinem Bewußtsein zu vertreiben. Meine Überlegung begann mit der Frage, was nunmehr außer einem Schäferstündchen noch alles geplatzt war.

Vielleicht wollten uns unsere Gegenspieler nur einschüchtern und nutzten die Gunst der Stunde, um uns die Waffen wegzunehmen. Es war aber auch möglich, daß man mich von meiner Anführerin und Gespielin endgültig trennen wollte.

Wem galt überhaupt der Anschlag, Nimra oder mir?

War er politisch oder persönlich? Hatte man uns verraten – oder wollte man uns zu Verrätern machen?

Wir standen wieder vor einer Stahlwand, der dritten bis jetzt. Der Wächter an meiner linken Seite öffnete sie mit einem Sicherheitsschlüssel, während mich der andere nicht aus den Augen ließ. Er starrte auf meine Hände, nicht in mein Gesicht.

»Wohin bringt ihr mich eigentlich?« versuchte ich mich in Arabisch. Ich wiederholte meine Frage Englisch und Französisch; ich hätte es vermutlich in sämtlichen Sprachen der Welt versuchen können, ohne eine Antwort zu erhalten. Sie stützten sich auf ihren Befehl wie auf ihre langen Flinten, die sich bei einem Nahkampf als umständlich erweisen müßten, aber sicherheitshalber unterließ ich jeden Versuch.

Schließlich wollte ich nicht auf der Flucht erschossen werden.

Wir waren jetzt etwa drei Minuten unterwegs. Vielleicht auch weniger. Das Tempo hatte ich angegeben, da sich die Eskorte meinen Schritten anpaßte. Ich war betont langsam gegangen, wie ein Delinquent, der auf dem Weg in den Hinrichtungsraum noch ein paar Sekunden nutzloses Leben herausschinden möchte.

Einer meiner Gufaras sperrte die Tür zu einem Schnellift auf, der uns hochkatapultierte: Siebter Stock, neunter, elfter. Wir jagten an den Etagen vorbei, und ich begriff, daß das Gästehaus der Regierung von Abu Sabra nicht nur Luxushotel, Märchenpalast, Naturpark und Badestrand war, sondern auch noch als Ministerium, Polizeikaserne und Spezialgefängnis verwendet wurde.

Automatisch öffneten sich in der obersten Etage die Türen. Ich wurde durch ein kleines, leeres Vorzimmer geschleust. Meine Wächter blieben stehen und befahlen mir durch eine Handbewegung, weiterzugehen.

Ich öffnete die Tür und schloß die Augen, geblendet von einem plötzlichen Lichtüberfall. Die ganze obere Etage des Hochhauses war ein einziger Raum. Die Klimaanlage hielt die Hitze fern, aber die Sonne knallte ungebremst durch die Panoramascheiben. Sie stach in meine Augen wie die Scheinwerfer bei einem verschärften Verhör.

»Entschuldigen Sie bitte«, sagte eine weiche Stimme in einem blendenden Englisch aus dem Hintergrund. Mit einem surrenden Geräusch gingen auf der Westseite die Jalousien herunter und dosierten die Helligkeit.

Der Mann, den meine malträtrierten Augen musterten, saß an einem riesigen Schreibtisch und sah von weitem klein aus; er stand auf und wuchs zu einer beachtlichen Größe nach oben. Er war schätzungsweise 1,90 Meter und 35 Jahre alt. Er trug einen dezenten Seidenanzug, vermutlich aus Londons Saville-Row. Er wirkte auf mich wie ein Salonlöwe auf dem Sprung zum Fünf-Uhr-Tee im Ausländer-Getto.

»Ich liebe diese Stunde«, sagte er, blieb vor mir stehen und deutete nach unten.

Weit im Westen stand die Sonne, tief schon, als versuchte sie, sich in den Sand zu wühlen. Ringsum erinnerten mich die Bohrtürme wie ausgestreckte Zeigefinger an meinen Auftrag. Schnelle Autokolonnen zogen durch die Wüste, und zeitlose Kamelkarawanen. Im Vordergrund lag die Hauptstadt des Zwergstaates, im Weichbild noch unberührt, umwuchert von den Jahresringen des Luxus:

Hochhäuser, Geldpaläste, Kaufstraßen, Moscheen. Direkt unter uns badete ein glänzendes Kuppeldach in der Abendsonne.

»Aus Gold?« fragte ich den Unbekannten.

»Ja, ich glaube«, antwortete er und ging zu einer Polsterecke voraus. »Hier sitzen wir bequemer«, sagte dieser Bilderbuch-Brite. Er gab sich höflich wie ein Frühstücksdirektor, wirkte trainiert wie ein Sportler und dabei doch leicht überzüchtet wie der typische Angehörige der britischen Oberklasse. Abu Sabra mußte ihn eingekauft haben, wie die pakistanischen Militärpiloten, die amerikanischen Ölingenieure und die palästinensischen Nachhilfelehrer, die den Zufallsmillionären des Landes nach dem Geldzählen auch noch Lesen beibringen sollten.

In dem riesigen Raum kam sich der Besucher klein vor wie in einer Mausefalle. Das Obergeschoß war etwa so groß wie ein Fußballplatz. Neben ihm wirkte das Arbeitszimmer des US-Präsidenten im Weißen Haus wie eine Koje für Liliputaner. Für den Regierungssitz in Washington kommt der amerikanische Bürger auf, während es Abu Sabras Schwarzes Gold möglich macht, seine Söhne zu beschenken, statt sie zu schröpfen.

Der Gastarbeiter mit dem Oxford-Akzent hatte ein glattes, intelligentes Gesicht. Die hohe Stirn ließ es schmal wirken. An seinen dunklen, sorgfältig geschnittenen Haaren biß sich wohl jeder Kamm die Zähne aus.

Ich hatte damit gerechnet, daß durch rüde Drohungen und mittelalterliche Foltern die Wahrheit aus mir herausgeprügelt werden sollte, aber wenn mein Gegenspieler das Kreuzverhör als Plauderstunde aufziehen wollte, hatte ich nichts dagegen. Der Mann war so gut, daß ich in den ersten Minuten nur eine törichte Erleichterung verspürte, statt die Gefahr zu wittern, die von ihm ausging.

»Ich will einmal versuchen, meine arabischen Titel in das Englische zu übersetzen«, unternahm er eine Art Vorstellung und schoß eine Kanonade verschnörkelter Ränge ab. »Können Sie damit etwas anfangen?« fragte er dann.

»Ich nehme an«, entgegnete ich, »daß Sie so etwas wie der Sicherheitsbeauftragte von Abu Sabra sind.«

»In etwa«, bestätigte er; erst jetzt sah ich, daß er eine Sabha trug, eine Gebetskette, mit der er während des Gesprächs ständig herumspielte, eine Nervosität vortäuschend, die er nicht hatte. »Sie irren, wenn Sie mich für einen Snob halten«, fuhr er mit einem winzigen Lächeln fort. »Ich wurde zwar in Großbritannien erzogen, aber in der Kurzform heiße ich Ghassan el Sallah.« Sein Tiefschlag war ein Florettstich: »Ich bin der Neffe Seiner Hoheit, des Emirs von Abu Sabra.« Ein knappes Lächeln setzte stumm hinzu, daß nicht alle Araber Kameltreiber, Analphabeten oder Terroristen seien.

»Ich habe Sie für einen Engländer gehalten«, erwiderte ich.

»Danke«, antwortete er ohne Spott und ohne Zorn. »Und Sie sind Deutscher?«

»Auf dem Papier«, entgegnete ich. »Wie Sie wissen, arbeite ich für unsere palästinensischen Freunde, und –«

»Warum eigentlich?« unterbrach er mich. »Erhalten Sie Geld dafür?«

»Nein«, erwiderte ich. »Außer Spesen natürlich.«

»Also Idealist?« entgegnete er ohne Nachdruck.

»Sagen wir Revolutionär«, versetzte ich. »Und jetzt möchte ich wissen, warum man mich gewaltsam hierhergeholt hat.«

»Jetzt übertreiben Sie aber etwas.« Man sah ihm nicht an, daß er zu einem Tiefschlag ausholte: »Mr. – Mr. Grenzlein.«

Er hatte mich getroffen, aber ich zeigte keine Wirkung. »Meine Freunde nennen mich Sami«, erwiderte ich.

»Wie Sie wollen, Mr. Grenzlein. Gefällt es Ihnen bei uns?«

»Halten Sie mich nicht für unhöflich, Mr. Sallah«, versetzte ich, »aber wir sind keine Touristen. Wir möchten das Emirat auch baldmöglichst wieder verlassen. Und Sie werden uns ziehen lassen.« Ich wartete, bis er mich ansah: »Ich fürchte, daß Sie mehr Angst vor uns haben, als wir vor Ihnen.«

»Meinen Sie?« fragte er.

»Schließlich haben Sie gestern die Benzinfässer am Flugplatz noch rechtzeitig wegräumen lassen.«

»Ich bin erst vor ein paar Stunden aus Paris eingetroffen«, antwortete er. »Dieses Landedrama war nicht nach meinem Geschmack.« Im bescheidenen Größenwahn setzte er hinzu: »Sonst lägen Sie vielleicht jetzt unter dem Sand.« Sein Lächeln war rasch und ungut. »Die Palästinenser sind unsere Brüder, und wir werden ihnen immer beistehen«, behauptete er, wiewohl Israel von Abu Sabra fast genausoweit entfernt war wie von Europa. »Aber ich bin der Meinung, daß es unsere Sache ist. Unser Kampf. Unser Öl. Unser Volk, und daß deshalb Ausländer –«

»Nichts gegen Ihre Meinung, Mr. Sallah«, erwiderte ich. »Aber meine Aufträge erhalte ich von der Kampforganisation ›Arabiens Speerspitze‹ und nicht aus Abu Sabra.«

»Leider liegt gegen Sie ein Haftbefehl vor«, antwortete er mit sanfter Stimme.

»Von mir aus«, erwiderte ich auf seinen Bluff. Der richtige Grenzlein saß in einem Münchener Gefängnis, und die deutsche Polizei, informiert von unserer Organisation, würde sich hüten, INTERPOL für eine Fahndung zu mißbrauchen, die mir gefährlich werden mußte.

»Das Auslieferungsbegehren ist schon fast drei Jahre alt«, fuhr Ghassan el Sallah fort. »Etwas verstaubt, aber immer noch gültig.« Er stand auf. »Lassen Sie uns gemeinsam überlegen, wie wir diese fatale Geschichte ausbügeln können. Ich stehe unter Zwang«, fuhr er fort. »Sie können sich nicht vorstellen, wie sehr Ihr europäischer Großkampftag die Weltpresse provoziert hat.« Er blieb stehen: »Die alten Phönizier hatten in so einem Fall ein gutes Rezept: Sie haben bei stürmischer See einen Mann über Bord geworfen, um die Götter zu versöhnen.«

»Und dabei denken Sie an mich?« unterbrach ich ihn.

»Ich möchte Ihnen nur begreiflich machen«, antwortete er mit milder Tücke, »warum ich Sie aus Abu Sabra ausweisen und abschieben muß.«

»Wann?« kam ich zur Sache.

»Morgen«, entgegnete Ghassan el Sallah bedauernd.

Ich nahm seine Schau nicht ernst. Noch nicht. Er konnte sie auch nicht zu Ende spielen. Ein Polizeioffizier unterbrach die Szene, entschuldigte sich und raunte dem Sicherheitsbeauftragten etwas zu.

Als ich Ghassan el Sallahs Blick auffing, hatte ich den fatalen Eindruck, daß die außerplanmäßige Störung mit mir zusammenhing. Einen Moment lang betrachtete mich der Mann, als sähe er mich zum erstenmal. Ich erfaßte einen verhaltenen Triumph in seinem Blick; seine Augen leuchteten grün wie die Fahne des Propheten.

»Sie entschuldigen mich jetzt«, sagte er, klingelte und ließ mich von seinen baumlangen Wärtern abholen.

28

Ich hatte schon größere Riesen gesehen als einen Beduinensohn, der sich als Oxfords Stolz aufspielte, aber meine Hoffnung schoß so schnell nach unten wie der Schnellift. Dieser europäisierte Ölprinz konnte mit mir machen, was er wollte; es standen ihm alle Möglichkeiten zwischen Geld und Mord zur Verfügung, und dazu hatte der Mann noch eine Menge Verstand. Wenn er, statt mich durch einen Federstrich formlos auszuweisen, eine Plauderstunde einlegte, dann war das für mich der Beginn einer Sonderbehandlung. Soweit so schlecht.

Natürlich würde er versuchen, die Splittergruppen des Untergrunds auseinanderzudividieren. Öl schmiert, und wo soviel Geld im Spiele war, wurde der Verrat fett wie ein Mastschwein. Jedenfalls ging dieser gerissene Mr. Sallah nach einem genauen Stufenplan vor.

Schon von weitem hörte ich meine Kumpane johlen und toben, aber die Situation hatte sich entscheidend geändert. Die Diener waren jetzt bewaffnet, die Rúfaqàs nur noch mit ihrem Zorn munitioniert. Die schöneren Tage von Abu Sabra waren für sie vorbei, auch wenn sie – im Gegensatz zu mir, dem Ungläubigen und Ausländer – unter pan-arabischem Denkmalschutz standen.

Sie empfingen mich mit lautem Geschrei, mit Schulterklopfen, mit Verwünschungen, die sie gegen die Polizei des Zwergstaates ausstießen. Wir waren jetzt 15 Mann in einer riesigen Zelle, somit fehlten noch zwölf – und vor allem eine Frau: Nimra. Keiner wußte, was mit der Tigerin geschehen war. Keiner war ihr begegnet.

Wohin man sie auch immer gebracht hatte, dieses Mal könnte sie sich mit keiner Kalaschnikow den Weg freischießen. Für dieses rückständige Land war Nimra eine einzige Herausforderung; und so man sie nur in Quarantäne steckte, hatte sie Glück.

Bawami zog mich in die Ecke. »Was war los?« fragte er.

»Ich glaube, diese Schweine haben es vorwiegend auf dich und mich abgesehen«, heizte ich ihn ein bißchen an.

»Gleich kommen mir die Tränen«, versetzte er.

»Einer hat mich als Grenzlein verpfiffen.« Ich suchte Badran mit den Augen; er stand an die Mauer gelehnt, Hände in den Taschen. Wie immer wich mir sein stechender Blick aus, wenn ihn ihn ansah.

»Meinst du, daß es Badran war?« fragte ich das Pony.

»Schon möglich«, antwortete der Anführer des ›Schwarzen September‹. »Du hast ja auch seiner Schwester übel genug mitgespielt.«

Ich hatte damit gerechnet, daß ich diesbezüglich für Grenzlein geradestehen müßte. Die Frage war nur, ob ich überhaupt noch dazu Gelegenheit hätte.

»Hör zu, Bawami«, raunte ich dem Pony zu. »Im ganzen Haus sind Abhöranlagen installiert.«

»Diese Hundesöhne«, giftete er.

»Zum Beispiel in meinem Apartment«, fuhr ich fort. »Seit unserem gestrigen Gespräch weiß der Emir, daß du den US-Präsidenten entführen, den Rotterdamer Ölhafen in die Luft sprengen und ihn selber ins Meer werfen willst.«

»Dann haben wir ja Seine Hoheit ganz schön um die Nachtruhe gebracht«, erwiderte Bawami grinsend.

An der unsichtbaren Front würden sie immer als Dilettanten arbeiten, weil sie ihre Haut zu Markte trugen. Während jeder Geheimdienst darauf achtete, die Gesichter seiner Mitglieder im Dunkel zu lassen, ließen sie sich als strahlende Meuchelhelden feiern, gingen in einen neuen Einsatz, wurden wiederum geschnappt und postwendend befreit. Damit kann man zwar die Welt terrorisieren, aber nicht in die geheimen Bereiche des Gegners eindringen, seine Pläne erkunden und ihnen zuvorkommen.

Auch wenn ich mich in Gedanken als Fachmann feierte, mußte ich mir eingestehen, daß mich momentan von einem Eunuchen kaum etwas unterschied, denn er wie ich wissen, wie es geht.

Meine Rúfaqàs begannen zu toben. Sie hämmerten mit den Fäusten gegen die Wände, mit den Füßen gegen die Tür. Ziemlich zwecklos zunächst. Aber dann kam Major el Fausi, begleitet von bewaffneten Soldaten. Sein Gesicht glänzte nicht mehr von Jovialität, aber er hatte offensichtlich den Auftrag erhalten, die renitenten Freiheitskämpfer zu beruhigen.

Er hielt eine lange Rede, aus der mir Bawami gelegentlich ein paar Brocken übersetzte. El Fausi verkündete, daß wir, um Verwicklungen mit dem Westen zu vermeiden, vorübergehend entwaffnet würden und anschließend wieder in unsere Apartments zurück könnten.

»Wann erhalten wir unsere Waffen wieder?« unterbrach ihn das Pony.

»Bei der Ausreise«, antwortete der Major.

»Und wann können wir ausreisen?«

»Bald«, präzisierte el Fausi orientalische Verbindlichkeit.

Nun wurden wir fotografiert. Das Blitzlicht hielt allerlei malerische Aufnahmen fest. Die meisten meiner Gefährten grinsten dabei stolz in die Kamera oder machten mit den Fingern das V-Siegeszeichen. Ich hielt mir die Hände vor das Gesicht, und einige folgten meinem Beispiel, weil ihnen die dramatische Pose gefiel.

Die ersten wurden wieder in den Luxus entlassen und zu einer gemeinsamen Abendtafel gebeten. Von Hungerstreik war keine Rede mehr, auch wenn die Gefangenen künftig Major el Fausi die Pistole nicht mehr an die Schläfe setzen konnten.

Jetzt wurde Bawami zu einem Scheinverhör geholt. Dann war ich an der Reihe. Was der Sicherheitsbeauftragte von Abu Sabra auch mit mir vorhatte, es ließ sich zunächst prächtig an. Im Penthouse, hoch über den Dächern, war eine großartige Tafel gedeckt.

Die Speisekarte war französisch und etwa so lang wie die 114 Suren des Koran. Einc Landkarte der Delikatessen, aber an den Geschmack meines Doppelgängers Grenzlein gebunden, der bei Tisch ein Vegetarier war, wenn auch im Bett ein Fleischfresser, stellten sich mir eigentlich nur Konafa, ein süßlicher Nudelauflauf mit Sirup, Mandeln und Nüssen, oder Mahallabia, ein Milchreis mit Rosenöl, zur Wahl. Während ich etwas mißmutig dem – übrigens vorzüglichen – Kellner meine falschen Wünsche mitteilte, sah mein Gegenüber überrascht auf.

»Entschuldigen Sie meine Vergeßlichkeit«, er lächelte wissend. »Sie sind ja ein Vegetarier und Freund arabischer Süßspeisen.« Der Spott war seiner Stimme nicht anzumerken; im übrigen war ich sicher, daß dieser Parade-Araber die sauren Zutaten im Laufe des Abends schon noch nachliefern würde. Ich stand von vornherein unter Hochspannung, denn ich hatte begriffen, daß man auch bei Treibhaus-Temperaturen einen Mann auf das Glatteis locken kann.

Ghassan el Sallah rief dem Kellner etwas zu; der Mann brachte mir eine nagelneue Pfeife und meinen dänischen Tabak; eine zweifelhafte Aufmerksamkeit meines liebenswürdigen Verfolgers, der mir vorführen wollte, wie gut er die Gewohnheiten seines Opfers kannte.

Ich stopfte die Pfeife, rauchte sie an, paffte kleine Wölkchen und sah ihnen nach. Sie blieben in der Luft stehen wie die Rauchfahnen der Tanker, die die Häfen des Persischen Golfs Tag und Nacht anliefen. Wie alle Ölländer, hatte Abu Sabra die Produktion gedrosselt, und wie in allen anderen lief die Förderung weiter und explodierte der Gewinn. Die Frage war nur, was die Ölländer mit dem vielen Geld machten, wobei sie sicher nicht mehr auf den schlichten Ausweg des vor Jahren abgesetzten Emirs von Abu Sabra kämen, die Dollarnoten so lange unter das Bett zu stellen, bis die Ratten sie gefressen hätten.

»Darf ich Ihnen wenigstens einen Whisky anbieten?« fragte der Sicherheitsbeauftragte.

»Wenn es das Gesetz erlaubt«, antwortete ich.

»Das Gesetz ist in diesem Lande seine Hoheit«, erwiderte Ghassan el Sallah, »und bis wir eine Verfassung ausgearbeitet haben, wünscht der Emir, daß seine Gäste sich wohlfühlen.«

»Dann bitte mit Eis, ohne Wasser«, erwiderte ich und stellte fest, daß der Kellner durchaus nicht geizig mit dem verbotenen Alkohol umging und auch meines Gastgebers Orangensaft mit Gin angereichert wurde.

»Ich trinke auf den Abend«, hob er das Glas. »Und auf Sie, Mr. Grenzlein.«

»Weshalb diese Ehre?« hielt ich mich an seine Lebensart.

»Es kommen so wenige Europäer nach Abu Sabra«, klagte er, »deshalb nutzte ich die Gelegenheit. Noch dazu mit einem Gast, der so gut über arabische Verhältnisse Bescheid weiß.«

Keine Frage: Der Mann war vom Fach, und so würde er mir jetzt Ausweisung oder Überlaufen zur Wahl stellen, und sein Angebot und meine Entscheidung natürlich auf Band mitschneiden. Wenn ich standhaft bliebe, ließe er mich vermutlich morgen mit einer Chartermaschine nach Deutschland zurückschaffen, und mein Einsatz würde kurz vor dem Finale zusammenbrechen. Ließe ich mich aber von diesem famosen Sicherheitsbeauftragten gegen Geld oder Zwang umdrehen, dann würde er vielleicht sofort oder später meinen Rúfaqàs den Verrat vorspielen und mich erledigen, ohne dabei einen Finger zu rühren.

»Vielleicht gibt es einen Weg, Ihre Auslieferung zu verschleppen«, sagte Ghassan el Sallah. »Ich weiß nur nicht, ob Sie mit ihm einverstanden wären.«

»Ich möchte versuchen, mich mit Ihnen zu arrangieren«, erwiderte ich. Ich wollte nicht nach Deutschland, sondern in den Libanon. Ich wollte die Zentrale des Untergrunds sprengen und nicht als Frührentner zu meiner Organisation zurückkehren.

Dafür würde ich manche Kröte schlucken.

»Ihr Angebot?« fragte ich.

»Falsch«, entgegnete er. »Wer zuerst bietet, verliert das Spiel«, ich hatte noch immer nicht erfaßt, daß der Mann gut genug wäre, für unsere Organisation zu arbeiten.

Unter uns lagen die Lichter von Abu Sabra. Die Neonröhren tauchten pompöse Autosalons in gleißendes Licht. Aber wer auch nur ein noch so winziges Nachtlokal suchte, guckte in die Röhre. Keine Amüsierställe, keine Nischen; nicht der bescheidenste Bauchtanz durchzuckte die Nacht. Lebenslust war Fehlanzeige.

Wenn die Dunkelheit im Morgenlicht verblutet, kommt der Badestrand am Golf in Sicht. Sandweich, endlos, und nicht eine einzige Badenixe. Arme Millionäre.

»Gehen wir einmal die Sache von der anderen Seite an«, sagte ich. »Was geschieht mit Nimra?«

»Nimra«, erwiderte er, und seine Pupillen lichterten grün, wie von innen beleuchtet. »Was für ein Edelwuchs! So jung, so appetitlich. Man muß sich vorsehen, um nicht wie ein Primaner zu schwärmen. Diese Figur. Diese Haut. Diese Augen! Und dann die Familie«, wurde er etwas sachlicher. »Wissen Sie, daß ich ihrem Vater sehr verpflichtet bin?«

»Nein«, antwortete ich. »Und wo ist Nimra jetzt?«

»Bei Ihnen«, erwiderte Ghassan el Sallah. »Das heißt, in Ihrem Apartment. Sie wissen doch, daß sie diesen Umzug in etwas lebhafter Weise durchgesetzt hat.« Er forderte mich durch eine höfliche Geste auf, mich an Lachs oder Kaviar zu halten. »Ich beneide Sie, Mr. Grenzlein. Ich glaube, dieses Prachtgeschöpf ist ziemlich in Sie verliebt, und –«

»Was haben Sie mit ihr vor?« unterbrach ich ihn.

»Wir werden unsere Bewunderung vor ihr ausbreiten wie einen Teppich, über den sie schreiten kann. wohin sie will.«

»Auch in die Freiheit?«

»Selbstverständlich«, versprach er. »Ihre Gefährten übrigens auch. Bis auf einen. Bis auf Sie.« Er wischte sich mit der Serviette über den Mund. »Sie sind unser Problem, Mr. Grenzlein.«

Die Vorgerichte wurden abserviert und ein schwerer Burgunder eingeschenkt. Als ich sah, daß der Gastgeber meine Bestellung geändert hatte, und statt reichlicher Süßspeisen duftenden Lammrücken, zarten Kalbsbraten und ein ganzes Roastbeef auftragen ließ, hatte ich so einen Vorgeschmack von Henkersmahlzeit.

»Warum greifen Sie nicht zu?« fragte Ghassan el Sallah.

»Ich muß bei den herrlichen Fleischspeisen leider passen«, gab ich ihm das Stichwort.

»Übernehmen Sie sich nicht mit Ihrer Enthaltsamkeit«, sagte er gelassen. »Wir wissen seit einer Stunde, daß Sie nicht Lothar Grenzlein sind.« Er prostete mir zu.

Ich griff nach meinem Glas wie nach einem Schierlingsbecher. Gewohnheismäßig setzte ich mir eine leere Miene ins Gesicht wie eine Brille und überlegte dabei: Kein Verrat. Eine technische Panne. Sie mußten meine Fingerabdrücke, die sich in meinem

Apartment reichlich sichern ließen, mit Grenzleins Papillarlinien verglichen haben.

»Ich gratuliere mir; wir haben erst vor drei Wochen unseren Erkennungsdienst mit einer daktyloskopischen Spezialabteilung ausgestattet«, sagte Ghassan el Sallah. »Aber wenn Sie nicht Grenzlein sind, dann brauchen Sie auch auf diesen leckeren Braten nicht zu verzichten.« Er gab dem Kellner einen Wink, mir vorzulegen. »In diesem Fall sind Sie auch kein verkrachter Student, sondern ein Top-Agent. Eine erstaunliche Leistung! Soweit ist noch kein Spion zu uns vorgedrungen. Mit dem Schafsfell Grenzlein über dem Kopf. Respekt, Mr. Namenlos. Sogar Nimra ist auf Sie hereingefallen. Und dieser Bawami will Sie für den ›Schwarzen September‹ abwerben.«

Er sagte etwas auf Arabisch, und der Kellner servierte mir einen frischen Teller mit Lammkeule, die ich stehen ließ.

»Und nun möchte ich wissen, wer Sie sind. Und für wen Sie arbeiten«, sagte er mit seiner melodiösen Stimme. »Für die Franzosen? Für die Engländer? Für den amerikanischen CIA? Für den israelischen Mossad, oder bloß für den deutschen Bundesnachrichtendienst?«

Ich gab ihm keine Antwort; er erwartete sie wohl auch nicht.

Das große Spiel war zu Ende. Ich erlebte meinen Untergang. Das Trauma meiner Branche hatte mich überrollt: Wie ein Spekulant die Pleite, so fürchtet ein Agent die Enttarnung.

Natürlich versuchte ich, mich so gelassen wie möglich zu geben. Ich befand mich in der Situation eines Rennfahrers, der sich nicht anmerken lassen will, daß ihm bei Vollgas der Reifen geplatzt ist.

»Sie entschuldigen, daß ich diese Dinge bei Tisch zur Sprache bringe«, sagte der Mann, der offensichtlich nicht nur in Oxford Manieren, sondern auch beim Geheimdienst Erfahrung erworben hatte. »Aber ich stehe unter Zeitdruck.«

Er verfolgte, wie ich meinen Teller beiseite schob und gab dem Kellner einen Wink, abzutragen.

»Kaffee? Käse? Fruchtsalat?« fragte er nach meinen Dessertwünschen. »Sie sind für uns eine Fundgrube«, stellte er fest, »ob Sie nun freiwillig reden, oder ob wir nachhelfen müssen.« Er schob mir ein Tischfeuerzeug zu. »Wie lange – schätzen Sie als Fachmann – werden wir brauchen, um Sie zum Reden zu bringen?«

»Das hängt von Ihren Methoden ab«, erwiderte ich.

»Nehmen Sie einmal die brutalsten an«, versetzte er und betrachtete seine manikürten Fingernägel.

»Ich fürchte, wir müssen das durchspielen«, entgegnete ich.

»Ich schlage Ihnen ein Geschäft vor«, antwortete Ghassan el Sallah. »Gewinn auf Gegenseitigkeit. Wir sparen Zeit. Und Sie ersparen sich die Folter.«

»Ich bin nicht zimperlich.«

»Das unterstelle ich«, erwiderte er. »Aber Sie dürfen mir glauben, daß wir uns einige Schikanen ausgedacht haben, die für Sie neu sein dürften.« Er stand auf: »Ich kann Ihnen gar nicht sagen, wie ich Gewalt verabscheue«, fuhr er fort und seine Stimme wirkte bekümmert. »Ich finde es unerträglich, daß ein gesunder Mensch ein Verhör vielleicht als Krüppel verläßt – wenn er es überhaupt noch verlassen kann.« Er schnitt ein Gesicht, als müßte er sich die Torturen selbst mit ansehen. »Wir sind doch zivilisierte Menschen, Mr. Unbekannt. Vielleicht für immer. Oder bloß bis morgen früh.« Er nickte mir aufmunternd zu. »Es liegt bei Ihnen, ob ich Dinge, die ich hasse, anwenden lassen muß. Und jetzt wünsche ich Ihnen eine gute Nacht«, sagte er lächelnd und ließ mich fröstelnd zurück.

29

Daß mich ausgerechnet ein Wüstenprinz zur Strecke brachte, war wohl die Retourkutsche für meine Überheblichkeit. Ich hatte mit großem Risiko gespielt und verloren. Ich konnte meiner Organisation nur noch den Dienst erweisen, den Mund zu halten, auch wenn mir unsere Gegenspieler deswegen die Zunge herausreißen sollten.

Wer bei uns im Außendienst arbeitet, ist einigermaßen auf Schweigsamkeit in allen Lebenslagen trainiert, selbst bei Anwendung von Elektroschocks – aber diese Bande folterte wohl noch mit der Hand.

Erst nach einer Weile begriff ich, daß man mich bewußt allein gelassen hatte. Und so hielt ich mich an das Nächstliegende, den Whisky. Ich sah vom Penthouse hinab in den gähnenden Abrund und schauderte. Es gab wohl nur einen sicheren Weg, keine Informationen preiszugeben: den Kopfsprung.

Warum beginnt dieser Feinschmecker nicht sofort mit der Folter, fragte ich mich, und unterschätzte ihn zum wirklich letztenmal, denn die feinere Tour der Tortur hatte bereits begonnen.

Die Eiswürfel waren geschmolzen; ich klatschte in die Hände. Mein persischer Diener Hafez schob sich heran.

»Was machst du hier?« fragte ich ihn.

»Sir«, antwortete er. »Ich habe den Befehl erhalten, Ihnen jeden Wunsch zu erfüllen.« Er war unbewaffnet, und sein Englisch hatte sich von gestern auf heute erheblich verbessert.

»Jeden?« fragte ich.

»Fast jeden, Sir«, erwiderte er. »Gut«, sagte ich. »Dann bring mich zu Nimra.«

»Bitte«, entgegnete Hafez und machte eine höfliche Verbeugung. »Ich darf vorausgehen?«

Auch er hatte einen Universalschlüssel, der alle Stahlwände öffnete. Unsere Schritte klangen hohl. Der Weg würde wohl in die schalldichte Folterkammer führen. Ich legte mir ein paar Ausflüchte bereit, die ich zwischen der zweiten und dritten Ohnmacht als Geständnisse von mir geben könnte. Vielleicht griffen sie auch ein wenig zu beherzt zu, so daß ich mir keine Sorgen mehr um mein Durchhalten zu machen brauchte; aber diese Hoffnung wäre wohl verfrüht.

Flucht? Sinnlos! Selbst wenn es mir gelänge, aus dem Allzweck-Gästepalast zu entkommen, müßte ich in Abu Sabra, das keinerlei Tourismus kennt, auffallen wie ein bunter Hund.

Wir gingen wieder nach oben. Jetzt fand ich mich zurecht. Wir waren in meinem alten Gebäudetrakt. Ich hörte die Stimmen meiner Rúfaqàs. Und dann stand ich vor der Türe meines Apartments.

»Bitte«, sagte Hafez und verbeugte sich.

Ohne das Licht anzuknipsen, betrat ich mein Quartier. Es duftete verwirrend. Es roch nach Nimra. Ich ging aus der Wohnhalle in das Schlafzimmer. Ich spürte die Nähe der Tigerin, bevor ich sie sehen konnte.

»Komm«, sagte sie, und ihre Augen glänzten im Dunkel.

Als Spion, der aus der Kälte kam, wurde ich für ein paar Stunden Leben beurlaubt, entlassen in die Hitze der Nacht.

Ich spürte Nimras Arm auf meiner Schulter. Sie zog mich an sich. Sie war stumm und scheu, und ich begann, das letzte Hindernis behutsam einzureißen. Ihren Körper, den meine Augen längst auswendig kannten, begannen meine Hände zu erschließen.

»Du kannst ja ganz zärtlich sein«, raunte mir Nimra zu. »Versprichst du mir, daß du es immer sein wirst?«

Ich schloß ihren Mund mit meinen Lippen. Es war keine Antwort, und doch eine Lüge, und so fanden wir uns, aber jede Sekunde Lust und Sturm verkürzte die Zeit zur Folterkammer.

30

Die Sonne erhob sich früh in Abu Sabra, das Licht zwängte sich durch die Jalousien, leuchtete Nimras Gesicht aus und verschattete es. Sie lag neben mir, entrückt und entspannt. Ihre Haare waren zerwühlt vom Sturm der Gemeinsamkeit. Mit Lippen ohne Rot und Augen ohne Tusche wirkte die Heldin der arabischen Revolution erstaunlich frisch und besonders jung. Der Schlaf hatte aus ihrem Gesicht den Haß gewischt. Zusammengerollt und nackt wirkte sie zugleich satt und hungrig, beglückt und neugierig. Sie glich keiner Terroristin, sondern einer Debütantin, die vom Leben weit mehr erwarten durfte als einen falschen Freund wie mich.

Es war erst kurz nach sechs Uhr, aber ich hatte noch keine Minute geschlafen, und das lag nur zum kleineren Teil an Nimra, zum größeren an Ghassan el Sallah, der mich heute erledigen würde. Der Mann war Spezialist; er wußte, was er wollte. Gleich würden sie mich holen und meinen Körper schinden.

Ich hatte zu schweigen, ob sie mir nun stählerne Nadeln oder brennende Streichhölzer unter die Fingernägel steckten, oder meinen Körper an den Stellen mit Elektroschocks bombardierten, die am schmerzempfindlichsten sind. Natürlich waren Agenten der Organisation gelegentlich unseren Gegenspielern in die Hände gefallen, doch keiner hatte bisher Verrat begangen. Ich wollte nicht der erste sein, und so stand mir der vermutlich brutalste Tag meiner Laufbahn bevor.

Ich stützte meinen Kopf auf den Ellenbogen, betrachtete Nimra unverwandt: vollkommen gewachsenes Ebenmaß. Die ewige Versuchung, die so alt ist, wie es Mann und Frau gibt. Ich begann die Tigerin zu streicheln, ohne sie zu berühren, fing bei den Schläfen an und glitt langsam abwärts, spürte die Versuchung heiß und drängend, so daß ich meinen eigenen Atem hören konnte.

Zuerst merkte ich gar nicht, daß ich Nimra mit Diana verglich. Sie war etwas kleiner, aber sie hatte die gleiche feine Nackenlinie und denselben zärtlichen Schwung der Schultern. Je länger ich sie betrachtete, desto verschwommener wirkte das Bild auf meinen Pupillen. Auf einmal war Nimra nicht mehr die Kerze, die an beiden Enden zugleich brannte, war sie nicht mehr dunkel, sondern blond, und hatte die unterkühlte Glut, den durch den Verstand gefilterten Sex, der erst im Höhepunkt zu Feuer und Flamme wird.

Nimra, das war Exotik, die eines Tages an der Gewöhnung verbluten mußte, während bei Diana Verstand, Gefühl, Erfahrung,

Verfeinerung und Raffinesse das Begehren steigerten und besänftigten, erfüllten und doch nie zur Ruhe kommen ließen.

Der Vergleich Dianas mit Nimra, der Europäerin mit der Araberin, mochte reizvoll sein, doch er war auch müßig, denn in meiner Situation hatte ich sie beide verloren. Dieser ausgekochte Sicherheitsbeauftragte von Abu Sabra hatte die Prozedur damit begonnen, mir eine Nacht lang vorzuführen, was das Leben alles bieten konnte, bevor es sich in einer Folterkammer verdunkelte.

Ich merkte, daß Nimra wach war und sich schlafend stellte, um meine händelose Annäherung zu genießen.

»Paß auf, daß du nicht blind wirst«, sagte sie lachend. »Warum starrst du mich so an?«

»Weil du so schön bist.«

»Meinst du?« fragte sie.

»Zweifelst du?« erwiderte ich.

Wir lachten beide. Ich zog die Tigerin an mich. Unsere Körper drängten sich aneinander, so konnten wir beide hören, wie die Umarmung unseren Puls hochtrieb, morgens um 6.30 Uhr, vielleicht eine halbe Stunde bevor ich geholt wurde.

»Ich muß dir etwas gestehen«, sagte Nimra. »Ich hab' dich überhaupt nicht leiden können.«

»Warum?« fragte ich, wiewohl ich wußte, daß Grenzleins Vergangenheit mit Sicherheit kein Goldbergwerk war.

»Ich wollte dich nur hinhalten«, überging sie meine Frage. »Ich hab' überhaupt nicht damit gerechnet, daß du mir gefallen wirst, und ...« Ihre Worte versickerten.

»Und?« faßte ich nach.

»Ich bin sogar ein bißchen glücklich, auch –«, sie löste sich aus der Umarmung, richtete sich auf, warf sich mit einem Schwung die Haare aus dem Gesicht, und ihre straffen Rundungen wurden provokant und aggressiv, »wenn eine Frau für dich nur ein Zeitvertreib ist.«

Es sah aus, als sprühten ihre dunklen Augen. »Du fliegst doch auf alles,was sich bewegt.«

»Wenn du weiter so übertreibst, werde ich noch überheblich«, spielte ich Grenzlein.

»Ich mag dich«, entgegnete sie. »Aber ich will dir nur sagen, daß ich deswegen trotzdem auf der Hut bin.« Sie turnte mit einem Satz aus dem Bett und drehte sich auf dem Weg zum Badezimmer noch einmal um. »Mich wirst du nicht behandeln wie Aicha.«

»Nun hör schon auf –«

»Du weißt doch, daß du sie auf dem Gewissen hast?« erwiderte sie und warf die Badezimmertüre zu.

Unschwer konnte ich erraten, daß Nimra von Badrans Schwester gesprochen hatte, an der Grenzlein eine seiner Gemeinheiten ausgelassen haben mußte. Aber ich konnte schließlich nicht zu meinem Intimfeind gehen, ihm auf die Schulter klopfen und sagen ›Lieber Junge, das ist ein Irrtum, ich bin ja gar nicht Grenzlein.‹

Jeder Gedanke an meines Doppelgängers Verfehlung mit einem Mädchen namens Aicha war bereits Zeitverschwendung. Ich würde nicht mehr dazukommen, für fremde Sünden geradezustehen, weil ich für meine eigene Panne den Kopf hinzuhalten hatte.

Nimra kam aus dem Bad zurück, mit federnden Schritten, mit der lässigen Eleganz der Wildkatze vor dem Sprung.

»Kennst du Ghassan el Sallah?« stoppte ich sie. »Er behauptet, ein Freund deines Vaters zu sein.«

»Möglich«, antwortete sie. »Mein Vater ist schon vor neun Jahren gestorben. Was ist mit dem Mann?« fragte sie.

»Er will mich heute ausweisen lassen«, versetzte ich.

»Das wagt er nie.«

»Doch«, erwiderte ich. »Es liegt ein alter Haftbefehl von INTERPOL vor, und –«

Nimra setzte sich neben mich auf das überbreite Bett und starrte auf den Boden: »Der Mann blufft«, sagte sie, doch ein wenig verunsichert. »Er würde es nie wagen, ohne das Einverständnis unserer Zentrale in Beirut zu handeln.«

»Vielleicht will ›Arabiens Speerspitze‹ auch keinen Ärger.«

»Hast du eine Ahnung. Ausgerechnet jetzt! Wir brauchen dich.«

Nimra konnte ruhig sprechen; ich hatte gestern abend, freilich aus ganz anderen Gründen, die Wanzen ausgebaut, und wenigstens unser Schlafzimmer wieder stubenrein gemacht.

»Spuck diesem el Sallah ins Gesicht«, fuhr sie fort. »Er wird sich hinterher noch dafür entschuldigen. Wir rechnen mit dir. Bonn war nur eine Generalprobe. In der nächsten Woche ist die eigentliche Premiere, und die ganze Welt wird den Atem anhalten.«

»Alles ganz schön und recht«, heizte ich sie ein bißchen an, »aber ich werde vermutlich zu dieser Zeit in einem deutschen Gefängnis Tüten kleben, und –«

»Vergiß es. Es geht wieder nach Europa. Der Mann, den wir schnappen werden, kommt zu Geheimbesprechungen mit verschiedenen Regierungschefs. Wenn wir Palästinenser diesen Burschen als Geisel haben, können wir verlangen, was wir wollen.«

»Von wem sprichst du eigentlich?« fragte ich.

Nimra sah mich einen Moment an; sie wollte sich zum Schweigen zwingen, aber auch gleichzeitig meinen Widerstand gegen die Ausweisung härten, und überhaupt bleibt eine Frau eine Frau – auch noch im Untergrund.

»Es handelt sich um den amerikanischen Außenminister«, antwortete sie stolz, als sei die Sache bereits gelaufen: »Um Mr. Alexander Haig.«

Ich sah ihrem Gesicht an, daß es keine Fantasterei war. »Was hältst du davon?«

»Gar nichts«, erwiderte ich. »Der Mann ist doch so abgeschirmt, daß kein Mensch an ihn herankommt.«

»Da unterschätzt du uns aber ganz gewaltig.« Ihr Gesicht wurde wieder starr und kalt. »Wir haben den Mann seit Monaten beobachtet. Wir sind über jeden Schritt und Tritt von ihm unterrichtet, ob er privat ist oder dienstlich. Wir haben erfahren, daß er in der nächsten Woche zu einer Blitzreise nach Europa kommt. London, Brüssel, Bonn, Paris.« Sie zog heftig an ihrer Zigarette. »Wer es so eilig hat, der fliegt. Und wer fliegt, muß landen. Kapiert?«

»Wie wollt ihr ihn am Flugplatz schnappen?« reizte ich sie. »Er ist sicher von der Polizei umstellt.«

»Außen«, antwortete Nimra. »Und unter das Bodenpersonal haben wir seit langem unsere Leute eingeschleust.« Sie sah mich voll an, mit Augen, die ihren Glanz verloren hatten: »Was sagst du jetzt?«

»Ich bin geplättet«, erwiderte ich. »Und wo findet dieser Geniestreich statt?«

»Das«, versetzte sie gedehnt, »weiß ich selbst noch nicht.«

»Wer hat diesen Coup vorbereitet?«

Nimra zögerte; dann antwortete sie: »El Hakim – der Mann, der ›Arabiens Speerspitze‹ gegründet hat.«

Ich traute diesen Desperados längst alles zu. Ihre Ziele waren nicht real, sie lagen im Nebel des Fanatismus. Es ging ihnen nicht darum, in der Palästina-Frage einen fairen Kompromiß auszuhandeln; sie wollten ihn um jeden Preis verhindern. Je mehr Verwirrung sie stifteten, desto kleiner wurde die Chance, am Verhandlungstisch eine gangbare Lösung zu finden.

Das alles war natürlich nicht neu, aber wenn diese Amokläufer mit Erfolg einen Anschlag auf den US-Außenminister verüben würden, könnte das Nahost-Problem womöglich einen dritten Weltkrieg zünden, zumal US-Politiker längst und lauthals mit einer militärischen Intervention gedroht hatten, falls die Ölstaaten ihren Boykott auf die Spitze trieben.

Die Sache war heiß, brandheiß, aber ich hatte keine Chance, meine Organisation zu alarmieren. Ich drehte und wendete das Problem wie einen alten Hut, aber ich kam nicht weiter. Sicher war Abu Sabra, dieser Zwergstaat und Ölriese, nicht daran interessiert, in die Wirren einer militärischen Auseinandersetzung zu geraten, aber ich hatte kein Recht, ohne die ausdrückliche Genehmigung meiner Organsation hier Politik auf eigene Faust zu betreiben. Einen Moment lang steigerte ich mich in die törichte Hoffnung, die Folterknechte würden aus mir die Information herausprügeln.

Die Zärtlichkeiten der Nacht hingen noch in den Ecken wie Spinnweben, aber die Stimmung war zerstört. Der Untergrund hatte die Morgenstunde überrundet.

»Siehst du, Sami«, sagte Nimra verzückt, »so etwas können nur wir dir bieten.«

Ich hörte draußen Schritte, ging in die Wohndiele, riß die Türe auf; es war nichts zu sehen. Hafez, der persische Diener, kauerte an der Tür, ergeben wie ein Hofhund.

»Darf ich schon das Frühstück servieren?« fragte er, und ich nickte. Sicher würden sie die vorsintflutlichen Foltermethoden genauso beherrschen wie die modernsten, aber sie hatten Lebensart.

Ich ging schnell unter die Brause, warf mir einen Bademantel über und machte Nimra noch einmal darauf aufmerksam, daß die Eßnische in der Wohndiele noch mit Mini-Abhörgeräten gespickt sei.

»Das ist mir völlig gleichgültig«, sagte die Tigerin, als wir die Mithörzone betraten. »Ich werde diesem Kapaun die Hölle heiß machen.«

Es war ein drolliges Echo, als uns Hafez unter ständigen Verbeugungen fragte, ob uns Major el Fausi nach dem Frühstück seine Aufwartung machen dürfe.

Ich nickte lustlos und fügte mich in die Narrenposse. Noch eine Tasse Kaffee, eine Pfeife mehr. Ich konnte die Vorstellung höchstens hinauszögern, aber nicht verhindern.

Der Major kam kurz nach acht Uhr, bewaffnet, von einer ganzen Schar Gufaras begleitet. Nimra ging sofort mit einem arabischen Wortschwall auf sie los. Der Major ließ sie ins Leere laufen und wandte sich an mich:

»Ich muß Sie leider belästigen«, sagte er höflich. »Es sind noch ein paar Formalitäten zu erledigen.«

Ich erhob mich, und das Verhängnis nahm seinen Lauf. Die stummen, sturen Wächter von gestern flankierten mich, und der Weg führte wieder nach unten. In allen Ländern der Erde scheinen die Folterkammern im Kellergeschoß untergebracht zu sein.

Während ich jetzt über den langen Gang geführt wurde, würde el Fausi meiner Begleiterin beibringen, daß ich nicht Lothar Grenzlein war, sondern ein Agent, den ein westlicher Geheimdienst in ihre Gruppe eingeschleust hatte. Unter diesen Umständen konnte ich es nur vorziehen, von den Leuten in Abu Sabra fertiggemacht zu werden statt von meinen Rúfaqàs, selbst wenn in dem Wüstenstaat öffentliche Hinrichtungen als Volksbelustigung Fußballspiele und Farb-Television ersetzten.

Ich registrierte den unterirdischen Weg, aber man würde wohl Tage brauchen, um sich in diesem Labyrinth zurechtzufinden. Wieder öffnete sich eine Stahlwand, dann eine Lifttür. Diesmal endete die Fahrt bereits im zweiten Stock. Die Polizisten winkten mir zu, und ich trat ein.

Es war eine Art Telefonzentrale, bestückt mit Fernschreibern und Tonbandgeräten. Ghassan el Sallah erhob sich und ging mir entgegen. Neben ihm stand ein Araber im blütenweißen Burnus, die Haare unter der Kapuze, die Augen hinter einer großen Sonnenbrille verborgen.

Der Ölprinz und Oxford-Araber trug wieder einen westlichen Anzug und wirkte heute trotz seiner polierten Höflichkeit irgendwie verändert. Ich hatte wieder ein leichtes Sodbrennen und so ein Gefühl, als sei auf einmal mein Körper zu schwer geworden. Doch mein Kopf arbeitete wie ein Uhrwerk, und so wunderte ich mich nicht weiter, daß der Sicherheitsbeauftragte, um Zeit zu sparen, noch einmal versuchte, auf unblutige Weise seine Information zu bekommen.

»Sie haben mir gleich gefallen«, begann er, »aber erst jetzt kann ich Sie willkommen heißen.«

Er reichte mir die Hand; ich zögerte.

»Nun seien Sie einmal nicht so zimperlich, Ferry«, sagte eine Stimme, die mir durch und durch ging. »Begrüßen Sie meinen alten Freund Ghassan mit einem festen Händedruck, wie sich's gehört.«

Das plötzliche Auftreten des Generals rollte Sand in mein Uhrwerk. Es blieb einen Moment lang stehen, und ich dachte, daß es diesen verdammten Öl-Milliardären gelungen sein mußte, den Vize unserer Organisation umzudrehen.

Ich sammelte meine Gedanken wie Kleingeld ein. Ich hatte eine lange Leitung und brauchte ein paar Sekunden, um zu begreifen, daß ich als Agent enttarnt – und doch gerettet war. So lange war es still, wenn man von Nimras Stimme absah, die den Raum füllte.

Ich erkannte nur den Klang, ich verstand kein Wort, und der Neffe des Emirs drehte den Lautsprecher voll auf: Direktübertragung aus meinem Apartment. Nimra sprach wild, schnell, ohne abzusetzen. Ihre Stimme hatte den Peitschenklang des Hasses:

»Wenn Sami nicht in einer Stunde wohlbehalten zurück ist, dann erkläre ich Abu Sabra im Namen von ›Arabiens Speerspitze‹ den Krieg!« übersetzte Ghassan el Sallah. »Dann fliegen eure dreckigen Öltürme in die Luft. Dann hängen wir euch der Reihe nach auf! Erst den Emir, mit dem Kopf nach unten, und dann –«

»Und das würden wir gerne verhindern«, sagte der Mann mit der Gebetskette lächelnd und drehte die Lautstärke wieder zurück; ohnedies wurden Nimras Haßtiraden auf Band mitgeschnitten.

Zuerst boten sie mir einen Cognac, dann eine Erklärung an. Ghassan el Sallah hatte den General während eines längeren Aufenthalts in den USA kennengelernt, und das heißt, daß er bei unserer Organisation durch einen Schnellkurs geschleust worden war. Für Abu Sabra war die Landung der von den Todeskommandos gekaperten Maschinen überraschend gekommen. Gleich drei Freiheitskämpfer hatten mich bei dem mit einer Sondermaschine aus Paris eingetroffenen Sicherheitsbeauftragten als Lothar Grenzlein verpfiffen, gegen den ein verstaubter Haftbefehl vorlag. Aber gelernt ist gelernt: Ghassan el Sallah verglich erst einmal die Fingerabdrücke, und ich hatte in der Falle gesessen.

»Unser Glück, Ferry«, erläuterte der Vize. »Mr. Sallah hat nicht erst wahllos bei den Geheimdiensten herumgehorcht und Sie dadurch wie eine Briefmarke entwertet, sondern sich gleich an mich gewandt.« Er lächelte knapp. »Und dann habe ich ziemlich schnell meinen Koffer gepackt.«

»Herzlichen Dank, Sir«, erwiderte ich und genoß seine arabische Aufmachung in der Galabija aus Baumwolle. Es sah aus, als wandelte einer der einflußreichsten Männer dieser Erde am hellichten Tag im Nachthemd. »Wenn ich mir die Feststellung erlauben darf, Sir«, sagte ich, »Sie sehen aus wie ein Karnevalsscheich.«

»Mag sein«, entgegnete er, »aber diese Maskerade rettet Ihre Haut.«

»Vielleicht nicht nur meine –«, antwortete ich und setzte an, ihnen die Schau zu stehlen und die Überrumpelung heimzuzahlen. »Vielleicht sind wir jetzt auch in der Lage, ein Attentat auf Mr. Alexander Haig zu verhindern.«

»Was sagen Sie da?« erwiderte der General.

Mein Fausthieb hatte ihn sozusagen am Punkt erwischt; aber auch das Gesicht des Ölprinzen spannte sich.

»Das Neueste«, sagte ich. »Die Information ist noch keine Stunde alt.«

»Wieso haben wir das nicht mitgehört?« kam der Zauberlehrling unserer Organisation auf das Nächstliegende.

»Weil ich Ihre Wanzen im Schlafzimmer ausgebaut habe«, versetzte ich, und der Quadratschädel grinste anerkennend. »Der Anschlag steigt in der nächsten Woche. Auf einem Großflughafen. Entweder in Paris oder London oder Brüssel oder Bonn-Wahn. Irgendwie ist es ›Arabiens Speerspitze‹ gelungen, in das Bodenpersonal eigene oder gekaufte Leute einzuschmuggeln. Ich würde sicherheitshalber alle weiteren Flughäfen unter die Lupe nehmen, auf denen der US-Außenminister während seines Europatrips landen könnte.«

»Vielen Dank für den Ratschlag, Ferry«, antwortete der General spöttisch.

»Jetzt ist mir auch klar«, sagte Mr. Sallah, »warum ich aus Beirut wegen der Entlassung Nimras und Konsorten pausenlos bedrängt werde.«

»Well«, schloß der Vize. »Wir arbeiten in dieser Sache zusammen. Wir haben gemeinsame Interessen. Mein Freund Ghassan verfügt über Informationen, daß Sie staunen werden. Die Frage ist nur«, reizte er mich, »wieviel Sie in einer Stunde aufnehmen können.«

Ich überflog das Material aus Beirut, stellte Fragen. Nach einer Stunde und vier Minuten waren wir fertig, und ich hatte auch die sensationelle Wendung verdaut, die mein Einsatz genommen hatte.

31

24 Stunden später saßen wir in einer Chartermaschine, die von Abu Sabra zum Direktflug nach Beirut gestartet war, und Nimra, die neben mir saß, sonnte sich in dem Stolz, mich, Mahmud und Achmed als erste aus dem Luxusgefängnis des Wüstenstaates befreit zu haben.

Unter uns lag das Sandmeer Saudi-Arabiens, und der Flugkapitän der 707 suchte bereits um die Genehmigung nach, auch Syrien überfliegen zu dürfen. Keine Wolke stand am Himmel, der sich wie eine seidigblaue Riesenkuppel über uns wölbte.

Wir flogen Stunde um Stunde, über Wüstengebiete hinweg, die kein Ende nahmen. Mitunter kam eine kleine Oase in Sicht, oder eine Zone, in der das Schwarze Gold gefördert wurde. Die Bohrtürme sahen winzig aus wie Streichhölzer, die im Sonnenglast zitterten, aber ihre Besitzer entschieden, ob in Japan die Lichter ausgingen, oder die deutsche Automobilindustrie künftig zu Fuß gehen müßte.

Es war grotesk, aber die größte Gefahr drohte mir in Beirut aus privaten Gründen: Aicha, Badrans Schwester, war von Grenzlein verführt und weggeworfen worden, und die Verlassene hatte sich in einem Anfall von Schwermut vergiftet. Der Familienclan machte Grenzlein für ihren Tod verantwortlich, und der Haß, mit dem er meinen Doppelgänger verfolgte, reichte bis zur Blutrache.

»Unterschätzen Sie diesen Vorfall nicht«, repetierte ich Ghassan el Sallahs Warnung. »Wir können zwar Badran hier noch eine Weile festhalten, aber er hat noch einen Vater und zwei Brüder, und alle drei gehören zur ›Volksfront‹, einem radikalen Terrorklüngel. Diese Leute bringen es ohne weiteres fertig, Sie auf offener Straße niederzuschießen.

Eine hübsche Stewardeß bot uns Erfrischungen an, und nach dem Motto: Wer Sorgen hat – wählte ich einen Whisky.

»Wo sind wir jetzt?« fragte ich sie.

»20 Flugminuten vor Damaskus«, antwortete die schicke Bordfee.

Nimra strahlte wie eine Ballkönigin, aber sie tanzte einen Todesreigen. In einem Barackenlager hatte sie den Haß mit der Muttermilch eingenommen und statt mit Puppen mit Maschinenpistolen gespielt. Dann war sie von den Funktionären des Terrors direkt aus dem Slum angeworben und der verhetzten und verheizten Generation eingereiht worden.

Wir überflogen Syrien. Man sah in der Ferne die Golan-Höhen, und die Luftstraße wich nördlich den israelischen Kampfverbänden aus, die im Jom-Kippur-Krieg bis auf 40 Kilometer an Damaskus herangekommen waren.

Meine Kumpane sprangen auf, fuchtelten mit den Fäusten und stießen wilde Verwünschungen aus; außer mir blieb nur Jussuf sitzen, ein Einzelgänger, der sich häufig absonderte.

Der Spuk endete rasch. Die Berge des Libanon kamen in Sicht. Die

Boeing ging mit der Höhe herunter. Ich griff mechanisch nach dem Anschnallgurt, aber der Tower ließ uns noch eine Weile über Beiruts Flughafen Khaldé kreisen, als müßten erst noch die Teilnehmer für einen Massenempfang zusammengetrommelt werden.

Wir kurvten zwischen weißen Bergrücken und blauem Mittelmeer, ohne den großartigen Anblick zu genießen. Man nennt den Libanon Schweiz des Ostens, was nur geographisch, aber nicht politisch zutrifft, denn zwischen der Steilküste, den Ruinen aus der Kreuzritterzeit, den engen Suks und den breiten Boulevards hat sich die Etappe des Terrors angesiedelt nebst ihren Mordfabriken, die mit ihren blutigen Anschlägen die halbe Welt heimsuchen

Ein sanfter Ruck; wir waren gelandet und starrten hinaus. Keine Reporter, keine Massenbegeisterung, keine Fahnen, keine Sprechchöre – eine vergessene Maschine war auf einem schläfrigen Flugplatz gelandet.

»Ihr habt doch wohl nicht alle Tassen im Schrank«, grinste ich in die enttäuschten Gesichter meiner Kumpane: »Sollen die mit dem Finger auf uns zeigen?«

Die Landetreppe wurde herangefahren, das Ausstiegluk aufgestoßen. Eine schwere Limousine rollte heran. Ein dünner, großer Zivilist stieg aus und stapfte gemächlich die Gangway hoch. Er war El Hakim, Kettenraucher, Whisky-Trinker, Drahtzieher des Untergrunds – der Mann, der den US-Außenminister kidnappen wollte.

32

Ganze Straßenzüge in Beirut waren zerstört. Die Stadt, Opfer des Bürgerkriegs zwischen Moslems und Christen, zwischen Einheimischen und Palästinensern, glich einer eiternden Wunde, die sich nicht schließen ließ und drohte, den ganzen Organismus, die Welt, zu vergiften. Zuletzt waren auch noch die Syrer einmarschiert und hatten den Libanon kassiert wie eine überreife Frucht. Es änderte auch nicht viel. Geschossen wurde Tag für Tag und Nacht für Nacht. Auf Moslems, auf Syrer, auf Palästinenser, auf UNO-Soldaten, die das unruhige Land neutralisieren sollten.

Man lebte mit dem Hinterhalt, und dabei ging das Leben weiter, als sei es normal.

Ich hatte nie zuvor eine lebendigere Stadt gesehen; sie wirkte europäisch und doch typisch orientalisch. Eselsfuhrwerke kämpften mit Straßenkreuzern um die Vorfahrt. Hupkonzerte. Kreischende Bremsen. Die meisten Fahrer kannten nur Gaspedal oder Bremse.

Wie heiß das Pflaster für uns war, merkte ich sofort. Gleich nach Verlassen des Flugplatzes hatte sich ein dunkelgrüner Ford angehängt. Meine Begleiter sahen ihn nicht. El Hakim, der den Buick selbst steuerte, stellte in seiner Muttersprache kurze, scharfe Fragen und erhielt zögernde, verlegene Antworten. Es kam mir wie ein Verhör vor. Als die Namen Issa und Moamer fielen, die in Bonn auf der Strecke geblieben waren, wußte ich, daß El Hakim seinen Leuten Vorwürfe machte.

Nimra schwieg verbissen und sah verärgert zum Fenster hinaus. Nach der falschen Seite. Ich war jetzt ganz sicher, daß wir von dem Ford verfolgt wurden. Polizei? Libanesischer Geheimdienst? Oder eine Konkurrenzgruppe? Womöglich aber hatte ich auch den Guerilla-Anführer unterschätzt, und er sicherte uns durch ein Begleitkommando ab.

Wir erreichten die Corniche Mazraa, passierten das vierstöckige Gebäude der Palästinensischen Befreiungsorganisation. El Hakim drehte sich nach mir um: »Entschuldige, Sami«, sagte er, »von jetzt ab sprechen wir Englisch.«

Der Flughafen liegt fünf Kilometer südlich der Stadt, in die ich zum ersten und sicherlich auch zum letzten Mal gekommen war. Ich hatte die Straßenkarte auswendig gelernt und machte einen Blitzkurs in Orientierung. Wir gerieten in eine Umleitung und fuhren eine Weile im Kreis herum. Auf einmal rollten wir durch die Rue Clemenceau, und ich sah zu den Fenstern der französischen Botschaft hoch, als könne ich Diana sehen. Ich spürte die Sehnsucht im Nackenwirbel, aber ich zwang mich, wieder nach hinten zu schauen. Unsere Verfolger waren etwas zurückgefallen, aber sie holten bereits wieder auf.

Meine Begleiter hatten sie noch immer nicht entdeckt.

Wir erreichten die Rue de Verdun, eine friedliche Straße, der nur dei Fedajin-Wachen vor dem Haus in der Mitte einen kriegerischen Anstrich gaben. Der Neubau, den die Polit-Gang – eine von mindestens zwanzig in Beirut – zu ihrem Hauptquartier gemacht hatte, glich einem Haus, wie es Lehrer, Bankangestellte und Beamte bevorzugen. Tiefgarage, sechs Stockwerke, Lift. Das ganze Erdgeschoß war zu einer einzigen Wachstube ausgebaut. Der Ford hinter uns war verschwunden.

Die Posten vor dem Haus grüßten stramm.

Die Nr. Eins bei ›Arabiens Speerspitze‹ rief den Wachhabenden, deutete auf mich und sagte in arabischer Sprache, daß ich ein verdientes Mitglied der Kampforganisation sei.

So gelangte ich ohne Schwierigkeit in die Zentrale der Terroristengruppe, die Frage aber war, wie ich aus diesem Maßatelier des Mordes wieder herauskommen würde.

Als wir das Arbeitszimmer des Hausherrn betraten, legte El Hakim seine Hand um meine Schulter; es war eine Herzlichkeit, die frösteln machte. Der Mann war, gleich seinen Rivalen und Feinden Dr. Habash und Dr. Hawatmeh, die die Heilkunde mit dem Mordhandwerk vertauscht hatten, Arzt. Sein von Falten plissiertes Gesicht hatte eine ungesunde Farbe. Mitunter blinzelten seine Augen nervös.

Zuerst gab's Whisky und dann Ärger. »Cheers, Freunde«, sagte El Hakim. »Ich bin froh, daß ihr wieder zurück seid, aber ich fürchte, ihr habt mehr Mut als Verstand gehabt. Bonn«, setzte er hinzu, »war Pfusch.«

»Ich lasse mir deine schlechte Laune nicht länger gefallen«, erwiderte Nimra. Wie wir alle hatte sie bemerkt, daß der Guerilla-Boß ein wenig gewaltsam auf ihr herumhackte.

»Wo ist der deutsche Vizekanzler?« fuhr El Hakim mit der Manöverkritik fort. »Wo die Wirtschaftsführer, die Politiker? Ihr habt zwar ein ganz schönes Remmidemmi gemacht, aber bei näherer Betrachtung zwei Mann verloren und eigentlich nur die eigene Haut gerettet.«

Nimra kehrte ihm demonstrativ den Rücken, die anderen standen mit gesenkten Köpfen. Nur ich sah in seine kleinen, starren Hechtaugen.

»Dich nehm' ich aus, Sami«, stellte er fest. »Du hast diese verfahrene Geschichte noch halbwegs durchgezogen.«

»Nicht ich«, wehrte ich ab. »Das Kommando hat Nimra geführt.«

»Und offensichtlich mit Erfolg«, konterte der Mann mit einem bissigen Lächlen. »Jedenfalls bei dir.«

Nimra versuchte, ihn mit den Augen zu töten, aber das überlebte er natürlich.

»Außerdem will ich auch gar nicht tadeln, sondern auszeichnen«, änderte der Senkrechtstarter des Untergrunds die Tonart. »Ihr erhaltet einen Auftrag, um den euch jeder patriotische Palästinenser beneiden wird.« Er ging auf einen großen Tisch in der Ecke zu, zog die Decke von einem Modell und sagte begeistert: »Hier macht ihr Weltpolitik.« Es war ein moderner Weltflughafen aus Pappe und Holz. Ich sah mir die Pisten an, die Abfertigungsgebäude, die

Hangars. Hier war ich schon ein paar Dutzendmal gestartet und gelandet. Ich betrachtete die maßstabsgetreue Nachbildung und spürte dabei Nimras warnenden Blick – aber ich hätte ohnedies nicht zu erkennen gegeben, daß ich von ihr über das Attentat auf den US-Außenminister informiert worden war.

»Ein Flugplatz?« fragte Achmed schwerfällig. »Welcher?«

»Das erfährst du noch früh genug«, erwiderte El Hakim.

»Wann?« fragte Mahmud.

»Sehr bald schon«, versetzte der Generalstabschef des Wahnwitzes.

Der Flugplatz war London-Heathrow, der Welt viertgrößter Airport. Hier also sollte das Attentat erfolgen, und das mußte meine Organisation auf dem schnellsten Weg erfahren. Mit wenig Hoffnung überlegte ich meine Chance, an meinen V-Mann Dave heranzukommen. Unauffällig. Unverzüglich.

Eile tat Not. Denn die Terroristen handelten nach dem System: Zeit ist Mord.

Dann sah ich Nimra, und ich hatte das Gefühl, daß sie ihrem Anführer die Beleidigungen heimzahlen würde. Ihre Augen glänzten drohend, und der Körper spannte sich zur gefährlichen Eleganz der Tigerin vor dem Sprung. Sie war zu stolz, um sich von El Hakim demütigen zu lassen, und in diesem Moment wirkte sie animalisch wild und hinreißend schön. Ihr Gesicht war eine offene Kampfansage an ihren Gegenspieler; sie ließ uns stehen, ging aus dem Raum, warf die Tür; sie knallte wie ein Pistolenschuß.

Oder wie ein Gongschlag, der die letzte Runde einleitete.

Mein Ziel war in Sicht, aber die letzte Meile ist die längste, für einen Läufer wie für einen Agenten. Im Hauptquartier der Terroristen wurde mir ein Apartment im ersten Stock, gleich neben dem Hausherrn des Hasses, zugewiesen, während Nimra – zufällig? – zwei Etagen höher untergebracht wurde.

Es war Freitag nachmittag 16 Uhr, und aus dem Radio brodelte die erste Nachricht, daß der US-Außenminister am nächsten Montag zu einem überraschenden Blitzbesuch nach Europa kommen würde.

Wie war es möglich, daß arabische Terroristen längst vor europäischen Staatsmännern seine Reisepläne kannten? Reichten Dollars und Beziehungen bis in das US-Außenministerium, so daß Fanatiker von langer Hand die Entführung des Spitzenpolitikers planen konnten?

Obwohl unsere Organisation, von mir vorgewarnt, längst dabei war, Europas Flughäfen zu durchleuchten, mußte ich auf schnellstem Weg meinem V-Mann Dave das Stichwort London zuspielen.

Das war jedenfalls leichter gesagt, als getan. Während ich Möglichkeiten durchging, die alle nichts taugten, erhielt ich unerwartet Hilfe! Meine Komplicen, diese Narren zwischen Karl Marx und Karl May, meuterten gegen die Ausgangssperre.

»Alles recht und schön«, moserte Mahmud. »Ich geh' in den nächsten Einsatz. Ich laß mich freiwillig verheizen, aber ich laß mich hier nicht einfach einsperren.«

»Wir stellen uns gemeinsam auf die Hinterbeine«, schlug Achmed vor.

El Hakim saß in seinem Arbeitszimmer wie eine Spinne im Netz, und die Fäden waren lang und blutig. »Kommt herein, Freunde, und weint euch aus«, empfing er uns. Er fläzte sich in seinen Stuhl, die Füße auf dem Schreibtisch, die Whisky-Flasche nur eine halbe Armlänge entfernt. Ein Arzt, der aussah wie ein unheilbarer Patient. »Laßt mich mal raten, was ihr wollt, Freiheitskämpfer.« Er sah mich an und nickte beifällig, als ich mich unaufgefordert aus seiner Flasche bediente: »Die Kameraden meckern, weil sie was erleben möchten, aber sie haben keinen Mumm, mich darum zu bitten, und schieben dich vor, Sami.« Er lächelte. Die Zunge fuhr über seine Schneidezähne wie über einen Wetzstein. »Stimmt's?«

»Einigermaßen«, erwiderte ich und mimte Grenzlein. »Die Helden sind läufig.«

»Und du?« fragte El Hakim.

»Ich hab's da etwas leichter«, antwortete ich und warf einen anzüglichen Blick nach oben, wo Nimra wohnte. »Kein Notstand«, gab ich an. »Wenn du uns wirklich unter Verschluß halten willst, werde ich mich in diesem Haus als Selbstversorger betätigen.«

Es war ein Schlag unter die Gürtellinie; man konnte sehen, wie Jussuf, Achmed und Mahmud die Luft anhielten. Ein paar überständige Sekunden lang sah es so aus, als wollte mir der Freischärler-Boß sein Glas ins Gesicht werfen. Dann lachte er rauh, und die Mienen meiner Rúfaqàs entspannten sich.

»Mit Weibern geht's dir gut, Sami«, lobte er mich tadelnd.

»Kann nicht klagen«, versetzte ich. »Aber wenn wir schon dabei sind, in meinem Privatleben herumzustochern«, tat ich einen weiteren Schritt in den Schuhen meines Doppelgängers: »Wie steht's eigentlich mit den Piepen?«

El Hakim erhob sich langsam, in Raten, als müßte er sich dabei anstrengen. »Morgen bekommt ihr Spesen und Pässe. Ab morgen ist es dann Sense mit Ausgang.« Er ging an seinen Wandtresor. »Ich laß euch heute noch einmal flitzen, unter der Bedingung, daß ihr zusammenbleibt.«

»Jawohl, Boß«, alberte ich und schlug die Hacken zusammen.

Der Safe war durch eine Zahlenkombination zu öffnen, wählbar wie auf einer Telefonscheibe. El Hakim verdeckte sie mit dem Rücken, aber ich stand seitwärts und bekam die ersten beiden Ziffern mit. Zwei sind zu wenig, wenn es sich um eine sechsstellige Kombination handelt. Noch etwas erfaßte ich: Sowie man den Tresor öffnen wollte, flammte am Gang ein rotes Licht auf, und die Tür des Arbeitszimmers verriegelte sich automatisch.

El Hakim griff sich achtlos aus dem Safe einen Packen libanesischer Pfundnoten, aber der in die Wand eingelassene Stahlschrank barg noch ganz andere Schätze: Er enthielt die komplette Buchhaltung des arabischen Untergrunds. Die Namensliste der Mordkommandos und ihrer europäischen Helfershelfer. Die Geldgeber, und die Summen, mit denen sie den Terror finanzierten. Geheimpläne vom Absturz einer mit Sprengstoff gefüllten Maschine über einer deutschen Großstadt bis zur bakteriellen Vergiftung des Trinkwassers.

Ich sah betont gelangweilt zum Fenster hinaus, als die Nummer Eins von ›Arabiens Speerspitze‹ den Safe wieder schloß.

»Taschengeld«, sagte er und warf uns die Scheine zu. Die rote Lampe erlosch, und die Türe war entriegelt.

Wenn es mir gelang, den Panzerschrank auszuräumen und mit seinem Inhalt zu türmen, war meine Mission in Nahost erfüllt.

Wenn – und dabei wußte ich noch nicht einmal wie.

33

Daß sich der Untergrund stolz an der Oberfläche präsentiert, das gibt es nur in Beirut. Jussuf, Mahmud, Achmed und ich zwängten uns in Nimras kleinen Renault. Zwar war für mich die Zentrale meiner Gegenspieler in der Rue de Verdun wohl der sicherste Ort in der libanesischen Hauptstadt, aber es führte kein anderer Weg zu Dave.

Die Tigerin zeigte sich über den rüden Empfang noch immer so erbost, daß sie während der Fahrt kein Wort mit uns sprach. El Hakim war der Typ des Machtprotzes mit sadistischen Zügen, besessen und unberechenbar. Ich fühlte von Anfang an, daß er seine

Kommandoführerin kränken wollte. Warum? Gab es zwischen den beiden eine persönliche Beziehung?

Nimra hielt vor dem Großen Serail und forderte uns mit einer Geste auf, auszusteigen.

»Aber wir haben doch den Befehl, zusammenzubleiben«, sagte Achmed.

»Halt die Klappe«, erwiderte sie gereizt. »Du hast heute schon genug geschwätzt.«

Sie fuhr zu ihrer Mutter weiter, und wir begannen, uns zielstrebig durch die Kaffees und Teestuben zu arbeiten. Die Straßen waren farbig und laut, ein erregendes Gewirr von Geräuschen und Gerüchen. Den Spuren meines Vorgängers war leicht zu folgen. Er würde sich wohl benehmen wie ein Matrose an Land. In diesem Sinne waren meine arabischen Kumpels Leichtmatrosen, und so vermutete ich, daß wir über kurz oder lang im Hafengebiet landen würden.

Wir tranken Unmengen von Arrak. Achmed, der seinen Arm in der Schlinge trug, zeigte stolz die Wunde vor, die er sich, wie er sagte, im Kampf um Palästina geholt hatte.

Wir gingen über den Gemüsemarkt, pflügten uns durch das Getümmel scheinbar ziellos weiter. Wir tigerten durch Geschäftsstraßen. In den prallgefüllten Schaufenstern verwelkte westlicher Luxus. Die Pforte des Orients zeigte Saisonschlager beinahe gleichzeitig mit Paris, London und Düsseldorf.

Wir hatten den Norden der Stadt erreicht. Auf einmal waren die Männer in der Überzahl, und fast alle trugen eine Art Uniform, den gefleckten Kampfanzug des Fedajin, und waren damit exterritorial im Libanon. Ein Staat im Staate, Gäste, die wie eine Besatzung auftraten. Von der Bevölkerung bewundert und verachtet. Ein bizarres Bild: Mit der MP über der Schulter verhandelten sie mit den Mädchen, folgten ihnen in die Absteigen, hängten die Waffe an den Haken und schlüpften aus der Tarnjacke. Der Sold, den ihnen die Ölscheichs zahlten, blieb im Lande und nährte es unredlich, und so wuschen sich alle die Hände im Petroleum.

Wir sahen die ersten Hafenmädchen, umlagert von Männerscharen, die einander die Preise verdarben. Jussuf, der sich erst noch in Stimmung trinken wollte, blieb bei mir in einem Straßen-Café. »Bumst schneller, Genossen«, rief ich den anderen nach.

Sie stürzten sich grinsend auf das Angebot. Zwei Verschwörer, die den US-Außenminister entführen sollten, und jetzt nur in

Blond, Schwarz oder Rot dachten, nebst den dazugehörigen Körpern.

Achmed verschwand mit einer üppigen Französin, die sich die Rückfahrkarte nach Bordeaux verdienen wollte, und Mahmud schwankte zwischen einer dunkelhäutigen Abessinierin und einer blassen Schwedin, die vielleicht so wenig eine war, wie mein Freund Dave ihr Landsmann, an den ich heute noch unbemerkt herankommen mußte.

Das Café war voll besetzt, gewissermaßen eine Tribüne der Lotterstraße: Zuhälter neben Zuschauern, und dazwischen die Nargileh-Raucher, die ihr ewiges Trick-Track spielten und rote Kopfbedeckung trugen, wie die Squad 16, die einzige Eiliteeinheit der libanesischen Polizei.

»Was ist los mit El Hakim?« fragte ich Jussuf. »Was hat er auf einmal gegen Nimra?«

Mein Rúfaqà schwieg.

»Ist er eifersüchtig?« bohrte ich weiter. »Und auf wen sollte er es sein?«

»Wenn er es ist«, erwiderte der Junge feixend, »dann wohl auf dich.«

»Heraus mit der Sprache«, sagte ich.

»Von mir erfährst du nichts«, startete er seine Indiskretion. »Aber verstehst du, er war immer hinter der Tigerin her. Bei jeder Gelegenheit. Und ohne Chance. Er hat auf ihren Ehrgeiz spekuliert und ihr das Bonner Kommando übergeben – und jetzt bist du auf einmal da –«

Meine Vermutung bestätigte sich. Unter anderen Umständen hätte ich den Hörnern, die ich El Hakim aufgesetzt hatte, mehr Freude abgewonnen, aber so schmückte ich den Gedanken nicht weiter aus.

Auf einmal war ich hellwach. Es ist jahrelanges Training. Wenn ich beschattet werde, dann signalisiert mir das mein Körper wie ein Radar. Zwei Burschen, ein kleiner, untersetzter, mit einem leeren Gesicht und ein etwas größerer, der aussah, als hätte er sich seit Wochen nicht mehr richtig sattgegessen, waren hinter uns her.

Ich machte die Gegenprobe und bestellte laut ein Taxi.

Der Dünne verschwand, vermutlich, um seinen Wagen zu holen.

Eine halbe Stunde später kamen Achmed und Mahmud zurück; ihr Abenteuer hatte sie wenig befriedigt. Ich faselte etwas von einer speziellen Adresse in Rausche, dem gehobenen Amüsierviertel im Südwesten der Stadt.

Wir fuhren im Taxi los, und ich merkte, daß uns ein Landrover folgte. Vom Meer her wehte dunstige Luft in die Stadt, und Abkühlung tat auch not. Wir rollten durch die Rue de Awzai, die wie eine Lebensader den Verkehr in Nord-Süd-Richtung durch Beirut pumpt und dabei dreimal den Namen wechselt. Fast ohne Dämmerung fiel die Nacht ein wie ein dunkler Vorhang, und das Neonlicht spiegelte sich in den Gesichtern eines Amüsierpöbels, dem das Geld so locker saß wie das Messer.

Ich kauerte neben dem Fahrer und dirigierte die Richtung. Der Landrover war immer hinter uns her, manchmal ganz nah, dann wieder in größerem Abstand.

»Wir sind doch ganz falsch«, sagte Jussuf.

»Dreht euch mal unauffällig um«, machte ich sie auf die Verfolger aufmerksam.

Wir rollten über die südliche Ausfahrtstraße. Die Stadt ging schon allmählich in Land über. Ich hatte mir die Straßensituation eingeprägt: Gleich mußte Daves Ramschladen mit den faulen Antiquitäten auftauchen.

»Jetzt schaltet mal ganz fix«, sagte ich zu meinen Rúfaqàs. »Wenn ich anhalten lasse, springst du, Achmed, nach links in das Café, und ich verkrümle mich nach rechts. Ihr beide«, wandte ich mich an Mahmud und Jussuf, »fahrt hinter dem Landrover her. Vielleicht könnt ihr feststellen, wer die Burschen sind und was sie wollen –«

Sie hatten eine lange Leitung, aber kapierten das Manöver gerade noch rechtzeitig.

»Stop«, sagte ich zu dem Fahrer.

Achmed flitzte nach links, und ich machte in Antiquitäten, und einen besseren Vorwand, an Dave heranzukommen, gab es wohl nicht.

Er lieferte gerade einen der Auftritte, die ihn in kurzer Zeit zu einem Original gemacht hatten: Eine Amerikanerin schacherte mit ihm um den Preis eines garantiert gefälschten Krugs, und Dave warf ihn ihr verärgert vor die Füße.

»Scherben bringen Glück«, rief ich lachend; er sah mich nicht einmal an, griff nach seinem Schnaps, obwohl er schon voll sein mußte wie eine Haubitze – wenn auch nur mit auf Cognac-Flaschen gezapftem Tee.

Ich nahm einen gipsernen Cäsar zur Hand.

»Da hab' ich noch viel bessere Stücke«, sagte er, zog mich in den Laden hinein, und reichte mir eine halbe Venus.

»Echte Ausgrabung!« schrie er. »Verschenk' ich beinahe!«

Wir markierten ein erstklassiges Verkaufsgespräch; laut, wenn es um den Preis, und unhörbar, wenn es um das Eigentliche ging.

»London-Heathrow«, sagte ich. »Montag.«

»Und wer garantiert mir, daß das keine Fälschung ist?« schrie ich dann.

»Wenn Sie mich beleidigen wollen, werfe ich Sie aus meinem Laden hinaus!« brüllte Dave, angelte sich die Flasche und raunte mir zu: »Ich hab' eine Bude in der Rue de Verdun organisiert. Du kannst deinen Mini-Sender einschalten. Aus Abu Sabra habe ich über den General vier zuverlässige, erstklassige Burschen erhalten. Mit denen kannst du dem Teufel das Feuer aus der Hölle klauen.«

»Wir müssen einen Tresor knacken«, erwiderte ich. »Besorg mir Dynamit.«

»Bloß vierzig Pfund«, schrie Dave. »Lächerlich! Bin doch kein Wohlfahrts-Institut.«

»Wenn alle Stricke reißen, werden wir die Rue de Verdun stürmen«, sagte ich. »Stichwort ›Betriebsausflug‹.«

»Große Worte am frühen Abend«, erwiderte er und wußte so gut wie ich, daß wir uns der Methoden unserer Gegner nur teilweise bedienen durften. Mord war verpönt, auch wenn er ein Blutbad verhindern würde.

»Ist doch alles Plunder!« brüllte ich, und der Mann unserer Organisation scheuchte mich laut schimpfend aus seinem Laden.

34

Es war dunkel auf der Straße, die ich scheinbar achtlos betrat. Ich sah weder nach links, noch nach rechts. Doch aus den Augenwinkeln erfaßte ich sofort den Landrover, der mit ausgeschalteten Lichtern heranbrauste.

»Sami!« schrie Achmed auf der anderen Seite.

Der Fahrer des Landrovers nahm Maß, trat das Gaspedal durch und versuchte, mich frontal zu rammen.

Ich sprang beiseite – und hatte den ersten Mordanschlag in Beirut überlebt.

Aus den umliegenden Häusern quollen die Gaffer. Jussuf und Mahmud kamen zurück und fuchtelten mit den Fäusten hinter dem Landrover her, den sie besser mit dem Taxi verfolgt hätten.

»Das nächstemal schieß' ich diese Kerle über den Haufen wie tollwütige Hunde«, drohte Achmed.

»Und zwar mit dem Mund«, erwiderte ich, »weil du deine Kalaschnikow wieder zu Hause gelassen hast.«

Zunächst einmal verschwanden wir vor dem Auftauchen der Polizei, obwohl sie sich sicher Zeit lassen würde. Zwischenfälle dieser Art gehören zu Beirut, der vermutlich heißesten Stadt der Welt, wie die Taubengrotten, die Serail-Moschee, die Bankpaläste und die Omnibusse mit den verhängten Fenstern, in denen die Scheichs aus dem Hinterland ihren Harem spazierenfahren ließen.

»Habt ihr die Kerle erkannt?« fragte ich.

»Bin nicht sicher«, sagte Mahmud. »Einer, glaub' ich, war von der ›Volksfront‹ und heißt Kamal.«

Kamal hieß auch einer von Aichas Brüdern, aber Kamals gab es in Beirut wie Sand am Meer.

Wir schnappten uns wieder ein Taxi und fuhren in die Stadt zurück. Ich sah eine Telefonzelle. »Tut mir leid«, sagte ich zu meinen Genossen, »aber wir müssen El Hakim verständigen.«

»Sami«, meldete ich mich, als der Mann in der Leitung war. »Schöne Grüße aus dem Jenseits.«

»Angesoffen?« fragte El Hakim.

»Die ›Volksfront‹ hat etwas gegen uns.«

»Was war los?« fragte er scharf, und seine Stimme unterschlug den Whisky-Pegel.

Ich nannte ihm das Kennzeichen des Landrovers. El Hakim befahl uns, sofort in die Rue de Verdun zurückzukehren.

»Wo ist Nimra?« fragte er.

Ich schwieg.

»Wo?« wiederholte er.

»Sie ist zu ihrer Mutter gefahren«, verpfiff Achmed die Tigerin.

Seltsamerweise überging der Terroristenboß die Provokation Nimras – aber ich kannte ihn noch nicht.

»Ich glaube, sie betrügt uns beide«, sagte er lachend.

Nimra blieb über Nacht weg. Sie kam erst am Morgen, kurz bevor El Hakim den Coup von London erläuterte.

Er nahm wieder die Decke von dem Airport-Modell und deutete auf die Piste sechs: »Hier hebt ihr die Welt aus den Angeln«, berauschte er sich.

Der Plan war ungeheuerlich: Ein Kommando war bereits in London unter das Bodenpersonal eingeschleust und sollte uns und einer zweiten Gruppe in einem Versorgungsfahrzeug die Waffen liefern.

»Während der Landung des Ministers«, erklärte El Hakim,

»schießt die Gruppe zwo einen vollbesetzten Jumbo in Brand. Die Polizei ist abgelenkt, und ihr stürmt aus dem Transitraum und schnappt euch Mr. Vance.«

»Und wenn die Polizei nicht wegläuft?« fragte ich.

»Dann legt ihr sie um.«

»Und wenn Vance von FBI-Männern begleitet ist?«

»Für was habt ihr denn eure Kalaschnikows?« fragte der Mordarzt. »Hast du Angst?«

»Nie«, erwiderte ich, »aber ich mach' nun mal Nägel mit Köpfen.« Ich zog an meiner Pfeife. Der würzige Duft der dänischen Tabakmischung verbreitete sich im Raum und überlagerte den Blutgeruch. »Ist das Kommando zwo schon in Marsch gesetzt?«

»Bereits in Zürich. Ihr fliegt mit den Genossen in der gleichen Maschine nach London weiter. Es bleiben euch 71 Minuten Zeit.«

»Angenommen, die Sache klappt. Was dann?«

»Die Bedingungen stelle ich. Ihr erhaltet Anweisung über Funk.«

»Und wenn die Amerikaner nicht darauf eingehen?« fragte ich.

»Dann habe ich für alle Fälle noch einen Notlandeplatz für euch«, versicherte er.

»Und was ist meine Aufgabe?« fragte Nimra.

»Erfährst du noch heute abend«, antwortete El Hakim, und seine Stimme hatte einen satten Klang.

Es machte ihm nichts aus, 200 oder 300 Menschen zu ermorden, aber das war noch nicht einmal das Schlimmste. Ein Anschlag auf den US-Außenminister wäre zugleich ein Attentat auf den Frieden. Trotz aller Rückschläge deutete sich in Nahost eine leichte Entspannung an. Durch den Suez-Kanal fuhren wieder Schiffe. Damaskus hatte nach langem Sträuben eine Gefangenenliste veröffentlicht. Der Ölboykott erwies sich als preistreibender Bluff, und es wurde nicht mehr jeder Wucherpreis bezahlt. Die Privilegierten des Petroleums hatten in den westlichen Industriestaaten bereits gewaltige Summen investiert; wenn sie die Wirtschaft schädigten, legten sie Hand an ihr eigenes Vermögen.

In diesem Stadium bestand keine unmittelbare Kriegsgefahr, aber die Entführung des US-Friedensmaklers würde die Lunte an das Pulverfaß Nahost halten.

Das war die Absicht der palästinensischen Extremisten – und Amokläufer fragen nicht danach, ob sie bei ihrem Todeslauf selbst vor die Hunde gehen.

Ich hatte den in den Ring eingearbeiteten Mini-Sender eingeschaltet. Dave oder sein Beauftragter konnten jedes Wort mithören.

Das Attentat würde niemals stattfinden – aber was Dave nicht erfahren konnte, war mein Entschluß, notfalls sämtliche Regeln unserer Organisation zu überfahren, um diese Polit-Bande zu zerschlagen.

Wir fuhren ins Camp Harba, ein sorgfältig abgeschirmtes Barakkenlager in der Nähe des Flugplatzes. Wir wurden von einer Art Maskenbildner, der sein Handwerk verstand, hergerichtet und dann fotografiert. Ich erhielt einen britischen Paß; Jussuf und Achmed reisten mit pakistanischen Ausweisen. Sie sollten mit mir, über die Zwischenstation Cypern, nach Zürich weiterfliegen, während die anderen über Spanien in die Schweiz einreisen würden.

Wir erhielten die Tickets, Adressen, Termine und Geld. Auf einem sandigen Gelände probten wir das Kidnapping im Weltflughafen. Nebenan übten acht- bis zehnjährige Jungen das Erstechen von Strohpuppen, die mit Amihelmen oder Davidsternen versehen waren. Es tat den Attrappen nicht weh, daß ihnen die Innereien herausgerissen wurden, aber die Kinder waren für ihr ganzes Leben mit Haß vergiftet, der sie zu Robotern des Tötens machte, im Olympiadorf wie in London-Heathrow.

Bis zum Abend hatten wir Mr. Vance etwa ein Dutzendmal entführt und noch immer nicht gegriffen. Wir kannten den Terminplan und die Treffpunkte auswendig. El Hakim war so zufrieden, daß er uns zum Abendessen in das Casino du Liban, 24 Kilometer außerhalb der Stadt, auf der Straße nach Tripoli einlud; Spielsäle, Tanzdielen, elegante Restaurants, internationales Publikum; Lebenslust zu Selbstmord-Preisen. Der Guerilla-Boß bat noch einige mir unbekannte Typen dazu, und wir verteilten uns auf drei Autos.

Ich stieg in Nimras Kleinwagen. Sie fuhr geschickt. Ich sah mich vorsichtig nach Verfolgern um, denn ich hatte wieder so ein Gefühl im Rücken, aber die fachmännische Art, in der wir beschattet wurden, ließ eher auf Dave schließen als auf Aichas Brüder von der Volksfront.

Nimras Zorn hatte sich abgekühlt. Sie wirkte gelassen, ein wenig zu frostig für meinen Geschmack. Aber seit meinem Eintreffen in Beirut hatte sich mein Gelüst sowieso gewandelt. Ich witterte Dianas Nähe. Ich spürte sie an allen Ecken und Enden, ohne sie zu sehen.

Und es war auch Dianas Knie, das meine Hand suchte.

»Laß das!« stieß mich die Tigerin weg.

»Wie du meinst«, versetzte ich sanft beleidigt. »Vielleicht läßt du an mir aus, was El Hakim an dir ausläßt.« Ich sah in den Rückspiegel, Fehlanzeige. »Ich hab' schon sympathischere Arbeitgeber gehabt.«

»Die Sache steht über der Person«, entgegnete Nimra.»

»Wie stellst du dir eigentlich deine Zukunft vor?« fragte ich. »Bloß töten oder sterben?«

»Was ist mit dir los?« erwiderte die Tigerin heftig. »Hast du deinen sentimentalen Tag?«

Dieses Thema erwies sich nicht nur als gefährlich, sondern auch als sinnlos, und so gab ich es auf.

Der bewachte Parkplatz war besetzt. Wir mußten eine Weile herumkurven und fanden schließlich in einer nachtdunklen Straße eine Lücke.

Für ›Arabiens Speerspitze‹ war im Restaurant Baccarat ein großer Tisch reserviert, in einer Ecke, von der aus man das Lokal übersehen konnte. Nimra und ich wurden neben El Hakim plaziert, der Unmengen von Whisky trank und dabei immer giftiger wurde.

Wir aßen Mezzé, das üppige Vorgericht, und ich angelte mir, unter allgemeinem Gespött, die vegetarischen Bissen. Noch war das Lokal erst halb gefüllt und die Musik dezent. Noch wurde getafelt und nicht getanzt. Ich spürte eine seltsame Spannung. Vielleicht nur wegen der gereizten Stimmung am Tisch.

Nebenan ging es lustiger zu. El Hakim verbeugte sich artig im Sitzen. Ich folgte seiner Blickrichtung und sah eine Schönheit, die aller Augen suchten, offen und verstohlen. Raffiniertes, tief ausgeschnittenes Abendkleid. Viel Haut und doch Geschmack. Schätzungsweise 89:56:89. Die langen blonden Haare verhüllten wie ein Vorhang einen Teil des Gesichts und gaben dabei einen ständig wechselnden Ausschnitt frei. Eine Ausstrahlung von kühler Hitze oder auch von erfahrener Unschuld.

Mit einem Wort: Diana.

Daß sie am Nebentisch saß, war sicher kein Zufall, sondern ging vermutlich auf Dave zurück.

»Die Wucht«, sagte Mahmud. »Wer ist das?«

»Eine französische Diplomatin«, erwiderte El Hakim. »Klasse, was?«

Ich mußte mich zusammennehmen, um sie nicht anzustarren. Nimra neben mir, Diana hinter mir, das Himmelfahrtskommando vor mir – ich bediente mich aus der Flasche.

»Und nun zu dir, Nimra«, startete El Hakim seine Strafaktion. »Ich habe dir befohlen, während eures Stadtausflugs beim Haufen zu bleiben.«

Diana wurde an das Telefon gerufen; sie ging an mir vorbei, so nah, daß meine Hand sie hätte berühren können, doch ich hütete mich und sah sie nicht einmal an.

»Spiel dich nicht so auf«, erwiderte die Tigerin. »Ich bin keine Gefangene. Und du kein Gefängnisaufseher.«

El Hakim griff nach seinem Whiskyglas: »Den Pfusch von Bonn hätte ich dir ja noch durchgehen lassen –«

Diana kam zurück, lächelnd und selbstsicher, aber ich merkte, daß es eine etwas schlecht sitzende Maske war.

Sie ging, flankiert von zwei Herren, an die Bar.

Ich begriff, daß sie mich sprechen mußte.

»Nun hör mal zu, El Hakim«, simulierte ich Zorn: »Wir gehen an die Frontlinie – und nun laß diese dummen Spitzen.«

»Verliebt?«

»Vielleicht«, antwortete ich. »Aber bei einem Typ wie mir ist die Revolution die eigentliche Geliebte. Kapiert?« Ich stand auf. »Ich gebe euch jetzt zehn Minuten Zeit, Frieden zu schließen.«

Ich schlenderte an die Bar. Drei Stühle von Diana entfernt, bestellte ich etwas Umständliches, um den Keeper zu beschäftigen.

»Du mußt sofort weg«, sagte sie, während sich ihre Begleiter wie stumme Diener benahmen. »Befehl vom General.«

»Was ist los?«

»Grenzlein ist aus dem Gefängnis ausgebrochen.«

»Wann?«

»Vor einer knappen Stunde«, erwiderte sie und blies den Rauch aus, während ich mich zu meinem Tisch umdrehte: Wenn El Hakim gerade die gleiche Nachricht empfing, wie sie Diana erhalten hatte, dann blieb mir keine Chance mehr, meinen letzten Betriebsunfall zu überleben.

35

Das Casino de Liban ist das Las Vegas des Vorderen Orients, ein Paradies für Spieler, so sie nicht, wie ich, mit dem letzten Einsatz eine Niete gezogen hatten. Ein echter Hasardeur macht auf Pump weiter, und in diesem Fall mußten mir die Nerven den Kredit einräumen.

Zunächst einmal bestellte ich beim Barkeeper eine verwegene Mixtur. Der Mann quittierte mein Spezialrezept mit dem milden

Lächeln des Irrenarztes für einen Neuzugang. Zwar hatte ich einen klaren Kopf dringend nötig, aber ich mußte den Burschen ablenken, denn in Beirut ist mit Sicherheit ein Zuhörer auch ein Zuträger.

»Wo ist Dave?« fragte ich Diana.

»Ganz in der Nähe«, entgegnete sie. Sie war flankiert von zwei Paladinen, Rivalen, die einander stumm belauerten und doch nur Staffage waren: »Jede Sekunde ist Zeitverschwendung«, drängte Diana. »Du mußt weg. Befehl vom Vize.«

Die Musik setzte ein, und die ersten Tanzpaare zeigten sich auf dem Parkett. In der Mitte eine eckige Engländerin; sie wirkte nackt, aber sie war keine Blitzerin; sie hatte sich als verunglückten Gag ein fleischfarbenes Trikot über die bloße Haut gezogen. Ich suchte Dave mit den Augen und konnte ihn nicht sehen, was nichts besagte, denn in unserer Organisation galt er als Verkleidungskünstler.

»Ist Grenzlein auf eigene Faust getürmt, oder hat er Fluchthelfer gehabt?«

Ich sah an Diana vorbei und versuchte, die Lippen so wenig wie möglich zu bewegen. Selbst wenn ein Zuschauer feststellte, daß wir miteinander sprachen, war es kein Beinbruch: Erstens einmal sind die Bars nicht von Taubstummen bevölkert, und einen Flirt mit einer Frau von der aufregenden Schönheit Dianas würde wohl jeder Mann riskieren, sofern er von seinem Geschlecht noch halbwegs Gebrauch machte.

»Das ist noch ungeklärt«, antwortete die Diplomatin und Agentin.

Jedenfalls hatten wir Grenzleins Ausbruch früher erfahren als unsere Gegenspieler. Das ließ darauf schließen, daß meinem Doppelgänger ohne die Hilfe von außen die Flucht geglückt war. Jetzt trieb unsere Organisation mit allen Mitteln die deutsche Polizei, die mit einer kleinen Armee den Flüchtigen hetzte – und das wußte Grenzlein so gut wie ich. Wenn er sich nicht schleunigst bei einer arabischen Anlaufstelle im deutschen Untergrund verkriechen konnte, würde er kaum mehr als eine Stunde von seiner gestohlenen Freiheit haben.

Der Kellner servierte meinen Drink mit Höflichkeit und Schadenfreude. Ich schickte ihn wieder weg, um den Alkohol-Mischmasch noch mit einem Schuß weißen Bacardi anzureichern.

»Betriebsausflug«, gab ich Diana das Stichwort. »Heute nacht noch. Dave muß es sofort erfahren.«

Um mich zu überzeugen, daß sie mich verstanden hatte, sah ich Diana an, zum erstenmal, während dieses Gesprächs mit Hindernissen. Sie wirkte kühl, distanziert, unbeteiligt, aber mich konnte sie nicht täuschen. Ihr Blick war sozusagen ein Liebesbillet für den Marsch in den Abgrund.

Ich hätte diese Wegzehrung gar nicht gebraucht: Ich kannte den General zu gut, um nicht zu wissen, daß er keinem seiner Agenten in einer noch so verdammten Lage den Befehl gäbe, den Einsatz abzubrechen, sondern es ihm allenfalls anheimstellte. Diana hatte diese Formel mit zärtlicher Hand zu meinen Gunsten korrigiert.

Ich warf ein paar Geldscheine auf die Theke, gab dem Kellner einen Wink, die hochprozentige Hausmarke an meinem Tisch zu servieren, stieß mich leicht ab und ging zu meinen Rúfaqàs zurück. Sicher würde ich auf Dianas Schlupfwinkel zurückkommen, doch zuvor waren noch einige handfeste Dinge zu erledigen.

El Hakim und seine Trabanten hatten meinen Ausflug an die Bar nicht weiter beachtet. Die Hand um den Hals der Whiskyflasche gelegt, als suche er einen Halt, präsidierte der Arzt und Mörder die Runde, schluckte jede Menge brauner Jungs, ohne Wasser, ohne Eis und ohne umzufallen. In seinem Gesicht waren die Falten in Platznot geraten, und das Weiße in seinen Augen wirkte an den Rändern gelb. Man brauchte von Medizin nicht viel zu verstehen, um zu sehen, daß seine Leber grüßen ließ.

»Seid ihr friedlich, Freunde?« ließ ich mich neben El Hakim nieder, es war eine alberne Frage, denn man konnte spüren, daß die Auseinandersetzung zwischen dem Anführer der Polit-Gang und der Tigerin vor der Explosion stand – aber wenn die beiden erführen, daß sich ein Agent unter falscher Flagge an sie herangemacht hatte, dann wäre ihre Einigkeit im Nu wieder hergestellt, und zwar auf meine Kosten.

»Was wir sind«, erwiderte El Hakim mit ätzender Stimme, »das bestimme ich.«

»Er ist nämlich der Größte«, warf Nimra ein. »Und zwar mit Mund und Whisky.« Aus El Hakims Lächeln schloß ich, daß die Tigerin dabei war, blindlings in sein offenes Messer zu laufen.

»Nun hört endlich auf!« griff ich gespielt zornig ein. »Und laßt euch etwas von eurem Kampfgefährten sagen«, setzte ich zu einer Standpauke an. »Ihr wollt für die arabische Einheit kämpfen, aber untereinander seid ihr streitsüchtig wie Waschweiber.«

Mahmud versuchte mich zu unterbrechen, aber der Arzt, der mir aufmerksam zugehört hatte, gab ihm einen Wink, mich weitersprechen zu lassen. Meine Brandrede brach sich die Beine, als sich ein Kellner heranschob und meinen Gegenspieler ans Telefon bat.

El Hakim erhob sich umständlich wie ein Dromedar, aber er ging auf sicheren Beinen. Ich sah ihm nach, spürte den Griff an der Gurgel und überlegte, ob ich ihm nachstürzen sollte, um eine tödliche Information abzuwürgen.

Ich spannte mich zum Sprung, aber ich rührte mich nicht. Ich horchte in mich hinein, als zählte ich meinen Puls: 80 etwa, durchaus normal. Aber die Hand, die in der Hosentasche um den Griff der entsicherten Pistole lag, wurde schmierig.

Diana verließ die Bar und alarmierte Dave. Ich war entschlossen, mir notfalls den Weg freizuschießen. Mein tüchtiger Freund und seine Helfer aus Abu Sabra würden mir schon weiterhelfen. Vielleicht konnte ich meine Haut retten, aber der Auftrag war dann im Eimer, und zwar hundert Meter vor dem Ziel.

»Ich versteh' dich nicht, Nimra«, sagte Jussuf. »Warum legst du dich so mit El Hakim an?«

»Er ist ein Wrack«, entgegnete sie heiser, »das gleich untergehen muß.«

»Wir sind auf ihn eingeschworen«, sagte Mahmud. »Er hat Geld, Beziehungen und Verstand –«

»– um den er sich längst gesoffen hat«, erwiderte Nimra gereizt. Der Zorn machte sie schön und unbesonnen. Ihre Augen brannten wie kleine Flämmchen. »Und ihr seid Schlappschwänze«, sagte sie. »Ihr macht seine Dreckarbeit, aber ihr wagt nicht, ihm die Meinung zu sagen.«

Wir alle sahen zur Tür. El Hakim kam zurück. Groß, dünn, betont aufrecht. Er lief Slalom um die Tische, grüßte, wurde gegrüßt, eine Respektsperson des Terrors. Ich suchte sein Gesicht, die Augen. Sie verrieten nur, daß der Mann krank war – aber mit kaputten Organen im Leib ließ sich noch eine Weile länger leben als mit einer Ladung Blei in der Brust.

Er war noch zehn Meter vom Tisch entfernt und wurde ein letztesmal angehalten. Ich maß die Entfernung zur Tür: drei, vier Sätze. Sieben, acht Sekunden mußten genügen, und dann hieß es: Licht aus, Messer raus. Wenn aber dieser Terror-Doktor seine Posten schon vor die Tür gesetzt hatte, dann gute Nacht Organisation und good-bye, Ferry.

Meine Nerven waren gespannt wie die 7.65 in meiner Tasche.

Er stand hinter mir, beugte sich über mich; er grinste, und sein Mund wurde krumm wie ein Kleiderbügel.

»Schlimm, Sami«, sagte er. »Höchste Zeit, daß du von hier weiterkommst. Der Boden wird für dich verdammt heiß, Junge.«

Entwarnung, sagte ich mir. Auf die Nachricht aus Deutschland würde der Mann ganz anders reagieren.

»Jeder hat so seine Krankheiten«, fuhr er fort und sah genüßlich von mir zu Nimra. »Bei dir sind's die Weiber.«

Die Beurteilung meines Minuspunktes war wohl die einzige Übereinstimmung, die es zwischen dem verkrachten Arzt und unserem amtierenden Vize gab.

»Ich will versuchen, mich zu bessern«, gab ich gewissermaßen beiden die Antwort.

Der Drahtzieher wahnwitziger Anschläge hatte mit Beiruts Polizeipräsidenten telefoniert und erfahren, daß bei dem Rammversuch mit dem Landrover tatsächlich Kamal, Aichas Bruder, am Steuer gesessen hatte. Familienrache und Konkurrenzneid, Hand in Hand. Daß ›Arabiens Speerspitze‹ als erste Gruppe in Abu Sabra vor den Leuten der ›Volksfront‹ und des ›Schwarzen September‹ die Freiheit geschafft hatte, förderte nun nicht gerade die Einigkeit.

»Wir brechen bald auf«, sagte El Hakim und gab uns noch eine Ermunterung für die Entführung des US-Außenministers mit. »Ich habe eine Überraschung für euch«, verriet er. »Zu dem Kommando zwo gehören vier arabische Mädchen. Eine hübscher als die andere. Zucker, sag' ich euch. Extraklasse.«

Er betrachtete Nimra, als wäre sie bei dem Vergleich durchgefallen.»

»Schlafen die wenigstens mit dir?« konterte die Tigerin.

»Diese Frage ist typisch für dich«, erwiderte El Hakim. »Wir denken an unser Ziel und du ans Bett.« Während die Umsitzenden erstarrten, fuhr er fort. »Deshalb teile ich dich auch bis auf weiteres zum Innendienst ein.«

Mit einem Satz sprang Nimra auf. Sie griff mit der linken Hand nach ihrer Tasche wie nach einer Waffe, mit der anderen nahm sie das Glas. »Du besoffener Eunuch«, schrie sie und schüttete ihm den Whisky ins Gesicht. »Du impotente Maulhure.«

Ihr Auftritt saß. Alle starrten uns an. Die Kapelle begann, wild zu spielen, aber die Gesellschaft an den Nebentischen tanzte nicht, sondern verfolgte schadenfroh, wie sich El Hakim die Brühe aus dem Gesicht wischte. Er blieb ruhig. Nur seine Lider zuckten im nervlichen Wackelkontakt, als die Tigerin das ›Baccarat‹ verlassen hatte.

»Wer will, kann ihr folgen«, sagte er. »Wer ihr folgt, ist in unserer Gruppe erledigt.« Seine Augen bohrten sich in mein Gesicht. »Das gilt auch für dich, Sami.«

Ich blieb sitzen. Ich wollte mir den Chef greifen, nicht seine Deserteurin.

Daß ich Nimra nicht folgte, rettete mir das Leben.

36

Der Abend war wie ein Hammer, und ich wartete darauf, daß er zuschlagen würde. Die Tigerin, von den Freischärlern eben noch bewundert, beneidet und begehrt, wurde von ihnen nun um die Wette verdammt. Exkommunikation auf Arabisch. Während ich schwieg, sprachen sie bereits ihren Nachruf.

»Tut mir leid, Sami«, sagte El Hakim gönnerhaft. »Ich wollte dir dein Spielzeug nicht nehmen, aber Disziplin muß sein.«

»Richtig«, erwiderte ich. »Aber warum hast du der Tigerin unseren Einsatzplan verraten?«

Er trank und grübelte gleichzeitig. »Du denkst an alles, Sami«, lobte er mich. »Los!« wandte er sich an die anderen. »Schnappt sie und schafft sie in die Rue de Verdun!«

Ich stand auf, gefolgt von Achmed, Jussuf und ein paar Neuen. Gerade als wir die Türe erreichten, setzte der Schlagzeuger zu einem wilden Trommelsolo an. Verzückte kreischten. Paare zuckten im Veitstanz. Der Lärm wütete gegen die Trommelfelle.

Plötzlich wurde er übertönt.

Vom Donnerschlag einer Explosion.

Eine Feuersäule wies uns den Weg, er führte in die nachtdunkle Straße, in der Nimra ihren Wagen abgestellt hatte. Wir flitzten um die Ecke. Ich hatte flüssiges Blei im Magen, aber ich redete mir ein, daß in Beirut Schießereien an der Nachtordnung seien. An allen Ecken und Enden wird geballert, ob sich biedere Libanesen nun langweilen oder Löcher in die Luft schießen, weil endlich ein Stammhalter angekommen ist.

Wir hatten den Tatort erreicht. Nimras Wagen brannte wie eine Fackel. Die Straße war mit Körperteilen und Karosserietrümmern übersät. Ich ging so nah wie möglich heran.

Nichts mehr zu machen. Jede Hilfe kam zu spät. Wenn es bei diesem Verbrechen überhaupt einen Trost gab, dann höchstens die Gewißheit, daß Nimra in einer Sekunde gestorben sein mußte. Sie hatte, als sie den Motor einschaltete, eine Höllenmaschine gezündet, die von den Kameraden des Hinterhalts in den Wagen eingebaut worden war.

Und sicher hatte der Anschlag mir gegolten.

Damen in Abendroben und Herren im Smoking scharten sich um die Unglücksstelle. Auf einmal stand El Hakim neben mir.

»Diese Kojoten«, stöhnte er. »Ich schlag' sie tot.« Er wirkte kalt und nüchtern, aber als er sah, was von Nimra übrig geblieben war, drohte er umzukippen. Seine Fantasie badete im Blut, aber Blut konnte er nicht sehen.

Ich stand und starrte auf die Unglücksstelle. Die Riesenfackel war niedergebrannt, und ich verspürte einen wilden Zorn, daß ein junges und schönes Geschöpf wie Nimra, zum Töten abgerichtet, nunmehr selbst ermordet worden war. Opfer von Drahtziehern wie El Hakim, die mit dem dreckigen schwarzen Gold die Politik kriminalisierten, und dabei Nimra ebenso in den Tod hetzten wie Mrs. Miller oder Frau Huber oder Madame Benoit nebst fünfjährigem Jungen.

Zuerst kam die Feuerwehr. Viel zu spät. Endlich wurden die Leichenteile bedeckt. Noch war es unvorstellbar, daß unter dem weißen Laken die Tigerin lag, der Traum einer Nacht von Abu Sabra, scheu und wild, natürlich und stürmisch, ein Leben in die Schranken fordernd, das mit Haß vergiftet worden war.

Endlich erschien die Polizei: Squad 16, die Elite-Einheit, die einzige, die sich in Beirut Respekt verschaffte und ihre roten Mützen als Gütezeichen ihrer Tüchtigkeit trug wie die Fallschirmjäger das grüne Käppi.

Ein junger Leutnant wandte sich an El Hakim, stellte sich vor und fragte, ob Nimra zu seinen Leuten gehört hätte.

»Ja«, antwortete der Mann. »Ich werde die Sache mit dem Polizeipräsidenten persönlich regeln.«

»Schön«, versetzte der Offizier. »Dann darf ich Sie bitten, gleich mit uns mitzukommen.« Er deutete auf seinen Wagen.

»Ich fahre hinter Ihnen her«, sagte El Hakim.

»Nein«, erwiderte der Polizeileutnant und gab seinen Leuten einen Wink, den Terroristen-Boß in die Mitte zu nehmen.

»Ich garantiere Ihnen, daß Sie ab morgen Fenster putzen und Klosetts im Polizeipräsidium polieren werden«, drohte El Hakim, aber sie schnappten ihn sich ziemlich heftig und zogen ihn in den Jeep, der sofort losschoß. Ich hatte einen Moment lang große Hochachtung vor der Polizei – soweit sie rote Mützen trug.

»El Hakim hat mir bis zu seiner Rückkehr das Kommando übergeben«, suchte ich unsere Gruppe zusammen. »Ihr fahrt sofort ins Camp Harba zurück. Der Einsatz morgen läuft nach Plan.«

Sie verschwanden zögernd, und sie wollten nicht einmal wissen, warum ich nicht gleich mitkam. Vielleicht, weil ihnen der Schock über Nimras Tod zu sehr in den Knochen saß, oder weil sie einmal aus der Nähe mit dem Endprodukt ihres Fanatismus konfrontiert worden waren.

Ich suchte Dave und fand ihn nicht.

»Worauf wartest du noch?« sagte ein alter Mann neben mir; ich hatte ihn noch nie gesehen, aber seine Stimme kannte ich.

Er gab mir einen Wink. Wir lösten uns aus der Menge. Als ich in Daves zerbeulte Limousine stieg, hatte ich seinen Geniestreich begriffen.

»Deine Männer, diese Rotmützen?« fragte ich.

»Die Leute von Abu Sabra«, bestätigte er. »Ich hab' dir doch gesagt, daß sie erstklassig sind. Hab' heute noch zwei Spezialisten als Verstärkung erhalten.«

»Bestens«, sagte ich und nahm eine Zigarette: »Wohin habt ihr El Hakim geschafft?«

»Sicherer Platz. Der Schuppen, in dem meine Antiquitäten hergestellt werden.«

Wir verließen die Straße. Dave bog in einen Feldweg ein. Er löschte das Scheinwerferlicht und fuhr langsam bergauf. Man konnte sich darauf verlassen, daß meine rechte Hand den Platz richtig gewählt hatte. Ein Schatten. Einer der Leute, die schon von weitem die Zufahrt absicherten.

Er winkte uns durch. Wir stellten den Wagen hinter das halbverfallene Gebäude. »So«, sagte Dave grimmig, »und jetzt verwandeln wir deinen Arbeitgeber in einen Singvogel.« Er bieb stehen: »Was brauchst du alles?«

»Den Schlüssel zu seinem Arbeitszimmer hat er in der Tasche. Außerdem muß ich die sechsstellige Zahlenkombination zu seinem Panzerschrank erfahren.« Ich schluckte trocken: »Möglichst die richtige.«

Wir traten durch den Hintereingang in den Schuppen. Ich dachte an Nimra, um Mitleid mit diesem kranken Typ auf der Folterbank gar nicht erst aufkommen zu lassen. Er konnte uns nicht sehen. Wir standen hinter den Scheinwerfern, die in sein Gesicht knallten. Wie die meisten grausamen Menschen war er persönlich ein Schwächling. Er sah erbärmlich aus, aber keiner von uns kannte Erbarmen.

El Hakim war an Händen und Füßen gefesselt. An seinem Hals hing ein Draht, der in seinen Adamsapfel schnitt. Die Schlinge lief über zwei Röllchen. Je mehr man sie anzog, desto weiter wurde der

Kopf des Entführten nach hinten gedreht, bis er an der Wand aufsaß, während ihn der Würgedraht nach hinten zwang.

Der angebliche Leutnant sprach Englisch, um die Sache zu beschleunigen – ohne Akzent übrigens, als hätten Abu Sabras Hexenmeister alle in Oxford studiert.

»Passen Sie auf, El Hakim«, sagte er. »Sie sind erledigt. Wir machen uns dabei nicht einmal die Hände blutig. Vielleicht befördern wir Sie als verschnürtes Paket nach Abu Sabra, oder nach Tel Aviv. Oder wir übergeben Sie nur Ihren Freunden von der ›Volksfront‹.« Er beugte sich über den Gefesselten, dessen Augen rotierten, seltsam verdreht. »Sie können das vermeiden, wenn Sie sprechen, und zwar ganz schnell. Und ohne zu lügen. Dieser Draht schneidet in Ihre Kehle. Jede Umdrehung dieser Rolle zieht die Schlinge um einen Zentimenter enger. Bei fünf Umdrehungen werden Sie bewußtlos. Zehn Umdrehungen überleben Sie nicht. Sie waren doch Arzt, Mann, überlegen Sie kurz, was passiert, wenn Ihnen der Draht die Gurgel wie Butter durchschneidet.«

Er gab seinen Leuten einen Wink. Sie betätigten die Apparatur, geübt und stumm. In ihren langsamen Bewegungen lag etwas von der Geduld, mit der Karawanen seit Jahrhunderten durch eine weg- und wasserlose Wüste ziehen.

El Hakim wich mit dem Kopf nach hinten aus. Noch ging es. Er hüstelte und stöhnte. Die Tränen liefen über sein gegerbtes, zerklüftetes Gesicht. Er bot Geld, viel Geld, aber Spitzenleute des Emirats bestechen zu wollen, hieße Öl nach Abu Sabra tragen.

»Sie stinken schon vor Angst«, sagte der Leutnant und ließ wieder an der Spule drehen. Ich spürte den Draht an meinem Hals und dankte dem General, daß er mich an der Seeräuberküste gerade noch rechtzeitig von ihm abgeschnitten hatte.

Ich ging mit Dave nach draußen. Ich brauchte frische Luft. Daß El Hakim reden würde, war klar, aber wenn sie ihn zu hart anfaßten, drohte eine zeitraubende Ohnmacht. Behandelten sie ihn aber zu fein, würde er uns anlügen. Eine menschliche Folter gibt es so wenig wie ein eckiges Rad. Oder eine fromme Sünde. Oder eine ehrliche Lüge.

Aber sie würden El Hakim schon nicht zu hart anfassen, denn wir brauchten ihn. Wir mußten schnell handeln, denn wir hatten allenfalls so lange Zeit, bis Grenzlein bei seinen arabischen Freunden auftauchte – sofern es nicht schon gesehen war.

Vier Minuten später kam der falsche Leutnant und übergab mir den Schlüssel: »Ich glaube nicht, daß der Mann lügt«, sagte er. »Wir veranstalten gerade eine Gegenprobe.« In seinem vorzüglichen Englisch fuhr er fort: »Trotzdem gebe ich Ihnen die Tresornummer ohne Gewähr. 321012.«

»Die ersten beiden Ziffern stimmen«, bestätigte ich.

»Um so besser«, versetzte Dave. »Dann brauchst du nur noch vier richtige.«

»Und eine große Tasche«, entgegnete ich. »Und sicherheitshalber auch noch eine Dynamitkapsel.« Dave schnitt ein bedenkliches Gesicht. »Keine Bange«, sagte ich. »Diese Sache geht auf meine Rechnung.«

»Umgekehrt wär's mir lieber«, erwiderte Dave.

»Mir auch, du Neidhammel«, sagte ich, und wir grinsten beide.

Wir löschten die Scheinwerfer, fesselten und knebelten El Hakim und ließen ihn in dem entlegenen Schuppen unbewacht zurück, weil wir jetzt jeden Mann brauchten.

»Was soll mit ihm geschehen?« fragte Dave.

»Das ist die Frage.« Ich war entschlossen, der Menschheit künftig diesen tollwütigen Bluthund zu ersparen, aber wenn wir die Mittel unserer Gegner anwenden würden, verlöre unser Kampf seinen moralischen Wert. »Du mußt versuchen, ihn zu töten«, erwiderte ich, »ohne ihn zu ermorden.«

Wir machten eine Sprechprobe mit dem Minisender im Ring, und mein Helfer übergab mir ein winziges Empfängergerät, womit von nun an unser drahtloser Verkehr zweiseitig war. Außerdem übernahm ich zwei Dynamitkapseln verschiedener Sprengkraft und zwei Plastikhandgranaten.

»Wir beobachten das Haus bereits seit Stunden«, sagte Dave. »Nach unserer Feststellung verfügt die Wachmannschaft heute über sieben Mann.«

»Also einer weniger als sonst.«

»So ist es«, bestätigte Dave. »Der Wachhabende kennt dich. El Hakim hat dich selbst mit ihm bekannt gemacht.«

»Seine erste gute Tat«, feixte ich, und dann fuhren wir los.

37

Es war kurz vor Mitternacht, und jeder zweite Beiruti schien noch auf den Beinen zu sein. Touristen suchten Abenteuer, Händler boten ihre Früchte, Straßenmädchen ihre Körper an. Wir fuhren zügig ins Zentrum, fast immer in Sichtnähe der falschen Polizeipatrouille. Da auch die echte Squad 16 mit mehreren Streifen unterwegs war, raunte mir unsere Unverfrorenheit den Verdacht zu, der Überfall auf die Rue de Verdun könnte unter der Hand mit der libanesischen Eliteeinheit abgesprochen sein.

Ich fragte Dave nicht danach. In meiner Branche, die von der Beschaffung geheimer Nachrichten lebt, kann es mitunter auch einmal besser sein, nichts zu wissen.

›Arabiens Speerspitze‹ verfügte ziemlich exakt wie der ›Schwarze September‹ oder die ›Volksfront‹ über 300 aktive Freischärler. Die meisten waren im Camp Harba kaserniert, dessen Kommandant zugleich El Hakims Stellvertreter war, nur zuständig für die Etappe. Wer nicht Englisch sprach und sich im Ausland nicht unauffällig bewegen konnte, wurde in den Kampfanzug der Fedajin gesteckt, mußte Wache schieben und träumte in der Etappe davon, die Israelis ins Meer zu werfen. Die echten Anschläge in Europa behielt sich El Hakim vor, der seinen Partisanenhaufen selbstherrlich leitete wie ein Condottiere.

Aus dem Autoradio dampften Nachrichten in französischer Sprache, und an erster Stelle stand der Anschlag auf Nimra. Ein findiger Reporter wollte bereits den Täter kennen: Den Mossad, den israelischen Geheimdienst, der offensichtlich so falsch der Tat beschuldigt wurde, wie im Fall des El Fatah-Führers Kanafani, der in Beirut auf die gleiche Weise ermordet worden war.

Der Traum der Tigerin im Leben erfüllte sich nach ihrem Tode. Einen Tag lang würde die Vorkämpferin der arabischen Revolution auf den Titelseiten prangen, dann müßte die Heldenschnulze, noch einmal aufgewärmt, weiter nach hinten wandern, um zuletzt als Ramsch im Mülleimer zu landen. Der Ruhm war aus Papier, und Papier ist geduldig und brennbar.

Dave stoppte, sprang aus dem Wagen, betrat eine Telefonzelle. Das Gespräch war kurz und wichtig. »Grenzlein ist noch nicht aufgetaucht«, sagte Dave nach der Rückkehr, und das war der Startschuß für den Endspurt.

Ich stieg in ein Taxi um. Ich ließ den Wagen direkt vor dem Eingang halten. Drei Fedajin-Wachen sahen mir entgegen. Es waren nur sechs Meter bis zur Tür. Ich lief über Glatteis. Ohne auszurutschen.

Die Männer, sonst schläfrig und gelangweilt, wirkten erregt. Sicher hatten auch sie aus dem Radio erfahren, daß es Nimra erwischt hatte. Fragen in Arabisch schwirrten durcheinander, aber meine Sprachkenntnisse kapitulierten.

Ich ging zum Wachhabenden, der etwas Englisch sprach: »Die Schweine von der Volksfront haben die Tigerin auf dem Gewissen«, sagte ich zu dem Mann und reichte ihm die Hand. »El Hakim wird sie vernichten.«

»Wo ist er?« fragte der Wachhabende.

»Im Polizeipräsidium. Er muß jeden Moment kommen.«

Ich ließ ihn stehen, ging auf den Lift zu, fuhr in den ersten Stock. Ich betrat mein Apartment, stellte das Radio überlaut ein, nahm eine Taschenlampe, verschloß die Tür von außen und schob mich über den leeren Gang.

Der Schlüssel paßte. Ich war im Arbeitszimmer des Hausherrn und ging, ohne Licht zu machen, auf den Tresor zu. Bevor ich die Zahlenkombination einstellte, schaltete ich das warnende Rotlicht am Eingang ab. Kinderspiel, ich brauchte nur die Birne herauszuschrauben.

»Ich bin am Tresor«, sagte ich in mein Minimikrofon. Dann wählte ich an der Drehscheibe und wartete gespannt darauf, daß sich nach der sechsten Ziffer die Stahlwand mit einem leisen Surren automatisch öffnete.

Ich hörte nur meinen eigenen Atem. Fehlanzeige. Wir mußten El Hakims Widerstandskraft unterschätzt haben.

Ich ging zur Tür und horchte, ging wieder zum Safe zurück, wählte noch einmal: 321012. Ganz langsam.

Und dann ging die Stahlwand auf. Ich hatte mich beim erstenmal nur verwählt.

»Tresor offen«, meldete ich per Sprechfunk an Dave.

Wahllos räumte ich den Panzerschrank aus, schob alles in die bauchige Tasche, auch das Geld, das die Organisation ja später an den ›Roten Halbmond‹, die arabische Hilfsorganisation zurückzahlen konnte.

Die Falle schnappte zu, bevor ich fertig war. Schreie. Stimmen. Schritte. Ich hatte nicht gewußt, daß immer, wenn El Hakim an den Tresor ging, automatisch auch das Rotlicht in der Warnstube aufflammte.

»Bin entdeckt«, rief ich in mein Mikrofon. »Sie kommen.«

Die Fenster waren vergittert – und damit ein Sprung von der Belletage auf die Straße ausgeschlossen. Die Stäbe standen so dicht, daß ich auch meine Beute nicht hinabschleudern konnte, davon abgesehen, daß ich den Einsatz gerne überlebt hätte.

Die Türe war automatisch verriegelt. Die Wachen trommelten mit Füßen und Fäusten dagegen.

»Versuch sie noch 50 Sekunden hinzuhalten«, quäkte Daves Stimme aus dem Empfangsgerät.

Auf einmal war es still vor der Tür; sie holten den Reserveschlüssel.

»Wir sind schon in der Rue de Verdun«, meldete Dave. »Noch 45 Sekunden, Junge.«

Sowie sich die Tür öffnete, warf ich die erste Handgranate. Ungezielt. Bewußt in die falsche Richtung.

Die Schreie und Flüche im Haus vermischten sich mit den Pfiffen vor dem Eingang. Dave, dachte ich, klemmte die Tasche unter den Arm und postierte mich seitlich der Tür.

Der Wachhabende kam als erster. Ich benutzte meinen Revolver als Schlagring. Er kippte um.

Ich hörte unten die strammen Befehle des falschen Leutnants: Das war wohl die Rettung. Ich sprang auf den Gang, hielt zwei Fedajin mit der Waffe in Schach, ging auf die Treppe zu – und übersah den dritten.

Ein Feuerstoß. Blitze vor meinen Augen.

Dann stülpte sich die Ohnmacht wie eine schwarze Kapuze über mein Bewußtsein. In der Sekunde, bevor sich die Welt verdunkelte, erkannte ich, daß der Tod genauso war, wie ich ihn mir immer vorgestellt hatte.

38

Die Nacht begleitete mich durch das Finale in Beirut, und so verschlief ich Sieg, Flucht und Rettung. Langsam lichtete sich die Finsternis. Ich begriff, daß ich aus der Ohnmacht erwachte. Es wurde hell. Ich schloß die Augen. Ich mußte mich in einem Krankenzimmer befinden, ein Arzt und eine Schwester kümmerten sich um mich. Sie unterhielten sich in einer seltsamen Sprache. Fast lauter Vokale. Griechisch, überlegte ich schwerfällig.

Daves Leute hatten in der Rue de Verdun die Fedajin-Wachen im ersten Moment als Polizei geblufft, dann überrumpelt, gefesselt und das Haus gestürmt. Für mich ein paar Sekunden zu spät, und doch noch rechtzeitig. Sie bargen mich und meine Beute, fuhren los, stiegen unterwegs um auf neutrale Fahrzeuge, erreichten die vorbereiteten Schlupfwinkel.

Diana besorgte einen Arzt. In eine Decke eingerollt, wurde ich an Bord eines Fischkutters geschmuggelt und außerhalb der Drei-

Meilen-Zone von einem Wasserflugzeug aufgefischt und in ein modernes Krankenhaus nach Zypern geflogen.

Ein Durchschuß im linken Arm. Zwei Steckschüsse im Oberschenkel, Streifschuß am Kopf. Großer Blutverlust und ein so langes Koma, daß die Ärzte schon befürchtet hatten, die Durchblutung meines Gehirns sei unterbrochen worden. Mein Kreislauf wurde unterstützt und, wie sie so schön sagen, mit Spenderblut wieder aufgefüllt. Das übrige würde wohl meine Konstitution besorgen.

Meine Arbeit erledigte die Organisation. Gründlich. Grenzlein wurde in München geschnappt, unmittelbar vor der Verhaftungswelle in ganz Europa. Die Polizei schaffte auch auf dem Flughafen London-Heathrow Ordnung. Der US-Außenminister landete und startete unbehelligt. Und das war erst ein Anfang.

»Meinen Glückwunsch, Ferry«, sagte mein erster Besucher, der General. »Ich bin beauftragt, Ihnen im Namen der Organisation ein besonderes Lob auszusprechen.« Die Worte machten ihn fast so verlegen wie mich. Nur Dave, der im Hintergrund stand, grinste breit. »Sie haben einen Schatz gehoben, Ferry«, sagte der Vize. »Dieser El Hakim hatte auch noch über die Konkurrenz Unterlagen gesammelt.«

»Was hast du mit ihm gemacht?« fragte ich Dave.

»Wir haben deinen Wunsch erfüllt«, schaltete sich mein Retter ein. »Wir haben ihn ausgezogen bis auf die Unterhose, ihm ein Schild um den Hals gehängt: ›Nieder mit dem Zionismus‹, ihn fotografiert und das Bild seiner Konkurrenz zugespielt.« Dave nickte mir zu. »Der Brusche ist tot, auch wenn er noch lebt.«

»Der Arzt hat mir lange Reden verboten«, sagte unsere Nr. zwo. »Aber ich will Ihnen was verraten, Ferry: Wir haben eine Liste von Verschwörern in allen arabischen Staaten. Wir könnten jetzt zum Beispiel Namen gegen Öl tauschen. Interessenten gäbe es genug. Diese Narren von Terroristen haben bereits in Saudi-Arabien begonnen, Ölleitungen zu sprengen.« Der Quadratschädel lachte lautlos. »Ich will bescheiden sein, aber fürs erste einmal sind wir aus den Sorgen heraus.«

»Wo ist Diana?« fragte ich.

»Typisch«, entgegnete der Colonel. »Er ist noch halbtot, aber sein Minuspunkt startet schon wieder zu neuem Höhenflug.« Er stand auf, nickte mir zu. »Wir werden Sie davon befreien«, drohte er.

Dann schob sich seine Komplicin in den Raum. Die langen Haare flatterten wie eine Fahne, auf die ich schwor. Sie war so schön und so sicher, daß ich schon auf mich selbst eifersüchtig wurde.

»Diana«, sagte ich und versuchte, mich bei ihr zu bedanken.

»So billig kommst du nicht davon, Ferry«, erwiderte sie.

»Sondern?«

»Zuerst wirst du gesund. Dann treten wir einen langen Genesungsurlaub an, und dabei werden wir alle Bedingungen aushandeln«, sagte sie und fuhr mir mit der Hand über die Stirn. In jeder Pore spürte ich, daß ich kein Krüppel war, wenn auch künftig zum Innendienst verdammt.

Wir sahen uns an, und meine Gedanken gingen mit Diana auf Weltreise: Kalkutta wäre tot, gemessen an unserer Zweisamkeit, und der Nordpol wohl noch zu heiß für uns.

»Ich komme morgen wieder«, versprach sie.

»Temperatur messen!« befahl eine Nurse, und das war wohl auch nötig.

Hölle am Himmel

1

Der Frühling ließ sich nicht lumpen. Schon der Morgen zeigte sich von seiner besten Seite, und eine rötliche Sonne stand am Horizont. Sie spiegelte sich silbern auf den Jet-Riesen, die auf Frankfurts Rhein-Main-Flughafen zum Frühstart bereitstanden. Mit ihren mächtigen Schwingen und ihren gedrungenen Rümpfen sahen sie aus, als duckten sie sich ungeduldig vor dem Sprung über den großen Teich.

Aus allen Richtungen gingen Schönwettermeldungen ein. Der Tag war wie geschaffen für den Luftverkehr, und Martin Nobis, der deutsche Flugkapitän und Chefpilot der JET-AIR-INTERCONTINENTAL sah mit einem Blick auf die Wetterkarte, daß ihn die Sonne bis nach New York begleiten würde. Sein Jet-Riese sollte als erster um 6 Uhr 59 nach Übersee starten. Er war bereits 71 Minuten früher auf dem Flughafen eingetroffen. Überpünktlichkeit war für ihn ein Gesetz, auch wenn es bedeutete, daß seine Mutter vor Tag und Tau aufstehen mußte, um ihn nach Frankfurt zu fahren.

Es war natürlich schierer Unfug, aber das konnte er allen klarmachen, nur nicht der alten Dame selbst. Sie war noch hartnäckiger als er. Außerdem wußte er, wie sehr er nach der Trennung ihren liebenswerten Eigensinn vermißte.

Er war ein Mann von dreiundvierzig, der kein Gramm Ballast an seinem Körper duldete. In sein Gesicht hatten sich die Abenteuer des Lebens wie Keilschrift eingeritzt. Schon auf den ersten Blick wirkte er wie ein Mann mit Mumm.

Der Flugkapitän hatte die Startvorbereitungen überprüft. Nun blieben ihm noch ein paar Minuten für einen Vorgang, der nicht auf der Check-Liste stand.

»Komm, Mutschka«, sagte er zu seiner Begleiterin, »ich bring' dich zum Wagen.« Er legte den Arm um ihre Schultern, zog die kleine Frau leicht an sich. Aus der Entfernung sahen sie nicht aus wie Mutter und Sohn, sie glichen eher einem Liebespaar, das vor dem Abflug noch ein wenig Zärtlichkeit herausschinden wollte.

»Ist es schon soweit?« fragte die zierliche Frau. Sie war über sechzig, hatte die Figur einer Dreißigjährigen; ihr schmales Gesicht, beherrscht von lebhaften Augen, wirkte beinahe alterslos. Sie trug Schuhe mit hohen Absätzen, wie immer. Für den Morgen war sie ein wenig zu elegant gekleidet, aber ein Hauch Extravaganz gehörte zu ihrer Persönlichkeit.

Sie gingen nebeneinander zum Parkplatz, ganz langsam, als könnten sie die Zeit betrügen. Mutter und Sohn sahen sich häufig, aber immer nur kurz. Und sie hatten nie gelernt, rasch voneinander Abschied zu nehmen.

»Paß auf dich auf, mein Kleiner«, sagte Maria Nobis zu Martin, der sie um gut drei Kopflängen überragte.

Sie umarmte ihn, glitt behende in den Wagen, winkte ihm zu und startete stürmisch wie ein Mädchen. Martin stellte wieder einmal fest, wie jung seine Mutter geblieben war.

Es war 6 Uhr 41. Die Passagiere gingen gerade an Bord der Boeing 747, die den Namen ›Happy Day‹ führte. Die gutgelaunte Gesellschaft erwartete auch einen glücklichen Tag, Bob S. Greenhill vielleicht ausgenommen, dem vor dem Start immer das Flugverbot seines Hausarztes einfiel. Aber wann hätte der New Yorker Geschäftsmann schon einmal auf die Empfehlungen seiner Umwelt gehört?

6 Uhr 50. Die Bodentreppen wurden weggefahren, die Einstiegsluken geschlossen.

In diesem Moment platzte die angenehme Vorstellung von einem reibungslosen Luftverkehr.

Entführungsverdacht. Bombenalarm.

Nichts Neues in Frankfurt. Oder auf einem anderen Weltflughafen.

Der Prokurist einer Bank, der einen Geschäftsfreund aus Chicago abholen wollte, hatte auf der Toilette zufällig ein Gespräch mitgehört.

»Zwei Männer, vermutlich Ausländer«, meldete er aufgeregt dem amtierenden Flugleiter. »Bombe in der Maschine nach New York.«

»Aber in welcher?« fragte Müller zwo gequält. »Allein in der nächsten halben Stunde starten fünf.«

Es würde keine starten. Der Rhein-Main-Flughafen mußte zwangsläufig die Abflüge stoppen, bis alle Maschinen überprüft waren. Immer wieder gelang es Verrückten oder Verbrechern, durch Bluff oder Bomben den Luftverkehr lahmzulegen.

Die Polizei rückte aus. Kriminalbeamte mischten sich unter die Passagiere. Die Feuerwehr hielt sich in Reserve. Zwei Notärzte standen bereit. Sprengstoff-Spezialisten wurden alarmiert.

Der Aufwand wirkte lächerlich, aber ein Versäumnis wäre tödlich.

Im letzten Moment gelang es, die New-York-Passagiere der LUFTHANSA, der PANAM, der BEA und der TWA am Flugsteig zurückzuhalten, aber die beinahe vollbesetzte Boeing 747 der JET-AIR-INTERCONTINENTAL stand bereits mit laufenden Triebwerken auf der Rollbahn.

Im Cockpit duftete es nach Lack, Farbe und Leder. Der Jumbo, gestern in New York erstmals in Dienst gestellt, trat heute den Rückflug seiner Jungfernreise an. Eine solche Premiere nutzte der Chefpilot, um sich – zum Leidwesen seines Präsidenten Lovestone – vom Schreibtisch weg an den Steuerknüppel zu stehlen, zumal seine Mutter nur eine gute Autostunde von Frankfurt entfernt lebte.

Flugkapitän Nobis sah auf die Uhr. Die Starterlaubnis ließ auf sich warten. Ein Flughafen, der im Jahr viele Millionen Passagiere ›umsetzt‹, konnte sich auch nicht die kleinste Unpünktlichkeit leisten; dann drohte ein Chaos. Der Tower blieb stumm.

Flugkapitän Nobis griff zum Mikrofon.

»Jet-Air-Flug 99«, meldete er sich. »Was ist eigentlich los? Habt ihr uns vergessen oder macht ihr Frühstückspause?«

»Mitnichten«, antwortete der Mann ruhig. »Tut mir leid, aber ihr Flug wird sich weiter verzögern.«

»Das hab' ich gerne«, versetzte der Jumbo-Kommandant. Der deutsche Flugkapitän war nicht nur der Chefpilot seiner Linie, er saß seit einem Jahr auch als Vertreter des fliegenden Personals in ihrem Vorstand und war Sprecher von 751 Flugkapitänen, 913 Co-Piloten und 2499 Stewardessen.

»Vielleicht wollen uns ein paar Herren der Wüste wieder einmal mit dem Nahost-Problem vertraut machen«, unkte der Co-Pilot.

»Oder ein Ehemuffel versucht seine hochversicherte Frau loszuwerden«, spöttelte der Bord-Ingenieur.

»Nein«, warf Peggy, die blonde Chefstewardeß ein, die alle Passagiere für eine Amerikanerin hielten, obwohl sie aus München stammte. »Ein frommer Räuber will zum Papst nach Rom.«

»Schluß damit!« sagte Nobis barsch; ihm lag diese Unterhaltung nicht. Alles war schon einmal dagewesen und konnte sich jederzeit wiederholen.

»Jet-Air-Flug 99«, meldete sich endlich der Mann im Turm wieder. »Wir schicken einen Bus für die Passagiere. Wir müssen Ihren Jumbo durchsuchen... Bombendrohung.«

Flugkapitän Nobis erhob sich.

Als Halbgott in Blau hätte er die Räumung der Maschine auf seinen Ersten Offizier abwälzen können. Aber der Mann, von dem eine berühmte US-Journalistin gesagt hatte, er könne länger fliegen als laufen – sein verstorbener Vater war ein LUFTHANSA-Pionier der ersten Stunde gewesen –, erledigte wie immer die Dreckarbeit selbst.

»Wir haben eine kleine Verspätung, weil Manöver der NATO den Luftraum blockieren«, log er mit dem Charme des geborenen Verführers. »Ich darf Sie zu einem kleinen Frühstück in unsere Cafeteria einladen ...«

Er schaffte den Auszug der Passagiere mühelos.

Ein VW-Transporter karrte Sprengstoff-Spezialisten heran. Sie begannen, den üppigen Jumbo mit elektronischen Suchgeräten abzutasten. Die Männer arbeiteten stumm und schnell, hatten angespannte Gesichter und wissende Hände, die vor den zurückgelassenen Taschen und Aktenmappen nicht haltmachten.

Martin Nobis nahm an, daß die Fluggäste in Kürze wieder an ihre Plätze zurückkehren dürften.

»Können Sie noch eine verspätete Passagierin an Bord nehmen?« fragte jemand von der Flugabfertigung.

»Von mir aus eine ganze Hammelherde«, knurrte Nobis. »Wenn sie stubenrein ist.«

2

Aus geschäftlichen wie aus persönlichen Gründen hätte sich der Flugkapitän gewählter ausgedrückt, wäre ihm der Name der Nachzüglerin bekannt gewesen, die schon beim Betreten der Abfertigungshalle die verlogene Ruhe an den Schaltern gewittert hatte: eine Verschwörung des Schweigens, um keine Panik aufkommen zu lassen.

»Oh, Miß Fairday«, überschlug sich der JET-AIR-Vertreter bei der Begrüßung. Obwohl seine Linie mit dem Slogan warb: ›Bei uns ist jeder prominent‹, führte sie eine Geheimliste besonders bedeutender Persönlichkeiten. VIPs – very important persons, und auf dieser stand die verspätete Passagierin ganz oben.

»Vielleicht kann ich Sie noch in unseren Jumbo einschleusen«, raunte er der attraktiven Journalistin zu, die gerade den deutschen Bundeskanzler für das amerikanische Fernsehen interviewt hatte.

Er griff nach ihrem Gepäck; wild die Koffer um sich schleudernd bahnte er sich einen Weg druch das Gewühl, als kämpfte er sich mit einer Machete durch den Urwald, aber Brenda Fairday kam rascher voran. Willig wichen die Passagiere beiseite, und selbst Herren gesetzten Alters drehten sich nach ihr um. Sie ging sicher, mit ausgesprochen melancholischen Schritten. Achtlos, wenn auch ohne Arroganz, ließ sie die bewundernden Blicke hinter sich liegen wie wurmstichige Äpfel, die vom Baum fielen.

An den Schaltern der Polizei- und Zollkontrolle stauten sich die Menschen. Pedantisch kontrollierten die Beamten heute die Pässe zweimal und das Gepäck dreimal. Man brauchte Brenda nicht erst zu erklären, daß etwas faul war, wenn sie um 7 Uhr 30 noch die Maschine nach New York erreichte, die um 6 Uhr 59 starten sollte.

Der Mann von der JET-AIR-INTERCONTINENTAL versuchte, die VIP-Passagierin ohne Kontrolle durchzuschleusen, er verschwendete seine Beredsamkeit an taube Ohren. Die Beamten wollten höflich bleiben, sich aber dabei auch auf keinerlei Risiko einlassen. Seit die Unterwelt den Himmel entdeckt hatte, war die modernste Art zu reisen zu einer der gefährlichsten geworden.

»Rasch, rasch«, sagte der Mann von der Fluglinie.

Der Wagen mit Brenda Fairday fuhr Slalom um abgestellte Riesenvögel. Auf einem Welt-Flughafen, auf dem in einem Abstand von 20 bis 30 Sekunden Flugzeuge starten und landen, genügte eine Unterbrechung von einer halben Stunde, um die Abstellplätze zu verstopfen. Bei der Starterlaubnis würden dann die Passagier-Flugzeuge bevorzugt, und der dicke Eierfrachter konnte so lange in der Sonne stehen, bis Küken ausschlüpften.

Brenda passierte eine DC-10, aus deren Leib kreischende Geräusche kamen.

»Sie verlangen ihr Frühstück«, sagte der Lotse.

»Wer?« fragte Bernda zerstreut.

»Eine ganze Fuhre Affen«, versetzte der Mann lachend.

Im letzten Moment kam die Amerikanerin an Bord, als Passagierin Nr. 366. Peggy, eine alte Bekannte von einem halben Dutzend Atlantik-Flügen, begrüßte sie mit Handschlag und geleitete sie an ihren Platz.

Die Stewardessen trugen bereits flache Schuhe. Die schlanken, hochgewachsenen Mädchen stellten sich Fragen, die sie nicht beantworten konnten. Sie schritten den schmalen Gang entlang, als präsentierten sie sich auf einem Laufsteg zur Wahl der Schönheitskönigin. Schon ihr Anblick förderte das Wohlbehagen der Passagiere.

»Ich habe eine Überraschung für Sie«, sagte die blonde Bordfee.

Brenda schaute verblüfft auf die neueste Ausgabe des TIME-

Magazins. Sie blickte auf die Titelseite wie in einen Spiegel: ein schmales Gesicht, umrahmt von sanftroten Haaren, beherrscht von moosgrünen Augen. Das Foto war kaum retuschiert und hervorragend gedruckt. Sie durfte mit Original und Kopie zufrieden sein.

»Ladies and Gentlemen«, sagte Peggy in das Bordmikrofon, »wir bedauern die Verspätung. Bei dem hervorragenden Wetter werden wir sie wieder einholen... Inzwischen darf ich Sie mit der Schwimmweste vertraut machen.«

Man kennt sie in fünf Kontinenten, las Brenda Fairday ihren Steckbrief. *Man liest sie in mindestens 16 Sprachen. Sie versteht es, den Zeitungsleser an die Mattscheibe zu locken oder dem Fernsehzuschauer wieder eine Zeitschrift in die Hand zu drücken, je nachdem, in welchem Fach sie sich versucht,* las sie und lächelte. *In jedem hat sie Erfolg.*

Brenda sah einen Augenblick zu Peggy, die in ihrer Unterweisung fortfuhr:

»Unsere Boeing 747 ist das wohl sicherste Flugzeug der Welt. Sie fliegt mit einer Reisegeschwindigkeit von 940 Kilometern in der Stunde, und sie kostet über 80 Millionen Mark...«

Während die anderen Passagiere diese imponierenden Zahlen anhörten, um sie gleich wieder zu vergessen, las Brenda weiter: *Ihr Gesicht ist eher schön als hübsch. Interessant geschnitten. Ihre natürliche Sinnlichkeit wird durch den Verstand gefiltert. Sie kann tragen, was sie will. Sie wirkt in Jeans genauso attraktiv wie im Cocktailkleid. Sie huldigt nicht der modischen Unsitte, ihre weiblichen Reize in das Schaufenster zu legen, doch sie unterschlägt sie auch nicht.*

Sie arbeitet hart mit dem Einsatz ihres Kopfes, nicht mit den Vorzügen ihres Geschlechts. Sie läßt die Blicke ihrer Bewunderer an sich heran, nicht deren Hände. Sie hat das Glück der Tüchtigen. Nicht sie jagt die Ereignisse, die Sensationen scheinen hinter ihr her zu sein. Die Niederung eines nicht selten verkrampften Gespräches über die Gleichberechtigung der Frau läßt sie unter sich wie ein Falke das Mäuseloch. Die Männer träumen von einer solchen Frau – und die Frauen von einem solchen Erfolg...

»Wir werden in einer Höhe von über 12000 Metern fliegen«, fuhr die Chefstewardeß Peggy fort. »Und den Nordatlantik in...«

Aber dieser Erfolg ist teuer bezahlt, überflog Brenda den Text: *Miß Fairday gibt ihr Lieblingsalter mit 29 an. Heute ist sie 30 und klug genug, zu wissen, daß sie alle zwölf Monate ein Jahr älter wird. Es muß ihr klar sein, daß sie alles ihrer Karriere opferte. Sie hatte keine Zeit für Dinge, die andere Frauen erfüllen mögen. Entweder sie versteht es, Affären und Romanzen gegenüber der Öffentlichkeit perfekt zu tarnen, oder – was wahrscheinlicher ist – es gibt sie nicht …*

Brenda lehnte sich zurück. Das Heft in ihrer Hand wurde schwer, ihr Lächeln starr. Sie war getroffen und konnte sich nicht dagegen wehren. Dinge, die sie kaum zu denken wagte, wurden hier in einer Zeitschrift mit Millionen-Auflage breitgetreten.

Mit Männern hatte sie es schwer, weil sie es mit ihnen zu leicht hatte. Aus der großen Zahl ihrer Bekannten tauchten in der Erinnerung Figuren auf; Szenen – kürzere und längere – rollten noch einmal ab.

Erleichtert stellte Brenda fest, daß ein Gesicht stehen blieb: Martin.

Zuerst nur ein Kontrast von nachtblauen Augen und schwarzen Haaren; Martin – einer, der mehr dachte als sprach. Nie über Geld, nie über Frauen, nie über Gesundheit, nie über Krieg.

Sie hatte ihn interviewt, und daraus wäre beinahe ein Zwiegespräch für immer geworden; damals, in New York, vor zwei Jahren. Sie erlebte eine Romanze in Asphalt und war versucht, ihren Erfolg an den Nagel zu hängen und die Frau eines Mannes zu werden, der schon eine Geliebte hatte: die Fliegerei.

»Und so wünsche ich Ihnen einen angenehmen Flug im Namen unseres Flugkapitäns Nobis und seiner Crew«, schloß Peggy.

Brenda war hart im Nehmen. Nichts regte sich in ihrem Gesicht, als sie hörte, daß Martin den Jumbo flog. Die Begegnung mit ihm hatte sie immer erwartet, befürchtet und gewünscht.

Die TIME glitt zu Boden. Time heißt Zeit, und es war Zeit, daran zu denken, was sich aus dem Geschenk des Zufalls machen ließe.

Brenda merkte nicht, daß der Riesenvogel über die Piste raste, schwerfällig abhob und dann seine Schnauze zielstrebig in den Himmel bohrte. Sie blieb noch angeschnallt, als sich die anderen längst aus den Gurten befreit hatten. Der JET-AIR-Flug 99 ging auf Kurs, während Brenda den ihren noch suchte.

Der Düsenriese flog mit voller Pulle, als könne er die Sonne überrunden. Das größte Flugzeug der zivilen Luftfahrt erreichte beinahe Schallgeschwindigkeit. Trotzdem störte der berüchtigte Turbinenlärm an Bord nicht; es hörte sich an, als brumme ›Jumbo‹ vor Zufriedenheit, daß er stündlich 15000 Liter Treibstoff durch seine Düsentriebwerke gurgeln durfte.

Es war 8 Uhr 41. Genau in dieser Minute explodierte die Bombe.

Nicht an Bord der ›Happy Day‹.

In New York.

3

Die Explosion zerriß die Stille der Nacht. Der Schall brach sich an den verlebten Fassaden der Häuser in Brooklyn. Aber die aus dem Schlaf gerissenen Bewohner drehten sich nur auf die andere Seite. In einer Stadt, in der zum Beispiel der Durchschnittsbürger Moris S. Kanbar innerhalb von 14 Monaten elfmal von Banditen auf offener Straße überfallen oder von Einbrechern heimgesucht worden war, machte eine Detonation nur wenig Furore.

Erst nahmen Augenzeugen an, daß der Anschlag dem Kennedy-Airport in Idlewild gegolten hätte. Dann wies jedoch eine hohe Feuersäule wie ein blutiger Riesenfinger dem Katastrophen-Kommando den Weg zu der dahinterliegenden Basis der JET-AIR.

In Rekordzeit tauchte der Präsident der Fluglinie am Unglücksort auf. Mr. Norman S. Lovestone glich nicht einem Mann, der aus dem Schlaf gerissen worden war, sondern eher dem Titelbild eines Herren-Magazins: ein junges Gesicht, umrahmt von schlohweißen Haaren, der Typ des ordentlichen US-Geschäftsmannes, der an Gott, Golf, Gesundheit und Gerechtigkeit glaubt. Und in seinem Fall noch an Großflugzeuge.

Die Rettungstrupps schufteten wie besessen. Hangar B war sowenig zu retten wie die Boeing 707, die hier vor ihrem Verkauf an eine Charter-Fluggesellschaft überholt werden sollte. Der Schaden belief sich auf etwa zehn Millionen Dollar und ließ sich weitgehend auf die Versicherung abwälzen.

Die Rufschädigung mußte die Fluggesellschaft jedoch selbst verkraften.

»Du stehst im Weg, du Trottel« brüllte einer der Feuerwehrleute. Er erkannte seinen Chef erst, als er ihn brutal beiseite gedrängt hatte. »Oh, Verzeihung«, stotterte er und stürzte sich wild in die Löscharbeit.

»Schon gut, mein Junge«, rief ihm Mr. Lovestone nach.

Seine Leute waren tüchtige Burschen. Keine Panik. Jeder Handgriff saß. Sie riegelten beinahe mühelos den Brandherd ab.

Erst als der Spitzenmann der JET-AIR daran dachte, daß einer von ihnen die Bombe gelegt haben mußte, bekam er trotz der Hitze kalte Füße.

Er stampfte in sein Büro zurück.

Dieser Anschlag hatte nichts mit Kuba zu tun, nichts mit Palästina, nichts mit Israel, der PLO oder Ägypten. Verschwommen spürte der erste Mann der JET-AIR, daß etwas Ungeheuerliches auf ihn zukam.

Er betrat sein Hauptquartier. Während ihn der Lift in das oberste Stockwert katapultierte, überlegte er, daß er wegen der Presse wohl besser in den Keller gefahren wäre; aber er wollte vom Nimbus der JET-AIR retten, was noch zu retten war.

Keine Entführung bisher. Kein Unglücksfall. Täglich über hundert Langstrecken-Flugzeuge im Einsatz, insgesamt mindestens 400000 Passagiere an Bord. Sie waren bei der Landung genauso zufrieden wie eine halbe Million Kleinaktionäre, vorwiegend in Amerika und in Deutschland, bei der Abrechnung. Die Bilanz der Firma schwebte über den Wolken, wo ewig schönes Wetter herrscht.

Auch der Konkurrenz ging es gut, selbst wenn ihr die JET-AIR gelegentlich eine ›Jumbo‹-Nasenlänge voraus war. Jeder Gedanke, sie könnte hinter dem Attentat im Hangar B stecken, war absurd. Der Luftverkehr nahm so rasch zu, daß ihn sämtliche Fluglinien zusammen kaum schaffen konnten.

Der Spitzenmanager betrat sein Vorzimmer.

»Wo stecken Sie denn bloß?« fuhr er seine Sekretärin an und begriff umgehend, daß ihr Dienst nicht um drei Uhr Ortszeit begann: »Entschuldigen Sie, Myrna«, sagte er, »ich bin ein bißchen ...« Er sah, wie sie Kaffeewasser aufsetzte. »Gut«, sagte er, »aber rufen Sie zuerst die Bundespolizei in Washington an. Versuchen Sie, irgendwie Larry Merx an die Strippe zu bekommen.«

Der Hausherr der JET-AIR wollte in sein Büro zurückgehen.

»Überflüssig, Norman«, sagte eine bekannte Stimme hinter ihm.

Mr. Lovestone fuhr herum, begrüßte den FBI-Sonderbeauftragen zur Bekämpfung von Flugzeug-Entführungen und stellte erleichtert fest: »Eigentlich hätte ich mir denken können, daß Sie schneller sind als ich.«

»Vertrauen ehrt«, versetzte der große, schlaksige Mann trocken. Er sah aus, als sei er unentwegt damit beschäftigt, seine zu lang geratenen Arme und Beine unterzubringen. Sein Gesicht wirkte hungrig. Wenn er lächelte, glich es einer gesprungenen Glasscheibe.

Der Spezial-Agent schnupperte und lächelte Myrna an. Sonst wirkte er aufreizend langsam, fast träge, als interessiere ihn eine Tasse Kaffee und sonst nichts auf der Welt. Dabei hatte der Mann in den letzten 27 Minuten – seit der Übernahme des Falls – ein gewaltiges Pensum erledigt.

»Gibt es eine Erklärung für diese Gemeinheit?« fragte Norman S. Lovestone.

»Ja«, antwortete der Mann aus Washington. »Aber sie ist beschissen.«

Der Hausherr ließ die rüde Ausdrucksweise durchgehen. »Sie denken wohl an ein Verbrecher-Syndikat?« fragte er.

»An was sonst«, entgegnete Larry Merx. »Papas Gangster mit modernsten Mitteln.« Er wußte, wovon er sprach. Die zunächst in den USA ausgebrochene Entführungswelle hatte ihn rasch ins Fach geschwemmt. Er konnte glänzende Erfolge gegen Erpresser, Psychopathen, Polit-Spinner und Versicherungs-Betrüger vorweisen, doch nicht grundlos hetzte ihn seit einigen Monaten die Sorge, daß eine nach Cosa-Nostra-Muster organisierte Bande Flugzeug-Entführungen als eine Marktlücke des Verbrechens entdeckt haben könnte. Wenn sie den Untergrund in die Stratosphäre verlegte, würde am Himmel die Hölle ausbrechen.

Das Telefon schrillte. Die beiden Männer verfolgten gespannt, wie Myrna gelassen den Hörer abnahm.

»Für Sie«, sagte sie und nickte dem FBI-Mann zu.

Larry Merx hörte sich einen Bericht an. »Gut, kommen Sie gleich hoch, Mike«, befahl er. Er drehte sich nach dem Luft-Reeder um. »Nicht viel Neues«, erklärte er. »Keine Verletzten. Die Explosion erfolgte gezielt in der Pause während des Schichtwechsels. Womöglich die unblutige Einleitung einer Erpressung ganz großen Stils.«

»Um Geld?« fragte Mr. Lovestone.

»Darauf können Sie sich verlassen, Norman.«

»Dann sollten wir es den Leuten vielleicht geben«, sagte er zögernd.

»Vielleicht«, erwiderte der FBI-Mann verächtlich. Er war entschlossen, mit eigener Münze zu bezahlen. »Trinken Sie Ihren Kaffee aus«, bat er. »Wir vertreten uns ein bißchen die Beine.«

In der Tür begegneten sie einem Mann mit einem fast auffälligen Durchschnittsgesicht. »Das ist Mike Blower«, stellte ihn Larry vor.

»Sie haben nichts dagegen, daß er sich ein bißchen in Ihrem Arbeitszimmer umsieht?« fragte er.

»Natürlich nicht«, antwortete der Hausherr.

Sie gingen über den Flur zum Lift.

»Ich gebe Ihnen jede Vollmacht, Larry. Sie dürfen meinen ganzen Laden umkrempeln. Es darf nur nichts an die Öffentlichkeit...«

»Wir werden den Reportern einen erstklassigen Unglücksfall servieren.«

»Wir stehen alle zu Ihrer Verfügung. Ich sowieso. Aber auch mein Vertreter, unser Finanzmann, die Personalchefin, der ganze Vorstand und...«

»Die Herren sind alle in New York?« fragte der FBI-Mann.

»Ja«, entgegnete Mr. Lovestone. »Das heißt«, verbesserte er sich gleich, »unser Chefingenieur ist gerade bei den Boeing-Werken und Martin Nobis...«

»... fliegt wieder einmal in der Weltgeschichte umher«, ergänzte Larry.

»Verbieten Sie einem Fisch das Schwimmen!«

»Beneidenswerter Junge«, erwiderte Larry, und sein ausgemergeltes Gesicht zeigte einen Augenblick so etwas wie Sehnsucht. Einst war er in Kalifornien als Leiter der Testflug-Abteilung Martins Chef gewesen. Der deutsche Pilot hatte sich dabei als sein bester Mann erwiesen und war später zu seinem einzigen Freund aufgerückt.

Sie begegneten Löschfahrzeugen, die vom Explosionsherd zurückkamen. Das Feuer war gebändigt, nur dicke, schwärzliche Schwaden standen über Hangar B wie über Kains, des Brudermörders, Opferaltar.

»Sie wissen, daß Sie eine Laus im Pelz haben?« fragte der FBI-Mann.

»Ich weiß gar nichts«, antwortete Lovestone beleidigt.

»Dann will ich es Ihnen erklären: Wir verfolgen einen heißen Tip, daß aus dem engsten Kreis Ihres Hauses geheime Informationen nach draußen gelangen.« Er blieb stehen. »Machen Sie kein so unglückliches Gesicht, Norman«, tröstete er. »Wir sind ja bei Ihnen.«

Der Transistor in seiner Brusttasche gab ein Signal.

»Wo stecken Sie, Chef?« fragte der FBI-Agent Mike Blower an.

»Sie treffen uns in zwei Minuten vor dem Hauptportal.«

Er war vor ihnen da. Sein Gesicht wirkte wiederum ausdruckslos, aber Larry sah ihm an, daß er fündig geworden war.

»Schießen Sie los«, sagte er.

»Erstens war Ihr Telefon angezapft, Sir«, wandte er sich an den Präsidenten. »Dann habe ich, getarnt in einer Lampe, in einem Aschenbecher und in einem Buchrücken auf Anhieb drei Wanzen gefunden.«

»Wanzen?« fragte der Hausherr. Er sah noch immer aus wie ein Gentleman, doch wie einer, der gerade ein anrüchiges Haus verläßt.

»Elektronisches Ungeziefer«, erläuterte Larry Merx. »Mini-Sender, die jedes Gespräch in Ihrem Büro mitgehört und weitergeleitet haben. In Ihrem wunderschönen Arbeitszimmer finden ja auch die Vorstands-Konferenzen statt. Da hätten wir eine Erklärung für die Indiskretion.« Ohne Nachdruck setzte er hinzu: »Eine.«

»Zuerst einmal brauche ich einen Whisky«, erwiderte Mr. JET-AIR grimmig. »Und dann sagen Sie mir, was ich tun kann!«

»Eine ganze Menge«, versetzte Larry. »Wir drehen den Spieß um. Wir werden die Wanzen nutzen, um unsere Gegenspieler in eine Falle zu locken.«

Norman S. Lovestone nickte düster.

»In den nächsten Stunden werden sich die Gangster mit Ihnen in Verbindung setzen und Geld verlangen. Wie ich annehme, telefonisch.«

»Und?« fragte Mr. Lovestone matt.

»Sie werden empört sein, Norman. Sie werden toben. Und dann umfallen. Aber ganz langsam. Verstehen Sie? Ich brauche Zeit. Wir peilen den Anrufer an. Für uns ist jede Sekunde wertvoll.« Der FBI-Mann überzeugte sich, daß ihm der Luft-Reeder folgen konnte. »Wie steht's eigentlich um Ihr schauspielerisches Talent?«

»Ich hab' mal den König Lear gespielt«, erwiderte der Hausherr kläglich. »Als Elfjähriger in einer Schüleraufführung.«

»Ich will Sie nicht verrückt machen«, sagte Larry. »Doch von Ihrem Geschick wird es abhängen, ob die vielleicht größte Schweinerei in der Geschichte der Luftfahrt verhindert wird oder nicht.«

Sie probten das zu erwartende Gespräch so lange durch, bis der FBI-Spezialist zufrieden war.

Sie gingen im Arbeitszimmer des Hausherrn auf Posten. Sie mußten warten. Eine Stunde, zwei. Endlos. Mitunter versuchte Mr. Lovestone etwas zu sagen, aber der FBI-Spezialist erinnerte stumm an die Wanzen. Sie sahen immer wieder auf das Zifferblatt. Die Zeit schien zu stehen wie eine verstopfte Sanduhr.

4

Bisher war der JET-AIR-Flug 99 ohne Zwischenfall verlaufen. Die Schönwetterbrücke reichte von Frankfurt bis New York. Über dem Jumbo wölbte sich der Himmel wie eine seidige Kuppel, und sein endloses Blau färbte noch tief unten auf die See ab.

»So ein Flug vergeht wie im Flug«, sagte ein Passagier, der Brenda Fairday schon seit einer halben Stunde mit seinen Kalauern verfolgte.

Sie winkte Peggy heran.

»Läßt sich ein kurzer Besuch im Cockpit arrangieren?«

»Ich will's versuchen, wenn ich der Crew das zweite Frühstück serviere«, zögerte die Chefsterwardeß. »Ich muß den Captain fragen. Sie wissen ja...«

Während sie sprach, ließ Peggy Mr. Greenhill nicht aus den Augen. Zehn Jahre Langstreckenflug hatten ihren Blick für schwierige Passagiere geschärft: Sie wußte, daß sich der Mann nicht wohlfühlte. Verdorbener Magen? überlegte sie. Flugangst? Ein Herzfehler?

»Geht es Ihnen nicht gut, Sir?« fragte sie den bekannten Geschäftsmann.

»Unsinn«, wehrte er ab.

Vorsorglich gab Peggy ihrer Kollegin einen Wink, sicherheitshalber nach einem Arzt Ausschau zu halten. Der Passagier – merkwürdigerweise wirkte er im Sitzen größer als im Stehen – mußte es bemerkt haben.

»Lassen Sie das«, protestierte er. »Ich brauche keinen Doktor.« Er atmete schwer. »Was ich brauche, ist ein großer Bourbon. Ohne Wasser! Ohne Eis!«

Es war sicher nicht das Richtige für ihn, aber solange Betrunkene nicht randalierten und nach ihren Beinen haschten, war eine Stewardeß darauf gedrillt, den Passagieren auch unsinnige Wünsche zu erfüllen, selbst wenn sie als Entführer, bewaffnet mit Handgranaten oder Pistolen, das Öffnen der Cockpit-Tür verlangen sollten.

Flugkapitän Nobis gab seine Position an die Bodenstation durch. Die Navigation erfolgte automatisch, sicherer als jede menschliche Berechnung, mit einer Zielabweichung von höchstens 30 Kilometern auf eine Entfernung von 8000 Kilometern. Das fliegende Ungeheuer war so genial konstruiert, daß man mitunter meinte, der Jumbo steuere seinen Flugkapitän, statt umgekehrt.

Vielleicht gingen deshalb Martins Gedanken streunen, landeten immer wieder bei dem schmucken, verträumten Häuschen inmitten eines Weinbergs. Dahin, nach Klingenberg, hatten sich seine Eltern vor Jahren zurückgezogen. Die Verbindungen Vaters nach drüben hatten Krieg, Zusammenbruch, Haß und Greuel überlebt und dem jungen Martin den Start in den USA ermöglicht. Er fiel sofort durch sein fliegerisches Gefühl auf; es war fast kurios, daß zu dieser Zeit ein Deutscher zum jüngsten Testpiloten Amerikas aufrückte.

Martin war schon bei der Verkehrsfliegerei gelandet, als sein Vater starb. Der Tod war nicht nur grausam, sondern auch lächerlich: Der Flug-Veteran aus einer Zeit, in der man sich im Tiefflug noch an Kirchtürmen orientierte, der Pilot, der mit einer klapprigen JU aus Stalingrad und Breslau bis zuletzt noch Verwundete herausgeflogen hatte, wurde von einem Auto angefahren und erlag den Verletzungen.

Vielleicht kam es daher, daß sich Martin in der Luft sicherer fühlte als auf der Erde.

Dieses Unglück band ihn noch fester an die Mutter. Die alte Dame lebte zwischen Rebstöcken und Fotos, zusammen mit dem Katzenpärchen Romeo und Julia, die sich wie die eigentlichen Hausherren aufführten, den Stunden entgegen, in denen ihr großer Sohn bei ihr war. Dann kochte sie ihm sämtliche Leibspeisen auf einmal, als könne er sechzehn oder achtzehn Stunden lang ununterbrochen essen, und sie war voller Stolz auf sein berufliches Können, und voller durchtriebener Neugier, was seinen Junggesellenstand anbelangte.

»Wie lange willst du dich denn noch als Vagabund allein in der Welt herumtreiben?« fragte sie ihn immer.

»Hast du denn eine Braut für mich, Mutschka?«

»Nein«, erwiderte sie. Es machte einen Teil ihres Charmes aus, daß sie so eine schlechte Lügnerin war. Nach den Gesetzen weiblicher Logik setzte sie auf eine Schwiegertochter – voller Eifersucht, daß es in Martins Leben neben ihr noch eine andere Frau geben könnte. Aber wie sollte sie sonst zu Enkelkindern kommen, von denen sich Romeo und Julia am Schwanz ziehen ließen?

Jedenfalls durchschaute Martin sie in diesem Punkt völlig, und sie kämpften beide mit List und Liebe.

Peggy erschien, um den Imbiß zu servieren. Zweimal Kaffee mit reichlich Beilagen für Flugkapitän und Bord-Ingenieur. Der Co-Pilot, der stets mit Übergewicht kämpfte, bekam nur ein Glas Tee.

Beim Rückflug war er immer auf Diät gesetzt, denn mit Sicherheit würde ihn die JET-AIR auf die Waage stellen.

»Darf ich Ihnen etwas Salat bringen, Jim?« schloß Peggy ihren Dauerwitz ab.

»Laß dir das nicht gefallen, armer Junge«, grinste Martin Nobis und griff nach dem dicksten Schinkenbrot; er sah, wie sein junger Mann an jedem Bissen mitschlang. »Komm«, sagte er und erhob sich. »Zur Entschädigung übergeb' ich dir den Vogel.«

Er stellte belustigt fest, daß sein Co-Pilot beim Platzwechsel wesentlich schneller war als er. Jim würde sehr bald schon einen erstklassigen Captain abgeben. Martin Nobis hatte Hunderte von Piloten ausgebildet oder überprüft. Eine einzige Fehlanzeige, und selbst diese nicht in fliegerischer, sondern in menschlicher Hinsicht.

Die Stewardeß hielt sich noch immer im Cockpit auf.

»Gibt's noch was, Peggy?« fragte Nobis.

»Ja«, begann sie vorsichtig. »Eine Passagierin möchte Sie besuchen.«

»Die Zeiten sind vorbei.«

»Es handelt sich um –«

»Keine Ausnahme.«

»Und das gilt auch für mich, Martin?« fragte Brenda, die die fünf Meter Niemandsland zwischen Bar und verbotener Zone überschritten hatte.

Daß er ihre Stimme sofort erkannt hatte, stellte sie fest, als Martin sich ganz langsam – wie in Zeitlupe – umdrehte, in der Art eines Realisten, der seinen Leuten verhehlen möchte, daß er Tagträume hat.

»Brenda«, sagte er, und seine Augen waren beredter. Einen Moment stand er da, als wisse er nicht, ob er seine Hände in die Taschen stecken oder zärtlich um ihren Kopf legen sollte.

»Das«, setzte er albern und gedehnt hinzu, »ist aber eine Überraschung.«

»Du hast dich nicht verändert«, erwiderte Brenda.

»Aber du bist schöner geworden«, sagte Martin.

»Oder du kurzsichtig!«

»Ein Pilot hat scharfe Augen«, entgegnete Martin.

Er stand auf und geleitete Brenda an die Bar zurück. Sie ließen sich nebeneinander nieder, und in diesem Moment glaubten sie beide, Worte zu hören, die nicht gesagt wurden, obwohl sie stimmen mochten.

»Warum hast du dich zwei Jahre lang nicht gemeldet?« fragte Brenda.

»Weil du dich so lange nicht gerührt hast. Außerdem wollte ich deiner Karriere nicht im Wege stehen.«

»Und ich nicht deiner Flug-Passion«, sagte sie. »Weil wir uns beruflich nichts nehmen wollten, haben wir uns privat den Weg verbaut.«

Sie sahen sich voll an. Zwei Jahre Einsamkeit, überspielt durch Geschäftigkeit, waren vergessen.

»Kennst du noch meine New Yorker Wohnung?« fragte Martin.

»Du wirst lachen«, erwiderte sie, »Ich hab' sogar noch den Schlüssel.«

»Das Schloß ist seitdem nicht geändert worden«, versetzte er in seiner typischen Art. »Du entschuldigst«, sagte er und ging in das Cockpit zurück, wo man bereits in New Yorker Ortszeit rechnete.

5

Der morgendliche Ansturm hatte New York in einen brodelnden Eintopf von Lärm, Hast und Mief verwandelt, aber nach neun Uhr begann die überforderte Millionenstadt auf kleinerer Flamme zu kochen. Die Wolkenkratzer verschluckten Hunderttausende von Menschen, um sie am Abend wieder auszuspucken.

Der Tag hatte Tritt gefaßt, sechs Stunden hinter Mitteleuropa. Nur in der Zentrale der JET-AIR-INTERCONTINENTAL in der Nähe des Flugplatzes Idlewild war er vorzeitig gestolpert.

9 Uhr 33.

»Spreche ich mit Mr. Lovestone?« fragte eine verzerrte Stimme. »Hören Sie gut zu. Ich erzähle nichts zweimal. Entweder Sie gehen auf meine Bedingungen ein«, fuhr der Unbekannte fort, »oder es fliegt wieder eine Maschine in die Luft. Diesmal eine vollbesetzte.« Die Stimme in der Leitung drohte: »Zum Beispiel Ihr neuer Jumbo ›Happy Day‹ mit 366 Passagieren und 16 Mann Besatzung.«

Mr. Lovestone quollen die Augen aus dem Kopf, und sein rechteckiges Zimmer wurde einen Moment lang rund und drehte sich wie ein Karussell. »Hier ist der Zentralsitz einer Fluglinie«, fuhr Norman dann den Erpresser an. »Und keine Irrenanstalt.«

Larry Merx lenkte ihn wie der Leitstrahl eine Maschine bei einer Blindfluglandung.

»Wer sind Sie überhaupt?« schrie der Präsident in die Muschel und steigerte seine Stimme zu dem Organ eines Mannes, der 35111 Mitarbeiter sicher durch die Fährnisse des Geschäftslebens steuert.

»Ich bin der Bursche, der heute nacht ein kleines Feuerwerk in Ihrem Hangar B veranstaltet hat«, erwiderte eine verzerrte Stimme, die sich jetzt anstrengte, ein wenig langsamer zu sprechen. »Ich will eine Million. Bis heute mittag. Punkt zwölf Uhr. In Hundertdollarscheinen.«

Als der Spitzenmanager diese Forderung hörte, nahm er ein Wechselbad von Hitze und Frost. Er hatte die Vermutung des Experten von der Bundespolizei in Washington für übertrieben gehalten. Doch diese Hoffnung war jetzt geplatzt wie ein Reifen. »Sie sind ja wahnsinnig«, stöhnte er auf.

»Oder Sie«, konterte die blecherne Stimme. »Falls Sie nicht auf mich hören. Oder die Polizei bemühen.« Er lachte heiser. »Denken Sie an Ihre wunderschönen Jets in der Luft«, drohte er. »Denken Sie an die vielen unschuldigen Passagiere an Bord.«

Larry Merx starrte auf das Zifferblatt: 42 Sekunden. Dann sah er gespannt durch die offene Tür ins Vorzimmer, wo sein Assistent Mike Blower mit den Fahndungs-Trupps der Telefongesellschaft und der New Yorker Kripo in Sprechverbindung stand.

Der Mann gab das Signal, hob den Arm, und das hieß, daß der Standort des Erpressers mit Erfolg angepeilt worden war. Das hieß, daß in dieser Sekunde Dutzende von Streifenwagen mit Sirenengeheul durch die Weltstadt hetzten. Das hieß, daß Larry eine Chance hatte, einen Mann zu fassen, der ihm den Weg zur Bande weisen müßte.

»Und wenn ich bezahle?« fragte der Präsident zögernd.

»Dann lassen wir Sie in Ruhe.«

»Und wer garantiert mir das?« fragte Mr. Lovestone.

»Niemand«, versetzte der Erpresser kalt. »Sie haben keine andere Wahl, als uns Vertrauen und Geld zu geben.«

Obwohl mit jeder weiteren Sekunde dieses Telefonats die Chance stieg, den Unbekannten zu fassen, rechnete Larry doch nicht mit einem Erfolg. Wenn der Anrufer zu einer Gang gehörte – woran nicht zu zweifeln war –, mußte er ein Fachmann sein und wissen, daß er gefahrlos nicht länger als 40 Sekunden sprechen konnte. Ein Profi würde das Gespräch jetzt abbrechen und von woanders aus fortsetzen.

Der FBI-Spezialist sah, daß Mr. JET-AIR am Ende war, er schob ihm hastig einen Zettel mit einem Stichwort zu.

»Und wie sollen wir Ihnen das Geld überhaupt zukommen lassen?« griff es Mr. Lovestone hastig auf.

»Sie halten die Million bereit. In einem Paket. Punkt zwölf Uhr. Am Hauptportal Ihrer Firma. Wir schicken Ihnen einen Boten und überzeugen uns, daß ihn niemand verfolgt. Andernfalls –«, drohte der Erpresser und legte auf; nach einer Minute und zehn Sekunden.

Von nun an rollte die Fortsetzung des Gesprächs mit anderen Worten. Regie: FBI. Medium: eingeschmuggelte Mikrofone. Zuhörer: eine nach Cosa-Nostra-Muster organisierte Unterwelt-Bande.

»Myrna, ich verbitte mir, daß Sie mich mit jedem Wahnsinnigen verbinden«, rügte der Präsident.

»Soll ich die Polizei verständigen?« fragte die Sekretärin.

»Um Gottes willen«, entgegnete Mr. Lovesone. »Auf keinen Fall. Vorläufig wenigstens. Verbinden Sie mich bitte mit der Chase Manhattan. Fragen Sie den Hauptkassierer, ob er bis heute mittag eine Million in Hundertdollarnoten für uns beschaffen kann.« Er verbesserte sich sofort: »Oder nein, lassen Sie das noch, bis ich die Herren des Vorstandes gesprochen habe.«

Als Larry Merx sah, daß sein Zauberlehrling auf eigenen Beinen gehen konnte, stürmte er das verwaiste Arbeitszimmer des Chefpiloten Martin Nobis, das er nach gründlicher Untersuchung auf Abhörgeräte requiriert hatte.

Mike Blowers Gesicht trug schwer an einer Neuigkeit.

»Wir haben die Nummer, Chef«, begann er.

»Nun lassen Sie das weiße Kaninchen schon aus dem Zylinder hopsen, Sie Magier«, antwortete Larry gereizt.

Sein Assistent reihte die Ziffern zu einer Zahl aneinander; sie besagte Larry nichts.

»Es handelt sich hierbei um einen Nebenanschluß der JET-AIR«, erläuterte Mike Blower. »Genutzt wird er von Mr. Lionel Taylor.«

»Dem Chefingenieur?« erwiderte Larry nach kurzem Nachdenken. »Und der Mann ist zur Zeit in Kalifornien.«

»Ja«, bestätigte der Helfer, »und zwar ist es ein Autoanschluß. Dieser Dreckskerl von Anrufer ist einfach in Manhattan spazierengefahren.«

»Sehen Sie, es gibt für alles eine natürliche Erklärung«, stellte Larry fest. »Nur meistens zu spät.«

»Aber das Auto von Mr. Taylor?«

»Vermutlich gestohlen und bis jetzt noch nicht entdeckt.«

Wie zur Bestätigung seiner Kombinationsgabe ging Sekunden später die Meldung ein, daß der Cadillac von der Verkehrspolizei sichergestellt worden war. Ohne Insassen. Falsch geparkt; am Rand der breiten Auffahrt zum Riesengebäude der UN, die Taxis, Omnibussen und Staatskarossen vorbehalten ist.

Larry Merx hatte den Anruf auf Tonband mitgeschnitten und hörte es ab. Er spulte zurück und begann von neuem:

»Merken Sie etwas, Mike?« fragte er.

»Der Mann hat seine Stimme unkenntlich gemacht. Vermutlich durch eine Cellophan-Folie über der Membrane.«

»Mehr fällt Ihnen nicht auf?«

»Dem Akzent nach ein Italo-Amerikaner.«

»Schon besser«, entgegnete Larry. »Und nun hören Sie noch einmal genau zu.« Er wollte sichergehen, daß er sich nichts einbildete. »Achten Sie auf die Worte ›Hauptportal‹, ›Passagiere‹ und ›Ruhe‹«, drängte der Chef.

»Hört sich an, als ob der Mann mit einem harten Rachen-R sprechen würde«, erwiderte sein Assistent zögernd.

»Gut, Mike. Schnappen Sie sich unsere Maschine. Fliegen Sie sofort nach Washington und jagen Sie diese Feststellung durch den Computer.«

Das FBI-Archiv hatte 6000 genaue Lebensläufe Verdächtiger gespeichert und die Fingerabdrücke von 90 Millionen Amerikanern. Vielleicht enthielt die Kartei auch Hinweise auf Stimmen mit einem Rachen-R – sofern es nicht erst durch eine künstliche Verzerrung entstanden war.

Mr. JET-AIR kam herüber.

»Ausgerechnet bei uns«, sagte er. »Können Sie sich das erklären, Larry?«

»Ja«, versetzte der FBI-Mann gelassen. »Die JET-AIR hat viel Geld. Außerdem sitzt vermutlich ein Komplize der Bande im Haus.«

Er betrachtete den Mann mit dem jungen Gesicht und den schlohweißen Haaren. »Und zwar sehr hoch oben.«

»Finden Sie ihn«, fuhr Mr. Lovestone ihn an.

»Nur mit Ihrer Hilfe«, entgegnete Larry. »Zunächst einmal brauche ich die Personalveränderungen des letzten halben Jahres.«

»Das liegt in zehn Minuten auf Ihrem Schreibtisch.«

»Dann werden Sie«, fuhr der Spezialist aus Washington fort, »eine Firma mit der Rationalisierung Ihrer Fluglinie beauftragen. Sie wird Ihnen vier Mann schicken – vier FBI-Leute, die sich hier in allen Abteilungen umsehen werden.«

Er stellte fest, daß Mr. JET-AIR von dem Vorschlag wenig begeistert war.

»Hören Sie zu, Norman: Die Täter, die bis jetzt Attentate auf Flugzeuge verübt haben, waren Amateure. Aber auf ihr Konto kommen immerhin in den letzten 19 Jahren bereits 802 Menschenleben. 691 Passagiere und 111 Besatzungsmitglieder. Offizielle Feststellung des ›Büros für Entwicklung der Luftfahrt‹ in Rom. Nur geklärte Fälle. Wir wissen nicht, wie viele weitere Unfälle in Wirklichkeit Verbrechen waren.«

Er sprach ohne Betonung, aber der Hunger in seinem Gesicht wirkte dabei satt vor Angst. »Und nun haben wir es, wenn nicht alles trügt, erstmals mit echten Gangstern zu tun. Mit hartgesottenen Profis, die ohne weiteres einen Jumbo mit 400 Menschen in die Luft sprengen.«

»Ich will Ihnen etwas sagen«, erklärte Lovestone müde. »Ich zahle die Million.«

»Kommt nicht in Frage«, erwiderte Larry.

»Übernehmen Sie die Verantwortung?« fuhr ihn der Generaldirektor an.

»Das muß ich wohl«, entgegnete der große, drahtige Mann. »Bis zwölf Uhr mittags wird gar nichts passieren.«

»Vielen Dank für Ihren Trost«, erwiderte Norman S. Lovestone. Er wagte nicht, daran zu denken, was nach diesem Ultimatum geschehen könnte.

6

JET-AIR-Flug 99 meldete als voraussichtliche Ankunftszeit in New York 10 Uhr 32. Der Jumbo hatte die in Frankfurt durch den falschen Bombenalarm entstandene Verspätung weitgehend wieder aufgeholt. Gleich mußte das Flugzeug als winziger Punkt auf dem Radarschirm der Bodenstation auftauchen. Kaiserwetter an diesem Bilderbuchtag. Nicht die sanfteste Brise behelligte die Boeing 747.

Die meisten Passagiere sahen sich schon den zweiten Film an. Django, der Rächer, geisterte über die Leinwand. Wie in den meisten Wildwestschinken siegte am Ende das Gute und das Böse blieb auf der Strecke. Im übrigen uniformierte die Passagiere die gute Laune. Einmal mehr bestätigte sich die Mundpropaganda, daß JET-AIR-INTERCONTINENTAL die erfahrensten Piloten, die strengsten Sicherheitsvorschriften, die beste Küche und die hübschesten Stewardessen hätte.

Im Cockpit, dem Gehirn des Riesenvogels, wurde geschwiegen. Jim, der Erste Offizier, flog die Boeing 747, und das hieß, daß er lediglich den Auto-Piloten überwachte. Der Bord-Ingenieur wurde nur aktiv, wenn etwas nicht stimmte, und Martin Nobis kämpfte um eine Orientierung privater Art, seitdem er Brenda begegnet war. Sein Bewußtsein schrieb an dem Kapitel Liebe, mit ungelenker Handschrift. Auch wenn er es sich nicht eingestand, war er ein Mann nach Maß der Frauen, die bei ihm leicht maßlos werden konnten. Seine Erinnerung häufte die Abenteuer mit dem schönen Geschlecht wie Kleingeld aufeinander. Auch wenn er seine Vergangenheit drehte und wendete, blieb nicht viel mehr als ein wenig flüchtige Zärtlichkeit, irgendwo, mit irgendwem, genossen, vergessen.

Und an der Bar des kleinen Salons, gleich hinter dem Cockpit, nur ein paar Meter von der Jumbo-Kanzel entfernt, saß jetzt die junge Frau mit den Katzenaugen und den sanftroten Haaren und drohte, eines Luftmillionärs lässiges Verhältnis zu den Gefühlen zum Absturz zu bringen.

Martin erhob sich von seinem Sitz vorn rechts. »Habt ihr eigentlich etwas gegen Damenbesuch?« fragte er in einem Ton, der keine Antwort erwartete.

Jim, der Co-Pilot, grinste durch die vierfach verstärkte Cockpit-Scheibe, als sich der Flugkapitän gespielt langsam aus seinem Bereich entfernte. Einen Moment lang glich er eher einem Einsteigdieb als einem Chefpiloten.

Dann stellte er fest, daß Brenda noch immer allein an der Bar saß. Die beiden Erste-Klasse-Passagiere in der Polsterecke waren so in ihr Schach-Duell vertieft, daß er sich ungestört mit seiner Dame befassen konnte.

»Wir werden in 59 Minuten in New York landen«, sagte Martin zu seiner prominenten Passagierin.

»Interessant«, erwiderte sie lächelnd. »Aber das ist doch nicht alles, was du mir zu sagen hast.«

»Ich bin im Dienst«, ging er auf ihren Ton ein. »Danach werde ich auf dich einreden wie ein – ein Staubsaugervertreter.«

»Und um welchen Artikel handelt es sich wirklich?«

»Hm, einen Schuß Romantik«, entgegnete Martin, »und zwei Portionen Einsamkeit.«

Er blickte auf Brendas schmale, langgliedrige Hände, und er spürte sie auf seiner Haut. Sie sah in seine Augen in diesem seltsamen Mitternachtsblau, in sein zerklüftetes Gesicht und fragte sich, wie sie Martin je aus den Augen hatte verlieren können; aus den Augen, nie ganz aus dem Sinn.

»Wie stehen wir zueinander?« fragte sie.

Der Mann im Fliegerblau sah sich einen Moment nach den Schachspielern um. »Das hängt allein von dir ab«, antwortete er ein wenig matt.

»Nein«, versetzte Brenda. »Von uns.«

»Nicht ganz von uns.« Er wurde ernst. »Auch von unseren verdammten Berufen.«

»Wir werden sie an die Leine legen«, erwiderte die berühmte Globetrotterin, »und unser Privatleben hegen wie Orchideen.«

»Ich bin jetzt im Vorstand der JET-AIR«, begann er zögernd. »Ich komm' nicht mehr so viel zum Fliegen wie früher.« Martin verfolgte, wie der Passagier Bob S. Greenhill sich etwas mühsam über die Wendeltreppe nach oben zwängte und sich in dem kleinen Salon – offiziell hieß er Ausruhraum – prüfend umsah, als wollte er ihn kaufen.

»Was machst du, wenn wir in New York sind?« wandte er sich an Brenda.

»Zuerst einmal schlafe ich mich richtig aus«, antwortete sie. »Dann muß ich einen Tag in den Schneideraum, um das Interview mit dem deutschen Bundeskanzler einzurichten.«

»Und dann?«

»Dann warte ich auf einen Anruf«, sagte Brenda lachend. »Oder auch auf deinen Ansturm. Ganz wie du willst.«

»Ich habe da ein paar revolutionäre Ideen«, hakte er ein.

»Ich höre.«

»Ich spreche«, entgegnete Martin und geriet ins Stocken. Er betrachtete ihre feine Nackenlinie. Sein Blick tastete sich weiter zu ihren schmalen Schultern.

»Du siehst mich an, als ob ich ein Marzipanschweinchen wäre«, sagte sie lachend.

»Ich liebe Süßigkeiten«, konterte er. »Wann hast du den letzten Urlaub gehabt?«

»Vor einem Jahr«, erwiderte Brenda. »Zwei Tage.« Sie fing das Stichwort auf, fragte zurück: »Und du?«

»Das ist schon so lange her, daß ich es vergessen habe«, sagte er. »Meinst du nicht, wir sollten unseren Nachholbedarf zusammenlegen, und...«

»Einverstanden«, antwortete sie. »Und wohin geht die Reise, Captain?«

»Wohin Sie wollen, Madame. In die Südsee. Auf die Bahamas. An die Côte d'Azur. Oder bloß nach Florida.«

»Alles ganz abgedroschen«, sagte Brenda. »Ich möchte dir etwas vorschlagen.«

»Bitte –«

»Etwas noch Abgedroscheneres – nach Venedig. In die Stadt der Liebenden.«

»Wir werden in jeder Stadt unser Venedig feiern«, erwiderte Martin. »Wenn du willst.«

»Darf ich Ihnen etwas anbieten, Miß Fairday?« fragte Peggy, die Chefstewardeß.

»Nein danke – das heißt«, verbesserte sich Brenda, »vielleicht einen Orangensaft mit Eis.«

»Und den servieren Sie bitte im Cockpit, Peggy«, bat der Captain, stand auf und lud Brenda ein in sein Instrumenten-Reich.

»Wenn Sie schon dabei sind, Miß«, bat Passagier Greenhill und deutete auf die Whisky-Flasche, »geben Sie mir bitte auch etwas Medizin für mein müdes Herz.«

Martin stellte seine Leute vor und sagte ein wenig stolz: »Wer Miß Fairday ist, brauche ich euch ja wohl nicht zu erklären.« Dann schob er ihr einen Hocker zu und begann den Jumbo vorzuführen, als hätte er ihn selbst konstruiert. Schließlich waren ja einige Verbesserungen auf seine Anregung hin zustande gekommen.

Ein Klingelzeichen forderte den Piloten auf, eine andere Funk-Frequenz einzuschalten, gewissermaßen die Hausleitung der JET-AIR. Über diese Welle konnte das Hauptquartier einer die ganze Welt befliegenden Linie jedes einzelne Flugzeug, ob es gerade den Nordpol oder Japan überquerte, ständig erreichen.

»JET-AIR-Flug 99, Captain Nobis«, meldete er sich.

»Hallo, Martin«, rief Larry Merx.

»Freut mich, dich zu hören«, erwiderte der Jumbo-Kommandant.

»Wart's ab«, entgegnete der FBI-Spezialist sarkastisch.

Brenda, die sich auf Stimmen verstand, fiel sofort auf, daß der Mann zynisch und zärtlich zugleich sprechen konnte.

»Wie fühlst du dich?« fragte Larry.

»Wie neugeboren«, sagte Martin und warf einen anzüglichen Seitenblick auf Brenda.

»Paß auf dich auf«, erwiderte der Freund und FBI-Spezialist. »Und auf deinen Jumbo. Und auf deine Passagiere.« Einen Moment lang glaubte man, Larrys Atem zu hören. »Wir haben hier einen Haufen Ärger.«

»Wir nicht«, brummte der Captain.

»Dann tut es mir um so mehr leid, Martin«, fuhr der Mann fort, »daß ich dich gleich nach der Landung brauche.« Nach einer kurzen Pause setzte er hinzu: »Ich fürchte, wir haben einen heißen Tag vor uns ... Ende.«

»Ende«, bestätigte der Chefpilot. Erst jetzt dachte er daran, daß eine Unbefugte die Warnung mitgehört hatte.

»Leider muß ich dich bitten«, begann Martin zögernd.

»Ich hab' nichts gehört«, erwiderte Brenda. »Ich war privat im Cockpit zu Besuch. Off the record.«

»Danke.«

»Ich möchte dir vorschlagen, daß wir künftig Beruf und Privatleben klar auseinanderhalten«, sagte Brenda.

»Und das kannst du?« fragte der Flugkapitän lachend.

»Nur nicht übertreiben«, ging sie auf seinen Ton ein. »Ich will's versuchen.« Sie erhob sich. »Und nun verlaß ich dich freiwillig.«

Die Cockpit-Tür blieb unverschlossen.

Bald endete das eintönige Blau des Atlantik; der Jumbo hatte die Küste erreicht und näherte sich New York, dieser Orgie von Erfolg, Reichtum und Größenwahn.

Die Piste war noch nicht zur Landung freigegeben. Martin kreiste über Brooklyn und Queens. Die Wolkenkratzer schienen mit Riesenfingern nach der Boeing zu greifen.

Endlich kam die Landeerlaubnis. Der Pilot drückte die Maschine nach unten, fuhr die Luftbremsen aus und setzte weich auf.

Die Passagiere quollen aus dem Riesenvogel, und wie immer war Brenda Fairday sofort von Reportern umringt.

»Wie war's in Bonn?« rief ihr einer zu.

»Anstrengend.«

»Was gefällt Ihnen in Deutschland?«

»Vieles.«

»Und was mißfällt Ihnen?«

»Manches.«

»Das sind doch keine Antworten«, erwiderte der Mann mit dem sanft verwilderten Aussehen.

»Das sind auch keine Fragen«, versetzte Brenda trocken.

Bevor sie weiterging, drehte sie sich noch einmal nach Martin um. Er fing Brendas Blick auf und erwiderte ihn rasch. Nur Larry Merx, der gekommen war, um den Freund in Empfang zu nehmen, bemerkte es.

»Gratuliere zu deinem Geschmack«, sagte er und begrüßte Martin in spröder Männerart. »Damit endet leider auch der heitere Teil dieses Tages.«

Sie stiegen in den Wagen des FBI-Mannes.

»Du hat es ja ganz schön eilig«, sagte der Chefpilot. »Darf ich mir nicht einmal die Hände waschen?«

»Wir werden sowieso noch genug Dreck anfassen«, erwiderte Larry und informierte in knappen Worten den Freund über den Erpressungsversuch.

»Wir müssen diese Burschen in die Falle locken. Mr. Lovestone hat sich vor den Abhör-Mikrofonen mit seinem Vorstand eine erbitterte Redeschlacht geliefert. Mit knapper Mehrheit wurde entschieden, daß das Lösegeld bezahlt wird. Spätestens über das Telefon, das sie angezapft haben, erfuhren unsere Gegenspieler, daß das Geld in den gewünschten Hundertdollarnoten tatsächlich von der Bank geholt wurde, verpackt in ein braunes Paket.«

Sie hatten die JET-AIR-Basis erreicht, aber Larry blieb noch einen Moment im Wagen sitzen. »Nun hör gut zu, mein Junge«, fuhr er fort. »Das echte Paket liegt im Tresor. Ich habe ein zweites nachbauen lassen. Mit Papierschnipseln und Mini-Sendern; sie strahlen Signale aus, die wir mühelos verfolgen können. Kapiert?«

»Ja«, erwiderte Martin. »Ganz schönes Risiko!«

»Ohne Schweiß kein Preis«, alberte Larry, obwohl ihm nicht danach zumute war. »Außerdem«, erklärte er noch, »wissen nur Mr. Lovestone, du und ich, daß wir diesen Gangstern das Geld nicht aushändigen werden.«

Martin wollte aussteigen. »Wart' noch einen Moment«, bat Larry. »Was war mit Tony Forthman los?«

»Warum?« wich der Freund aus.

»Ich will kein Salz in deine Wunden streuen, aber ...«

»Er war mein junger Mann«, erklärte der Chefpilot, »eine echte Begabung, der mit Verstand und Gefühl fliegt.«

»Und?«

»Keine Disziplin. Leider. Es begann mit Weibergeschichten. Ich hab' sie eine Weile übersehen. Dann fing Tony mit dem Saufen an. Da gab's dann kein Pardon mehr.«

Larry hörte aus der Stimme seines Freundes ein Bedauern heraus.

»Vor fünf Monaten mußte ich ihn auf die Straße setzen.«

»Und wo ist er jetzt?«

»Keine Ahnung«, erwiderte Martin.

Es war 11 Uhr 02. Das Paket für die Erpresser wurde – wie

gefordert – zum Hauptportal gebracht. Die Verfolger hatten in abenteuerlichen Vehikeln Stellung bezogen: in einem Milchauto, einem Müllwagen, einem Lieferauto für Kartoffel-Chips, einem Oldtimer und einem italienischen Sportflitzer. Alle Wagen verfügten über Empfangsantennen und waren mit Fahndungsspezialisten besetzt.

12 Uhr. Die Spannung wuchs. Sobald die Täter das Paket in Empfang genommen hatten, sollte auch ein neutral aufgemachter Polizei-Hubschrauber zur Verfolgung starten.

12 Uhr 30. Noch immer wartete Larrys ›Falschgeld‹ auf den Adressaten. Es war klar, daß Unpünktlichkeit eine der Waffen seiner Gegenspieler war.

Um 13 Uhr gab der FBI-Spezialist für Luftpiraterie Martin einen Wink, über die hauseigene Radiofrequenz wohl besser die JET-AIR-FLugkapitäne in aller Welt vorsichtig zu warnen. Der Chefpilot hielt nicht viel davon. Die Fehler werden auf der Erde gemacht, nicht in der Luft. Schließlich rief er seine Piloten. »Hier sind ein paar Spinner am Werk«, sagte er, »aber seid trotzdem vorsichtig, Jungs. Ende.«

Wenn es in New York 15 Uhr ist, zeigt die Kirchturmuhr in dem fränkischen Weinort Klingenberg die neunte Stunde des Abends an, und Martins Mutter würde erst zu Bett gehen, wenn er ihr die glückliche Landung in New York bestätigt hatte.

Er griff nach dem Telefon, wählte durch. Sein Gesicht entspannte sich, wirkte weich, verjüngt.

»Herrlicher Flug, Mutschka, sagte er. »Ein reiner Genuß.«

»Schön, Martin«, antwortete Maria Nobis. »Aber stell' dir vor, ich hab' tatsächlich den Marmorkuchen beim Abflug vergessen.«

»Es gibt Schlimmeres«, erwiderte Martin lachend.

»Kurz vor Klingenberg ist es mir eingefallen«, sagte sie. »Ich bin noch einmal umgekehrt. Ich hab' ihn einer Stewardeß von der PANAM in die Hand gedrückt. Sie wird ihn noch heute bei dir abliefern.«

»Vielen Dank«, sagte Martin und lächelte. »Ich werde ihn heute noch aufessen. Auf einen Sitz. Und dann schlaf gut, Mutschka.« Er legte auf und stellte sich vor, wie kritisch sein Freund Larry das Hausgebäck untersuchen würde. Mindestens zweimal in der Woche ließ ihm Mutschka die Produkte ihres Herdes auf dem Luftweg zukommen. Die Zöllner grinsten schon. Nur ein Anfänger hatte sich die Kuchen-Luftbrücke nicht erklären können und den Gugelhupf auf der Suche nach Haschisch in winzige Portionen zerstückelt und sich dann unter dem Gelächter seiner Kollegen bei Martin stotternd entschuldigt.

Um 15 Uhr 18 steckte sich Larry Merx nach siebenmonatiger Entwöhnung die erste Zigarette an, warf sie angewidert weg und griff nach der nächsten. Das Paket lag noch immer unbeachtet in der Portier-Loge. Viel Zeit blieb nicht mehr; die Batterien der Mini-Sender würden bald erlahmen.

Gegen 17 Uhr begann Larry zu fürchten, daß die Gangster nie erscheinen würden. Und nach 18 Uhr gestand er seinen Mitwissern den Fehlschlag ein.

»Es gibt doch nur eine Erklärung dafür«, erwiderte Martin giftig. »Verrat.« An den Gesichtern seiner Zuhörer sah er, daß er nur das aussprach, was sie dachten. »Und das heißt, Sie, Norman, ich oder Larry stecken mit den Gangstern unter einer Decke!«

»Hör auf mit dem Unsinn«, fuhr ihn Larry gereizt an.

»Aber er hat doch ganz recht«, schaltete sich Präsident Lovestone ein.

19 Uhr. Noch immer kein Abholer. Kein weiterer Anruf. Keine neue Weisung.

Kurze Zeit später meldete sich Mike Blower, Larrys Assistent aus der FBI-Zentrale in Washington. »Vielleicht haben Sie einen Toten aufgeweckt, Chef«, begann er. »Ich bin hier auf einen Italo-Amerikaner gestoßen, der mit Rachen-R spricht: Jack Dossola.«

Agent Blower konnte sich weitere Erklärungen sparen. Der Mann, Anführer eines Cosa-Nostra-Ablegers, war vor einem Jahr aus den USA ausgewiesen worden und hatte seitdem als verschollen gegolten.

»Gut, Mike«, erwiderte Larry. »Bringen Sie die Akten mit. Versetzen Sie unser Krisenkommando in Alarmbereitschaft und kommen Sie so rasch wie möglich zurück.« Er legte auf. Sein Gesicht wirkte wölfisch, gejagt von der Frage: ›Warum hat die Falle versagt?‹

7

Die Villa war ein altes Patrizierhaus an der Sutton-Place, einer exklusiven Sackgasse, die abseits vom Lärm und Staub Manhattans lag. Der Hausherr hatte die Jalousien heruntergelassen, im Dämmerlicht wirkte er wie ein alter Mann. Doch war er weder so alt wie er wirkte, noch würde er an einem Tag wie heute schlafen.

»Hangar B war gut«, sagte er zu seinem Besucher. »Was hinterher kam, war Stümperei.« Er nahm einen Schluck aus seinem Glas. »Ich hätte nicht verreisen sollen.«

»Sie haben uns befohlen, die JET-AIR unter Druck zu setzen«, erwiderte der Besucher. »Das haben wir getan. Nicht ohne Erfolg. Wir brauchen nur noch zu kassieren. Die JET-AIR zahlt eine Million.«

»Nonsens«, erwiderte der Mann, den nur zwei Bandenmitglieder je zu Gesicht bekommen hatten. Die anderen wußten nicht einmal, daß es ihn gab. Der unbekannte Boß verfügte über einen bürgerlichen Namen und einen guten Ruf in der City. Als Finanzmann war er der Freund hoher Politiker und saß im Kirchenvorstand. Seine Tochter hatte er mit einem Eierkopf von der Harvard-Universität verheiratet. Niemand wußte, daß die eigentliche Handelsware dieses Geldmaklers das Verbrechen war.

»Eine Million, Boß!«

»Ein Trinkgeld«, winkte der Hausherr verächtlich ab. »Außerdem hat uns die Polizei längst eine Falle gestellt. Verlassen Sie sich darauf, Jack.« Er lächelte grämlich. »Ihr benehmt euch wie Anfänger!« Er nahm noch einen Schluck Bourbon. »Was ist ein Jumbo wert?«

»An die fünfzig Millionen Dollar.«

»JET-AIR würde ihn gern für ein paar Millionen zurückkaufen. Aber das ist noch nicht das richtige Geschäft. Wenn die richtigen Passagiere in der Maschine sitzen, kommt ein enormes Lösegeld zusammen. Bestimmt noch einmal zehn oder zwölf Millionen, vielleicht sogar fünfzehn. Nach oben sind überhaupt keine Grenzen gesetzt.«

»Aber wie wollen Sie das anfangen, Boß?«

»Meine Sache«, versetzte er. »Ihr tut, was ich euch sage. Außerdem will ich Geld und keine Leichen. Daß das in eure verdammten Makkaroni-Gehirne nicht hinein will.«

Er sah Angst im Gesicht dieses Mannes, den die Unterwelt fürchtete, und genoß sie. »Also, es muß ein Jumbo sein«, sagte er. »Trommeln Sie Ihre Leute zusammen. Möglichst Burschen, die bei der Polizei noch nicht aufgefallen sind. Sechs, acht Männer. Vielleicht noch ein paar Mädchen. Sparen Sie nicht mit Personal. Übrigens werde ich selbst dabeisein.«

»Sie, Boß?« erwiderte Jack Dossola verblüfft. Er hatte kleine Hechtaugen, eine Nase, die vorsprang wie eine feststehende Klinge. Sie stammte aus zweiter Hand. Die plastische Operation in

Rom hatte den Italo-Amerikaner nicht schöner, jedoch für die Polizei unkenntlich gemacht. Gegen Fingerabdrücke, die sich nicht ändern ließen, konnte er sich durch Handschuhe schützen.

»Wann steigt die Sache?« fragte er.

»Wenn sich der Lärm gelegt hat«, erwiderte der Geschäftsmann mit dem Doppelleben. »Vielleicht verwirren wir unsere Freunde aber auch mit etwas Nervenkrieg. Wie weit seid ihr mit diesem Forthman?« fragte er dann.

Jack Dossola grinste. »Er säuft uns aus der Hand.«

»Gut, Jack. Halten Sie sich bereit.« Er verabschiedete seinen Besucher mit einer ungeduldigen Handbewegung. »Und lassen Sie sich hier nie wieder blicken.«

Der Mann stand auf, und Jack Dossola wunderte sich, wie schnell sich ein Sitzriese in einen Stehzwerg verwandelte.

8

Die Entführung eines vollbesetzten Jet-Riesen lag in der Luft, und so erlebte Larry Merx die vorderhand längste Nacht seines Lebens. Jede Stunde Zeitgewinn war wichtig, um einem rabiaten Gangster-Anschlag zuvorzukommen. Und so verlangte der FBI-Experte von seinen Männern, was er sich selbst abforderte.

Zunächst einmal machte er das JET-AIR-Hauptquartier wieder stubenrein...

Er ließ die Wanzen, die Mini-Spione, aus Mr. Lovestones pompösem Arbeitszimmer entfernen und baute die Abhörvorrichtung wieder aus dem Telefon aus. Am Morgen würde auch die im Tresor verwahrte Million Lösegeld zur Bank zurückgebracht werden. Das war seine Art, zuzugeben, daß seine Falle versagt hatte.

Wenn er sich selbst mit einschloß, hatten nur drei Personen von seinem Plan gewußt. Sein Scheitern erschien ihm deshalb unbegreiflich. Also blieb ihm nichts anderes übrig, als nach seinem Leitsatz vorzugehen; Wunder gibt es nicht, und Rätsel werden gelöst.

»Wir haben Mr. Lovestone überprüft«, meldete sich eine halbe Stunde später einer seiner Leute. »Der Mann ist völlig in Ordnung. Er kennt nur seine Arbeit und seine Familie, hat Geld wie Heu und das versauert auf der Bank.« Er sprach und atmete heftig. »Nicht der geringste Ansatzpunkt für eine Erpressung.«

Larry hatte kein anderes Ergebnis erwartet. Er griff nach der nächsten Zigarette, der vorletzten, in seinem Päckchen. Ein ganz hübscher Verbrauch für einen Mann, der gestern noch Nichtraucher gewesen war.

»Wir haben auch den Chefpiloten Nobis unter die Lupe genommen«, fuhr der Mann vorsichtig fort.

»Ach nein«, bemerkte Larry Merx giftig.

»Für ihn gilt das gleiche«, ergänzte der FBI-Mann. »Seine Freizeit und mein übriges Geld wären ein prächtiges Gespann.«

»Und warum habt ihr mich nicht überprüft?« fragte Larry spöttisch.

Keiner lachte über den faulen Witz, denn jeder seiner Leute wußte, daß das geringste Versäumnis genügte, um Hunderte von Menschenleben in Gefahr zu bringen.

Zum drittenmal im Verlauf dieser unruhigen Nacht suchte Larry den Chefpiloten in der Flugzentrale auf. Der Freund saß vor einer großen Wandtafel und verfolgte die Flüge seiner Piloten. Sobald eine Maschine gestartet war, flammte ein Lämpchen auf. Mit einem Blick konnte Martin feststellen, daß um vier Uhr New Yorker Ortszeit bereits 23 Passagier-Flugzeuge den Luftraum füllten. Die ersten Jets waren im Morgengrauen in Tokio und Manila gestartet, dann in Bangkok und New Delhi. Es schien, als brütete die nach Westen weiterwandernde Sonne Riesenvögel aus.

»Alles in Ordnung, Martin?« fragte der FBI-Mann.

»Kein Zwischenfall«, bestätigte der Chefpilot. »Kein Hilferuf. Keine Alarmnachricht. Ein Sturmtief über dem indischen Subkontinent, aber darauf verstehen sich unsere Leute ja.«

Ein Bote brachte einen Zettel. Martin faßte ihn mit spitzen Fingern an, las den Text und grinste dann breit. Er griff zum Mikrofon und rief die Boeing 707, die kurz vor der Landung in Singapur stand.

»JET-AIR-Flug 121«, meldete sich Flugkapitän Wagner.

»Hier spricht Martin Nobis«, erwiderte der Chefpilot. »Gratuliere, Bob. Dein Stammhalter wiegt fünf Pfund und 27 Gramm.«

Ein paar Sekunden blieb es still.

»Aber das ist doch noch eine ganze Woche zu früh.«

»Um so besser«, meinte Martin. »Mutter und Kind sind jedenfalls wohlauf.«

»Vielen Dank, Martin.«

»Und wie geht es euch sonst?« fragte der Chefpilot.

Anstelle des Flugkapitäns antwortete der Co-Pilot der zu acht

Tagen Fernost-Route eingeteilten Crew: »Bestens. Bis auf das Essen. Wir haben alle schon Schlitzaugen.«

Albern setzte er hinzu: »Reis stopft.«

Der Chefpilot warf wieder einen Blick auf die Wandtafel: 32 Jet-Riesen zogen jetzt auf ihrem vorgeschriebenen Kurs dahin, und auch in New York wurden die ersten Maschinen startklar gemacht.

»Feierabend, Martin!« sagte larry.

»Nach dir«, erwiderte der Chefpilot.

»Ich bin hier zu Hause«, entgegnete der FBI-Spezialist. »Wir haben euer feines Gästehaus für uns beschlagnahmt.«

Mike Blower, Larrys Assistent, beendete den Streit. Er stürzte außer Atem herein, als hätte er den Weg von Washington nach New York im Laufschritt zurückgelegt.

»Die Sache ist brandheiß«, schoß er los und legte seine Ausgrabungen aus dem FBI-Archiv auf den Tisch. »Unsere Kollegen in New York hatten diese Dossola-Gang schon lange im Auge. Das Übliche: Prostitution, Rauschgift, Spielhöllen, Erpressung. Auf einmal gab's bei einem Banden-Krieg Morde am laufenden Band. Da griff das FBI zu und drehte die Dossola-Leute durch die Mangel. Dabei gingen 49 Gangster hoch.«

»Und Jack Dossola?«

»Dem Burschen war nichts nachzuweisen. Da haben es unsere Leute mit der üblichen Tour probiert: Steuerhinterziehung.«

»Und bevor es soweit war, ist er getürmt?«

»Untergetaucht«, versetzte Mike Blower. »Aber es ist nicht sicher, ob er noch lebt. Man hat drei Monate später einen ziemlich unkenntlichen Toten aus dem Hudson gezogen, und seitdem streiten sich die Experten, ob es Dossola war oder nicht. Da haben sich unsere schlauen Leute in Washington etwas ganz Besonderes einfallen lassen, nämlich Ausweisung«, höhnte Mike.

»Das faule Ei des Kolumbus«, quittierte Larry Merx; »da er nicht mehr in den USA sein darf, gibt es ihn nicht mehr.«

»Ja, eine Kartei-Leiche«, entgegnete Mike Blower. »Trotzdem kann ich nicht glauben, daß sich der Kerl in New York aufhält; er ist in der Unterwelt bekannt wie ein bunter Hund. An jeder Grenzstation, in jedem Polizeirevier hängt seine köstliche Visage.«

»Vielleicht hat er sich ein neues Gesicht schneidern lassen«, sagte Larry. »Durch eine plastische Operation zum Beispiel. Und die Verhafteten sitzen alle noch?«

»Ja«, antwortete der Assistent. »Und bei guter Führung kommt der erste in frühestens elf Jahren wieder aus dem Knast.«

»Tüchtiger Richter«, versetzte Larry trocken. »Haben Sie auch überprüft, ob sich die Burschen tatsächlich alle noch in Haft befinden?«

»Blitzumfrage: 48 sind hinter Schloß und Riegel, verteilt auf drei Strafanstalten.«

»Und die Nummer 49?« fragte Larry gespannt.

»Ist unsere Chance.« Der Mann mit dem Dutzendgesicht überreichte seinem Chef die Mitteilung wie einen Blumenstrauß.

»Er hat den Spitznamen ›Riccio‹, der Igel. Wegen seiner stacheligen Haare. Er ist ein V-Mann. Wir hatten ihn in die Bande eingeschleust und bei der Verhaftung entkommen lassen. Tolle Schießerei am hellichten Tag. Alle ballerten in die Luft, und seitdem ist Riccio in Cosa-Nostra-Kreisen ein berühmter Mann.«

»Mensch«, erwiderte Larry. »Hüten Sie ihn wie Ihren Augapfel.«

»Schon veranlaßt«, versetzte Mike Blower stolz.

»Nun platzen Sie bloß nicht vor Tüchtigkeit«, entgegnete sein Chef und lachte zum erstenmal in dieser Nacht.

9

Morgens um sieben war Martin abgeschlafft. Er verließ seinen Posten und fühlte sich wie ein Deserteur. Der glänzende Pilot war ein miserabler Autofahrer. Er nahm ein Taxi, das ihn zur 57. Straße brachte. Hier hatte er eine komplette Junggesellenwohnung gemietet. Es war schierer Luxus, aber wenigstens eines der Betten, in denen er schlief, sollte sein eigenes sein.

»Halten Sie vor dem Haus mit dem Baldachin«, sagte er zu dem Fahrer, bezahlte und stieg aus.

Er ging mit unsicheren Schritten zum Lift, schleppte die Müdigkeit mit sich herum wie einen Sack Zement. Sonst wirkte nach tagelanger Abwesenheit seine Wohnung immer abgestanden, aber heute war sie gut durchlüftet und dazu noch von einem verlockenden Duft überlagert: Sie roch nach Brenda.

Er riß die Zimmertür auf.

Sie kam ihm lächelnd entgegen. Fast wäre er ihr ohne sein Zutun in die Arme gefallen.

»Ich bin's wirklich«, sagte sie. »Entschuldige, daß ich bei dir eingedrungen bin.«

»Wenn du schon da bist«, erwiderte Martin lächelnd, »dann könntest du auch gleich bleiben.«

»Darüber läßt sich reden«, entgegnete sie und sah skeptisch in sein von den Strapazen plissiertes Gesicht. »Ist etwas passiert?« fragte sie besorgt.

»Nein, gar nichts«, versetzte er.

»Mein Urlaub hat schon begonnen«, wechselte Brenda das Thema. »Und wie steht's mit deinem?«

»Schlecht«, brummte er.

»Du gehst jetzt unter die Dusche, und dann schläfst du dich aus«, sagte sie.

»Du bist ganz schön herrschsüchtig«, konterte Martin. »Kann mir schon vorstellen, wie du dich als meine Frau benehmen wirst.«

»Soll das ein Antrag sein?« fragte Brenda.

»Du wirst doch eines Mannes Müdigkeit nicht ausnutzen wollen?« grinste er.

Er zog Brenda an sich. Sie wich ihm nicht aus. Ihr Puls schlug in seinen Händen. Er spürte die Sehnsucht wie eine Stichflamme.

Sie machte sich behutsam von ihm frei. »Ich übernehme die Telefonwache«, versprach Brenda Martin.

Er schlief sofort ein. Als er erwachte, sah er benommen in moosgrüne Augen und rötliche Haare. Alles verschwamm vor seinem Blick, bis er Brendas Lippen spürte. Und da wußte er endlich, daß er nicht träumte.

»Wie spät?« fragte er.

»15 Uhr«, antwortete sie.

»Höchste Eisenbahn.« Er sprang aus dem Bett, ging ans Telefon.

»Diese langweiligen einfarbigen Pyjamas wirst du dir abgewöhnen müssen«, rief ihm Brenda nach.

»Du willst es wohl gestreift oder getupft?« Er grinste breit. »Du möchtest einen Tiger im Haus?«

Brenda wollte den Wohnraum verlassen, um nicht Zuhörerin des Telefongesprächs zu werden. Aber er gab ihr einen Wink, dazubleiben. Er wählte ohne richtig hinzusehen eine endlose Nummer.

»Hallo, hier New York«, begrüßte er seine Mutter. »Was gibt es Neues in Klingenberg?«

»Hast du deinen Kuchen bekommen?« fragte sie.

»Aber ja«, schwindelte er. »Und auch schon aufgegessen.«

»Soll ich dir wieder einen backen?«

»Nein, bitte keinen Kuchen«, sagte er rasch.

»Was möchtest du dann?« Sie blieb hartnäckig.

»Vielleicht ein bißchen fränkischen Leberpressack«, antwortete er, um ihr den Gefallen zu tun.

»Geht morgen ab.«

»Aber bitte nicht so viel«, lachte Martin.

Brenda sprach ganz gut Deutsch, aber diesem Zwiegespräch belangloser Zärtlichkeit konnte sie kaum folgen. Sie sah nur, wie es aus seinem Gesicht die Falten und Kerben schrubbte.

»Gute Nachricht, Mutschka«, sagte er. »In zehn Tagen bin ich wieder da. Mit Rücksicht auf ihre deutschen Aktionäre hat die JET-AIR dieses Jahr ihre Hauptversammlung nach Frankfurt verlegt.«

»In zehn Tagen erst?«

»Und dann hab' ich noch eine Überraschung!« Martin hatte spontan beschlossen, seine Mutter auf Brenda vorzubereiten. »Ich bring' dir jemanden mit.«

»Einen Freund?«

»Nein«, entgegnete er gespielt beiläufig. »Eine Freundin.«

Die Leitung blieb stumm; seiner Mutter mußte es die Stimme verschlagen haben.

»Sieh sie dir mal an, Mutschka«, sagte er. »Vielleicht ist es die Richtige.« Bevor er auflegte, wünschte er ihr noch ›Gute Nacht‹, obwohl er genau wußte, daß er sie um den Schlaf gebracht hatte.

»Mit wem hast du gesprochen?« fragte Bernda.

»Mit der Frau, mit der du dich demnächst auseinandersetzen mußt.« Mit einem schadenfrohen Lächeln fügte er hinzu: »Dabei wünsche ich dir schon im voraus viel Glück.«

»Deine Mutter?«

Er nickte: »Und da gibt's auch noch zwei Katzen«, sagte er.

»Stimmt das mit der Hauptversammlung?«

»Ja«, bestätigte er. »Wir machen dann Zwischenstation auf dem Weg nach Venedig... und zwischendurch Hochzeit.«

»Langsam«, erwiderte Brenda ernsthaft. »Dazu gehören zwei.«

»Nein«, versetzte Martin übermütig. »Drei. Und ich kann dir jetzt schon sagen, wie du es anstellst. Am besten redest du meine Mutter gleich mit ihrem Kosenamen an. Und dann sagst du: ›Liebe Mutschka, ich will Ihnen Ihren großen Jungen gar nicht wegnehmen. Ich will nur dafür sorgen, daß Sie ganz schnell Enkelkinder bekommen. Wir werden versuchen uns zu beeilen.«

»Du bist albern«, antwortete sie.

»Nein, verliebt«, sagte er, und das hörte Brenda wieder gern.

»Außerdem habe ich Hunger«, fuhr Martin übergangslos fort. »Und zwar auf etwas Handfestes.«

Er meldete JET-AIR, wo er in den nächsten Stunden zu erreichen sei. Dann gingen sie auf den Sauerkraut-Boulevard, das deutsche Viertel rund um die 86. Straße. Sie landeten im ›Jagerhouse‹, einem Restaurant mit einem großen, hohen Saal, ringsum mit Holz verkleidet und mit wertvollen Bildern bestückt. Der Pianist spielte Wiener Lieder. Das Eisbein schmeckte nicht wie in Berlin, das Bier nicht wie in München, die Bratwürstel nicht wie in Nürnberg – dafür aber speiste das Heimweh mit.

Das ›Jagerhouse‹ war gut besucht, Martin und Brenda nahmen die anderen Gäste gar nicht wahr; sie hatten nur Augen füreinander.

»Die Sache ist die«, begann er umständlich. »Eigentlich habe ich ja meinen wilden Jahre hinter mir.« Er verlor den Faden und entschloß sich zum Direktangriff. »Himmel, was soll ich lange reden«, schimpfte er, »Ich hab' dich einfach lieb.«

»Ich fürchte, mir geht's genauso«, erwiderte Brenda.

»Dann ist ja alles in bester Ordnung. Wenn jetzt nur nicht dieses dämliche Schlamassel bei der JET-AIR wäre – ausgerechnet jetzt!«

»Der Spuk ist sicher bald vorbei«, trästete ihn Brenda.

»Das hoffe ich. Vielleicht übertreibt auch mein Freund Larry«, sagte Martin und lächelte spöttisch. »Ein Bankier sieht nur Geld. Ein Arzt nur Krankheiten. Ein Pastor nur Sünden –«

»– und ein Blinder sieht gar nichts«, ergänzte Larry Merx, der unbemerkt hinzugetreten war und die letzten Worte gehört hatte.

»Deine Auftritte sitzen«, kommentierte Martin launig. Er stellte seinen Freund vor. »Wir können ruhig über alles reden«, sagte er, »ich hab' mit Brenda ein Abkommen getroffen, daß –«

»Ich weiß«, versetzte der FBI-Spezialist knapp. »Miß Fairday hat gestern ein Angebot ihres Verlegers abgelehnt, eine Reportage über Flugzeug-Entführungen zu schreiben.«

»Sie sind wohl allwissend«, stellte Brenda fest.

»Nur vorsichtig«, antwortete Larry bescheiden.

»Wir haben Tony Forthman gefunden. Deinen früheren Lieblingsschüler. Ganz schön abgerutscht, der Mann. Hascht, säuft, treibt sich mit Gangstern herum.«

Martins gute Laune trübte sich.

»Das ist leider noch nicht alles. Er erteilt Verbrechern theoretischen Flugunterricht. Bei einer heimlichen Hausdurchsuchung haben wir eine komplette Passagier-Liste gefunden.« Larry ließ Martin Zeit, diese Nachrichten zu verarbeiten. Dann fuhr er fort:

»Du mußt mir helfen. Ich bin überzeugt, daß der Weg zu den Banditen über Tony Forthman führt. Natürlich könnte ich mir den Burschen greifen und in die Zange nehmen. Aber dabei kommt kaum etwas heraus, davon ganz abgesehen, daß die Hintermänner vorzeitig gewarnt werden.«

Der Ober brachte die Speisekarte. Der FBI-Experte winkte ab. »Man müßte versuchen, privat an ihn heranzukommen. Gibt es jemand bei dir, mit dem sich dieser Tony angefreundet hat?«

»Angefreundet ist zuviel«, antwortete Martin. »Er war einige Zeit hinter Peggy her, wie ein Hund hinter dem falschen Hasen. Sie ist unsere Chefstewardeß«, erkläuterte er, »und soeben mit mir vom Frankfurt-Trip zurückgekommen. Ein modernes Mädchen. Sehr selbständig. Macht gerade ihren Blindflugschein als Sportpilotin, als ob die Abenteuer auf ihren Langstreckenflügen nicht ausreichen würden –« Mitten im Satz brach er ab, begriff, daß er schon zuviel gesagt hatte. Er verstand nicht viel von Larrys Job, aber er befürchtete zu Recht, daß der Freund Peggy als Köder mißbrauchen könnte.

»Weiter«, bat Larry.

»Was willst du eigentlich von dem Mädchen?«

»Ich möchte vielleicht mit Peggys Hilfe versuchen, eine Katastrophe zu vermeiden.«

»Sie ist mit einem unserer Ingenieure verlobt«, erwiderte der Chefpilot. »Eigentlich sollte sie längst verheiratet sein. Sie konnte sich nur nicht von ihrem Beruf trennen und –«

»Wir werden sie fragen«, unterbrach ihn Larry. »Es soll ihre freie Entscheidung sein.«

»Freie Entscheidung ist gut«, versetzte Martin gereizt. »Die Antwort kann ich dir jetzt schon sagen –«

»Dann ist Peggy die Richtige«, entgegnete Larry.

10

Das Lokal am Broadway war so heruntergekommen wie seine Gäste. Nebenan versprach die müde Leuchtschrift eines abgewrackten Premierentheaters den ›garantiert dreckigsten Film des Jahres‹. Vor der Kaschemme lungerten zwielichtige Typen herum. An der Theke saßen Hascher und Dealer, Nutten, Säufer und Knastbrüder.

Es war keine Kneipe, in die ein junges, hübsches Mädchen allein gehen sollte, und Peggy mußte mit sich kämpfen, nicht wieder umzukehren.

Alle starrten sie an. Die Gespräche an der Bar rissen ab. Tony Forthman erkannte sie sofort. Seine Augen wurden rund wie Dollar-Stücke.

»Peggy«, rief er und kam ihr entgegen. »Du hier?« Er schob ihr einen Hocker zu. »Ich weiß schon alles. Die JET-AIR hat dich gefeuert. Wegen 60 Gramm Hasch.« Er winkte den Keeper heran. »Lächerlich!«

Gerüchte kursierten unter den Angestellten der Fluglinie oft noch schneller als die Jets flogen. So hatte es sich auch rasch verbreiten lassen, daß die Stewardeß bei der Zollkontrolle mit Rauschgift gefaßt worden war. Jeder, der mit dem Kennedy-Airport zu tun hatte, wußte bereits 24 Stunden später davon. Die blonde Deutsche aus München war von der Polizei einen Tag eingesperrt und von einem gerissenen Anwalt gegen Kaution vorläufig freigeboxt worden.

»Ich hab' auch 'ne Stinkwut auf die JET-AIR im Leib«, sagte Tony.

»Na, ja«, schränkte Peggy ein: »Man soll sich eben nicht erwischen lassen.«

»Dann stell' mich mal deiner Braut vor«, sagte ein Mann mit einer Igel-Frisur, der er seinen Spitznamen verdankte.

»Mein Freund Riccio«, präsentierte der Ex-Pilot den einzigen Überlebenden der alten Dossola-Bande. »Der Stolz der Unterwelt.«

Der wirkte wendig und windig. Er hatte die Augen und die Ohren offen, vielleicht ein wenig zu deutlich, und so erkannte Peggy Larrys V-Mann sofort.

»Und das ist Johnny«, stellte Tony einen zweiten Unterweltler vor, der ihn zu bewachen schien...

»Peggy ist 'ne alte Freundin von mir.« Er raunte Johnny zu: »Mensch, die fehlt uns noch. Genau was wir brauchen.«

Dann wandte er sich wieder an die Stewardeß: »Wie geht's deinem Verlobten?«

»Auch geplatzt«, veseetzte das Mädchen und griff nach dem Whisky-Glas.

Sie saßen lange und tranken viel.

»Wie wär's mit 'nem kleinen Stellungswechsel?« fragte Tony.

»Aber nicht auf deine Bude.«

»Ich werd' doch nicht mit der Tür ins Haus fallen«, schäkerte Tony. »Außerdem wohne ich im Hotel.« Er lallte schon ein wenig. »Da sind übrigens noch Zimmer frei.«

»Darüber ließe sich reden«, antwortete Peggy gedehnt. Sie spielte ihre Rolle vorzüglich.

Bis sie sich einig wurden, war es zwei Uhr früh. Lärmend verließen sie die Kneipe. Tony, Peggy, Johnny, Riccio. Und im kurzen Abstand zwei Unbekannte der Bundespolizei.

Riccio war als erster auf der Straße. Plötzlich raste ein Wagen mit aufgeblendeten Scheinwerfern in wahnwitziger Geschwindigkeit auf ihn zu. Geblendet versuchte er auszuweichen, aber der Wagen erfaßte ihn. Riccio wurde auf den Kühler genommen und gegen eine Hauswand geschleudert.

Ohne Licht raste der Wagen mit Vollgas weiter.

Als der Ambulanzwagen eintraf, war Riccio bereits tot. Unfall mit Fahrerflucht stand im Protokoll.

11

In diesem Jahr wurden allein auf der Nordatlantik-Route mehr als fünfzehn Millionen Passagiere erwartet, und der Massenansturm auf die Jet-Riesen hatte schon ungewöhnlich früh eingesetzt. Die Urlauber wollten die verbilligten Preise der Vorsaison nutzen. Diese stürmische Entwicklung brachte den Fluglinien volle Kassen und dem FBI-Mann Larry Merx ein kaum mehr zu bewältigendes Arbeitspensum.

Daß sein V-Mann Riccio durch einen Unfall ums Leben gekommen war, bevor er präzise Hinweise über die wiedererstandene Dossola-Gang geben konnte, betrachtete Larry als Mord, auch wenn er es nicht beweisen konnte. Der ›Igel‹ war zu unvorsichtig gewesen, und nun bangte der FBI-Spezialist um Peggy, seine letzte Trumpfkarte. Sie war in das drittklassige Hotel umgezogen, in dem Tony Forthman wohnte, aber ihre Situation wurde jeden Tag schwieriger, da sie sich den Nachstellungen des verkrachten Piloten kaum mehr entziehen konnte. Sie hatte Larry die Nachricht zugespielt, daß der Mann tatsächlich beabsichtigte, im Auftrag einer Gangsterbande ein Passagier-Flugzeug zu entführen.

Aber wann? Und wo?

Der Anschlag konnte überall und zu jeder Zeit verübt werden. Womöglich war die Bedrohung der JET-AIR nur ein Ablenkungsmanöver, und das Attentat galt einer anderen Linie. In dieser trüben Lage gab es nur einen Lichtblick: Solange sich Forthman noch in New York aufhielt, blieb eine Galgenfrist.

Bald schon – und doch zu spät – erfuhr Larry, daß er einen verhängnisvollen Trugschluß gezogen hatte. Weil ein fantastischer Gangster-Plan jegliche Vorstellung überforderte.

Natürlich waren die Kontrollen bei der Abfertigung der Passagiere auf ein Höchstmaß verstärkt worden. Der zeitraubende Aufwand schien sich zu lohnen, denn immerhin hatte die JET-AIR seit Beginn dieser Sondermaßnahmen alle ihre Fluggäste sicher ans Ziel gebracht – und das waren Hunderttausende; täglich ungefähr 40000, die Befölkerung einer mittleren Stadt.

Allein diese Zahl zeigte den FBI-Leuten ihre Grenzen. So sehr sie sich auch anstrengten, das Einschmuggeln von Pistolen, Handgranaten oder gar Bomben zu verhindern, diese Blockade blieb praktisch nur Stückwerk, konnte nie lückenlos sein. Die Polizei und die Zollbeamten durften keine Panik unter den Passagieren hervorrufen, keine stundenlangen Verspätungen verschulden. Sie durften nicht alle Passagiere in die kleinen Nebenräume bitten, um sie nackt zu durchsuchen – bei früheren Flugzeugentführungen hatten die Täter Waffen im intimen Bereich versteckt.

Der JET-AIR-Flug 111 von New York nach Frankfurt war schon vier Tage vor dem Start ausgebucht. 41 weitere Anwärter standen auf der Warteliste. Eigentlich war es das gleiche Bild wie bei allen Abflügen, nur die Bordgesellschaft des Jumbo ›Happy Day‹ war diesmal illustrer. Unter den Passagieren würde sich fast der ganze Vorstand der Fluglinie befinden, der auch zur Aktionärs-Hauptversammlung nach Frankfurt mußte. Der Chefpilot Nobis nutzte diese Gelegenheit, den Riesenvogel selbst zu lenken. Brenda würde ihn begleiten, und sie planten, den Europa-Flug als Hochzeitsreise fortzusetzen.

Auf der Passagierliste standen weiterhin: hohe kirchliche Würdenträger aller Konfessionen, auf der Rückreise von einem Bibel-Kongreß in New York, ein französischer Modeschöpfer mit vier Top-Mannequins, drei US-Senatoren und bekannte Industrielle aus fast allen europäischen Ländern, die in den Staaten zu Handelsgesprächen zusammengekommen waren.

Im letzten Moment schaltete sich auch noch das State-Department mit einem sehr heiklen Wunsch ein: Ein bekannter Atomwissenschaftler hatte sich im letzten Moment entschlossen, an einer Nuklear-Tagung in Wien teilzunehmen. Der Mann war eitel und wollte ein wenig gefeiert werden. Da er ein Geheimnisträger ersten Ranges war, bat die US-Regierung ihre Bundespolizei, dem Mann einen unauffälligen Reisebegleiter mitzugeben.

Unter normalen Umständen hätte sich Larry Merx einem solchen Vorschlag erbittert widersetzt, da die FBI-Tätigkeit grundsätzlich auf amerikanisches Territorium beschränkt ist. Aber in diesem Fall war er erleichtert, daß er seinen Assistenten Mike Blower als bewaffneten Privatmann in den Jumbo schmuggeln konnte.

Der Start war für 7 Uhr 59 angesetzt, und das bedeutete, daß sich die Passagiere wegen der verschärften Kontrollen mindestens eine Stunde früher auf dem Kennedy-Airport einzufinden hatten. Eine gemischte Gesellschaft: Prominente neben Namenlosen, viele Mütter mit Kindern.

Die Kleinen boten den Polizeibeamten am wenigsten Probleme. Auch die Senatoren durften die Sperre ohne Kontrolle passieren. Eine weitere Erleichterung stellten auch die Stammgäste der JET-AIR dar, Leute wie zum Beispiel Bob S. Greenhill, ein bekannter Finanzier, der sich ein Haus an der Sutton-Place leisten konnte. Als Abzeichen seiner beruflichen Tüchtigkeit führte er stets ein kleines Diktiergerät bei sich. Die Bedenken gegen ihn waren weniger polizeilicher als gesundheitlicher Art: Man wußte, daß der Mann herzkrank war und Höhenflüge schlecht vertrug. Die meisten Reisenden merkten nicht, daß sie elektronisch nach Waffen abgetastet wurden. Trugen sie Metall am Körper, gab das Spezialgerät Warnsignale. Seit die Luftpiraten dazu übergegangen waren, Plastikwaffen zu verwenden, konnten freilich diese unsichtbaren Argusaugen versagen.

Der Mann, der jetzt die Sperre passierte, war hager, hatte kleine Hechtaugen und eine fast dolchartige Nase. Automatisch verglichen zwei Polizeibeamte sein Gesicht mit dem Foto des untergetauchten Gangsters Dossola. Keine Ähnlichkeit. Der Passagier zeigte einen brandneuen Diplomatenpaß vor, der ihn als Henry Smith auswies.

»Gott, ist der häßlich«, raunte ein Beamter seinem Kollegen zu. »Dachte immer, die verwenden bei unseren Botschaften nur so geschliffene Burschen wie Rock Hudson.«

Um 7 Uhr 45 war der Jumbo ›Happy Day‹ voll besetzt. Die Stewardessen kümmerten sich um die Passagiere und schufen sofort eine behagliche Atmosphäre. Nur Bob S. Greenhill beachtete die hübschen Mädchen nicht. Um seine Nerven zu bekämpfen, zählte er sie. Es waren 13 – die Unglückszahl.

»Ladys und Gentlemen«, sprach eine Stewardeß in das Mikrofon: »Im Namen unseres Flugkapitäns Nobis und seiner Crew darf ich Sie begrüßen und Ihnen einen angenehmen Flug wünschen.«

Es hörte sich an, als käme die Stimme vom Tonband, aber das hätte sich die JET-AIR so wenig erlaubt, wie Speisen aus der Konservendose, es sei denn, ein Häppchen Kaviar – jährlich insgesamt vier Tonnen.

Zu dieser frühen Stunde ging es am Himmel bereits lebhaft zu. Der letzte Mittwoch des Monats Mai versprach, ein Rekordtag für den Luftverkehr zu werden. Und in den Zeitungen, die von den flotten Stewardessen des Jumbos ›Happy Day‹ angeboten wurden, konnten die Passagiere lesen, daß dank der strikten Sicherheitsmaßnahmen die Zahl der Flugzeugentführungen zurückgegangen war.

Die Boeing 747 startete auf die Minute pünktlich um 7 Uhr 59 in New York. Ausgebucht bis auf den letzten Platz. Beladen bis an die Grenze des zulässigen Höchstgewichts. Der Jumbo, Spezialanfertigung für die JET-AIR-INTERCONTINENTAL, mußte erst viele Tonnen Treibstoff durch die Düsentriebwerke jagen, bevor er auf 12000 Meter Höhe kam. Dann schwenkte er auf die vorgeschriebene Luftstraße ein und nahm Kurs auf Frankfurt. Jim, der Erste Offizier, gab die Position an die Bodenstation durch. Er trug ein Sonntags-Gesicht, denn für ihn sollte dieser Flug ein letzter Test vor seiner Ernennung zum Captain sein.

Um zehn Uhr war die Welt am Himmel noch in Ordnung. Keine Verspätung. Kein Unfall. Keine Panne. Und schon gar kein Alarmruf. Chefpilot Nobis hatte seine Armbanduhr bereits auf mitteleuropäische Zeit umgestellt; sie zeigte 16 Uhr an, und das hieß, daß er gegen 21 Uhr in der Main-Metropole landen würde.

In fünf Stunden. Mutschka würde ihn abholen. Wie immer. Aber zum erstenmal war er nicht allein. Und diesmal würde es eine für ihn entscheidende Begegnung werden; eine Zwischenlandung, die vermutlich eine Art Endstation für Martin bedeutete: Würden sich Brenda, seine zukünftige Frau, und die alte Dame vertragen? Immer wieder probte er in Gedanken das Zusammentreffen, das sicher nicht so unproblematisch verlaufen würde, wie dieser JET-AIR-Flug 111.

Nach zwei Stunden Flugzeit erhob sich der Diplomat Smith von einem Sessel in der Ersten-Klasse-Kabine und stieg über die Wendeltreppe nach oben in die Lounge. Er nahm an der Bar einen

Drink, rauchte eine Zigarette und nickte einem anderen Passagier zu wie einem flüchtigen Bekannten.

Smith, alias Dossola, sah auf die Uhr.

Er wartete noch zwei Minuten.

Dann erhob er sich und ging auf die Cockpit-Tür zu. Mit diesen Schritten wurden die Insassen des Jumbos einem ungewissen Schicksal ausgeliefert. Aus einer simplen Atlantik-Überquerung, auf acht Stunden programmiert, sollte ein Flug in die Hölle werden.

An der Art, wie die Cockpit-Tür aufgerissen wurde, erkannte der Flugkapitän, daß es Scherereien geben würde.

»Guten Morgen, meine Herren«, sagte der Eindringling mit italoamerikanischem Akzent.

Martin drehte sich unwillig um.

Schon im ersten Moment witterte er die Kälte, die von diesem verpfuschten Typ ausging.

»Wer sind Sie?« fuhr er ihn an. »Und was haben Sie hier zu suchen?«

»Ich heiße Smith«, erwiderte der Unbekannte und schloß behutsam die Cockpit-Tür hinter sich. »Henry Smith. Ich möchte Sie bitten, mich vorübergehend als Ihren Chef zu betrachten.«

Er sprach wie ein Schurke, der einen Gentleman spielt; er hatte kleine, fischige Augen, schmale, blutleere Lippen, eine stark vorspringende Nase wie eine Messerspitze und Schnittnarben hinter beiden Ohren. Um sie zu bemerken, mußte man schon genau hinsehen, und dazu würde Martin künftig reichlich Gelegenheit haben.

»Entführung?« fragte er.

»Sie begreifen rasch«, erwiderte der Luftpirat. Der Mann war unbewaffnet, und Martin mußte seinen Co-Piloten Jim mit den Augen bremsen, sich nicht auf den Kidnapper zu stürzen.

Die Stunde X. Nicht unerwartet, doch überraschend. Sie hatten sie hundertmal am grünen Tisch erörtert und noch öfter im Sandkasten durchgespielt. Grundsätzlich stellte der Chefpilot Nobis seinen Flugkapitänen frei, das Cockpit während des Fluges zu verschließen; er selbst hielt nichts davon, denn eine Pistole, an die Schläfe einer Stewardeß oder einer anderen Geisel gesetzt, würde zwangsläufig die Tür aufsprengen. Die meisten Flugkapitäne schlossen sich freiwillig der Auffassung ihres Chefpiloten an, aber alle Meinungen waren bislang bloße Theorie geblieben. Nun begann die Praxis bereits mit der Frage, warum dieser sicherdreiste Halunke keine Waffe im Anschlag hielt.

»Ich muß Ihnen mitteilen, daß Sie bis auf weiteres die Toilette am Oberdeck nicht mehr benutzen können«, sagte der Luftpirat. Er lächelte schief; sein Mund wurde krumm wie ein Kleiderbügel. »Wir haben an diesem Örtchen eine Bombe eingebaut und können sie jederzeit auch aus der Ferne zünden... Um keinen Zweifel aufkommen zu lassen, wird Ihnen Ihre Bodenstation gleich das Modell unserer recht witzigen Höllenmaschine erläutern. Wir lassen gerade in Ihrem New Yorker Hauptquartier den Plan hinterlegen, und...«

»Was heißt wir?« erwiderte Martin gereizt. »Wie viele Entführer haben sich hier eigentlich eingeschlichen?«

»Fragen stelle ich«, erwiderte Mr. Smith. »Es sind zum Beispiel 73 Mütter mit 107 Kindern an Bord. Außerdem ein Kardinal, sechs Bischöfe, ein Oberrabbiner und zwei Patriarchen. Dazu tragen Sie als Kapitän die Verantwortung für drei US-Senatoren und mehrere bekannte Wissenschaftler. Glücklicherweise sind auch Herren Ihres Vorstands auf dem Weg zur Hauptversammlung an Bord; sogar Mr. Lovestone, Ihr Präsident. Außerdem eine ganze Reihe prominenter Wirtschaftsführer und natürlich auch Brenda Fairday, Ihre Verlobte, und...«

Der Mann kannte die Passagierliste besser als der Flugkapitän, und Martin erfaßte, daß er es weder mit einem Verrückten oder einem Amokläufer noch mit einem Einzeltäter zu tun hatte, sondern daß eine ganze Bande nach raffiniertem Plan vorging.

Seine Gefühle mußte er ausschalten; er hatte sich ausschließlich auf die Sicherheit der Passagiere einzustellen.

»Ich will unser Verhältnis nicht unnötig belasten«, fuhr der Gangster in seinem zynisch-höflichen Ton fort, »aber wir würden nicht zögern, diesen Jumbo in die Luft zu sprengen, falls Sie sich unseren Wünschen ernsthaft widersetzen sollten.«

»Was wollen Sie eigentlich, Sie Selbstmörder?«

»Das erfahren Sie gleich«, erwiderte Henry Smith. »Ich möchte nur, daß Sie von vornherein Ihre Situation richtig sehen. Entweder sind Sie schon bald wieder ein freier Mann – oder...«, er sprach betont nebensächlich, »vielleicht schon in zwei Minuten tot.«

»Sie aber auch«, zischte ihn Martin an.

»Wir haben nichts zu verlieren«, entgegnete der Pirat gelassen, »aber Millionen zu verdienen.«

»Ich beuge mich der Gewalt, so lange Sie nicht verlangen, daß ich die Flugbestimmungen verletze. Verstehen Sie denn überhaupt etwas von der Fliegerei?«

»Natürlich nicht soviel wie Sie«, sagte der Entführer, »aber genug, daß Sie mich nicht hinters Licht führen können.« Ein schräges Lächeln kroch langsam über sein Gesicht, von links nach rechts. »Im übrigen haben wir wohl ein gemeinsames Interesse am Überleben, nicht?«

»Zur Sache«, versetzte Martin Nobis. »Kann ich die Bombe sehen?«

»Das nicht«, sagte Smith. »Aber ich zeige Ihnen etwas anderes.« Er öffnete die Cockpit-Tür und winkte einen Komplizen herbei, der an der Bar saß: »Nun zeig mal den Herren deine Artillerie, Sandy!«

Der Mann schob sich heran, öffnete grinsend seine Jacke, präsentierte stolz eine Maschinenpistole. Chefpilot Nobis verwünschte die Magnetschranken bei der Abfertigungskontrolle, die auf Reißverschlüsse, Herzschrittmacher, Zahnprothesen, Sprungdeckeluhren, Stahlnägel in Hüftgelenken und auf Drahtbügel in den Büstenhaltern ansprechen, aber eine ganze Kollektion von Plastikwaffen passieren lassen.

»Ich glaube nicht, daß du dazu kommst, an Bord Schießübungen zu veranstalten, Sandy«, sagte der Anführer und gab seinem Gorilla einen Wink, Wache zu halten.

»Das ist nur *einer* meiner Leute«, erkläuterte der Entführer, »keineswegs der einzige.« Er lächelte und entblößte dabei seine Zähne. »Falls Sie sich langweilen sollten, können Sie sich mit dem Rätsel befassen, wie viele von uns wirklich an Bord sind.«Er sprach, als leierte er einen fremden Text herunter. »Zunächst einmal stellen Sie den Sprechverkehr auf Lautsprecherbetrieb um«, befahl er. »Ich bin neugierig.« Er klappte den Stuhl neben dem Bordingenieur auf, setzte sich, betrachtete die Instrumente, saß auf seine Armbanduhr. »In etwa fünf Minuten werden Sie den Notruf für Entführungen ausstrahlen und gleichzeitig Ihren Passagieren mitteilen, daß sie sich in unserer Gewalt befinden.«

Jack Dossola schlug seine Beine lässig übereinander und zündete sich eine Zigarette an. »Zur Beruhigung werde ich selbst ein paar Worte mit den Leuten sprechen. Zuvor aber möchte ich noch mit Ihrem Präsidenten über ein paar geschäftliche Dinge verhandeln.« Er wandte sich an den Co-Piloten. »Erheben Sie sich, junger Mann!«

Martin sah seinen Ersten Offizier scharf an, weil Jim dem arroganten Erpresser an die Kehle fahren wollte.

»Sie bitten Mr. Lovestone zu uns. Nur ihn. Und kein Wort von der Sache. Sandy wird Sie begleiten.« Er öffnete die Tür, winkte seinen Leibwächter heran: »Paß auf«, befahl er und deutete auf den Co-Piloten, »daß unser Freund keine Dummheiten macht. Andernfalls legst du ihn einfach um.«

Auf einmal hatte er seine eigene Sprache wiedergefunden.

12

Brenda Fairday war die einzige Frau unter den Erste-Klasse-Passagieren, aber sie hätte die Blicke der Mitreisenden auch auf sich gezogen, wenn die Auswahl größer gewesen wäre. Ein paar Autogrammjäger hatten sich aus der Touristenklasse zu ihr durchgekämpft; und während die bekannte Publizistin ihnen den Wunsch erfüllte, überlegte sie, ob ihre Leser sie auch mit dieser lästigen Aufmerksamkeit verfolgen würden, wenn sie künftig eine schlichte Frau Nobis wäre.

Sie konnte mit ihrem Aussehen zufrieden sein, obwohl sie im Spiegel eine strenge Kritikerin war. Als Frau hatte sie bislang ihre äußeren Vorzüge als einen Glücksfall gewertet, ohne sie zu überschätzen. Sie war einfach glücklich, dem Mann ihrer Wahl zu gefallen. Alles hatte sich geändert, und es gab endlich keinen Aufschub mehr. Dabei war ihr erster Anlauf vor zwei Jahren mit Martin verunglückt. Sie war in den Sog der Sehnsucht geraten und ein wenig verwundert darüber, daß man erst 30 Jahre alt werden mußte, um diesem Aufstand der Gefühle zu verfallen.

Neben Brenda saß Mike Blower. Nur sie und die Offiziere im Cockpit wußten, daß dieses Dutzendgesicht nicht ein farbloser Geschäftsmann aus Boston, sondern ein FBI-Agent war. Hinter ihm Professor Hammersmith, der berühmte Atomwissenschaftler, der gar nicht bemerkte, daß er bewacht wurde, und in der Reihe vor Brenda bereitete Mr. Lovestone die Begrüßungsansprache an seine deutschen Aktionäre vor.

Es kam kaum ein Gespräch auf. Die Stimmung war flau, fast schläfrig. Brenda schreckte hoch, als Mike den Co-Piloten sah.

»Wie schaut denn der aus?« sagte er und lachte. »Schon komisch, wenn ein Pilot luftkrank wird, was?«

Jim stand auf der Wendeltreppe, hinter ihm ein anderer Passagier. Brenda erfaßte sofort, daß der Mann im Fliegerblau verstört war und der FBI-Mann sie mit seinem dummen Witz darauf aufmerksam machen wollte. Jim hielt sich krampfhaft am Geländer fest, ging wie geschoben. Er sah aus wie ein Mann, der im Schock Fahrerflucht verübt hatte und von einem Kripo-Beamten abgeführt wurde.

Mike Blower setzte ein schläfriges Gesicht auf, gähnte und beugte sich nach vorn, wo Mr. Lovestone saß.

Jim winkte dem Präsidenten mit den Augen.

»Mr. Lovestone«, sagte er halblaut.

Der Präsident sah unwillig von seinen Notizen auf.

»Was ist denn los?« fragte Mr. JET-AIR abweisend.

»We are hijacked«, raunte Jim ihm zu.

Mr. Lovestone verlor seine gesunde Gesichtsfarbe. Er stand zögernd auf. Er wirkte einen Moment lang wie gelähmt, obwohl er noch nicht begriffen hatte, daß er seine Ansprache morgen nicht halten konnte.

Sie gingen über die Wendeltreppe nach oben. Zu dritt.

»Augen auf, Mund zu«, raunte der FBI-Mann Brenda zu. »Wir sind gekidnappt.« Laut und aufdringlich fragte er: »Darf ich Sie zu einem Drink einladen, Miß Fairday?« Er dienerte linkisch. »Oben im Salon.«

»Nur Orangensaft«, zögerte Brenda und ging dann voraus.

Ohne zu fragen, hatte der FBI-Mann sie zu seiner Gehilfin ernannt. Er verstand sein Handwerk, auch ein Profi, aber auf der gesetzlichen Seite. Mit einer Pistole bewaffnet. Ausgerüstet mit einem Mini-Mikrofon und einer Mini-Kamera. Außerdem munitioniert mit 15 harten Dienstjahren bei der US-Bundespolizei. Seine Geheimwaffe: Keiner kannte ihn – zumindest kein Passagier – und auch kein Gangster, der sich für einen Passagier ausgab.

Brenda setzte sich an die Bar. Sie sah dem Co-Piloten und Mr. Lovestone nach, die im Cockpit verschwanden, und wandte sich einem alten Bekannten, Mr. Greenhill zu. »Die haben wohl heute den Tag der offenen Tür«, fragte sie verwundert.

»Entschuldigen Sie mich einen Moment, Miß Fairday«, sagte Mike und näherte sich hastig dem WC vor dem Cockpit.

»Das ist leider gesperrt«, fing ihn der Passagier, der den Co-Piloten bewacht hatte, ab.

»Warum?«

»Weiß ich auch nicht«, brummte Sandy. »Aber es gibt ja noch genug andere.«

Verstohlen sah er zur Cockpit-Tür; er wartete ungeduldig darauf, daß der Zauber endlich losginge und er seine MP nicht mehr unter der Jacke zu verstecken brauchte. Sein Unwillen lenkte ihn ab; für ein, zwei Sekunden nur – aber Mike hatte inzwischen sein Bild mit der unsichtbaren Kamera geschossen.

Der Bordlautsprecher räusperte sich: »Hier spricht der Captain«, sagte Martin in das Mikrofon. Seine Stimme hatte es schwer, sich gegen Gespräche, Geräusche und die Filmvorführung durchzusetzen. »Ladys und Gentlemen«, begann er von neuem, »ich bedaure, Ihnen mitteilen zu müssen, daß einige Herren an Bord sind, die andere Ansichten über unser Reiseziel haben.«

Es wurde still, obwohl die meisten die Tragweite dieser Worte noch nicht erkannt hatten. Nur die Kinder tobten weiter in den Gängen, aber die Stewardessen hatten andere Sorgen, als sie auf ihre Plätze zu zwingen.

»Diese Leute haben eine Höllenmaschine in der Maschine versteckt. Im Interesse Ihrer Sicherheit muß ich mich ihren Forderungen fügen«, fuhr der Chefpilot fort. »Ich bitte Sie, Ruhe zu bewahren und alle unbesonnenen Handlungen zu unterlassen.« Seine gelassene Stimme klang müde, als er hinzufügte: »Der Anführer dieser Leute wird Ihnen seine weiteren Pläne selbst erläutern.«

Es war still, bis auf ein Kinderlachen und ein halblautes Gebet, das einer der Bischöfe sprach. Doch keiner hörte zu, obwohl viele gläubige Christen in der Maschine waren.

»Schick, Mädchen!« fistelte der Pariser Modeschöpfer. »Das gibt 'ne Reklame!«

»Hoffentlich haben wir noch etwas davon«, maulte eines seiner Modelle.

Dann kam wieder eine Welle der Stille. Jetzt hatten auch die letzten begriffen, daß sie in der Falle saßen. Wie immer in Krisensituationen, erwiesen sich zunächst die Frauen als das starke Geschlecht.

Laute wurden leiser und verstummten ganz. Schwätzer entwikkelten sich zu Schweigern. Bereits nach der ersten Durchsage zeigten sich Ansätze, die eine Zufallsgemeinschaft bis an die äußerste Grenzsituation treiben sollte. In ein Wechselspiel von Angst und Mut, von Hitze und Kälte, von Egoismus und Selbstlosigkeit, von Erbärmlichkeit und menschlicher Größe.

Der Atomwissenschaftler blieb weiterhin der Typ des zerstreuten Professors, und am meisten Angst zeigte der Oberrabbiner, der an arabische Terroristen glaubte und als einziger erleichtert war, zu erfahren, daß er sich nur in der Hand hartgesottener amerikanischer Gangster befand.

Ihr Anführer bezog in der Lounge sein Hauptquartier. Sandy hatte die Waffe im Anschlag und trieb Brenda, Mr. Greenhill und Mike Blower nach unten.

»Ich heiße Henry Smith«, stellte sich der Verbrecher vor. »Und ich bin Ihr neuer Reiseleiter. Wenn Sie sich ruhig verhalten, passiert Ihnen nichts. Wir sind keine Unmenschen. Uns kommt es nicht aufs Blutvergießen an, sondern aufs Geldverdienen.«

Der italienische Akzent war für den FBI-Mann unüberhörbar und das Rachen-R ganz deutlich. Also Jack Dossola, sagte sich Mike Blower. Vielleicht der meistgesuchte Gangster unserer Zeit passierte unentdeckt alle Kontrollen, und auch sein Steckbrief, der an jeder Ecke hängt, konnte ihn nicht aufhalten. Also hatte sich der Verbrecher ein zweites Gesicht schneidern lassen, das keinerlei Ähnlichkeit mit seinem Fahndungsfoto aufwies.

Die Gelegenheit war günstig.

Lautlos arbeitete die Kamera.

Die neue Visage des Gangsterführers war im Kasten. Es fragte sich nur, wie man den Film aus 12000 Metern Höhe und 3000 Meilen Entfernung der US-Polizei zuspielte.

Ausgerechnet der schmächtige Mr. Greenhill stellte sich dem Gangsterboß in den Weg: »Ich habe eine Geschäftsbesprechung«, zeterte der angesehene Mann von der Sutton Place. »Ich muß heute abend in Frankfurt sein.«

»Schlagen Sie sich das aus dem Kopf«, erwiderte Dossola gleichgültig.

»Sie Lump!« schrie der Geschäftsmann. »Sie Verbrecher!«

Der Mann mit der Dolchnase stieß den Passagier grob auf seinen Sessel zurück.

»Überlegen Sie sich künftig besser, was Sie sagen«, entgegnete er. »Ich kann Ihnen jetzt schon garantieren, daß Sie der Letzte sein werden, den wir laufenlassen – falls Sie sich ab jetzt gut führen.«

»Und ich verspreche Ihnen«, versetzte Mr. Greenhill, »daß Sie für diese Frechheit fünf Jahre Sing-Sing extra bekommen.«

Keiner mischte sich in den Streit. Es war 10 Uhr 16 New Yorker Zeit, und Captain Nobis bereitete den Code 3100 vor. Es war der internationale Notruf bei Entführungen.

Auf dem Radarschirm würde der Jumbo ›Happy Day‹ als ein blinkender Punkt erscheinen und der Bodenstation die Hölle am Himmel signalisieren.

13

Um 9 Uhr hatte der elegante Salon in der New Yorker Madison Avenue geöffnet, und nur Herren verschönerten die ausschließlich weibliche Kundschaft. Die erste war Peggy, die soeben entlassene Chef-Stewardeß der JET-AIR. Ihr neuer Freund, Tony Forthman, begleitete sie.

»Ich hol' dich gegen 11 Uhr ab«, versprach der Ex-Pilot. Seine anständige Karriere war beendet, seine einbringliche stand vor dem Start. Der Dreißigjährige verkehrte mit Gangstern, aber von den Methoden der Unterwelt verstand er wenig, sonst hätte er den Mann an der Ecke bemerkt, der Peggy während der Verschönerung bewachte. Ein Gangster der Dossola-Gang, der wiederum nicht wissen konnte, daß der FBI-Spezialist Lerry Merx längst in der Kabine auf Peggy wartete.

»Wir können sprechen«, begrüßte er sie. »Sie wissen gar nicht, wie nötig ich Sie brauche. Halten Sie noch durch?«

»Ich hab' schon kürzere Tage erlebt«, meinte Peggy, »aber es ist bald soweit. Tony will ein Flugzeug entführen. Aber nicht in New York. Ich glaube sogar in Europa. Er will, daß ich mitmache.« Ihre Worte waren ruhig, aber sie zog nervös an ihrer Zigarette. »Soll ich das?«

»Wenn Sie sich das zutrauen«, erwiderte der FBI-Sonderbeauftragte und verachtete sich, daß er sie noch dazu anstachelte. »Sie können jederzeit aussteigen.«

»Wissen Sie, wie die Burschen an die Passagier-Liste kommen?« fuhr das hübsche Mädchen fort. »Alle Buchungen laufen über einen Zentral-Computer, und den haben diese Banditen einfach angezapft.«

»Man lernt nicht aus.« Larry war verärgert über sich. »Wenn Sie in Gefahr sind, schreien Sie! Laufen Sie! Es ist immer einer in der Nähe, der Ihnen hilft. Nur...«

Sein Lächeln wob Spinnwebenfäden in das Gesicht: »Überlegen Sie es sich nicht zu lange, Peggy.«

Larry fuhr auf Umwegen zur JET-AIR zurück. Seit dem frühen Morgen trieb ihn die Unruhe. Sein sechster Sinn hielt ihn in Trab. Als er jetzt bei der Basis der Fluggesellschaft ankam, explodierte die Spannung.

Ein anonymerBrief. Abgegeben von einem Botenjungen, um den man sich erst gekümmert hatte, als es bereits zu spät war.

Adressiert: AN DEN SPRENGSTOFF-EXPERTEN DER POLIZEI.

Die Buchstaben waren aus Zeitungen ausgeschnitten und aneinander geklebt worden. Keine Fingerabdrücke. STUDIEREN SIE DEN PLAN DIESER HÖLLENMASCHINE, UND STELLEN SIE SICH VOR, SIE WÄRE IM OBERDECK-W.C. EINES JUMBOS EINGEBAUT.

»Eine unglaubliche Schweinerei«, sagte Larrys Sachverständiger. »Jetzt weiß ich auch, wie der Anschlag in Hangar B gezündet wurde.«

»Und?« fragte Larry.

»Die Bombe ist in ihrer Konstruktion nichts Neues, aber ihre Explosion kann durch Fernschaltung ausgelöst werden, wie man zum Beispiel das Bild eines Fernsehgeräts einstellt, ohne sich von der Couch zu erheben.« Der Sprengstoff-Experte gab weitere fachliche Erläuterungen, während Larry überlegte, was die anonyme Drohung bedeuten sollte.

Um 10 Uhr 17 hatte er die Antwort.

Der Jumbo ›Happy Day‹ sendete den Code 3100, und Larry wußte, daß also die obere Toilette des von seinem Freund Martin geflogenen Riesenvogels zweckentfremdet worden war.

Er ging in den Funkraum und gab Signal, das den angerufenen Piloten aufforderte, auf die hauseigene Frequenz umzuschalten.

»JET-AIR-Flug 111«, meldete sich der Chefpilot.

»Hallo, Martin«, antwortete der FBI-Sonderbeauftragte. »Wie sieht's bei euch aus?«

»Bestens«, erwiderte der Flugkapitän grimmig. »Mit einer Bombe unter dem Hintern fühlst du dich wie die Prinzessin auf der Erbse.«

»Ich hab' hier die Skizze der Bombe«, fuhr Larry fort. »Ich weiß, daß du ein besonnener Junge bist. Aber ich muß dir trotzdem raten, nicht den Helden zu spielen.« Einen Moment hörte man seinen Atem. »Jeder Passagier könnte dieses Drecksding aus der Hosentasche zünden. Kapiert?«

»Unsere Bombenleger-Gäste bestehen auf dem Rückflug nach New York. Sie wollen dort zunächst 50 Frauen und Kinder aussteigen lassen.« Martin kaute schwer an den Worten. »Gegen eine Million Lösegeld.«

»Und was geschieht mit den anderen Passagieren?«

»Das weiß der Himmel«, versetzte der Chefpilot. »Wir sind bis zum letzten Platz besetzt. Wir brauchen Luft. Wenn's hier einen umhaut, kann er nicht einmal umfallen. Mr. Lovestone hat sich bereit erklärt, die Summe zu bezahlen.«

»Gut, Martin«, erwiderte der FBI-Mann. »Ende.«

Auch schwerbewaffnete Gangster mußten mit dem erpreßten Kurswechsel warten, bis die Bodenstation der entführten Maschine eine neue Luftstraße zuweisen konnte. Wegen der vielen Charterflüge war der Himmel ausverkauft. Bis die ›Happy Day‹ in 9000 Meter Höhe in die Gegenrichtung wenden konnte, war es 11 Uhr 33. Der Navigations-Computer wurde mit den neuen Daten gefüttert und errechnete als voraussichtliche Landezeit: 16 Uhr 06.

Larry Merx ließ durch Bitzalarm sein Krisenkommando von Washington nach New York kommen; er kämpfte darum, die Entführung so lange wie möglich vor der Öffentlichkeit geheim zu halten.

14

Die alte Dame am Steuer des BMW fuhr zügig über die Autobahn. Wie immer kam Maria Nobis viel zu früh, um ihren Sohn abzuholen. Sie betrachtete es stets als etwas Besonderes, wenn er auf dem Rhein-Main-Flughafen landete, und diesmal war es wirklich außergewöhnlich, denn ihr großer Junge wollte ihr eine Schwiegertochter vorstellen.

Maria Nobis war aufgeregt, aber ein klein wenig schadenfroh dachte sie, daß schließlich nicht sie sich dem Examen zu unterziehen hatte, sondern die Neue. Sie entschloß sich, streng aber gerecht zu sein.

Mit einer Amerikanerin müßte es zwar einige sprachliche Schwierigkeiten geben, aber sie wären nebensächlich. Wenn ihr die Kandidatin sympathisch war, würde die Sprache des Herzens alle Zungenhindernisse im Sturm nehmen – mißfiel sie ihr, dann brauchte die junge, alte Dame ihr eingemottetes Englisch gar nicht erst auszupacken.

Maria Nobis passierte die Haupt-Ausfahrt und näherte sich dem Frankfurter Kreuz. Sie hatte den Sender mit dem Verkehrs-Nachrichten und der flotten Musik eingestellt.

Plötzlich brach das Trompeten-Solo ab.

»Wie wir soeben erfahren«, sagte der Sprecher, »wurde eine Boeing 747 der JET-AIR auf dem Weg von New York nach Frankfurt entführt. An Bord des Jumbos ›Happy Day‹ befinden sich 368 Passagiere, unter ihnen viele prominente Persönlichkeiten, deren Namen die betroffene Fluglinie noch nicht nennen will. Zu den Fluggästen kommen noch 16 Mann Besatzung.«

Maria Nobis fuhr rechts heraus. Sie drehte die Stimme aus dem Äther noch lauter auf, obwohl die Worte sie wie Keulenschläge trafen. »Bei den Tätern handelt es sich vermutlich um eine Cosa-Nostra-Bande. Politische Motive scheinen zu fehlen. Wie wir soeben erfahren, befindet sich an Bord der gekaperten Maschine eine Bombe. Das Flugzeug wird vermutlich in einer Stunde auf dem Kennedy-Airport in New York landen.«

Maria Nobis wußte, daß sie niemanden mehr am Rhein-Main-Flughafen abholen konnte, aber sie fuhr weiter, um bei der dortigen JET-AIR-Vertretung die neuesten Einzelheiten zu erfahren. Als Witwe eines Flug-Pioniers und Mutter eines Chefpiloten war sie vom Fach. Sie sah die Polizeibeamten als Tankwarte verkleidet, sah die Scharfschützen rings um die Landebahn, hörte die Bombe ticken, die explodieren würde, wenn die Polizei auch nur den kleinsten Fehler beging. Sie sah ihren Jungen vor sich, bis sein Bild auf ihrer Netzhaut ertrank.

Maria Nobis mußte sich die Augen wischen, um die Ausfahrt zum Flugplatz nicht zu verfehlen. Sie erreichte den Parkplatz, stieg aus, und stellte verwundert fest, daß es gar nicht regnete.

Sie überwand den Schock und ging zur örtlichen Frankfurter JET-AIR-Zentrale weiter. Es war Sperrgebiet, aber für die Mutter des Chefpiloten gab es kein off limits. Die zierliche Frau aus Klingenberg bestand darauf, Meldungen aus erster Hand zu erhalten, so schlimm sie auch sein mochten.

»Was ist los?« fragte sie den Operations-Leiter, bedauernde Worte abwehrend.

»Die für morgen angesetzte Hauptversammlung fällt wegen höhrerer Gewalt aus.«

Ein Mann mit wichtigem Gesicht betrat den Raum.

»Gute Nachrichten, gnä' Frau«, sagte er kurzatmig. »Im Kennedy-Airport wurde eine Ersatz-Crew für den eventuellen Weiterflug unseres Jumbos bereitgestellt.«

»Und wenn sich Martin weigert, von Bord zu gehen?«

»Das tut er nicht«, antwortete der Einsatzleiter der JET-AIR. »Martin würde nie die Flugbestimmungen verletzen.

»Das stimmt«, erwiderte Maria Nobis. »Aber was geschieht, wenn ihn die Gangster nicht ziehen lassen?«

Darauf wußte keiner eine Antwort, obwohl sie auf der Hand lag.

»Seien Sie froh, daß ausgerechnet Martin den Jumbo fliegt«, sagte Maria Nobis in die Stille.

Sie war gekommen, um sich beruhigen zu lassen, und nun

tröstete sie die Männer von der Fluglinie. Sie konnte es, weil sie sich angewöhnt hatte, mit Martins Kopf zu denken, und sich immer zu fragen, was er in der jeweiligen Situation von seiner Mutter verlangen würde.

15

Die Welt hatte eine neue Sensation. Der gekaperte Jumbo ›Happy Day‹ befand sich auf dem Rückflug nach New York. Obwohl die Fluglinie die Passagierliste unter Verschluß hielt, war inzwischen durchgesickert, daß sich an Bord auch drei US-Senatoren befanden, und die Nachrichtensprecher aller Stationen widerriefen ihre soeben durchgegebene Vermutung, daß bei dem Verbrechen politische Motive ausgeschlossen werden könnten. Der Wirrwarr stand kopf, als ein Reporter aus einer angeblich zuverlässigen Quelle erfahren hatte, daß zur Fracht des entführten Großraumflugzeuges auch mehrere Kisten Gold gehörten.

Während ein weltweites Rätselraten einsetzte, wer die Entführer seien und welchen Zweck sie mit ihrem Anschlag verfolgten, rief die Bodenstation die Boeing 747 an.

»Hallo, JET-AIR-Flug 111!«

»Flugkapitän Nobis«, meldete sich Martin.

»Der Luftraum ist überfüllt. Sie müssen auf der augenblicklichen Höhe bleiben.«

»Und wie sieht's am Flugplatz Idlewild aus?« fragte Martin.

»Noch schlimmer«, versetzte der Fluglotse. »Wahrscheinlich werden Sie über dem New Yorker Warteraum eine Weile kreisen. Sie haben ja noch genügend Spirt.«

»Er reicht mindestens eine Stunde über die errechnete Landezeit hinaus«, meldete Martin Nobis.

»Schalten Sie bitte anschließend auf SELCAL um«, fuhr die Stimme aus dem Äther fort, und Martin wußte, daß ihn JET-Air über die hauseigene Leitung, die man bei den anderen Fluglinien nicht mithören konnte, sprechen wollte.

»Wir tun, was wir können.« Der Mann machte eine kurze Pause. »Guten Flug«, wünschte er dann; es klang wie Hohn, aber in Wirklichkeit war es nur Ohnmacht.

Bevor Martin die Funkfrequenz wechselte, wandte er sich an den Entführer. »Haben Sie das gehört, Mr. Smith?« fragte er.

»Ganz deutlich«, entgegnete der Mann. »Nicht nervös werden,

Capitano. Wir haben Zeit. Verdammt viel Zeit.« Seine Oberlippe spannte sich wie ein Pistolenhahn. »Vielleicht sind die Landepisten tatsächlich verstopft. Außerdem will die Polizei Zeit gewinnen, um ihre Scharfschützen in die richtige Schußposition zu bringen.« Er lächelte träge. »So oder so: Ich biete Ihnen eine Wette an, daß wir unbehelligt weiterfliegen werden.«

Martin schwieg; wenn er auch noch nicht das volle Ausmaß seiner Lage übersehen konnte, so wußte er doch von Anfang an, daß diese Gangster ihr schmutziges Handwerk glänzend beherrschten. Zum Beispiel der vermeintlich sinnlose Spazierflug über den halben Nordatlantik: Den Entführern war bekannt, daß sich ein Düsenriese durch den reichlichen Kerosin-Verbrauch während des Fluges erst auf das zulässige Landegewicht abmagern mußte. Zwar konnte man in Notfällen über den Schnellablaß am Flügelende den hochexplosiven Treibstoff loswerden, aber es war nicht ungefährlich. Offensichtlich wollten sich die Kidnapper weder bei der Landung noch bei der Übergabe der Geiseln auf ein Risiko einlassen.

Der Chefpilot wirkte beherrscht. Dabei konnte der geringste Fehler, der ihm unterlief, den Passagieren zum Verhängnis werden. Er schien vergessen zu haben, daß Brenda in derselben Maschine saß und seine Mutter spätestens jetzt am Frankfurter Flughafen erfahren mußte, daß es unter Umständen kein Wiedersehen gäbe – heute nicht, und vielleicht nie, sofern ihm ein Fehler unterliefe. Er hatte seinen Zorn auf Sparkonto eingefroren, und er sorgte sich nicht um die Verzinsung. Er war erleichtert, daß er seinen Co-Piloten Jim soweit hatte, die Faust nur in der Tasche zu ballen.

»Hallo, Martin«, meldete sich Larry.

»Wie sieht's bei euch aus?«

»Richtig gemütlich.« Der Chefpilot sprach mit Galgenhumor. »Gleich schlafen mir die Füße ein.« Er wurde sofort ernsthaft. »Die Passagiere halten Ruhe. Noch. Meine Crew übrigens auch. Ich habe allen Anweisungen gegeben, jeden Widerstand zu unterlassen.«

»Unbedingt«, erwiderte Larry Merx. »Mit wie vielen Männern habt ihr zu tun?« fragte er.

Martin drehte sich langsam nach diesem widerlichen Smith um. Der Mann nickte ihm lächelnd zu: »Sprechen Sie sich ruhig aus«, sagte er. »Ich habe nichts dagegen.«

»Ein gewisser Smith ist der Anführer. Sein Leibwächter trägt eine Maschinenpistole und nennt sich Sandy. Ein weiterer Entführer hat sich mit der Bombe im Oberdeck-WC eingeschlossen und ist bisher unsichtbar geblieben.« Martin wunderte sich, daß ihn der Entführer-Boß weitersprechen ließ und nutzte seine Chance. »Ich nehme an, daß ein vierter unerkannt unter den Passagieren sitzt. Der Mann mit dem drahtlosen Bomben-Zünder.« Martin sprach rasch weiter wie mit Sand zwischen den Zähnen. »Ich will hoffen, daß der Bursche an seinem Leben hängt und sich dreimal überlegt, bevor er...«

»Darauf können Sie sich verlassen«, sagte Henry Smith. »Außerdem haben wir mindestens auch noch einen fünften Mann an Bord.« Das Lächeln verunstaltete sein ohnedies häßliches Gesicht: »Wir arbeiten immer mit Doppelsicherung.« Er erhob sich von seinem Klappstuhl, schob sich näher. »Wenn Sie sich ausgesprochen haben«, sagte er freundlich, »lassen Sie mich ein paar passende Worte mit Ihrem Freund reden.«

Martin reichte ihm das Mikrofon.

»Freut mich außerordentlich, wenigstens Ihre Stimme kennenzulernen, Mr. Merx«, begrüßte der Gangster seinen legendären Gegenspieler.

»Ganz meinerseits«, erwiderte Larry. Seine Stimme klang unverändert, aber Erbitterung lief ihm über das Gesicht wie kochende Milch.

»Ich kann Sie nicht daran hindern, in aller Eile eine Falle für uns am Kennedy-Airport aufzustellen«, sagte Henry Smith. »Ich muß Ihnen aber leider sagen, daß sie völlig überflüssig ist.« Er sah auf seine Armbanduhr. Offensichtlich wurde auch für ihn die Zeit knapp. »Nun hören Sie gut zu«, gab er seine Anweisungen. »In der näheren Umgebung unseres Landeplatzes darf kein Fahrzeug stehen. Kein Tankwagen. Kein Feuerwehrauto. Kein Passagierbus. Kein Catering-Karren. Überhaupt nichts.« Der Mann versuchte, breites Amerikanisch zu sprechen, aber sein italienischer Akzent war unschwer herauszuhören. »Wenn wir uns davon überzeugt haben, daß Sie unsere Wünsche befolgen, geben wir Ihnen über Sprechfunk die Erlaubnis, an den hinteren Einstieg eine Bodentreppe heranfahren zu lassen. Nur ein Mann darf sie betreten; der Bote mit dem Geld. Eine Million Dollar. In kleinen Scheinen. Wir werden es nachzählen. Und dann 50 Passagiere freilassen. Einzeln. Wir unterbrechen diese Übergabe sofort, wenn Sie uns einen Hinterhalt legen. Verstanden?«

»Warum sind Sie eigentlich so bescheiden, Smith?« fragte Larry. »Warum verlangen Sie nicht zwei Millionen und lassen sämtliche Passagiere frei?«

»Aber werden Sie doch nicht kindisch, Mr. Merx«, versetzte der

Gangster-Boß. »Sie werden unsere Preisliste noch rechtzeitig erfahren.«

»Gut«, erwiderte der FBI-Mann. »Bevor ich auf Ihre Forderungen eingehe, nenne ich Ihnen Passagiere, die bevorzugt –«

»Forderungen stellen wir. Und wir bestimmen auch die Reihenfolge der Freigabe.« In seiner Stimme lag Hohn. »Wir werden dabei durchaus nach menschlichen Gesichtspunkten vorgehen. Auch wenn es Ihnen schwerfällt, Mr. Merx, Sie sind doch klug genug, zu begreifen, daß Sie keine andere Wahl haben.«

Larry schwieg.

»Sie wissen ja, daß es für die Polizei eine weit vornehmere Pflicht ist, Menschenleben zu retten, als Gangster zu fangen«, sprach er in das Mikrofon und übergab es wieder dem rechtmäßigen Benutzer.

»Genug geplauscht«, sagte er zu Martin, öffnete die Cockpit-Tür und winkte seinen Dauerposten Sandy herein. »Hol den Mulatten her«, befahl er. »Jetzt beginnt der Ernst des Lebens.«

Martin Nobis hatte begriffen, daß ein weiterer Gangster ins Spiel kam, und er fragte sich, über wie viele Reserven dieser widerliche Smith noch verfügte.

16

Der Jumbo ›Happy Day‹ war nach dem Anschlag über eine Stunde und 20 Minuten auf dem alten Kurs geblieben, aber um 11 Uhr 37 New York Zeit hatte Flugkapitän Nobis über Bordlautsprecher mitgeteilt, daß er von Hijackern gezwungen worden sei, umzukehren und nach New York zurückzufliegen.

Immer nur lächeln, hieß es für die Stewardessen, vor allem nach dieser Durchsage. Die gutgewachsenen Mädchen trugen durch ihr ruhiges, scheinbar sorgloses Verhalten entscheidend dazu bei, daß die von den Gangstern wie der Besatzung gleichermaßen gefürchtete Panik zunächst ausblieb.

Der Lunch wurde auf die Minute pünktlich serviert. Die Speisekarte stellte Roastbeef, reich garniert, oder gedünsteten Fisch zur Wahl. Den Appetit freilich konnten die Betreuerinnen in ihren schicken Kostümen nicht mitliefern.

Seit die Reisenden wußten, daß die Boeing 747 nach New York zurückflog, steigerten sie sich in die Hoffnung hinein, daß die Luftpiraten sie dort von Bord gehen lassen würden. Solange einige hundert Menschen das gleiche Schicksal teilten, konnte man sich mit ihm abfinden. Erst wenn es Ausnahmen gab, würde – wie immer in solchen Fällen – der Selbsterhaltungstrieb explodieren.

Die meisten dösten apathisch vor sich hin, schwitzten Ängste und steigerten sich in falschen Optimismus. Manche stellten den Stewardessen Fragen, die von den Mädchen beim besten Willen nicht beantwortet werden konnten. Die Kinder benahmen sich wie Kinder; die größeren freuten sich offensichtlich, daß das Flugvergnügen voraussichtlich verlängert würde.

So sah die Situation aus: Das Cockpit, die Gehirnzentrale des Jumbos, war von den Luftpiraten besetzt, der dahinterliegende Ausruheraum von ihnen beschlagnahmt. Dadurch saßen die Entführer den Piloten wie ein Geschwür im Nacken. Um die Passagiere in Schach zu halten, mußten die Gangster lediglich die nach unten führende Wendeltreppe bewachen.

Dieses moderne Großflugzeug schien eigens dafür konstruiert, einem beispiellosen Verbrechen Vorschub zu leisten.

Sowie sich einer der Entführer zeigte – in diesem Moment stapfte Sandy, die MP lässig im Arm, die Treppe herunter – wurde es so still, daß man nur noch den gefilterten Düsenlärm hörte.

Der Leibwächter des angeblichen Diplomaten Smith blieb auf der letzten Stufe stehen und wartete, bis ihn alle Passagiere anstarrten. Einem von ihnen nickte er zu. Ein Mulatte erhob sich und wucherte dabei schier endlos in die Höhe. Er war breitschultrig, kraushaarig, hatte Wulstlippen und sah aus wie ein Boxer, den der Sport um seine Nase gebracht hatte. Er schob sich über den Gang, ein Muskelpaket, das vor Kraft nicht laufen konnte, dabei grinste er wie ein Ersatzmann, den man endlich auf das Spielfeld läßt.

Einige Passagiere begriffen, daß die Entführer durch den Mulatten Verstärkung erhalten hatten, aber die meisten, von Angst und Spannung gefoltert, konnten nur noch an sich selbst denken.

Brenda zog den Blick des Mulatten auf sich.

Einen Moment lang grinste der Bulle plump-verlegen, und in dieser Sekunde schoß ihn Mike mit seiner unsichtbaren Mini-Kamera. Er hatte bereits drei Entführer fotografiert, aber seine Schnappschüsse waren nutzlos, solange er den Film nicht seinen Kollegen zuspielen konnte.

Der Mann von der Bundespolizei beherrschte hinreißend seine Rolle als Geschäftsmann aus Boston. Sicher verheiratet und jetzt tolpatschig hinter der schönen Miß Fairday her, die sich in der Zwangslage offensichtlich gegen seine Anbiederungsversuche nicht wehren konnte. Ein Tölpel, der nicht einmal wußte, daß für die berühmte Amerikanerin längst die Hochzeitsglocken läuteten.

»So ein Glück«, sagte er und lief vor Wonne rot an.

»Was?« fragte Brenda zerstreut.

»Diese Entführung.« Die Erregung machte ihn kurzatmig. »Wann hätte unsereiner schon das Glück, so lange neben einer so schönen Frau zu sitzen.«

»Hoffentlich behalten Sie Ihren Humor«, erwiderte Brenda giftig.

»Bonbon?« fragte er.

»Danke«, erwiderte sie und hob die Schultern leicht an.

»Wissen Sie«, fuhr der lästige Passagier fort, »wenn wir das überstanden haben, dann schlagen wir uns eine Nacht um die Ohren und hauen mächtig auf die Pauke.«

Brenda griff nach einer Zeitung und wandte sich deutlich ab.

»Sind Ihnen die Zigaretten ausgegangen?« fragte Mike Blower weiter und gratulierte sich, daß die Verlobte des Flugkapitäns so rasch ihren Schnellkurs in Sachen Untergrund begriff und das volle Päckchen annahm, das er ihr zuschob. »Schlau, was?« bramarbasierte er. »Als ich von der Entführung hörte, habe ich mich sofort mit zwei Stangen Zigaretten eingedeckt.« Er grinste dümmlich. »Noch dazu zollfrei.«

Brenda kannte viele der Erste-Klasse-Passagiere flüchtig, wie zum Beispiel den luftkranken Greenhill, den deutschen Manager Kübrich und den Nuklear-Forscher Hammersmith, die in ihrer unmittelbaren Nähe saßen. Alle drei schienen ihr unverdächtig zu sein, aber sie hatte begriffen, daß sie kein vernünftiges Wort mit Mike sprechen durfte, solange es auch noch so harmlose Zuhörer gab.

Greenhill suchte die Toilette auf, fand sie verschlossen und wurde von einer der Stewardessen zur nächsten geleitet. Der deutsche Wirtschaftsführer ging auf die andere Seite, um mit einem französischen Kollegen zu fachsimpeln; und der US-Atomforscher starrte ohnedies ständig mit zerstreuter Miene in die Luft, als suchte er hier physikalische Formeln.

»Tut mir leid, daß ich Sie mißbrauchen muß«, sagte Mike leise, »Ich nehme an, daß die Gangster in New York die ersten Geiseln von Bord gehen lassen. In dem Zigaretten-Päckchen sind belichtete Filme und eine Tonbandaufnahme. Vielleicht können Sie es einem der Passagiere zustecken, die freigelassen werden.«

»Ich will's versuchen«, flüsterte Brenda.

»Seien Sie verdammt vorsichtig«, sagte Mike. »Wenn man Sie dabei erwischt, sind wir beide erledigt.«

Das Gespräch riß ab. Eine der Stewardessen war an sie herangetreten.

»Kann ich etwas für Sie tun, Miß Fairday?« fragte sie.

»Ja«, erwiderte die Amerikanerin und bestellte ganz gegen ihre Grundsätze einen Whisky, doppelstöckig.

17

Der entführte Jumbo näherte sich mit gedrosselter Schubkraft dem amerikanischen Kontinent. Auch wenn die Flugleitung des Kennedy-Airports die Landung so lange wie möglich verzögerte, in einer Stunde mußte die Boeing herunter, und dann begann die nächste Phase des einseitigen Kampfes.

Von der ersten Meldung an war der Anschlag auf den Jumbo ›Happy Day‹ eine schauerliche Welturaufführung: Als Luftpiraten waren bisher ausnahmslos kriminelle Einzelgänger, gemeingefährliche Irre oder politische Desperados aufgetreten. Noch nie hatte eine geschlossene Gangsterbande ein solches Verbrechen organisiert, und niemals zuvor war ein vollbesetztes Großraumflugzeug während des Fluges gekapert worden.

Nach dem letzten Hörensagen war es an Bord zu einer Schießerei gekommen, die angeblich drei Tote gefordert hatte. Die Presseleute stauten sich an der Absperrung und behinderten sich gegenseitig.

Keine Frage wurde beantwortet. Niemand auf dem riesigen Airport schien zuständig, vom Hilfsfeuerwehrmann bis zum leitenden Direktor. Auskünfte über polizeiliche Gegenmaßnahmen konnte allenfalls der FBI-Sonderbeauftragte Merx erteilen, und damit waren die Presseleute an ein Phantom verwiesen.

Sie kannten seinen Namen, nicht sein Gesicht; seine Tätigkeit, nicht seine Erscheinung. Zwar gab es ein paar Aufnahmen aus seiner Testpiloten-Zeit, aber die Fotos waren veraltet und wiesen sicher wenig Ähnlichkeit mit dem Larry Merx von heute auf. Der Sonderbeauftragte der US-Regierung war nur wenigen Leuten persönlich bekannt. Er hatte es verstanden, sich konsequent gegen die Öffentlichkeit abzuschirmen.

Um 15 Uhr ging der Flugbetrieb ungestört weiter. Zwar hatten einige Passagiere ihre Tickets zurückgegeben, aber die Reisenden auf der Warteliste rissen sie ihnen aus der Hand. Pausenlos riefen die Lautsprecher Starts und Landungen aus.

Im gezielten Durcheinander ging unter, daß die Boeing 707 aus Washington zwar mit höllischem Düsenlärm, doch gewissermaßen stumm in Idlewild angekommen war. Sie sah aus wie jedes andere Langstreckenflugzeug dieses Typs, und sie war privat registriert. Ein Dutzendname zeichnete als Eigner und tarnte, daß der nach speziellen Wünschen konstruierte Düsenriese der US-Bundespolizei gehörte und ausschließlich dem Krisenstab Merx zur Verfügung stand.

Gleich nach der Landung näherte sich ein gepanzerter Geldtransporter der FBI-Maschine. Uniformierte Pistolen-Männer schleppten einen Sack über die Bodentreppe.

»Das Lösegeld«, sagte Larry zu einem seiner Leute. »Paß gut auf, Junge. Geh vorsichtig damit um. Die Ware ist echt.«

Der Mann wußte, daß die Übergabe unbewaffnet zu erfolgen hatte, die Banditen würden ihn sofort nach einer Pistole absuchen.

18

Gangster-Boß Smith kam, begleitet von Sandy, über die Wendeltreppe, griff nach einem Mikrofon und sagte: »Wir werden spätestens in 30 Minuten in New York landen. Ich muß die Sitzordnung ändern und bitte Sie um Verständnis dafür. Und ich wiederhole: Wer sich am ruhigsten verhält, hat die Chance, zuerst von uns entlassen zu werden.«

Er ging weiter zum Heck der Maschine durch. Dabei scheuchte er männliche Passagiere von ihren Sitzen hoch und winkte Frauen und Kinder nach hinten.

Zuerst wirkten alle wie gelähmt, weil sie diese scheinbar sinnlose Maßnahme nicht begriffen. Aber dann kam die Vermutung auf, daß die im Heck untergebrachten Fluggäste zuerst entlassen würden.

Ein Massenansturm nach hinten setzte ein: Frauen stolperten über fremde Kinder. Die Kleinen schrien. Einen Moment wälzte sich ein Knäuel am Boden. Sandy sprang dazwischen und trat brutal mit dem Fuß die Funken eines ersten Aufstandes aus.

»Ihre Pässe, bitte«, sagte Smith unbeteiligt. Er warf einen Blick auf die Namen und gab dann die Ausweise zurück. »Was wollen Sie in Deutschland, Mrs. Painter?« fragte er eine besonnen wirkende Frau von Dreißig.

»Ich will nach Heidelberg. Mein Mann ist Captain bei der US-Air-Force.«

»Sind Sie allein?«

»Jimmy begleitet mich.« Sie wies auf einen elfjährigen Jungen, der den anderen längst durch seine Wildheit aufgefallen war.

»Ich will sehen, was ich für Sie tun kann«, antwortete der Piraten-Boß.

Es war soweit. Die entführte Maschine erhielt Landeerlaubnis. Die Passagiere wurden aufgefordert, ihre Zigaretten auszudrücken und sich anzuschnallen.

Das galt auch für die Gäste aus der Unterwelt, bis auf den unsichtbaren Gangster, der im Oberdeck-WC die Höllenmaschine bediente. Die Entführer wirkten gelassen, sie waren die einzigen an Bord, die von der Erregung nicht erfaßt wurden, obwohl sie wußten, daß sie am Kennedy-Airport ein Riesenaufgebot der Polizei erwarten würde.

1000 Meter Höhe. 800 Meter. Flugkapitän Nobis visierte die Landepiste an. 600 Meter. 400 Meter. Die Angst nahm zu, je weiter der Pilot die Maschine nach unten drückte.

Die Landebahn wurde breit, und Martin Nobis setzte den Riesenvogel sanft auf die Piste. Es war eine der Bilderbuchlandungen, für die er seinen Flugschülern bei der Prüfung am Simulator die seltenen hundert Prozent zubilligen würde. 18 Räder drehten sich, jedes war mit einem Sensor ausgestattet, der das Rollen überwachte und auf der Instrumentenwand im Cockpit anzeigte.

Das Tempo wurde langsamer; der Vogel rollte aus.

Und dann stand er.

Es sah aus, als ergebe er sich mit seinen weiten, ausgebreiteten Schwingen in sein Schicksal. Er wirkte einsam auf der Zementbahn, isoliert wie in Quarantäne.

»Respekt, Mr. Nobis«, lobte Smith. »So weich bin ich noch nie gelandet.«

»Das kann sich rasch ändern«, fuhr ihn Martin an. »Haben Sie schon einmal gehört, daß nach einer britischen Untersuchung jeder zweite Absturz auf Übermüdung der Piloten zurückgeht?«

»Wer wird denn gleich so schwarz sehen«, erwiderte Smith und starrte zufrieden durch die Acryl-Scheiben. »Sie machen noch einen recht munteren Eindruck. Ich bin sehr mit Ihnen zufrieden«, sagte er und sah wieder nach draußen. »Ich zeige mich gerne erkenntlich.« Er lächelte sarkastisch. »Vielleicht erhalten Sie bald zur Auffrischung Ihrer Lebensgeister Damenbesuch.« Seine Stimme hatte wieder ihren andressierten, arroganten Klang. »Oder sind Sie nicht mehr auf der Hochzeitsreise?« Sein spitzes Gesicht wirkte bleich und blasiert, nur die kleinen Operationsnarben hinter den Ohren waren gerötet. Der Mann zeigte nicht eine Spur von Angst, nicht einmal von Erregung. Entweder war er ein blendender Schauspieler, oder er fürchtete tatsächlich nichts.

»Hau ihm eine übers Maul«, giftete Jim, der Co-Pilot.

»Klappe«, fuhr ihn Martin scharf an. Er spürte, daß er am Rand seiner Selbstbeherrschung war, wenn es um Brenda ging.

»Rücken Sie mal 'n bißchen zur Seite, junger Mann«, sagte Smith zu Jim. Martins junger Mann wich unwillig. »Der macht noch aus unserer Pilotenkanzel einen Feldherrnhügel«, maulte er.

Er war verärgert, weil der FBI-Krisenstab offensichtlich die Bedingungen der Erpresser erfüllt hatte: Rundum freies Feld. 200 bis 300 Meter. Kein Fahrzeug. Keine Menschen. Kein Hinterhalt. Die tote Zone wurde begrenzt von einer lebenden Mauer in Dunkelblau: Polizeibeamte. Einer neben dem anderen. Eine dichte Absperrkette, mehr zum Schutz gegen die sensationshungrigen Reporter als zur Bekämpfung der Entführer.

Jetzt war Larry am Zug. Solange sich die Gangster im Flughafenbereich aufhielten, lag das Gesetz des Handels bei ihm.

Der Anführer des Anschlags zog ein Walkie-Talkie, ein Sprechfunkgerät, aus der Tasche, schaltete es ein:

»Hallo, Sandy«, rief er seinen Komplizen im Passagierraum an. »Alles in Ordnung?«

»Lauter nette Menschen«, antwortete der Leibwächter. »Wenigstens die Erwachsenen. Nur mit ihren Sprößlingen haben wir ständig Ärger.«

»Vielleicht schaffst du das auch ohne mich«, erwiderte Smith leicht gereizt: »Sonst fordere ich bei unseren FBI-Freunden auch noch ein Kindermädchen an.«

»So, Mr. Nobis«, wandte sich Smith wieder an seinen Gefangenen Nr. 1. »Nun fangen wir ganz bescheiden mit dem Geldverdienen an. Geben Sie mir mal diesen Wunderknaben von der Bundespolizei.«

Martin ging auf die JET-AIR-Hausfrequenz, um unerwünschte Zuhörer auszuschalten.

»Hallo, Mr. Merx«, spottete Smith. »Freut mich, daß Sie zu unserem Empfang eine Ehrenkompanie auf die Beine gestellt haben.«

»Wie Sie sehen, sind alle Bedingungen erfüllt.«

»Ich wußte, daß Sie ein kluger Kopf sind«, höhnte der Mann, der aus der Unterwelt kam. »Das Geschäft kann jetzt steigen«, setzte er hinzu und lächelte schief.

19

Halb Amerika hatte am Bildschirm die Landung des entführten Jumbo-Jet ›Happy Day‹ verfolgt. Von Küste zu Küste strahlte das US-Fernsehen den Beginn des Duells zwischen dem FBI-Krisen-Kommando und der Gangster-Bande aus. Über Satelliten würde die Sensation Europa erreichen, und Ausschnitte dieses zeitgemäßen Dramas waren bereits auch in Deutschland für die Spätausgabe der Tagesschau angekündigt.

Die Landebahn 16 war für Katastrophenfälle reserviert. Die New Yorker Polizei erklärte sich zu jeder Hilfeleistung bereit – aber unbegrenzte Mittel änderten nichts an sehr begrenzten Möglichkeiten.

Schon vor der Landung war der Riesenvogel in das Schußfeld der Kameras geraten, die mit der Gummilinse den Jumbo so dicht heranzogen, daß man am Bug ›Happy Day‹ lesen konnte. Glücklicher Tag. Der Jumbo trug seinen hübschen Namen wie eine Narrenkappe.

»Es ist jetzt genau 17 Uhr 03«, hatte ein Reporter mit Marktschreier-Stimme in das Mikrofon gebrüllt. »Sieben Stunden und 17 Minuten nach dem Anschlag der Luftpiraten. Das Fahrgestell ist bereits ausgefahren. Befrachtet mit Hunderten von Schicksalen nähert sich die Boeing 747 dem Flughafen. Hier war sie vor neun Stunden und vier Minuten nach Frankfurt gestartet. Dort, in Germany, versammeln sich zur Stunde Angehörige der Passagiere. Vergeblich warten Mütter, Frauen, Kinder, hoffen und bangen, daß es gelingen wird, das Äußerste zu verhindern.«

Der Mann hatte so schnell gesprochen, daß er hörbar Luft holen mußte. »Auf dem New Yorker Flughafen erwartet die Hijacker eine gewaltige Übermacht der Polizei. Der gekaperten Maschine wurde bei der Landung die äußerste Landepiste zugewiesen. Eine Erklärung dafür war von der Flughafenleitung nicht zu erhalten.« Seine Stimme wurde zum Trommelwirbel in einem Trauermarsch. »Es ist jedoch unschwer zu erraten, daß bei einer eventuellen Bombenexplosion der übrige Flugbetrieb nicht mit in die Katastrophe gezogen werden soll.«

Fernsehen und Radio überboten sich im Dienst des weltweiten Spektakels. Auch in dem heruntergewirtschafteten Hotel an der 14. Straße dröhnte die Sensation aus allen Lautsprechern. Seltsame Typen wohnten unter einem Dach, unter ihnen Verbrecher und FBI-Leute. Peggy konnte sie nicht unterscheiden. Mitunter sahen die Gangster wie Polizisten und die Polizisten wie Gangster aus.

»Etwas verstehe ich nicht«, sagte sie zu Tony Forthman. »Du kennst doch die verschärften Kontrollen am Flughafen. Ich möchte nur wissen, wie deine Freunde die Bombe und die Maschinenpistolen an Bord gebracht haben.«

»Haben sie doch gar nicht«, erwiderte Tony. »Das war ja der Trick. Die haben einfach einen Mann vom Bodenpersonal gekauft. Er hat ihnen das Zeug in die Maschine geschmuggelt.«

»Du hältst jetzt die Klappe!« schaltete sich der Dauerbewacher John, Gangster im dritten Glied, ein. Peggy mochte ihn nicht, obwohl sie es vorwiegend ihm verdankte, daß sie den Ex-Piloten auf Distanz halten konnte.

In diesem Moment kam die noch unbestätigte Meldung, daß die Fluglinie das Lösegeld an die Hijacker zahlen wolle.

»Die erste Million«, sagte Tony. »Das läuft ja wie geschmiert. Die werden wir hübsch bluten lassen.« Er sprach laut und zu schnell wie ein Kind, das in den dunklen Wald schreit, daß es keine Angst hätte. »Ich bin noch nicht einmal dreißig, und die finanzieren bereits meinen Lebensabend.«

»Du bist doch gar nicht so scharf auf das Geld«, konterte Peggy. »Du kommst einfach nicht darüber hinweg, daß man dich nicht mehr an den Steuerknüppel läßt.«

Sein Lächeln verunglückte. In sein Gesicht kam ein garstiger Zug. Er hatte glasige Augen und unsichere Hände. Die Flasche, die immer neben ihm stand, war meistens mehr leer als voll.

»Trink nicht soviel, Tony«, sagte Peggy. »Das hat dich schließlich um dein Kapitäns-Patent gebracht.«

»Im Einsatz werde ich nüchtern sein. Und du kannst dich darauf verlassen, daß ich wieder fliegen werde.« Er nahm das Glas und setzte es gleich wieder ab. »Und für wen, ist schließlich piepegal. Hauptsache fliegen. Verstehst du das nicht?«

»Halbwegs«, erwiderte Peggy.

Der Junge mit dem sanft-verwilderten Aussehen beugte sich zu der Umworbenen herab. »Mach doch mit«, sagte er.

»Aber das ist doch schon vorbei?«

»Es geht erst los.«

»Wenn ich mitmachen soll«, erwiderte Peggy, »muß ich schon ein bißchen mehr wissen.«

»Wir brauchen dich«, sagte Tony. »Wenn wir sicher sind, daß wir uns auf dich verlassen können, erfährst du alles.«

»Gut«, entgegnete Peggy, »und so lange warte ich noch ab.« Sie sah auf den Bildschirm. »Vertrauen gegen Vertrauen«, schloß sie das Gespräch.

Alle drei starrten gebannt auf die Mattscheibe, wo die Aufregung augenblicklich darin bestand, daß sich nichts ereignete.

20

Die Passagiere mußten auf Geheiß der Hijacker angeschnallt bleiben. Während der Landung war zwischen einem fernen Himmel und einer rasch näherkommenden Erde die Bordgesellschaft zu einer Einheit verschmolzen. Solange alle Macht in der Hand des Flugkapitäns lag, hatte es auch keinen Unterschied zwischen Gangstern und ihren Opfern gegeben, keine Gewalt mehr gegen Wehrlose.

Doch jetzt stand Sandy mit seiner Maschinenpistole an der Hecktür. Der martialische Mulatte pflanzte sich im Mittelgang wie ein Wegelagerer auf. Kurienkardinal Massini griff zum Brevier und las. Modeschöpfer Chément riet laut, wie viele Reporter wohl am Flugplatz seinem Haus zu einer Gratisreklame verhelfen würden. Die drei US-Senatoren musterten voll nutzloser Befriedigung das Polizeiaufgebot.

Der Geschäftsmann aus Boston, Mr. Blower, nahm seine ungeschickten Anbiederungsversuche bei seiner berühmten Nachbarin wieder auf; und Brenda hörte dem deutschen Industriellen Kübrich zu. »Ich mach' mir keine Illusionen. Ich fürchte, wir haben eine lange Reise vor uns«, sagte er zu den Umsitzenden.

»Ich möchte nur wissen, was die überhaupt wollen?« fragte Bob S. Greenhill.

»Geld«, antwortete Kübrich, dessen 50000 Arbeitnehmer Milliarden-Umsätze erarbeiteten. »Zum Glück«, ergänzte er, ein kühler Rechner, auch wenn er sich selbst als Posten mit einsetzen mußte.

»Sie haben eine etwas eigenwillige Vorstellung vom Glück«, versetzte Mr. Greenhill grimmig.

»Ein Lichtblick, daß wir in der Hand von Berufsverbrechern und nicht von Polit-Dilettanten sind. Vor Fachleuten habe ich keine Angst«, stellte Kübrich fest. »Nur Amateure sind zu fürchten.«

»Ich werde keinen Cent bezahlen«, versicherte der US-Finanzier aufgebracht und deshalb viel zu laut.

Seit einer guten Stunde hatte Brenda Dynamit in ihrer Handtasche: Mike Blowers Mikro-Filme und Mini-Tonbänder, verwahrt in einer Zigarettenschachtel. Die junge Frau mit dem interessanten Gesicht, beherrscht von großen, grünen Augen, überlegte verzweifelt, wem sie dieses brisante Material anvertrauen könnte.

Der erste Fehler, den sie machte, würde ihr letzter sein. Es ging weniger um sie, als um Mike. Falls die Sache aufflog, wäre er als FBI-Agent enttarnt. Dadurch verringerte sich nicht nur sein Lebenswert auf den Preis einer Pistolenkugel, sondern Larry würde seine beste und letztlich einzige Waffe an Bord verlieren.

Brenda sah sich vorsichtig um. Wen ließen die Gangster in New York aussteigen? Wer begriff rasch, ohne viel Worte und hatte die Nerven, das gefährliche Material an den Piraten vorbeizuschmuggeln?

An sich war es Männerarbeit; aber Brenda wußte nicht, wie viele Verbrecher, als angeblich bedrängte Passagiere, noch an Bord waren. Die Entführer hatten beim Abflug alle Sicherungen der Polizei passiert, ohne Verdacht zu erregen. Bestand nicht die Gefahr, daß sie ausgerechnet einem Komplizen dieses widerlichen Smith das Beweismaterial in die Hand drückte?

Sicher gehörten auch Frauen zu dem Komplott. Also war hier die gleiche Vorsicht geboten. Aber Brenda hatte noch gar nicht die Qual der Wahl. Sie saß in der Kabine der Ersten Klasse fest; ein weiter, gefährlicher Weg bis zum Heck. Der Luftriese war fast 60 Meter lang.

Mike erhob sich umständlich und grinste Brenda verlegen an. »Entschuldigen Sie mich einen Moment, Miß Fairday«, meldete er sich ungefragt ab.

»Natürlich werden Sie zahlen«, sagte der deutsche Industrielle zu Mr. Greenhill. Wolfgang Kübrich war der Typ des Managers, der seinen Erfolg wie einen Maßanzug trägt. Er hielt seine Figur in Schach, war mittelgroß, hatte kühle Augen, schmale Lippen und vermutlich mehr Verstand als Gefühl. »Geld ist nur etwas Sachliches.« Sein Lächeln erlosch sofort wieder. »Und die Freiheit wohl etwas Persönliches.«

»Aber es ist mein Geld«, erwiderte der Finanzier eigensinnig.

Brenda wußte, daß Mike nichts grundlos tat. Sie sah ihm nach. Er war im WC verschwunden. Sie bemerkte, daß auch die zweite der vorderen Toiletten besetzt war. Das also war der Grund. Mit einigem Geschick konnte sie sich vielleicht ein Stück nach hinten arbeiten.

Sie stand auf, griff nach ihrer Handtasche und spielte mit. Die meisten Passagiere waren viel zu sehr mit sich selbst beschäftigt, um sie zu beobachten. Das erste Drittel schaffte sie besser als erwartet. Aber je weiter sie kam, desto unwilliger wurde sie gemustert. Es war, wie wenn sich in einer Schlange Wartender einer vorzudrängen versucht. Halblaute Worte flammten auf wie Streichhölzer und gingen sofort wieder aus. Die Spannung verwandelte sich in Unruhe.

Der Mulatte verstellte Brenda den Weg, schüttelte den Kopf und fuchtelte mit seiner Waffe herum. Sie zeigte zu den besetzten Toiletten. Er begriff, und bedeutete ihr durch eine Geste, stehen zu bleiben und zu warten. Nach dieser Pantomime wußte Brenda, daß sie nicht mehr weiterkommen würde. Ihr Versuch war gescheitert. Selbst wenn sie einen brauchbaren Kurier fände, würden zu viele Augen die Übergabe beobachten.

Die meisten Passagiere starrten durch die Bullaugen. Der Ring der Uniformierten öffnete sich einen Moment wie ein großer Schlund. Ein Schlepper schob die gewendelte Landetreppe heran. Manche Augen blickten sehnsüchtig, als erspähten sie eine Himmelsleiter, die sie in die Freiheit führte. Andere begannen zu zählen, wie viele bei der Entlassung vor ihnen an der Reihe sein würden.

Noch benahmen sich die Passagiere diszipliniert, und es war im Sinn der Gangster wie der Polizei. Trotz entgegengesetzter Fronten stimmten die beiden Parteien in einem überein: bloß keine Panik. Kein Aufstand. Keine Unbesonnenheit. Solange keine Funken in das offene Pulverfaß fielen, ließ sich die Explosion vermeiden.

In diesem Moment stellte Mrs. Painter, die Frau des in Heidelberg stationierten Air-Force-Captains fest, daß ihr Jimmy wieder einmal entwischt war.

»Bleib hier«, rief sie ihm zwecklos nach.

Aber der elfjährige Wildfang, sommersprossig, stupsnäsig, mit einem offensichtlich beim letzten Streich ausgeschlagenen Schneidezahn – oben rechts – war nicht mehr zu bremsen. Er duckte sich, kroch den Gang entlang auf den Mulatten zu, der einen Moment lang abgelenkt war, weil er das Anlegen der Gangway verfolgte und dabei zufrieden grinste.

Jimmy schnellte hoch. Auf einmal hatte er eine Pistole in der Hand und legte auf den lebenden Kleiderschrank an.

»Peng! Peng!« schrie er zum Entsetzen der Passagiere.

Der Mann fluchte, griff nach dem Arm und drehte ihn brutal herum, bis die Spielzeugwaffe zu Boden fiel. Er schlug dem Jungen mit dem Handrücken ein paarmal ins Gesicht.

Jimmy schrie so laut es ging, und fiel nach hinten, in Brendas Arme. Sie zog den Weinenden in die offene Galley, die kleine Aufwärmküche, um sein anschwellendes Gesicht mit kalten Umschlägen zu behandeln.

»Dem hab' ich's aber gegeben«, sagte der Junge voller Triumph und hörte sofort zu weinen auf.

»Schade, daß du dafür noch zu klein bist«, erwiderte Brenda.

In diesem Moment faßte sie ihren Entschluß: »Hör zu«, sagte sie hastig zu Jimmy. »Du mußt mir helfen. Uns allen.«

Sie sprach zu schnell und zu undeutlich. Der Junge würde sie kaum verstehen, geschweige denn begreifen können, was sie von ihm wollte. Doch Brenda konnte bald feststellen, daß sie Jimmy unterschätzte. Als Stammgast vor dem Flimmerkasten kannte und bewunderte er seine berühmte Samariterin. Er hatte nicht nur beim Abflug ein Autogramm ergattert, jetzt half sie ihm und nahm ihn sogar für voll.

Brenda wusch die Platzwunde an der Schläfe aus.

»Tut's weh?« fragte sie.

»Keine Spur«, antwortete der Junge zwischen Stolz und Schmerz.

Eine Stewardeß kam unwillig näher, weil eine Unbefugte in ihr kleines Küchenreich eingedrungen war; sie erkannte die Vorzugspassagierin und lächelte freundlich.

»Kann ich Ihnen behilflich sein, Miß Fairday?«

»Ja«, antwortete Brenda. »Bleiben Sie bitte in der Tür stehen und halten Sie mir Zuschauer fern.«

Die brünette Bordfee zögerte ganz kurz, fast unmerklich, aber sie war darauf geeicht, Wünsche der Passagiere zu erfüllen. Und als Verlobte des Flugkapitäns hatte diese junge Frau zusätzlich eine Sonderstellung.

Hinter ihrem Rücken zog Brenda das Zigaretten-Päckchen aus der Handtasche.

»Hier«, raunte sie dem Jungen zu.

»Aber ich hab' mir doch schon vor vier Monaten das Rauchen abgewöhnt«, erwiderte Jimmy großspurig und grinste breit. Dann sah er, wie seine Helferin den Zeigefinger auf die Lippen legte.

Sie deutete nach draußen, auf den lebenden Wall der Polizisten: »Ich hoffe, daß sie dich laufen lassen«, sagte Brenda. »Du fragst nach der Polizei.« Die Eile zwang sie zum Telegrammstil. »Beruf' dich auf mich, und ...«

Jimmy schob das Päckchen ein.

Schneller konnte man nicht begreifen.

Auf einmal war er Brendas Verschworener.

»Verlassen Sie sich auf mich, Miß Fairday«, sagte er feierlich wie sein Lieblings-Detektiv in der endlosen TV-Serie.

Kinder sollten am Bildschirm nicht mit Gangster-Geschichten überfüttert werden – aber in diesem Moment war dieser Unfug ein Glücksfall.

Der Junge ging zurück zu seiner Mutter. Er schob sich vorsichtig an dem zu groß geratenen Mulatten vorbei. Mit einer geschwollenen Gesichtshälfte zog er in sein ganz großes Abenteuer. Nicht als Zuschauer, sondern in der Hauptrolle: Jimmy Painter, der Rächer der Entführten.

21

Die Welt hielt den Atem an, doch der Flugverkehr lief weiter. Während die Bahn 16 vorübergehend stillgelegt war, starteten und landeten auf dem Kennedy-Airport ununterbrochen Luftriesen aus aller Welt. Der Weltflughafen glich einer Auto-Rennstrecke, auf deren Piste die Verfolgungsjagd weitergeht, obwohl aus der Südkurve soeben ein ›heißer Ofen‹ in die Zuschauermenge gerast ist.

Die Landetreppe war an den hinteren Ausstieg des Jumbos ›Happy Day‹ – einem von zehn – gefahren worden. Der Arbeiter, der sie herangerollt hatte, zog sich schnell wieder zurück. Alle starrten auf das Luk am Heck, das gleich aufgestoßen werden mußte.

Nichts geschah.

Eine endlose Minute lang sah es so aus, als wagte keiner der Banditen, aus dem Jumbo-Bauch herauszutreten.

Sekunden später war es soweit. Sandy zeigte sich an der Tür, blickte sich nach allen Seiten um. Er hatte sich eine Strumpfmaske über das Gesicht gezogen. Mit den Sehschlitzen und der MP im Anschlag glich er einem Markenartikel des Grauens.

An Bord des FBI-Flugzeuges konnte Larry den Luftpiraten gleich sechsmal sehen; er hatte ringsum automatische Kameras aufgestellt. Ihre elektronische Ausbeute erschien aus verschiedenen Blickwinkeln auf den Kontrollschirmen. Mit gekrümmten Rücken, vergeblich bemüht, seine überlangen Beine und Arme bequem unterzubringen, verfolgte der FBI-Mann den ersten Gangster-Auftritt vor vollem Haus.

Der Vermummte ging über die Landetreppe nach unten, besah sich ohne Eile die Polizei-Absperrung. Er lag im Visier von mindestens 200 Feuerwaffen, aber er wirkte dabei so unbekümmert, als ginge er bei Grünlicht über die Straße.

»Was gibt's denn, Steve?« fragte Larry gereizt.

»Das Weiße Haus ist in der Leitung«, erwiderte der stellvertretende Chef des Krisenkommandos. »Der Unterstaatssekretär persönlich.«

»Doch nicht jetzt«, fuhr ihn Larry an.

Die fliegende Befehlszentrale war über einen heißen Draht direkt mit dem Hauptquartier der US-Bundespolizei verbunden und mit Hilfe einer Ringschaltung ebenso an die Hausfrequenz der JET-AIR wie an den gesamten Sprechverkehr im Tower angeschlossen. Hier liefen alle Fäden zusammen, zum Beispiel auch die Überwachung des Ex-Piloten Tony und seiner Kollegin Peggy, die in die Dossola-Gang eingeschmuggelt worden war.

Larry hatte lange mit seiner Dienststelle um die Aufstellung dieser Katastrophen-Einheit gekämpft. Erst als der amerikanische Geschäftsmann John S. Miller zweimal von Luftpiraten nach Kuba entführt worden war, als er jeweils zu Tagungen fliegen wollte, hatte sich Washington entschlossen, eine Mannschaft hochkarätiger Spezialisten mit den modernsten Mitteln auszurüsten.

Der Kapuzenmann ging wieder die Landetreppe hoch, rief einem unsichtbaren Komplizen etwas zu, setzte sich auf die oberste Stufe und winkte in Richtung Polizei.

»Auf los geht's los«, sagte Larry. »Nun setzt mal unseren Geldbriefträger in Marsch.«

Ein Zivilist löste sich aus der Reihe der Uniformierten. Knapp 300 Meter trug er eine Million. Verpackt in zwei Pakete, in jedem 5 000 Banknoten à 100 Dollar. Genau nach Wunsch der Gangster, die den FBI-Leuten keine Zeit lassen wollten, die Nummern der Geldscheine zu notieren.

Der Mann hatte die Landetreppe erreicht.

Er setzte seine Pakete ab und sah hinauf zu dem Vermummten.

»Sei nicht so bescheiden, mein Junge«, rief ihm der Bandit zu.

»Wer soviel Geld bringt, ist uns immer willkommen.« Er winkte den FBI-Mann nach oben, durchsuchte ihn nach Waffen und nahm das erpreßte Geld in Empfang.

»Good bye«, schickte er ihn zurück. »Wir sehen uns sicher noch öfter.«

Die Bildschirme hielten fest, wie die Notgroschen des Mr. Lovestone im Rumpf der Maschine verschwanden.

Larry hatte mit seinen Leuten die Sache durchgespielt. Es würde etwa fünf Minuten dauern, bis die Luftpiraten den Inhalt der beiden Pakete überprüft hätten. Den FBI-Leuten blieb vorläufig nichts anderes übrig, als möglichst viele Geiseln von den Verbrechern loszukaufen, und dazu brachten sie alle Vorausetzungen mit: Sie waren darauf gedrillt, mit der Ohnmacht zu leben, zu lauern, zu warten, die erste Möglichkeit zu verpassen, um bei einer besseren zuzuschlagen.

Die Rollen waren verteilt. Es gab durchaus Möglichkeiten, an den entführten Jumbo heranzukommen. Über 186000 Liter schluckten zum Beispiel die Spritbehälter. Proviant war an Bord zu nehmen, mehrere hundert Portionen. Gangster-Boß Smith mußte Männer vom Bodenpersonal an die besetzte Maschine heranlassen, auch wenn unter ihnen FBI-Leute waren. Aber so lange sie durch einen Überfall Passagiere in Gefahr brachten, konnten sich ihre Peiniger sicher fühlen.

»Hallo, Mr. Merx«, meldete sich nach vier Minuten und elf Sekunden Smith. »Freut mich, daß Sie so korrekt waren. Daraus könnte durchaus eine dauernde Geschäftsverbindung werden.«

Larrys Speichel schmeckte nach Galle, aber er blieb ruhig. »Gut«, erwiderte er. »Schicken Sie die freigelassenen Leute jetzt los.« Ohne Übergang setzte er hinzu: »Ich hab' noch eine private Bestellung für Mr. Nobis.«

»Familienfunk?« fragte Smith belustigt.

»Hallo, Martin«, sagte Larry rasch. »Deine Mutter hat angerufen.«

»Mutschka?« fragte Martin.

»Sie bleibt in Frankfurt«, fuhr Larry fort. »Sie wird dort direkt am Flugplatz wohnen. Wann immer du eintriffst, sollst du sie sofort wecken. Auch mitten in der Nacht.«

»Schluß jetzt«, unterbrach Henry Smith.

»Kümmere dich um Mutschka«, bat Martin den Freund.

Es war nicht die Zeit, und es gab keinen Grund zur Heiterkeit, aber Larry mußte lächeln. Mochte es ihm gelingen, vorübergehend den US-Staatssekretär am Telefon abzuwimmeln, die zierlich energische Mutter seines Freundes hatte sich nicht abschütteln lassen.

Der FBI-Spezialist sah auf die Bildschirme.

Gleich mußten die entlassenen Geiseln erscheinen.

»Nun hör gut zu, Steve«, sagte er zu seinem Vertreter. »Eine heikle Geschichte. Übernimm sie am besten selbst.« Er gab den Auftrag, die freigelassenen Passagiere noch einmal festzuhalten und bis aufs Hemd zu durchsuchen.

»Das gibt Ärger«, erwiderte Steve.

»Nicht, wenn du den Leuten unsere Situation klarmachst«, entgegnete Larry. Er wollte sicher sein, daß die Dossola-Gang nicht über unerkannte Komplizen Lösegeld oder Nachrichten an die Bandenmitglieder in New York von Bord schmuggelte.

22

Die Hölle lag bei Idlewild, und sie bestand aus Blut, Haß, Gewalt und Ohnmacht. Es war 17 Uhr 48, eine späte Sonne wurde nicht müde. Ihr praller Feuerkopf spendierte den Kameras und den Gewehren Büchsenlicht. Ringsum ging der Flugbetrieb ohne Unterbrechung weiter, als drohe auf Landebahn 16 nicht Katastrophe, Blutbad, Massenmord.

Gegen die eine Million Lösegeld entließen die Entführer nach neunstündiger Tortur die ersten 50 Passagiere: 16 Mütter, 28 Kinder, sieben alte Männer und Frauen.

Als erste betrat eine Mutter mit ihren drei Kindern die Bodentreppe. Sie hatte ein Baby auf dem Arm, führte ein vierjähriges Mädchen an der freien Hand, und an ihrer Seite ging, Hände in den Hosentaschen, Kaugummi im Mund, ein achtjähriger Junge mit kurzgeschorenen Haaren.

Einen Moment stand die junge Frau da und sah sich ratlos um.

»Hierher«, rief ein Polizist mit einem Megaphon.

Die nächste war eine alte Frau. Sie war, wie sich später herausstellte, 78 und gehbehindert. Sie hielt sich ängstlich an der Gangway fest. Eigentlich brauchte sie Hilfe, aber daß sie den Gangstern entrinnen konnte, war ihre beste Stütze.

Wieder Kinder. Sie sahen die vielen Kameras und winkten aufgeregt. Erst als sie außer Sicht waren, ließen die Entführer die nächsten frei.

»Wie viele sind es jetzt?« fragte Larry Merx.

»Siebenundzwanzig«, zählte Steve.

An Bord blieb es ruhig. Noch wußte kein Passagier, daß nur eine begrenzte Anzahl freigelassen wurde. Henry Smith beorderte den Mulatten ins Cockpit und ging dann über die Wendeltreppe nach unten, lief weiter bis zum Heck.

»Das dauert ja ewig, Sandy«, rief er seinem Komplizen zu. »Drück 'n bißchen aufs Tempo.«

Bisher hatte Sandy die Passagiere einzeln herbeigewunken. Jetzt befahl er ihnen, sich auf Vorrat aufzustellen, um sie schneller losschicken zu können. Als Mrs. Painter mit Jimmy an den offenen Ausstieg trat, gab es ein wildes Gedränge.

»Wer sich vorschiebt, bleibt hier«, drohte Sandy. Leicht nervös gab er Nummer 49, einen alten Mann, frei.

Mrs. Painter war die letzte.

Erst auf der Bodentreppe merkte sie, daß Jimmy fehlte.

»Alle durch«, rief Sandy dem Gangster-Boß zu.

Er drehte sich um und schob die Überzähligen zurück.

»Mammie!« schrie der Junge und schoß an dem Kapuzenmann vorbei, für einen hartgesottenen Verbrecher eine sichere Zielscheibe.

»Bleib stehen!« rief Sandy.

Der Junge hörte nicht.

»Ich leg dich um!« drohte der Gangster.

Jimmy war nicht zu bremsen; seine Mutter sah flehend nach oben.

Der Mann mit der Strumpfmaske hob die MP und zielte auf den Jungen.

Die fünfzigste Geisel, Mrs. Rosy Painter, stand wie gelähmt auf der Bodentreppe. Mit erhobenen Händen, mit Haaren, die ihr wirr in das bleiche Gesicht fielen, in dem nur noch das Entsetzen lebte, verfolgte sie, wie ihr Junge dabei war, um sein Leben in den Tod zu laufen.

Jimmy hatte die unteren Stufen der Gangway erreicht.

Er sprang mit einem Satz auf die Betonbahn, landete unglücklich, stürzte, rappelte sich wieder hoch, hetzte blindlings weiter, auf die Polizeiabsperrung zu, diesen Wall in Dunkelblau. Er schaffte noch ein paar nutzlose Meter, verfolgt vom stummen Lauf einer Maschinenpistole.

»Jimmy!« rief eine Verzweifelte. »Bleib stehen! Bitte hör doch! Keinen Schritt mehr. Bleib um Gottes willen stehen!«

Ihre Stimme überschlug sich; ihre Worte verloren sich im Flughafenlärm.

Der Junge konnte sie nicht hören, aber eine Schwingung des Gefühls mußte ihn erreicht haben.

Unvermittelt hielt er an, drehte sich um, sah hinauf zur Landetreppe und erfaßte, daß seine Mutter als lebender Kugelfang zwischen dem maskierten Gangster und ihm stand. Wie in einem der vielen TV-Krimis, die er gesehen hatte, wo immer die Männer die Frauen beschützten.

Jimmy sah, wie ihm Mammie verzweifelt winkte.

Er rührte sich nicht von der Stelle.

Weder nach vorn noch nach hinten, weder zurück in die Falle noch vorwärts in den Tod. Außer Atem verfolgte der Junge, wie der Maskierte mit der MP herumfuchtelte. Jimmy hatte keine Angst, er dachte, daß der Bandit viel zu feige sei, vor Hunderten von Polizisten auf ihn zu schießen. Und so stand er da: sommersprossig, zahnlückig, erst elf, aber im Moment doch der Mann in der Familie, der dafür sorgen mußte, daß seine Mutter nicht mehr in das Flugzeug mit der Bombe zurückging.

Er legte die hohle Hand an den Mund:

»Hab keine Angst, Mammie«, rief er. »Komm zu mir. Der traut sich doch gar nicht!«

Allein wollte Jimmy nicht fliehen, und so wartete er, bis Mammie Mut faßte.

Sein Zögern gab ihr Zeit, bei dem Mann mit der Strumpfmaske für ihren Jungen zu bitten.

»Bitte, tun Sie ihm nichts«, rief sie Sandy zu. »Er ist ja noch so klein. Er weiß gar nicht, was er tut. Er läuft doch sonst auch immer davon, ein Quecksilber, nie zu halten.«

Sie sprach schnell, flehend, die schiere Wahrheit – und sie redete gegen eine Wand. Es war eine Verhandlung auf Leben und Tod.

Die Sonne knallte auf die stählerne Haut des Riesenvogels. Seine Triebwerke standen still. Der Luftumlauf war unterbrochen. Da nur die eine Hecktür offenstand, gab es keinen Durchzug. Die Hitze verwandelte den Innenraum des Jumbo in einen Brutkasten, der Wahngebilde ausschlüpfen ließ.

Sekunden verwelkten in der stickigen Luft, langsam wie in Zeitlupe. Man konnte vorn, in der First-Class-Kabine kaum verfolgen, was hinten geschah. Trotzdem spürten selbst hier die Eingeschlossenen, wie das Verhängnis den gelähmten Luftriesen einkreiste, heimtückisch, schleichend.

Mike sah, wie die Angst auf einmal sichtbar wurde. Schweiß stand auf verkrampften Gesichtern, Hände suchten einander, ohne sich zu finden. Augen starrten auf den Boden: Ohnedies wäre das Verhängnis mit den Ohren zu sehen.

Brenda Fairday war mit dieser Stille vertraut. Die junge Frau wirkte gelassen, konzentriert wie ein Forscher bei einem Selbstversuch. Sie kannte den Tod. Sie war ihm in Irland begegnet und auf Kuba; sie war ihm in Saigon entronnen und in Beirut wieder in die Knochenarme gelaufen.

Sie ahnte seine Nähe; in zehn harten Berufsjahren an den Brennpunkten der Welt hatte sie gelernt, sich auf ihn einzustellen. Aber jetzt, da sie sich entschlossen hatte, aus dem Abenteuer ihres Berufs in ein Leben zu zweit zu ziehen, an der Seite Martins, reiste sie nicht mehr mit leichtem Gepäck und empfand das Sterben schmerzlicher, grausamer und sinnloser als je zuvor.

Und noch einer stemmte sich gegen den Untergang: Bob S. Greenhill, der Wallstreet-Finanzier. Er stand auf, und der Sitzriese wurde ein Stehzwerg. Er zwängte sich nach hinten durch. Er hatte sich der Rechnung seines deutschen Sitznachbarn Kübrich angeschlossen, die das Leben höher bewertete als eine noch so stolze Dollar-Summe. Vermutlich wollte er den Gangstern in letzter Sekunde ein Angebot machen. Vielleicht kam es zu spät. Vielleicht verlangte die Situation Barzahlung in Blut- und Blei-Währung.

Mike zögerte noch. Der Kurzschluß, den Polizei und Gangster gleichermaßen zu fürchten hatten, lag in der brackigen Luft. Jeder noch so kleine Zwischenfall konnte ihn auslösen. Außer den Entführern war er der einzig bewaffnete Passagier. Er konnte, falls nötig, noch durch den Stoff schießen. Und er wäre mindestens ein so guter Schütze wie dieser Sandy. Der FBI-Spezialist kam sich vor wie ein verunglückter Autofahrer, der bei brennendem Motor sich damit tröstete, daß er noch einen vollen Kanister Benzin im Kofferraum hat.

Er stand auf, Brenda folgte ihm sofort.

Sie benutzten Greenhill als Deckung, und sie kamen weit nach hinten, wo die Explosion einer Höllenmaschine am wenigsten Wirkung hätte.

Henry Smith starrte nach draußen; er spürte die Unruhe in seinem Rücken und fuhr herum.

»Machen Sie Schluß mit diesem Wahnsinn!« griff ihn Mr. Greenhill scharf an. »Lassen Sie die Leute laufen! Sie haben doch noch genug andere, an die Sie sich halten können.«

Eine Sekunde lang schien der Gangster-Boß den schmächtigen Geschäftsmann von der Sutton-Place mehr zu fürchten als alles andere.

»Zurück!« wandte er sich an Brenda und Mike Blower.

In diesem Moment rief ein Polizist aus der Absperrkette Jimmy etwas zu.

Der Junge drehte sich um, verstand ihn, grinste und hetzte los – auf die dunkelblaue Mauer zu, die ihn und Mammie schützen würde.

Sie löste sich auf in Gesichter, Gestalten, Uniformen.

150 Meter noch, und er hätte es geschafft, Jimmy, der Kurier im Feuerhagel, der sicher auf dem Rücken der Panik ritt, Beweise gegen die Verbrecher in der Tasche, ein kleiner Junge noch, und schon der Held des Tages.

Sandy stand breitbeinig in die Hecktür, voller Verachtung für das Polizeiaufgebot. Was waren 200 oder 300 Uniformierte gegen eine Bombe auf Abruf? Mord war sein Fach.

Seine MP suchte ihr Opfer, hatte den Flüchtenden im Visier, der Lauf schwenkte mit. Langsam. Von links nach rechts. Sandy hielt ein wenig vor. Schon der erste Feuerstoß würde den Jungen erfassen und durchsieben.

Direkt-Übertragung im Fernsehen. Von Küste zu Küste. Das Verbrechen kam in die gute Stube. Ein Kameramann fuhr mit dem Teleobjektiv ganz dicht an die Waffe heran, zeigte den Abzug in Großaufnahme, ein optisches Mätzchen, das ihm Vietnam beigebracht hatte. Die Bildmischerin in der Zentrale schaltete um, und so erschien – unmittelbar vor den Schüssen – auf Millionen von Bildschirmen riesig der Zeigefinger, der das Blutbad auslöste.

»Schluß der Vorstellung!« rief der Gangsterboß seinem Fachidioten des Mordes zu. »Hol sie!«

Das Mißverständnis platzte sofort.

In einer letzten Gebärde der Verzweiflung hatte sich die junge Frau auf die Knie geworfen.

Der erste Feuerstoß ratterte über ihren Kopf hinweg.

Sandy riß den Lauf nach unten, drückte wieder ab. Aus fünfzehn Meter Entfernung jagten die Kugeln in den Leib der Wehrlosen, mähten sie nieder.

Ihre Hände hoben sich nach oben, als suchten sie einen Halt.

Der schmale Körper fiel nach hinten, polterte die Landetreppe hinab, rollte zwei, drei Meter weiter, blieb dann liegen, mit dem Kopf nach unten, ein Arm noch immer ausgestreckt, die Hand in den Himmel gereckt, als könnte sie auch jetzt noch ihren Kleinen vor den Kugeln schützen.

»Du sollst doch nicht schießen, du Trottel!« brüllte Smith.

Zu spät. Der Damm war gebrochen. Auf der linken Seite der Absperrung stürmte eine Sturzflut von Polizisten auf den entführten Jumbo zu.

Sandys MP tänzelte an ihrer Front entlang, spuckte goldene Knöpfe, knallte die Blauen nieder wie Pappkameraden.

Die vorderen stürzten. Die hinteren drängten nach.

Gangster-Boß Smith griff nach seinem Sprechfunkgerät, um dem Bewacher der Höllenmaschine im Oberdeck-WC die letzte Anweisung zu geben: »Hallo, Terry«, rief er. »Mach dich fertig. Aber wart noch einen Moment.« Seine Stimme hing durch, hatte nicht mehr ihren satt-überheblichen Klang, aber Smiths Verachtung für das menschliche Leben reichte offensichtlich, um auch sein eigenes zu vernichten.

»Wenn ich es dir sage, zündest du das Drecksding. Verstanden?«

Aus dem Gerät kam ein heisernes Krächzen.

»Hinlegen!« schrie Mike und riß Brenda mit zu Boden.

Er wartete.

Eine Kugel wäre sein Leben noch wert, falls Jack Dossola den Befehl gäbe, die Höllenmaschine zu zünden.

Er holte die Pistole aus der Tasche, entsicherte sie, verdeckte sie mit seinem Körper.

Sandy hatte sein Magazin leergeschossen.

Er wechselte es. In diesem Moment traf ihn die Kugel eines Scharfschützen.

Er knallte wie ein Sack auf die letzte, leere Sitzreihe.

Die Kapuze verschob sich, gab eine Hälfte des Gesichts frei.

Auf der linken Seite seines karierten Hemdes, zwischen Schulter und Herz, erschien ein dunkelroter Fleck, wuchs mit jedem Herzschlag.

Durstig saugte sich der Stoff voll.

23

Der Aufstand der Ohnmacht war kurz und blutig. Er dauerte 42 Sekunden und kostete drei Menschenleben. Der gemütliche Polizist, der an allem schuld war, ein Familienvater kurz vor der

Pensionierung, mußte als erster den Bankrott seiner Nerven mit dem Leben bezahlen.

Das FBI-Schießverbot hatte ihn überfordert: Sicher wußten die Leute von der Bundespolizei, was sie wollten, aber schließlich war ein Polizist dazu da, Verbrechen zu verhindern, statt ihnen untätig zuzusehen.

Er hatte den Jungen angerufen, sich von seinen Kollegen losgerissen und war Jimmy entgegengestürmt.

Die Kugel zerfetzte seine Halsschlagader.

Sein Blut trocknete auf dem heißen Boden schneller als er starb.

Einige Uniformierte folgten ihrem Kollegen, weil sie ihn nicht allein lassen wollten oder weil sie durchdrehten. Als sie zur Besinnung kamen, war es zu spät.

Das Massaker hatte begonnen.

Larry starrte auf die Monitore, bis ihm die Augen vor Anstrengung tränten.

Verwundete stürzten über Tote. Wahnwitzige drängten nach. Dazwischen versuchten seine Leute verzweifelt, den Amoklauf zu stoppen.

Das FBI-Team hatte alle Möglichkeiten durchgespielt. Sicher war die Wirkung der Bombe im stehenden Jumbo weit schwächer als bei einer Explosion in 11000 Meter Höhe, wo es keine Überlebenden geben würde.

Larry Merx hatte den Computer mit der Beschreibung der Bombe gefüttert, die ihm die Gangster frei Haus geliefert hatten, mit dem Material, aus dem die Boeing 747 bestand, mit der Sitzordnung, mit dem zu erwartenden Druck der Detonation.

Die Hochrechnung ergab einen Verlust von mindestens 200 Toten und 100 Schwerverletzten. Nur Passagiere im Heck hatten eine Chance durchzukommen. Mit Sicherheit würden die Besatzung im Cockpit und alle Insassen der Ersten Klasse von der Höllenmaschine zerrissen werden.

Man konnte die FBI-Leute ein wenig schneller machen und ihre Gegenspieler langsamer; bei der elektronischen Ehrlichkeit des Computers änderte das wenig am Stellenwert des Resultats. Die hohen Verluste verboten einen organisierten Handstreich. Doch wie würde ein wilder, wie er sich jetzt abspielte, enden? Zurück blieben in jedem Fall Trümmer und Tränen.

Larry starrte wieder auf seine sechs Bildschirme. Seine Augen brannten, seine Lungen stachen. In seinem Magen lag ein schwerer Klumpen. Er hatte Eiswasser in den Adern.

Er horchte, wartete, horchte und hörte nur seinen Atem. Die Sekunden klebten wie Sirup.

Langsam kam der Massenselbstmord zum Stehen. Larrys Leute fingen die Polizisten ab, trieben sie zurück, nachdem die Gangster-MP schwieg. Das FBI-Sonderkommando hatte eine verzweifelte Lage wieder einigermaßen in den Griff bekommen.

Das Schlimme war geschehen, doch das Schlimmste verhindert.

Auch die Entführer konnten sehen, daß sich die Polizisten wieder auf ihre Absperrlinie zurückzogen – bis auf die Toten und Schwerverletzten, die von Sanitätswagen weggeschafft werden mußten. Noch arbeiteten die Notärzte vor Ort, und schon schrubbten die Reinigungsleute die Blutflecken vom Asphalt.

»Schöne Schweinerei‹« meldete sich Steve über Sprechfunk und gab Larry die Verlustmeldungen durch: zwei Polizisten getötet. Ebenso der Fernsehreporter, der eben noch in Großaufnahme den Finger seines Mörders gefilmt hatte. Zwei Schwerverletzte auf der Klippe.

»Der Junge ist übrigens mit einem Streifschuß durchgekommen«, sagte Steve. »Aber was machen wir mit der Frau auf der Landetreppe?«

»Wir holen sie«, antwortete Larry. »Aber seid verdammt vorsichtig, Jungs.«

Der Sanka mit dem Roten Kreuz fuhr langsam.

Die beiden Männer im Führerhaus trugen kugelsichere Westen, obwohl sie eine schwere Last bergen mußten. Einer hielt eine weiße Fahne heraus. Sie rollten näher, wendeten, fuhren die letzten Meter rückwärts an die Landetreppe heran. Es blieb still.

Der Fahrer stieg aus, hob die Hände ging um den Wagen, öffnete ihn, um den Luftpiraten zu zeigen, daß im Wagen nur eine leere Bahre sei.

Jetzt kletterte auch der Beifahrer aus dem Führerhaus, streckte ebenfalls die Hände hoch. Dann zogen die beiden die Bahre hervor, näherten sich vorsichtig der Bodentreppe.

Gangster-Boß Smith war nicht zu sehen, aber zu hören: »Nun holt sie schon, ihr lahmen Krücken!« rief er den Samaritern zu.

Die Sanitäter – Mitglieder des Krisenkommandos – kletterten hoch, legten die vielleicht längst Tote behutsam auf die Bahre, deckten sie zu und schoben sie vorsichtig in den Wagen, der jetzt mit Sirenengeheul davonschoß.

»Wo ist meine Mammie?« fragte Jimmy; er trug seinen Kopfverband stolz – wie einen Orden.

»Wir holen sie gerade«, erwiderte Steve.

»Es ist ihr doch nichts passiert?« fragte er erschrocken.

»Wir tun, was wir können«, entgegnete Steve und sah über Jimmy hinweg. »Darauf kannst du dich verlassen.«

»Sie müssen den Jungen jetzt freigeben«, forderte ein Arzt im Hintergrund; er hatte eine Beruhigungsspritze aufgezogen.

»Ich hab' was für Sie«, sagte Jimmy und kramte aus seiner Tasche ein Zigarettenpäckchen.

»Aber du rauchst doch noch nicht, du Schlingel?« fragte Steve.

»Nicht mehr«, gab der Elfjährige an. »Das soll ich der Polizei übergeben. Von Miß Fairday«, setzte er stolz hinzu.

Steve riß das Päckchen auf.

»Ich geh' zu Larry«, rief er erregt seinen Leuten zu und brach die Vernehmung der entlassenen Passagiere – bisher ohnedies ergebnislos – ab.

Er rannte quer über den Flugplatz zur FBI-Maschine, hetzte die Gangway hoch und erreichte Larry.

»Hast du Hornissen in den Hosen?« fragte sein Chef.

Steve legte behutsam die winzigen Tonkassetten und Mini-Filme auf den Tisch.

»Woher?« fragte Larry.

»Mike läßt schön grüßen«, sagte Steve voller Triumph und voller Sorge.

24

Der Mann, der als Diplomat Henry Smith an Bord des Jumbos »Happy Day« gekommen war, hatte seine alte Selbstsicherheit wiedergefunden. Seine Stimme klang voll, seine penetrante Selbstherrlichkeit schoß wieder ins Unkraut.

Sandys mörderische Dummheit hatte zu einer Zerreißprobe geführt, bei der FBI und Polizei ihre Grenzen gezeigt hatten. Und der Gangster-Plan lief weiter, die brutalste Erpressung, die bis jetzt unternommen worden war.

Der Kommandoführer des Verbrechens beugte sich über seinen bewußtlosen Komplizen und stellte fest, daß die Maschinenpistole mit dem Riemen noch an Sandys rechter Schulter hängengeblieben war.

Smith nahm die Waffe an sich, sicherte sie wieder und suchte mit den Augen einen jungen Burschen mit kurzen Haaren und offenem

Hemd, der die Polizeikontrolle als Ingenieur aus Ohio passiert hatte.

»Komm, Cesare», winkte er ihn hoch. »Jetzt bist du an der Reihe.« Der Mann schob sich grinsend näher, übernahm die Maschinenpistole, entsicherte sie wieder und postierte sich am Heckeinstieg.

Gangster Nummer fünf hatte seinen ersten Auftritt.

»Haben wir Verbandszeug?« fragte Smith eine Stewardeß. »Wir führen eine kleine Bord-Apotheke«, antwortete das Mädchen im blauen Kostüm.

»Dann brauchen wir nur noch einen Arzt. Würden Sie mir bitte einen suchen?«

Marc Delby saß in der Nähe des verwundeten Gangsters und stellte fest, daß der Mann verbluten würde; er verspürte weder Mitleid noch Schadenfreude. Der Professor war etwas über vierzig, schlank, hatte ein glattes Gesicht, eine hohe Stirn und trug eine Goldrandbrille. Schon auf den ersten Blick wirkte er wie ein Eierkopf mit Bizeps. Kein Mann von Worten. Erst jetzt fiel den Umsitzenden auf, daß der Mitarbeiter des ›Nationalen Krebs-Institutes der USA‹ in Bethesda bei Washington seit der Entführung keinen Satz mit ihnen gewechselt hatte.

»Ist einer der Herren Arzt?« fragte die blonde Stewardeß. Sie erhielt keine Antwort.

»Keine Ärztin hier?«

Wiederum Fehlanzeige.

Eigentlich hätte sich Marc Delby jetzt melden müssen; doch er schwieg beharrlich. Mochten sich andere mit einem verblutenden Mörder befassen. Er wußte, daß seine Haltung gegen den Eid des Hippokrates verstieß und weder als menschlich noch als christlich gelten konnte. Aber schließlich waren es die Verbrechen seiner Peiniger noch weniger.

»Tut mir leid, Mr. Smith«, sagte die Stewardeß höflich zu dem Gangster-Boß. »Es ist kein Arzt an Bord.«

»Unsinn«, versetzte der Mann mit der Dolchnase; er wußte, daß unter den Passagieren, die ihn besonders interessierten, ein bekannter Mediziner war, und erinnerte sich an seinen Namen.

»Wer ist Mr. Delby?« rief er.

»Das bin ich«, erwiderte der Wissenschaftler.

»Warum stellen Sie Ihr Licht unter den Scheffel, Professor?« fragte der Piraten-Boß.

»Ich arbeite in der Forschung«, erwiderte Delby. »Ich praktiziere seit sieben Jahren nicht mehr.«

»Gelernt ist gelernt«, entgegnete Smith. Er wies auf Sandy. »Sie müssen sich um ihn kümmern.«

Marc Delby schwieg.

»Ich würde Sie nur ungern dazu zwingen.«

»Sie könnten es auch gar nicht«, antwortete der Professor.

Seine Stimme klang frostig, und Smith begriff, daß der Mann keine Angst vor ihm hatte. Das gab es gelegentlich, und der Gangster bewertete es als Mangel an Erfahrung oder als einen Geburtsfehler wie Farbenblindheit oder Senkfüße.

Der Professor verstand nichts von der Unterwelt, aber er hatte eine unbestimmte Vorahnung, daß die Hölle am Himmel noch lange andauern würde. Wenn er der einzige Arzt an Bord war, dann konnte er sich auf etwas gefaßt machen. Er sah Herzattacken, seelische und körperliche Zusammenbrüche am laufenden Band voraus, und er wußte, daß ihn die Ausnahmesituation zwingen würde, sich den Patienten zu stellen, ob er wollte oder nicht.

Marc Delby ließ Smith stehen, ging nach hinten, beugte sich über den Verwundeten, zog ihm die Strumpfmaske ganz vom Gesicht, fühlte den Puls. Sandys gelbkariertes Hemd hatte sich bis zur Gürtellinie rot gefärbt. Der hohe Blutverlust ließ darauf schließen, daß das Geschoß eine Hauptarterie getroffen hatte.

Mike sah, wie sich die Stewardeß mit dem Medikamenten-Kasten abschleppte. Er wahrte sofort eine Chance, an den verletzten Gangster heranzukommen, sprang auf und nahm dem Mädchen die Last ab.

»Hier, Doc«, sagte er und stellte die Erste-Hilfe-Box ab. »Kann ich sonst noch etwas für Sie tun? Ich gehöre in Boston zur ›Bruderschaft der helfenden Samariter‹.«

Marc Delby richtete sich auf und betrachtete den FBI-Agenten wenig begeistert. »Sind das Freizeit-Wohltäter?‹ fragte er.

»So etwas Ähnliches«, erwiderte Blower. »Aber dann war ich auch noch in einem Feldlazarett in Vietnam.«

»Schon besser«, brummte der Arzt und lächelte knapp. »Fassen Sie mit an.«

Sie hoben den Bewußtlosen auf, klappten die Sitze neben ihm herunter, so daß eine durchgehende Fläche als Behelfslager entstand. Delby riß Sandys Hemd entzwei. Mike reichte ihm Watte, Tupfer, Kompressen, Alkohol.

Der Arzt säuberte die Wunde; sie blutete sofort nach.

Marc Delby richtete sich auf. Er sah in die kalten Augen von Smith, der Mike wortlos als Helfer genehmigt hatte.

»Nun hören Sie gut zu, Mr. Sowieso. Wenn der Mann nicht sterben soll, muß er sofort in ein Krankenhaus.«

»Ausgeschlossen«, entschied Smith.

»Er braucht einen Chirurgen. Ich bin Internist. Er braucht Spezialmedikamente. Blutkonserven. Infusionen. Transfusionen.«

Er mußte einem Laien begreiflichere Erklärungen geben. »Ich kenne ja nicht einmal seine Blutgruppe.«

»A I«, erwiderte Smith.

»Rhesus-Faktor?«

»Positiv.«

»Und woher wollen Sie das wissen?« fragte Mr. Delby.

»Aber unterschätzen Sie uns doch nicht dauernd, Professor.« Smith freute sich sichtbar, vorführen zu können, wie der moderne Gangster arbeitet. »Stellen Sie fest, was Sie brauchen«, der Spott ließ seine Lippen platzen. »Die FBI-Leute werden es mit Freude ans Flugzeug liefern.«

Der Anführer des Terrors stapfte über den Gang. Ein Mann, der Professoren tanzen ließ. Viele Passagiere sahen auf den Boden oder zum Fenster hinaus, wenn er vorüberging, und wo er auftauchte, ließen selbst Kleinkinder das Wimmern sein.

An der Wendeltreppe trat ihm Mr. Lovestone in den Weg, der Präsident der JET-AIR, dessen Leben sich bisher fast ausschließlich um Großraumflugzeuge, Gewinn und Gesundheit gedreht hatte.

»Ich möchte Ihnen vorschlagen«, sagte der Mann, der noch immer sehr gepflegt aussah, wenn auch nicht mehr wie das Titelbild eines Herren-Journals,»daß wir dieses unwürdige Spiel sofort beenden.«

»Heißt dieser Vorschlag Dollars?« fragte Smith.

»Das ist doch der einzige Wert, den Sie kennen«, antwortete Lovestone gelassen.

»Seit wann sind Sie denn so ein Geldverächter?« entgegnete der Gangster-Boß mit gespieltem Erstaunen. »Kommen Sie mit in die gute Stube, mein lieber Präsident«, lud ihn Smith in den Ruheraum am Oberdeck ein. Er ließ ihm den Vortritt, drehte sich nach Brenda um. »Sie bitte auch, Miß Fairday.«

Brenda erhob sich sofort. Verachtung könnte sie ihrem Peiniger später zeigen, jetzt würde sie lieber die Gelegenheit nutzen, mit Martin zu sprechen, den der Gangsterboß brauchte. Sie brauchte den Chefpiloten nicht minder.

Sie erreichten den Salon mit der kleinen Bar und den zehn Polstersesseln, das leere Hauptquartier der Entführer.

Vor der Toilette blieb Smith einen Moment stehen.

»Blinder Alarm, Terry«, rief er dem Bewacher der Bombe zu. »Halt noch ein bißchen durch. Du wirst gleich abgelöst.«

Er erhielt keine Antwort, als hätte er mit einem Geist gesprochen.

Smith öffnete die Cockpit-Tür.

Martin fuhr herum.

Er sah Brenda und sonst nichts auf der Welt. Seine mitternachtsblauen Augen wurden heller, kobaltfarben, und sein angespanntes Gesicht taute auf einmal auf, wirkte weich und glatt.»Du siehst herrlich aus«, sagte er.

Brenda lachte, denn Martin kam ihr vor wie ein Patient, der nach einer Magenoperation als erstes feststellt, daß er Hunger hat.

»Ich brauche eine Verbindung mit Mr. Merx«, wandte sich Smith an den Co-Piloten.

Während Jim auf Funk-Umwegen das FBI rief, hatten Brenda und Martin Gelegenheit, sich auf stumme Weise Zärtlichkeiten zu sagen.

»Stell dir vor«, begann Martin dann: »Mutschka hat es geschafft, an Larry heranzukommen. Sie wartet auf uns im Frankfurter Flughafenhotel.«

»Es muß schlimm für sie sein«, erwiderte Brenda. »Ich werde sie beschäftigen«, entgegnete Martin. »Mit dem Spezialgebäck. Mach dich auf etwas gefaßt«, sagte er lachend. »Die ersten drei Wochen Freiheit werden wir uns am Gesundheitskuchen krank essen.«

Larry war in der Leitung.

»Hören Sie zu«, schoß Smith los. »Fünf Sekunden noch, und wir wären in die Luft geflogen.«

»Dann gratuliere ich Ihnen, daß Sie noch leben«, versetzte der FBI-Sonderbeauftragte frostig.»Sie haben zuerst geschossen.«

»Wir wollen nicht miteinander streiten, da wir in so angenehmer Geschäftsverbindung stehen.« Der arrogante Tonfall ließ Larrys Blutdruck steigen. »Präsident Lovestone möchte Sie sprechen.«

»Hallo, Larry«, begann Mr. JET-AIR. »Ich werde jetzt diesen traurigen Fall mit Geld ersticken. Ich möchte, daß meine Verhandlung mit Mr. Smith nicht gestört wird.« Er atmete schwer. »Halten Sie mir den Daumen und die Polizei fern. Ende.«

»Ende«, bestätigte Larry auf der anderen Seite.

Vor ihm lagen vergrößerte Fotos. Er wußte bereits, daß der Mann mit dem karierten Hemd Sandy war und wie Jack Dossolas neues Gesicht aussah.

»Eine tolle Leistung, was?« sagte Steve. »Mike hatte schon vor der Landung die Visagen geschossen. Keiner wird uns entkommen. Wir werden uns diese Burschen greifen!«

»Sicher«, entgegnete Larry. »Die Frage ist nur, wann.«

Die nächste Unglücksmeldung kam sofort. Tony Forthman und seine Aufpasserin, die Ex-Stewardeß Peggy Braun, waren aus ihrer drittklassigen Absteige spurlos verschwunden, obwohl das Haus Tag und Nacht unter strengster Beobachtung gestanden hatte.

»Wenn wir die beiden nicht sofort finden, ist vermutlich die nächste Entführung fällig«, stellte der Chef des Krisen-Kommandos fest.

»Ich glaub', du siehst ein bißchen zu schwarz, Larry«, erwiderte Steve.

»Ihr könnt euch darauf verlassen, daß Dossola und Forthman zusammenhängen«, sagte der Sonderbeauftragte der US-Regierung, ohne es beweisen zu können.

25

Die Welt stand kopf. Die öffentliche Meinung verwandelte sich in eine Springflut von Empörung, Entsetzen und Nervenkitzel. Längst wurden die mächtigsten Industriestaaten der Erde von abgefeimten Luftpiraten erpreßt, Räubern Straffreiheit zuzusichern, Mörder aus den Gefängnissen zu entlassen..., den Hijackern Riesensummen auszuhändigen und sie auch noch mit Fallschirmen für den Absprung in die Nacht zu beliefern. Heute aber zeigten die Fernsehkameras aus gnadenloser Nähe, wie ein neuer schon an seinem ersten Tag jeden Vergleich sprengte.

Es war jetzt 18 Uhr 03 New Yorker Ortszeit, und über die Mattscheiben rund um den Globus flimmerten Bilder des Grauens. Sie zeigten den kleinen Jimmy, der zwischen den Toten und Verletzten des Gemetzels von Idlewild verzweifelt seine Mutter suchte. Sie zeigten, wie freigelassene Geiseln sich in den Armen ihrer Angehörigen ausweinten; und nur einen Steinwurf davon entfernt die Witwen der beiden erschossenen Polizisten und die Eltern des TV-Reporters, die noch nicht begreifen konnten, daß sie für immer Abschied zu nehmen hatten. Die Kameras zeigten, dieses Mal von außen, das Notkrankenhaus, in dessen Operationsraum zehn Ärzte um das Leben der Mrs. Painter kämpften. Zwei glatte Durchschüsse. Drei Kugeln waren noch aus dem Körper zu entfernen. Die Ärzte machten finstere, verschlossene Gesichter. Nur ein junger Chirurg, offensichtlich nicht daran gewöhnt, sensationshungrige Reporter abzuwehren, blieb kurz auf dem Gang stehen und beantwortete die Frage eines Journalisten nach dem Zustand der Patienten: »Schlecht? Das ist gar kein Ausdruck.«

Die Temperatur an Bord war unerträglich. Eine leichte Linderung trat ein, als die Piraten an Backbord des Oberdecks den Spezialeinstieg für die Besatzung aufstießen. Es war für sie gefahrlos, denn aus 19,33 Meter Höhe würde keiner den Sprung nach unten wagen.

»Kommen Sie bitte«, sagte der Gangster-Boß Henry Smith, der bis vor kurzem in den Polizeiakten unter dem Namen Jack Dossola als vermißt geführt worden war; er hielt Präsident Lovestone und Brenda höflich die Tür auf, drehte sich dann um. »Sie auch, meine Herren«, wandte er sich an Flugkapitän Nobis, den Co-Piloten und den Bord-Ingenieur. »Wir legen größten Wert darauf, mit ausgeruhten Piloten weiterzufliegen.«

Der baumlange Mulatte, der bisher die Crew in Schach gehalten hatte, verließ als letzter die Gehirnzentrale des Riesenvogels.

Sein Anführer gab ihm einen Wink, sich vor dem Oberdeck-WC aufzubauen, wo sich der Gangster ohne Gesicht mit der Höllenmaschine eingeriegelt hatte.

»Es ist soweit, Terry«, rief ihm Smith zu. »Du kannst jetzt aufsperren. Du wirst abgelöst.«

Alle sahen gebannt zu, wie die Toiletten-Tür vorsichtig einen Spalt geöffnet wurde. Zum fünftenmal innerhalb der letzten zehn Stunden würde sich ein Passagier in einen Verbrecher verwandeln.

Terry trat hervor.

Der Mulatte schlüpfte hinein, bezog sofort seinen Posten und verriegelte von innen die Tür.

Der Auftritt des unbekannten Gangsters saß: Kein Mann. Eine Frau, hochgewachsen, langhaarig, die Augen hinter einer riesigen Sonnenbrille versteckt.

»Mach mir einen Drink, Terry«, sagte Smith. »Dann gehst du ins Cockpit und sagst uns, wenn sich etwas tut.«

Brenda merkte sofort, daß sich diese moderne Bonnie an der Bar genauso zurechtfand wie im Cockpit. Alles war vorbereitet. Jede Rolle bis ins kleinste durchgeprobt. Die Luftpiraten arbeiteten präzise nach einem Stundenplan. Mit Doppelbesatzung für die Wachablösung.

Brenda fragte sich, wie viele gezinkte Karten Smith, dieses fischblütige Scheusal, noch aus den Ärmel zaubern würde. Da die Banditen sicher auch bei ihrer Bombe mit Doppelsicherung arbeiteten – Larry hatte schon vor Stunden per Sprechfunk darauf hingewiesen, daß jeder vom Passagierraum aus mit Hilfe einer Fernschaltung die Bombe aus der Hose zünden könne – mußte mindestens noch ein sechster Luftpirat an Bord sein.

»Kommen Sie zur Sache, Mr. Lovestone«, leitete der Gangster-Boß die zweite Runde des Menschenhandels ein.

»Wie weit wollen Sie eigentlich diesen Wahnwitz noch treiben, Smith?« fragte Luft-Reeder.

»Bis zu einem glücklichen Ausgang für beide Seiten: Sie erhalten Ihre Freiheit und wir das Lösegeld. Für jeden etwas.«

»Und wie sieht das glückliche Ende für die Leute aus, die Ihr Revolverheld gerade umgelegt hat?«

»Betriebsunfall«, erwiderte Smith gelassen. »Wie kann man sich heutzutage gegen die Dummheit seiner Mitarbeiter schützen.« Er flegelte die Beine auf einen Hocker. »Kommen wir zum Geschäft.« Er holte einen Zettel aus seiner Jackentasche, breitete ihn vor sich aus, glättete ihn. ›Meine Buchführung‹, sagte er. »Also, wir haben noch 317 Passagiere und 16 Mann Besatzung an Bord. Mich und meine Freunde können Sie nicht loskaufen. Auch nicht die Passagiere der Ersten Klasse sowie eine Reihe weiterer Herren, auf die wir besonderen Wert legen.« Er leierte seine Bosheiten herunter, ohne auf den Zettel zu sehen. »Fürs erste kann ich Ihnen 57 Mütter mit 79 Kindern anbieten. Also 136 Seelen.«

Mr. Lovestone zwang sich zur Ruhe, er war ein erstklassiger Geschäftsmann, aber er hatte immer um Posten, nie um Menschen gepokert.

»Was haben Sie mit den Kirchenleuten vor? Mit dem Kardinal, den Bischöfen, mit dem Oberrabbiner?« fragte er.

»Nichts«, antwortete Smith gemächlich. »Über die Geistlichkeiten können wir reden, wenn Sie in den Opferstock greifen.«

»Nennen Sie mir Zahlen«, entgegnete Norman S. Lovestone. Seine Zunge stieß sich an den Zähnen.

»Aber Sie kennen doch unsere Preisliste«, erwiderte der Cosa-Nostra-Mann. »20000 Dollar pro Kopf ... das macht 50 Passagiere zu einer Million.« Er sah in die Ecke, wo der Koffer mit der ersten Rate stand, saubere Scheine, der Blutgeruch zählte nicht.

»Wann lassen Sie die Leute frei?«

»Bei der nächsten Zwischenlandung.«

»Warum nicht gleich?« fragte Mr. Lovestone gereizt.

»Seien Sie doch nicht so naiv, mein lieber Präsident«, versetzte Dossola. »Sorgen Sie für Sprit, Proviant, Medikamente und andere

Kleinigkeiten. Und schließlich auch noch für eine Starterlaubnis.« Er lächelte wieder in seiner widerlichen Art. »Eine in Aussicht gestellte Massenfreilassung wird den Ablauf der Dinge gewaltig beschleunigen.«

Martin hatte bisher die Verhandlung wortlos verfolgt und seinen Zorn geschluckt. Brenda begann ihn systematisch abzulenken. Sie saßen nebeneinander in der kleinen Bar, in der sie sich vor 14 Tagen wiederbegegnet waren und lehnten leicht aneinander. Von der Stelle, an der sie sich berührten, breitete sich eine aufregende Wärme aus, zog über den ganzen Körper, wohlig und voller Drang.

»Man soll seine Vorsätze nicht brechen«, sagte Brenda lachend. »Ich wollte nie heiraten.« Sie zündete sich zwei Zigaretten an, steckte Martin eine zwischen die Lippen. »Und so sieht nun also meine Hochzeitsreise aus.«

»Du brauchst mich nicht aufzuheitern«, sagte Martin grimmig. »Ich strotze vor Wohlbehagen.«

Martin sah sie an. Seine Arme wollten sich selbständig machen. Er mußte sie so gewaltsam daran hindern, daß sie unbeweglich wurden und klamm durchhingen.

»Wie machst du das, Brenda?« fragte er. »Wie kannst du nach dieser Strapaze noch so appetitlich aussehen?«

»Du bist doch bloß verliebt, Martin«, antwortete sie. »Wart noch ein, zwei Tage, dann wirst du einer Furie gegenüberstehen.«

»Soweit kommt es nicht«, entgegnete Martin. »Ich werde diesen Smith dazu bringen, daß er dich gehen läßt, Brenda«, sagte er. »Der Bursche braucht mich, und –«

»Sollte ich nicht besser bei dir bleiben?« fragte sie.

»Nein«, antwortete er. »Ich komme sicher auch bald nach.« Betont leicht setzte er hinzu: »Wenn ich erst ein paarmal am Steuerknüppel eingeschlafen bin, dann tauschen die mich gerne gegen einen frischen Piloten aus.«

Mit dem Gespür der Frau merkte Brenda, daß Martin um eine Bitte herumredete. Unter anderen Umständen hätte sie ihn gerne ein wenig zappeln lassen, aber in dieser Situation mußte sie ihm helfen. »Ich soll zu deiner Mutter fahren?« fragte sie.

»Du wirst mir unheimlich, Hellseherin«, erwiderte Martin verblüfft und erleichtert.

»Ich werde das auch tun«, fuhr Brenda fort. »Wenn ich die Möglichkeit dazu habe.«

»Wenn wir nicht schon Hochzeit machen würden, müßte ich mich jetzt mit dir verloben.« Die Erleichterung machte ihn für einen kurzen Moment albern: »Du mußt Mutschka aus diesem verdammten Flughafen-Hotel herausbringen, mußt sie überreden, mit dir nach Klingenberg zu fahren. Aber sei vorsichtig. Sie kann richtig eigensinnig sein. Am besten versuchst du es mit den Katzen. Romeo und Julia. Da springt sie noch am leichtesten an. Oder nein, erzähl ihr lieber etwas von ihren zukünftigen Enkelkindern.« Er lachte schadenfroh. »Da hört sie auf beiden Ohren.«

Neben ihnen in der Ecke ging der Schacher um die Freiheit der Passagiere dem Höhepunkt entgegen.

»Also, drei Millionen. In kleinen Scheinen. Wie gehabt. Wollen Sie das bezahlen, Mr. Lovestone?‹ fragte Smith.

»Natürlich will ich nicht«, fuhr ihn der Präsident an. »Aber ich werde es tun«, fügte er hinzu.

»Dann sind morgen früh 150 Passagiere frei«, versprach der Luftpirat. »Ach was«, sagte er. »Ich gebe Ihnen Mengenrabatt und laß zusätzlich noch sechs Stewardessen von Bord. Gratis.«

»Da wäre noch ein Problem«, sagte Norman S. Lovestone vorsichtig. »Die Besatzung. Wir müssen sie unbedingt austauschen.«

»Später«, antwortete Smith. »Letztes Wort.«

Der Präsident merkte, daß er nicht mehr erreichen würde.

»Aber in einem andern Punkt komme ich Ihnen entgegen«, tönte der seit heute meistgesuchte Verbrecher Amerikas. »Ich möchte, daß die Sache ganz schnell erledigt wird. Und idiotensicher. Das gelingt bestimmt, wenn Sie sich mit Ihrer ganzen Persönlichkeit dahinterstellen.« Smith stand auf. »Ich entlasse Sie hiermit.« Mit einer großartigen Handbewegung fuhr er fort: »Sie können sofort gehen, Mr. Lovestone.«

Der Zorn überschwemmte Mr. JET-AIR.

Einen Moment lang sah es aus, als wolle er dem Gangster ins Gesicht schlagen.

Mit einem Satz war Martin an der Seite seines Präsidenten, der das Angebot aus achtbaren, aber in diesem Fall sicher falschen Motiven abschlagen wollte.

»Norman«, sagte Martin und wartete, bis ihn Lovestone ansah. »Sie müssen von Bord. Nur so können Sie uns allen helfen.«

Die Entscheidung fiel dem Luft-Reeder nicht leicht, aber schließlich gab er unwillig nach.

Er stieg stocksteif über die Wendeltreppe nach unten. Dann blieb er einen Moment stehen, von Blicken förmlich aufgespießt. Langsam ging er weiter, als müßte er sich mit schwacher Kraft selbst anschieben.

Er ereichte die Mitte des Ganges und hörte hinter sich Smith. »Cesare«, rief der Gangster seinem Wächter am Heck zu. »Mr. Lovestone darf gehen.«

Die Passagiere erfuhren, daß für einen von ihnen der Weg frei wurde. Gequält, nervlich kurz vor dem Zusammenbruch, begriffen sie nicht, daß es der Unterhändler war, der für sie alle kämpfen würde, und so las Mr. Lovestone in ihren Gesichtern nur Vorwurf, Verzweiflung, Verachtung und Mißgunst.

Er erreichte Sandy, den schwerverletzten Verbrecher.

Auf einem provisorischen Krankenlager fantasierte der Mann halblaut vor sich hin, betreut von Professor Delby und Mike.

Norman S. Lovestone hatte die Gangway erreicht. Von der Sonne geblendet, blieb er stehen. Er mußte mit einem Schwindelanfall fertig werden. Der Jumbo, von dem er sich langsam entfernte, gehörte seiner Gesellschaft, aber er schlich die Landetreppe hinunter wie ein Dieb.

26

Während über die Freilassung der Passagiere verhandelt wurde, schuftete das Krisenkommando unter Hochspannung. In der eigens nach FBI-Wünschen umgebauten Boeing 707 bemühten sich alle mit Anstrengung, diese blutige Neuheit auf dem Weltmarkt des Verbrechens in den Griff zu bekommen.

Larry Merx stand mit sämtlichen FBI-Außenstellen in Verbindung. Er konnte jeden Flughafen der Welt – falls nötig noch vor den Entführern – erreichen. Seine zwölf Spezialisten waren entweder als Piloten, Fallschirmspringer, Judo-Kämpfer, Scharfschützen ausgebildet, und jeweils zwei FBI-Beamte standen bei Bedarf zusätzlich als Dolmetscher, Ärzte und Flug-Ingenieure zur Verfügung.

Hier, an einer taktisch günstigen Stelle des Flughafens Idlewild, war das FBI-Flugzeug an provisorische Kabel angeschlossen. Es sah aus, als stellten riesige Nabelschnüre die Verbindung zur Welt her.

Seit Larry das zweite Gesicht des ›Mr. Smith‹ kannte, hatte er die Möglichkeit, in zäher Kleinarbeit die Vorgeschichte des Verbrechens herauszufinden, nach den Hintermännern zu fahnden, das

›Bodenpersonal‹ der Bande zu jagen und den Luftpiraten die Fluchtwege zu versperren.

Die Fotos waren per Bildfunk sofort an das Archiv in Washington durchgegeben worden, und nach einer Rekordzeit von 20 Minuten wußte Larry bereits, daß der angeschossene Gangster Sandy in New Yorks Stadtteil ›Little Italy‹ aufgewachsen war, Alessandro Pavone hieß, nicht vorbestraft war, obwohl er im Verdacht stand, als Auftragskiller einige Morde verübt zu haben.

Aus den Lautsprechern dröhnte, von Mike geliefert, die zynische Stimme einer Kartei-Leiche: ›Ich heiße Henry Smith‹, wiederholte das Tonband die Begrüßungsansprache des Entführers. ›Und ich bin Ihr neuer Reiseleiter. Wenn Sie sich ruhig verhalten, passiert Ihnen nichts. Wir sind keine Unmenschen. Uns kommt es nicht aufs Blutvergießen an, sondern aufs Geldverdienen.‹

»Shit!« rief Steve aufgebracht und knallte den Hörer auf die Gabel.

Er drehte sich nach Larry um. »Gestorben«, sagte er.

»Mrs. Painter?« fragte Larry.

»Nein. Noch nicht. Ein weiterer Polizist.« Es war weder Zeit für Trauer noch Zorn. »Vier Tote. Bis jetzt. Und Jimmys Mutter liegt noch immer auf dem OP-Tisch.«

Der entführte Jumbo hatte sich noch nicht gemeldet; aber Steve wurde am Telefon laut, und Larry sah, wie sich in seinem Gesicht die Haut über den Backenknochen spannte.

»Ein Möbelwagen kann in New York nicht spurlos verschwinden«, rief sein Stellvertreter aufgebracht. »Macht euch auf die Socken, Freunde! Sucht, sucht, sucht.«

»Tony Forthman?« fragte Larry.

»Jetzt wissen wir wenigstens, wie er verschwunden ist«, sagte Steve.

Vor einer Stunde. In einem heruntergekommenen Stadtteil. Vor dem Eingang einer schmutzigen Absteige standen zwei Kriminalbeamte. Zwei weitere bewachten den Hinterhof. Alle zwei Stunden wurden die Beschatter abgelöst. Zwölf Mann hatte der FBI-Sonderbeauftragte zu Peggys Schutz abgestellt.

Vor dem Haus stand ein großer Möbelwagen. Seit 16 Uhr wurde umgezogen. Die Beamten hatten sich davon überzeugt, daß es sich um einen echten Transport handelte. Sie beobachteten die Leute, die in das Haus traten oder es verließen, und verfolgten mit einem Auge, wie Kommoden, Tische, Spiegel und Polstersachen in den Speditionswagen gehievt wurden.

Zuletzt Schränke, sperrig, übergewichtig.

»Eine Viertelstunde später entdeckten unsere Leute, daß Forthman und Peggy weggeschafft worden waren«, erläuterte Steve. »In diesen Schränken.«

»Dümmer als die Polizei erlaubt«, schimpfte Larry.

»Washington in der Leitung«, rief ein dritter FBI-Mann. »Das Weiße Haus.«

Der Sonderbeauftragte gab seinem Mann einen Wink, das Gespräch abzuwürgen; aber es ging nicht mehr.

»Ich will nicht drängen, Mr. Merx«, leitete der Unterstaatssekretär seine Attacke ein. »Der Präsident ist in größter Sorge. Ich muß ihm jede Stunde über diese – diese Schweinerei berichten.«

Larry hielt den Hörer mit gestreckter Hand von sich; der Redestrom floß unaufhörlich weiter. »Hören Sie, Mr. Merx. Es geht nicht nur um das Ansehen der Vereinigten Staaten.«

»Ich pfeif' auf das Ansehen der Vereinigten Staaten«, erwiderte der FBI-Mann giftig. »Verdammt, für mich geht's in erster Linie um ein paar hundert Menschenleben.«

»Für uns auch«, fuhr der Unterstaatssekretär fort. »Ich will Ihnen ja nur sagen, daß Geld keine Rolle spielt. Sie können aus dem vollen schöpfen. Sie haben dafür jede Vollmacht von uns.« Der hohe Beamte änderte den Tonfall. »Der Vatikan hat sich mit dem Weißen Haus in Verbindung gesetzt. Wissen Sie, daß der Kurienkardinal Massini ein schwerer Diabetiker ist, der dringend Insulin braucht? Dann die drei US-Senatoren – so eine Blamage.« Bevor Larry etwas entgegnen konnte, fuhr der Mann fort: »Deswegen rufe ich Sie aber nicht an –«

»Sondern?«

»Es geht um Professor Hammersmith, den Atomforscher. Der Mann kennt den neuesten Stand unserer Nuklear-Rüstung. Wenn sein Wissen in die falschen Hände kommt, gehen nicht nur Milliarden-Ausgaben flöten. Amerikas Verteidigungs-Anstrengungen werden wertlos und –«

»Aber Sie sagen mir doch nichts Neues, Sir«, versuchte Larry das Gespräch zu kappen.

»Wir hatten Sie rechtzeitig gebeten, dem Atomforscher einen bewaffneten Aufpasser –«

»Na und«, knurrte Larry. »Der Mann ist ja an Bord der entführten Maschine.«

»Und warum tut er dann nichts?« fragte der Unterstaatssekretär scharf.

Er erhielt keine Antwort. Larry legte einfach auf.

»Du bringst dich um deinen Kopf«, sagte Steve behutsam.

»Um so besser«, erwiderte der Sonderbeauftragte, »dann brauch' ich mich nicht mehr mit Idioten zu unterhalten.«

»Ein Streifenauto der Stadtpolizei hat den Möbelwagen gefunden und verfolgt ihn«, platzte ein FBI-Mann in Larrys nervlichen Wackelkontakt. »Weitere Funkwagen haben sich angeschlossen. Die Fahrt geht in östliche Richtung. Stadtauswärts.«

Larry Merx atmete hörbar durch.

»Endlich«, sagte er, »aber seid behutsam, Jungs, dem Mädchen darf nicht ein Haar...«

Er bemerkte, daß seine Leute zum Einstieg sahen, und drehte sich um.

Vor ihm stand Norman S. Lovestone.

27

Es war schon finster, als kurz nach 22 Uhr der entführte Jumbo ›Happy Day‹ vom Tower die Starterlaubnis erhielt und auf die Piste rollte, um seine Reise ins Ungewisse anzutreten. Zunächst hatten die Entführer mit Mr. Lovestone den Kurs Washington abgesprochen. Unterwegs wollten sie endgültig bekanntgeben, wohin ihnen der JET-AIR-Präsident mit einer schnellen Kuriermaschine folgen sollte, um ihnen das Lösegeld für 150 Passagiere zu übergeben.

Die Kerosin-Tanks des entführten Riesenvogels waren voll, die Toiletten entleert, und einige Passagiere hatten auf Anordnung ihrer Peiniger die auf der Landetreppe abgestellten Proviantkisten in den Bauch des Jumbos geschleppt und auf die Galleys verteilt.

Kurz vor dem Start drehte Flugkapitän Nobis eine Bordrunde: Er kam, sah und beruhigte.

»Wir werden weiterfliegen«, sprach er in das Mikrofon. »Unsere Boeing 747 ist in Ordnung. Von der fliegerischen Sicherheit hat ergeben sich keinerlei Probleme. Ich starte unter Zwang. Aber die derzeitigen Eigentümer des Jet-Riesen haben versprochen, bei der nächsten Landung sämtliche Frauen und Kinder freizulassen. Und auch noch weitere Passagiere.«

Neben ihm schrie ein kleines Mädchen.

Der Flugkapitän übergab das Mikrofon einer Stewardeß, ging auf das Kind zu, lächelte seine Mutter an, fuhr der Kleinen mit der Hand über die Haare.

»Du schläfst noch ein paar Stunden, dann bekommst du–« Martin unterbrach sich und fragte die Mutter: »Was haben Sie ihr eigentlich versprochen?«

»Drei Portionen Eiscreme und ein neues Fahrrad«, antwortete die junge Frau.

»Bestens«, meinte Martin. »Das Eis bekommst du sofort. Mit dem Fahrrad mußt du noch bis morgen früh warten.«

Die Kleine lächelte ihn mit nassen Augen an.

Erneut stellte Brenda die starke Ausstrahlung fest, die dieser geborene Verführer auf seine Umgebung hatte. Wäre er kein Flugkapitän, so sagte sie sich mit einer Spur Eifersucht, könnte er sein Brot ebensogut als Kindergärtner, Wanderprediger, Heiratsschwindler oder Losverkäufer verdienen.

»Ladies and Gentlemen«, fuhr Martin jetzt wieder für alle fort. »Ich kann Ihnen natürlich nicht garantieren, daß unsere Entführer Wort halten. Aber ich verspreche Ihnen, daß unsere Gesellschaft und meine Besatzung alles für Sie tun werden.« Wie bei einer normalen Flugreise setzte er hinzu: »Ich danke Ihnen für Ihre Aufmerksamkeit und wünsche Ihnen einen angenehmen Flug.«

Während der Kommandant über die Wendeltreppe nach oben in sein Instrumenten-Reich zurückging, halfen die Stewardessen den Passagieren beim Anschnallen. Im Ruheraum blieb Martin einen Moment stehen und beobachtete, wie die Entführer mit Hilfe von Luftmatratzen und Schlafsäcken – soeben vom FBI angeliefert – den kleinen Salon in eine Schlafstelle verwandelten.

»Gut, Ihre Startpredigt«, spendierte ihm Smith hämisches Lob. »Wir können Sie prima gebrauchen. Sie lassen sich wohl nicht abwerben?«

Im letzten Moment unterdrückte Martin die Erwiderung, daß ein Überläufer, Tony Forthman, wohl genügen dürfte.

»Ich stelle frei, ob nach dem Start Sie oder Ihr Co-Pilot zuerst schlafen wollen. Wir haben für die Cockpit-Offiziere die linke Seite als Schlafecke reserviert.«

Zehn Minuten später raste der Riesenvogel über die Startbahn, hob sich fast unmerklich vom Boden, gewann mühelos an Höhe und ging in einer eleganten Schleife auf Südkurs.

Die Passagiere befreiten sich von den Gurten.

An der Lippen-Börse wurden wieder Gerüchte gehandelt. Die Stewardessen begannen, das verspätete Abendessen zu servieren. Der Appetit war sehr unterschiedlich, aber das war wohl eine Frage der Magennerven.

Das Aussehen der Passagiere änderte sich merklich: Gestrenge Geschäftsleute aus der City zeigten Stoppeln im Gesicht. Das Modemädchen mit dem schönen, weit über die Schultern hinabfließenden Blondhaaren riß sich die Perücke herunter; auf einmal hatte es ein häßliches Vogelgesicht.

Professor Delby und Mike schirmten Sandys Notbett mit einer Decke gegen Blicke ab. In der Bord-Apotheke hatte der als Chirurg zweckentfremdete frühere Internist einen Notvorrat an Blut-Expander gefunden.

Sein Helfer befestigte die 500-ccm-Flasche am Gepäckhalter, drückte das Infusions-Besteck durch die Gummihülle, während Marc Delby die Schußwunde ziemlich zwecklos tamponierte. Dann führte er die Venüle in den Arm ein. Sandy war noch immer bewußtlos; er fantasierte wirr. Sein Samariter aus Boston klebte mit den Ohren an den Lippen des Patienten.

Die Blutkonserven waren angeliefert worden: Gruppe A 1, Rhesus-positiv. Während Mike den Behälter auswechselte, bemerkte er, daß sich Mr. Greenhill, Passagier der Ersten Klasse, in der Nähe herumtrieb.

»Fehlt Ihnen was?« fragte Professor Delby.

»Ich hab' immer Flugbeschwerden«, antwortete der Geschäftsmann.

»Warum fliegen Sie dann?«

»Wer weiß nicht, daß Rauchen schädlich ist‹, erwiderte der schmächtige Bob S. Greenhill, ›und greift doch nach der Zigarette?«

»Ich kümmere mich später um Sie«, versprach Marc Delby und wandte sich ab.

Mike hatte die Fähigkeit, sich eine Situation einzuprägen und sie später als Standfoto aus seiner Erinnerung hervorzuziehen: Kurz vor der befürchteten Bombenexplosion hatte ausgerechnet Greenhill, diese halbe Portion, Dossola angebrüllt. Einen Moment lang hatte es ausgesehen, als fürchte ein hartgesottener Verbrecher einen kränkelnden Geschäftsmann.

War Dossola nur abgelenkt gewesen? Oder gab es einen Zusammenhang zwischen ihm und Mr. Greenhill?

Mike betrachtete den Professor. Der Mann war die Wucht: Hartholz.

»Fast kein Puls mehr zu messen«, sagte der Arzt. »40 Grad Fieber. Das Blut fließt schneller aus der Wunde, als wir es in den Körper pumpen können.«

»Hoffnungslos?« fragte Mike.

»Mit einigem Glück können wir den Burschen ein paar Tage am Leben erhalten. Wenn die angeschossene Subclavia nicht chirurgisch behandelt wird, erleben wir hier den Mord an einem Mörder.«

»Sie sind mir ein schöner Pessimist«, sagte Smith.

»Was müssen Sie hier herumschleichen?« fuhr ihn Delby an.

»Im Dienst der Menschlichkeit«, versetzte der Mann mit der Dolchnase affig. »Ich möchte, daß Sie einen Blick auf die Passagiere werfen«, setzte er hinzu. »14 Fahrkarten in die Freiheit sind noch zu vergeben. Und Sie sollten mir die Bedürftigsten aussuchen.«

»Das schieben Sie mir nicht zu«, versetzte Professor Delby ruhig.

»Sie werden es sich schon noch überlegen«, entgegnete Smith. »Wir haben ja Zeit.«

Er stapfte weg.

Mike sah ihm nach. Er sicherte nach allen Seiten. Er war allein mit dem Arzt und kämpfte mit einem Entschluß.

»Wissen Sie eigentlich«, sagte er dann, »daß diese Kerle Sie nicht von Bord lassen, solange unser Patient behandelt werden muß, Doc?«

»Soll ich ihn deshalb umbringen?« fuhr ihn der Professor an.

Sandy begann wieder zu röcheln. Ein Hustenanfall, ein paar Silben, Wortfetzen. Marc Delby verfolgte, wie sein selbsternannter Helfer wieder in Lauschposition ging. »Muß ja interessant sein, was der Kerl Ihnen erzählt«, sagte der Arzt.

»Faule Witze?«

Mike sprang ins kalte Wasser.

»Hören Sie, Doc«, begann er sich selbst zu demaskieren. »Ich bin vom FBI.«

Ein Mann, der nicht aus der Ruhe zu bringen war, zeigte sich nun doch leicht überrumpelt.

»Alle Achtung«, sagte er. »Und wie kommen Sie hierher?«

»Ich begleite Dr. Hammersmith, ohne daß er es weiß«, antwortete Mike. »Den Atomforscher.«

»Und?« fragte Marc Delby.

»Ich vermute, daß die Bande noch gar nicht weiß, welche Bedeutung er für die US-Rüstung hat. Verstehen Sie, Doc. Sie müssen ihn todkrank schreiben«, bat er eindringlich.

Ein Forscher des ›Nationalen Krebs-Instituts der USA‹ begriff, daß er zu einer weiteren Dienstleistung verpflichtet wurde.

28

Um 22 Uhr 19 New Yorker Ortszeit raste die Blitzmeldung um die Welt, daß die ›Happy Day‹ nach der blutigen Zwischenlandung in New York mit unbekanntem Ziel weitergeflogen sei. Der Riesenvogel war bei seinem Start von den Kameras verfolgt worden, bis die Dunkelheit seine Positionslichter geschluckt hatte.

Auf dem Radarschirm aber blieb die gekaperte Boeing 747 weiter sichtbar. Sie nahm direkten Kurs auf die US-Bundeshauptstadt Washington. Es sah so aus, als wollten die Entführer in einer Sondereinlage direkt über dem Capitol demonstrieren, wie demütig sich der mächtigste Staat der Welt gegenüber einer entschlossenen Gangster-Bande verhalten mußte.

Mit voller Pulle raste der einsame Jet-Riese durch die Nacht, überrundet vom Alarm, den der FBI-Sonderbeauftragte Larry Merx vorsorglich auf den Flughäfen Philadelphia, Baltimore und Washington auslösen ließ. Die amerikanischen Bodenstationen hatten eine unruhige Nacht vor sich, obwohl keineswegs feststand, daß die Hijacker auf dem nordamerikanischen Kontinent landen würden. Sie konnten genausogut München anfliegen oder Hawaii, Rio de Janeiro oder Tahiti. Und Mr. Lovestone müßte hinter seinem eigenen Jumbo herjagen und drei Millionen Dollar apportieren, um – vielleicht – 150 Passagiere und sechs Stewardessen freizukaufen.

316 Schicksale, in Hautnähe, nebeneinander Millionäre und Mörder, Touristen und Theologen, Plapper-Kinder und Professoren. Die JET-AIR-INTERCONTINENTAL konnte die Passagierliste nicht länger unter Verschluß halten, und nun traten die Schicksale aus dem Dunkel der Anonymität: Prominente Namen wurden in den Rachen der Sensation gestreut.

Zum Beispiel Eminenz Massini, Kardinal der Kurie, eine Art Minister im Vatikan, 72 Jahre alt, schwer zuckerleidend, ohne das rettende Insulin zu einem qualvollen Ende verurteilt.

Der Atomwissenschaftler Frank Hammersmith, vor 56 Jahren in Berlin als Franz Hammerschmidt geboren, vor kurzem vom US-Präsidenten in einer geschlossenen Veranstaltung als Vater des ›atomaren Schutzschilds der Vereinigten Staaten‹ gefeiert.

Die US-Senatoren Miles, Gallagher und Westlake. Professor Delby, ein Krebsforscher, in dem viele bereits den medizinischen Nobelpreisträger dieses Jahres sahen. Patriarchen und Bischöfe, der Oberrabbiner und der Modeschöpfer.

Der deutsche Großindustrielle Kübrich, 50, Vater dreier kleiner

Töchter, auf der Kommandobrücke eines Wirtschaftsimperiums, dessen Interessen vom Rohstahl bis zum Fertigprodukt reichten. Neben ihm ein Vizepräsident der Bank von England. Hinter ihm ein griechischer Reeder. Ein Auto-König aus Italien. Ein Flugzeug-Fabrikant aus Frankreich. Ein Konserven-Hersteller aus Norwegen.

»Ein Name schlägt den anderen«, rief ein TV-Reporter in das Mikrofon. »Mindestens hundert von den oberen Zehntausend sind an Bord, in ganz großer internationaler Besetzung. Diese Zufallsgesellschaft liest sich wie ein Auszug aus dem WER-IST-WER-Katalog. Würde ich es wagen, die Gewichtigkeit dieser Passagiere in Zahlen auszudrücken, so müßte ich feststellen: Hier sind Milliardenbeträge – in fast allen Währungen der westlichen Welt – auf engstem Raum zusammengepfercht.«

Die Worte des Berichterstatters wurden mit den Schreckensbildern des Massakers von Idlewild unterschnitten. Der Aufstand der Ohnmacht flimmerte über Millionen von Mattscheiben. Wieder erlebte man, wie brave Polizisten befehlswidrig gegen eine mörderische Maschinen-Pistole anstürmten. Und die vier Opfer, drei Uniformierte und ein Kameramann, repetierten auf dem Bildschirm ihren Tod in Großaufnahme.

»Das Verbrechen des Jahres«, fuhr der Sprecher fort. »Und FBI schweigt, während die Welt um Hunderte wehrloser Geiseln bangt. Besser konnten die Täter nicht beweisen, daß sie vor nichts zurückschrecken.

Wo werden sie landen?

Welches Ziel verfolgen sie wirklich? Sind sie tatsächlich abgebrühte Profis, die mit diesem Coup einen Haufen dreckiges Geld verdienen wollen, oder benutzen sie die Millionen-Dollar-Erpressung nur, um von politischen Motiven abzulenken? Schließlich ist auch der Nuklear-Forscher Frank Hammersmith an Bord, der für die atomare Verteidigung der USA derzeitig wohl wichtigste Trumpf.«

Der Mann, der erstmals in den Mittelpunkt der Öffentlichkeit gezerrt wurde, war mittelgroß und hager, wirkte seltsam alterslos, und schien trotz seiner dicken Brillengläser seiner Umwelt gegenüber blind zu sein. Er benahm sich, als hätte er als einziger Passagier noch nicht begriffen, daß er in der Hand von Entführern war, daß er in die falsche Richtung flog, daß sein dem Pentagon abgetrotztes Europa-Programm kopf stand, daß er weder den wissenschaftlichen Kongreß in Wien, noch das Treffen des Abiturienten-Jahrgangs 37 in Berlin erreichen würde. Als Physiker hatte er gewissermaßen das absolute Gehör, sonst war er für seine Umgebung taub;

taub und blind. So sah er auch nicht die vorsichtigen Zeichen Mikes, der ihn nach hinten locken wollte.

Dem FBI-Agenten an Bord blieb gar nichts anderes übrig, als sich auf die Lauer zu legen. Wenn der Mann sich auch nicht rührte, die Toilette mußte schließlich auch er einmal benutzen.

Es war ruhig mit Passagierraum. Die Kinder schliefen, die Mütter setzten auf ihre Freilassung bei der nächsten Zwischenlandung. Die Manager begannen zu überlegen, wieviel Lösegeld sie ihren Firmen wert waren. Abschlüsse gehörten zu ihrem täglichen Brot; aber diesmal ging es um Freiheit und Leben – nicht um Warenumsätze.

Es war eine makabre Lage: Die Gewaltigen waren den Gewalttätigen ausgeliefert. Unter anderen Umständen hätte Professor Marc Delby diesem Zustand einige Situationskomik abgewinnen können, aber er, der sonst abseits stand, war zu einem unfreiwilligen Hauptdarsteller geworden: ein früherer Internist als Chirurg ohne Besteck und Bestallung, zudem Erfüllungsgehilfe des FBI und am Ende wohl auch noch Vertrauensarzt der Gangster bei der Ausmusterung kränkelnder Geiseln.

»Ist Ihnen nicht gut, Madame?« fragte er Mrs. King.

»Es geht schon«, erwiderte die Dreißigjährige.

Obwohl die Kabine nur spärlich beleuchtet war, hatte der Professor den Zustand der Patientin richtig eingeschätzt.

»Welcher Monat?« fragte er.

»Siebenter«, antwortete die Frau.

»Sie hätten nicht fliegen sollen.«

»Man wollte mich auch nicht an Bord lassen. Aber ich muß nach Europa. Ich muß – mein Mann ist schwer verunglückt, und –«

Marc Delby gab der werdenden Mutter ein Beruhigungsmittel. »Morgen früh ist alles vorbei«, tröstete er.

Obwohl er nicht an seine Worte glaubte, strahlten sie Überzeugung aus.

»Und nun zu Ihnen. Mr. Greenhill«, sagte er dann. »Machen Sie bitte den Oberkörper frei.«

»Was ist mit ihm?« fragte der Wallstreet-Finanzier und deutete auf Sandy.

»Der stirbt uns unter der Hand«, sagte Professor Delby beiläufig.

»Nichts zu machen?« fragte Greenhill.

»Villeicht könnte man ihn unter einem Sauerstoffzelt noch durchbringen«, erklärte der Forscher. »Das Spenderblut spricht überhaupt nicht an. Entweder hat uns dieser Schindersmith eine falsche Blutgruppe gegeben, oder –«

»Moment mal«, erwiderte Mike und griff nach oben und holte die Sauerstoffmaske heraus. »Wie wär's denn damit, Doc?« fragte er und schob sie Sandy über das Gesicht.

»Warum helfen Sie eigentlich einem Verbrecher?« fragte Greenhill gereizt.

»Wir helfen doch auch Ihnen«, erwiderte Delby lakonisch.

»Kein Unterschied?« fragte der Mann von der Sutton-Place.

»Nicht für einen Arzt«, entgegnete der Professor. »Und Staatsanwalt bin ich nicht.« Er hörte Greenhills Herztöne ab, maß seinen Blutdruck. »Wie alt sind Sie?«

»Achtundfünfzig.«

»Sie sollten besser in Pension gehen, statt in der Weltgeschichte herumzufliegen«, stellte der Forscher fest. »Melden Sie sich bei mir, wenn Sie Beschwerden haben.«

Delby und Mike sahen dem Geschäftsmann nach.

»Kann der simulieren, Doc?« fragte der FBI-Mann, als Greenhill außer Hörweite war.

»Vielleicht übertreibt er«, erwiderte der Professor. »Aber sein Zustand ist nicht der beste.«

»Vielleicht ist er der unbekannte Gangster-Boß«, sagte Mike zögernd.

»Ach, du lieber Gott«, entgegnete Delby. »Ich kannte einen Alkohol-Forscher, der sah am Schluß nur noch weiße Mäuse.«

Der FBI-Mann verfolgte aus den Augenwinkeln, daß Mr. Hammersmith die Toilette aufsuchte.

Er stand auf, schob sich vorsichtig nach vorn.

Die Passagiere waren unter sich, nur der zuletzt ins Spiel gemischte Gangster Cesare war zu sehen. Er kauerte mit schläfrigem Gesicht, seine MP im Arm, auf der Wendeltreppe. Der Anführer Smith war im Cockpit, der Mulatte bewachte die Höllen-Maschine im Oberdeck-WC, während das von ihm abgelöste Gangster-Mädchen Terry sich in dem zum Schlafsaal umgebauten Salon hinter dem Cockpit von ihrer Bombenwache erholte.

Es stellte sich nur die Frage, wie viele als Passagiere getarnte Gangster noch an Bord waren. Der Tag hatte immer wieder mit Überraschungen aufgewartet.

»Mr. Hammersmith«, sagte Mike Blower vorsichtig. »Professor Delby möchte Sie sprechen.«

»Wer ist das?« fragte ihn der Atomforscher. »Ein Physiker?«

»So etwas Ähnliches«, antwortete der FBI-Mann und zog den Widerstrebenden zum Heck.

Der Amerikaner aus Berlin sah, daß er von einem Arzt erwartet wurde. »Nein, nein«, sagte er laut. »Ich bin kerngesund.«

»Ich auch«, entgegnete Marc Delby trocken. »Trotzdem möchte ich gerne diesen Luftbanditen von der Schippe springen.«

»Nicht auf Kosten der Frauen und Kinder.« Hammersmith blieb hartnäckig.

Einen Moment lang schauderte der FBI-Mann davor, welch tagfernem Träumer Amerikas geballte Atomnacht anvertraut war.

»Setzen Sie sich, und halten Sie den Mund«, fuhr er Mr. Hammersmith an. »Stellen Sie sich vor, Sie landen in Kuba. Oder in China. Oder Sie fallen in die Hände arabischer Fanatiker, oder Sie werden meistbietend an einen politischen Wirrkopf verscheuert.« Er wartete, bis ihn dieser zerstreute Professor ansah. »Meinen Sie nicht, daß wir das im Interesse der Vereinigten Staaten verhindern sollten?«

»Aber das sind doch bloß Verbrecher«, erwiderte Mr. Hammersmith erschrocken.

»Bloß«, giftete der FBI-Mann. »Sie handeln bloß mit Menschen. Wenn die Leute wissen, wer Sie sind, werden sie aus Ihnen das Geschäft des Jahrhunderts machen.«

Er ließ Hammersmith Zeit. Er sah, daß der Kernforscher seit der Entführung zum erstenmal die Dinge sah, wie sie waren.

»Was soll ich tun?« fragte er erschrocken.

»Was ich Ihnen sage«, schaltete sich Professor Delby ein. »Hören Sie gut zu. Ich schildere Ihnen jetzt die Symptome. Und Sie legen dann einen erstklassigen Kreislaufkollaps aufs Parkett.«

»Und dann?« fragte Hammersmith.

»Vielleicht sind unsere Entführer dümmer, als ich fürchte«, erwiderte Mike. »Es kommt auf den Versuch an.«

Unter ihnen tauchten die Lichter von Baltimore auf.

Der Riesenvogel jagte auf Washington zu, doch nicht einmal sein Flugkapitän wußte, wohin dieser Nachtflug wirklich ging.

29

Die Spezial-Boeing 707 des Krisen-Kommandos stand noch immer startklar in New Yorks Kennedy-Airport. Larry zweifelte nicht daran, daß die Entführer den Jumbo ›Happy Day‹ eine Nacht lang kreuz und quer durch Amerika hetzen würden. Die Landung war erst dann zu erwarten, wenn dem Riesenvogel der Treibstoff ausging. Deshalb ließ der drahtige Mann in einem Simulator den genauen Kerosin-Verbrauch mitrechnen.

Kurz vor dem Start der ›Happy Day‹ hatte Larry die vorläufig letzte Hiobsnachricht dieses Tages erreicht. Zwei Stunden lang hatten sechs Polizeifahrzeuge den Möbelwagen verfolgt, der den Ex-Piloten Tony Forthman und die ehemalige Chefstewardeß Peggy Braun aus ihrer Absteige weggekarrt hatte.

Auf der Fahrt nach Connecticut war der Wagen von einer Verkehrsstreife gestoppt worden. Unter einem Vorwand durchsuchten die Polizisten die Ladung. Sie fanden nur leere Schränke und Truhen. Forthman und das Mädchen mußten gleich nach Verlassen des Hotels in einen anderen Wagen umgestiegen sein.

Sie waren seitdem verschwunden.

Owohl Larry keinen stichhaltigen Grund hatte, die beiden festzuhalten, löste er Alarmstufe eins aus. Sein Versuch war gescheitert, und Peggy, die er trotz der Bedenken seines Freundes Martin in die Sache hineingezogen hatte, schwebte in Lebensgefahr – wenn die Cosa-Nostra-Gang sie nicht schon ermordet hatte.

»Tut mir leid, Larry«, sagte Steve. »Dieser Tag schenkt uns nichts.« Er gab seinem Chef Feuer. »Die Leute vom Außenministerium legen sich quer. Der Minister muß über unsere Wünsche persönlich entscheiden.«

»Und wo ist der Minister?«

»Zur Stunde auf einem Empfang im Weißen Haus.«

»Melde mich an«, sagte Larry. »Wir fliegen sofort nach Washington.«

Die Starterlaubnis vom Tower war nur eine Formsache. Minuten später jagte die Boeing 707 über die Piste.

50 Minuten später landeten sie in Washington. Larry stieg in einen Polizeiwagen um, raste mit Blaulicht zum Sitz des US-Präsidenten, hielt vor dem Lieferanten-Eingang. Schließlich brachte der ungebetene Gast auch üble Nachrichten.

Er wurde in ein Büro geschleust und wartete auf den Außenminister.

Der hohe Politiker trug einen Smoking, Lackschuhe und eine weiße Nelke im Knopfloch; er wirkte gepflegt, ein Herr von feiner Lebensart.

»Sie sehen aus, wie ein Bursche, der verdammt viel von mir will«, sagte er mit einem knappen Lächeln. »Schießen Sie los!«

»Sollte ich mich irren, würde ich mich freuen«, begann der FBI-Spezialist. »Aber für mich hat dieses Verbrechen erst begonnen. Die

Hijacker verramschen den Ballast: 20000 Dollar pro Kopf. Dann erst beginnt das ganz große Geschäft.«

»Setzen Sie sich doch«, forderte ihn der Außenminister auf.

»Sie werden von Land zu Land fliegen und die Prominenten stückweise zu Fantasie-Preisen verhökern. Ich nehme an, einen kleinen Europa-Trip: Deutschland, Italien, Großbritanien usw. Sie werden dort meist auf eine Polizei stoßen, die ihnen einigermaßen hilflos gegenübersteht. Kunststück, die Leute haben ja auch nicht unsere Erfahrungen. Nur die Deutschen können auf ihren Mogadischu-Erfolg stolz sein.«

»In Sachen ›Happy Day‹ sind unsere Erfolge bis jetzt keineswegs so überwältigend«, entgegnete der Minister ohne Spott.

»Ganz recht, Sir. Nur Blut und Blamage. Vier Tote. Und Mrs. Painter noch immer in Lebensgefahr. Aber wenn Sie uns nicht helfen, dann rechne ich mit hundert Toten. Oder mit 200. Oder mit noch mehr.«

»Was soll ich tun?«

»Meine Zuständigkeit gilt nur für das US-Territorium. Außerhalb Amerikas kann ich nur als Privatmann auftreten. Vielleicht können Sie mich über unsere Botschaften so eindringlich als Berater empfehlen, daß unsere europäischen Kollegen sich nicht allzu fest auf ihre Hoheitsrechte setzen.«

»Wie stellen Sie sich die weitere Entwicklung vor?«

»Es ist noch kein Entführer oben geblieben«, erwiderte Larry. »Die Gangster können vielleicht eine Woche oder länger mit unserer Ohnmacht spielen. Aber einmal müssen sie endgültig landen.«

»Durch Fallschirm-Absprung?«

»Kaum«, versetzte Larry. »Nicht eine ganze Gruppe. Und schon gar nicht aus einem Jumbo.«

»Sondern?« fragte der Minister.

»Vielleicht erhalten sie irgendwo Asyl. Zum Beispiel mit Mr. Hammersmith als Morgengabe. Ich bitte Sie dringend, Sir, unseren ganzen Einfluß auszubieten, daß unsichere Länder sich nicht auf ein solch Abenteuer einlassen.«

»Ich kann doch nicht auf Verdacht die halbe Welt unter Druck setzen«, explodierte der Minister.

»Sie können aber auch nicht zusehen, wie es hier zur Katastrophe kommt. Ich rede nicht vom Ansehen der USA, nicht davon, daß die ganze internationale Luftfahrt vor die Hunde geht. Ich rede nicht einmal von dem Debakel mit unserem Automforscher.« Larry erhob sich. »Von Menschen rede ich, Sir, von Menschen.«

»Well«, erwiderte der Minister nach kurzem Zögern. »Wenn der Präsident zustimmt, werde ich mit unseren Freunden reden. Und auch mit unseren weniger guten Freunden.« Er reichte Larry die Hand. »Viel Glück, Mr. Merx.«

Larry verließ das Weiße Haus so schnell wie er gekommen war.

»Was Neues?« fragte Larry, als er in den Wagen stieg.

»Ja. Drei falsche Peggys und vier falsche Forthmans, bis jetzt.« Schweigend rasten sie zum Regierungsflughafen zurück.

Die Nacht war klar. Die Sterne glänzten fern und silbrig wie Nadelköpfe in einem Steckkissen. In 9000 Meter Höhe mit 900 Kilometer Geschwindigkeit hatte der Jumbo ›Happy Day‹ Washington kurz nach 23 Uhr überflogen und donnerte weiter auf Südkurs.

»Sie sollten sich endlich entscheiden, wohin wir eigentlich fliegen«, fuhr Martin den Gangster-Boß an. »Wissen Sie, was Sie für eine Verwirrung im Luftraum stiften?«

»Natürlich weiß ich das«, versetzte der Hijacker. »Nachdem Sie mir hier schon Flugunterricht erteilen, erzähle ich Ihnen gerne etwas von meinem Fach.« Er lehnte sich bequem zurück und zündete sich eine Zigarette an. »Erstens einmal führe ich einen kleinen Nervenkrieg gegen unsere FBI-Freunde. Was meinen Sie, wie es die Burschen munter hält, wenn im Laufe der Nacht die meisten amerikanischen Flughäfen den Ernstfall proben.« Er lachte lautlos: »Natürlich geben wir bekannt, wo wir landen«, fuhr er fort. »Aber erst im letzten Moment. Außerdem müssen wir den Sprit verfliegen. Und dann brauche ich noch etwas Zeit, mir die Passagiere anzusehen, die von Bord möchten.«

»Alle Frauen und Kinder«, sagte Martin.

»Ja«, bestätigte der Entführer. »Falls Mr. Lovestone die drei Millionen berappt.«

»Also auch Miß Fairday?«

»Aber, aber«, entgegnete Smith. »Wollen Sie denn Ihre Hochzeitsreise allein fortsetzen? Wir könnten doch an Bord die kleine Zeremonie erledigen. Wenn Sie wollen, liefere ich Ihnen einen echten Erzbischof und stell' mich gerne persönlich als Trauzeuge zur Verfügung.«

»Sie haben gesagt: alle Frauen«, Martin sprach wie mit Glassplittern zwischen den Zähnen.

»Zugegeben«, versetzte der Gangster-Boß. »Doch da ist eine dumme Überschneidung. Ich habe schließlich auch deutlich gesagt, daß ich vorläufig noch keinen Passagier der Ersten Klasse laufen lassen kann. Nicht böse werden, Capitano«, lenkte er wieder ein. »Ich denke, wir sprechen gemeinsam mit Ihrer Braut und werden uns dann schon einigen.«

Die Tür zum Cockpit stand offen. Die Stewardeß Miriam begann den Offizieren ein spätes Abendessen zu servieren.

»Ich kann Ihnen schöne Steaks anbieten«, sagte sie.

»Gekauft«, antwortete Martin.

»Wie steht's mit Ihrem Appetit?« wandte sich Miriam an Jim, den Co-Piloten.

»Nutz die Chance, mein Junge«, sagte Martin zu Jim. »Heute kannst du essen, soviel du willst. Dein Übergewicht wird diesmal nicht auf dein Kapitäns-Patent angerechnet.« Er demonstrierte gute Laune, um seine Leute bei guter Laune zu halten. »So betrachtet hat auch eine Entführung ihr Gutes.«

»Gut«, antwortete Jim grinsend, »dann bitte zweimal Fleisch und dreimal Beilagen.«

»Was kann ich Ihnen servieren?« wandte sich Miriam an Smith.

»Ich esse immer das gleiche wie der Captain.«

»Miriam«, sagte Martin. »Bei der nächsten Zwischenlandung sollen auch sechs Stewardessen freigelassen werden. Ich möchte nicht bestimmen, wer von Bord geht. Ihr müßt euch untereinander einigen.«

»Da seh' ich schwarz«, antwortete das brünette Mädchen.

»Unsinn«, knurrte der Jumbo-Kommandant. »Nehmt die Ältesten.«

»Keine wird zugeben, daß sie älter ist als die andere.«

»Dann die Häßlichsten –«

»Alle sind hübsch«, versetzte Miriam lachend.

»Verdammt noch mal, dann laßt das Los entscheiden!« sagte Martin.

»Achtung! Jumbo ›Happy Day‹«, meldete sich die Bodenstation der US-Bundeshauptstadt. »Wohin wollen Sie eigentlich fliegen?«

»Das weiß der Teufel«, knurrte Martin. »Und vielleicht noch ein gewisser Mr. Smith.«

»Wie wär's mit Chicago?« fragte der Hijacker.

»Unser neuer Chef hat sich soeben für Chicago entschieden«, rief Martin in das Mikrofon. »Vielleicht will er dort ein paar Gedächtnisrunden für Al Capone drehen.«

»Verstanden«, erwiderte die Bodenstation. »Ich mache Ihnen eine Luftstraße frei und gebe Ihnen die neue Höhe.«

Miriam begann mit dem Servieren. »Unten gibt es ein paar Schwierigkeiten, Mr. Smith«, sagte sie dann.

»Zum Beispiel?«

»Zwei Frauen weigern sich, ohne ihre Männer von Bord zu gehen.«

»Die wahre Liebe«, höhnte der Gangster. »Da können Sie nur lernen, Capitano. Nach dem Essen werde ich mich persönlich um die Familienangelegenheiten kümmern«, sagte er zu Miriam und verfolgte aus den Augenwinkeln, wie der Flugkapitän den Jumbo auf den neuen Kurs brachte. »So«, sagte er dann, »übergeben Sie jetzt den Vogel Ihrem Copiloten, und kommen Sie bitte mit, Mr. Nobis.«

Martin schaltete auf den Auto-Piloten um und erhob sich.

Jim setzte sich auf seinen Platz.

Sie gingen über die Wendeltreppe nach unten. Ein paar Passagiere der Ersten Klasse hörten sie kommen und hoben die müden Köpfe.

»Ach, Miß Fairday«, sagte Smith. »Fühlen Sie sich wohl?«

»Sie sorgen ja so rührend dafür«, spottete Brenda, der die Strapaze nicht anzusehen war. Ihr Gesicht wirkte frisch. Sie war wohlfrisiert und zeigte keine schlechte Laune.

»Mr. Nobis und ich haben ein Problem«, sagte der Gangster-Boß. »Unser Captain wünscht, daß Sie bei der nächsten Zwischenlandung aussteigen.«

»Und?« fragte Brenda.

»Sie wollten noch nach Frankfurt?«

»Selbstverständlich«, antwortete Brenda. »Ich möchte zu meiner künftigen Schwiegermutter.«

»Dann mache ich Ihnen einen Vorschlag: Wir fliegen Sie dorthin. Wir setzen Sie direkt vor der Haustür ab. Gehört alles zum Service.«

»Wann fliegen wir nach Frankfurt?«

»Ich wickle hier noch meine Dollar-Geschäfte mit Mr. Lovestone ab. Dann starten wir nach Old Germany.« Er zog an seiner Zigarette und die Glut beleuchtete einen Moment lang sein häßliches, dolchnasiges Gesicht. »Ist das ein Angebot, Capitano?« fragte er Martin.

»Wer garantiert mir, daß Sie sich diesmal daran halten?«

»Ehrenwort.«

»Das Ehrenwort eines Gangsters?«

»Vorsicht, Amigo«, versetzte der Entführer. »Sie sind auf mein Wohlwollen angewiesen.«

»Und Sie auf das meine«, konterte Martin.

»Ach was«, spottete der Gangster. »Wer Flitterwochen macht, denkt doch nicht an Selbstmord.« Bevor er weiterging, wies er mit einer großspurigen Geste Martin den Platz an Brendas Seite an, den Mike freigemacht hatte.

»Einen Moment noch«, rief die bekannte Publizistin dem Gangster-Boß nach. »Wann lassen Sie Mr. Nobis von Bord?«

»Gute Frage«, erwiderte Smith grinsend. »Sagen wir eine Station nach Ihnen.« Er ging weiter nach hinten. »Na, Professor«, sagte er zu Marc Delby. »Wie geht es Ihrem Patienten?«

»Beschissen«, antwortete der Professor. »Die Blutung läßt sich nicht stillen.«

»Immer noch bewußtlos?«

»Gar kein Ausdruck«, erwiderte der Arzt. »Vielleicht eine zerebrale Anämie.«

»Verstehen Sie dieses Kauderwelsch?« wandte sich Smith an Mike.

»Aber ja«, erwiderte der FBI-Mann, der getestet werden sollte. »Wenn die Blutzufuhr zum Gehirn unterbrochen ist, sterben wichtige Teile ab. Zurückbleiben kann eine Sprachlähmung oder eine Denkstörung oder –«

»Na ja«, versetzte die Dolchnase zynisch. »Einen Dachschaden hat Sandy schon immer gehabt.« Er wandte sich wieder an den Arzt. »Wann wissen Sie, ob er seine fünf Sinne wiederbekommt?«

»Wenn er aus dem Koma erwacht«, erklärte Delby. »Falls er jemals erwacht. Hören Sie Smith, das Blut des Spenders und des Empfängers paßt nicht zusammen.«

»Und?«

»Man könnte die Verträglichkeit durch eine Kreuzprobe feststellen.«

»Im Labor?« fragte der Gangster-Boß.

»Zum Beispiel auch am Flughafen«, entgegnete der Professor.

»Und wie lange dauert das?«

»Ein paar Minuten.«

»Bestens«, sagte Smith. »Wir werden das bei der nächsten Zwischenlandung erledigen.«

»Im Interesse des Patienten würde ich Ihnen raten, sehr schnell zu landen«, versetzte der Arzt.

»Was ist denn mit dem los?« fragte Smith und deutete auf ein zweites behelfmäßiges Krankenlager.

»Mr. Hammersmith«, antwortete Marc Delby. »Schwerer Kreislaufkollaps. Lebensgefahr.«

»Sachen gibt's –«

»Der Mann muß sofort ins Krankenhaus«, verlangte der Professor.

»Weitere Wünsche?«

»Ja. Mr. Greenhill, Herzfehler. Kardinal Massini, Diabetiker...«

Einen Moment lang wirkte Smith unsicher. »Haben Sie mir noch andere Namen aufgeschrieben?« fragte er.

Der Professor übergab ihm einen Zettel. »Hier. 30 müßten es sein, 16 haben Sie mir gestattet.«

Der Gangster-Boß ging wieder nach vorn. »Wir haben ja noch Zeit bis zur endgültigen Entscheidung«, sagte er. Und bei Mike Blower verstärkte sich der Eindruck, daß nicht Smith sie treffen würde.

30

Während der Nacht wechselte die ›Happy Day‹ noch dreimal den Kurs. Von Chicago aus flog sie nach Kansas City weiter, nahm dann Richtung auf Dallas, um von hier aus auf Südwest-Kurs zu gehen.

»Suchen Sie um Landeerlaubnis in Miami nach«, befahl Smith dem Flugkapitän.

Er ging in den Salon zurück und weckte Terry, das Gangster-Mädchen.

»Du gehst ins Cockpit«, sagte er, »und schließt die Tür von innen. Kapiert?«

Dann stieg er nach unten, stieß den vor sich hindösenden Cesare derb mit dem Fuß an. »Du holst mir Mr. Greenhill«, befahl er. »Dann setzt du dich auf die unterste Stufe und sorgst dafür, daß niemand unsere Besprechung stört.«

Cesare grinste dümmlich.

Mühselig zwängte sich Bob S. Greenhill über die Wendeltreppe. Als er mit Smith unter vier Augen war, änderte sich schlagartig das Verhalten der beiden. Der Gangster verlor seine Überheblichkeit – ausgerechnet vor diesem kleinen, verbrauchten Mann hatte er Angst.

»Ich steige in Miami aus«, sagte der Wallstreet-Finanzier.

»Schon?«

»Sie sollen nicht fragen, sondern zuhören, Jack. Lassen Sie diesen Kardinal laufen. Bei mir machen Sie ein bißchen Theater.

Bei Hammersmith bleibt es bei unserer Abmachung. Passen Sie auf, daß es nicht wieder zu einer so dämlichen Schießerei kommt.«

Greenhill ging an die Bar und goß sich einen Bourbon ein. »Ich werde unsere Aktion vom Boden aus leiten.«

»Wie erhalte ich Ihre Anweisungen?« fragte Smith.

»Forthman bringt sie mit. Sonst läuft die Sache genau nach Absprache. Bis auf eine Änderung.« Er nahm einen Schluck aus seinem Glas. »Was weiß Sandy über unsere weiteren Pläne?«

»Er weiß, wo und wie wir untertauchen«, antwortete Smith und zog den Kopf ein. »Ich mußte es allen Leuten sagen, sonst hätte doch keiner mitgemacht.«

»Idiotisch«, versetzte der Geschäftsmann von der Sutton-Place. »Sie wissen, daß ich solche Sachen nicht mag, Jack. Der Mann wird reden. Freiwillig oder im Delirium.« Er nahm einen weiteren Schluck. »Falls Sandy nicht von selbst stirbt – sucht euch eine Gelegenheit und legt ihn um.« Greenhill musterte seinen Unterführer kalt. »Das ist doch ganz nach Ihrem Geschmack, Jack.« Er stand auf, ging auf die Treppe zu. »Alles klar?«

»Sie können sich auf mich verlassen, Boß«, versicherte Smith.

31

Die salzige Luft des Meeres vermischte sich mit dem sanften Duft der Orangen. Eine sengende Sonne knallte auf die Frühaufsteher herab. Ein heißer Tag war zu erwarten. Kurz vor acht Uhr herrschte auf Miamis International-Airport bereits Hochbetrieb. Flugzeuge aller Linien schafften aus sämtlichen Richtungen Urlauber in das Touristen-Paradies.

Die Himmelsstraßen waren überfüllt, aber noch mehr Gedränge gab es auf den Zufahrtsstraßen zum Flughafen. Nach den ersten Radiodurchsagen, der entführte Jumbo ›Happy Day‹ fliege voraussichtlich Miami an, brachen ganze Karawanen von Gaffern auf, längst gelangweilt von Strand, Gold und Sonne, um entzücktes Entsetzen zu naschen. Es wurden Wetten abgeschlossen, ob die Boeing 747 landen oder zur nahen Insel Kuba weiterfliegen würde.

Der geraubte Riesenvogel hielt jetzt seit 24 Stunden die Welt in Atem und die Bodenstationen auf Trab. Bis die Landepiste 09 freigemacht war, mußte die Boeing mit dem typischen Höcker auf der Stirn Warte-Runden drehen. Der Jet-Riese glitzerte silbern im Sonnenglast. Von unten sah er aus wie jedes andere Großflugzeug, aber die Zuschauer starrten ihm nach, bis ihre Augen tränten. Schicksale schwebten zwischen Himmel und Erde, zwischen Erlösung und Vernichtung.

»Hier spricht Flugkapitän Nobis«, unterbrachen die Bordlautsprecher die gespannte Stille. »Ich habe soeben vom Tower die Lande-Erlaubnis erhalten. Ich bitte Sie, sich anzuschnallen und Ihre Zigaretten auszumachen.« Seine Stimme veränderte sich nicht, als sie vom üblichen Text abwich. »Ich darf Ihnen mitteilen, daß Mr. Lovestone, der Präsident unserer Fluglinie, bereits vor drei Stunden in New York mit dem Lösegeld abgeflogen ist. Viele von Ihnen dürfen mit ihrer Freilassung rechnen – aber nur, wenn Sie äußerste Ruhe und Disziplin wahren. Deshalb muß ich Sie bitten, auch nach der Landung sich nicht von den Gurten zu lösen.« Nach einer kurzen Pause setzte er hinzu: »Ich weiß, daß es unnötig ist, an die Herren zu appellieren, sich wie Männer zu benehmen.«

In die verkrampfte Ruhe der Passagiere kam Bewegung. Die Stewardessen schwärmten aus, um ihnen beim Anlegen der Gurte behilflich zu sein.

»Unerhört«, fuhr Greenhill die adrette Kabinenchefin Miriam an: »Dieser Saustall hier genügt wohl noch nicht. Wir müssen uns auch noch von Ihrem Captain verspotten lassen!«

»Mr. Nobis tut das einzig Richtige«, erwiderte der deutsche Großindustrielle Kübrich: »Haben Sie keine Frau?«

»Ich bin Witwer.«

»Keine Kinder?« fragte Wolfgang Kübrich weiter, dem man nachsagte, daß er mit dem Kopf durch die Wand ginge, falls sie nachgäbe.

»Eine erwachsene Tochter«, antwortete der Wallstreet-Finanzier. »Verheiratet mit einem Harvard-Professor.«

»Vielleicht würden Sie anders denken, wenn Ihre Tochter an Bord wäre.«

»Erstens ist sie es nicht«, entgegnete Greenhill ärgerlich. »Und dann geht's bei mir um Geschäfte. Ich verliere Hunderttausende von Dollar, wenn –«

»Das würde ich an Ihrer Stelle nicht so laut sagen«, versetzte Paul Kübrich aus Frankfurt.

Greenhill war seinen Mitreisenden in den letzten Stunden nicht sympathischer geworden – aber keiner außer Mike ahnte, daß der bekannte Finanzmann von der Sutton-Place üppige Wallstreet-Geschäfte nur als Tarnung für weit fettere Gangster-Einnahmen benutzte. Er war der Drahtzieher ihrer Schicksale, auf seinen Wink würden die Passagiere in die Luft gejagt – oder freigelassen.

Mike hatte die Durchsage des Flugkapitäns durch die dünne Toilettenwand gehört, eingeschlossen in einem der acht Bord-WC's, um für seinen Chef Larry Merx letzte Informationen auf Band zu sprechen. Er spulte zurück, hielt das winzige Gerät ganz dicht an sein Ohr, hörte den Text noch einmal ab, verstaute die winzige Spule zusammen mit einem Mikrofilm im doppelten Boden einer Zigarettenschachtel.

Dann spannte er seine Pistole. Einen Moment lang betrachtete er die Waffe melancholisch. Sie hatte wenig Zweck, aber sie beruhigte. Wenn überhaupt, konnte er sie nur einsetzen, wenn der Riesenvogel stand. Falls keine Passagiere in der Schußlinie standen, würde es ihm zwar gelingen, einen oder zwei Gangster unschädlich zu machen, aber er hatte einen Tumult zu fürchten, der die Bombe zünden müßte.

Seine Gegenspieler pokerten mit Höchsteinsatz nach der Regel: alles oder nichts. Wenn er mithalten wollte, mußte er sich ihren Spielregeln anpassen und alles auf eine Karte setzen.

Er wartete ab, bis die ›Happy Day‹ die Höhe so weit verringert hatte, daß ihr Captain die Landepiste 09 anvisieren konnte. Als Mike die WC-Kabine verließ, trug er das dümmliche Gesicht eines Mannes, der zur falschen Zeit die Toilette aufgesucht hatte. Er stand auf taumelnden Beinen. Seine leicht abstehenden Ohren waren gerötet.

»Hinsetzen, Sir!« rief ihm, wie erwartet, eine Stewardeß zu. »Anschnallen!«

Der angebliche Geschäftsmann aus Boston sah sich erschrocken um und schien jetzt den leeren Sessel neben Mrs. King zu entdecken, den er längst eingeplant hatte. Mit zwei Sätzen erreichte er ihn, ließ sich erleichtert in das Polster plumpsen, schnallte sich mit ungeschickten Händen an.

»Geht es Ihnen nicht gut, Madam?« fragte er die Frau, die in zwei Monaten ihr erstes Kind erwartete und gegen die Übelkeit ankämpfte. Er redete leise, beruhigend auf die Passagierin ein, die vier Monate Schwangerschaft unterschlagen hatte, um auf schnellstem Weg in Europa ihren verunglückten Mann zu erreichen.

Mike sprach, unhörbar für die anderen, in einer mundfaulen Art, wobei er kaum die Lippen bewegte. Jetzt erst sah ihn Mrs. King an.

Dann begann sie, ihm zuzuhören.

Keiner achtete auf den kleinen Zwischenfall. Jeder hatte genug mit sich selbst zu tun. Je tiefer der Riesenvogel auf die Erde herabstieß, desto schneller verlor jeder das Gefühl mörderischer Einsamkeit.

Immer größer wurde der Flughafen. Immer mehr Menschen konnte man sehen. Unten, da lag der Alltag wie eine Köstlichkeit, da konnte man telefonieren, frisches Obst kaufen, sich stundenlang die Zähne putzen. Da sorgte die Polizei für Ordnung und Recht, da konnte man sich vergnügen oder langweilen und gehen, wohin man wollte.

Die gewaltigen Schwingen des Riesenvogels zitterten leicht, er nahm die Nase noch einmal hoch, dann faßten seine 18 Räder den Boden, drehten sich rasend schnell, und dann immer langsamer, bis der Jumbo, sanft schaukelnd, stillstand.

»Achtung! Achtung!« rief eine Flugplatz-Sprecherin in ihr Mikrofon. »JET-AIR-INTERCONTINENTAL gibt die außerplanmäßige Zwischenlandung ihres Fluges 111 bekannt.«

Die Durchsage hallte über den Flugplatz und ein paar Sekunden lang löste sich die gestaute Spannung in befreitem Gelächter auf. Nie sollte festgestellt werden, ob die zahlreichen Lautsprecher vom Galgenhumor oder von der Bürokratie gefüttert worden waren.

32

Die FBI-Außenstellen hatten jeden freien Mann aus Florida und den umliegenden Bundesstaaten abgezogen, um eine Wiederholung der blutigen Panne von New York auszuschließen. Zwei Absperrketten riegelten die Maschine von der Außenwelt ab. Die uniformierte Polizei bildete den äußeren Kreis und war vorwiegend damit beschäftigt, den massierten Ansturm Neugieriger zurückzudrängen. Die innere Kette, in einem weiten Bogen um die ›Happy-Day‹ gezogen, bestand aus Spezialisten der US-Bundespolizei, die in aller Eile herbeigeflogen worden waren.

Als Larry die vorletzte Kursänderung der entführten Maschine über Kansas City in Richtung Dallas erfahren hatte, war er in Washington gestartet. Direktflug, geringes Gewicht und spezielle Düsenaggregate machten es möglich, daß er knapp 23 Minuten nach der ›Happy Day‹ in Miami landen konnte. Die Spezial-Boeing 707 rollte zu ihrem taktischen Platz zwischen der inneren und äußeren Absperrkette, und der Polizeichef des Flughafens übergab erleichtert das Kommando an den Sonderbeauftragten gegen die Luftpiraterei.

Die Luken wurden aufgestoßen, die Landetreppen herangerollt. Am Rande des Flughafens stand das Katastrophen-Kommando bereit: ein erweitertes Ärzte-Team, die Feuerwehr, Krankenschwestern. Verzweifelt kämpften sich Ambulanzwagen durch die Menschenmassen, die alle Anmarschwege zum Flughafen verstopften.

»Das reinste Volksfest«, schimpfte Larry Merx angewidert. »Fehlt nur noch eine Blaskapelle.«

Er besichtigte die totale Absperrung, beschlagnahmte ein paar Räume für die Vernehmung der Geiseln, die freigelassen werden sollten. In 300 Meter Entfernung, so weit abseits vom Flugbetrieb wie nur möglich, stand die ›Happy Day‹ in der prallen Sonne. Zunächst einmal blieb Larry nichts anderes übrig, als sich an die Absprache zu halten, die Mr. Lovestone mit den Gangstern getroffen hatte.

Er ging zu seiner fliegenden Kommandozentrale zurück, wurde, bevor er sie erreichte, von drei Seiten gleichzeitig angerufen und jagte über die Bodentreppe.

»Unsere Zentrale in Washington«, rief ihm Steve zu. »Erstes Lebenszeichen von Peggy.« Er übergab seinem Chef, der hörbar durchatmete, den Apparat.

»Larry Merx«, meldete er sich.

»Das Mädchen ist auf Draht«, lobte der Mann auf Stallwache.

»Zur Sache!« drängte Larry und erfuhr: In Connecticut hatte vor einer Stunde ein achtjähriger Junge auf dem Schulweg einen um einen Stein gewickelten, handgeschriebenen Zettel gefunden, der vermutlich aus einem fahrenden Auto geworfen worden war. Er war mit seinem Fund sofort zur örtlichen Polizei gegangen, die unverzüglich das FBI alarmierte.

AN DEN FINDER, lautete die Anrede, MIT DER BITTE, DIESE NACHRICHT SOFORT AN FBI (MR. MERX) WEITERZULEITEN.

TONY UND ICH PLÖTZLICH IN KLEIDERSCHRÄNKEN AUS DEM HOTEL GESCHAFFT! GEGENSPIELER ENTDECKTEN, DASS SIE BESCHATTET WERDEN. BEFINDEN UNS IN EINEM CAMPINGWAGEN, RICHTUNG NEWHAVEN, FÜR WEITERE FLUGZEUGENTFÜHRUNG AUSSERHALB DER USA! TONY NERVÖS. NICHT MEHR OHNE BEDENKEN. SONST BEIDE WOHLAUF. Einige Worte unleserlich. VERSUCHE, MICH TELEFONISCH ZU MELDEN.

PEGGY BRAUN.

»War nicht ganz leicht, den Zettel zu entziffern«, sagte der FBI-Mann aus Washington. »Wir machen gerade einen Schriftvergleich.«

»Überprüft die Privatflugplätze in der Nähe«, befahl der FBI-Spezialist.

»Wir sind dabei.«

»Und zaubert gefälligst!« schloß Larry das Gespräch und legte auf. Er schaute nachdenklich ins Leere.

»Solange die Burschen diesen Forthman nötig haben, passiert dem Mädchen nichts«, sagte er erleichtert.

»Und sie müssen verdammt auf ihn angewiesen sein«, erwiderte Steve.

Einen Moment lang grübelten beide, was die Dossola-Gang mit einem zweiten Anschlag auf einen Jet-Riesen beabsichtigte: Sie kamen zu keinem Ergebnis.

»Los, Freunde, an die Arbeit!« sagte Larry und rief über die Funkverbindung der JET-AIR-Flugkapitän Nobis an, wartete, bis sich der Freund meldete.

»Hallo, Martin«, sagte er. »Wie sieht's aus an Bord?«

»Lauter Musterknaben«, antwortete Martin sarkastisch. »Wenn du eine Maschinenpistole im Genick spürst, traust du dich nicht einmal an der Nase zu fummeln.«

»Voraussichtliche Ankunft von Mr. Lovestone 9 Uhr 31.«

»9 Uhr 31«, bestätigte Martin und übergab das Mikrofon seinem Kerkermeister.

»Schon wieder auf den Beinen, Mr. Merx?« fragte Smith. »Ich hoffe, Sie hatten eine ruhige Nacht.«

Larry gab keine Antwort; er horchte der Stimme nach. Noch konnte er keine Ermattung feststellen, aber 24 Stunden Anspannung, unter denen die Gangster gestanden hatten, zerschliß auch ihr Nervenkostüm. Anfänglich fühlen sich Hijacker immer am stärksten. Aber jeder weitere Tag mindert zwangsläufig ihre Spannkraft. Je mehr die Konzentration nachließ, desto größer würden die Chancen ihrer Verfolger, vor allem, wenn sie – wie der FBI-Sonderbeauftragte – einen ihrer besten Leute als trojanisches Pferd an Bord wußten.

»Von Schlaf keine Rede«, verfiel Larry in einen Plauderton und nickte seinem Vertreter Steve zu. Seine Leute wußten, daß ihr Chef jetzt mit dem Start des Nervenkriegs begann und hingen gespannt am Lautsprecher. »Sie wissen doch, daß Sie uns eine Menge Arbeit machen?«

»Hoffentlich strengen Sie sich nicht umsonst an«, spottete der Gangster.

»Kaum, Smith«, erwiderte Larry, und dann holte er aus. »Oder soll ich Sie gleich Dossola nennen?« schlug er zu. »Jack Dossola?«

Der Treffer saß. Für Sekunden blieb es still in der Leitung.

»Sie haben einen Fehler gemacht, Dossola«, stieß Larry nach. »Sie hätten auch Ihre Stimmbänder operieren lassen sollen – nicht nur Ihre köstliche Visage.«

»Schluß mit dem Gefasel!« entgegnete Smith gereizt. »Ich bin erst wieder für drei Millionen Dollar zu sprechen.«

Larry stand auf, sah auf die Uhr, nickte.

»Jedenfalls sind wir nicht die einzigen, die heute schwitzen«, sagte Steve grimmig.

33

Gangster-Chef Dossola überspielte Larrys Tiefschlag mit hausgemachter Arroganz. Blasiert beorderte er Terry – das Gangster-Mädchen – in das Bomben-Abteil und den abgelösten Mulatten in das Cockpit.

»Paß auf, Langer«, wandte er sich an den Muskelprotz. »Erstens sorgst du dafür, daß unsere Freunde hier keine Dummheiten machen.« Er reichte ihm ein Walkie-talkie. »Sowie einer Anstalten macht, unserer Maschine zu nahe zu kommen, alarmierst du mich mit diesem Ding da.«

Er veranstaltete eine Sprechprobe.

»Kommen Sie mit, Capitano«, sagte er dann zu Martin Nobis. »Ihr Anblick hat so etwas Beruhigendes für die Passagiere.« Er grinste hämisch. »Außerdem brauche ich Sie als Augenzeugen für meine grenzenlose Güte.«

Sie verließen die Pilotenkanzel, passierten im Salon eine unbewachte Million Dollar, die sich gleich vervierfachen sollte und gingen über die Wendeltreppe nach unten.

Ein paar Minuten hatten genügt, um den Passagierraum in einen Brutkasten zu verwandeln. Die Ausdünstung von Hitze und Angst traf Martin wie ein Faustschlag. Er sah in verschwitzte, verschmutzte Gesichter, begegnete Augen, in denen die ersten Anzeichen von Wahnsinn flackerten. Man brauchte kein Arzt zu sein, um festzustellen, wer zuerst zusammenbrechen würde.

»Guten Morgen, Miß Fairday«, nickte der Fronvogt Brenda zu.

»Mit Ihnen haben wir ja eine spezielle Vereinbarung getroffen.« Er blieb in die Mitte der First-Class-Kabine stehen und wartete, bis ihn alle ansahen. »Und nun zu Ihnen, Gentlemen. Leider muß ich Ihnen eröffnen, daß Sie bei der Entlassung noch nicht an der Reihe sind.«

Sein Blick visierte den deutschen Großindustriellen an, pendelte weiter zum griechischen Reeder, verweilte kurz auf dem Gesicht des italienischen Auto-Königs und blieb zuletzt bei dem französischen Flugzeug-Fabrikanten stehen.

»Es liegt ausschließlich in Ihrer Hand, wie lange Sie noch unsere Gäste sein wollen. Ihre Freiheit ist durchaus käuflich. Bitte denken Sie darüber nach, was sie Ihnen wert ist.«

»Wie lange wollen Sie dieses Spiel noch mit uns treiben?« fuhr ihn Greenhill gereizt an.

»Bis Ihre Großzügigkeit überschäumt«, erwiderte der Gangster kalt und ging nach hinten weiter.

»Seid ihr euch einig, wer von Bord geht?« fragte Martin die Chefstewardeß Miriam.

»Ja, aber –«

»Kein aber«, erwiderte der Flugkapitän heftig. »Dienstlicher Befehl: Entweder erfahre ich binnen einer Minute sechs Namen – oder ich lasse euch wegen Unfähigkeit vom fliegenden Personal ablösen.« Er atmete heftig: »Alle 13.«

Der Terror, den Smith ausstrahlte, pflügte Furcht in die Gesichter, aber Martins Gegenwart glättete sie wieder. Er scherzte mit den Kindern, beruhigte die Mütter. Bei dem Millionen-Schacher um Menschenleben war er für die Gangster wie für ihre Verfolger von unschätzbarem Wert.

»Wie geht's Ihrem Patienten, Professor?« fragte der Gangster-Boß Marc Delby.

»Gleichbleibend schlecht«, antwortete der Professor. »Sehen Sie sich ihn doch selbst an.«

Gelassen beugte sich Dossola über seinen Komplizen. »Lebt er denn überhaupt noch?« fragte er.

»Noch«, erwiderte Professor Delby. »Hier«, sagte er und überreichte dem Entführer ein kleines Fläschchen mit dem Eigenblut des Patienten für die Kreuzprobe.

»Nichts wie Ärger mit diesem Burschen«, maulte Dossola.

Nicht einmal der Aushilfs-Samariter Mike erfaßte, daß der fischblütige Gangster mit der Dolchnase Sandy ermorden lassen würde, falls er nicht schleunigst an der Schußverletzung starb.

Wie bei der ersten Zwischenlandung in New York verwandelte

sich das Heck in ein Vorzimmer zur Freiheit. Nur reichte diesmal die Reihe weit nach vorn. Dossolas Entscheidungen dirigierte Cesare stumm mit dem MP-Lauf: Männer nach vorn, Frauen und Kinder nach hinten. Es gab weder Gedränge noch Gerede. Die bedrohliche Waffe wies den Weg. Die Passagiere schnallten sich ab, ließen sich zu ihren neuen Polstersesseln einweisen und legten die Gurte wieder an.

Mrs. King war jetzt an der Reihe, so geschwächt, daß sie sich kaum erheben konnte: Eine Stewardeß stützte sie.

»Siebenter Monat«, sagte Marc Delby. »Wenn sie noch lange in dieser Folterkammer bleibt, erleben Sie noch eine Sturzgeburt.«

»Für die Schlamperei der Fluglinie können Sie uns nicht verantwortlich machen«, erwiderte Dossola gereizt. Aber er gab Cesare Anweisung, die schwer unter ihrem Zustand leidende Patientin auf den hintersten Platz zu setzen.

Dann gab es einen Zwischenfall: Mrs. Parker weigerte sich, von Bord zu gehen, solange ihr Mann noch gefangengehalten wurde. Gleichzeitig schloß sich ihrem Widerstand Frau Weidmann aus Wien an.

»Überlegen Sie es sich«, drohte der Mann, der hier höhere – niedrigere – Gewalt vollstreckte.

»Entweder beide – oder keiner«, erwiderte die Wienerin hartnäckig.

»Gut«, entgegnete der Gangsterboß. »Dann spiele ich Salomon.« Er nahm eine Münze aus der Tasche. »Sie sind Kopf, Mrs. Parker, und Sie sind Zahl«, sagte er zu Frau Weidmann. »Wer gewinnt, darf mit seinem Partner von Bord gehen.« Er warf die Münze, fing sie mit der flachen Hand auf. »Sie haben gewonnen, Mrs. Parker«, entschied er. »Gratuliere.«

»Sie sind ein dreckiges Schwein, Smith.« Marc Delby sprach deutlich aus, was alle empfanden.

»So wird man mißverstanden«, feixte der Gangster. »Nun zeigen Sie mir mal Ihre Patientenliste. Wir müssen uns über die 16 Freifahrscheine einigen.«

Sogar 17, stellte sich bald heraus, denn Manon, eines der vier Modemädchen, entschloß sich, an Bord zu bleiben. Mike war längst ihr Blickwechsel mit Cesare aufgefallen, und so fragte er sich, ob es sich nur um einen ungewöhnlichen Flirt handelte oder ob diese Laufweg-Schöne womöglich auch mit zu dieser Bande gehörte.

Die Spannung wurde überzogen wie ein fauler Wechsel, doch sie platzte nicht. Die Zeit nahm sich Zeit, bis Präsident Lovestone mit drei Millionen Dollar vier Minuten vor der errechneten Ankunftszeit landete.

Über Funk verständigt, erteilten die Entführer ihr Einverständnis, die Landetreppe an den Heckausstieg der ›Happy Day‹ heranzuschieben. Das Luk wurde aufgestoßen. Minuten später lagen vier dicke Geldpakete auf der Treppe. Passagiere nahmen sie in Empfang und trugen sie ins Innere.

Die Gangster konnten die Scheine nur sehr flüchtig gezählt haben, denn bereits nach zehn Minuten wurden die ersten Geiseln freigelassen, zuerst Mrs. King, gestützt von zwei Stewardessen. Sowie sie die Gangway verlassen hatte, qollen in gemessenen Abständen weitere Frauen und Kinder aus dem fliegenden Gefängnis. Dossola schien Wort zu halten und wickelte diesmal seine Erpressung mit gemäßigter Pedanterie ab.

Mrs. King erreichte als erste die Postenkette. Sie weigerte sich, einen Ambulanzwagen zu besteigen, bevor sie mit einem FBI-Mann gesprochen hatte.

Zwei Minuten später – die einunddreißigste Geisel verließ gerade die gekaperte Maschine – hatte Larry bereits das durchgeschmuggelte Tonband nebst Mikrofilm in Händen und konnte sofort mit der Auswertung beginnen.

»Das beiliegende Foto zeigt Cesare, einen weiteren Gangster«, hörte er Mike Blowers Informationen ab. »Sandy wurde beim Schußwechsel schwer verletzt. Er fantasiert wirr vor sich hin. Ich arbeite als Hilfs-Samariter für Professor Delby, kann so am Ball bleiben. Vielleicht redet Sandy. Bisher konnte ich immer wieder die Silben – fiu – fiu – auffangen. Delby weiß, wer ich bin. Mit seiner Hilfe simuliert Professor Hammersmith einen Kreislaufkollaps. Wenn er in Miami nicht entlassen wird, kennen die Entführer die Bedeutung des Atomforschers.«

»Wie viele sind durch?« fragte Larry.

»Bis jetzt 87«, antwortete Steve.

»Das Mädchen Terry, eine Komplizin«, hörte Larry weiter, »ist mir bisher noch nicht vor die Kamera gekommen. Laut Miß Fairday besteht ihr Gesicht ohnedies nur aus Sonnenbrille und Haaren. Terry ist 1 Meter 70 groß, schlank und bewacht meistens die Bombe. Ich vermute, daß außer den fünf bisher bekannten Gangstern mindestens noch einer unerkannt unter den Passagieren ist und die Bombe fernzünden kann.«

»Die hundertste Geisel ist jetzt auf der Bodentreppe«, rief Steve.

Larry nickte und spulte weiter Mikes Tonband ab. »Die Entführer wirken absolut sicher. Ich fürchte, daß sie eine neue Methode erfunden haben, mit den geraubten Millionen unterzutauchen.«

»Alle Kinder sind durch«, meldete Steve.

»Und nun komme ich zum Wichtigsten«, tönte Mikes Stimme weiter. »Dossola trifft die Entscheidung über die Entlassung von Passagieren nicht selbst. Ich habe den dringenden Verdacht, daß Bob S. Greenhill der Drahtzieher ist. Der eigentliche Gangster-Boß. Ende.«

»Die ersten Männer«, rief Steve. »Jetzt wird's spannend.«

Auf der Gangway erschien der Kurienkardinal Massini, schon von weitem erkenntlich. Es folgten einige wenige Prominente, dann tauchte der US-Senator Westlake auf. Jetzt erst erfuhr man, daß er einen Herzschrittmacher trug. Hammersmith, der am dringendsten erwartet wurde, fehlte.

Als letzter erschien Greenhill.

»Herzlich willkommen«, tönte Larry. »Wenn Mike nicht irrt, ist er der Gangster-Boß und leitet die Entführungsaktion vom Boden aus weiter.«

»Ein Wallstreet-Mann?« fragte Steve. »Fantastische Vorstellung!«

»Aber Mike ist kein Träumer«, entgegnete Larry. »Haltet den Mann ein bißchen hin, dann laßt ihn laufen und bewacht ihn auf Schritt und Tritt.«

Mitten in seine Anweisungen platzte die Zentrale in Washington: »Wir haben Forthman und Peggy gefunden. Auf den Bahamas. In Nassau.«

Von Miami aus war es eine Entfernung von 20 Flugminuten. Die Inselgruppe war soeben politisch selbständig geworden, wurde aber wirtschaftlich von Amerika beherrscht. Wo so große Industrie-Interessen auf dem Spiel stehen, ist der US-Geheimdienst dicht vertreten.

»Setzt euch mit dem CIA in Verbindung«, sagte Larry und erinnerte an die diplomatische Offensive, die der US-Außenminister angekurbelt hatte.

»Längst geschehen«, antwortete der FBI-Mann aus der Zentrale und man konnte fast durch den Draht hören, wie er stumm seine Tüchtigkeit genoß.

35

Kurz vor 16 Uhr startete die ›Happy Day‹ auf Ostkurs mit unbekanntem Ziel. An Bord waren noch 161 Passagiere, 158 Männer und drei Frauen. Im Rahmen seines Nervenkriegs hatte sich Larry geweigert, den Jumbo auftanken zu lassen, wenn die Entführer nicht die Besatzung auswechseln ließen. Doch der Passagiere wegen konnte er diese Forderung nicht durchhalten und mußte schließlich grünes Licht für das unbekannte Ziel geben.

Die Bodenstation registrierte, daß Flugkapitän Nobis die Azoren anflog. Falls er in Europa landen wollte, brauchte er hier keine Zwischenlandung zu machen, denn das erheblich verringerte Fluggewicht vergrößerte die Reichweite. Durch den Zeitunterschied verkürzte sich ein viel zu langer Tag um sechs Stunden, ohne daß die Passagiere etwas davon haben konnten.

Martin wehrte sich gegen die Erschöpfung, aber 34 Stunden Streß schlugen seine Vitalität leck. Er ertappte sich, daß er zwei-, dreimal in einen Sekunden-Schlaf fiel und dann benommen feststellte, daß Dossola auf Jims Platz saß.

»Ein Absturz«, fauchte er, »löst alle Probleme.«

»Sie versagen doch nicht, Capitano«, versetzte die Dolchnase. »Deshalb haben wir doch gerade Sie ausgesucht.« Weniger unbesorgt, wie er sich gab, setzte er hinzu: »Außerdem werden Sie gleich abgelöst.«

Er ging in den Salon und weckte den Co-Piloten, stapfte über die Wendeltreppe nach unten und stellte fest, daß seine Geiseln in dem überreichlichen Passagierraum ziemlich bequem schlafen konnten. Auf einmal wußte er auch, wie er den abgeschlafften Flugkapitän wieder munter machen könnte, lächelte und handelte.

Dann ging Dossola wieder in das Cockpit zurück und verfolgte die Wachablösung der Piloten. Martin wehrte sich zunächst dagegen, aber schließlich war es im Sinn der Flugbestimmungen, und auf Jim, der keinen schlechteren Captain abgeben würde als sein Vorgänger Tony, konnte er sich verlassen.

Mit schweren Schritten schob er sich in den Salon, der im Dunkel lag. Müde ließ er sich auf das Behelfslager fallen.

»Martin«, sagte Brenda leise. »Ich hätte dem Kerl am liebsten ins Gesicht gespuckt.« Sie nahm seinen Kopf zwischen ihre Hände. »Ich wollte aber auch mit dir zusammensein.«

Er spürte ihre Nähe beruhigend und drängend, und sie vertrieb seine Müdigkeit; er atmete den Duft ihrer Haut, streichelte ihre Haare und kostete das Leben.

»Du bist großartig, Brenda«, sagte Martin. »Ich beginne schon, mich um dich zu beneiden.«

»Ich auch«, erwiderte sie. »Ich hab' dich lieb, Martin.«

Ihre Stimme klang spröde doch zärtlich, und er wußte, ohne zu fragen, daß er der erste Mann war, dem sie diese Worte sagte.

»Du«, erwiderte er überwältigt, und fand Lippen, die seine suchten.

Sie lagen nebeneinander. Nur wenige Meter von einer Höllenmaschine entfernt. Von Gangstern bedroht. Mit dem Untergang konfrontiert, vergaßen sie Zeit und Situation. Und sie hofften beide, daß sie diese Stunde künftig nie vergessen würden.

»Wir sind ja doch auf der Hochzeitsreise«, sagte er.

»Vielleicht werden uns andere einmal um sie beneiden«, erwiderte Brenda. »Hoffentlich langweilst du dich nicht, wenn wir auf die richtige gehen...«

»Dummkopf«, entgegnete er zärtlich.

Brenda bettete Martins Kopf an ihre Schulter. »Nun mach die Augen zu«, sagte sie.

»Nie«, erwiderte er. »Ich werde mich doch um keine Minute bringen...«

»Wir haben noch Stunden, Tage, Monate Jahre«, antwortete sie. »Ein ganzes Leben haben wir vor uns, wenn wir diese Hölle überstehen.«

Brenda streichelte ihn in Schlaf, betrachtete ein Gesicht, das sie längst auswendig kannte. Sie hörte Martins regelmäßigen Atem. Das Lächeln, mit dem er einschlief, blieb. Brenda bewachte ihn, bis es nicht mehr nötig war.

Dann ging sie nach unten.

Drei Stunden später kam Martin zu sich, fuhr hoch, griff ins Leere, sah auf die Uhr. Er haderte mit sich, weil er eingeschlafen war. Sein Zorn bewies ihm, daß er sich erholt hatte.

Er ging ins Cockpit zurück und löste Jim ab. Befriedigt stellte er fest, daß auch Dossola von der Müdigkeit drangsaliert wurde.

»Wo sind wir?« fragte er Jim.

»Auf direktem Kurs nach Frankfurt«, antwortete der Co-Pilot, und Martin konnte sich ausrechnen, daß die Nachricht über eine Zwischenlandung in Frankfurt das fast mit Schallgeschwindigkeit fliegende Großraumflugzeug mit Lichtgeschwindigkeit überholen würde.

Sensationen sind heute gängige Ware, aber ein Sonderangebot wie der Fall ›Happy Day‹ ließ die täglichen Massenartikel zu Ramsch werden. Nach dem Dinner verfolgten Schlachtenbummler vor den US-Bildschirmen in bequemen Clubsesseln die hektischen Frontberichte aus der Hauptkampflinie der Ohnmacht.

Auf der Mattscheibe wurde zum drittenmal der Start der gekaperten Boeing 747 von Miamis International Airport wiederholt. Vier Düsentriebwerke der zweiten Generation zogen das sanfte Ungetüm mächtig nach oben. Ihre Arbeitstemperatur von 1150 Grad Celsius – ermöglicht durch eine revolutionäre Werkstofftechnik – gab wie symbolisch die Hitze wieder, die von der Welturaufführung eines wahnwitzigen Verbrechens kam.

»Der Start erfolgte kurz vor 16 Uhr Ortszeit«, kommentierte ein Sprecher. »Der geraubte Jumbo nahm Kurs auf Westeuropa. In fast 12000 Meter Höhe überflog er inzwischen mit einer Geschwindigkeit von 950 Stundenkilometern die Bermuda-Inseln. Flugkapitän Nobis wurde von der Bodenstation die südliche Luftstraße zugewiesen. Sie führt vorbei an den Azoren in nördlicher Richtung über die Bucht von Biscaya auf das europäische Festland.« Der Moderator machte eine Kunstpause und hob die Stimme: »Soeben – eine Stunde und 40 Minuten vor der voraussichtlichen Landezeit in Frankfurt am Main – erfahren wir, daß die ›Happy Day‹ ihren Kurs geändert hat. Der Pilot bemüht sich um eine Landeerlaubnis auf dem Flughafen Portella bei Lissabon. Was die Piraten veranlaßt hat, diese unerwartete Zwischenstation einzulegen, versucht im Moment unser portugiesischer Korrespondent zu erfahren. Weitere Informationen folgen in Kürze.«

Tony Forthman teilte seine Aufmerksamkeit zwischen dem Bildschirm, der zimmereigenen Hausbar und seiner herb-blonden Begleiterin. Peggy, die aller Welt beheimatete Münchnerin, glich in keiner Weise einer wegen Rauschgiftschmuggel entlassenen Angestellten. Sie war auch noch nach ihrem Sturz eine Chefstewardeß geblieben, die ihrer Umwelt die Beine und die Zähne zeigte.

Der rasante Szenenwechsel des vergangenen Tages war ihr nicht anzumerken. In Schränken – zusammen mit Tony – aus dem New Yorker Hotel geschmuggelt, hatte sie von dem Möbelwagen in ein Campingauto umsteigen müssen. Auf der Fahrt war es ihr gelungen, eine Nachricht auf einen Zettel zu kritzeln, um die abgerissene Verbindung mit ihrem FBI-Schatten wiederherzustellen. In einem

Sportflugzeug hatte die Bande sie auf Umwegen nach Nassau auf den Bahamas geschafft.

Die Gangster ließen sie nicht aus den Augen; auch nicht beim Betreten der Luxus-Hochburg. In der Drehtür war Peggy mit einem offensichtlich angetrunkenen Tölpel zusammengestoßen, der ihr statt einer Entschuldigung zugeraunt hatte: »Alles in Ordnung, Miß Braun.«

Und das hieß für Peggy: Gruß und Schutz von Larry. Ihr Kassiber war gefunden worden, ihr Wagemut belohnt.

Sie zog ihre Schuhe aus und legte ihre langen Beine auf einen Schemel: Blickfang ohne Makel. Peggy – schlank, groß, schmales Gesicht, volle Lippen, neugierige Augen – wahrte auch privat eine kühle Natürlichkeit; gerade sie hatte immer die Träume der männlichen Passagiere angeheizt, aber zugleich ihre Hände gelähmt. Auch Tony war – trotz ständiger und unbeholfener Annäherungsversuche – eine Art Passagier geblieben.

»Lissabon?« fragte Peggy ohne den Blick vom Bildempfänger zu nehmen. »Sprit?«

»Vermutlich«, erwiderte der gekaufte Pilot der Dossola-Gang. »Ich möchte auch nicht den Rhein-Main-Flughafen ohne Kerosin-Reserve anfliegen, wenn ich auf die Gnade dieser Fluglotsen angewiesen wäre.«

Nach einem harten Schnitt zeigte die TV-Ausstrahlung Captain Painter, zur Zeit bei der Air-Force Heidelberg stationiert, kurz nach seiner Landung auf dem Militärflughafen bei New York. Eine geschwätzige Kamera begleitete ihn stumm auf seinem Weg in das Krankenhaus und überbrückte die Besuchszeit auf der Intensivstation mit einem schnellen Abstecher in die Taunus-Villa des Großindustriellen Kübrich.

Ein paradiesischer Fleck. Künstlich gezogene Wildnis. Drei blonde Mädchen beim Spiel mit drei schwarzen Pudeln. In einer Hollywood-Schaukel Annelie Kübrich, nicht alt, nicht jung, nicht schön, nicht häßlich, nicht traurig, nicht glücklich. Bloß sachlich. Erschreckend sachlich.

»Ich antworte Ihnen ganz offen«, sagte sie zu einem TV-Reporter, »daß ich ohne Zögern jedes Lösegeld für die Freilassung meines Mannes hinterlegen würde.«

Es war, als löschte ihre frostige Stimme das Bild. Einen Moment wurde die Mattscheibe blind.

Dann sagte der Moderator: »Diese klare Antwort reizt zu unterschiedlicher Deutung. So leicht macht man es Gangstern, Millionen zu erpressen. Oder: Selbst bei der Kriminalität gibt es noch soziale Unterschiede. Wer zahlen kann, kommt frei. Oder: Wenn sich die staatliche Macht als ohnmächtig erweist, kann nur noch ein privates Söldnerheer den Bürger schützen.«

Der Moderator ließ seinen Zuhörern ein paar Sekunden Zeit, seine Worte zu verdauen. »Aber erinnern wir uns«, lenkte er ein, »daß die bedrängte Fluglinie ohne Zögern vier Millionen Dollar ausgegeben hat, um 200 weniger begüterte Geiseln freizukaufen.«

Dann war wieder Captain Painter auf dem Bildschirm, und sein Leid ersetzte die Regie.

»Ich muß den Ärzten dankbar sein, daß meine Frau überhaupt noch am Leben ist«, sagte der junge Offizier müde. Im Weitergehen setzte er hinzu: »Immerhin, ein Funke Hoffnung bleibt –«

Die Kamera schwenkte mit, ohne Ton. Das Bild war eindrucksvoll, sprach für sich. In Tonys Glas klapperten die Eiswürfel.

»Würdest du dich noch einmal auf diese Geschichte einlassen?« fragte sie.

»Das weiß ich nicht«, erwiderte der Junge. »Aber ich kann jetzt nicht mehr auf halbem Weg aussteigen. Vergiß nicht, daß ich von der JET-AIR gefeuert wurde. Ich hab' deshalb keine Zukunft als ordentlicher Flugkapitän.« Ein unsicheres Lächeln entblößte seine Schneidezähne: »Und die erste Million verdient man im Leben immer auf Kosten anderer.«

»Achtung! Achtung!« kam der TV-Moderator einer Antwort Peggys zuvor. »Bleiben Sie noch am Bildschirm. Wir erwarten in wenigen Minuten eine Stellungnahme der US-Regierung zum Fall ›Happy Day‹. Da sich der Atomforscher Frank Hammersmith unter den Entführten befindet, könnte es zu unabsehbaren Folgen kommen.« Nach einer kurzen Pause schloß der Sprecher: »Wir schalten um nach Washington.«

Klappern gehört zum Handwerk, aber Peggy spürte, daß es hier nicht um Sensationsmache ging. Sie hatte Schmetterlinge im Magen; um sie zu ertränken, nahm sie Tony das Glas aus der Hand. Der Bourbon on the rocks schmeckte nach Medizin: Medizin ist bitter.

Es war kurz vor 22 Uhr, und nicht nur in diesem Hotel stürmten nach der letzten TV-Ankündigung die Feriengäste aus den Spielsälen und Tanzdielen an die Bildschirme.

Zunächst war das Capitol in Sicht, der architektonische Fehltritt eines geschichtsarmen Landes, musikalisch umrahmt von weichen Mollklängen.

Chopin, stellte Peggy fest; dann folgte sie Tonys Blick. Der Mann, auf den sie seit Stunden warteten, war erschienen, um ihnen endlich genaue Weisungen zu erteilen. Die Ex-Stewardeß, die allenfalls eine etwas intelligentere Ausgabe ihres Dauerbewachers erwartet hatte, wurde im ersten Anlauf überrumpelt.

Der Manager des Untergrunds glich dem Direktor eines Industriekonzerns: Er war elegant, ohne stutzerhaft zu wirken, gepflegt, ohne feminin zu erscheinen, etwa vierzig, hatte ein interessantes Gesicht mit dunklen, suggestiven Augen.

»Entschuldigen Sie die Verspätung«, sagte er und ging auf Peggy zu. »Moretti«, stellte er sich vor und wartete, bis sie ihm die Hand reichte. »Für meine Freunde Milo. Und Freunde werden wir in den nächsten Tagen wohl werden. Und Sie sind Tony Forthman«, wandte er sich lächelnd an den Ex-Piloten, »und demnächst frischgebackener Millionär der USA.«

Moretti sprach ein ausgezeichnetes Englisch, fast ohne italienischen Akzent. Er ließ seinen neuen Mitarbeitern Zeit, mit ihrer Verwirrung fertig zu werden, betrat das linke Nachbar-Apartment und scheuchte mit einer stummen Geste Johnny aus dem Raum.

Der brutale Gangster, der sie schon in New York wie Gefangene behandelt hatte, schob sich mit unsicheren Schritten an ihnen vorbei, sein Gesicht wies kastrierten Zorn auf.

»Ich weiß, daß Sie einiges mitgemacht haben«, sagte Moretti in bedauerndem Tonfall. »Sie sind noch nicht lange vom Fach. Für Schmutzarbeit braucht man einfach Dreckskerle.«

»Und für was braucht man uns?« fragte Peggy.

»Das erfahren Sie gleich«, antwortete Moretti. »Ich habe mit unserem Auftraggeber gesprochen. Er bietet Ihnen – zusammen – eine Million Dollar plus Gewinnbeteiligung.«

»Für was?« stellte Peggy sich dumm.

Die Musik auf dem Bildschirm wurde lauter.

»Können wir den Flimmerkasten einen Moment abschalten?« fragte der Mann, der vermutlich bei der Erfindung des idiotischen Begriffs ›Gentleman-Gangster‹ Modell gestanden hatte.

»Bitte nicht jetzt«, entgegnete Tony. »Es ist eine sensationelle Verlautbarung der US-Regierung angekündigt.«

»Ich schenk' Ihnen den Knüller«, sagte Moretti belustigt. »Gleich werden Sie ein gewaltiges Lamento hören, daß der Atomforscher Hammersmith zu den entführten Passagieren gehört. Die Burschen spielen das hoch, um ihre Bundesgenossen in Europa auf unsere Freunde scharf zu machen. ›Das nukleare Schild und Schwert der

Vereinigten Staaten‹«, äffte der Gangster den Ton des US-Präsidenten nach. »Jedenfalls der Mann, der die Rüstungs-Milliarden tanzen läßt.«

Wie ein gestelltes Echo tauchte auf der Mattscheibe das besorgte Gesicht der Regierung – vertreten durch einen Viersternegeneral – auf. Moretti drehte das Gerät auf halbe Lautstärke, aber Entsetzen hatte Tony gepackt.

»Ich beantworte gerne Ihre Fragen«, redete ihm der Italo-Amerikaner zu.

»Davon habe ich nichts gewußt«, antwortete der Ex-Pilot hastig. »Mit solchen Geschichten will ich nichts zu tun haben. Nichts mit Spionage, und –«

»Ich auch nicht«, versetzte der Banden-Beauftragte. »Nun nehmen Sie einen kräftigen Schluck und benutzen Sie Ihren Verstand. Wir werden Mr. Hammersmith meistbietend versteigern.«

»An wen?« fragte Peggy.

»Raten Sie mal«, entgegnete der Funktionär des Syndikats. »An den Meistbietenden. Und das sind in jedem Fall die USA. Verstehen Sie? Ein blendendes Geschäft! Wir verkaufen den Vereinigten Staaten ihre eigenen Rüstungsgeheimnisse.« Er klopfte Tony auf die Schulter. »Sie bleiben ein US-Patriot und können sich dabei noch die Taschen füllen.«

Seine Worte waren zynisch, aber logisch; die Dossola-Gang arbeitete mit Dollar und nicht mit Rubel.

»Wurde die ganze Entführung nur wegen Mr. Hammersmith inszeniert?« fragte Peggy.

»Das wäre übertrieben.« Der Gangster-General lächelte fein. »Unsere Organisation hat einfach abgewartet, bis ein Jumbo mit der richtigen Fracht startete.« Er griff sich ein Glas. »Und ein guter Schlachter verkauft sein Schwein nach Fleisch und Knochen. Cheers!« prostete er Tony zu. »Ich bin gegen Zwang. Ich bin für Teamwork.«

Er entnahm seiner Brieftasche zwei Pässe und zwei Flugscheine. Die Dokumente waren echt, die Eintragungen gefälscht, die Tickets ausgestellt auf Paris.

»Morgen«, erklärte Moretti. »Wir nehmen die Frühmaschine. Ich werde mit Ihnen reisen. Wir drei – ganz unter uns.«

»Und dann?« fragte Peggy.

»... kommt Tonys großer Tag. Er wird wieder eine Boeing fliegen.«

»Und die schenkt Ihnen die Fluglinie?« spöttelte Peggy.

»Die JET-AIR würde uns diesen Vogel auch schenken. Sagen wir eine Boeing 727 gegen dem Jumbo ›Happy Day‹.« Moretti sah, daß die Novizen der Kriminalität die zweite Stufe der Entführung noch nicht begriffen hatten. »Wir leihen sie uns aus«, sagte er. »Wir geben die Boeing 747 nebst Besatzung dem rechtmäßigen Eigentümer zurück und steigen mit den restlichen Passagieren auf den kleineren Vogel um. Kapiert, Captain?«

»Und wie kommen wir an Bord?« fragte Tony.

»Eine Polizei-Eskorte wird Sie über den Flugplatz geleiten wie einen Staatsbesucher. Nur der rote Teppich fehlt.«

»Fantastisch«, entgegnete Tony, der begriffen hatte. »Aber ich brauche einen Co-Piloten.«

»Für Ihre Gage können Sie ruhig etwas mehr Arbeit leisten«, erwiderte Moretti humorig. »Und Miß Braun, unsere Amateur-Pilotin, hat ja einen Funker-Kurs hinter sich, nicht? Und ich muß Ihnen gestehen, daß ich vor einiger Zeit sogar Navigations-Offizier bei der US-Marine gewesen bin.«

Er lächelte bescheiden. »Weitere Fragen?«

»Wann steigt die Sache?« fragte Peggy.

»Bald.«

»Und wo?«

»Das werden Sie unmittelbar nach mir erfahren.«

Auf dem Bild steigerte sich – trotz gedrosselter Lautstärke – die Stimme des Pentagon-Generals.

»Ein nationales Drama«, stellte er fest. »Aber noch viel mehr: eine Katastrophe auch für die NATO, falls der Mann den Staaten des Warschauer Pakts in die Hände gespielt würde. Wir müssen es verhindern, um jeden Preis.« Während die Kamera auf sein Gesicht zufuhr, verbesserte er sich: »Um fast jeden Preis, denn eine todsichere, aber tödliche Möglichkeit wäre, den Jumbo-Jet vor Überfliegen der Ostgrenze einfach abzuschießen.«

Entsetzen griff nach den Zuschauern, bis sie das Gesicht des hohen Militärs sahen, der über die eigenen Worte bestürzt schien. »Aber wer könnte hierfür die Verantwortung übernehmen?« setzte er schnell hinzu.

37

Während des Nachtflugs war die ›Happy Day‹ auf Direktkurs geblieben und flog gegen den Uhrzeigersinn. Auf einmal platzte die Dunkelheit, und der Jumbo raste der Sonne entgegen. Das grelle Licht schreckte die Insassen des Riesenvogels auf.

Jim, der Co-Pilot, suchte die Augen seines Captains. Martin sah stur geradeaus, Richtung Tower von Frankfurt, wo Mutschka ihn erwartete und sich mit Brenda begnügen müßte.

Unter normalen Umständen hätte der Sprit bis zur Main-Metropole gereicht, aber der Bummelstreik der Fluglotsen machte die Luftfahrt zu einer Sache von Erpressern und Erpreßten. Es war mit beträchtlichen Verspätungen zu rechnen und das bedeutete, daß dem gekaperten Jet-Riesen die Umleitung nach Zürich, Stuttgart oder München drohte.

»Ich weiß, Jim«, sagte Martin. »Unser Treibstoff wird knapp. Aber wir wollen es riskieren. Sie werden uns schon runterlassen.«

Die Stimme des Flugkapitäns klang fremd, das Wort war neu. Zum erstenmal, seitdem Jim ihn kannte, übertrat der Chefpilot sein eigenes Gesetz; er hatte seinen jungen Männern eingeschärft: Fliegen sei das völlige Ausschalten jeglichen Risikos.

Im Passagierraum betrieb der vorzeitige Tagesanbruch ein gereiztes Durcheinander. Die Folter der vielstündigen Ungewißheit hatte die Nerven überfordert. Solange sich die Frauen und Kinder an Bord befunden hatten, war der Selbsterhaltungstrieb noch kaserniert gewesen; jetzt zeigte sich auf vielen übernächtigen Gesichtern der Egoismus wie der Bartwuchs. Die Spannung entlud sich in kleinen Zwischenfällen; jeder konnte zu einer Explosion führen, bei der es keine Überlebenden gäbe.

Die sieben Stewardessen stellten ihren Mann.

»Kaffee, Sir?« fragte Miriam Professor Hammersmith.

»Nein, danke«, antwortete der meistgenannte Mann des Tages.

»Sie sollten etwas zu sich nehmen«, drängte Miriam lächelnd. »Vielleicht eine Tasse Tee?«

»Aber ich trinke doch nie vor zehn Uhr vormittags«, erwiderte der Atomforscher leicht vorwurfsvoll.

Miriam ging weiter, überreichte dem Senator Gallagher einen Trockenrasierer.

Der Mann betrachtete ihn wütend, warf ihn zu Boden. »Ich will keinen Rasierapparat«, brüllte er das Mädchen zusammen. »Ich will nach Frankfurt!«

»Aber da fliegen wir ja gerade hin«, entgegnete die Stewardeß. Ein paar Umsitzende lachten, immerhin.

Ein junger Bursche im karierten Hemd, Ferry Miller, nahm mit den Augen Maß bei dem griechisch-orthodoxen Patriarchen. Er starrte auf die Lippen, die sich stumm und regelmäßig bewegten wie Schmetterlingsflügel, einen Text mitlesend, den sie längst auswendig kannten. Der jugendliche Passagier sah auf den Bart, auf die schwarze Rundhaube. Er hielt für Gewöhnung, was vielleicht Andacht war, und sprang zornig auf.

»Ihr Prinzipal hat noch Wunder gewirkt«, schrie er den Patriarchen an und riß ihm das Brevier aus der Hand. »Aber Sie sitzen hier wie ein – wie ein Wiederkäuer.«

Eine Stewardeß hob die Bibel auf. »Bitte«, sagte sie gleichzeitig zu dem Geistlichen und zu seinem Herausforderer.

Während sich im Heck Professor Delby über seinen noch immer bewußtlosen Gangster-Patienten beugte, ließ sein Gehilfe Mike den Passagierraum nicht aus den Augen: Er roch Gefahr.

Aus der anonymen Masse schälten sich Männer, die bei einem Anschlag auf die Gangster zu gebrauchen wären; aber solange der FBI-Agent den Unbekannten mit dem Fernzünder nicht fand, waren seine Hände gelähmt.

»Der Blutdruck geht zurück, die Temperatur sinkt«, konstatierte Professor Delby. »Das Spenderblut spricht nach der Kreuzprobe voll an. Wenn die Durchblutung des Gehirns nicht unterbrochen war, muß der Bursche bald zu sich kommen. Ich kann ihn dann so lange künstlich am Leben erhalten, bis er in die richtigen Hände kommt.«

»Oder in die falschen«, versetzte Mike und ging nach vorn.

Die Luftpiraten überließen während des Fluges alle vier Kabinen den Passagieren. Cesare saß auf der Treppe und schäkerte mit Manon, dem freiwillig an Bord gebliebenen Mannequin. Die Szene war eindeutig. Zumindest für Mike. Er konnte den Flirt als exaltiertes Verhalten abbuchen, was dem Modeschöpfer offensichtlich mißlang.

Monsieur Clément verfolgte Manon mit wütenden Blicken. Seiner Staffage beraubt, kam er sich nackt vor und fror; deshalb wärmte er sich auf. Ein Mann, der nach der Briefwaage lebte, vorwiegend von Rohkost und Gemüsesäften, und als Opfer des Kalorien-Terrors den Alkohol mied, bediente sich aus einer Flasche Cognac, die er schon vor der Entführung zollfrei erworben hatte.

Mike sah, daß Cléments Augen glasig wurden und sich sein

Gesicht entspannte. Der FBI-Mann lächelte. Alkohol war auch eine Art, mit der Situation fertig zu werden. Dann betrachtete er die Frau aus Wien, die durch den Münzwurf zum weiteren Verbleib an Bord gzwungen worden war.

Mrs. Weidmann, brünett, ein wenig mollig, vielleicht Mitte Dreißig, war in jedem Fall älter als der Mann, der neben ihr saß. Eigentlich gab es jeden Grund, ihre Selbstlosigkeit zu bewundern – aber etwas stimmte nicht.

Sie saßen in der mittleren Sitzreihe. Er sah auf den rechten, sie auf den linken Seitengang. Sie sprachen kein Wort miteinander. Wie lange mochten sie wohl verheiratet sein? Offensichtlich hatten sie sich auseinandergelebt. So betrachtet war Mrs. Weidmann vorhin vielleicht von ganz anderen Motiven geleitet worden: Rechthaberei? Eifersucht? Haß-Liebe?

Es waren jedenfalls Dinge, die einen FBI-Mann nichts angingen; Mike ging wieder zurück. Dabei stieß er auf einen vielleicht Dreißigjährigen, der krank aussah und unsicher um Professor Delby herumschlich.

»Dr. Pombe«, stellte sich der persönliche Referent des Großindustriellen Kübrich vor. »Ich ... ich müßte dringend an eine künstliche Niere angeschlossen werden.«

»Was sagen Sie da?« erwiderte Marc aufgebracht. »Warum erst jetzt? Mann, wissen Sie, daß Sie mit Ihrem Leben –«

»Ich dachte, daß für andere, für Kinder, für Frauen, die Entlassung doch wichtiger wäre als für mich«, sagte der Mann, der jeden Dienstag und Freitag zur Dialyse in ein Krankenhaus mußte.

Es war nur die halbe Wahrheit: Dr. Pombe, der seine Lebensfähigkeit aus den Waschtanks einer Kunst-Niere bezog, hatte aus Angst, seine Vorrangstellung zu verlieren, vor seinem Chef auch weiterhin den Gesunden spielen wollen.

In diesem Moment rissen die Gespräche ab. Delby und Blower sahen nach vorn, wo Dossola zunächst einmal mit einem Fußtritt Cesare hochjagte und sich dann an Manon wandte. »Komischen Geschmack haben Sie, Miß.«

Der Statthalter der Erpressung produzierte sich in der First-Class-Kabine: »Nun, meine Herren«, fragte er. »Wären Sie so freundlich, mir Ihre Angebote mitzuteilen?«

Er erhielt keine Antwort und wandte sich an Kübrich: »Wir landen direkt vor Ihrer Haustür«, sagte er. »Sollte Sie das nicht verschwenderisch machen?«

»Eine Million«, antwortete der Passagier kalt.

»Dollar«, versetzte der Gangster. »Sie sind klug, Herr Generaldirektor.«

»Ich bin kein Generaldirektor«, erwiderte der Industrielle. »Ich ernenne nur solche.« Er schützte sich durch Arroganz. »Wickeln Sie die Einzelheiten dieses Geschäfts mit Dr. Pombe ab«, setzte er hinzu. »Er ist auch an Bord.«

»Wo ist Dr. Pombe?« rief die Dolchnase in den Passagierraum. Dossola ging nach hinten, nickte Professor Delby zu. Sein Blick streifte Sandy, der gerade zu sich kam und benommen um sich sah. Seine Lippen zuckten, die Augen suchten einen Halt. Die erste Empfindung eines zurückkehrenden Bewußtseins war Angst.

»Cesare«, befahl Dossola. »Hol den Mulatten her.« Er nickte Sandy zu. »Du hast eine schöne Scheiße gebaut in New York. Aber zur Belohnung hüten wir dich wie unseren Augapfel.« Er lächelte Professor Delby an: »Vielen Dank, Wunderdoktor«, sagte er. »Wir werden Ihren Patienten jetzt zur Spezialpflege in den Ausruheraum nach oben schaffen.«

»Wenn Sie ihn umbringen wollen«, erwiderte Marc gelassen.

Cesare und der Mulatte griffen nach Sandy.

»Nein!« brüllte der Verwundete. »Die woll'n mich killen!«

Cesare preßte die Hand auf seinen Mund. Der Patient biß hinein. »Helft mir doch!« schrie Sandy weiter. »Die töten mich! Die bringen mich um. Die machen mich kalt!«

Die Passagiere zogen den Kopf ein, stützten ihn auf die Knie, wie bei einer Notlandung.

Nur Clément, der Modeschöpfer, sah die Dinge anders. Er saß auf hohem Roß, auf schwankendem Pferderücken, einsam und tapfer, der Held der Prärie, Beschützer der Wehrlosen.

Und statt des Colts hielt er einen Flaschenhals.

Es ging ganz schnell. Als Cesare und der Mulatte Sandy vorbeitrugen, holte er aus und schlug zu.

Die Flasche traf Cesare am Hinterkopf. Der Bandit ging zu Boden und riß Sandy mit sich.

»Jetzt!« rief Ferry Miller.

Einige beherzte – und unbesonnene – Passagiere stürzten sich auf Dossola, schleuderten ihn über einen Polsterstuhl, hielten ihn fest.

Mike griff zur Pistole, zögerte eine letzte Sekunde.

Da fiel der Schuß, der den betrunkenen Clément traf.

Der Lauf wechselte das Ziel, durchschoß den Oberschenkel eines Bischofs.

Und zwei, drei Kopfschüsse machten Schluß mit Sandy.

»Zurück!« brüllte Weidmann, der angebliche Passagier. Auch seine Frau war jetzt bewaffnet.

Der Putsch brach unverzüglich zusammen, doch der Mann mit dem Fernzünder war – trotz des raffinierten Bluffs von Miami – enttarnt. Er trieb die Passagiere wieder zu den Sitzen und bedeutete Professor Delby mit einer Geste, die neue Arbeit aufzunehmen.

Einige Minuten später, knapp 40 Stunden nach der Entführung, änderte die ›Happy Day‹ den Kurs, um in Lissabon zu landen.

38

Aus einer Flugzeugentführung war eine Staatsaffäre geworden. Für Larry brachte das nur einen Vorteil: Er konnte, was Geld und Mitarbeiter anbelangte, den Gangstern eine regelrechte Materialschlacht liefern.

Schon waren Spezialisten als Berater in die europäischen Hauptstädte abgeflogen. Washingtons diplomatische Offensive rannte offene Türen ein. Die NATO-Staaten sagten jede Unterstützung zu. Die Schweiz schloß sich an, es folgten die Länder Skandinaviens.

Während die Boeing 707 des FBI startklar gemacht wurde, lief noch die Vernehmung der entlassenen Geiseln. Bob S. Greenhill, der Wallstreet-Finanzier, wurde von Beamten, die für Amerika ziemlich linkisch und subaltern wirkten, betont oberflächlich verhört und sehr bald verabschiedet.

Drei bewährte Leute hetzte Larry auf die Fersen des Verdächtigen. Zwei Verfolger konnte der Mann von der Sutton-Place durch Profi-Tricks abhängen; der dritte verfolgte ihn bis zu einem Privatflughafen bei Cap Kennedy.

Hier stand eine zweistrahlige Privatmaschine des Typs ›Hawker Siddeley‹, zugelassen auf eine Scheinfirma Greenhills.

»Noch eine Überraschung«, meldete der Verfolger: »Unser luftkranker Passagier kann die Kiste selber fliegen.«

Larry schlug Alarm bei allen Radarstationen. Dann versammelte er seine Leute um sich. »Langsam kommt Licht in diese miese Geschichte«, sagte er. »Greenhill selbst wird also irgendwo Leute und Beute in Empfang nehmen und auf einem vorbereiteten Fluchtweg untertauchen.«

»Und was ist mit Forthman und Peggy?« fragte sein Vertreter.

»Geduld, Stevie-Boy«, erwiderte Larry. »Auch dahinter kommen wir noch.«

Vor dem Start nach Europa rief er einen Vertrauten der FBI-Außenstelle New York an: »Ich hab' eine verdammt heiße Sache für dich, mein Junge«, sagte Larry. »Es handelt sich um Bob S. Greenhill von der Sutton-Place.«

»Den Finanzmann?«

»Ich bin sicher, daß er der Drahtzieher der Dossola-Gang ist. Nur fehlt mir jeder Beweis. Geh zum Richter und sieh zu, daß du einen Durchsuchungsbefehl –«

»Du Witzbold«, versetzte der Mann gereizt.

»Dann sieh zu, wie du sonst in das Haus kommst.«

»Schon mal was von Watergate gehört?« fragte der Bundesbeamte am anderen Ende.

»Eben«, entgegnete Larry. »Darum rufe ich dich ja an. Schon mal was von Professor Hammersmith gehört?«

»Schön«, schloß der FBI-Mann grimmig. »Und wenn's schiefgeht, schickst du mir Zigaretten in das Kittchen.«

»Lebenslänglich«, versprach Larry lachend.

Zwei Stunden nach der ›Happy Day‹ startete die Boeing 707 auf der nördlichen Luftstraße in Richtung Europa. Auf halbem Weg erreichte sie die Nachricht von der Zwischenlandung der entführten Maschine in Portugal.

»Schießerei an Bord«, meldete der Mann aus Lissabon. »Sandy ist tot. Vermutlich von eigenen Leuten umgelegt. Modeschöpfer Clément hat einen Bauchschuß. Böse Sache. Bischof Morin hat einen Oberschenkel-Durchschuß. Viel kann er uns leider nicht sagen, er versteht mehr vom Jenseits als vom Diesseits.«

»Wie geht's weiter?«

»Der Jumbo wird gerade aufgetankt.«

Das bedeutete, daß die FBI-Crews Frankfurt lange vor der ›Happy Day‹ erreichen würde.

39

Die Sonne lag sengend über der Rhein-Main-Ebene. Auf Deutschlands größtem Lufthafen rollte zum erstenmal seit Tagen der Flugbetrieb wieder pünktlich. Nach den ersten Meldungen, der entführte Jumbo-Jet steuere Frankfurt an, waren die Fluglotsen trotz ihres Bummelstreiks wieder geschlossen zum Dienst erschienen: Die Sensation hatte eine Wunderheilung vollbracht. Der Horror in der Luft verschob den Terror vom Tower.

Sowie in Lissabon der Riesenvogel zum erzwungenen Weiterflug gestartet war, wurde sie schon für den übrigen Flugbetrieb gesperrt. Ausgesuchte Männer der GSG-9-Abteilung vom Bundesgrenzschutz bezogen Posten; es stand ihnen ein heißer Tag bevor.

Um 10 Uhr 32 stand die Sicherheitskette. Der Landeplatz der ›Happy Day‹ lag im Schußfeld der Gewehrläufe und Maschinenpistolen. In dieser Minute erhielt Larry – er näherte sich mit rasch schwindenden Treibstoffreserven der deutschen Grenze – die Landeerlaubnis.

Die Sicht war klar, doch Larry sah schwarz. Als Gast auf deutschem Hoheitsgebiet sah der FBI-Experte Schwierigkeiten voraus: Streitereien um die Zuständigkeit. Nationale Rivalitäten. Sprachhindernisse. Er sollte die erste angenehme Überraschung dieses Tages erleben.

Der Pilot hatte seine Position durchgegeben. Der Controller der Bodenstation quittierte sie mit den Worten: ›Der Einsatzleiter der Polizei möchte mit Mr. Merx sprechen. Schalten Sie bitte auf SELCAL.«

Bevor Larry seinen Agenten Bill herbeirufen konnte – als Bord-Ingenieur, Computer-Programmierer, Nahkämpfer, Fallschirmspringer und dazu noch Dolmetscher für die deutsche Sprache, war er nur ein Repräsentant für die Vielseitigkeit dieses Katastrophen-Kommandos –, hatte sich der deutsche Kriminalbeamte bereits gemeldet: »Hier spricht der Sicherheitsbeauftragte des Rhein-Main-Flughafens«, sagte eine bekannte Stimme im vorbildlichen Englisch. »Unter anderen Umständen hätte ich Sie lieber gesehen, Mr. Merx. Aber ich glaube, wir haben Sie heute verdammt nötig.«

»Mr. Beißwang?« fragte Larry überrascht.

»Erraten«, erwiderte der Kriminalrat, der nach dem Olympia-Massaker von München zur FBI-Zentrale nach Washington entsandt worden war, um aus der US-Erfahrung von damals genau 101 Flugzeugentführungen nach Kuba zu profitieren. Die Auswertungen von Akten, Computer-Analysen, Planspiele im Sandkasten und offener Meinungsaustausch am runden Tisch hatten dem jungen Beamten beigebracht, daß bei der Bekämpfung von Flugzeugentführungen das Gesetz des Handelns zunächst aus einer Übung in Geduld zu bestehen hatte.

»Besondere Wünsche, Mr. Merx?« fragte Larrys Zauberlehrling.

»Einen Standplatz für unser fliegendes Hauptquartier«, antwortete der FBI-Spezialist. »Und raschen Anschluß an das Telefonnetz.«

»Danke. Ende.« bestätigte der Einsatzleiter.

Larry hatte Werner Beißwang als einen der neugierigsten Austausch-Beamten in Erinnerung, die bei seiner Dienststelle durchgeschleust worden waren: leise, unkonventionell, energisch, der Typ des modernen Kriminalbeamten, der nicht Aktenstaub als zweites Frühstück einnimmt.

Larry erhob sich vom Co-Pilotensitz, um nach hinten zu gehen. Es sah aus, als verdoppelte er dabei seine langen Affenarme und scheinbar selbständigen Beine.

»Lissabon«, rief ihm Steve zu.

»Tut mir leid, Chef«, meldete sich Larrys Mann. »Noch nichts Neues. Clément liegt noch auf dem OP-Tisch. Mit Mr. Morin habe ich inzwischen gesprochen. Während der Schießerei las er die Bergpredigt.« Der FBI-Agent lachte. »Der Bischof kam zu dem Oberschenkel-Durchschuß wie die Jungfrau zum Kind.«

Er war jedenfalls von Bord gekommen. Gratis. Larry war froh für jeden Passagier, der dem Verhängnis entgehen konnte. Aber seit dem Zwischenfall über dem Golf von Biscaya wußte er nicht mehr, wie es an Bord der ›Happy Day‹ aussah. Hatte Mike eingegriffen? War sein Mann entlarvt? Ob Larry seine Geheimwaffe an Bord verloren hatte, würde er erst nach der nächsten Geiselentlassung erfahren – aller Voraussicht nach von Mr. Kübrich.

Er ging nach hinten, nickte Mr. Lovestone zu. Der Präsident der JET-AIR sah weiterhin gepflegt und würdig aus, obwohl ihm der Ausverkauf seiner Firma drohte, zu dem er noch kräftig beitrug, um Besatzung und Passagiere zu retten.

»Hör zu, Bill«, wandte sich Larry an den FBI-Dolmetscher. »Für dich habe ich nach der Landung ein hartes Stück Arbeit. Du fragst dich nach Mrs. Maria Nobis durch.«

»Martins Mutter«, sagte Norman Lovestone.

»Ja«, bestätigte Larry. »Du gehst nicht von ihrer Seite, Bill. Ganz egal, was geschieht. Sag ihr, daß wir alles tun.«

Das Gesicht des FBI-Mannes zeigte an, daß er lieber an der Spitze eines verlorenen Haufens die ›Happy Day‹ gestürmt hätte, als den Wachhund oder Seelentröster für eine besorgte Mutter zu spielen.

»Ich helfe Ihnen dabei, Bill«, tröstete ihn Lovestone. »Und Sie werden eine großartige Frau kennenlernen.«

Als Vorbote des einsetzenden Welt-Luftkrieges setzte die FBI-Maschine um 11 Uhr 11 auf dem Rhein-Main-Flughafen auf.

»Was meinen Sie«, begrüßte Kriminalrat Beißwang den Chef des Sonderkommandos auf der Bodentreppe, »wie mich Ihre Botschaft und unser Verteidigungsminister in die Zange nehmen.«

Mit dem ersten Blick sah Larry, daß die deutsche Polizei so konsequent für den Empfang des entführten Jet-Riesen gerüstet war, als hätte sie ihre Befehle aus der FBI-Zentrale bezogen: uniformierte Polizei als Schirm nach außen; Scharfschützen als innere Postenkette. Mit ihren kugelsicheren Westen, mit ihren Präzisionsgewehren nebst aufgesetzten Zielfernrohren sahen die Männer der Alarm-Einheit gefährlich aus, auch wenn sie nur bewaffnete Hilflosigkeit demonstrierten.

Bei den bisherigen drei Zwischenlandungen des gekaperten Jumbos in New York, Miami und Lissabon hatte nur die Ohnmacht gesiegt, wobei immerhin 210 Schicksale den Gangstern abgekauft worden waren – wenn man Lovestone, den Jungen Jimmy, die sechs Stewardessen, den angeschossenen Bischof und den schwerverletzten Modeschöpfer mitrechnete – gegen vier Millionen Dollar!

»Und das waren noch Volkspreise«, sagte der Kriminalrat grimmig.

»Jetzt verlangen sie allein für Kübrichs Freilassung eine Million.«

»Kennen Sie den Mann?« fragte Larry.

»Vom Hörensagen«, erwiderte der Einsatzleiter. »Er wird in Deutschland in einem mit Krupp und Flick genannt.«

»Auch so reich?« fragte Larry.

»Nicht ganz«, antwortete der Mann vom Bundeskriminalamt. »Doch mehrfacher Umsatzmilliardär. Hat sich von unten hochgeboxt. Haudegen, und wenn ich es richtig sehe, eine Art Haifisch mit Herz.«

Sie gingen auf der anderen Seite der Postenkette entlang.

»Eine Million Dollar ist für Kübrich ein besseres Trinkgeld, trotzdem wundere ich mich, daß er sich überhaupt auf Verhandlungen mit den Gangstern einläßt.«

»Das würden wir an seiner Stelle voraussichtlich auch tun«, versetzte Larry.

»Gewiß«, sagte Kriminalrat Beißwang. »Aber irgendwo hat die Erpressung doch Grenzen. Die Gangster könnten zur Belohnung auch noch Straffreiheit fordern oder auch verlangen, daß sich der US-Präsident nackt auf die Stufen des Capitols hockt.«

»Malen Sie den Hintern nicht an die Wand«, meinte Larry düster. »Ich weiß nicht, wie weit im Moment Mr. President gehen würde, um diesen Nuklear-Forscher Hammersmith freizubekommen.«

Sie hatten die FBI-Boeing wieder erreicht. Inzwischen war ein gepanzertes Auto mit Kübrichs Lösegeld vorgefahren.

Aus den Lautsprechern dröhnten die Positionsmeldungen der ›Happy Day‹, von der Bodenstation pausenlos durchgegeben. Am Himmel stand keine Wolke, doch der mit Angst und Leid befrachtete Jumbo schob sich drohend näher wie ein schweres Unwetter.

Flugkapitän Nobis setzte zur Landung an.

12 Uhr Mittag. High noon. Tatsächlich wirkte Larry Merx mit seinem verwitterten Gesicht, in dem wild die Augen lichterten, wie Gary Cooper in dem zeitlosen Streifen: Gewalt gegen Wehrlose, ein Evergreen.

Die ›Happy Day‹ rollte aus.

Vorsichtig wurde eine Bodentreppe an den Einstieg für die Besatzung herangeschoben.

Aber der Jumbo blieb verschlossen.

Einige unendlich scheinende Minuten sah die JET-AIR-Maschine wie ein Geisterflugzeug aus.

So präsentierte sich der Jumbo dem deutschen Bundesinnenminister, im Hubschrauber herbeigeflogen; dem Oberbürgermeister der Main-Metropole; dem hessischen Ministerpräsidenten; Generalen der Bundeswehr; die in einer sinnlosen Marathon-Konferenz mit ihren NATO-Kollegen bereits beraten hatten, ob Abfang-Jäger der Bundeswehr eingesetzt werden sollten, falls die ›Happy Day‹ in ein Ostblockland weiterfliegen würde. Selbst der Bundeskanzler ließ sich, so meldeten Nachrichtensprecher, von seinem persönlichen Referenten laufend über die Lage am Rhein-Main-Flughafen informieren.

Endlich meldete sich Gangster-Boß Dossola: »Deponieren Sie das Geld auf der Bodentreppe«, befahl er über Sprechfunk. »Wir schicken Ihnen dann Mr. Kübrich.«

»Sie müssen sich noch eine Weile gedulden«, antwortete Kriminalrat Beißwang: »Es ist nicht leicht, in Deutschland so viele Hundertdollarscheine auf einmal aufzutreiben.«

»Mit wem hab' ich eigentlich das Vergnügen?« fragte der Luftpirat in seinem süffisanten Ton.

»Mein Name ist Beißwang«, erwiderte der Kriminalrat. »Ich leite hier den Einsatz. Ich möchte dafür sorgen, daß nicht noch mehr Blut fließt, und –«

»Sie sprechen mir aus der Seele, Mr. Beißwang«, höhnte Dossola.

»Können wir mit weiteren Passagieren ins Geschäft kommen?«

»Wer zahlt, kommt frei«, versetzte Dossola gleichgültig. »Aber das ist eine Frage, die die Herren Passagiere selbst entscheiden müssen.«

»Sie können die Million sofort haben, wenn Sie größere Scheine annehmen«, lockte der Einsatzleiter.

»Wir haben Zeit«, erwiderte der Gangster-Boß. »Und Ihre Leute sollen ruhig Überstunden machen.«

Das Gespräch drohte abzureißen, aber der junge Kriminalrat hielt es in Gang, um Zeit zu gewinnen, um seinen Gegenspieler zu unbedachten Äußerungen zu verleiten.

»Wir haben für den Pilotenwechsel eine Crew zusammengestellt«, sagte er in seinem blendenden Englisch. »Sie können ja die Leute nach Waffen untersuchen, und–«

»Wir wissen ganz genau, was wir können«, antwortete Dossola. »Wann, wo und wie die Besatzung ausgetauscht wird, bestimme ich ganz allein.«

»Ohne Pilotenwechsel werden Sie keine Starterlaubnis erhalten.«

»Dann fliegen wir ohne Genehmigung weiter.«

»Da macht Mr. Nobis nicht mit«, stellte Beißwang fest.

»Das glauben Sie«, entgegnete Dossola. »Unser Capitano weiß genau, warum er uns aus der Hand frißt.« Er lachte rauh. »Melden Sie sich wieder, wenn Sie endlich Ihr Kleingeld zusammen haben. Ende.«

Larry nickte seinem deutschen Kollegen anerkennend zu. Beide sahen einen Moment zu den Männern des Bodenpersonals, gleich hinter der Absperrkette. Sie standen bereit, die Tanks zu füllen, Nachschub für die Galleys zu liefern, die Toiletten zu entleeren. Sie waren von der GSG 9. Ein Wink genügte für einen verwegenen Versuch: die Befreiung des Jets.

So ein Handstreich war auf dem Flughafen Mogadischu geglückt. Bilanz: Alle Passagiere waren befreit worden.

40

Der Clipper der PANAM war schon kurz nach 6 Uhr zum Direktflug Nassau–Paris gestartet, ausgebucht. Die unfreiwilligen Frühaufsteher – schlecht rasiert, gut gelaunt – renommierten mit ihren Urlaubserlebnissen: Sie hatten zu große Fische gefangen, zu viele Asse gegolft oder zu blonde Badenixen gejagt, Münchhausens auf den Bahamas.

Als Stewardeß der Spitzenklasse war Peggy damit vertraut, den Bord-Bereich als eine Art Wildpark zu erleben, dessen Besucher glaubten, mit dem Ticket mehr erworben zu haben als das Anrecht auf Flug und Imbiß. Tatsächlich hatte eine US-Linie unter Ausnutzung unterdrückter Wunschvorstellungen mit dem angeblichen Stewardessen-Slogan geworben: ›Was wünschen Sie – Kaffee, Tee oder mich?‹

Jedenfalls war die blonde Bordfee aus München gewohnt, von bewundernden oder anzüglichen Blicken aufgespießt zu werden, doch Peggy beherrschte nicht nur die lächelnde Abwehr halbseidener oder ganz plumper Angebote: Zehn Jahre Langstreckenflug hatten ihr auch eine Portion Menschenkenntnis beigebracht. Dies, so hoffte sie, könnte ihr heute bei der Wahl eines ›lebenden Briefkastens‹ zur FBI-Zentrale nützlich sein.

Sie verstand nicht viel vom Untergrund; sie war Amateurin, aber sie wußte seit gestern abend, daß der Fall ›Happy Day‹ eine überraschende Wendung nehmen würde. Es war bislang bereits bei Flugzeugentführungen vorgekommen, daß die Hijacker übermüdete Besatzungen austauschten, doch noch nie hatten sie freies Geleit für eine eigene Mannschaft in einem Ersatz-Jet gefordert.

Larry mußte gewarnt werden; erstens bot ihm ein ›fliegender Wechsel‹ eine Chance, die Verbrecher zu überrumpeln. Zum anderen mußte er wissen, daß die Piraten künftig nicht mehr auf Flughäfen angewiesen wären, auf denen Jumbo-Jets landen. Sie könnten künftig ein verfallenes Wüsten-Fort anfliegen oder eine vergessene Dschungel-Piste. Mit den letzten Geiseln und den erpreßten Millionen. Während des Flugs über weite Meere oder endlose Wüsten bricht die Radar-Überwachung zwangsläufig ab und begünstigt die Flucht.

Im Hotel hatte Peggy keinerlei Möglichkeit gehabt, ihre Alarmnachricht weiterzugeben, obwohl sie sicher war, daß sich Larrys Leute in ihrer Umgebung aufhielten. Ihre Bewachung durch die Gangster war liebenswürdig, doch lückenlos; sie war weder an das Telefon gekommen, noch an einen Hotelgast.

So grotesk es auch schien, dieser Zustand setzte sich in der vollbesetzten Maschine fort. Peggy saß zwischen Tony und Milo Moretti, dem Gangster-Schönling mit dem polierten Lächeln. Sie konnte bei der Stewardeß einen Campari bestellen, aber sie konnte nicht bitte: ›Verständigen Sie sofort den FBI, und sagen Sie Larry Merx, daß –‹

Die erste Stunde war bereits vertan; Tonys Geschwätz wurde lästig. Peggy lehnte sich zurück und schloß die Augen.

Sie begann im Selbstunterricht Larrys Schnellkurs im subversiven Verhalten fortzusetzen: Sie saß auf einem reservierten Platz. An Bord eines US-Flugzeuges, bei dem FBI- oder CIA-Agenten die Platzordnung getroffen hatten. Wer auch immer Peggy beschattete, mußte sich in unmittelbarer Nähe aufhalten.

Sie richtete sich wieder auf und sah sich vorsichtig um: War es überhaupt ein Mann? Konnte nicht die Rothaarige mit dem ordinären Lachen rechts von ihr diese Aufgabe übernommen haben? Oder vielleicht der kleine Dicke, kahl, triefäugig, der ihr beim Einsteigen mehr in die Augen als auf die Beine gesehen hatte?

Fragen dieser Art waren müßig. Peggy hatte keine Möglichkeit, mit dem Mann zu sprechen oder ihm einen Zettel zuzuschieben.

Die Stewardeß bot Zeitungen und Zeitschriften an.

In diesem Moment zündete Peggys Einfall: »Haben Sie auch deutsche Zeitschriften?« fragte sie.

»Ich muß mal nachsehen«, erwiderte die Stewardeß. »Einen Moment bitte.«

Ein paar Minuten später kam sie mit einem kleinen Stapel deutscher Zeitschriften zurück.

Peggy bedankte sich, griff sich eine Illustrierte und blätterte sie durch. Auf der vorletzten Seite fand sie, was sie suchte: ein großes Kreuzworträtsel.

»Hast du einen Kugelschreiber?« fragte sie Tony und machte sich an die Arbeit.

Sieben Buchstaben waagerecht, sechs senkrecht, und alle Worte in deutscher Sprache, die weder Tony noch Moretti beherrschten.

Peggy war hartnäckig; sie rätselte mit Stirnfalten. Am Anfang sahen ihr die beiden Begleiter noch zu, dann wurde es ihnen zu langweilig.

»Die Hauptstadt von Albanien?« fragte sie. »Sechs Buchstaben.«

»Tirana«, antwortete Tony lustlos.

»Danke«, sagte Peggy und malte die Buchstaben in die Kästchen.

Zwischendurch schrieb sie einen ganz anderen Text:

JUMBO SOLL UMGEHEND GEGEN BOEING 727 MIT MORETTI, TONY UND MIR ALS BESATZUNG AUSGETAUSCHT WERDEN.

Sie klappte das Heft zu, gähnte, und ordentlich, wie sie war, stand sie auf und legte die Lesemappe an ihren Platz neben dem Handgepäck.

Sie mußte sich lange gedulden; als sie die letzte Hoffnung aufgeben wollte, sah Peggy, wie der Mann hinter ihr sich – unbeobachtet von ihren Begleitern – ein halbes Dutzend Lesemappen griff und mit ihnen nach vorn verschwand, Richtung Cockpit.

Sie durfte hoffen, daß der Flugkapitän ihre explosive Meldung unverzüglich per Sprechfunk an Mr. Merx weitergeben würde.

41

Seit ihrer Landung vor einer Stunde stand die ›Happy Day‹ in der prallen Sonne, im weiten Abstand von Bundesgrenzschutz-Soldaten umstellt. Immer wieder suchte der Flugkapitän mit den Augen den Tower, wo er Mutschka als unbefugte Besucherin vermutete. Und tatsächlich starrte Maria Nobis von dort aus unverwandt auf den Jet. Mutter und Sohn sahen sich, ohne einander zu sehen.

»Miß Fairday, nach oben«, rief Dossola, und Martin begriff, daß die Geiseln dieses Mal die Boeing über den Einstieg für die Besatzung verlassen sollten. Die Gangway war angelehnt, das Einstiegsluk noch immer verschlossen. 51 Stunden Entführung machten den Piraten mittlerweile genauso zu schaffen wie der Besatzung.

Unten, im Passagierraum, war seit der Schießerei eine Zufallsgesellschaft zerfallen: Es roch nach Masse, Feigheit und Hautnähe. Die Geiseln kauerten mit angezogenen Knien und eingezogenem Kopf auf den Polsterstühlen und starrten auf den Boden. Sie wagten nicht einmal, durch die Bullaugen nach draußen zu sehen, wo nach einem Niemandsland von 200 Metern die Freiheit begann.

Die Gangster hatten verlangt, daß die Passagiere nach der Landung ausnahmslos angeschnallt blieben; aber sie mußten nachgeben, die Natur war stärker. Die Toiletten wurden gestürmt, als sei eine Darminfektion ausgebrochen: Die Epidemie war die Folge überreizter Magennerven und versagender Schließmuskeln.

Es ist ein Unterschied, ob man einen Mordbericht in der Zeitung liest oder das Verbrechen als Augenzeuge aus nächster Nähe miterlebt: Zwar war das Opfer ein Verbrecher, aber jeder fragte sich, wie die Hijacker wohl erst mit den Passagieren umgehen würden, wenn sie schon ihre eigenen Komplizen, die ihnen lästig geworden waren, mit Schüssen erledigten.

Der Bankrott der Nervenkraft begann bisher gültige Werte

aufzulösen, doch gab es Ausnahmen. Mike prägte sich die wenigen ein, um aus ihnen eine Rettungsmannschaft zu rekrutieren.

Der FBI-Mann konnte seit dem letzten Zwischenfall ziemlich sicher sein, daß keine weiteren Gangster Passagier spielten.

Bei einem Versuch, die Peiniger in diesem fliegenden Gefängnis zu überwältigen, konnte Blower von vornherein mit den drei Offizieren im Cockpit und den sieben Stewardessen rechnen. Professor Delby, mit dem ihn eine Art Spontan-Freundschaft verband, war ebenso ein Mann ohne Angst wie der junge Draufgänger Ferry Miller.

»Auf wen könnte man sich noch verlassen?« fragte der FBI-Mann die Stewardeß Miriam, die häufiger als notwendig in der Nähe des Behelfs-Lazaretts auftauchte. Das stumme Spiel zwischen ihr und Delby war Mike nicht entgangen. Auf dem Nährboden einer brutalen Erpressung schien sich eine scheue Romanze zu entwikkeln.

Das Mädchen nannte einige Namen, teils mit Bestimmtheit – oder auch mit Fragezeichen.

»Ich glaube, daß man mit dem Oberrabbiner rechnen könnte«, sagte Miriam. Er hat den Zorn Gottes im Auge«, setzte sie mit einem Lächeln hinzu. »Auch dieser Kübrich scheint aus Hartholz zu sein.«

Das wußte Mike längst, aber mit dem deutschen Industriellen war nicht mehr zu rechnen. Er sollte gleich entlassen werden. Obwohl alle Passagiere den gleichen Wunsch hatten, brachte es Kübrich gehässige Blicke ein.

»Meinen Sie, daß es richtig ist, sich einfach freizukaufen?« fragte ihn der italienische Auto-König.

»Da bin ich ganz sicher«, versetzte der Mann aus Frankfurt. »Ich moralisiere nicht; ich bezahle. Die Verfolgung der Täter ist Aufgabe der Polizei. Geld ist schließlich nur ein Mittel zum Zweck. Wieviel Geld opfert man zum Beispiel im Falle einer Erkrankung, um sich – vielleicht – ein Stück Leben dazuzukaufen?«

Kübrich erhob sich und ging nach hinten.

Cesare vertrat ihm den Weg; aber der Mann, der den Piraten die fünfte Million spendierte, wies auf Dr. Pombe, seinen persönlichen Referenten, der gerade von dem unfreiwilligen Bord-Arzt betreut wurde.

Die massierte Verachtung kümmerte Kübrich nicht. Als kühler Rechner sagte er sich, daß er richtig handelte. Von der Freiheit trennten ihn höchstens eine Stunde oder zwei. Aber der Großindustrielle stellte sachlich bei sich fest, daß er weder Freude noch

Befriedigung darüber empfinden würde, wenn sich für ihn die Falle öffnete.

»Wie viele Termine habe ich bis jetzt versäumt?« fragte er Dr. Pombe.

»Bis jetzt vierzehn wichtige«, erwiderte der Mitarbeiter.

»Trotzdem ist unser Konzern noch nicht zusammengebrochen«, spottete der Spitzenmanager. Bei ihm – und bei vielen anderen – förderte die Aufhebung des Zivilationszustandes plötzliche Selbsterkenntnis: Erfolg wurde zur Formel, Geld zur bloßen Zahl.

Er hatte sich bisher gehetzt, um den Leerlauf seines Lebens mit Geschäftigkeit zu übertünchen. Ob er nach zwei Tagen, zwei Monaten oder überhaupt nicht auf die Kommandobrücke seines Unternehmens zurückkehrte, an den Bilanzen würde es letztlich kaum etwas ändern. Selbst wenn er stürbe, änderte sich letzlich nichts, außer daß in ganzen Plantagen von Todesanzeigen Tausende von Arbeitnehmern Millionen von Zeitungslesern versichern würden, wie unvergeßlich ihnen der so früh Verblichene immer bleiben werde.

»Sie sehen miserabel aus, Pombe«, stellte Kübrich fest.

Natürlich war es eine Ungerechtigkeit, daß er gehen konnte, während sein Mitarbeiter, der keine Million – und noch dazu in Dollar – zu bieten hatte, bleiben mußte, aber warum sollten ausgerechnet die Gangster mit der Gerechtigkeit beginnen?

»Ihrem Mitarbeiter geht es dreckig«, erläuterte Delby, »er leidet an –«

»Sie halten den Mund«, leistete der Patient matten Widerstand und faselte etwas von ärztlicher Schweigepflicht.

»Quatsch«, erwiderte der Arzt. »Dr. Pombe leidet an chronischem Nierenversagen.«

»Und was bedeutet das?« fragte Kübrich sachlich.

»Daß er mindestens zwei-, besser dreimal wöchentlich an eine künstliche Niere angeschlossen werden muß.«

»Und wenn das nicht geschieht?«

»Ich schildere Ihnen das Endstadium der Krankheit«, fuhr der Forscher vom Bethesda-Institut fort. »Der Blutdruck steigt. Die Kopfschmerzen sind nicht mehr auszuhalten. Die Lunge versagt. Das Herz erlahmt. Das Bewußtsein verwirrt sich. Der Patient erblindet im Koma, bis er unter gräßlichen Krämpfen stirbt.« Marc Delby sah den Industriellen voll an: »Hab' ich mich deutlich genug ausgedrückt, oder...?«

»Allerdings«, entgegnete Kübrich. Er betrachtete seinen Mitarbeiter ohne Mitleid. »Und das haben Sie mir verschwiegen?« sagte er zu seinem Referenten. »Kommen Sie.«

Sie gingen nach vorn, Kübrich voller Selbstvorwurf, daß er betriebsblind gewesen war, daß er nicht einmal erkannt hatte, wie krank sein engster Mitarbeiter war.

Der Industrielle zog einen Strich unter die Bilanz der fruchtbaren Jahre. Er hatte in einem Getto des Erfolgs vegetiert. Was er hier seit der Entführung erlebte, war Leben, zwar brutal, doch Leben. Hier brauchte er sich keine Abenteuer zu pflücken, und die hastigen Fehltritte vor einer Frau verbergen, die sich nicht dafür interessierte – nicht aus Großmut, sondern aus Gleichgültigkeit.

In diesem Moment ließ Kriminalrat Beißwang Kübrichs Million auf die Bodentreppe schaffen.

Das Luk wurde geöffnet. Das Paket verschwand.

Nach kurzer Prüfung rief Dossola den Industriellen per Sprechfunk nach oben, und Kübrich wollte mit Dr. Pombe über die Bodentreppe.

Cesare und der Mulatte hielten beide zurück, bis der Gangster-Boß erschien.

»Was ist los?« fragte er Kübrich.

»Ich bleibe an Bord«, antwortete der Industrielle. »An meiner Stelle geht Dr. Pombe.«

»Ihnen gefällt's wohl bei uns?« erwiderte die Dolchnase hämisch.

»Die Kopfprämie stimmt«, sagte Kübrich.

»Wirklich kein schlechtes Geschäft«, höhnte Dossola. »Es ermöglicht uns, den gleichen Artikel gleich zweimal zu verkaufen.«

Dr. Pombe ging wie geschoben, gesenkten Kopfes; subaltern wie er war, glaubte er, den Auftrag seines Meisters zu erledigen, und dachte nicht daran, daß es um sein eigenes Schicksal ging.

»Grüßen Sie meine Frau und meine Kinder«, rief ihm Kübrich nach.

Er wirkte wie erleichtert, er spürte keine Angst, er hatte nur die Befürchtung, daß sein Entschluß falsch ausgelegt werden könnte.

42

Es war 14 Uhr 21. Auf der Bodentreppe erschien eine Frau. Larry erkannte Brenda.

Ein Mann folgte der bekannten Publizistin.

»Das ist nicht Kübrich«, hörte Larry den deutschen Einsatzleiter rufen. »Wer ist denn das?«

Der FBI-Mann verfolgte gespannt, wie Brenda sicher über die Bodentreppe schritt, einer zierlichen, grauhaarigen Frau entgegen, die diese Begegnung fürchtete und ersehnte.

Einen halben Meter hinter ihr ging ein blasser, schrecklich dünner Mann, mit dem zunächst niemand etwas anzufangen wußte.

In dieser Minute schlug die Blitzmeldung aus Washington:

»Hör zu«, rief Steve seinem Chef zu. »Dieses Mädchen ist großartig. Peggy. Die Burschen wollen den Jumbo gegen eine 727 austauschen. Forthman wird sie fliegen, und –«

»Das ist es also«, sagte Larry und überlegte, wie er die Piraten in eine Falle locken könnte.

Ein Hauch von Brenda war im Cockpit zurückgeblieben, doch mit jedem Schritt entfernte sich die junge Frau ein Stück weiter von dem Riesenvogel und der Höllenmaschine. Martin gab ihr das Geleit mit den Augen, und er spürte noch ihre Hände auf seinem Körper, roch noch ihre Haut und hörte Worte, die sie nicht gesagt hatte. Ein bedenklicher Zustand für einen Mann, dessen Wirklichkeitssinn bei jedem Start einige hundert Menschen und über hunderttausend Pferdestärken anvertraut sind.

Brenda lag im Kreuzfeuer der Blicke, sie lief Spießruten durch die Gasse der Kameras. Sie zeigte dabei weder Hast noch Verwirrung, obwohl sie vor vollem Haus auftrat. Die Welt sah zu, wie wiederum zwei Geiseln entlassen wurden.

Die Zuschauer an den Bildschirmen waren erleichtert, daß wenigstens diese sympathische und berühmte Amerikanerin dem Verhängnis entkommen konnte. Keiner von ihnen wußte, daß sich Brenda nicht ganz freiwillig aus der Frontlinie des Verbrechens zurückzog, sie demonstrierte dabei, daß sie künftig privaten Dingen den Vorrang vor beruflichen geben würde. Sicher zum erstenmal, seit sie die Marschstraße des Erfolgs betreten hatte. Zwar hatte Brenda nach dem indisch-pakistanischen Krieg Bangla Desh erreicht, war in Kuba als Spionin verhaftet und im Kongo drei Wochen lang vermißt gewesen. Jetzt in ein Abenteuer zu geraten, das sie nicht gesucht hatte, genügte es zum Rückzug, daß Martin sie aus der Schußlinie haben wollte und während dieser Krisentage für seine Mutter eine ständige Begleiterin suchte.

Brenda hatte die Mitte zwischen der gekaperten Maschine und der Postenkette erreicht. Nichts ließ die Hölle erkennen, aus der sie kam. Sie ging mit sicheren, eleganten Schritten. Die Harmonie ihres Körpers fiel besonders auf, weil der Mann hinter ihr aus dem Tritt gekommen war.

Dr. Pombe sah aus wie ein gescheiterter Hungerkünstler. Sein Gesicht wirkte eingefallen, sein Blick kam nicht vom Boden hoch. Er ging, als tastete sich ein Blinder vorsichtig über Glatteis.

Martins Augen folgten Brenda, er verlor sie aus dem Blickwinkel, erhob sich von seinem Pilotensessel, näherte sich dem Einstiegsluk, um ihr Untertauchen in die Sicherheit zu erleben. Und während er ihr nachsah – erleichtert, traurig und sehnsüchtig –, vergaß er, daß er ein Gefangener war.

Er bemerkte nicht, daß in seinem Rücken der Mulatte die Maschinenpistole hob, vom Gangster-Boß Dossola mit den Augen zurückgepfiffen, und daß auch auf der anderen Seite stumme Gewehrläufe auf ihn anlegten – schließlich konnten die Gangster, um ihre Verfolger zu narren, sich die Uniformen der Bordoffiziere übergestreift haben.

53 Stunden nach dem Anschlag auf die ›Happy Day‹ wurde die Lage immer aussichtsloser, drohte eine unerträglich gewordene Spannung in jeder Minute einen Kurzschluß zu zünden, befanden sich 155 wehrlose Passagiere und 10 Besatzungsmitglieder noch immer in der Hand schwerbewaffneter Gangster – doch der Chefpilot Nobis vergaß eine Minute lang Drangsal, Mord und Bombe und überlegte, ob Brenda nicht zu schön, zu elegant, zu berühmt, zu selbstsicher sei, um Mutschka gefallen zu können. Beinahe schadenfroh stellte er fest, daß den beiden Frauen gar keine andere Wahl bliebe, als sich miteinander zu arrangieren. Wenn man erst mit den Gangstern fertig geworden war, ließe sich wohl auch eine natürliche Rivalität beilegen.

Brenda hatte die Postenkette erreicht. Die Scharfschützen wichen zur Seite, sie verschwand hinter dem lebenden Wall, es entstand eine Bewegung, aus der Cockpit-Schau sah es aus wie ein Wellenring nach einem Steinwurf.

Dann schleppte sich Dr. Pombe heran.

»Hierher, bitte!« rief ihm ein Uniformierter zu, aber eine startende Douglas DC 10 schluckte die Worte. Der Düsenlärm schien den persönlichen Referenten des deutschen Großindustriellen Kübrich aus seiner Benommenheit zu reißen.

Er blieb stehen, sah sich um, endlich mit wachen Augen, er begriff, daß das Lösegeld nicht für seinen Chef, sondern für ihn aufgebracht worden war. Eine Million Dollar, und diese Kalkulation stimmte nicht mehr, denn die Summe war für einen Angestellten seiner Größenordnung zu hoch. Als rechte Hand des Konzernchefs hatte er auch dafür zu sorgen, daß sich keine groben Rechenfehler einschlichen. Es war sein Trachten und Streben, der Sinn seiner Laufbahn, der Höchstwert eines durch Krankheit dezimierten Lebens.

»Das geht nicht«, rief er einem der Scharfschützen zu. »Das ist ein Irrtum. Unmöglich!«

Er blieb stehen.

Der Uniformierte verstand nicht von den Zusammenhängen, aber er begriff, daß der Gerettete in einer Art Geistesverwirrung zurück wollte. Er griff nach dem Arm des Mannes, der sich erbittert wehrte und hielt ihn fest. Ein Kollege kam ihm zu Hilfe. Einer hielt ihn links, der andere rechts, eine Geisel, die entlassen wurde, mußte regelrecht in die Freiheit abgeführt werden, und Millionen sahen das Bild und konnten nichts mit ihm anfangen.

»Ich heiße Beißwang«, stellte sich ein jung wirkender Beamter Brenda vor. »Ich bin der deutsche Einsatzleiter. Vielleicht können Sie uns helfen. Was ist denn los mit dem Mann?«

»Der Industrielle Kübrich sollte entlassen werden. Er hat sich in letzter Minute entschlossen, einen Mitarbeiter an seiner Stelle loszuschicken«, antwortete Brenda. »Dr. Pombe ist nicht gesund. Er muß sofort ins Krankenhaus.«

Dann sah sie Larry; er begrüßte Brenda stumm. Sein Gesicht war eine seltsame Maske von Erleichterung und Beklemmung, als die gerettete Geisel Nummer 211 auf ihn zutrat.

»Wie haben Sie das geschafft?« fragte er.

»Nicht ich«, erwiderte Brenda. »Martin hat meine Freilassung bei den Gangstern erzwungen.«

Larry nickte; er bot nicht mehr den üblichen Anblick ungebremster Energie. Einen Moment lang wirkte er wie ein Mann, der klare Fragen meidet, um verschwommene Hoffnungen zu verlängern.

»Müde?« fragte er. »Sie sehen aus, als kamen Sie von einer Schönheitsfarm, Miß Fairday.«

»Für Martins Freunde heiße ich Brenda«, erwiderte die junge Frau. »Danke für das Kompliment.« Sie kannte die Frage, die der FBI-Experte nicht zu stellen wagte. »Und schöne Grüße von Mike«, erlöste sie ihn.

Sein Gesicht, eben noch grau und knapp, veränderte sich mit einem Schlag. Auf Selbstbeherrschung trainiert, übertrat Larry ein Berufsgebot: Seine Spannkraft und seine Vitalität lagen offen. Sein

Blick war hart und wach, und Brenda sah Augen, die kein Pardon geben würden.

»Ich bin ziemlich sicher, daß ich diese elenden Banditen umgehend durch den Wolf drehen werde«, sagte er. »Nur weiß ich nicht, was seit Miami an Bord geschehen ist.«

Er ging voraus, gefolgt von Brenda und dem Einsatzleiter; er rannte in langen Sätzen über die Bodentreppe zu seiner fliegenden Kommandozentrale. Seine Mitarbeiter saßen an Monitoren, Funksprechgeräten und Telefonen. Sie sahen kaum auf, sie waren voll beschäftigt. Es gab keinen Leerlauf, keine Resignation. Brenda spürte sofort, daß einem beispiellosen Verbrechen mit einer präzisen Verfolgung begegnet wurde.

»Drei Tassen Kaffee«, rief Larry, »und ein Tonbandgerät.«

Brenda verfolgte sechs Bildschirme gleichzeitig, wie Dr. Pombe, der sich zum erstenmal gegen eine Entscheidung seines Chefs wehrte, mit sanftem Druck in einen Sanitätswagen geschoben wurde. Das Krankenauto raste mit Blaulicht und Sirenengeheul los.

»Wo ist Mr. Lovestone?« fragte Larry nach dem Präsidenten der JET-AIR.

»Er ist mit Mrs. Nobis auf dem Weg hierher«, erwiderte Steve.

Brenda wußte, daß der FBI-Experte lange um die Anschaffung dieses Spezialflugzeuges gekämpft hatte, daß es zum erstenmal im Einsatz war, zwar von Legenden umrankt, aber noch nie von Journalisten besichtigt. Unter anderen Umständen hätte sie diesen Besuch als eine Sternstunde in ihrer beruflichen Laufbahn gewertet – heute versuchte sie gar nicht erst mit den Augen zu stehlen.

Larry geleitete sie in einen auffallend wohnlichen Raum, gleich hinter dem Cockpit. Sie konnte sich entscheiden, ob sie die ›Happy Day‹ durch das Bullauge aus natürlicher Entfernung betrachten wollte oder weit näher und deutlicher auf einem Bildschirm, der von einer Tele-Kamera gespeist wurde.

»Ich zeichne das Gespräch auf«, sagte Larry. »Wir sparen damit Zeit.« Er wandte sich an seinen deutschen Kollegen: »Unterbrechen Sie uns, wenn wir zu schnell sprechen«, bat er Beißwang. »Außerdem erhalten Sie eine Kopie des Tonbandes.«

»Seit dem Abflug von Miami war die Stimmung umgekippt«, begann Brenda. »Solange noch Frauen und Kinder an Bord waren, hatten die meisten Passagiere die Erpressung mehr oder weniger apathisch über sich ergehen lassen. Auf einmal wirkten sie aufsässig, aggressiv. In den ersten Morgenstunden hatten wir alle den Eindruck, auf einem Pulverfaß zu sitzen. Doch niemand war darauf gefaßt, daß ausgerechnet Monsieur Clément die Explosion auslösen würde.«

Die Augenzeugin schilderte, wie der eher feminine Modeschöpfer mit der Flasche zugeschlagen hatte, wie Mike aufgesprungen war und einen letzten Moment abwartete, bevor er sich auf das Menschenknäuel stürzte.

»Und das hat uns allen vermutlich das Leben gerettet«, sagte Brenda. »Es gab unter den Passagieren ein angebliches Ehepaar Weidmann, es hat uns in Miami eine ergreifende Tragödie vorgespielt: Die Frau weigerte sich, ohne ihren Mann von Bord zu gehen. Soviel Anhänglichkeit ging uns unter die Haut – und es war ein hundsgemeiner Bluff. Nichts weiter. Beide hatten plötzlich Waffen, feuerten auf Monsieur Clément, verwundeten einen Unbeteiligten und legten im Handgemenge ihren eigenen Komplizen um.

»Sandy«, erwiderte Larry. »Kein Versehen?«

»Ausgeschlossen«, antwortete Brenda. »Zwei Kopfschüsse aus nächster Nähe. Absolut Mord. Das soll ich Ihnen ausdrücklich von Mike bestellen: Sandy mußte sterben, weil er zuviel wußte und vielleicht im Delirium darüber gesprochen hätte.«

»Möglich.«

»Dieser Arzt, Professor Delby, übrigens ein Prachtstück von einem Mann, erklärte, daß Clément verbluten würde. Die Besatzung erzwang eine Zwischenlandung in Lissabon. Zwei Verwundete und der Tote wurden ausgeladen. Wir starteten wieder, und Mike bildete mich zum Geheimkurier aus.« Brenda lächelte flüchtig. »Alle Achtung, Larry. Ihr Mann hat Nerven und Verstand. Er sah voraus, daß mich die Hijacker vor der Entlassung durchsuchen würden, und so lernte ich eben den Text auswendig.«

»JET-AIR-Sonderflug 111«, unterbrach der Jumbo-Kommandant Brendas Bericht. »Unser Schinder-Henry möchte mit dem Einsatzleiter der Polizei sprechen.«

»Kriminalrat Beißwang ruft gleich zurück«, entgegnete ein deutscher Polizeibeamter. »Bleiben Sie auf SELCAL.«

Der Apparat war eingespielt: Jeder wußte, daß die Verfolger die Zeit als Waffe nutzten. Jede Minute war ein Gewinn: Die Verbrecher konnten sich auf die Gewehrläufe stützen, aber die Hände, die sie hielten, blieben körperlichen Regeln unterworfen und mußten schwanken, je länger der Belagerungszustand dauerte.

»Mike hat dann diese Weidmanns vor seine Mini-Kamera bekommen und sie ein paarmal geschossen«, berichtete Brenda weiter.

»Er hat die Filme so gut es ging isoliert und hofft, daß die Desinfektionsflüssigkeit sie nicht zerstört.«

»WC als Versteck« konstatierte Larry.

»Und zwar die Heck-Toilette an Steuerbord«, antwortete Brenda. »Im übrigen versucht Mike ein paar beherzte Typen zu einer Art Selbstschutz aufzubauen. Er nimmt nicht an, daß nach Dossola, Cesare, dem Mulatten, dem Gangstermädchen Terry und den Weidmanns noch weitere Bandenmitglieder an Bord sind.«

»Es reicht ja schließlich auch«, versetzte Larry. Er wandte sich an seinen Stellvertreter. »Ruf die FBI-Außenstelle New York!« verlangte er zum drittenmal an diesem Tag.

»Die Leute durchsuchen gerade Greenhills Haus an der Sutton-Place«, antwortete Steve. »Sie melden sich sofort, falls sie fündig sind.«

»Darf ich Sie noch ein bißchen aushorchen, Brenda?« fragte der FBI-Experte, aber er wurde sofort unterbrochen. Der JET-AIR-Präsident war angekommen, begleitet von einer zierlichen Frau mit einem zeitlosen Gesicht.

»Mrs. Nobis«, sagte Larry und erhob sich betont höflich. »Darf ich Ihnen Ihre zukünftige Schwiegertochter vorstellen?«

Martins Mutter musterte Brenda mit der scharfen Aufmerksamkeit, die einer Nebenbuhlerin zukam. »Sie sind sehr schön, Miß Fairday«, sagte sie und starrte auf den Bildschirm, ohne noch einmal den Kopf zu wenden.

»Miami ist in der Leitung«, rief Steve. »Greenhill will nach Puerto Rico fliegen.«

»Maikäfer flieg«, erwiderte Larry grimmig.

»Antwort von der englischen Herstellerfirma«, meldete der Agent aus Florida weiter. »Es handelt sich bei Greenhills Maschine um einen zweistrahligen Jet, Spezialanfertigung aus der Serie 400 der Hawker Siddely. Ein duftes Ding. Höchstgeschwindigkeit 818 Kilometer. In fast 10000 Metern Höhe. Reisedurchschnitt 725 Kilometer. Kann über 12000 Meter hoch steigen.«

»Aktionsradius?« unterbrach ihn Larry ungeduldig.

»Mit Zusatztank fast 4000 Kilometer«, entgegnete der Mann. »Bei zwei Mann Besatzung und acht Passagieren. Zwei weitere könnten an Bord genommen werden, aber Geschwindigkeit und Reichweite würden ...«

»Danke«, schnitt Larry weitere Mitteilungen ab.

Jedenfalls konnte Greenhill nicht in einem Satz über den großen Teich springen. Um aufzutanken, mußte er zwischenlanden. Er würde also wieder auftauchen, falls er während der Atlantik-Überquerung vor den Radarschirmen verschwunden wäre.

Für Larry war der Fall klar, seit er wußte, daß die Hijacker die ›Happy Day‹ gegen eine Boeing 727 eintauschen wollten. Der Europa-Jet, wesentlich kleiner und leichter als ein Jumbo, konnte zum Beispiel auf einer verlassenen Wüsten-Piste landen, wo die Luftpiraten die letzten Geiseln aussetzen oder töten und mit ihren Dollar-Millionen in Greenhills Privatmaschine umsteigen konnten, um dann für immer unterzutauchen.

»So, Norman«, wandte sich Larry an Präsident Lovestone. »Besorgen Sie mir schnellstens einen Europa-Jet – und ich mache diesen Banditen den Garaus. Sie können sich darauf verlassen.«

Lovestone und Brenda betrachteten verwundert den FBI-Mann. Sie kannten ihn nicht als Großsprecher. Maria Nobis starrte weiter auf das Cockpit, abwechselnd per Bildschirm und dann wieder durch das Bullauge – aber wie auch immer, Martin war nicht zu sehen.

»Mr. Beißwang«, wandte sich Larry an den Einsatzleiter. »Kann ich mir bei Ihrem Bundeskriminalamt einen genialen Techniker und einen Spezialisten für chemische Kampfstoffe ausleihen?«

»Mit Vergnügen«, entgegnete der Kriminalrat. Er hatte begriffen, daß Larry den Europa-Jet zur Tränengas-Falle ausbauen wollte.

»Ihnen, Mrs. Nobis«, sagte der FBI-Sonderbeauftragte, »garantiere ich, daß Ihr Sohn in ein, zwei Tagen frei sein wird.«

»Warum nicht gleich?« fragte sie hartnäckig.

Unvermittelt fragte sie Brenda: »Lieben Sie Martin?«

Sie erhielt die Antwort so direkt, wie ihre Frage gestellt war.

»Warum sind Sie dann nicht bei ihm an Bord geblieben?«

»Kennen Sie Ihren Sohn, Mrs. Nobis?« konterte Brenda.

Maria Nobis wollte böse werden, aber dann kam ein kleines, wissendes Lächeln in ihr Gesicht.

»Sie können mich Mutschka nennen«, sagte sie leise; und Brenda wußte, daß sie die erste Runde gewonnen hatte.

43

Auf dem Rhein-Main-Flughafen ging unterdessen der Flugbetrieb fast ungestört weiter. Nur eine Piste fiel aus; hier stand der einsame Riesenvogel. Seit vier Stunden. Ein schon nachlassendes Interesse flammte erneut auf, als ein Reporter das Gerücht verbreitete, die

Entscheidung über das Schicksal der ›Happy Day‹ fiele in Frankfurt, da sie wegen eines Schadens am Triebwerk nicht mehr weiterfliegen könne.

Die Polizei begann die überfüllte Aussichtsplattform zu räumen. In den Restaurants war längst kein Stuhl mehr frei. Wo das riesige Gelände nicht abgeriegelt war, wurde es von der Neugier hoffnungslos überflutet. Es herrschte eine Stimmung wie bei einem Schlagerspiel der Bundesliga. Pausenlos pumpten Züge, U-Bahn und Busse neue Schlachtenbummler an den verstopften Schauplatz, Termitensturm am Terminal.

Niemand konnte mit Sicherheit sagen, wie es an Bord aussah.

Im Auftrag der Polizei verzögerte der Tower die Starterlaubnis.

»Ich bin auch gerne bereit, hier zu übernachten«, spottete der Gangster-Boß. »Ein langer Aufenthalt fördert ungemein die Zahlungsmoral meiner Gäste.« Die verhaßte Stimme fuhr fort. »Notieren Sie jetzt bitte die Namen unserer Wohltäter!«

Der griechische Reeder wollte bezahlen. Der italienische Automobil-Fabrikant. Zwei deutsche Wirtschaftsleute. Ein belgischer Immobilien-Makler, so viele, daß Dossola weitere Angebote vorläufig nicht annahm.

»Soll die Geldübergabe in Frankfurt stattfinden?« fragte der Einsatzleiter.

»Nicht doch«, höhnte Dossola. »Wir wissen doch, was sich gehört und fliegen die Herren in ihre Heimat. Gehört alles zum Kundendienst.«

Zorn und Abscheu halfen nicht. Die Polizei mußte sich noch zum Briefträger der Erpressung machen und bei den Angehörigen der Entführten nachfragen, ob sie das Lösegeld aufbringen wollten.

»Das ist nicht das Schlimmste«, sagte Mike, »das Geld läßt sich wieder beschaffen, wenn wir diese Burschen erst einmal im Griff haben.« Er sprach vorsichtig, aber das war eigentlich überflüssig, denn die Gangster begnügten sich damit, die Wendeltreppe zu bewachen und die Kabinen den Passagieren zu überlassen. »Dieser Professor Hammersmith macht den Fall so schweinisch.«

Er bemerkte, daß sich die Männer vom Reinigungskommando der ›Happy Day‹ näherten, und er wußte, daß unter ihnen GSG-9-Beamte waren. Es gab natürlich einen Ausweg, den Atomforscher von Bord zu schaffen, aber er ginge auf Kosten anderer Passagiere. Und Mike konnte sich nicht entscheiden, Staatsräson über Menschlichkeit zu stellen.

Eine Zufallsgesellschaft hatte sich in Einzelgänger, Gruppen und

Cliquen aufgelöst. Eine Art Wahlverwandtschaft trieb sie aufeinander zu, ob sie nun gemeinsam jammerten oder sinnlose Befreiungspläne ausheckten.

»Solange wir auf dem Flughafen stehen, gibt es natürlich eine Möglichkeit zum Massenausbruch«, sagte Mike zögernd. Er deutete auf die Notausstiege »Wenn man hier den Hebel zurückdrückt, kann man über die Notrutsche türmen«, erläuterte er. »Es müßte natürlich an mehreren Luken gleichzeitig geschehen.«

»Gar nicht so dumm«, überlegte Kübrich. »Die ersten hätten sicher eine Chance, auch wenn diese Gangster die Bombe zünden –«

»Wahnsinn«, entgegnete Delby.

»Gewiß«, entgegnete der FBI-Mann. »Aber ich garantiere, daß dieser Versuch von Stunde zu Stunde interessanter wird.«

Kübrich sah nach draußen. Polizei war in der Nähe. Sie würde ihnen sofort zu Hilfe kommen. »Wir könnten den Aufstand ja mal trocken proben«, sagte der Industrielle, während Mike wieder einen seiner Anläufe nahm, den Atomwissenschaftler mit der Situation vertraut zu machen.

»Ich?« fragte Hammersmith. »Über eine Notrutsche? Ich bin doch nicht verrückt. Ich warte ab. Was meinen Sie, was die USA alles unternehmen werden, um mich hier herauszuholen.«

Die Toiletten waren entleert. Essen wurde herangeschafft. Auf das Auftanken konnten die Entführer verzichten, denn für Flüge innerhalb Europas reichten die Kerosin-Reserven.

»Hier spricht der Flugkapitän«, wandte sich Martin an seine Schicksalsgefährten: »Wir starten in wenigen Minuten. Wohin, kann ich Ihnen leider nicht sagen, weil sich unser Reiseleiter in Schweigen hüllt. Ende.«

Die Triebwerke wurden angestellt. Die ›Happy Day‹ rollte langsam auf die Startpiste – und während des Flugs flüchteten höchstens die Gedanken über Notrutschen von Bord.

44

Je mehr sich die Ereignisse überschlugen, desto gelassener wirkte Larry. Präsident Lovestone hatte noch am Abend einen Europa-Jet nach Frankfurt dirigiert, der gerade in den Liniendienst übernommen werden sollte. In einem sorgfältig abgeriegelten Hangar experimentierten Spezialisten des Bundeskriminalamts mit Larrys

Idee, über die Ventilation Tränengas in den Passagierraum zu blasen.

Besatzung und Passagiere würden so lange von Weinkrämpfen, Husten und Atemnot in Schach gehalten, bis ein Spezialkommando der GSG 9 während des Austausches den Europa-Jet gestürmt hatte.

Die ersten Versuche waren befriedigend. Es ergab sich nur das Problem, die Menge des chemischen Reizstoffes gleichmäßig zu dosieren. Während die Techniker noch daran arbeiteten, war die ›Happy Day‹ in Brüssel gelandet. Baldiger Weiterflug war zu erwarten.

Und dann meldete sich New York!

»Endlich«, sagte Larry und griff nach dem Telefonhörer. Das Gespräch lief über einen Verzerrer; selbst wenn die Leitung angezapft wäre, könnte ein unbefugter Mithörer nur einen unverständlichen Silbenbrei vernehmen.

»Gratuliere, Larry«, sagte der befreundete Kollege aus New York. »Ich glaube, du hast mit Greenhill recht. Der Mann stinkt.«

»Nur nützt mir der Glaube wenig«, erwiderte Larry. »Wie steht's mit Beweisen?«

»Sei nicht ungeduldig«, erwiderte der Mann, der Kopf und Kragen riskiert hatte. »Wir haben diese Villa an der Sutton-Place auf den Kopf gestellt. Perfektes Doppelleben. Keinerlei Spuren. Wir haben sein Leben umgegraben wie ein Mistbeet. Ich bin ganz sicher, daß kein Mann der Gang diesen Greenhill kennt.«

»Mit zwei Ausnahmen: Dossola selbst und Moretti«, entgegnete Larry ungeduldig.

»Wir wollten schon aufgeben«, fuhr der FBI-Beamte aus New York fort, »da fanden wir einen winzigen Hinweis auf ein Schließfach einer Bank. Ich war nun schon auf der schiefen Bahn und ging der Sache nach: zwei Testamente. Eines für einen natürlichen, eines für einen unnatürlichen Tod. Je nach Sachlage soll einer der versiegelten Briefe vernichtet und der andere geöffnet werden. Kapierst du, Larry?«

»Greenhills Lebensversicherung«, antwortete der Sonderbeauftragte der US-Regierung. »Das Testament Nummer zwei enthält Beweise gegen Dossola und Moretti. Der feine Wallstreet-Mann hat sich gegen seine Unterführer abgesichert, hat Beweise und Geständnisse in der Hand, und wenn du das Testament Nummer zwei öffnest, enthältst du sofort einen richterlichen Haftbefehl gegen alle drei.«

»Und wie soll ich – nachträglich – die richterliche Erlaubnis bekommen, das Siegel aufzubrechen?« fragte der Mann am anderen Ende der Leitung gereizt.

»Dein Bier«, versetzte Larry knapp. »Unser Bier ist auch ziemlich sauer. Du hast die Chance, den vielleicht größten Halunken unserer Zeit zu erledigen. Reizt dich das nicht? Ende.«

»Wir kommen voran«, sagte Steve. »Ich glaube, du hast recht, Larry. Es geht auf das Finale zu. Wenn wir nur wüßten, wo die Hijacker den Austausch der Flugzeuge inszenieren wollen.«

Larry suchte in seinem Gedächtnis eine Erinnerung, eine Unterlassung, einen Anhaltspunkt.

»Spannt mir doch noch einmal Mikes Band aus Miami ein«, bat er.

Larry hörte es ab, zwei-, dreimal. Er nickte und spulte zurück zur Stelle: »Sandy wurde beim Schußwechsel schwer verletzt. Er fantasiert wirr vor sich hin. Ich arbeite als Hilfs-Samariter für Professor Delby, kann so am Ball bleiben. Vielleicht redet Sandy. Bisher konnte ich nur die Silben – fiu – fiu – auffangen...«

»So, mein Junge«, sagte Larry zu seinem Dolmetscher für Italienisch. »Nun pack mal deinen Sprachschatz aus.«

»Fiume«, antwortete der Agent. »Fluß. Fittuario – Pächter, fiuto – Witterung – fiu –«

»Stop«, sagte Larry und zündete sich eine Zigarette an. »Oder Fiumicino? Der Flugplatz von Rom.«

»Du wirst mir langsam unheimlich«, sagte Steve.

Während in Frankfurt der Euro-Jet für den Gegenschlag präpariert wurde, flog ein Vorauskommando in die Ewige Stadt ab, um mit der italienischen Polizei die Überrumpelung der Gangster vorzubereiten.

45

Der Wagen war für die Frau am Steuer ein wenig zu schnell, ihre Garderobe eine Spur zu jugendlich, doch Maria Nobis hatte so viel Persönlichkeit, daß sie sich Extravaganz leisten konnte, ohne sich lächerlich zu machen.

Brenda saß neben ihr. Die Bekanntschaft war erst ein paar Stunden alt, aber die Amerikanerin wußte, daß ihre künftige Schwiegermutter überhaupt nicht wehleidig, doch reichlich eigensinnig war.

Kurz vor Aschaffenburg verließen sie die Autobahn, Richtung westliches Main-Viereck. Zwar hatte sich Maria Nobis dagegen gewehrt, nach Klingenberg zurückzufahren, aber jetzt versicherte sie doch voll Stolz, daß der idyllische Fleck einer der berühmtesten deutschen Weinorte sei.

»Ein Spätburgunder unter den Frankenweinen ist eine Köstlichkeit, Brenda«, sagte Martins Mutter. »Ich habe sie gehortet. Wenn ihr wirklich heiratet, dann wird er in Strömen fließen.«

Sie fuhren den Weinberg hoch. Sie betraten einen verträumten Fleck in einer verzauberten Landschaft, und vom Turm der Pfarrkirche St. Pankratius wurde die Stunde geschlagen, obwohl in Klingenberg die Zeit stehen zu schien.

Maria Nobis und Brenda standen am Morgen früh auf, spazierten durch den Schloßpark, stiegen zur Ruine hoch. Aber sie konnten sich nicht in das XII. Jahrhundert zurückversetzen. Die Gegenwart machte sich aus Transistoren und auf Bildschirmen bemerkbar. »›Happy Day‹ wieder gestartet. Auf dem Weg nach Athen«, plärrte es ihnen entgegen. Sie flüchteten zurück in die Weinlaube und stellten dort wieder das Radio an, wenn auch mit gedämpfter Lautstärke.

»Wiederum hat die JET-AIR den Austausch der Besatzung angeboten. Wie wir inoffiziell von INTERPOL erfahren, soll ein Weiterflug mit der erschöpften Crew des Flugkapitäns Nobis mit allen Mitteln verhindert werden.«

Selbst die Katzen Romeo und Julia schlugen aufgeregt mit den Schwänzen, als hätten sie verstanden, daß Martin nach mehr als 80 Stunden freigelassen würde.

»Meinst du, daß es klappt?« fragte Mutschka.

»Ja«, antwortete Brenda. »Diese Gangster sind nicht dumm. Sie wollen leben. Und wenn sie abstürzen, bringen sie sich schließlich um Kopf und Geld.«

»Ich glaube, du hast recht«, versetzte die zierliche Dame. »Dann könnte ich ja eigentlich schon einen Gesundheitskuchen in den Ofen schieben.«

»Ich würde noch warten, Mutschka«, sagte die Schwiegertochter in spe.

»Aber in ein paar Stunden ist Martin bei uns.« Die Frau mit dem jungen Gesicht merkte, daß Brenda schwieg. »Was überlegst du?« fragte sie. Ihre Stimme sank nach unten wie die Quecksilbersäule bei Frosteinbruch. »Fürchtest du, die lassen Martin doch nicht laufen?«

»Nein«, antwortete Brenda gedehnt. »Aber wie ich ihn kenne, wird er erst kommen, wenn – dieser Fall ausgestanden ist.«

Einen Moment wirkte Mutschka verärgert, daß Brenda Martin offensichtlich besser kannte als sie selbst; aber dann sagte sie sich, daß eine solche Übereinstimmung des Denkens künftig nur gut sein könne.

46

In Athen brach an Bord der ›Happy Day‹ die von Gangstern und Verfolgern gleichermaßen gefürchtete Meuterei aus. Nicht – wie erwartet – im Passagierraum, sondern in der Kommandozentrale des Riesenvogels.

Gegen eine Million Kopfprämie war kurz vor Mitternacht der bekannte griechische Reeder entlassen worden. Danach hatte der Flughafenkommandant Auftanken wie Weiterflug verweigert. Während Offiziere und Beamte – gebremst von einem FBI-Mann aus dem Spezialisten-Team Merx – berieten, was sie unternehmen könnten, lag der gekaperte Jumbo stundenlang im Scheinwerferlicht.

Die Nacht verblutete im ersten Morgenlicht. Aus dem Dunkel schälte sich die Akropolis. Lahm und stumm stand auf der äußersten Piste des Athener Flughafens der von einem Militärgürtel isolierte Jumbo-Jet. Die Soldaten waren zum Greifen nah, aber die Passagiere hatten bislang bei der Zwischenlandung erlebt, daß sie nicht eingreifen durften oder konnten.

Ein Handstreich auf die ›Happy Day‹ könnte, würde oder mußte bedeuten, daß der Riesenvogel beim blutigen Finale mit einem einzigen Donnerschlag in die Luft fliegen würde – mit 153 Passagieren. Mit drei Offizieren. Mit sieben Stewardessen. Mit sechs Gangstern. Und mit sieben Millionen Dollar, in kleinen Scheinen.

Flugkapitän Nobis hatte im Ausruheraum einige Stunden in direkter Nachbarschaft mit dieser Riesensumme verbracht. Der grauende Tag weckte ihn. Er fuhr hoch, sah auf die Uhr.

»Na, wie schläft sich's denn neben ein paar Millionen Dollar?« fragte Dossola belustigt.

»Papier«, erwiderte Martin verächtlich. »Vielleicht ergaunern Sie noch einmal sieben Millionen dazu.« Er stieß mit dem Fuß lässig gegen ein Paket. »Vorläufig können Sie sich lediglich den Hintern an den Hundertdollarscheinen abputzen. Wer am Braten riecht, wird noch lange nicht satt.«

»Nun machen Sie sich mal keine Sorgen«, antwortete Dossola. »Weder um uns, noch um die Kapitalanlage.«

Der Chefpilot zog ein frisches Hemd an, band sich den Schlips, streifte sich die zivil geschnittene Uniformjacke über.

»Was dagegen, daß ich mich rasiere?« fragte er den Gangster-Boß zornig.

»Machen Sie sich nur schön, Capitano«, spottete die Dolchnase. »Und trösten Sie dann unsere armen Mitmenschen im Passagierraum mit ein paar lieben, aufmunternden Worten.«

Er gab dem Gangster-Mädchen Terry einen Wink, den Chefpiloten über die Wendeltreppe nach unten zu lassen. Es war der übliche Umweg zur Morgenwäsche, seitdem das Oberdeck-WC den Entführern als Gruselkabinett diente. Manchmal vergaßen die Bordoffiziere die Höllenmaschine, um im nächsten Moment wieder ihr vermeintliches Ticken zu hören.

Schon auf den ersten Blick sah Martin, daß die meisten Passagiere der Ersten Klasse aussahen wie Wermut-Brüder, die unter Brücken nächtigten. Zwar stanken sie nicht nach Fusel; aber die Angst hing an ihnen wie ein übler Geruch. Ein behelfsmäßiger Massenschlafraum verwandelte sich wieder in eine ausweglose Menschenfalle.

Man sah diesen Clochards nicht mehr an, daß sie Wirtschaftsführer, Bankiers, Senatoren oder kirchliche Würdenträger waren. Martin blickte in blasse, stoppelige Gesichter voller Hoffnungslosigkeit. Die letzten Tage hatten sie schwer gezeichnet.

Manche waren zu apathisch, um den Flugkapitän überhaupt noch zu bemerken; andere erwarteten von ihm Wunderdinge. Am liebsten waren Martin noch die Zornigen, mit denen er, falls nötig, rechnen könnte.

»Zu diesen verdammten Banditen fällt Ihnen wohl gar nichts ein«, griff ihn US-Senator Gallagher an.

»Bis jetzt nicht, Sir«, erwiderte der Kommandant mit glatter Höflichkeit. »Aber ich bin gerne bereit, jede Ihrer Anregungen aufzugreifen.«

Ein paar der Umsitzenden lachten, die meisten hatten die Anspielung gar nicht mitbekommen. Eine Gesellschaft, deren einzelne Glieder nur dadurch aneinandergekettet waren, daß sie zufällig an einem Tag dasselbe Flugziel erreichen wollten, zerfiel in Egoisten, Idealisten, Patienten und Simulanten. Es gab immer wieder Überraschungen: Muskelprotze machten schlapp, schwächliche Typen wuchsen über sich hinaus.

Eine Fundgrube für Psychologen, stellte Martin fest, aber es ging ums bloße Überleben, und so pfiff er auf die Wissenschaft von den seelischen Abläufen. Er sah, daß sich eine WC-Falttür öffnete und eroberte den Raum mit einem Satz. In diesem Moment meldete sich der Tower: »Hallo, ›Happy Day‹«, rief eine verschlafene Stimme. »Ich kann Ihnen mitteilen, daß Sie aufgetankt werden.«

»Wie nett«, antwortete Jim der Wache im Kommando-Raum hielt. »Ihr seid wohl froh, uns loszuwerden?«

»Ich nehme an«, fuhr der Grieche mit dem fremd klingenden Englisch unbeirrt fort, »daß Sie anschließend die Erlaubnis zum Weiterflug erhalten werden.«

»So sprach der kluge Sokrates«, alberte Jim. »Dann können wir ja unserem Lieblingssport weiter frönen.« Mit affektierter Stimme setzte er hinzu: »Das Schweben zwischen Himmel und Erde. Auf dem Rücken des Windes. Den weiten Blick in die Ferne gerichtet, und –«

Der Fluglotse blieb wie mit Scheuklappen bei der Sache, allerdings in einem Englisch, das vor Vokalen strotzte. »Wenn Sie uns Ihr Flugziel nennen, werden wir eine Straße freimachen.«

»Ich bin nicht Salomon der Weise«, versetzte Jim. Er mußte sich Luft verschaffen, obwohl er wußte, daß jedes dumme Wort vom Tonband verewigt würde. »Moment mal...« Er drehte sich nach Cesare um. »Hör zu, du beschissener Spaghettifresser«, fuhr er seinen Bewacher an. »Frag deinen Obergangster, wohin die Reise geht!«

Befriedigt merkte Jim, daß der Treffer saß, aber der Bursche hatte genauso Anweisung wie der Co-Pilot, Tätlichkeiten zu vermeiden.

Cesare riß die Cockpit-Tür auf und rief nach Dossola.

»Vielleicht fliegen wir nach Zürich«, plauderte Jim weiter mit dem Mann vom Tower. »Oder nach Paris. Oder nach Düsseldorf. Oder nach London. Es kann auch Mailand sein. Und überall wartet eine Million Dollar auf diese Schweinehunde.«

»Halt die Klappe«, fuhr ihn Cesare an und riß ihm das Mikrofon aus der Hand. »Oder ich polier' dir die Fresse.«

Jim gab der Sehnsucht seiner Fäuste nach, traf Cesare am Kinn. Der schmächtige Gangster fiel über den leeren Sessel des Bord-Ingenieurs. Jim trat ihn in den Unterleib, mehrmals, mit Wucht und Wonne; er ließ den Zorn ab wie Dampf. Er dachte noch immer verschwommen, da sah er die MP, das war die Chance! Er klemmte mit einem Fausthieb dem Amerikaner die Zunge zwischen die Zähne.

Dann drehte er ihn auf den Bauch und versuchte Cesare die Waffe abzunehmen.

Er sah, daß Terry ihrem Komplizen zu Hilfe kam. ließ von Cesare ab und stürzte sich auf sie. Sein Hände schlossen sich wie eine Zange um ihren Hals. Ihre übergroße Sonnenbrille glitt zu Boden. Die Perücke folgte ihr. Terry hatte kurze, flaumige Haare wie ein Küken. Sie wirkte weder schön noch weiblich.

Und dann traf Jim der erste Schlag am Hinterkopf. Benommen drehte er sich um, würdigte weder feminine Äußerlichkeit noch versuchte er, eine MP zu ergattern.

Wieder schlug der Mulatte zu, diesmal ging der Erste Offizier in die Knie.

»Ganz schön keß, der Junge«, hörte er Dossola wie durch einen Schleier.

Der Gangster-Boß betrachtete angewidert Cesare, der langsam wieder zu sich kam. »Das kommt davon, weil du Trottel nichts anderes im Kopf hast, als diese dämliche Modepuppe«, fuhr er ihn an. Er deutete auf Jim: »Verpaßt unserem hitzigen Freund eine kleine Abkühlung.« Seine Oberlippe entblößte Raucherzähne: »Aber bringt ihn nicht um – solange er noch gebraucht wird.«

Als Minuten später Flugkapitän Nobis das Cockpit betrat, war Jims Gesicht eine quallige Masse, in der die Augen winzige Sehschlitze bildeten, Wanderaugen im Hefeteig.

»Er hat Dummheiten gemacht«, erklärte Dossola. »Wir mußten ihn mal kurz übers Knie legen.«

»Was war los?« fragte Martin scharf.

»Ich hab' die Burschen nur mit ihren Vornamen angesprochen«, erwiderte Jim. Mit einem schmerzlichen Grinsen deutete er auf Cesare: »Der andere sieht auch nicht besser aus.«

Der Lautsprecher quäkte in die Stille: »Was ist eigentlich los bei euch?« fragte der Mann vom Tower. »Warum erhalte ich keine Antwort? Warum meldet sich der Kommandant nicht?«

»Flugkapitän Nobis«, antwortete Martin.

»Können wir Ihnen den Tankwagen schicken?«

»Nein«, erwiderte der Chefpilot.

»Heißt das, daß Sie nicht weiterfliegen wollen?«

»So ist es«, versetzte Martin.

»Moment mal«, schaltete sich der Gangster-Boß ein. »Da haben wir wohl auch noch ein paar Takte mitzusprechen.«

»Ende der Diskussion«, entgegnete der Flugkapitän. »Sie haben für Brüssel den Austausch der Crew versprochen. Dann für Athen.«

Er warf einen Blick auf Jims zerschlagenes Gesicht. »Sie sehen, was passiert, wenn Piloten mit ihren Nerven am Ende sind.«

»Sie werden fliegen oder sterben«, erwiderte Dossola.

»Gut«, sagte Martin. »Dann legt mich um.«

»Sind Sie schon mal erschossen worden?« erzürnte sich der Gangster.

»Sie vielleicht?«

»Was ist los, Capitano?« wechselte die Dolchnase den Ton. »Schlecht gelaunt? Kurzschluß? Haben Sie keine Mutter mehr? Gibt es Miß Fairday nicht?«

»Lassen Sie meine Familie aus dem Spiel.«

»Ich gebe Ihnen zehn Minuten«, versetzte Dossola, aber es war mehr eine Bedenkzeit für ihn als ein Ultimatum.

Die beiden anderen Offiziere horchten auf. Sie spürten Martins Entschlossenheit, und sie wußten, daß seine Auflehnung intelligenter war und wirksamer, als Jims kurzer Faust-Triumph.

Dossolas Frist war längst abgelaufen, der Jumbo mit Kerosin gefüllt. Der Gangster-Boß ließ Cesare und den Mulatten mit ihren Pistolen vor Martin herumfuchteln; doch die drohenden Mündungen hatten keine Macht über den renitenten Flugkapitän.

»Wir haben uns doch bisher gut vertragen«, lenkte Dossola wiederum ein. »Was haben Sie denn plötzlich?«

»Berufsstolz«, antwortete der Chefpilot. »Es ist mir lieber, Sie erschießen mich, als daß ich die Schuld an einem Absturz trage. Am Resultat ändert das ja nichts.«

Dossola sah, daß er nicht weiterkam. Jede Minute, die ungenutzt verstrich, bewies nur um so deutlicher, daß ihm die angemaßte Gewalt durch die Finger rann. Außerdem sah Greenhills Plan vor, daß die Flugzeuge und ihre Besatzungen ausgetauscht würden – allerdings erst morgen, 24 Stunden später

»Sie haben wirklich Mumm, Capitano« stellte Dossola fest. »So etwas gehört belohnt.« Er drehte sich zu seinen Leuten um. »Raus mit euch!« sagte er, wies auf Jim. »Nehmt dieses angebrannte Pfannkuchen-Gesicht mit.« Er wartete, bis sich die Cockpit-Tür geschlossen hatte und er mit dem Flugkapitän allein war. »Nun schneiden Sie keine so finstere Grimasse«, sagte Dossola. »Ich mache Ihnen ein fürstliches Geschenk –«

»Zum Beispiel?« antwortete Martin gleichgültig.

»Rufen Sie Ihren Präsidenten Lovestone«, befahl der Gangster-Boß. »Wenn er ein Ersatz-Flugzeug stellt, können Sie und Ihre Besatzung gehen.«

Der Flugkapitän schaltete um auf JET-AIR-Frequenz. Er rief die Zentrale in New York an und verlangte den Präsidenten. Es war erst sechs Uhr morgens und durchaus begreiflich, daß der Rückruf aus Frankfurt eine Stunde und 17 Minuten auf sich warten ließ.

»Nun schlucken Sie mal Ihren Zorn runter, Mr. Lovestone«, begrüßte ihn Gangster-Boß Dossola. »Sie haben mit uns bisher schlechte Geschäfte gemacht – nun schlage ich Ihnen ein blendendes vor: Sie erhalten die ›Happy Day‹ unbeschädigt zurück und liefern uns dafür eine ganz gewöhnliche Boeing 727.«

»Würden Sie das bitte wiederholen«, sagte Norman S. Lovestone, der genau verstanden hatte. Er war auf den Vorschlag vorbereitet, und sicherheitshalber stand sein Einpeitscher Larry neben ihm.

»Sie hören ganz recht. Ich brauche Ihnen doch nicht zu sagen, daß ein Jumbo mehr wert ist, als drei Europa-Jets zusammen«, wiederholte Dossola.

»Und was ist mit der Besatzung?« fragte der Luft-Reeder.

»Die stellen wir diesmal selbst. Ich habe es satt, mich mit aufsässigen Luft-Kutschern herumzuärgern.«

»Wo bekommen Sie die Stewardessen her?« fragte Lovestone.

»Wir stellen Hilfs-Stewards.« Er lachte. »Unsere Gäste werden ohnedies immer weniger. Auf der Warteliste der Zahlungswilligen stehen jetzt bereits 27 Namen. Und die anderen sind nicht mehr groß bei Appetit.«

»Wo soll der Tausch stattfinden?« fragte Lovestone.

»Das bestimmen wir. Zeitpunkt, Ort und Abwicklung der Übergabe erfahren Sie noch früh genug.«

»Natürlich bin ich interessiert.« Der Präsident spielte seine Rolle ausgezeichnet. »Aber zuerst muß ich sehen, wie ich einen Europa-Jet aus unserem Liniendienst ziehen kann, und dann muß ich wohl auch das Einverständnis der Polizei einholen.«

»Tun Sie das«, entgegnete Dossola. »Aber schnell.« Er lachte trocken: »Ich mach' nicht gerne zweimal so ein ruinöses Angebot. Ende.«

Dossola reichte Martin das Mikrofon. »Zufrieden, Capitano? So schlägt uns also die herbe Stunde des Abschieds.«

»Gut«, versetzte Martin. »Noch ein Start. Noch eine Landung. Mein letztes Entgegenkomen.«

»Wir werden noch als echte Freunde scheiden.«

Eine Stunde später gab Präsident Lovestone grünes Licht für

den Flug an das unbekannte Ziel, und Martin startete zum letztenmal.

47

Das FBI-Vorauskommando probte mit der römischen Polizei in der Ewigen Stadt den Ernstfall. Zwar wies zunächst nur eine Vermutung auf den Flughafen Fiumicino als Umsteige-Station der Luftpiraten hin, aber Larrys Leute hatten Moretti und seine beiden Begleiter unter ständiger Kontrolle.

Die Austausch-Crew für den Europa-Jet hatte nach der Landung in Paris-Orly den Transitraum nicht verlassen und war zwei Stunden später nach Zürich weitergeflogen. Sie mietete sich in einem Hotel an der Limmat ein und machte Einkaufsbummel in der Bahnhofstraße. Dabei gelang einem FBI-Mann ein kurzer Kontakt mit Peggy. »Wir reisen weiter, aber ich weiß nicht,wohin«, raunte die schöne Münchnerin ihrem Beschatter zu.

Bob S. Greenhill war mit seiner ›Hawker Siddely‹ in Puerto Rico gelandet und unmittelbar danach zu den Bermuda-Inseln weitergeflogen. Sein Co-Pilot hatte berichtet, daß der Wallstreet-Geschäftsmann mit seiner Privatmaschine einen Europa-Trip unternehmen wolle. Obwohl er noch keinen Bescheid aus New York hatte, war Larry sicher – vor einem Rendezvous-Manöver irgendwo in der Wüste –, einen Haftbefehl gegen den Mann mit dem Doppelleben zu erhalten.

Mikes Mikro-Filme, bei der WC-Entleerung aufgefischt, erwiesen sich als brauchbar. Das angebliche Ehepaar Weidmann konnte durch Fotos identifiziert werden.

Das Netz zog sich zusammen. Bei aller Ohnmacht hatte das FBI in Zusammenarbeit mit INTERPOL großartige Arbeit geleistet. Es war einer der Fälle, die kriminalistisch gelöst waren und trotzdem in der Realität noch immer ausweglos schienen.

Not macht erfinderisch. Und so hatte man einige Methoden entwickelt, um den Luftpiraten das Handwerk zu legen. So verschieden sie waren: Keine garantierte den Erfolg.

SWISSAIR überträgt durch automatische Kameras das Geschehen im Passagierraum auf Monitore im Cockpit. Doch was nützt es dem Flugkapitän, wenn er in Live-Übertragung sieht, wie seine Stewardessen von einem Gangster mit der Maschinenpistole bedroht werden?

Manche Fluglinien setzten mit unterschiedlichem Erfolg bewaffnete Begleiter ein. Zu den oft verzweifelten Vorschlägen gehört, das Essen der Hijacker zu vergiften oder Schlafmittel in ihre Getränke zu schmuggeln. Aber längst sind die Piraten dazu übergegangen, vom Kabinenpersonal die Speisen kosten zu lassen.

Bei der EL AL bleibt die gepanzerte Cockpit-Tür geschlossen, geschehe was da wolle.

Von der gleichen Fluglinie – sie hat zwangsläufig bei der Abwehr von Terrorakten die größte Erfahrung – stammt auch der Vorschlag, über die Ventilation Gas in die Maschine zu pumpen und Passagiere wie Entführer gleichzeitig einzuschläfern.

Diese vielleicht schon weit entwickelte Methode war noch nie in die Praxis umgesetzt worden, schon gar nicht im Einsatz gegen eine Höllenmaschine. Und Larry mußte, unterstützt von Spezialisten des deutschen Bundeskriminalamts, unter Zeitdruck zu eigenen Erfahrungen kommen.

Auf den sorgfältig abgeriegelten Werftgelände hinter dem Rhein-Main-Flughafen fand ein Massen-Experiment statt. Unter der Hand hatten FBI-Leute 50 menschliche Versuchkaninchen angeworben, über 100 meldeten sich freiwillig: Polizeischüler, Angestellte von Gesellschaften, unter ihnen mehrere Mädchen, Männer vom Bodenpersonal, Bundeswehrsoldaten.

Sie besetzten zwei Drittel des Europa-Jet, wurden über die Bordlautsprecher gebeten, sich anzuschnallen und ihre Zigaretten auszumachen. Der Flug sollte am Boden naturgetreu simuliert werden. Vom Tonband kam der Lärm der Düsentriebwerke, das leichte Säuseln der Ventilatoren. Und flotte Musik, die plötzlich abbrach:

»Ladys an Gentlemen, attention, please«, sagte die Stimme aus dem Cockpit. »Wir überfliegen gerade das Neckartal. Auf der linken Seite wird gleich Stuttgart in Sicht kommen.«

Ein paar Teilnehmer lachten, andere sahen aus ihren Zeitschriften auf oder unterbrachen die Unterhaltung. Die Stewardessen boten einen Imbiß an. Man hatte die Versuchspersonen gebeten, sich wie normale Passagiere zu benehmen.

Einige nutzten diese Aufforderung, um zu einem ordentlichen Frühschoppen zu kommen, andere ließen die Getränke stehen, weil sie annahmen, sie seien präpariert. Man hatte den Versuchskaninchen lediglich mitgeteilt, daß der Test ihr Wohlbefinden vorübergehend mindern könne, jedoch keine gesundheitlichen Schäden zu befürchten seien.

»Gut«, sagte Larry nach 76 Minuten zu dem Pseudo-Piloten, einem Fluglehrer.

In einem Gewirr von Armaturen legte der Mann einen kleinen Hebel um. Sofort strömte aus den Luftdüsen der Ventilation neben dem Sauerstoff ein Gemisch von Tränen- und Betäubungsgas in den Passagierraum.

Etwas zehn Sekunden später merkten die Versuchspersonen, daß es auf einmal nach faulen Zwiebeln roch; sie machten einander darauf aufmerksam. Dann begriffen sie erst, daß wirklich etwas faul war.

Larry und seine Helfer hatten sich Gasmasken übergezogen und stürmten aus der Kanzeln nach hinten. Die meisten ›Passagiere‹ kämpften bereits mit ihren Tränendrüsen und der Atemnot, so daß sie die ›Marsmenschen‹ nicht mehr wahrnahmen.

Die ersten kippten um, andere wehrten sich noch gegen die Übelkeit, mit langsamen, tolpatschigen Bewegungen. In diesem Stadium konnte keiner mehr überlegt reagieren. Die Opfer der Chemie saßen mit aufgerissenem Mund und in seltsam verdrehter Körperhaltung in den Sesseln. Und nach einer Minute waren alle, die keine Gasmaske trugen, in einem Dornröschenschlaf gefallen.

»Abbrechen!« befahl Larry.

Die Einstiegstüren wurden aufgerissen. Die Umlaufdüsen bliesen wieder reinen, klaren Sauerstoff in den Passagierraum. Sanitäter und Ärzte kümmerten sich um Testpersonen, die ihren freien Samstag für die Verbesserung der Sicherheit im Luftverkehr geopfert hatten.

»Wir können die Menge unseres Gasgemischs ohne weiteres um ein Drittel erhöhen«, erklärte ein Chemiker, »und dadurch die Reaktion entsprechend beschleunigen.«

»Die Anlage arbeitet idiotensicher«, behauptete ein Polizei-Ingenieur. »Eine technische Panne ist so gut wie ausgeschlossen.«

»Das ist ja zwar nicht die richtige Kur für Patienten mit Kreislaufschäden«, faßte ein Arzt erste Untersuchungsergebnisse zusammen. »Aber wenn die Alternative eine Höllenmaschine ist, müssen wir es wohl wagen.«

»Sind Sie zufrieden, Mr. Merx?« fragte Kriminalrat Beißwang.

»Zufrieden bin ich erst, wenn ich diesen Dossola und Konsorten dem Richter in Handschellen vorführe«, erwiderte der FBI-Spezialist.

Das Experiment hatte die Grenzen seiner Möglichkeiten aufgedeckt; mehr konnte er von den Wissenschaftlern nicht verlangen.

Aber den Luftpiraten blieben im günstigsten Fall zehn und im ungünstigsten Fall 20 Sekunden Zeit, die Bombe zu zünden, wenn sie nicht mit anderen Mitteln außer Gefecht gesetzt würden.

Kurz vor zehn Uhr meldete Zürich, daß der Gangster Moretti drei Flugkarten nach Rom bestellt habe.

»Na also«, quittierte es Larry. »Ab jetzt genau nach Plan.« Er wandte sich an den JET-AIR-Präsidenten: »Jetzt sind Sie an der Reihe, Norman«, sagte er und gab Anweisung, die FBI-Boeing startklar zu machen.

48

Die ›Happy Day‹ überflog Jugoslawien. Fast 12000 Meter unter ihr lag Zagreb. Der gekaperte Riesenvogel blieb auf Kurs München. Sein Zielort war noch immer unbekannt.

Marc Delby, der vom Zufall bestellte Bordarzt, befürchtete, daß die Nerven einiger Passagiere nicht länger mitmachten. Er war auf Dauer-Visite. Manchmal ersetzte sein sicheres Auftreten eine Medizin, die er nicht zu bieten hatte. Er verteilte Beruhigungspillen oder gab Aufmunterungsspritzen; er verabreichte blutverdünnende Medikamente an Herzkranke und seinem Gehilfen Mike so nebenbei Winke, auf wen er zu achten hätte.

Am vierten Tag dieses Hijacking-Dramas rechnete der junge Professor mit Kreislaufkollapsen und Nervenzusammenbrüchen am laufenden Band – das konnte das Ende bedeuten, nicht eines, sondern aller Patienten.

Die sieben Stewardessen schlugen sich tapfer. Keiner sah ihnen mehr auf die Beine. Selbst das freundliche Lächeln, das sie immer zeigten, zündete nicht mehr. Die meisten Passagiere waren zu abgeschlafft, um überhaupt zu bemerken, wie energisch die hübschen Mädchen die Illusion vertraten, der Jumbo befände sich auf einem ganz normalen Linienflug.

»Noch ein Patient«, sagte Mike und wies auf die Wendeltreppe, wo Jim, der Erste Offizier auftauchte.

Sein zerschlagenes Gesicht hatte offensichtlich den Ehrgeiz, ständig neue Farben zu erfinden, aber es trug nicht dazu bei, die verstörten Passagiere zu beruhigen, obwohl der unbeherrschte Pilot seine Platzwunden vorwies wie einen Orden.

Jim blieb vor Manon, dem Modemädchen stehen, die sich auf einen unverständlichen Flirt mit Cesare eingelassen hatte. »Auch

Ihr Gangster-Boy hat sich 'ne neue Fassade zugelegt«, grinste er martialisch.

Er ging nach hinten zu dem immer größer werdenden Behelfslazarett. Während der Professor ihm die Wunden auswusch, desinfizierte und bepflasterte, teilte Jim – für andere unhörbar – mit, daß die ›Happy Day‹ gegen einen Euro-Jet ausgetauscht werden sollte.

»Noch mal, Jim«, bat Mike. »Damit ändert sich unsere Situation schlagartig«, sagte er zu Marc.

»Gut oder schlecht für uns?« fragte der Mediziner.

»Mal sehen«, erwiderte Mike und beobachtete den Jungen mit dem karierten Hemd. Ferry Miller machte ihm Sorgen. Der FBI-Mann überlegte, ob die Fatalisten letztlich nicht brauchbarer seien als dieser junge Heißsporn.

Jim war versorgt und ging zurück. Die meisten Passagiere dösten, schliefen, kämpften mit Alpträumen oder fütterten Hoffnungen. In der First-Class-Kabine stellte US-Senator Gallagher laut wieder einmal die Frage, an der sie alle rätselten: »Ich möchte nur wissen, wie lange dieses Affentheater noch weitergeht.«

»Aber mein lieber Senator. Sie brauchen doch nur nachzurechnen«, tröstete Kübrich den zürnenden Amerikaner. »Bei dem derzeitigen Tempo der Feilassungen geht die letzte Geisel ungefähr in fünf Monaten von Bord.«

»Sie Widerling!« fuhr Schmalbach den Spitzenmanager an.

Seine Firma gehörte zu den Zuliefer-Betrieben des Kübrich-Konzerns, war von ihm abhängig, und das hatte der mittlere Unternehmer während des Flugs durch eine fast devote Untergebenheit unterstrichen. Inzwischen war von der Panik die Rangordnung abgelöst worden.

»Was sind Sie, Kübrich?« giftete Schmalbach den vormals bewunderten Erfolgsmenschen an. »Ein Trottel! Sie lassen diese Karikatur Dr. Pombe von Bord und bleiben.«

Kübrich betrachtete den Aufgebrachten wie ein seltenes Tier im Zoo.

»Ein lächerlicher Angeber sind Sie, Kübrich!« fuhr Schmalbach fort. »Wir fragen uns jede Sekunde, ob wir unsere Frauen und Kinder jemals wiedersehen. Und Sie werfen für einen billigen Reklamegag eine Million Dollar zum Fenster hinaus.«

Kübrichs Miene blieb reserviert. Er dachte an Annelie, seine Frau, die vermutlich sein Verhalten genauso deutete wie dieser putschende Zulieferant. Wie sollte er Schmalbach erklären, daß er spontan an Bord geblieben war, weil er in einer Minute der

Wahrheit den Leerlauf der Jahre erkannt hatte? Die Hohlheit einer Ehe, die nur nach außen bestand und zu deren Luxus-Aushängeschild die drei kleinen Töchter genauso gehörten wie die drei schwarzen Zwergpudel.

»Was ist mit Ihnen los, Schmalbach?« fragte Kübrich. »Sind's die Nerven? Ist's der Blutdruck? Oder fehlt Ihnen bloß eine Million Dollar?«

»Natürlich fehlt sie mir.«

»Soll ich Ihnen das Geld borgen?« fragte Kübrich.

»Aber das würden Sie doch nicht tun«, erwiderte Schmalbach und zeigte erstes Begehren.

»Vielleicht sollten Sie mich darum bitten«, antwortete Kübrich. Er wurde arrogant, war Sadist und Altruist zugleich, entschlossen, für den Mann, der ihn beleidigt hatte, das Lösegeld zu zahlen.

»Hallo, ›Happy Day‹«, meldete sich im Cockpit die Bodenstation. »Schalten Sie um auf JET-AIR-Frequenz!«

Unmittelbar danach teilte Lovestone mit, daß der Europa-Jet ab heute mittag in Frankfurt zur Übergabe an die Hijacker bereitstehe.

»Nicht in Frankfurt«, entgegnete Dossola. »Sagen wir in Rom.«

»Wozu die Zeitverschwendung?« erwiderte ein Luft-Reeder, der seinen Part beherrschte.

»Nun hören Sie gut zu, Mr. President«, versetzte der Piraten-Boß scharf. »Wir treffen uns in Rom. Sie landen mit der Boeing 727 direkt neben uns. Die beiden Maschinen bleiben Flügel an Flügel stehen.«

»Wenn es der Flughafenkommandant –«

»Quatsch«, unterbrach ihn Dossola barsch. »Unsere neue Besatzung meldet sich am Schalter Ihrer Linie mit dem Stichwort: ›Schöne Grüße von Henry Smith!‹ Sie lassen die Leute unbehelligt in die Maschine steigen. Sie werden dann Ihren billigen Vogel durchsuchen. Wenn alles in Ordnung ist, beginnt die Umsteige-Arie.«

»Moment«, erwiderte Mr. JET-AIR. »Und die Crew?«

»Die halten wir an Bord der ›Happy Day‹ fest, bis wir, unsere sieben Millionen und unsere Höllenmaschine umgestiegen sind. Kapiert?«

»Bleiben Sie noch«, bat Norman S. Lovestone, der in den letzen Tagen erhebliche schauspielerische Qualitäten zeigte. »Ich bin bevollmächtigt, Ihnen von der US-Regierung ein Angebot zu machen.«

»Handelt es sich um Geld?«

»Natürlich. Washington möchte Ihnen sämtliche Passagiere mit amerikanischem Paß abkaufen.«

»Sie kennen ja unsere Preisliste«, versetzte der Gangster: »Eine Million Dollar pro Kopf.«

»Gilt das auch für Mr. Hammersmith?« fragte der Luft-Reeder.

»Selbstverständlich«, spottete die Dolchnase. »Gerechtigkeit für alle. Nur Ihr Atomforscher wird der letzte sein, den wir laufen lassen.« Er lachte widerwärtig; die US-Regierung war zwar reich, aber sie konnte nicht, ohne das Gesicht zu verlieren, eine Verbrecher-Gang 153 Millionen Dollar Lösegeld in den Rachen werfen.

49

Leonardo da Vinci kehrte auf seinem Denkmalsockel dem italienischen Flughafen Fiumicino den Rücken zu, als könne er das bevorstehende Drama nicht mit ansehen. Am frühen Nachmittag raste rund um den Globus die Blitzmeldung: »›Happy Day‹ in Rom gelandet.«

Vor dem Haupteingang hielt ein Taxi. Moretti zahlte, er reichte Peggy höflich die Hand beim Aussteigen und sagte lachend zu Tony Forthman: »Du siehst aus, als gingst du zu deiner eigenen Hinrichtung. Aber paß mal auf, wie dich eine tote Polizei belebt.«

Er ging voraus, in der Mitte lief Peggy, zu ihrer Rechten, wie von einem unsichtbaren Tau gezogen, der Ex-Pilot. Moretti, elegantlässig, näherte sich dem JET-AIR-Schalter.

»Wir werden erwartet«, erklärte er einer Boden-Hosteß. »Schönen Gruß von Henry Smith.«

»Moment mal bitte«, sagte das Mädchen erschrocken und drückte einen Knopf.

Zwei der Männer der Flughafen-Polizei kamen näher. »Prego, Signori«, sagte einer von ihnen. Er sah nicht aus, als würden sie abgeführt, sondern unbürokratisch durch die Sperre geleitet.

»Hierher, bitte«, bat einer der Uniformierten und schickte Moretti in ein Vernehmungszimmer auf der linken Seite.

Der zweite Polizist zog Tony in einen anderen Raum.

Die Türen schlossen sich.

Und dann sagte eine bekannte Stimme: »Peggy.«

Sie fuhr herum, hinter ihr stand Larry. »Ich würde Sie nie wieder in die Feuerlinie schicken«, versicherte er.

»Hören Sie schon auf«, versetzte sie lachend. »Mir macht das richtig Spaß.«

»Spaß ist vielleicht das falsche Wort.«

»Nennen Sie es, wie Sie wollen«, erwiderte Peggy burschikos.

Sie hatten ein Zimmer erreicht, in dem ein riesiges Modell des Europa-Jet stand. »Wir haben einige wichtige Vorbereitungen getroffen«, erklärte Larry und klappte den Rumpf auf. »Der Erfolg steht und fällt damit, daß ihr die Burschen mindestens 15 Sekunden davon abhalten könnt, die Bombe zu zünden.«

»Was heißt ihr?« fragte Peggy.

»Ich habe einen meiner besten Leute an Bord«, erklärte der FBI-Mann, und Peggys überraschtes Gesicht entschädigte ihn für die Strapazen dieser Tage. »Wir haben nicht viel Zeit«, fuhr Larry fort, »prägen Sie sich jedes Wort ein.« Er hob eine Klappe am Modell. »Hier sind die Gasmasken versteckt. Und hier die Pistolen und MP's. Wir haben einen künstlichen Hohlraum geschaffen und mit Attrappen verklebt.«

»Einen Moment«, erwiderte Peggy, die in der Dimension der perfekten Stewardeß dachte. Sie stellte sich in die Mitte des Raums, orientierte sich mit den Händen. »Gut«, sagte sie. »Und dann?«

»Also, noch einmal«, sagte Larry Merx. »Zuerst müssen Sie so rasch wie möglich mit Mike Blower in Kontakt kommen. Zweitens zeigen Sie die Verstecke für die Waffen und Gasmasken –«

» – und drittens«, unterbrach ihn Peggy, »gebe ich ihm über Bordlautsprecher eine Warnung, bevor ich den Gasüberfall auslöse. Sie heißt: ›Turbulenz! Anschnallen, bitte, Turbulenz!«

»Noch etwas muß Mike sofort erfahren«, ergänzte Larry. »Wir nehmen an, daß die Bombe wieder in einem Bord-WC eingebaut wird. Deshalb haben wir die Luftumlaufdüsen in allen Toiletten verdoppelt, so daß eine Übermenge Gas in sämtliche WC-Kabinen strömt. Wer sich dort aufhält, hat Pech und andere Sorgen, als eine Höllenmaschine zu zünden.«

»Soweit ist alles klar«, erwiderte Peggy. »Ich weiß eigentlich gar nicht, warum Sie so besorgt sind.«

Larry stand auf, zündete sich eine Zigarette an, durchschritt mit angestrengtem Gesicht den Raum. »Lassen Sie uns noch einmal überlegen, was alles passieren kann«, sagte er. »Ich weiß, ich bin lästig, aber –«

Er sah auf die Uhr. In fünf Minuten mußte der Colonello seinen ersten Auftritt mit Milo Moretti starten.

50

Der Frühling war vor kurzem wie ein Eroberer in die Stadt gkommen, aber der heiße Atem dieses Tages kündigte an, daß er sich schon sehr bald dem Sommer ergeben müßte. Sonnabend. Die Siebenhügelstadt hatte frei, und ihre Bewohner zogen in langer Karawane ans Meer. Am Meer lag auch Fiumicino: Der moderne Großflughafen machte Rom heute zur Welthauptstadt der Sensation, obwohl Colonello Fabiani – er leitete den Einsatz der italienischen Polizei – den Fall nach besten Kräften herunterspielte.

»Eine ganz gewöhnliche Zwischenlandung«, so stellte er sich dem Massenaufgebot der Reporter. »Wir werden die ›Happy Day‹ auftanken, verproviantieren und recht froh sein, wenn wir diese erpreßten Hilfeleistungen ohne blutigen Zwischenfall hinter uns bringen.« Er nickte seinen natürlichen Feinden freundlich zu, er hatte die Journalisten aus aller Welt in einen kleinen Raum gestopft wie eine Wurstfüllung in die pralle Haut. »Ich stehe Ihnen jederzeit zur Verfügung, aber ich habe zu tun, *scusate, Signori.*«

Der Polizei-Oberst war klein, drahtig. Er wirkte wie ein abgesessener Reiter, doch in seinem Fach hielt er sich glänzend im Sattel: ein perfekter Polizeibeamter, der zusätzlich über südliche Besonderheiten verfügte. Fabiani konnte auftreten wie der Erfinder der Bürokratie und im nächsten Moment mit einem Schlag den Papierberg wieder hinwegfegen. Er war der typische Vertreter eines Landes, in dem notfalls alles klappt und nichts funktioniert, nicht einmal der Streik.

Der Colonello verließ den Raum. Zwei Carabinieri davor grüßten stramm. Fabiani lächelte lässig. Es war kurz nach 15 Uhr. Das moderne Flughafengebäude wurde abgeriegelt. Nur Passagiere mit gültigen Tickets durften es betreten. Abschied und Begrüßung wurden konsequent vor die Eingänge verlegt, Charterflüge gestrichen und der italienische Binnenverkehr auf den alten römischen Flughafen Ciampino umgeleitet. Der Carabinieri-Oberst wußte nicht, wie seine Operation verlaufen würde; aber in jedem Fall brauchte er Platz für seine Truppe.

Während die ›Happy Day‹ abseits stand wie ein Mauerblümchen des Luftverkehrs, lief der Plan, sie zu befreien, nach Stoppuhr.

Die Hauptrolle fiel dabei Peggy zu. Zwangsläufig mußte die Polizei ihre Hoffnung weitgehend auf die umfunktionierte Chef-Stewardeß stützen.

Hinter Rom beginnt Afrika, spotten die Mailänder und meinen

damit, daß südlich der Ewigen Stadt die MAFIA als heimliche Nebenregierung auftritt und die ›Ehrenwerte Gesellschaft‹ zum täglichen Leben gehört wie Kirche, Feuerwehr oder Friedhofsverwaltung. Sizilien hat aus dem Verbrechen einen Exportschlager in die USA gemacht, wobei MAFIA und COSA-NOSTRA miteinander verwandt sind wie Großvater und Enkel. Und ein Ableger dieser weitverzweigten Verbrecher-Organisation hatte am letzten Mittwoch den Jumbo-Jet ›Happy Day‹ entführt und war nunmehr dabei – über den Umschlagplatz Rom –, Blut, Schweiß und Tränen in viele Dollar-Millionen zu verwandeln.

War Rom Zufall? Hofften die Gangster, mit der italienischen Polizei leichtes Spiel zu haben? Gab es Hintermänner in hohen Stellen – vielleicht sogar in der Regierung?

Solcherlei Befürchtungen waren nicht abwegig, aber Larry hielt den Collonello für korrekt und unbestechlich. Der italienische Kollege hatte das FBI-Vorauskommando als Zuwachsgewinn begrüßt und sich bereit erklärt, die Spezialisten als Korsettstangen in seine Carabinieri-Einheit einzuziehen.

Larry schaltete den linken Bildschirm ein.

»Direktübertragung« sagte er lächelnd zu Peggy.

Auf dem Monitor erschien ein schmuckloses Vernehmungszimmer. In der Mitte Moretti, umringt von ein paar Uniformierten.

»Gibt es hier eigentlich nur Pöbel?« schimpfte der Schönling auf italienisch. »Oder kann ich endlich mit einem Offizier sprechen?«

Der Colonello betrat den Raum: »Warum beleidigen Sie meine Leute?« fragte er.

»Weil sie sich wie Bauern benehmen.«

»Wenn Sie das noch einmal sagen, werden Sie einen Bauernaufstand erleben, der sich gewaschen hat«, erwiderte Fabiani mit einer Spur von Lächeln. Er war ein blendender Schauspieler, Larry wunderte sich nicht. Schließlich steckt in jedem Italiener ein Heldentenor.

»Wo sind meine Begleiter?« fragte Moretti.

»Caro«, spottete der Oberst. »Fürchten Sie sich allein?«

»Es ist Ihre Sache, ob Sie sich an die Abmachung halten wollen«, drohte der schöne Gangster.

»Welche Abmachung?« fragte Fabiani mit gekonnter Sturheit.

»Getroffen mit Präsident Lovestone.«

»Wer ist eigentlich Signor Lovestone?« fragte der Polizei-Offizier.

»Natürlich können Sie mich mißhandeln«, erwiderte Moretti,

»aber nur vorübergehend.« Er lächelte überlegen. »Und auch nur bis zu einer gewissen Grenze. Ich würde Ihnen raten, sie nicht zu überschreiten. Aus menschlichen Gründen.« Moretti zeigte dem Carabinieri das rote Tuch. »Nicht meinetwegen. An die Passagiere sollten Sie denken, Signori«, sagte er blasiert.

»Entweder ziehen Sie sich jetzt freiwillig aus, oder wir veranstalten mit Ihnen einen kleinen Striptease«, versetzte Fabiani im Plauderton.

Seine Leute waren eingespielt, sie kamen ohne Aufforderung näher, aber so leicht läßt sich ein harter US-Gangster nicht einschüchtern.

»Sie wissen, daß der italienische Auto-König Laveno an Bord der ›Happy Day‹ ist?« fragte Moretti.

»Leider«, bestätigte der Polizei-Oberst.

»Alles, was Sie mit mir machen, werden wir anschließend mit ihm anstellen. Und ich werde ihm sagen, daß Sie daran schuld sind. Sicher wird er dann ein gutes Wort bei der italienischen Regierung für Sie einlegen.«

»Aber Caro«, versetzte der Carabinieri-Oberst. »Wer ist die italienische Regierung?«

Er war nicht so großspurig, wie es sich anhörte. Die Carabinieri sind ein Staat im Staate. Sie würden sich vielleicht nicht an die Befehle des Innenministers halten, doch ihrem Colonello folgten sie aufs Wort: Gehorsam auf italienisch oder: die geordnete Anarchie.

»Machen Sie, was Sie wollen. Aber Sie werden das bereuen.«

Moretti zog seine elegante Maßjacke aus, öffnete den Schlips, schlüpfte aus dem Hemd.

»Adonis wird entblättert.« Larry lächelte grimmig: »Wie stehen Sie mit ihm, Peggy?«

»Immer besser. Ich fürchte, er verläßt sich mehr auf mich als auf Tony.«

Larry schaltete den rechten Monitor ein. »Gleich beginnt die Schau auf dem anderen Kanal.«

Die Mattscheibe rauschte und flimmerte, dann verstummte das Geräusch und das Bild wurde klar: Der von der Unterwelt gedungene Ersatz-Kapitän, der eine Mörderbande und ihre Mammutbeute in Sicherheit bringen sollte, sah nicht gerade aus wie ein Millionär von morgen.

Tony kauerte auf seinem Stuhl wie auf einer Anklagebank. Es schien, als verteidigte er sich gegen ein unsichtbares Gericht mit unhörbaren Ausflüchten. Es wäre nicht schwierig, diesen Mann unter Polizeischutz zum Aussteigen zu bewegen – aber Larry fragte sich, ob es überhaupt sinnvoll wäre.

Nach einer knappen Minute trat ein zweiter Mann ins Bild, und Peggy stellte verblüfft fest, daß es der Präsident ihrer Fluglinie war. Er ging auf den verstörten Jungen zu, es sah aus wie ein billiger Kameratrick. Je mehr Tony zusammenschrumpfte, desto steiler wuchs Lovestone nach oben.

»Tag, Forthman«, begann der Luft-Reeder. »Keine Angst, ich mache Ihnen keine Vorwürfe. Ich will Sie auch nicht lange aufhalten.«

Der entlassene Pilot hatte den Sinn der Worte nicht erfaßt, er hörte nur die Stimme, und sein verstörtes Gesicht beschlug sich mit Verlegenheit.

»Sie können mich ausschimpfen, Mr. Lovestone«, erwiderte der frühere Mitarbeiter. »Sie hätten sogar recht.« Er zog wieder hektisch an seiner Zigarette. »Nur können Sie leider nichts mehr ändern.«

»Leider?« fragte Lovestone.

Tony schwieg. Seine Augen waren auf der Flucht und wurden immer wieder vom Blick des JET-AIR-Präsidenten gestellt.

»Vor einem halben Jahr waren Sie noch unser fliegender Wunderknabe«, sagte Lovestone.

»Fliegen kann ich wohl auch heute noch... allerdings nur zu Spitzengagen.«

»Unser Chefpilot hat sich nie damit abgefunden, daß wir Sie entlassen mußten.«

»Aber Nobis hat die Kündigung mit unterschrieben –«

»Wie ein Patient mit Raucherbein der Amputation zustimmt.«

Tonys Pupillen blieben stehen; er starrte auf die schmutziggraue Wand, mit den Augen eines Blinden.

»Mr. Nobis hält sehr viel von Ihnen, Forthman«, sagte der Spitzenmanager ohne Betonung. »Auch heute noch. Er hat nie verwunden, daß er Sie nicht halten konnte.«

»Glauben Sie ja nicht, daß Sie mich hier einwickeln können«, versetzte der Junge trotzig.

»Eingewickelt haben Sie die anderen, Forthman«, stellte Lovestone fest. »Es ist Ihre Sache, wenn Sie sich zu einer Utensilie des Verbrechens machen lassen, die man benutzt und wegwirft.« Der Präsident trat ganz dicht an seinen entlassenen Mitarbeiter heran.

Tony wich zurück, bis er mit dem Rücken an der Wand stand, als ihn der Flug-Reeder bei seiner Haßliebe packte.

»Mr. Nobis meint, daß Sie ein leichtsinniges Huhn sind. Aber kein Schwein. Das auf keinen Fall, meint er.«

Er sah den Abtrünnigen voll an. »Mr. Nobis ist der Auffassung, daß Sie für kein Geld der Welt in der Lage sein werden, sich an hilflosen Passagieren zu vergreifen. Auf keinen Fall traut Ihnen Mr. Nobis einen Mord zu, Forthman.«

»Hören Sie auf!« wehrte sich der Hilfspilot einer Gangsterbande.

»Mr. Nobis glaubt, daß Sie Ihre Nerven unterschätzen. Und Ihren Anstand. Mr. Nobis ist überzeugt, daß Sie zu sauber sind für diesen Dreck. Und zu menschlich, um zuzulassen, daß ein vollbesetzter Jumbo-Jet in die Luft fliegt.«

Tony hatte glasige Augen. Nur noch die Wand hielt ihn aufrecht, als Mr. JET-AIR zum letzten Schlag ausholte.

»Außerdem ist Mr. Nobis noch der Überzeugung, daß Sie nicht so dumm sind, ein solches Massaker mit einem Selbstmord zu bezahlen.« Lovestone nickte ihm noch einmal zu. »Wir rechnen mit Ihnen, ob Sie wollen oder nicht.«

Der Spitzenmanager klopfte ihm flüchtig auf die Schulter. »Was Sie auch tun werden«, sagte er und betrachtete den ausgezählten Leichtgewichtler, »ich wünsche Ihnen viel Glück, Tony.«

Die Tür schloß sich.

»Es tut mir leid«, sagte Peggy leise; sie hatte begriffen, daß sie die Gehirnwäsche fortsetzen mußte.

51

Die Beteiligten ließen sich bei der Abwicklung des seltsamen Tauschgeschäfts – Jumbo gegen Euro-Jet – Zeit. Käme es zustande, hätten die ›Happy Day‹ und ihre Besatzung nach vier Tagen die Endstation ihrer unfreiwilligen Reise erreicht, nicht jedoch ihre Passagiere.

Seit zwei Stunden harrte der Riesenvogel wie aus Platzangst mit gelähmten Schwingen an derselben Stelle. Der gekaperte Luftriese stand im Schmollwinkel eines internationalen Großflughafens – scheinbar vergessen und doch von der Sensation verfolgt in fünf Kontinenten.

Der entmachtete Kommandant saß im Pilotensessel und versuchte seine Spannung mit Langeweile zu maskieren. Sofort nach der Landung war ihm die starke Drosselung des Luftverkehrs aufgefallen. Fiumicino ging der Lärm aus; wer ein Gehör dafür hatte, vernahm nur noch die Ruhe vor dem Sturm.

»Attention, ›Happy Day‹«, meldete sich der Tower: »Der Europa-Jet ›Fortune‹, Ihre Ersatzmaschine, landet.«

»Na, also, Capitano«, quittierte Gangster-Boß Dossola die Durchsage mit einem dünnen Lächeln. »In einer guten Stunde sind Sie entweder frei oder tot.«

Alle Passagiere waren angeschnallt, sie hingen in den Gurten wie in Zwangsjacken. Sie schwiegen und schwitzten, haßten und hofften. Sie duckten sich vor den schwerbewaffneten Entführern, die sich nur noch zu zweit in den Passagierraum wagten. Zwar hatte der anhaltende Terror die meisten Männer apathisch oder feige werden lassen, aber die Drohung war inzwischen so abgenutzt, daß die Geiseln dabei waren, aus Angst die Angst zu verlieren.

Von dem Fabrikanten Schmalbach war kein Widerstand zu erwarten, aber die Notdurft machte ihn aufsässig, er schnallte sich ab, erhob sich halb und deutete auf das WC.

»Du bleibst hier!« schrie ihn Cesare an. »Mach dir ruhig in die Hosen. Du stinkst schon lange.«

Schmalbach fiel zurück, aus Furcht gehorsam.

Nur seine Schließmuskeln meuterten.

Mike hatte es so eingerichtet, daß er neben Ferry Miller saß. Der FBI-Mann sorgte sich um ihn, obwohl er auf ihn setzte. Der Junge wandte den Blick kaum vom Notausstieg, überlegte immer wieder, wie lange er brauchen würde, um die Attrappe zu demontieren, den Hebel herunterzureißen, auf die sich automatisch aufblasende Luftrutsche zu springen, auf die Zementpiste zu gleiten, und dann Hals über Kopf davonzulaufen. Deckung, Hinwerfen, Abrollen, Sprung auf, marsch, marsch – wie gelernt in der grünen Hölle Vietnams.

»Denk nicht so laut«, sagte Mike. »Sonst hören es noch diese Schufte.«

»Warum machst du nicht mit?« fragte Ferr. »War doch dein Einfall. Schiß?«

»Denk mal nach, Junge«, versetzte Mike. »Du kommst vielleicht raus. Vielleicht auch ich, womöglich noch zwei oder drei andere – und dann zünden die Burschen die Bombe, und...«

»Was geht mich denn dieses feige Gesindel hier an?«

Mike mußte vorsichtig sprechen, leise. Aber der Lärm der nebenan laufenden ›Fortune‹ half ihm. ›Fortune‹ heißt Glück, und einen Moment überlegte der FBI-Mann, ob es die Luftpiraten haben würden oder Ihre Verfolger.

»Warst du bei den Ledernacken?« fragte Mike.

»Ja, Marine-Infanterie«, antwortete der Junge verblüfft.

»Weißt du, was ich bin?«

»Soo'n Koofmich aus Boston«, versetzte Ferry geringschätzig.

Es gab nur eine Erklärung, die ihn befriedigen konnte: die Wahrheit. Mike mußte es wagen. Schließlich war es schon einmal gutgegangen, als er vor Delby das Visier hochgeklappt hatte.

Er zeigte dem Jungen verstohlen seine Pistole: »Kannst du damit umgehen?«

»Wie kommst du an das Ding?« fragte Ferry voller Gier und Mißtrauen.

Kopfsprung, dachte Mike und sagte: FBI.«

Gewiß hatte der ehemalige Vietnam-Soldat mehr Mut als Verstand, doch war er nicht dumm, zumal ihm Mike mit den Augen den Weg zu dem Atomforscher Hammersmith wies.

»Mensch«, erwiderte Ferry. »Weißt du, daß ich eigentlich immer schon zur Polizei wollte?«

»Einverstanden«, entgegnete Mike. »Hier kannst du deine Aufnahmeprüfung ablegen.«

Der Euro-Jet rollte heran. Die beiden Maschinen standen Schwinge an Schwinge, die Rümpfe nicht einmal 60 Meter voneinander entfernt. Von weitem sah es aus, als hätte der Jumbo ein Riesenbaby zur Welt gebracht.

Sie starrten auf die Boeing 727.

Die Bodentreppe wurde herangeschoben.

Die vierköpfige Besatzung verließ die Maschine.

In diesem Moment stellte Delby fest, daß er einen neuen Patienten haben würde: den US-Senator Miles, einen der Stillen an Bord. Er hatte seine Schmerzen verschwiegen, zumal er nicht wußte, ob er sie im linken Arm, an der rechten Schulter oder im Brustkorb spürte. Dazu kam plötzliche Atemnot. Er sah aus, als müsse er ersticken.

Marc Delby riß sich vom Gurt, stand auf.

Cesare stellte sich ihm in den Weg: »Zurück!« schrie er den Professor an. »Hinsetzen!«

»Du Idiot«, brüllte der Forscher, griff nach dem MP-Lauf und stieß ihn beiseite.

Cesare machte Platz.

Delb beugte sich über den Patienten, er zog eine Sauerstoffmaske aus ihrem Verschluß, legte sie Miles über das Gesicht, fühlte den

Puls; er konnte wieder schwache Atemzüge feststellen, richtete sich auf, sah Miriams fragenden Blick, lächelte ihr beruhigend zu.

»Im Moment wäre alles in Ordnung.«

»Wir werden vielleicht entlassen, Marc«, erwiderte die Stewardeß. »Wäre es nicht besser, ich würde bei euch bleiben und – und helfen?«

»Das ist Männer-Arbeit«, erwiderte der Forscher barsch. »Kommt nicht in Frage.«

Er war wohl zu grob gewesen, die Nerven waren überreizt. Marc empfand es als Wunder, daß in dieser so ausweglosen Situation noch andere Gefühle Platz hatten als Haß oder Furcht. Plötzlich erfaßte er, daß ihm nicht mehr viel Zeit bliebe, wenn er etwas aus ihnen machen wollte.

»Miriam«, sagte er mit einem unsicheren Lächeln. »Würde es Ihnen etwas ausmachen, mir Ihre Privatadresse zu geben?

»Das ist verboten«, versetzte das Mädchen beglückt. »Sie wissen doch, daß Stewardessen grundsätzlich einem Passagier –«

Der Professor zog Miriam kurz an sich, sie lehnte sich weich gegen ihn. Mehr Zärtlichkeit war vom Moment nicht zu verlangen.

Alle blickten nach draußen.

Auf einmal näherten sich von allen Seiten Uniformierte. Carabinieri, Gewehr im Anschlag. Es sah aus, als erledigten diese Elite-Polizisten in den nächsten Sekunden das Viertagedrama.

Und dann blieben sie stehen, weit genug entfernt, falls eine Höllenmaschine explodieren sollte.

52

Der frühe Abend wehte frische Luft von Anzio in die Stadt, und die Sonne über Rom rüstete zu ihrem täglichen Zaubertrick, im Meer zu versinken ohne zu ertrinken. Das Schicksal der Polizei hieß Ohnmacht, und so schien sie sich in Rom in das Unvermeidliche zu fügen wie zuvor in New York, Miami, Lissabon, Frankfurt und Athen.

Jedenfalls hatte sich der laue Widerstand der Polizei gegen die drei neuen Hijacker erschöpft. Moretti, Forthman und Peggy waren erkennungsdienstlich behandelt worden, das hieß, daß sie sich nach dem Start nicht in Luft auflösen konnten, weil die Polizei künftig über ihre Paßfotos und Fingerabdrücke verfügen würde.

»Ich lasse Sie jetzt gegen jede Überzeugung an Bord gehen«, sagte

Colonello Fabiani. Er sprach gallige Worte in der Pose des schlechten Verlierers. »Aber ich gebe Ihnen einen Rat mit: Lassen Sie sich nie mehr in diesem Land blicken!«

»Man wird sehen«, erwiderte Moretti, der Gangster mit dem ondulierten Lächeln. »Italien ist doch berühmt für seine Gastfreundschaft.«

Er hakte sich bei Peggy ein, half ihr galant beim Einsteigen in den offenen Fiat. »War's schlimm?« fragte er.

»So gelähmt, wie Sie uns versprochen haben, war die Polizei nicht«, erwiderte Peggy heftig. »Vor allem dann nicht, als ich mit Augen und Händen ausgezogen wurde.«

»Schweine«, entgegnete Moretti. »Aber es war eine Entkleidungsszene zur Höchstgage.«

Der Wagen rollte langsam auf die Polizeikette zu; sie öffnete sich einen Moment, der Fahrer gab Gas, blieb aber auf dem halben Weg zu den beiden Fahrzeugen stehen und forderte mit einem Kopfnikken das Entführer-Trio auf, auszusteigen.

Moretti flankte sportlich von dem offenen Gefährt, reichte Peggy die Hand, während Tony umständlich, wie in Zeitlupe herunterkletterte. Lovestones Seelenmassage wirkte weit mehr nach, als der Junge sich eingestehen wollte, er wehrte sich gegen den Gedanken, daß er der nützliche Idiot dieser Luftpiraten – und auch Peggys – sein könnte.

Tony blieb ein paar Schritte hinter den beiden zurück, und so wirkte der dritte und wichtigste Mann der Austausch-Crew wie das fünfte Rad am Wagen. Er wußte, daß ihn Martin jetzt erkannt haben mußte. Der Blick des einstmals verehrten Chefpiloten lähmte ihn zunächst und hetzte ihn dann vorwärts, in den toten Blickwinkel hinein.

Sie gingen über die Bodentreppe. Die Boeing 727 war schlanker und schmucker als der Jumbo, doch annähernd genauso schnell. Sie konnte über 160 Passagiere an Bord nehmen und eine Strecke von mehr als 3000 Kilometern ohne Zwischenlandung hinter sich bringen. Vor allem aber vermochte der Europa-Jet zum Beispiel auf ziemlich unwegsamen Pisten zu landen, wo ein mindestens siebenmal so schwerer Jumbo-Jet unweigerlich einbrechen mußte.

»Nun laßt uns mal nachsehen, ob der Polizei ein paar Überraschungen eingefallen sind«, sagte Moretti. »Sucht gründlich. Wir haben Zeit.«

Sie begannen am Heck, durchkämmten die Maschine Meter für Meter bis zum Bug, sahen unter die Sitze, kontrollierten die

Toiletten und die Galleys, gingen sorgfältig die Ablagefächer für das Handgepäck durch, begannen, als sie fertig waren, mit der Prozedur zum zweitenmal, und dann noch einmal.

42 Minuten lang sperrten sie Larry auf die Folter.

Moretti verstand nicht viel von Flugzeugen, Tony hatte es eilig, in das Cockpit zu kommen und Peggy suchte mit Übereifer an den falschen Stellen.

»Wie ist es damit?« fragte sie und riß die Halterung für die Notlande-Ausrüstung heraus.

Angewidert betrachtete Moretti ein Beil und ein überlanges Messer.

»Vielleicht kämpfen die noch mit Pfeil und Bogen«, sagte er lachend. »Schleppt das Zeug doch vorsichtshalber ins Cockpit.«

»Moment«, erwiderte Peggy. »Das gibt's auf der anderen Seite noch einmal.«

»Geht nichts über deutsche Gründlichkeit«, lobte der Gangster.

Sie gingen zu dritt in das Cockpit. Tony setzte sich mit beinahe süchtigem Gesicht auf den Pilotensessel; die Aussicht, wieder fliegen zu können, überwältigte ihn. Er wäre kein Satellit der Gangster mehr, sondern die Hauptfigur, der man Leib und Leben vieler anvertraute.

Er begann sofort, die Checkliste durchzugehen.

»Sachte, Freund«, bremste ihn Moretti. »Oder willst du leer abfliegen?« Er wandte sich an Peggy: »Ruf doch mal den Tower, und pfeif die Bullen zurück.«

»Hallo, hier ›Fortune‹«, tauchte eine neue Stimme im Äther auf. »Wir können mit dem Umladen der Passagiere erst beginnen, wenn sich die Polizeikette um mindestens hundert Meter zurückgezogen hat.«

»Verstanden«, bestätigte die Stimme im Tower. »Ich will sehen, was ich für Sie tun kann.«

»Noch etwas!« Moretti übernahm das Mikrofon. »Wenn Ihre Scharfschützen schießen, ist eine Bombenexplosion die Antwort. Verlassen Sie sich darauf, daß wir nicht bluffen. Ende.«

Es dauerte eine Weile, aber schließlich beugten sich die Carabinieri auch dieser Erpressung.

»Kusch, kusch«, spottete Moretti. »Seht mal, wie die folgen können.«

Er trat an den Ausstieg und winkte.

Auf der anderen Seite wurde das Luk an der Gangway aufgestoßen.

»Alles in Ordnung«, rief der Fronvogt des Euro-Jets seinen Komplizen zu. »Ihr könnt anfangen.«

Cesare zog sich eine Strumpfmaske über das Gesicht und betrat mit vorsichtigen Schritten die Bodentreppe. Er stellte fest, daß die Polizeiabsperrung weiter nach hinten verlegt worden war und wagte sich nun ohne Angst aus der Deckung. Zwar mußte er das Spalier der Gewehrläufe passieren, aber es würde der reinste Spaziergang sein.

Auf der Gegenseite kletterte Cesare hoch und begrüßte Moretti. Er überreichte ihm Sandys Maschinenpistole und sah sich im Passagierraum um, nickte im Cockpit den neuen Helfern zu.

»Auf los geht's los«, sagte er und stapfte zurück bis zur Mitte zwischen beiden Flugzeugen.

Wie auf Kommando erschien der Mulatte und postierte sich zwischen beiden Jets. Jeweils im Luk standen, Waffe im Anschlag, Dossola und Moretti.

Die erste Geisel wurde losgeschickt: ein Weihbischof in zerknitterter Soutane. Ihm folgten im Gänsemarsch weitere Geistliche. Sie sahen nicht links, nicht rechts. Langsam, wie bei einer Prozession, stiegen sie von einem fliegenden Verlies in das andere um. Dann kam der Fabrikant Schmalbach. Er trug ein Lösegeld-Paket in der Hand, das ihn nicht freikaufen konnte, weil er nur kurzfristig zum Geldträger bestimmt worden war.

Es waren nie mehr als drei Passagiere gleichzeitig unterwegs. Je einer auf der Bodentreppe und der dritte auf der kurzen Strecke zwischen den beiden Gangways. Peggy begriff, daß diese Evakuierung der Polizei keine Chance zum Eingreifen bot. Es war auch gleichgültig, ob die Bombe an Bord des Jumbos oder im Euro-Jet gezündet würde. Die Maschinen standen so nahe, daß eine Detonation sie beide zerfetzen würde. Die Geiseln mußten einzeln durch diese hohle Gasse der Gewalt; nur ein Selbstmörder könnte einen Fluchtversuch riskieren.

Kübrich war an der Reihe; auch er trug ein Paket. Dann kam Ferry, hinter ihm ein Vizepräsident der Bank von England. US-Senator Gallagher und dazwischen das Gangster-Mädchen Terry. Ihr folgte der Überraschungsgangster Weidmann, den FBI unter einem anderen Namen registriert hatte, dann kam Professor Hammersmith, das Sicherheit-Risiko der NATO und USA. Als ihn die ersten TV-Reporter erkannt hatten, war er schon wieder im Rumpf des Euro-Jet verschwunden.

Der italienische Auto-König Laveno ging vorsichtig wie auf

einem Hochseil ohne Netz, hinter ihm mehrere deutsche Passagiere, Manager der zweiten Garnitur. Dann kamen ein französischer Flugzeughersteller, ein norwegischer Schiffs-Reeder, der Oberrabbiner, die angebliche Frau Weidmann.

Bevor die letzten Geiseln umstiegen, wußte Peggy, daß sich die Höllenmaschine bereits an Bord der ›Fortune‹ befand. Die Toilette hinter dem Cockpit wurde für das moderne Damoklesschwert requiriert. Terry bezog wieder Wache und sperrte sich ein.

Zur letzten Gruppe gehörten US-Senator Miles, sein Arzt Marc Delby und der FBI-Mann Blower, gefolgt von Jack Dossola und dem Modemädchen Manon.

Der Gangsterboß drehte sich um und deutete auf die Polizeikette.

»Hau ab, du Flittchen«, sagte er zu der Französin.

Manon verstand ihn nicht, aber die Geste mit seiner MP war eindeutig und beendete den Flirt mit Cesare. Der Gewehrlauf wies ihr den Weg in die Freiheit, so wie er ihn den anderen verschloß.

Die letzten gingen an Bord der ›Fortune‹. Mike war gespannt, aber er machte ein dümmliches Gesicht. Er erkannte Moretti. Als er Peggy sah, wußte er, daß sein Chef das Bett für die Hijacker gemacht hatte.

Das Luk wurde geschlossen. Die Falle für 152 Passagiere – oder für neun Gangster, Peggy mitgerechnet – schnappte zu.

»Meine Herren«, sagte das blonde Allzweck-Mädchen. »Leider befinden wir uns auf keiner Vergnügungsreise. Aber wenn Sie uns keine Schwierigkeiten machen, werden wir den Flug so angenehm wie möglich für Sie gestalten. In diesem Fall können wir Sie sicher schon sehr bald freilassen.«

Peggy zog sich ins Cockpit zurück. Tony suchte im Tower um Starterlaubnis nach. Kurs Norden. Sie wurde ihm ohne Verzögerung erteilt. Da keine Stewardessen mehr an Bord waren, suchte Peggy Freiwillige für Küchen- und Servierdienst.

Zu ihnen gehörte Mike.

53

Flugkapitän Nobis hatte als letzten Dienst seiner langen Reise die ›Happy Day‹ auf das Werftgelände gerollt. Auf der Landetreppe empfing ihn Larry. Die Begrüßung der Freunde war kurz und unsentimental.

»Wir haben eine Gasfalle aufgebaut«, erläuterte der FBI-Experte.

»Ich bin ziemlich sicher, daß die Banditen sie nicht entdeckt haben. Wenn es Peggy gelingt, mit Mike in Kontakt zu kommen und nicht lauter Hasenfüße an Bord sind, muß der Überfall klappen.« Er redete ein wenig laut, wie gegen den Wind; es hörte sich an, als wolle er seine eigenen Einwände übertönen.

Martin schickte seine Crew geschlossen in das römische Vertragshotel der JET-AIR. »Wo kann ich telefonieren?« fragte er Larry.

»In unserer Maschine.«

Sie schritten zur Boeing zurück. Jack Dossola arrangierte gerade mit dem Flughafen Linate in Mailand den Austausch des Automobilherstellers Laveno gegen eine Million Dollar.

»Das Geschäft blüht«, sagte Larry böse. »Aber nicht mehr lange. Mit einigem Glück kriegen wir jetzt die Sache hin. Die Gas-Schleuse funktioniert in der Luft genauso wie auf der Erde. Die Situation muß entscheiden, wo man zuschlägt.«

Martin war zerstreut, er suchte eine Erklärung für Klingenberg, aber bevor ihm eine passable Ausrede eingefallen war, war Mutschka bereits in der Leitung.

»Die Hijacker haben mich entlassen«, begrüßte er sie. »Wie geht's dir? Wie geht's Brenda?«

»Es würde uns besser gehen, wenn du bei uns wärst«, antwortete Maria Nobis. »Aber das geht wohl noch nicht...«

»Du weißt das?« fragte Martin überrascht und erleichtert.

»Brenda hat es mir klargemacht.«

»Wie findest du sie?« fragte er hastig.

»Sieh dich vor, Martin«, erwiderte Mutschka. »Vor uns beiden.«

Er legte auf und kam wieder auf den Boden der Tatsachen, das hieß: erbarmungslose Jagd auf Luftpiraten, die erbarmungswürdige Geiseln in der Hand hatten.

»Gerade sind telegrafisch drei Haftbefehle eingegangen«, erklärte Larry. »Für Greenhill, Dossola und Moretti.«

»Dann brauchst du sie also nur noch zu vollstrecken«, kürzte Martin den Triumph ab.

Rom bleibt Rom, auch wenn der neuerliche Höhepunkt einer Flugzeugentführung die Ewige Stadt vorübergehend hinter ihre sieben Hügel zurücktreten ließ. Die Sehenswürdigkeiten vieler Jahrhunderte wurden zur Kulisse der Stunde, das Pantheon und das Colosseum, die Bäder des Caracalla und die Foren der römischen Kaiser begaben sich vorübergehend ihrer Baedeker-Sterne. Ein sensationeller Kriminalfall wurde zum Futter für die Kameras, und die Augen aller wandten sich zum Flughafen.

Während eine abgeriegelte Piste in Fiumicino zur Verladestation menschlichen Stückguts geworden war, appellierte der Papst an die Entführer, die Geiseln endlich freizugeben; dann zog er sich zum Gebet in seine Privatkapelle zurück.

Wiederum gab sich die Öffentlichkeit ungehalten über die vermeintliche Unfähigkeit der Polizei. Während die TV-Reporter das Versagen anprangerten, wartete Larry auf das Finale, ohne zu wissen, wie es ausgehen würde: Befreiung oder Katastrophe?

Die Gangster hatten ihre Opfer im Griff – aber sie saßen in der Falle, wenn ein kleiner Hebel am Armaturenbrett zur rechten Zeit umgelegt würde, und ein paar besonnene Draufgänger, geführt von Mike, den Gasüberfall nutzten, um die Gewalt an Bord umzudrehen.

Auch die Optimisten unter den Passagieren begriffen inzwischen, daß sie die Freiheit abermals verpaßt hatten. Sie saßen in dem Europa-Jet, zusammengepfercht wie in einem Sklavenschiff. In der halbbesetzten ›Happy Day‹ hatten die Geiseln wenigstens ihren Sitzplatz zur Schlafstelle erweitern können. Auch war die grausame Lage durch das Lächeln hilfreicher Stewardessen gelegentlich ein wenig erleichtert worden. Jetzt schmiedete die Platznot die Entführten an ihre Sessel, in Tuchfühlung mit dem Zufallsnachbarn. Wer in das verwilderte Gesicht seines Nächsten sah, erkannte nur sich selbst wie in einem Spiegel und wandte sich entsetzt ab.

Hinter dem Cockpit wurden die Sitze abmontiert und einfach auf die Gangway geworfen. Zwischen der Piloten-Kanzel und den Passagieren entstand durch diesen Kahlschlag ein toter Raum.

»Was machen die eigentlich?« fragte Ferry, der junge Kriegsveteran.

»Sie richten sich ein neues Schlafzimmer ein«, quetschte der FBI-Mann zwischen den Zähnen. »Und sie tapezieren es mit sieben Millionen Dollar.«

»Gangster müßte man sein«, spottete der Junge.

»Nicht mehr lange«, versetzte Mike. »Vielleicht kommen bald die Wanzen in die Matratze.«

Drei neue Gangster waren an Bord gekommen, wenn man Peggy mitzählte – nur Mike unterlief dieser Rechenfehler nicht. Er kannte den Auftrag der blonden Ex-Stewardeß, die sich wiederum bestimmt unter Larrys Anweisung sein Foto eingeprägt hatte. Peggy mußte die Gelegenheit abwarten, um sich unauffällig an ihn heranzumachen.

Die kühle Blonde aus dem deutschen Süden, amerikanischer als die Freiheitsstatue und vor allem lebendiger, war ganz bei der Sache. Eine Naturbegabung. Peggy hatte als Mädchen ohne Grenzen, noch dazu der Spitzenklasse, Abenteuer in aller Welt gesammelt wie andere Briefmarken oder Schmetterlinge. In Hautnähe mit dem Leben war sie stets unnahbar geblieben und hatte selbst ihre Freizeit als Sportpilotin und Amateurfunkerin auf ihren Beruf abgestimmt.

Peggy gab sich kalt und gemein; aber einige Geiseln faßten spontan Vertrauen zu ihr. Dabei hatten die weiblichen Gangster Terry und Anna Weidmann längst Proben ihrer Unfraulichkeit geliefert.

Moretti stapfte durch den Mittelgang; er trat wie der Hausherr der ›Fortune‹ auf. Dossola war vermutlich zu übermüdet, um mit ihm zu rivalisieren. Auch die Gangster standen unter Streß, aber sie konnten, dank ihres provisorischen Ruheraums, in zwei Schichten auftreten: Wer in die Piloten-Kanzel wollte, mußte über abgelöste Hijacker stapfen. Selbst im Schlaf bewachten sie noch die Höllenmaschine in der linken Bug-Toilette.

»Ich heiße Moretti«, stellte sich der Neue vor. »Ich denke, daß wir uns aneinander gewöhnen werden.« Er nickte seinen Opfern zu, lächelte sie wohlwollend an, wie ein Züchter seine Mastschweine. »Wenn Sie uns ein bißchen entgegenkommen, werden wir jede Schikane unterlassen.« Er sah, daß der Nuklear-Forscher kalt rauchte, und gab ihm höflich Feuer. »Mit etwas Geduld und Kleingeld werden Sie bald frei sein.« Moretti bückte sich, um einen Rosenkranz vom Boden aufzuheben, der einem Bischof entglitten war. »Bitte«, sagte er geziert und ging wieder nach vorn.

Die Passagiere waren auf Befehl angeschnallt. Mike Blower mußte sich Peggy bemerkbar machen, er löste sich vom Gurt, stand auf.

»Hinsetzen!« schrie die Weidmann; sie bewachte das Heck.

»Ich muß nach meinen Patienten sehen«, erwiderte der falsche Samariter erschrocken und ein wenig unterwürfig. Er deutete auf US-Senator Miles.

Die Weidmann kam drohend näher.

Der Lauf ihrer Maschinenpistole hob sich.

Mike stand ohne sich zu rühren, wie von Platzangst befallen. Auf seinem Dutzendgesicht spiegelte sich Entsetzen wider, seine fleischigen Ohrläppchen füllten sich mit Blut.

Die Umsitzenden zogen die Köpfe ein, es sah aus, als wollte jeder den Vordermann als Kugelfang nutzen.

»Nun hören Sie mal gut zu, Miß«, griff Marc Delby ein. »Wenn Sie wollen, daß sich dieses beschissene Flugzeug in eine Irrenanstalt verwandelt, dann brauchen Sie das nur zu sagen.«

Der Zwischenfall war abgekartet, aber des Professors Zorn echt. »Falls Sie sich noch einmal so töricht benehmen, stellen wir jede, aber auch jede Hilfeleistung ein.«

Die Luftpiratin wich nicht, weder mit der Waffe noch mit den Augen, aber Moretti hatte den Wortwechsel verfolgt und griff ein.

»Schon gut, Anna«, pfiff er sie zurück. »Bleib ruhig wachsam, aber sei nicht so streng wie eine alte Jungfer.«

Er betrachtete Marc Delby. »Arzt?« fragte er.

Der Professor nickte.

»Gut«, erwiderte der Gangster lächelnd. »Und Sie?« fragte er Mike.

»Ich bin von der ›Bruderschaft der helfenden Samariter‹ in Boston«, antwortete Mike, sofort in der Rolle eines menschenfreundlichen Vereinsmeiers.

»Kurpfuscher?« fragte Moretti.

»Haben Sie eine Ahnung«, erwiderte Marc. »Der Mann ist für mich unersetzlich. Vielleicht brauchen Sie ihn auch noch einmal.«

»Hoffentlich nicht«, beendete Moretti den Zwischenfall, er wandte sich wieder an die Weidmann: »Solange die Herren keine Dummheiten machen, stehen sie gewissermaßen unter dem Schutz des Roten Kreuzes.«

Der neue Zwingherr ging elastisch und gutgelaunt nach vorn: »So, Boys«, sagte er zu seinen wachfreien Komplizen auf den Luftmatratzen. »Nun wollen wir endlich mal wieder Moneten anschaffen.« Er drehte sich zu Peggy um. »Komm mit, Mädchen«, forderte er sie auf. »Du mußt uns auf dem Funkweg ein paar Bankauskünfte verschaffen.«

Tony drehte sich flüchtig um.

Seitdem er das Cockpit betreten hatte, war er überwältigt. Der blendende, wenn auch nicht vorbildliche Pilot, von der JET-AIR INTERCONTINENTAL wegen Trunksucht entlassen, von Gangstern wieder in den Dienst gestellt, erlebte auch ohne Alkohol einen Rausch. Vor dem Start genoß er die Profan-Litanei der Checkpunkte mit feierlicher Umständlichkeit. Er war Captain für alles, Herr über 158 Menschenleben. Entführt oder nicht, die ›Fortune‹ war ein normaler Teilnehmer des Weltluftverkehrs, von Bodenstationen geleitet, zum Start freigegeben, zur Landung eingewiesen.

»Der Junge unterm Weihnachtsbaum«, alberte Moretto.

»Mensch, du müßtest uns ja noch was bezahlen, daß du wieder fliegen darfst.«

Tony gab keine Antwort, taub gegen alles, was nichts mit dem Fliegen zu tun hatte. Er hörte nicht einmal, daß Peggy über JET-AIR-Frequenz anfragte, ob die Dollar-Million für den italienischen Auto-König Laveno in Mailand bereitstünde. Die Hijacker waren nicht auf die Hauptstadt der Lombardei angewiesen: In Paris, London, Oslo, Amsterdam, Düsseldorf, München und Zürich warteten längst Angehörige der Geiseln, das Lösegeld fein säuberlich im Aktenköfferchen.

Tony zündete das erste Triebwerk, sah auf den Drehzahlmesser, wartete, bis die nervösen Zeiger bei ihren Markierungen stehenblieben. Er stellte den Starthebel auf Leerlauf, prüfte Scheibenheizung, Flugschreiber, den Hydraulik-Verbindungsschalter und auch die Klimaanlage.

Alles war in Ordnung – und der winzige Kippschalter für die Massenbetäubung versteckte sich in einem Gewirr von Armaturen, Hebeln und Knöpfen.

Auch die anderen Düsen waren gezündet. Die ›Fortune‹ rollte in die Startposition, wartete die Landung zweier Langstreckenflugzeuge ab. Dann schoß sie über die Piste, stieß in die Höhe, wie magnetisch angezogen von der Sonne.

Von Rom nach Mailand ist es nur eine Luftsprung, aber für Tony würde es ein Freudensatz. Peggy wußte, daß seine Flugpassion ihren Versuch, den Jungen von den Gangstern abzuwerben, am meisten bedrohte. Sie saßen stumm nebeneinander: Flugkapitän und Co-Pilotin.

»Nun fliegt mal schön«, sagte Moretti und ließ seine ausgebeuteten Schützlinge allein, um den Passagierraum zu kontrollieren.

Minuten später kam er zurück. »Tut mir leid, Peggy«, sagte er, »aber meine Burschen kommen mit dem Essen nicht zurecht.« Die frühere Chefstewardeß hatte damit gerechnet und darauf gewartet; aber sie erhob sich verdrossen, ganz Hilfs-Pilotin, die mit dem gewöhnlichen Küchendienst nichts mehr zu tun haben will.

In der vorderen Galley verfolgte sie Cesares ungeschickten Versuche, die Tiefkühlkost à la minute aufzutauen.

»Wenn der so weitermacht«, sagte sie zu Moretti«, bricht hier noch eine Hungersnot aus.«

»Ich brauche jeden Mann«, antwortete der Gangster-Capo. »Am besten fängst du dir ein paar Passagiere zusammen, Peggy.«

Er gab Cesare einen Wink.

Der Italo-Amerikaner machte Peggys Wahl mit dem MP-Lauf verbindlich.

Kübrich sah aus, als könnte er noch ein Tablett tragen. Ferry, der sich mit den Augen als Hilfs-Steward anbot, überging Peggy, dann deutete sie auf Mike, der sich bitten ließ. »Ich muß doch hier schon dem Professor helfen«, wehrte er sich.

»Die Welt lebt von den Tüchtigen«, imitierte die Pseudo-Pilotin feine Gangsterart. »Darum werden sie auch ausgebeutet.«

Der FBI-Mann warf Marc einen verzweifelten Blick zu. »Mach schnell«, sagte der Forscher. »Solange komm ich schon allein zurecht.« Er betrachtete Peggy, es sah aus, als würde er ihr gleich ins Gesicht spucken. »Diese Stinkkerle werden uns nicht ewig erpressen.« Dank seiner Sonderstellung konnte er sich verbale Angriffe leisten. »Es kommt der Tag, an dem wir sie –«

»Aber Weihnachten kommt früher«, plapperte Mike.

Cesare lächelte über diesen ergebenen Pfadfinder-Typ, der Peggy willig in die Galley folgte.

»Grüße von Larry«, raunte sie Mike zu.

»Aber das ist doch nicht alles?« erwiderte er und griff nach dem ersten Tablett.

Er verteilte eines nach dem anderen, und schüttete, um seine Tolpatschigkeit zu unterstreichen, dem Weihbischof die Sauce über den schwarzen Rock. Keiner fand es komisch oder begriff, daß es eine Klamauk war, der über Leben und Tod entscheiden könnte.

Und in kleinen Portionen, so wie er das Essen verteilte, erhielt Mike von Peggy die Informationen, die notwendig waren, um den Aufstand zu organisieren. Um acht verbrecherische Peiniger zu erledigen. Um 158 Geiseln zu befreien, um die erpreßten Millionen wieder zurückzugeben, um die ›Fortune‹ wieder in den ordentlichen Linienverkehr zu stellen.

»Also, Turbulenz« wiederholte Peggy am Schluß noch einmal das Stichwort, das den Handstreich auslösen würde.

An einem Tag wie heute klang es seltsam, denn am Himmel gab es weder Wolken noch Wind. Der Europa-Jet glitt sanft nach Norden, auf Luftkissen gebettet, fast mit Schallgeschwindigkeit, und doch schien er zu stehen.

Seine Geduld war durchlöchert; die Zeit arbeitete mit Lanzenstichen. Über den Sprechfunkverkehr mit dem Tower hatte Larry wiederholt Peggys helle Stimme gehört, aber er wußte nicht, was sich an Bord der ›Fortune‹ abgespielt hatte. Er saß auf der Tribüne und sah wie ein Blinder in die Arena, dabei hatte er auch noch die Fragen seiner Dauergäste Lovestone und Nobis zu beantworten.

»Es müßte doch längst geklappt haben«, quengelte der JET-AIR-Präsident, hin- und hergerissen zwischen Angst und Hoffnung.

»Peggy braucht Zeit«, erwiderte Larry. »Und Mike eine Gelegenheit, an die Verstecke der Waffen und Gasmasken heranzukommen.« Er warf seine erst zur Hälfte gerauchte Zigarette weg und zündete sich die nächste an. »Nur Pfuscher arbeiten schnell.«

Inzwischen holten sich die Banditen die achte Million Dollar in Mailand. Die ›Fortune‹ übernachtete auf dem Flughafen Linate, isoliert, als wäre eine Seuche an Bord ausgebrochen. Am Sonntag sollte sie nach Paris weiterfliegen. Zwar waren die Banken geschlossen, aber die Verwandten des bekannten Flugzeug-Produzenten Fabre hatten rechtzeitig die Million abgeholt und im Privatsafe als Lösegeld bereitgestellt.

Alberto Laveno ging mit taumeligen Schritten über die Gangway, durchschritt, ohne sich umzudrehen, das Niemandsland. Bevor er seine Frau und seine Kinder in die Arme schließen konnte, versperrte ihm Larry den Weg.

»Scusi, Signor Laveno« entschuldigte er sich bei dem Fabrikanten. »Ein paar Minuten bitte.«

Er erfuhr nicht viel, aber genug, um beruhigt zu sein: Solange Mike den Sanitätsgefreiten Blower oder einen Hilfssteward spielte, war er als FBI-Agent noch nicht enttarnt.

Mitten in der Vernehmung des erschöpften, aber verständigen Prominenten platzte die Nachricht, daß Bob S. Greenhill mit seiner ›Hawker Siddely‹ in Madrid gelandet sei und nach dem Auftanken nach München weitergeflogen sei.

Inzwischen war auch bei INTERPOL der Haftbefehl gegen den Geschäftsmann und Gangster-Boß eingegangen, so daß Larry nur noch seinen bewährten deutschen Kollegen Beißwang vom Bundeskriminalamt in Wiesbaden alarmieren mußte.

Die Verfolger verabredeten sich für München; die FBI-Boeing startete in Linate vor der ›Fortune‹, und so gelang es einmal einem Schatten, seinem Spender vorauszueilen.

Beim Eintreffen des US-Krisenkommandos hatte der Kriminalrat bereits vorgearbeitet: »Dieser Greenhill ist mit einem deutschen Bankier im Hotel ›Bayerischer Hof‹ verabredet«, sagte er zu Larry nach der Begrüßung. »Der Bankmann ist übrigens in Ordnung.«

»Das hab' ich erwartet«, versetzte der FBI-Experte. »Die Besprechung ist auch nur zur Tarnung.«

Mit wenigen Sätzen unterrichtete Larry den Beamten vom Bundeskriminalamt über den Fall Greenhill. Beißwang, der Amerika-Erfahrung hatte, begriff rasch.

»Ich hab' mich entschlossen, mit Ihrer Hilfe in München den Haftbefehl vollstrecken zu lassen«, erläuterte Larry. »Ich möchte Greenhills Festnahme im richtigen Moment als psychologische Waffe gegen die Hijacker ausspielen.«

Die ›Hawker Siddely‹ landete gegen 22 Uhr in München-Riem, und der Pilot, ein ausgemusterter PANAM-Flugkapitän, bat um Starterlaubnis für den nächsten Morgen.

Greenhill, der schmächtige Geschäftsmann mit dem Doppelleben, wurde bei der Gepäckkontrolle aufgehalten.

»Ich muß Sie leider bitten, mit mir zu kommen«, sagte Kriminalrat Beißwang in seinem vorzüglichen Englisch.

»Verrückt?« fuhr ihn der Amerikaner an.

»Polizei«, versetzte der Kriminalrat.

»Was geht mich die deutsche Polizei an?«

»Haftbefehl von INTERPOL«, erwiderte Beißwang.

»Nonsense«, antwortete der Mann von der Sutton-Place gereizt. »Eine Verwechslung. Sie werden für Ihre Leichtfertigkeit geradestehen müssen.« Beißwang drehte sich nach Larry um. »Nähere Aufschlüsse erteilt Ihnen gerne Mr. Merx.«

Larrys Name mußte Greenhill wie ein Keulenhieb treffen, aber er zeigte keine Wirkung. »Was liegt gegen mich eigentlich vor?« fragte er beim Besteigen des Polizeiwagens.

»So ziemlich alles«, entgegnete Larry. »Die USA haben einen Auslieferungsantrag gestellt. Denken Sie an Ihre Freunde Moretti und Dossola.« Larry zog genüßlich an seiner Zigarette. »Ihr Testament ist in beiden Fassungen bei Gericht hinterlegt.«

Ein Mann, der über viele Jahre hinweg ein Doppelleben geführt hat, bricht nicht so schnell zusammen. »Ich möchte meinen Anwalt sprechen«, sagte der Verhaftete in barschem Ton. »Und den US-Generalkonsul von München, und –«

»Sie sind fertig, Greenhill«, stieß Larry zu. »Wir greifen uns Ihre Handlanger. Ihre Gang ist geplatzt, Greenhill. Für Ihre Millionen-

Dollar-Beute können Sie nicht mal einen Schluck Whisky in der Zelle kaufen, Sie Bourbon-Trinker. Kein Rendezvous in der Wüste. Ende. Amen. Scheiße, Freund.«

Greenhill schwieg, er dachte verbissen nach. Reden wäre falsch. Schweigen auch. Eine fahle, grünliche Blässe überzog sein Gesicht.

»Vielleicht ließe sich die US-Regierung ein paar Jahre Haft abkaufen«, sagte Larry wie im Selbstgespräch. »Wenn Sie behilflich wären, unverzüglich Professor Hammersmith und die anderen Geiseln –«

»Ich kenne keinen Hammersmith«, erwiderte Greenhill, und von da ab fuhr er schweigend einer Haft entgegen, die ihm für den Rest seines Lebens drohte.

55

In Paris kassierten die Entführer die neunte Million und flogen weiter nach London, um die zehnte zu erraffen. Der seriöse Geschäftsmann, überlang und viel zu hager, entlassen als Passagier Nummer 212, war sicher der einzige Vizepräsident der Bank von England, der fünf Tage lang das Hemd nicht gewechselt hatte.

Die bisher glücklose ›Fortune‹ erlebte vom Sonntag auf Montag im Flughafen Heathrow ihre bisher längste Nacht. Aus ihrer Hülle geschlüpft, wurde die Zeit maßlos, narrte und quälte ihre Opfer, und jede träge dahinschleichende Sekunde hielt die Lunte an ein offenes Pulverfaß.

Unbemerkt war es Mike gelungen, auch noch an das letzte Versteck der Waffen und Gasmasken heranzukommen. Er tarnte die Fundstelle wieder mit einem Attrappendeckel, bewaffnete unter der Hand den jungen Ferry, den US-Senator Gallagher und den Industriellen Kübrich. Jeder von ihnen hatte in der Kartentasche des Vordersitzes eine Gasmaske versteckt und war auf einen Gangster dressiert, wie ein Bluthund auf einen Mann.

Sie warteten auf das Stichwort, und sie wußten, daß es bald ausgelöst werden mußte – wenn es nicht zu spät kommen sollte.

An Bord herrschte Untergangsstimmung. Einige Passagiere weinten ununterbrochen, ohne Tränen, doch laut; andere wieder naß und stumm.

Im Umkreis der Bischöfe vereinigten sich Geiseln zu einem Dauergebet. Angst macht fromm, aber häufig hatten die Nerven das Denken übernommen. Einige Passagiere konzentrierten ihren

Ärger auf den griechisch-orthodoxen Patriarchen, der sich mit Wahnappetit gegen die Ausweglosigkeit stemmte und so rhythmisch und regelmäßig Bissen in sich hineinschlang wie die Gläubigen beteten.

Kübrich merkte, daß sein Zulieferant Schmalbach um ihn herumschlich. Nach dem dritten Anlauf fixierten ihn Kübrichs Augen, und so trat er die Flucht nach vorne an.

»Ich hab' Sie gekränkt. Ich wollte das nicht. Weiß Gott nicht. Die Nerven –«

»Darüber brauchen wir uns nicht zu unterhalten«, antwortete der Großindustrielle.

»Es dreht sich um das Lösegeld.« Schmalbach wendete die Worte verlegen wie einen Hut. »Die Million Dollar. Sie meinten–«

Wolfgang Kübrich hinderte sich daran, dem Verstörten entgegenzukommen.

»Ich würde – ich meine – ich möchte Sie wirklich herzlich bitten –«

»Sie können die Million haben«, erwiderte der Spitzenmanager und empfand die Situation mehr peinlich als triumphal.

Kurz vor Mitternacht spürte Mr. Miles, Mitglied des US-Senats, daß er sterben würde. Er preßte seine Hand auf den Brustkorb, wo der Schmerz saß. Aufflammend, brutal, als bedrohe eine Messerspitze den Klumpen Herz und bohre sich tief hinein.

Miles legte sich nach hinten, sein schwindendes Bewußtsein versuchte zu überdenken, was noch zu ordnen war, und dabei fällte ihn der Infarkt.

»Schnell, Doc«, rief Mike und riß dem Patienten Jacke und Hemd herunter.

Professor Delby versuchte es mit Mund-zu-Mund-Beatmung, er legte die Sauerstoffmaske über das Gesicht des vielleicht schon Toten. Kammerextrasystolen – Vorhofflattern – Septummininfarkt, flimmerte es durch sein Bewußtsein, als er die Spritze aufzog und die Nadel dem Sterbenden durch die Rippen in das Herz stieß.

Marc hob Miles Augenlider, hielt ihm einen Spiegel vor den Mund, legte das Ohr auf die nackte Brust.

Er wirkte verstört, ratlos: »Vermutlich Hinterwandinfarkt«, sagte er leise. »Schöne Schweinerei. Meistens wiederholt sich diese Geschichte innerhalb von 12 Stunden.«

»Und dann?« fragte Peggy, die auf einmal neben ihm stand.

»– dann habt ihr verdammten Gangster einen Menschen mehr auf dem Gewissen«, erwiderte der Arzt rauh und setzte hinzu: »Sofern ihr ein Gewissen habt.«

Peggy ging zurück in das Cockpit.

Tony döste im Liegen; er fuhr erschrocken hoch, erkannte das Mädchen und lächelte.

»Was ist los?« fragte er schlaftrunken.

»Ein Passagier hat einen Herzinfarkt. Vermutlich stirbt der Mann.«

»Mist«, entgegnete der Junge. »Aber das ist höhere Gewalt.«

»Es ist Mord«, unterbrach ihn Peggy. »Aufgelegter Mord.«

»In ein, zwei Tagen ist alles vorbei –«

»Und wenn die uns hereinlegen?« fragte die Co-Pilotin auf Zeit vorsichtig.

»Warum sollten sie das?«

»Um zum Beispiel eine Million Dollar zu sparen.« Peggy fürchtete, ein wenig zu schnell vorzugehen, aber sie mußte ausnutzen, daß sie mit dem passionierten Piloten allein war.

»Weißt du, daß sie Sandy – ihren eigenen Mann – umgelegt haben?«

»Wer sagt das?« fragte Tony heftig.

»Stand in der Zeitung«, erwiderte Peggy. »Die Polizei hat sie mir in Rom gezeigt.«

Mit einem Ruck stand Tony auf.

»Komm mit«, sagte er zu Peggy, die eine Sekunde überlegte, ob sie den winzigen Hebel umlegen und ›Turbulenz‹ in das Mikrofon rufen sollte.

Tony weckte Dossola.

»Was gibt's?« fragte er gähnend.

»Wir haben einen Herzkranken, Mr. Miles. Er muß von Bord.«

»Aber nicht umsonst«, erwiderte Dossola.

»Unverzüglich«, forderte der Pilot.

»Ganz schön menschlich, was? Was meinst du, was uns der Senat für diesen Burschen bezahlt?«

»Was meinst du, wer diese Kiste fliegt«, drohte Tony, »wenn der Mann nicht in drei Minuten in ein Krankenhaus überführt wird?«

Tony Forthman gewann die Kraftprobe, gegen die Gangster und gegen sich selbst.

Schließlich war Brenda eingeschlafen, unruhig zwar, denn es war zuviel Martin im Raum. Sie hatte Mutschka überredet, das Radio auszuschalten und endlich zu Bett zu gehen. Die beiden Frauen, die sich in den letzten Tagen so aneinander gewöhnt hatten, daß sie nicht mehr merkten, ob sie sich in englischer oder deutscher Sprache unterhielten, waren zwar erleichtert, daß der Chefpilot nach seiner Ablösung in Rom nicht mehr in der Schußlinie stand, doch sie wußten auch, daß er sich jederzeit wieder dorthin begeben würde, wenn es die Situation von ihm verlangte.

Die gefeierte Publizistin auf dem Weg zur gewöhnlichen – wenn auch außergewöhnlichen – Ehefrau, durfte es als Auszeichnung buchen, daß Maria Nobis ihr Martins Junggesellenzimmer abgetreten hatte.

Alles erinnerte an ihn: die spartanische Einrichtung, die Bilder an den Wänden, die Bücher im Schrank, die sich vorwiegend mit der Luftfahrt beschäftigten. Und auch der Nebenanschluß des Telefons, damit Mutschka nicht zur Unzeit aufgeschreckt würde, wenn er in Klingenberg häufig ›stand-by‹ hatte, auf Abruf stand.

Als es klingelte, wußte Brenda im ersten Moment nicht, ob sie wachte oder träumte. Sie nahm den Hörer ab. Die Stimme, die sie hörte, holte sie rasch in die Gegenwart zurück.

»Ich habe dich geweckt, Brenda«, sagte Martin.

»Wo bist du?« erwiderte sie.

»In London«, antwortete er.

Worte gingen ihm durch den Sinn und verloren sich, aber er spürte, wie die Sehnsucht die Entfernung auf eine Armlänge verringerte. Und dann glaubte er, Brenda zu sehen, seltsam nah und fern zugleich. Ihre Haare hatten sich gelöst, fielen auf die schmalen Schultern ihres Körpers, der den Schwung eines Mädchens hatte und die Reife einer Frau. Die Haut war matt gebräunt von Sonne und Wind. Er sah Brenda, als käme sie gerade aus dem Meer und das Salz klebte noch an ihr. Salz brennt, Salz macht durstig – er war wild auf Brenda.

»Bist du noch da?« fragte sie.

»Ich werde immer für dich da sein«, antwortete Martin und holte die Worte aus dem Nebel zurück.

»Übernimm dich nicht«, sagte sie, und auf einmal lag ihr Kopf auf seinem Arm und ihre Lippen berührten seinen Mund. Martin merkte nicht mehr, daß er in dieser verdammten FBI-Maschine saß, daß ihm Larry, Lovestone und die Männer des Kriminalkommandos zuhören mußten, ob sie wollten oder nicht. Er hatte auch vergessen, daß die Telefonleitung dringend für andere Zwecke benötigt wurde. Er stand, sprach, schwieg und überlegte, was Brenda von all den Frauen, die er gekannt, gemocht und verlassen hatte, so unterschied: Waren es ihre Augen, ihre Bewegungen, ihr Verstand, ihr Geruch?

»Woran denkst du?« fragte Brenda.

»An uns«, antwortete er.

»Ist das so – problematisch?«

»Und ob«, erwiderte Martin lachend. »Ich weiß nicht mehr, wie ich mich vor dir retten kann.«

»Rette sich, wer kann«, ging Brenda auf seinen Ton ein.

»Blühen die Rosen schon vor meinem Fenster?« fragte er unvermittelt.

»Sie lassen die Köpfe hängen, weil du nicht da bist«, entgegnete sie. »Alle warten auf dich, Martin: Mutschka, die Rosen, ich, Romeo und Julia –« Ohne Übergang fragte Brenda: »Soll ich Mutschka wecken?«

»Nein, laß sie bitte schlafen.«

»Sie möchte wissen, wann du kommst«, fuhr sie behutsam fort. »Ich übrigens auch.«

»Diese elende Geschichte geht zu Ende.«

»Aber wann?«

»Vielleicht heute. Oder morgen. Jedenfalls bald«, sagte Martin und legte auf.

57

Als die ›Fortune‹ am Montagmorgen Oslo anflog, hatte Mike bereits Peggy mitgeteilt, daß er die Waffen und Gasmasken an sich gebracht und aus ein paar beherzten Passagieren Verschwörer gemacht hatte. Dann meuterte er, von Marc unterstützt, erfolgreich gegen den Küchendienst, und Peggy gab nach und zog sich in das Cockpit zurück.

Einige heimlich bewaffnete Passagiere standen von da ab unter Hochspannung.

Die ›Fortune‹ landete in Oslo, und die Luftpiraten bereiteten sich auf die elfte Million vor.

Die Entführten verloren die letzte Haltung, sie haßten jeden, der dem Verhängnis von der Schippe sprang. Die Vorstellung, daß hier einer über die Bodentreppe in die Freiheit ging, seine Frau in die Arme schloß, seine Kinder küßte, sich dann in die Badewanne legte, sich ausschlief, vielleicht ein paar Tage Erholung einlegte, überforderte sie.

Schmalbach bedrängte die Gangster, nach Frankfurt zu fliegen, aber die Dossola-Gang entschloß sich für Amsterdam, und Schmalbach drehte durch: »Ihr seid Schweine!« schrie er den Gangster-Boß an. »Ich verschaff' euch die Million, und nun laßt ihr mich noch nicht –«

Dossola schlug ihm ins Gesicht. Wimmernd fiel Schmalbach in den Sitz zurück und wurde leiser und leiser, und keiner achtete mehr auf ihn.

Zwei Geiseln prügelten sich grundlos, ohne Streit, nur weil einer den anderen ob seiner Feigheit verachtete. Der Patriarch aß, übergab sich und schlang weiter das Essen in sich hinein. Der Weihbischof verlor den Text des Vaterunsers aus seinem Gedächtnis. Der Oberrabbiner sang in hebräischer Sprache einen Psalm, immer und immer wieder.

Kübrich, auf den die Verschwörer setzten, überlegte, ob er nicht eine dritte Million bezahlen und sich auf diesem nicht mehr ungewöhnlichen Weg davonmachen sollte. Sein Verweilen an Bord hielten ohnedies die meisten für eine Laune; er freilich für eine Prüfung. Er gab es auf, mit seiner Familie, einschließlich der kurzgeschorenen Pudel, zu hadern. Schließlich hatte er Gemeinschaft und Zärtlichkeit durch Bilanzen, Investitionen, Marktanalysen und Neugründungen weitgehend ersetzt, und seine Frau und seine drei kleinen Töchter hatten vermutlich mehr darunter gelitten als er, der Mann, der mit Millionen jonglierte. Und nun hatte der Lohn des Erfolges, das Geld, schon so an Wert verloren, daß er sämtliche Schmalbachs der ›Fortune‹ loskaufen könnte, ohne es zu bedauern.

Tony hatte inzwischen die Vorstellung von einem ungetrübten Piloten-Dasein verloren.

»Wie lange soll das Ganze noch weitergehen?« fragte er Moretti.

»Bis die Kasse überläuft«, versetzte der kriminelle Schönling zynisch.

»Das sind doch nicht alles Millionäre«, erwiderte Tony. »Da sind doch auch ganz arme Teufel darunter.«

»Aber die armen Teufel schützen uns«, entgegnete der Gangster.

»Und wenn wir uns davonmachen?«

»Dann setzen wir sie in der Wüste aus.« Moretti grinste mit Porzellankronen.

»Aber wenn sie keiner findet?«

»Dann haben sie eben Pech gehabt«, schloß Moretti.

Peggy schwieg, aber sie war unschlüssig. Mike drängte, die Gasschleuse zu öffnen, aber sie setzte auf die Möglichkeit, den verunsicherten Tony auf ihre Seite zu ziehen. Wiederum hatte sie doch Angst davor, daß es ihr mißlingen könnte und dadurch die Falle wertlos würde.

An Bord deutete nichts darauf hin, daß an diesem sechsten Tag des Verbrechens die sensationelle Wendung eintreten würde.

58

Am frühen Nachmittag hob in Oslo die ›Fortune‹ von der Piste ab, und Tony, der außerplanmäßige Flugkapitän, Pilot ohne Uniform, zelebrierte das Manöver und vergaß einen Start lang die grausamen Bedingungen, unter denen er wieder fliegen konnte. Der brüllende Riesenvogel erreichte die vorgeschriebene Höhe, und Tony schaltete auf den Auto-Piloten um.

Während Peggy per Sprechfunk die Position an die Bodenstation durchgab, nickte Dossola – er hatte anstelle Morettis die Aufsicht im Cockpit übernommen – seinem Hilfspiloten anerkennend zu: »Du bist zwar ein Weichmann«, schränkte er sein Lob ein, »aber fliegen kannst du.«

Einige Passagiere warteten gespannt auf das Stichwort ›Turbulenz‹. Nur sie hofften, daß das fliegende Gefängnis für 144 Passagiere, die von acht Gangstern in Schach gehalten wurden, zu seiner letzten Reise aufgebrochen war.

Für die anderen Entführten war die Freiheit weiter entfernt als der Mond und dazu noch unerreichbar. Eine Zwangsgesellschaft war am Ende von Moral und Zivilisation: Die Titel hatten ihren Klang, die Reichtümer ihren Nutzen verloren. Die Angst war der große Gleichmacher. Jeder war sich selbst der Nächste und der Nachbar ein Todfeind. Und selbst die Angst der hohen Geistlichkeit war von dieser Welt.

Die Bordlautsprecher krächzten, eine Stimme schälte sich aus den Nebengeräuschen, Mike und seine Verschwörer, Marc, Ferry und Kübrich duckten sich gespannt ins Startloch.

»Hier spricht der Flugkapitän«, sagte Tony. »Wir haben das

offene Meer erreicht und überfliegen gerade das Skagerrak. Auf der linken Seite wird gleich die dänische Küste in Sicht kommen. Wir bemühen uns um eine Landeerlaubnis auf dem Flughafen Schiphol bei Amsterdam.«

Die meisten hatten die Durchsage nicht gehört oder nicht begriffen. Fünf Passagiere waren enttäuscht und einer so verzweifelt, daß sein Lebenswille bankrott machte: Schmalbach, Fabrikant und Familienvater, in der Geschäftswelt geachtet, an Bord verachtet. Er hatte sich überwunden und Kübrich um eine Million Dollar angebettelt, die er nie zurückzahlen konnte; und nun brachte sie ihm nicht einmal die Freiheit.

Schmalbach dachte nicht logisch; er war ein Opfer seines Zustands, wie alle anderen auch. Wenn er jetzt wie ein Feigling handelte, brachte er zum erstenmal Mut auf. Keiner achtete auf ihn, als er sein Taschenmesser aufklappte und sich die Pulsadern aufschnitt. Blut konnte er nicht sehen; er schloß die Augen und erlebte als letzten Eindruck schwindender Sinne, wie leicht es war, Schluß zu machen mit Angst, Erpressung, Gestank und Ausweglosigkeit.

Die Zeit drängte, aber im Bug-WC saß Terry, die Gralshüterin der Bombe. Nur das umlaufende Gasgemisch könnte ihr den Zünder aus der Hand nehmen. In einem Schnellkurs hatte der FBI-Mann seine Hilfstruppe eingeteilt: Jeder kannte seine direkten Gegner, und einer mußte gegen zwei kämpfen. Wer zuerst seinen Verbrecher erledigte, sollte das Cockpit stürmen. Hier strömte kein Gas ein, und hier stand während des Anschlags Peggy allein gegen zwei Männer.

Das Programm war ausgearbeitet, aber bei der gedanklichen Stellprobe verschoben sich die Möglichkeiten, weil es zu viele Unsicherheitsfaktoren gab. Bei der Revolte hieß es also: Improvisation auf Leben und Tod.

Ferry versuchte immer noch Männer zu rekrutieren, aber wiederum stellte er verdrossen fest, daß mit diesen Schlappschwänzen wenig Putsch zu machen war.

»Setz dich endlich auf deinen Hintern!« fuhr der Mulatte den Dschungel-Veteranen an und fuchtelte mit der Maschinenpistole. »Oder ich mach ein Sieb aus dir.«

Das Duell zwischen einem Blick und einem MP-Lauf war kurz, einseitig und unblutig. Der Gangster trieb den Jungen vor sich her. Ferry wich langsam zurück, immer weiter nach hinten. Er sah den leeren Sessel und ließ sich rasch hineinfallen, um seine aufgebauschten Taschen – rechts eine Pistole, links die Gasmaske – vor Entdeckung zu schützen.

Er landete neben dem Fabrikanten Schmalbach, musterte den Mann flüchtig, das eingefallene Gesicht, die verkrampfte Haltung.

Und dann stutzte er: Er sah Blut, Unmengen von Blut, rot und rinnend auf der Jacke, an der Sessellehne, schaurig, klebrig.

»Sieh dir das an, du dreckiger Hundesohn!« fuhr Ferry den Mulatten an.

Die Umsitzenden sprangen hoch. Schmalbachs scheußlicher Anblick beendete die Sitzordnung. Der Atomforscher Hammersmith begriff endlich, daß an Bord die Macht der USA enden mußte; er stürzte sich auf den riesigen Gangster. Andere folgten ihm. Funken fielen in das Pulverfaß.

»Zurück!« schrie Moretti und bahnte sich mit Fußtritten einen Weg durch das Menschenknäuel.

Seine Stimme schreckte die Weidmanns hoch, die im toten Raum hinter dem Cockpit vor sich hindösten.

Cesare riß die Tür auf. »Los, schnell!« mobilisierte er Dossola. »Hinten ist der Teufel los.«

Die Dolchnase stand auf, ging in den Passagierraum, ohne zu bemerken, daß ihm Tony folgte.

Inzwischen hatte Moretti – diesmal ohne die Pose des Gentleman-Gangsters – die Situation wieder in den Griff bekommen.

»Was ist los mit diesem Narren?« fragte er Marc.

»Er hat sich die Pulsadern aufgeschnitten«, antwortete der Professor. »Selbstmord.«

»Tot?«

»Vielleicht«, erwiderte der Professor.

»Dann überzeugen Sie sich gefälligst«, befahl Moretti.

»Das ist doch scheißegal«, rief Dossola. »Ihr könnt euch alle umbringen.«

Er lebt noch, sagte sich Tony, sonst würde sich der Professor nicht um den Mann, der Hand an sich gelegt hat, kümmern. Er sah die Passagiere, Wracks, die bald untergehen mußten. Er sah, daß Männer, deren Amoklauf eben aufgehalten worden war, mit schleimiger Unterwerfung Reue übten, las von den grauen Gesichtern ab: Liebediener, Neurotiker, Schwächlinge, Verräter. Es schien ihm, als hätte die Erniedrigung aus dem Passagierraum ein Bestiarium gemacht.

»Was tust du hier?« fuhr ihn Dossola an.

Der Pilot ging schweigend nach vorn, entschlossen, nicht weiter mitzumachen. Er begegnete Peggys Augen.

»Gibt es eine Chance, diesen Schweinestall auszumisten?« fragte er ohne Umweg.

Die Co-Pilotin auf Zeit schwieg. »Möglichkeiten gibt es viele«, begann sie dann zögernd.

»Sag mir eine«, erwiderte Tony heftig.

»Du könntest den Druckausgleich ändern«, wagte sich Peggy in tieferes Gewässer. »Die Luft ganz erheblich verdünnen, und dann –«

Der Ersatz-Pilot begriff sofort: Auf 10000 Metern wird die Luft so dünn, daß der Mensch ohne Sauerstoffgerät nicht leben kann. Zwischen den Wänden der Maschine findet deshalb ein ständiger Ausgleich statt: Die Luft wird einer Höhe von etwa 2000 Metern angepaßt, ganz gleich, wie hoch der Jet-Riese tatsächlich fliegt. Hat die stählerne Haut ein Leck, tritt eine Dekompression ein: Die Luft entweicht explosionsartig nach außen. Wenn der Passagier nicht sofort nach der Sauerstoffmaske greift, drohen ihm Atemnot, Ersticken, Herzstillstand.

Peggys Aufforderung an Tony, die Luft zu verdünnen, konnte für einen Fachmann nur bedeuten, das Risiko einer Schießerei zu verringern. »Wir haben also ein paar Kerle mit Mumm an Bord?« fragte Tony. »Und mit Waffen?«

»Vielleicht«, erwiderte Peggy.

»Unsinn«, versetzte Tony. »Du warst von Anfang an mit von der Partie.« Er hob mühsam den Kopf. »Stimmt's?«

»Es gibt ein paar Leute, die immer noch an dich glauben, Tony.« Das Mädchen setzte alles auf eine Karte: »Zum Beispiel Martin. Oder Mr. Lovestone. Zum Beispiel auch ich.«

»Du?« fragte Tony mit fremder Stimme.

»Ich würde mich sonst nicht in deine Hände begeben«, fuhr die Ex-Stewardeß fort. »Ich weiß, daß du kein Schwein bist.«

»Gut«, erwiderte der Pilot und lächelte gequält. »Vielleicht ein Schwein, das zur Schlachtbank geführt wird.«

Peggy sprach schnell, in Stichworten. Tony kannte noch nicht alle Einzelheiten, als Dossola zurückkam. »Ihr sollt nicht poussieren, Freunde, sondern fliegen«, sagte er in seinem hämischen Tonfall.

Mit dem sechsten Sinn des Kriminalisten spürte Larry, daß die Entscheidung unmittelbar bevorstand. Er verfolgte mit seiner FBI-Maschine die ›Fortune‹ im Abstand von fünf Minuten. Er würde sie leicht einholen, denn Amsterdam konnte die Landung des gekaperten Jets verzögern und seine beschleunigen. Er wäre wieder der erste auf dem Flughafen; es war das berühmte Rennen zwischen dem Hasen und dem Igel, der seine Stacheln noch nicht genutzt hatte.

Das entführte Flugzeug wie auch seine Verfolger wurden von einem Luftraum in den anderen weitergereicht. Alarm in Hamburg-Fuhlsbüttel: Die ›Fortune‹ erschien auf dem linken Rand des Radarschirmes.

»Hallo, Mr. Merx«, meldete sich der Tower der Hansestadt. »Wir haben soeben eine komische Mitteilung von der ›Fortune‹ erhalten: ›Wetterverschlechterung zu erwarten‹. Können Sie damit etwas anfangen?«

»Und ob«, erwiderte Larry. »Bitten Sie die Funkerin, auf JET-AIR-Frequenz umzuschalten.« Die Haut über seinen Backenknochen spannte sich, nervös arbeiteten die Kaumuskeln. Der FBI-Mann wirkte in diesem Moment hart, alt. Die Augen glänzten wie Eis im Föhn.

»Hier Sonderflug ›Fortune‹«, meldete sich Peggy mit heller Stimme.

»Hier Merx«, antwortete Larry. »Geben Sie mir Jack Dossola.«

»Mr. Dossola ist hier nicht bekannt«, erwiderte die Funkerin. »Aber wenn Ihnen Mr. Smith genügt?«

»Das ist aber eine Überraschung, Mr. Merx.« Dossolas Stimme schäumte über vor Spott. »Auch auf Europa-Trip? Neue Abschlüsse? Vielleicht eine Ratenzahlung für Professor Hammersmith?«

»Kein Geld mehr auf Stottern«, entgegnete Larry. »Schlußrechnung.«

»Okay«, versetzte der Gangster-Boß. »Aber wenn Sie den Zuschlag wollen, müssen Sie großzügig sein.« Er lachte kurz. »Wir können uns hier vor Millionen-Angeboten nicht mehr retten.«

»Sie sitzen in der Falle, Dossola. Ihr neues Gesicht hängt schon seit Tagen auf allen Polizeistationen. Sie werden alt, Dossola. Sie haben eine Geisel entlassen, ohne ihr den Fotoapparat abzunehmen.«

»Von mir aus«, knurrte der Hijacker, leicht angeschlagen. »Vollstrecken Sie doch die Fahndung!«

»Nicht nur gegen Sie, Dossola«, zog Larry die Daumenschrauben fester. »Ihr seid alle identifiziert: der schöne Moretti, Cesare aus ›Little Italy‹. Der Mulatte, diese farbige Erinnerung an unsere Kriegslandung in Neapel. Die famosen Weidmanns. Tony Forthman, Peggy Braun.« Larry leierte die Namen herunter wie Gerichte von einer Speisenkarte, die sich seinem Gegner auf den Magen schlagen mußten.

»Sie Märchentante«, stotterte Dossola mit zu hoher Stimme.

»Keine Märchen, Dossola«, konterte Larry. »Wir haben Ihren Boß ausfindig gemacht. Den Mann im Hintergrund. Wir haben sein Testament geöffnet. Schlimm, Dossola. Beweise gegen Sie. Mordbeweise. Und auch gegen Moretti. So lange können Sie gar nicht mehr leben, wie Sie sitzen müssen.«

Peggy suchte Tonys Blick. Der junge Pilot nickte ihr zu.

»Wir haben Bob S. Greenhill verhaftet«, sagte Larry im genüßlichen Plauderton. »Kein Rendezvous in der Wüste, Dossola. Die ›Hawker Siddely‹ sitzt in München fest.«

Tony legte einen kleinen Zusatzhebel am Armaturenbrett um.

»Turbulenz«, schrie Peggy in das Bordmikrofon. »Sofort anschnallen! Turbulenz! Turbulenz!«

Tony stellte den Vogel auf den Kopf.

Im Sturzflug schoß der Europa-Jet nach unten.

Dossola zog es den Boden unter den Füßen weg – er knallte an die Decke. Tony und Peggy hatten sich angeschnallt.

Der Zeiger des Höhenmessers purzelte nach unten: 300 Meter, 600, 900 Meter.

Tony fing die ›Fortune‹ ab, versuchte sie mit aufheulenden Triebwerken in die waagerechte Position zu ziehen.

Die Schwingen bogen sich durch.

Es sah aus, als würde die Belastung sie abbrechen.

Doch Tony schaffte es und Dossola plumpste wie ein Sack zu Boden. Er war benommen, aber zäh, rappelte sich sofort hoch, stand unsicher auf den Beinen, aber die Waffe hielt er fest in der Hand.

Peggy starrte in die Mündung, aus der das Ende kommen mußte. Der Tod sah klein aus, dunkel, rund, und er ließ sich Zeit.

Es blitzte an anderer Stelle.

Jetzt erst bemerkte sie, daß Tony mit der Machete für Notlandungen auf den Gangster-Capo losgegangen war.

Dossolas erster Schuß verfehlte das Ziel.

Der Bandit sprang beiseite. Die Klinge des Angreifers streifte ihn nur am Arm; er hob die Pistole, zielte.

Die nächste Kugel fuhr in Tonys Körper, aber er nahm taumelnd einen zweiten Anlauf.

Dossola schoß wieder.

Peggy hob das Crash-Beil vom Boden. Wie blind schlug sie zu, mit aller Kraft, die sie aufbrachte. Dann wurde es dunkel vor ihren Augen, Nacht.

Sie konnte die quäkende Stimme im Lautsprecher nicht mehr hören: »Achtung, ›Fortune‹, melden Sie sich!«

Sooft der Mann im Tower auch rief, der Euro-Jet antwortete nicht mehr.

60

Peggys Stimme hallte in Larry nach; er hörte wieder die Schüsse. Während der plötzlichen Stimme gaukelten ihm seine Sinne das leise Zischen einströmenden Gasgemisches vor. Der FBI-Spezialist begann zu zählen. Sein Puls rechnete ihm die Sekunden vor.

Er merkte, daß sein Herz zu schnell schlug und begann noch einmal zu zählen.

Jetzt mußte Mike die Gangster überwältigt haben.

Warum meldete er sich nicht? Hatte der Gas-Umlauf versagt? War durch die Schießerei eine Dekompression entstanden?

»40 Sekunden«, sagte Steve, der die Zeit stoppte.

Larry legte noch einmal zehn Sekunden Hoffnung zu; aber bevor sie abgelaufen waren, meldete sich die Bodenstation Hamburg: »Attention, please, Mr. Merx.« Der Fluglotse sprach, als würge ihn jemand. »Die ›Fortune‹ ist vom Radarschirm verschwunden.«

Larrys Lippen wurden ein blutleerer Strich. Die Adern an seiner Stirn traten wie Schnüre hervor. Er wagte nicht, Martin anzusehen, nicht Lovestone. In ihren Gesichtern konnte sich nur die Erklärung widerspiegeln, daß die Bombe den Europa-Jet zerfetzt hätte.

Sie stürzten mit ab. Alle drei. Sie wunderten sich, daß sie noch lebten, spürten, wie sich ihr Rücken versteifte. Sie fielen und fielen, und sie begriffen nicht, daß der Weg von 8000 Metern zur Erde so weit war. Sie zogen die Beine an, als könnten sie den Aufprall dämpfen – während eine vergessene Zigarette Larry die Haut versengte.

»Mr. Merx«, rief der Fluglotse in Hamburg aufgeregt. »Ich habe die ›Fortune‹ wieder auf dem Schirm.«

»Sind Sie sicher?« fragte Larry.

»Ich glaube –«

»Was heißt glauben?« entgegnete Larry aufgebracht.

»Es ist Ihre Maschine«, bestätigte der Mann im Tower, und seine Stimme klang jetzt beleidigt.

Die FBI-Mannschaft wußte wenigstens, daß die Höllenmaschine noch nicht gezündet worden war.

61

Kurz vor Tonys Sturzflug hatte sich der Gesundheitszustand der Patienten schlagartig verschlechtert. Passagiere, die Professor Delby bisher keine Arbeit gemacht hatten, fielen um, weil ihnen die Luft wegblieb. Herzkranke röchelten. Schadenfroh stellte der Arzt fest, daß auch die Kerkermeister unter den Beschwerden litten, bis er merkte, daß sein Herz zu schnell gegen die Rippen schlug und er bei der kleinsten Anstrengung keuchte wie beim Treppensteigen.

Mike grübelte über diese einschleichende Epidemie nach. Unter normalen Umständen hätte er bemerkt, daß der Druckausgleich in der Kabine gestört war, aber mit zu wenig Sauerstoff in Blut und Hirn denkt es sich langsamer. Und so begriff er noch nicht, daß Peggy aus dem Piloten einen Überläufer gemacht hatte.

Anna Weidmann stöhnte. Fast alle Passagiere schnappten nach Luft wie Fische an Land.

»Cesare«, rief Moretti, nach Atem ringend. »Schau mal nach, ob die schlafen, im Cockpit!«

Der Italo-Amerikaner ging mit taumeligen Schritten über den Mittelgang. Er kam nicht weit, denn in diesem Moment dröhnte aus den Lautsprechern eine verzerrte Stimme: »Turbulenz! Alles anschnallen! Turbulenz, Turbulenz, Turbulenz!« Als das Stichwort mehrmals fiel, überlaut und damit ungetarnt, wurde Mike wieder zum Schnelldenker. Natürlich, Tony war ›umgedreht‹ worden. In diesem Fall konnte, würde und müßte er den Überfall auf die Gangster durch ein verwegenes Flugmanöver unterstützen. Er griff nach dem Gurt. »Anschnallen!« rief er Kübrich zu und sah, daß ihm der Mann folgte.

Ferry hörte nichts mehr. Er sprang Cesare mit einem Hechtsprung an und fällte ihn mit einem harten Handkantenschlag. Beide gingen zu Boden, denn in diesem Moment machte der Riesenvogel einen Kopfstand und riß alles mit sich, was beweglich war: Gangster, Gepäckstücke und Geiseln wirbelten durcheinander, knallten nach oben, wurden nach hinten geschleudert, über Sitze hinweg, mit den Köpfen gegeneinander, strampelnd, schreiend.

Mike setzte die Gasmaske auf und erinnerte Kübrich mit einem Rippenstoß an den chemischen Überfall.

Weiter ging der Sturzflug, in einem Höllentempo. Die ›Fortune‹ schien wie ein schwerer Stein nach unten zu fallen. Passagiere und Peiniger gerieten in Absturz-Panik. Die Menschen-Traube wurde von einer unheimlichen Faust an die Decke genagelt. Die Todesangst verwandelte das Fluchen und Keuchen, Stöhnen und Röcheln in einen einzigen Schrei.

Zugedeckt von vielen Körpern schaffte es Delby, sich die Gasmaske überzuziehen, während sein Professoren-Kollege Hammersmith, wenn schon zum Sterben verurteilt, seinen Haß noch an einem dieser Folterknechte auslassen wollte. Verschwommen sah er das dunkle Gesicht des Mulatten und wühlte sich zu ihm durch. Seine Hände legten sich wie eine Zange um den Hals. Der Zorn machte Hammersmith stark und töricht. Sein ganzes Trachten schrumpfte auf den einen Wunsch zusammen, wenigstens einen Entführer zu töten, bevor sie alle am Boden zerschellten.

Zum Glück nahm ihm das Gas die Kraft, denn er hatte den Mulatten mit dem griechisch-orthodoxen Patriarchen verwechselt, der später die Würgemale an seiner Haut stolz als Blessuren des Sieges vorweisen würde.

Noch immer schnellte der Euro-Jet nach unten. Die meisten Passagiere waren angeschnallt. Das Blut schoß ihnen in den Kopf, so daß sie den widerlichen Zwiebelgeruch des Tränengases nicht wahrnahmen. Der Giftstoff verabreichte ihnen eine brutale Narkose.

Bis zuletzt versuchte Ferry, an die Gasmaske heranzukommen, aber mit einem halben Dutzend Körper befrachtet, konnte er sich kaum regen. Er griff nach der Tasche, spürte, wie sein Bewußtsein ertrank, ruderte vergeblich mit den Armen dagegen an.

Ferry merkte nicht mehr, daß die Maschine abgefangen und in ihre Normallage gezwungen wurde, er spürte auch nicht, wie der auf ihm liegende Moretti ihm die Gasmaske entriß, bevor dieser Tausendfüßler aus menschlichen Armen und Beinen wieder auf den Boden plumpste.

Mike hatte sich vom Gurt gelöst. Mit der Waffe in der Hand turnte er nach vorn. Kübrich folgte ihm. Delby grub sich aus einem Berg Bewußtloser aus. Hinter ihm tauchte eine weitere Gasmaske auf – Ferry, dem sie das Aussehen eines Marsmenschen verlieh. Er hatte die MP im Anschlag, stürmte nach vorn.

Mikes Beobachtungsgabe rettete sie im letzten Moment: Trotz der angelaufenen Gläser erkannte er Moretti, der Delby und Kübrich niedermachen wollte.

Mit einem gezielten Schuß fetzte er Moretti die MP aus der Hand.

Die Passagiere kauerten mit offenem Mund, verzerrten Augen und in seltsam verdrehter Körperhaltung auf ihren Sitzen. Mit ihren Krawatten und Gürteln fesselten Mike und seine Helfer die Verbrecher, schleppten sie nach vorn und schichteten sie wie Säcke nebeneinander.

Dann trat Mike die Tür zum WC ein. Terry lehnte zusammengesunken in der Ecke. Mit geschickten Händen entschärfte der FBI-Mann die Höllenmaschine. Mit einer Geste bedeutete er Kübrich, auch Terry zu fesseln.

Eine erschöpfte Stimme meldete sich über Bordlautsprecher: »Mike Blower, Professor Delby – bitte ins Cockpit – sofort –«, bat Peggy.

Wegen der vergifteten Luft öffneten sie die Tür knapp und schlossen sie sofort hinter sich. Zuerst sah Mike Peggy, die neben dem Piloten kauerte. Dann bemerkte er Dossolas blutüberströmten Kopf. Delby steckte die Pistole ein, riß sich die Maske vom Gesicht, zog die Jacke aus, schob sie Tony unter den Nacken.

»Es hat Tony erwischt«, sagte Peggy. »Ich war auch weg, so dünn die Luft, und –«

Delby riß Tony die Kleider herunter, preßte sein Ohr an den nackten Brustkorb. »Er lebt«, sagte er, »aber er ist moribund.«

»Red nicht, Doc« fuhr ihn Mike an. »Tu was!«

Der Professor wurde zornig.

»Verstehst du nicht«, sagte der FBI-Mann besänftigend. »Wenn er stirbt, gehen wir alle drauf.«

»›Fortune‹, bitte melden, bitte melden, ›Fortune‹«, quäkte der Lautsprecher.

»Hier ist Mike Blower«, rief der FBI-Mann in das Mikrofon.

»Gratuliere, Mike«, erwiderte Larry trocken.

»Noch ein bißchen zu früh –«

»Wie steht's mit den Passagieren?«

»Beulen, Blutergüsse, gebrochene Nasenbeine, Kopfschmerzen,

Herzattacken«, antwortete Mike. »Im übrigen sind sie noch im Reich der Träume.«

»Ihr landet in Hamburg«, ordnete Larry an. »Ich reserviere euch ein ganzes Krankenhaus.«

»Bestens«, erwiderte der verlorene Sieger. »Du mußt uns nur noch sagen, wie wir das ohne Piloten schaffen sollen.«

»Es ist noch keiner oben geblieben«, rettete sich Larry in den schwarzen Fliegerwitz.

62

Der norddeutsche Luftraum wurde gesperrt, der Flughafen Fuhlsbüttel geräumt. Um 16 Uhr 02 unterbrachen die Radio-Sender ihr Programm, um mitzuteilen, daß es den Passagieren der ›Fortune‹ auf bisher ungeklärte Weise gelungen sei, ihre Entführer zu überwältigen.

Peggy hatte es geschafft, den Jet zu wenden und auf Kurs Hamburg zu bringen.

»Mensch, Mädchen, prima«, ermunterte Chefpilot Nobis. Er war nach der Landung der FBI-Maschine sofort in den Tower gestürmt. »Wissen Sie, wie man die Triebwerke drosselt?«

»Schon geschehen«, erwiderte die Not-Pilotin.

»Dann vorsichtig mit der Höhe herunter«, wies Martin sie weiter an. »Ganz sachte, lassen Sie ruhig den Auto-Piloten für sich arbeiten. Wir haben Zeit und Platz. Der ganze Raum ist für Sie reserviert, Peggy. Fliegen Sie sich mal richtig satt.«

Martins Stimme hatte den metallischen Klang der Zuversicht, doch es war schiere Lüge. Der passionierte Pilot mit der Ausstrahlung von Mann und Mumm spürte ein fremdes Gefühl. Sein Magen krampfte sich zusammen, Übelkeit kroch ihm langsam die Speiseröhre hoch. Er rechnete die Spritreserven aus: Es blieben bestenfalls noch 60 Minuten Zeit.

»Sie sind großartig, Peggy«, sagte er nach einem flüchtigen Blick auf den Radarschirm. »Gehen Sie ruhig noch etwas tiefer. Wie weit ist Ihr Wunderdoktor mit Tony?« Aus Angst alberte er: »Sauerbruch macht's möglich.«

»Professor Delby ist nicht ganz so optimistisch wie Sie, Mr. Nobis«, erwiderte Peggy. »Moment, er kommt gleich.«

Martin griff nach der Tasse. Er schluckte wahllos, was man ihm reichte: einen Kaffee nach dem anderen, dazu Beruhigungspillen.

Seine Nerven bremsten mit Vollgas.

»Zwei Kugeln«, berichtete der Arzt. »Durchschuß am Arm. Einschuß in Herznähe. Ich habe das Herz mit Strophantin wieder zum Schlagen gebracht und den Kreislauf mit Blut-Expander aufgefüllt. Der Patient liegt im tiefen Koma. Wir versuchen es mit der Sauerstoffmaske. Es kann sein, daß er noch einmal zu sich kommt.«

»Seien Sie kein Pessimist, Doc«, erwiderte Martin brüchig-forsch. »Wenn Sie Ihren Patienten nicht mehr auf die Beine bringen – ich spreche euch schon herunter. Was meinen Sie, wie tüchtig Ihre Pilotin ist. Und jetzt geben Sie mir das Mädchen wieder, Professor.«

Nach einer kurzen Pause fuhr der Chefpilot fort: »Nicht nervös werden, Peggy«, rief er seinem Zauberlehrling zu. »Der Sprit reicht noch lange.«

»48 Minuten«, erwiderte sie. »Tony gibt schwache Lebenszeichen von sich. Der Arzt spritzt ihm noch einmal Strophantin.«

»Na also«, antwortete Martin und konnte selbst die Unsicherheit in seiner Stimme hören. Seine Lippen waren rissig, seine Zunge pelzig. Das Sprechen fiel ihm schwer. »Beginnen Sie mit dem Sinkflug auf 800 Meter.«

Peggy stellte den Auto-Piloten ein; auf der vorgeschriebenen Höhe fing er die Maschine automatisch ab.

»Kurskorrektur«, befahl Martin. »Drehen Sie 30 Grad nach links.«

»Roger«, bestätigte Peggy im Flieger-Code. »Drehe 30 Grad nach links.«

Martin zögerte noch; er mußte damit rechnen, daß Tony endgültig ausfallen würde. Aber bevor er untätig zusehen würde, wie die Maschine am Boden zerschellte, würde er versuchen, in einem Blitzkurs eine Sportfliegerin in eine Jet-Pilotin umzufunktionieren.

»Nun hört mal gut zu, Freunde«, sagte Martin. »Tut genau, was ich euch sage. Hebt Tony vorsichtig in den Piloten-Sitz. Drückt ihm den Knüppel in die Hand. Dreht den Lautsprecher so laut auf wie möglich. Und Sie, Peggy, Sie setzen sich neben ihn.« Er machte eine kurze Pause. »Sie führen ihm einfach die Hand. Und wenn das nicht möglich ist, machen Sie blind, was ich Ihnen sage.«

»Roger«, entgegnete Peggy.

Marc meuterte, Mike würgte seinen Protest ab. Zu dritt hievten sie den Schwerverletzten hoch. Tonys Augen waren offen, sein Blick noch immer starr.

»Tony«, drängte Peggy, »du mußt uns herunterbringen. Verstehst du? Ohne dich sind wir verloren. Wir sind schon auf 800 Meter. Gleich kommt die Anflugschneise!«

Tony rührte sich nicht – vielleicht nie mehr.

»Peggy«, rief Martin sie wieder an. »Ihre Distanz: zehn Meilen vom äußeren Funkfeuer. Fahren Sie die Landeklappen auf Anflug-Stellung.«

»Roger«, bestätigte Peggy. »Fahre Landeklappen auf Anflugstellung.«

»Ihre Distanz: noch fünf Meilen. Drehen Sie zehn Grad rechts für Windkorrektur.«

»Drehe zehn Grad rechts für Windkorrektur.«

In seiner Rolle als Gesundbeter war Martin einsam, doch nicht allein. Im verdunkelten Lotsenraum des Towers verfolgten neben Larry acht Flugleiter gebannt und gelähmt sein Duell mit dem Tod.

»Fahren Sie das Fahrwerk aus!« ordnete Martin an. »Überprüfen Sie Anzeige Fahrwerk-Verriegelung und Bremsdruck. 250 Kilometer Geschwindigkeit. Der Kurs ist gut. Sie erreichen den Gleitweg.«

Gerade als Martin das Kommando geben wollte, die Landeklappen auszufahren, belebte sich der Blick des Schwerverletzten.

»Ich glaube, Tony kommt zu sich«, rief Peggy. Zum erstenmal war ihrer Stimme Erregung anzuhören.

»Um so besser«, versetzte Martin. »Es ist mir egal, wer von euch beiden den Vogel herunterbringt. Fahrt die Landeklappen auf Landestellung. Beginnt mit dem Sinkflug mit normaler Sinkgeschwindigkeit. Kurs ist bestens. Höhe 700 Meter. Wolkengrenze liegt bei 500 Meter.«

Martin wußte nicht, ob Tony seine Kommandos verstand und befolgte; er fuhr fort, wie bei einer Simulator-Übung: »Wind aus 260 Grad mit 20 Kilometer pro Stunde. Höhe 600 Mater. Kurskorrektur: Drehen Sie fünf Grad nach links!«

Die ersten Passagiere kamen röchelnd zu sich; sie waren noch zu benommen, um zu begreifen, daß sie zwar befreit waren, aber womöglich die eine Todesart nur durch eine andere ersetzt wurde.

»Tony«! rief Martin, »du bist große Klasse. Du kommst zu mir zurück! Hörst du?«

»... ro-ger«, versuchte der Pilot zu bestätigen.

»Du warst immer der Beste beim Fliegen«, rief Martin. »Wenn du jetzt heil gelandet bist, darfst du so viel saufen, wie du willst. Ich mach' mit, Tony! Hörst du? Melde, wenn die Landebahn in Sicht kommt. Kurs und Geschwindigkeit sind in Ordnung. Du erreichst jetzt die Wolkenuntergrenze und mußt die Landebahn genau voraus sehen –«

»Landebahn in Sicht«, bestätigte Peggy.

»Höhe 100 Meter«, sagte Martin. »Fang an, den Schub zu drosseln, Tony.«

»Schub gedrosselt«, bestätigte Peggy.

»Geschwindigkeit gut«, meldete Martin. »Höhe 50 Meter. Fangt jetzt die Maschine ab. Drosselt den Schub ganz!«

Die ›Fortune‹ näherte sich der Erde. Sie wurde groß. Riesig. Sie stieß auf die Piste herab wie ein Hühnerhabicht.

»Du fängst zu abrupt ab!« schrie Martin. »Gib noch etwas Schub! Die Geschwindigkeit sinkt rapide ...«

In den letzten Sekunden seines Lebens erkannte der Sterbende, daß die Maschine in der Luft hing wie eine reife Pflaume. Instinktiv schlug er die Schubhebel nach vorn, drückte die Maschine nach unten. Er fing sie noch ab, setzte sie auf die Piste.

Sie sprang wie ein Tennisball hoch und raste im Höllentempo über die Landebahn.

»Bremsen!« brüllte Martin. »Bremsen! Schubumkehr!«

Tony war zusammengesackt; er konnte nichts mehr hören.

Der Europa-Jet schoß über die Piste hinaus. Begrenzungslampen wirbelten durch die Luft. Die ›Fortune‹ rollte weiter über den Grünstreifen, auf die Siedlung zu.

Peggy trat die linke Bremse, versuchte nach links abzuschwenken. Die Maschine drehte sich um ihre eigene Achse. Das rechte Fahrwerk wurde aus der Verankerung gerissen, knallte gegen den Boden. Der Jet rutschte 50 Meter weiter über die rechte Tragfläche und kam kurz vor den Häusern zum Stehen.

Martins Kopf war auf die Tischplatte gefallen. Mit ertrunkenen Pupillen wunderte er sich, daß ein Landeflugzeug wassern konnte.

63

Die Feuerwehr raste auf das notgelandete Flugzeug zu, riß die Notausstiege von außen auf, enterte den Kabinenraum.

Professor Delbys Patienten waren in einem verheerenden Zustand. Marc stellte mechanisch fest, daß von allen Seiten Fahrzeuge auf den geretteten Riesenvogel zuschossen.

Ein Geschwader Ärzte in weißen Kitteln betrat die Maschine, um dann zu entscheiden, wer noch an Bord betreut werden mußte. Dann kamen Polizisten und übernahmen sieben gefesselte Verbrecher, zwei davon schwer verletzt. Dann kamen Flughafenarbeiter, um elf Millionen Dollar zurückerobertes Lösegeld an den hungrigen Glasaugen der Kameras vorbeizutragen.

Marc beugte sich über Schmalbach. Der Verzweifelte war außer Lebensgefahr. Er ging weiter zu Hammersmith. Der Atomforscher stand schon wieder auf eigenen Beinen und war kein Sicherheitsfall mehr. Auch Ferry bedurfte keiner ärztlichen Hilfe.

»Ist das nicht zum Weinen«, klagte der Junge. »Wenn was los ist, muß ich es verschlafen.«

Der Professor sah unwillig herum, als ihm Mike auf die Schulter klopfte.

»Es gibt auch noch andere Ärzte«, sagte der FBI-Mann und deutete auf die weißen Kittel.

»Die Konkurrenz schläft nicht«, spottete Marc. Er begriff, daß die Rolle seines Lebens, mit Bravour gespielt, zu Ende war.

Dann kamen Larry, Martin und Lovestone an Bord der ›Fortune‹. Es war keine Zeit für Komplimente, weder für Peggy noch für Mike. Nur bei Professor Delby nahm Lovestone einen kurzen Anlauf. »Ich weiß, was Sie für uns getan haben«, sagte der Präsident. »Wie kann ich Ihnen danken?«

»Danken?« fuhr ihn Marc an. »So billig geht das nicht.« Er sah, daß die Decke von einem Patienten geglitten war und breitete sie wieder über ihn. »Zuerst einmal verschaffen Sie mir ein anständiges Hotelzimmer.«

»Wir haben im ›Atlantic‹ eine ganze Etage gemietet.«

»Dann schmuggeln Sie mich hier an den Reportern vorbei –«

»Das können wir mit einem Sanka erledigen.«

Entgegen seiner Art zögerte Marc einen Moment: »Vielleicht könnten Sie eine Stewardeß namens Miriam verständigen –«

»Sie ist schon unterwegs nach Hamburg«, antwortete Lovestone. »Auf eigenen Wunsch, übrigens.«

»Dann wären wir quitt.« Der Forscher ging über die Bodentreppe, ohne sich nach seinem Behelfslazarett noch einmal umzudrehen.

Unmittelbar nach der Landung war der Flugbetrieb wieder aufgenommen worden. Bevor der letzte Patient von Bord geschafft werden konnte, registrierte Fuhlsbüttel schon wieder 20 Starts und Landungen.

Behutsam, als könnte er Tony wecken, betrat Martin das Cockpit, wo sein junger Mann wie eingeschlafen im Pilotensessel hing.

»Sehen Sie, Norman, ich hab' mich nicht getäuscht«, sprach Martin das Requiem. »Weder in fliegerischer noch in menschlicher Hinsicht.«

64

Ein endloser Tag hatte für den Chefpiloten gegen 20 Uhr ein vorläufiges Finale. Als er mit Larry und Lovestone in das Taxi stieg, stellte ihn noch eine Meute Reporter.

»Wie sieht die Siegesfeier aus?« fragte einer.

»Zuerst telefoniere ich mit Klingenberg«, erwiderte Martin. »Dann dusche ich, dann schlafe ich mich aus.« Er winkte den Männern zu: »Genau in dieser Reihenfolge.«

»Wir haben übrigens für unsere Frankfurter Hauptversammlung einen neuen Termin in drei Wochen«, bemerkte Lovestone.

Sie erreichten das Hotel.

»Ihr Schlüssel ist schon oben, Mr. Nobis«, sagte der Portier.

Nicht nur der Schlüssel, stellte Martin eine Minute später überrumpelt fest: Auch Brenda war da. Neben ihr stand Mutschka.

Auf der Mattscheibe fand die Nachlese der Sensation statt: »Zwei Flugzeuge gerettet. Elf Millionen Dollar sichergestellt. Die Gangster verhaftet. Und vielleicht ein neuer Stern am Flughimmel aufgegangen«, sagte ein Stakkato-Sprecher.

Am Bildschirm erschien Peggy, erschöpft und glücklich. »Werden Sie künftig einen Jet fliegen?« Wurde sie gefragt. »Vielleicht«, erwiderte die Münchnerin aus den USA. »Aber vielleicht heirate ich auch – und mach' eine Bauchlandung.«

»Das ist zum erstenmal in der Geschichte der Luftfahrt«, schloß der TV-Sprecher, »daß ein toter Pilot eine Maschine landet und 152 Menschenleben rettet –«

Auf dem Tisch standen Kerzen; sie umrahmten einen Gesundheitskuchen.

»Was ist denn das?« fragte Martin.

»Brendas Erstling«, antwortete Mutschka. »Nach meinem Rezept.«

Martin machte saure Miene zum süßen Spiel und lachte dann doch, denn der Weg ins Schlaraffenland führt nun einmal durch einen Kuchenberg.

Will Berthold
ein Meister des realistischen Romans

Will Berthold begann seine Karriere als Journalist. Neben seiner redaktionellen Tätigkeit bei der *Süddeutschen Zeitung* arbeitete er als erfolgreicher Autor für Film und Fernsehen.

Seine journalistischen Fähigkeiten prägen seine schriftstellerische Arbeit. Exakte Beschreibungen und glaubwürdige Charaktere kennzeichnen den Stil dieses Bestseller-Autors. Die sorgfältige Schilderung der historischen Ereignisse, in die seine Erzählungen oft eingebettet sind, und die lebensnahe, oft deftige Sprache vermitteln dem Leser Realität.

Will Bertholds Romane tragen häufig autobiographische Züge. Eigene Erlebnisse und Erfahrungen werden zu spannenden Tatsachenberichten. Ihre turbulente Handlung steckt für den Leser voller Überraschungen.

Heute ist Will Berthold, dessen Bücher inzwischen in sechzehn Sprachen übersetzt wurden, ein international anerkannter Autor. Geb. 1924 in Bamberg, lebt er als freier Schriftsteller in München.

Will Berthold
Verzeichnis lieferbarer Titel

(Stand Juni 1986)

Auf dem Rücken des Tigers

Brigade Dirlewanger

Division Brandenburg (01/5346)

Doppelt oder aus! (01/6191)

Ehesanatorium (01/5947)

Die ehrenwerten Diebe (01/5838)

Etappe Paris

Feldpostnummer unbekannt

Fünf vor zwölf – und kein Erbarmen

Geld wie Heu

Getreu bis in den Tod (01/0165)

Der große Treck (01/5369)

Die Haut am Markt

Heißes Geld

Heldensabbat

Hölle am Himmel (01/5452)

Inferno I. Die ersten Blitzsiege

Inferno II. Siege und Niederlagen

Inferno III. Finale

Ein Kerl wie Samt und Seide (01/6707)

Der Krieg, der nie zu Ende ging

Kriegsgericht (01/5283)

Krisenkommando (01/5645)

Lebensborn (01/5171)

Malmedy – Das Recht des Siegers (01/5544)

Die Nacht der Schakale (01/6034)

Nachts, wenn der Teufel kam (01/5690)

Operation Führerhauptquartier

Parole Heimat (01/5982)

Prinz Albrecht Straße. Roman nach Tatsachen

Revolution im weißen Kittel

Die Frauen nannten ihn Charly

Der Sieg, der vor die Hunde ging

So lang wir leben

Spion für Deutschland (01/5595)

Die Stadt der Engel (01/6645)

Überleben ist alles (01/6589)

Verbotene Spiele (01/5775)

Vollstreckt. Johann Reichardt – Der letzte deutsche Henker

Vom Himmel zur Hölle (01/6492)

Die wilden Jahre

Zärtlichkeiten in kleinen Raten (01/5821)

Die 42 Attentate auf Adolf Hitler

Die Nummern der Heyne Taschenbücher sind in Klammern angegeben.